उर्दू अदब के सरोकार
(आलोचना)

उर्दू अदब के सरोकार

जानकीप्रसाद शर्मा

वाणी प्रकाशन ग्रुप
भारतीय ज्ञानपीठ
वाणी प्रकाशन : भारतीय ज्ञानपीठ की पुस्तकों के एकमात्र प्रकाशक एवं वितरक

लोकोदय ग्रन्थमाला : ग्रन्थांक 1349

सजिल्द पहला संस्करण : 2018
सजिल्द दूसरा संस्करण : 2025

वाणी प्रकाशन : भारतीय ज्ञानपीठ की पुस्तकों के एकमात्र प्रकाशक एवं वितरक

वाणी प्रकाशन

4695, 21-ए, दरियागंज, नयी दिल्ली-110 002
दूरभाष : 011-23273167, 23275710
ईमेल : sales@vaniprakashan.in
www.vaniprakashan.com

ISBN : 978-93-7112-653-3

मूल्य : ₹ 595

उर्दू अदब के सरोकार
(आलोचना)
जानकीप्रसाद शर्मा

URDU ADAB KE SAROKAR
(Criticism)
by Janki Prasad Sharma

मुद्रक : आर. टेक ऑफसेट प्रिंटर्स, दिल्ली-110 032

'हमारी ही हिन्दी, हमारी ही उर्दू'
के
क़द्रदानों के लिए

भूमिका

समन्वित संस्कृति के चिह्न उभरने के साथ-साथ उर्दू भाषा के अस्तित्व में आने की प्रक्रिया शुरू हुई। यह भाषा दो भिन्न समुदायों की मिली-जुली समाजार्थिक और सांस्कृतिक ज़रूरतों की पैदावार है। भाषा की तरह इसकी लिपि में भी भारतीय तत्त्व समाहित हैं। इसे मध्यकाल की राजभाषा फ़ारसी से जोड़कर देखना एक भ्रम है। सच्चाई यह है कि उर्दू का प्रसार फ़ारसी के वर्चस्व के जवाब में हुआ। इसकी प्रकृति में विविध अंचलों के सांस्कृतिक तत्त्वों की विद्यमानता को देखते हुए विद्वानों ने इसके जन्म-स्थान अलग-अलग बताये हैं। मुहम्मद हुसैन आज़ाद ने 'आबे-हयात' में इसके जन्म का सम्बन्ध ब्रजक्षेत्र से जोड़ा है तो हाफ़िज़ महमूद शीरानी ने 'पंजाब में उर्दू' में इसका जन्म-स्थान पंजाब बताया है। कुछ विद्वान सिन्ध को और कुछ दकन को इसका जन्म-स्थान मानते हैं। अर्थात् सिन्ध से दकन तक इसका वतन है।

हिन्दी क्षेत्र में सांस्कृतिक चेतना के पिछड़ेपन का सवाल उठाया जाता रहा है। इस पिछड़ेपन के अनेक कारणों में से एक यह भी है कि हम हिन्दी-उर्दू के सापेक्ष विकास की समझ को अपेक्षानुरूप विकसित नहीं कर पाए हैं। इसके लिए हिन्दी और उर्दू वाले दोनों ज़िम्मेदार हैं।

पिछले क़रीब पाँच सौ वर्षों की हिन्दी और उर्दू रचनाशीलता में बहुत कुछ साझा रहा है। कम अज़ कम इस दौरान हिन्दी और उर्दू का विकास एक-दूसरे से सापेक्ष नज़र आता है। यह दीगर बात है कि दोनों ही भाषाओं में ऐसा कोई साहित्येतिहास उपलब्ध नहीं है जिसमें छिट-पुट नामोल्लेख के अलावा इस सापेक्ष विकास का निदर्शन किया गया हो। दरअस्ल भाषाओं के नाम भेद के कारण सृजन की सामान्य भूमियों पर हमारी नज़र ही नहीं जाती। जबकि शब्द-सम्पदा, भाषिक मुहावरे, साहित्य-रूप और यहाँ तक कि भाव-विचार की सतह पर दोनों के बीच आवाजाही जारी रही है। हिन्दी-उर्दू सम्बन्धों की इससे अहम मिसाल और क्या होगी कि निराला ने 'कुकुरमुत्ता' (1942) को नागरी और उर्दू

दोनों लिपियों में छपवाया। यह जानकारी 'वसुधा' के समकालीन उर्दू साहित्य विशेषांक (जनवरी–मार्च, 2002) में शामिल डॉ. नामवर सिंह के वक्तव्य से मिली। अनुमान है कि उर्दू मुहावरे से सम्पृक्त कविता होने की वजह से निराला ने यह पहल की होगी। इस सन्दर्भ में यह बात भी महत्त्व रखती है कि बाद में जाकर अली सरदार जाफ़री 'एशिया जाग उठा' कविता में कबीर–सूर–तुलसी को याद करते हैं और शमशेर 'अम्न का राग' में ग़ालिब और सरदार जाफ़री को।

दोनों भाषाएँ एक–दूसरे की सृजनात्मकता में किस तरह राह पा जाती हैं, इसकी बेशुमार मिसालें पेश की जा सकती हैं। मुक्तिबोध उर्दू के प्रति स्वयं को खुला नहीं रखते तो क्या 'भूल–ग़लती' कविता में यह तासीर सम्भव हो पाती? इसी तरह 'बोल अरी ओ धरती बोल/राज सिंहासन डावाँडोल' लिखते हुए मजाज़ हिन्दी परम्परा से प्रेरित ज़रूर रहे होंगे। समकालीन हिन्दी–उर्दू लेखन में तो दोनों परम्पराओं के बीच यह अन्तर्क्रिया बहुत प्रत्यक्ष है।

हिन्दी में शमशेर वह पहले रचनाकार हैं जिन्होंने 'एक–दूसरे के वैभव से समृद्ध होने' की ज़रूरत को महसूस किया। 'दो आब' सामने है। हिन्दी और उर्दू वालों दोनों के लिए लाज़िम है कि पहले एक–दूसरे के वैभव से परिचित हों, तभी तो सृजन के स्तर पर उससे समृद्ध होने की सम्भावना बनती है। उर्दू शे'रो–अदब को लेकर मैं जो थोड़ा–बहुत लिखने का विनम्र प्रयास करता रहा हूँ, उसके पीछे शमशेर की यही बात प्रेरणास्वरूप रही है।

'उर्दू साहित्य की परम्परा' और 'रामविलास शर्मा और उर्दू' के बाद उर्दू के हवाले से यह मेरी तीसरी किताब है। इसमें मेरे पिछले सोलह–सतरह वर्षों के दौरान लिखे गये कुछ लेख संकलित हैं। एक लेख 1987 का भी है। अधिकांश लेख हिन्दी–उर्दू पत्र–पत्रिकाओं में प्रकाशित हो चुके हैं—इनके प्रति आभार। अलग–अलग अवसरों पर लिखे जाने और कुछ मुद्दों पर लगातार सोच–विचार करने के कारण कुछ बातें एक से अधिक बार चर्चा में आयी हैं। बहरहाल, इन लेखों में हिन्दी–उर्दू के सृजनात्मक रिश्तों को लेकर मेरी चिन्ता भिन्न–भिन्न रूपों में व्यक्त हुई है। यही इनके लिखे जाने का अस्ल मक़्सद है।

उम्मीद है, उर्दू–प्रेमी हिन्दी पाठक इस किताब को पसन्द की नज़र से देखेंगे और अपनी मूल्यवान राय से अनुगृहीत करेंगे।

20 नवंबर, 2017 **जानकीप्रसाद शर्मा**

अनुक्रम

उर्दू है जिसका नाम

उर्दू है जिसका नाम हमीं जानते हैं 'दाग़'
हिन्दोस्ताँ में धूम हमारी ज़बाँ की है

उर्दू के भीतर हिन्दोस्ताँ में धूम मचाने का यह सामर्थ्य हिन्दी से निकट सम्पर्क के कारण पैदा हुआ। इस बात पर बहस हो सकती है कि उर्दू हिन्दी की एक शैली है या एक स्वतन्त्र भाषा। यदि हम यह कहें कि हिन्दी में से तत्सम शब्द निकाल कर अरबी-फ़ारसी के शब्द मिलाने से उर्दू भाषा बन गई तो यह एक सरलीकरण होगा। ज़्यादा से ज़्यादा यह कहा जा सकता है कि ये एक ही भाषा के दो विशिष्ट रूप रहे हैं जिनकी दो भिन्न परम्पराएँ हैं। परम्परा की इस संस्कृतिजनित भिन्नता ने उर्दू को एक भाषा के रूप में निजी और मौलिक पहचान दी।

अठारहवीं सदी के पूर्वार्द्ध तक जिसे हिन्दी या हिन्दवी कहा जाता था, वह उर्दू ही थी। यह एक तथ्य है कि खड़ी बोली पहले उर्दू कविता और गद्य में निखरी और मँजी। जिसे हमने खड़ी बोली हिन्दी कहा, उसके आरम्भिक नमूने क़ुली क़ुत्बशाह और 'वली' जैसे दकन के शाइरों की रचनाओं और गेसूदराज़ की 'मैराजुल आशिक़ीन' तथा मुल्ला वजही की 'सबरस' गद्यकृतियों में दकनी संस्पर्श के साथ बहुत पहले सामने आ चुके थे। हिन्दी कविता और गद्य में यह भाषा क़रीब दो सौ साल बाद प्रकट होती है। खड़ी बोली के जैसे सरल वाक्य 'वली' के यहाँ मिल जाते हैं, वैसे हिन्दी में बीसवीं सदी की आरम्भिक काव्य-भाषा में भी मुश्किल से मिलते हैं। 'आह पर आह खींचता था मैं/आज की रात कुछ हिसाब न था', खड़ी बोली का यह रूप सत्रहवीं सदी की हिन्दी कविता में कहाँ मिलेगा?

विद्वानों का यहाँ तक कहना है कि वली की भाषा में प्राकृत की विभक्तियाँ भी प्रयुक्त हुई हैं। उनके वाक्यों में 'से' के अर्थ में 'सेती' विभक्ति मौजूद है। वली के दीवान के माध्यम से जब उत्तर और दक्षिण का साहित्यिक सम्पर्क हुआ तो भाषा को लेकर यही उदार परम्परा सौदा, मीर और नज़ीर जैसे कवियों में निजी विशिष्टताओं के साथ विकसित हुई। सौदा ने तो हिन्दी के पारम्परिक छन्दों में भी कविता लिखी। मीर की काव्यभाषा में भी हिन्दी के प्रति खुलापन और सादाबयानी का पूरा लिहाज़ रखा

गया है। नज़ीर की उर्दू में ब्रजभाषा की महक है। अफ़सोस की बात यह है कि कई उर्दू वाले आज भी यह कहते पाये जाते हैं कि मीर की श्रेष्ठ शाइरी वही है जो फ़ारसीनिष्ठ उर्दू के समीप है। या कि नज़ीर की हिन्दी ढंग की रचनाओं का कोई साहित्यिक महत्त्व नहीं है, नज़ीर इतिहास में केवल उल्लेख भर कर देने योग्य हैं। सम्भ्रान्त क़िस्म की उर्दू के मुरीद शुद्धतावादी लोगों को अभिव्यक्तियों की यह आवाजाही आज भी रास नहीं आती।

उन्नीसवीं सदी के उत्तरार्द्ध में व्यवहार की दृष्टि से उर्दू की स्थिति हिन्दी से बेहतर थी। उस दौर में हिन्दी से ज़्यादा किताबें और अख़बार उर्दू में छपते थे। सन 1890 के आसपास यह अन्तर लगभग दोगुना था। इसी दौरान हिन्दी-उर्दू विवाद शुरू होता है। आचार्य महावीरप्रसाद द्विवेदी ने 'सरस्वती' के नवम्बर 1902 अंक में एक बड़ा दिलचस्प व्यंग्यचित्र प्रकाशित किया था जिसमें उर्दू हिन्दी से कहती है :

"अरी चुड़ैल, तू मर कर भी नहीं मरती?"

इसके जवाब में हिन्दी कहती है, "अच्छा तेरे जी में आवे सो कह, पर मेरी तो माता की आत्मा ठहरी, मैं तो आसीस ही दूँगी।"

इस संवाद से तत्कालीन हिन्दी-उर्दू झगड़े की ओर संकेत मिलता है। विचित्र यह है कि हिन्दी और उर्दू को अलगाने वाला नेतृत्व अपना काम करता रहा, लेकिन नवजागरण के दौरान तक दोनों भाषाएँ एक दूसरे से लाभान्वित होती रहीं। हिन्दी और उर्दू के बीच जो थोड़ी बहुत दूरी बढ़ी, उसके पीछे निषिद्ध शब्दों को छोड़ने (मत्रूकात) का सिद्धान्त रहा। दूसरे, धीरे-धीरे अँग्रेज़ी हुकूमत ने धार्मिक कट्टरवादियों की मदद से भाषा को भारतीय अवाम के विभाजन के एक औज़ार के रूप में इस्तेमाल किया। भाषा की धार्मिक पहचान क़ायम करने में उन्हें एक हद तक सफलता मिली। हंटर शिक्षा आयोग (1882 ई.) के समक्ष दिये गये सर सैयद और भारतेन्दु के बयानों को इसी रौशनी में देखा जाना चाहिए। कई लोगों ने भारत-विभाजन के लिए उर्दू को ज़िम्मेदार ठहराया। यहाँ तक कि जो मौलवी अब्दुल हक़ साहब यह मानते थे कि उर्दू का जन्म हिन्दुओं और मुसलमानों के सांस्कृतिक संश्लेषण (cultural synthesis) से हुआ, वे 15 फ़रवरी, 1961 को कराची के एक भाषण में यह कहते पाये गये कि 'पाकिस्तान न जिन्नाह ने बनाया न इक़बाल ने, यह मुल्क उर्दू ने बनाया है।'

पाकिस्तान अगर उर्दू ने बनाया है तो आज वहाँ उर्दू का देशव्यापी व्यवहार होना चाहिए था, जबकि सूरते हाल कुछ और है। पाकिस्तानी विद्वान तारिक़ रहमान की किताब 'Language and Politics in Pakistan' (Oxford University Press, Karachi, 1996) इस सूरते हाल को समझने में हमारी विशेष मदद करती है। रहमान के अनुसार 'पाकिस्तान में पख़्तून, सिंधी, बलूची और पंजाबी अस्मिताओं से जुड़ी आबादी है जो क्रमशः पश्तो, सिंधी, बलूची और पंजाबी भाषाएँ बोलती है। सत्ताधारी

अभिजन (ruling elite) पंजाबी हैं जो कि अपनी मातृभाषा की उपेक्षा करते हैं और उर्दू को वरीयता देते हैं।' अगर आप पाकिस्तान के भाषायी मानचित्र पर नज़र डालें तो उर्दू किसी भी क्षेत्र की प्रथम और मुख्य भाषा नहीं है। क्या फिर भी उर्दू पाकिस्तान बनाने के लिए ज़िम्मेदार है ?

आज सम्प्रदायवादी ताक़तें उर्दू को फिर एक धार्मिक समुदाय से जोड़कर देखने लगी हैं। कुछ उर्दू वालों में भी यह मिथ्या चेतना पैदा हो गई है कि उर्दू की सुरक्षा मज़हब के साए में ही सम्भव है। वास्तविकता यह है कि जिस सेक्युलर ताने-बाने से उर्दू वुजूद में आई है, उसकी रक्षा में ही उर्दू की समृद्धि निहित है।

उर्दू के विकास में जो बाधाएँ नज़र आती हैं, उनमें से अनेक स्वय उर्दू वालों ने पैदा की हैं। मसलन यह मानी हुई बात है कि उर्दू, हिन्दी से सापेक्ष एक स्वतन्त्र भाषा है, लेकिन इसे सिद्ध करने के प्रयास में उर्दू के दरवाज़े हिन्दी और क्षेत्रीय बोलियों के लिए बन्द कर दिये गए। उर्दू पाठ्यक्रमों में कबीर, जायसी या अन्य सूफ़ी कवियों को पढ़ाने की ज़रूरत महसूस नहीं की गयी। जायसी के 'पद्मावत' का फ़ारसी लिपि में संस्करण तो आज से सौ वर्ष पहले प्रकाशित हो चुका था। इसके बावजूद किसी उर्दू पाठ्यक्रम में 'पद्मावत' का कोई अंश शामिल नहीं है। जाने-माने उर्दू आलोचक प्रो. शमीम हनफ़ी का मानना है कि 'इससे उर्दू का ही नुक़सान हुआ है। अगर उर्दू में लोकवादी परम्परा के साहित्य को आत्मसात् कर लिया जाता तो इसका दायरा बढ़ता।' परिष्कृत उर्दू की अवधारणा ने उर्दू के दायरे को परिमित किया है। एक जीवित और गतिमान भाषा को इस तरह विच्छिन्न नहीं रहना चाहिए।

दरअस्ल साझा पाठ्यक्रम हमारे समय की एक बड़ी ज़रूरत है। उर्दू पाठ्यक्रमों में हिन्दी और हिन्दी पाठ्यक्रमों में उर्दू को जगह दी जानी चाहिए। हिन्दी के पाठ्यक्रम निर्माता अपने तमाम उर्दू-प्रेम के बावजूद उर्दू के प्रति अनुदार नज़र आते हैं और कुछ अच्छे अपवादों को छोड़कर आमतौर पर उर्दू वाले हिन्दी साहित्य से बेगाने हैं ही। अगर हम साझा पाठ्यक्रमों को रिवाज दे पाते हैं तो हिन्दी-उर्दू के विद्यार्थियों को भाषा और साहित्य के समन्वित परिप्रेक्ष्य की जानकारी मिल सकेगी और उर्दू का दायरा भी बढ़ेगा। ऐसे में महात्मा गाँधी अन्तरराष्ट्रीय हिन्दी विश्वविद्यालय द्वारा शुरू किया जाने वाला हिन्दी-उर्दू का साझा पाठ्यक्रम एक स्वागत योग्य क़दम है। इस पाठ्यक्रम के तहत स्नातकोत्तर स्तर के विद्यार्थियों को उर्दू साहित्य देवनागरी लिपि के माध्यम से पढ़ाया जाएगा।

लिपि का ज़िक्र आते ही एक दूसरी बहस उठ जाती है। उर्दू विद्वानों के वक्तव्यों में अक्सर यह बात सुनने को मिलती है कि उर्दू लिपि सिमट रही है। पिछले दिनों ऐवान-ए-ग़ालिब के एक सेमिनार में जामिया मिल्लिया के कुलपति शाहिद मेहदी ने कहा था कि 'लिपि के लिहाज़ से उर्दू यतीम होती जा रही है।' जो शहर और क़स्बे उर्दू

के गढ़ माने जाते थे, वहाँ भी उर्दू में लिखने और पढ़ने वालों की तादाद घटी है। इसके कुछ ठोस व्यावहारिक कारण हैं। इनमें से अधिकांश का सम्बन्ध व्यवसायोन्मुख शिक्षा की ज़रूरत से है और कुछ सांस्कृतिक व सामाजिक कारण भी हैं। हाल ही में कानपुर के उर्दू लेखक नामी अंसारी ने 'शाइर' पत्रिका के किसी अंक में चिन्ता जताई है कि 'जुमे की नमाज़ के बाद जो इश्तिहारी या दीनी मुआमलात के पर्चे तक़्सीम होते हैं, वे भी हिन्दी में होते हैं।' दरअस्ल इस तरह की चिन्ताओं से लिपि का मुआमला और पेचीदा हो उठता है और बात मज़हब तक पहुँच जाती है। उर्दू के अधिकांश क्लासिकों का हिन्दी में अनुवाद या लिप्यन्तर हो चुका है और समकालीन उर्दू रचनाकारों की कृतियाँ हिन्दी में आती जा रही हैं। उर्दू की अपेक्षा इन्हें एक बड़ा बाज़ार भी हिन्दी में मिला है। हिन्दी वालों के उर्दू-प्रेम के पेशेनज़र प्रकाशकों में उर्दू के हिन्दी अनुवाद छापने की होड़ लगी हुई है। यह सराहनीय काम है। कोई भी लेखक चाहेगा कि उसे एक बड़ा पाठक-वर्ग मिले। उर्दू लेखकों को यह हिन्दी में उपलब्ध है। डॉ. रामविलास शर्मा ने बहुत पहले उर्दू लेखकों के देवनागरी लिपि की ओर आकर्षण के मूल में आर्थिक दबाव की ओर संकेत किया था। ग़रज़ यह कि हम कितना भी ज़ोर लगाये, लिपि और लेखक के सम्बन्ध को बाज़ार ही तय करेगा।

ऐसी स्थिति में क्या उर्दू भाषा को फ़ारसी लिपि त्याग कर देवनागरी लिपि अपना लेना चाहिए? यह एक बड़ा सवाल है। राही मासूम रज़ा आठवें दशक की शुरूआत में उर्दू के लिए देवनागरी लिपि अपनाने की पेशकश कर चुके थे। और इस रौशनख़याली की उर्दू हल्क़ों में जितनी निन्दा हुई, हिन्दी हल्क़ों में उतनी ही प्रशंसा। महत्त्व की बात यह है कि राही ने यह राय एक उर्दू कवि और हिन्दी कथाकार के रूप में रखी थी। अभी एक उर्दू विद्वान प्रो. रियाज़ सिद्दीक़ी ने कराची की पत्रिका 'अफ़्कार' में लिखा है कि अगर उर्दू ज़बान के लिए देवनागरी लिपि अपनी ली जाये तो न सिर्फ़ उर्दू ज़बान बच जाएगी बल्कि इसके फूलने-फलने की सम्भावनाएँ भी बढ़ जाएँगी। (सन्दर्भ : शाइर, दिसम्बर 2001) मालूम हो कि पिछले दिनों लंदन में एक कॉन्फ्रेंस हुई थी जिसमें युवा उर्दू रचनाकारों ने उर्दू भाषा के लिए रोमन लिपि का व्यवहार करने की तज्वीज़ पेश की थी। इसके विपरीत शम्सुर्रहमान फ़ारूक़ी सहित अधिकांश उर्दू लेखक यह मानते हैं कि 'उर्दू साहित्य के सरमाए को फ़ारसी लिपि में ही बचाया जा सकता है।' यह सच है कि लिपि संस्कृति का अंग है, भाषा का अंग नहीं। इसके बावजूद उर्दू लेखकों के सर्जनात्मक चित्त में फ़ारसी लिपि रची-बसी है। इसलिए उनसे इस लिपि को तिलांजलि देने का आग्रह करना उचित नहीं लगता। जब उर्दू के भविष्य की बात उठती है तो इसका आशय फ़ारसी लिपि में उर्दू का भविष्य लिया जाता है। हमें हिन्दी रंगमंच, सिनेमा और मीडिया में उर्दू के बढ़ते हुए प्रयोग के महत्त्व को भी समझना चाहिए। भाषा के रूप में उर्दू का भविष्य हमें अंधकारमय नहीं लगता।

आए दिन उर्दू की साहित्यिक पत्रिकाओं पर आयद संकट की बात भी होती रहती है। दरअस्ल बाँग्ला, मलयालम आदि दो-तीन भारतीय भाषाओं को छोड़कर हमारी सभी भाषाओं की एक-सी हालत है। यह अकेले उर्दू का मसला नहीं है। यह हमारे समग्र सांस्कृतिक परिवेश में सुरुचि के संकट का दौर है। दूसरे, यह समय पढ़ने के साथ देखने और सुनने का भी है। इसके बावजूद हमारे यहाँ 'शाइर', 'शबख़ून', 'ज़हने-जदीद', 'इस्तिआरा' और 'मे'यार' आदि पत्रिकाएँ और 'शेरो-हिकमत', 'मकालमा', 'दस्तावेज़' आदि किताबी सिलसिले प्रकाशित हो रहे हैं। अकादमियों और सरकारी प्रतिष्ठानों से जारी होने वाली पत्रिकाएँ अलग हैं। निजी साधनों से निकलने वाली पत्रिकाओं में 'शाइर' और 'शबख़ून' को क्रमश: 73 और 35 वर्ष हो चुके हैं। पाकिस्तान से बड़ी तादाद में उर्दू पत्रिकाएँ निकल रही हैं। भारत में इनका अच्छा-ख़ासा पाठक-वर्ग है। भारत और पाकिस्तान से बाहर उर्दू की नई आबाद हुई बस्तियों की अपनी पत्रिकाएँ हैं। ज़रा हम सोचें, कहीं यह मिथक तो नहीं कि उर्दू का पाठक-वर्ग सिमट रहा है?

अब उर्दू अदब की मौजूदा हालत पर एक नज़र। उर्दू में विभिन्न विधाओं में हो रहे समकालीन सृजन की पड़ताल के लिए बड़ा विस्तार चाहिए। यह प्रमुख रुज्हानों का संक्षिप्त जायज़ा है जिसमें कुछ महत्त्वपूर्ण नाम छूट सकते हैं।

ग़ज़ल उर्दू की सबसे लोकप्रिय विधा है। पारम्परिक बहरों के अनुशासन में बँधी होने के बावजूद इसके मिज़ाज में आज बड़ी तब्दीली आई है। अनुभव के जिन इलाक़ों में ग़ज़ल का प्रवेश वर्जित था, उसने अब वहाँ तक पहुँच बनायी है। तरक़्क़ीपसन्दों के यहाँ ग़ज़ल का सिलसिला क़दो-गेसू से लेकर दारो-रसन तक था। नई ग़ज़ल में ये दोनों हदें टूटी हैं। जिन शाइरों के यहाँ ग़ज़ल ख़ुद को बदलती हुई नज़र आ रही है उनमें शहरयार, निदा फ़ाज़्ली, शीन काफ़ निज़ाम, फ़रहत एहसास, असद बदायूनी, नोमान शौक़, महताब नक़वी और शकील आज़मी के नाम उल्लेखनीय हैं। यह बात कही जानी चाहिए कि आज ग़ज़ल जितनी ज़्यादा कही जा रही है, उसका बहुत कम हिस्सा जानदार है। जो हिस्सा जानदार है उसमें अभिव्यक्ति की नई सूरतें देखी जा सकती हैं, मसलन :

गाँव से मेरे सड़क निकली मगर
पेड़ जो छतनार थे, सब कट गये

—अंबर बहराइची

मैं उस शजर की हर इक शाख़ का पुजारी हूँ
ज़रा-सा साया भी जिसने मेरे बदन पे किया

—नोमान शौक़

आज पाबन्द नज़्में कम लिखी जा रही हैं। आज़ाद नज़्म के साथ-साथ नस्री नज़्म का चलन बढ़ा है। नस्री नज़्म को हम गद्यवृत्त की कविता कह सकते हैं। नून मीम

राशिद, मीराजी और अख़्तरुल ईमान ने नज़्म को जिन बुलन्दियों पर पहुँचा दिया था, बीच में उसमें पस्ती आई लेकिन नए रचनाकार नज़्म में फिर से वही ताब और अर्थ गाम्भीर्य पैदा करने की कोशिश में हैं। ज़ाहिर है कविता में सबसे पहले बदलाव भाषा के स्तर पर नुमायाँ होते हैं। ये बदलाव सलाहुद्दीन परवेज़, निदा फ़ाज़्ली, ज़ुबैर रज़्वी, अंबर बहराइची, जयन्त परमार, सादिक़, अतीक़ुल्लाह, याक़ूब शाही और शाहिद माहुली की नज़्मों में विविधता के साथ देखे जा सकते हैं।

उर्दू कहानी में 1960 के बाद लम्बे समय तक प्रतीकवाद का बोलबाला रहा। भारत में बलराज मेनरा और सुरेन्द्र प्रकाश तथा पाकिस्तान में इंतिज़ार हुसैन और अनवर सज्जाद जैसे कहानीकारों की पहचान उसी दौर की है। आज की कहानी के सरोकार बदले हुए हैं। दूसरे, कहानी में पाठक के साथ श्रोता की सत्ता को फिर से स्वीकार किया जाने लगा है। यानी उसमें कथा-कथन की पुरानी परम्परा को नया संस्कार दिया जा रहा है। हाल ही में प्रकाशित 'इस्तिआरा' पत्रिका के कहानी विशेषांक में नई सर्जनात्मकता की बानगियाँ देखी जा सकती हैं। पिछले दो दशकों में जिन कहानीकारों ने अपनी पहचान बनायी है, उनमें तारिक़ छतारी, सैयद मुहम्मद अशरफ़, मुहसिन ख़ान, मुशर्रफ़ आलम ज़ौक़ी, अहमद सग़ीर, ग़ज़ाल ज़ैगम और हसन जमाल तथा पाकिस्तान के आसिफ़ फ़र्रख़ी, समी आहूजा, मिर्ज़ा हामिद बेग और अहमद दाऊद आदि के नाम लिए जा सकते हैं।

उर्दू शाइरी में कवयित्रियों के स्वर की अलग पहचान है। स्त्री-विमर्श की सशक्त रचनाएँ लिखी जा रही हैं— धार्मिक कट्टरवाद के प्रतिरोधस्वरूप पाकिस्तान में अपेक्षाकृत ज़्यादा। भारत की अज़रा परवीन, शहनाज़ नबी, शबनम उस्मानी, तरन्नुम रियाज़ तथा पाकिस्तान की सारा शगुफ़्ता, किश्वर नाहीद और अज़रा अब्बास आदि की नज़्में स्त्रीवाद तक सीमित नहीं हैं, बल्कि कविता के स्थापित सच को बरतरफ़ करते हुए नयी सच्चाइयों को देख पाने का साहस करती हैं। ये नज़्में हमें वहाँ ले जाती हैं, जहाँ 'ख़्वाबों में भी हँसने के सब रास्ते एक क़ाज़ी बन्द करके चला गया है।' (अज़रा परवीन)

उर्दू आलोचना पर बात करते हुए प्रो. कलीमुद्दीन अहमद के जुम्ले याद आते हैं—'उर्दू में तन्क़ीद का वुजूद फ़र्ज़ी है या यह माशूक़ की मौहूम (भ्रमजन्य) कमर है।' भाव यह है कि उर्दू आलोचना का अस्तित्व ही नहीं है। यह पाँचवें दशक की बात है। तब से अब तक आलोचना विचार की कई मंज़िलें तय कर चुकी है, अपने वुजूद का एहसास कराते हुए।

धीरे-धीरे विचारधारा की जकड़बन्दी टूट रही है। उत्तर संरचनावाद और नयी थ्योरी की तरफ़ रुचि बढ़ी है। इस नई बहस को उठाने का श्रेय प्रो. गोपीचंद नारंग को जाता है। इसके अलावा हमारे यहाँ वहाब अशरफ़ी, निज़ाम सिद्दीक़ी, देवेंद्र इस्सर, शीन काफ़ निज़ाम और पाकिस्तान के वज़ीर आग़ा, फ़हीम आज़मी और ज़मीर

बदायूनी उत्तर आधुनिक दृष्टिकोण से आलोचना में महत्त्वपूर्ण काम कर रहे हैं।

आलोचना को लेकर उर्दू रचनाकारों की वही शिकायतें हैं जो कि हिन्दी में भी हम सुनते आए हैं। निदा फ़ाज़ली ने अपनी आत्मकथा के दूसरे भाग में एक जगह कहा है कि 'रचना पर आलोचना की बरतरी पूरे ऐवाने-उर्दू में कई सालों से प्रचलित रही है।' आज भी वही सूरते हाल है। कथा-आलोचना क़रीब-क़रीब एक मुक़ाम पर ठहरी हुई है। तरक़्क़ीपसन्दी और जदीदियत हर दौर से एक-दो कहानीकारों के बुत बना लिये गए हैं और कहानी की अगली मंज़िलों की ओर से आँखें मूँद ली गई हैं। प्रतिष्ठित उर्दू कवि-कथाकार सलाहुद्दीन परवेज़ का कहना है कि 'आज फ़िक्शन की आलोचना ऐसे स्टेशनों पर पहुँची हुई है जहाँ से गाड़ियाँ कहीं के लिए रवाना नहीं होतीं।'

—2002 ई.

कबीर की ग़ज़ल

हमन हैं इश्क़ मस्ताना हमन को होशियारी क्या
रहें आज़ाद या[1] जग से हमन दुनिया से यारी क्या

जो बिछड़े हैं पियारे से भटकते दर ब दर फिरते
हमारा यार है हम में हमन को इंतिज़ारी क्या

ख़लक़[2] सब नाम अपने को बहुत कर सर पटकता है
हमन गुर[3] नाम साँचा[4] है हमन दुनिया से यारी क्या

न पल बिछड़ें पिया हमसे, न हम बिछड़ें पियारे से
उन्हीं से नेह लागी है हमन को बेक़रारी क्या

कबीरा इश्क़ का मात[5], दुई[6] को दूर कर दिल से
जो चलना राह नाज़ुक है हमन सर बोझ भारी क्या।

प्रसंग यह है कि 'नया ज्ञानोदय' के मई 2016 अंक में कबीर (1440-1518) की उक्त ग़ज़ल प्रकाशित हुई है। यह ग़ज़ल सुपरिचित शाइर फ़रहत एहसास द्वारा सम्पादित और रेख़्ता बुक्स, नई दिल्ली से प्रकाशित 'ग़ज़ल उसने छेड़ी' (2016 ई.) संकलन से ली गई है। इस पर श्री अब्दुल बिस्मिल्लाह का लिखा पत्र 'नया ज्ञानोदय' के सम्पादक श्री लीलाधर मंडलोई ने मुझे इस आशय के साथ प्रेषित किया कि अपनी प्रतिक्रिया लिख भेजूँ। अतएव पत्र-लेखक के प्रति पूरे सम्मान के साथ अपनी राय यहाँ दर्ज है।

अर्ज़ है कि मैंने 1977 ई. में 'हिन्दी ग़ज़ल की प्रकृति' नाम से एक लेख लिखा था जो गंज बासौदा (म. प्र.) से जारी एक लघु पत्रिका 'समर्थ' (1) में प्रकाशित हुआ था। बाद में कई पत्रिकाओं ने इसे साभार छापा। तदनन्तर मेरा 1979 ई. में लिखा 'हिन्दी ग़ज़ल की परम्परा' लेख 'समर्थ' के ही दूसरे अंक में आया, जिसमें मैंने अयोध्या सिंह

---

1. इस 2. दुनिया 3. गुरु 4. सच्चा 5. डूबा हुआ 6. अलगाव, द्वैत

उपाध्याय 'हरिऔध' की किताब 'बोलचाल' तथा उस समय उपलब्ध अन्य साक्ष्यों के आधार पर 'हमन हैं इश्क़ मस्ताना हमन को होशियारी क्या' को कबीर की ग़ज़ल बताया था। मैं आज भी इसे बिला शको-शुबह: कबीर की रचना मानता हूँ।

पहली बात तो यह है कि हिन्दी में प्रस्तुत ग़ज़ल को लेकर एम. ए. ग़नी को प्रमाण मानने वाले और इससे असहमति रखने वाले दोनों ने शायद ही उनके ग्रंथ को देखा हो। वे ग्रंथकार का पूरा नाम भी नहीं जानते होंगे— यानी मुहम्मद अब्दुल ग़नी। ग़नी साहब अरबी व फ़ारसी के अधीती थे। उन्होंने पूर्व मुग़लकाल और मुग़लकाल में फ़ारसी भाषा एवं साहित्य के विकास पर बड़े अध्यवसाय के साथ शोध-कार्य किया था। इस दौरान जो ज़बान बन रही थी, उसका जायज़ा भी उन्होंने लिया है। उनकी किताब A History of Persian Language & Literature at the Mughal Court (with a brief survey of the growth of Urdu Language) तीन भागों में संयोजित है— पहला भाग बाबर, दूसरा हुमायूँ और तीसरा अकबर। पहला भाग दि इंडियन प्रेस लिमिटेड, इलाहाबाद से 1929 में प्रकाशित हुआ। प्रस्तुत ग़ज़ल इसी पहले भाग में पृष्ठ 70 पर दर्ज है। इन पंक्तियों को लिखते समय यह किताब मेरे सामने है। इस शोध-कार्य की प्रामाणिकता पर बहस हो सकती है, लेकिन इसके लिए बड़ी तैयारी दरकार है। विदित है कि कबीर सिकंदर लोदी (शासनकाल 1489-1517 ई.) के समकालीन थे। ग़नी साहब ने इस दौर में फ़ारसी की स्थिति पर विचार करते हुए सम्भ्रान्त वर्ग से अलग अवाम में बरती जा रही भाषा पर भी बातचीत की है। 'कबीर की ग़ज़ल : युग का एक हैरतअंगेज़ कारनामा' (Kabir's Ghazal : a Wonderful feat of the age) उपशीर्षक के अन्तर्गत उन्होंने लिखा है : 'उर्दू भाषा में ग़ज़ल की बाक़ायदा आमद इस युग का एक बेहद हैरतअंगेज़ कारनामा है। सिकंदर के दौर से पहले ग़ज़ल में इस क़िस्म की परिष्कृति और पूर्णता को दर्शाने वाला कोई अन्य साक्ष्य नहीं मिलता। माना जाता है कि ख़ुसरो ने गीति-कविता की बुनियाद डाली, लेकिन संदिग्ध प्रामाणिकता वाली हिन्दी-फ़ारसी मिश्रित एक ग़ज़ल के सिवा कोई और साक्ष्य आज वुजूद में नहीं है। जबकि कबीर की ग़ज़लें जिनका एक नमूना नीचे दिया जा रहा है, अन्तिम तौर पर निश्चयपरक हैं और नर्म हिन्दी में लिखी गई हैं जो कि उर्दू है।''[1]

इसके बाद प्रस्तुत ग़ज़ल उर्दू लिपि में उद्धृत है। इसके स्रोत का उल्लेख नहीं

---

1. A most wonderful feat of this age is the accomplishment of Ghazal in Urdu Language. There is no evidence to show that Ghazal had attained such polish and perfection before Sikandar's time. Khusrau is believed to have laid the foundation of Lyric poetry, but no instance of same, save a mixed Hindi-Persian Ghazal of doubtful authenticity, is in existance today. While Kabir's Ghazals, of which a specimen is quoted below, are conclusive and composed in soft Hindi which is but Urdu."

–A History of Persian Language & Literature at the Mughal Court. Pt. I, Page 70

किया गया है। अगर ग़नी साहब की मानें तो कबीर ने इसके अलावा और भी ग़ज़लें कही हैं। निश्चय ही ये ग़ज़लें उन्होंने कहीं देखी ज़रूर होंगी। 'नया ज्ञानोदय' में प्रकाशित ग़ज़ल और ग़नी साहब द्वारा उद्धृत ग़ज़ल में मामूली पाठांतर भी है। इससे ज्ञात होता है कि दोनों के स्रोत अलग-अलग हैं। ग़नी ने मक़्ते के शे'र का सानी मिसरा यूँ दिया है :

'जो चलना राह नाज़ुक है हमन को बोझ भारी क्या' और फ़रहत एहसास ने यूँ :

जो चलना राह नाज़ुक है हमन सर बोझ भारी क्या।

अब्दुल बिस्मिल्लाह ने एक शोध-प्रबन्ध के हवाले से ग़नी साहब का नाम तो लिया है, लेकिन उनके योगदान के बारे में जानने की ज़हमत नहीं उठाई। अगर ज़हमत उठाते तो आधे से ज़्यादा मसला यहीं हल हो गया होता।

अब्दुल बिस्मिल्लाह भाषा के ऐतिबार से इसे कबीर की रचना नहीं मानते। उन्होंने इसमें प्रयुक्त 'इश्क़', 'होशियारी' और 'हमन' शब्दों की बिना पर अपनी राय क़ायम की है। यह राय एक सरसरी आकलन पर आधारित लगती है। उन्होंने उस ज़माने में बन रही भाषा के लिए रेख़्ता, रेख़्ती, देहलवी, हिन्दवी आदि नाम गिनाये हैं। दरअस्ल इस विषय पर उर्दू और अँग्रेज़ी में दफ़्तर के दफ़्तर लिखे जा चुके हैं। इसलिए इस प्रसंग को यहीं छोड़कर हम मूल बात पर आते हैं।

पन्द्रहवीं-सोलहवीं सदी में उत्तर भारत के अवाम के लिए 'इश्क़' (अरबी) और 'होशियारी' (फ़ारसी) शब्द अपरिचित नहीं रह गये थे। अब तक ईरान की फ़ारसी शाइरी यहाँ आ चुकी थी। डेढ़-दो सदी पहले से अमीर ख़ुसरो की फ़ारसी काव्य एवं गद्य रचनाएँ मौजूद थीं ही। जैसा कि शम्सुर्रहमान फ़ारूक़ी ने कहा है: 'उस ज़माने में दिल्ली, पंजाब और निकटवर्ती क्षेत्रों में फ़ारसी की, जन-साधारण की भाषा नहीं तो लिंग्वाफ्रांका की स्थिति अवश्य थी। हम ईरान व तुर्किस्तान आदि के आने वाले विद्वानों के बारे में पढ़ते हैं कि उन्होंने अमुक नगर की जामा मस्जिद में वक्तव्य दिया। ज़ाहिर है यह वक्तव्य फ़ारसी में ही होते होंगे। चूँकि फ़ारसी में समझने वाले स्थानीय लोग अधिक संख्या में उपस्थित थे, इसलिए उस समय के सूफ़ियों को दिल्ली और उत्तर भारत के अन्य क्षेत्रों में किसी और भाषा की आवश्यकता न थी। यह स्थिति न तो पन्द्रहवीं सदी के गुजरात में थी और न दकन में।''[1] फिर कबीर के यहाँ 'इश्क़' और 'होशियारी' शब्दों को लेकर हमें परेशान नहीं होना चाहिए। उन्होंने इनके तद्भव रूपों (इसक और हुसियारी) को नहीं बरता, महज़ इस बिना पर इसे कबीर की रचना न मानने का कोई औचित्य नहीं है। लेकिन 'ख़ल्क़' के तद्भव 'ख़लक़' के प्रयोग को लेकर आप क्या कहेंगे? कबीर ने अन्यत्र भी इसका इस्तेमाल किया है—'खलक

1. शम्सुर्रहमान फ़ारूक़ी : 'उर्दू का आरम्भिक युग' (हिन्दी अनुवाद), पृष्ठ 90

चबीना काल का कुछ मुख में कुछ गोद'। कोई उर्दू वाला 'खलक' उच्चारण के साथ इस शब्द का इस्तेमाल कर ही नहीं सकता। अगर यह रचना कबीर के बजाय जिसने भी लिखी है, उसे 'ख़ल्क़' उच्चारण को तरजीह देना चाहिए था। जैसा कि मुझे लगता है, एक ही रचना में अरबी-फ़ारसी के तत्सम और तद्भव रूपों के प्रयोग भाषा के प्रति कबीर के आज़ादाना रवैए के ज़्यादा नज़दीक पड़ते हैं। इसी रवैए के कारण कबीर को वाणी का डिक्टेटर कहा गया है।

'हमन हैं' को लेकर बिस्मिल्लाह साहब का कहना है कि 'इस तरह की भाषा का प्रयोग बनारस या उसके आस-पास नहीं, बल्कि दक्षिण भारत के हैदराबाद और गोलकुंडा में होता था।' यहाँ मैं दो बातें अर्ज़ करना चाहूँगा। एक, कबीर का शब्द-ग्रहण क्षेत्र सिर्फ़ बनारस नहीं है। बावजूद इसके कि उनकी लफ़्ज़ियात का बड़ा हिस्सा इसी इलाक़े से आया है, वे उत्तर-पश्चिमी भारत (पंजाब और राजस्थान) की बोलियों से भी इस्तिफ़ादा करते हैं। उनके यहाँ दकनी के प्रयोग भी अस्वाभाविक नहीं हैं। दूसरे, किसी जनपद का कवि होने के मा'नी यह नहीं कि आप उसकी काव्य-भाषा की भौगोलिक सीमाएँ निर्धारित कर दें।

यहाँ एक ऐतिहासिक तथ्य की ओर ध्यान देने की ज़रूरत है। तेरहवीं सदी में अलाउद्दीन ख़िलजी की सेना के दक्षिण कूच करने और चौदहवीं सदी में मुहम्मद तुग़लक़ के देवगिरि (दौलताबाद) को राजधानी बनाने के परिणामस्वरूप दिल्ली और इसके आस-पास व्यवहृत बोली दक्षिण पहुँची। द्रविड़ भाषाओं के सम्पर्क से उसमें कुछ तब्दीलियाँ पेश आईं। इस बोली के बीजापुर पहुँचने पर इसमें कन्नड़, औरंगाबाद पहुँचने पर मराठी तथा गोलकुंडा-हैदराबाद पहुँचने पर तेलुगु के भाषायी तत्त्व समाहित होते गये, लेकिन आधार खड़ी बोली का ही रहा। बाद में इस बोली को दकनी, दक्खिनी, दकनी उर्दू, दकनी हिन्दी आदि नामों से पुकारा गया। कबीर से क़रीब दो सदी पहले दकनी के निर्माण की प्रक्रिया शुरू हो गई थी। ख़्वाजा बन्दानवाज़ गेसूदराज़ (1322-1421) की गद्य-रचना 'मैराजुल आशिक़ीन' और निज़ामी बीदरी की 'मस्नवी पदमराव कदमराव' (1421 ई.) के अलावा अनेक दकनी कवियों की रचनाएँ सामने आ चुकी थीं। इस पृष्ठभूमि को ध्यान में रखते हुए एक जिज्ञासा का उत्पन्न होना स्वाभाविक है कि इधर से उधर लोगों के सतत आवागमन के कारण क्या दकनी के प्रयोग उत्तर भारत नहीं पहुँचे होंगे? क्या भाषा का प्रवाह एक तरफ़ा रहा यानी उत्तर से दक्षिण की ओर? 'हम' सर्वनाम तेलुगु या कन्नड़ में नहीं है, यह उत्तर भारत के हिन्दी क्षेत्र से वहाँ पहुँचा। 'हमन' का रूप लेने के बाद यह शब्द सूफ़ी-सन्तों, सैनिकों, कर्मचारियों और व्यापारियों द्वारा उत्तर भारत क्यों नहीं आ सकता? कबीर के दो सौ साल बाद तो दिल्ली की ज़बान में दकनी प्रयोग इफ़रात में मिलने लगते हैं। 'सौदा' एक मर्सिया 'बाज़बाने दकनी आमेज़' लिखते हैं। 'मीर' ने दकनी क्रियापदों का

ख़ूब प्रयोग किया है— 'इन सुहबतों में आख़िर जानें ही जातियाँ हैं।'

कहा गया है कि 'यह ग़ज़ल किसी दकनी शाहर की है, जिसका पता अभी तक नहीं लग पाया है। क्योंकि दकनी शाइरी का बहुत सारा हिस्सा अभी प्रकाश में आया ही नहीं है। उनकी अनेकानेक पांडुलिपियाँ अभी भी हैदराबाद के सालारजंग म्यूज़ियम में संरक्षित हैं।' अपने सीमित अध्ययन के आधार पर मैं कह सकता हूँ कि दक्खिनी का अधिकांश साहित्य प्रकाश में आ चुका है। हिन्दी में डॉ. बाबूराम सक्सेना की 'दक्खिनी हिन्दी' (1952 ई.), डॉ. श्रीराम शर्मा की 'दक्खिनी का पद्य और गद्य' (1954 ई.), राहुल सांकृत्यायन की 'दक्खिनी हिन्दी काव्यधारा', डॉ. रहमतुल्लाह की 'दक्खिनी हिन्दी काव्य चयनिका' (1998 ई.) और डॉ. ताराचंद पांचाल की 'दक्खिनी हिन्दी काव्य संचयन' (2008 ई.) किताबों में बड़ी तादाद में दकनी की रचनाएँ संकलित हैं। जहाँ तक उर्दू की बात है, डॉ. मुहीउद्दीन क़ादरी 'ज़ोर', डॉ. मसूद हुसैन ख़ाँ और सैयद नूरुलहसन हाशमी ने यहाँ-वहाँ दबी हुई पांडुलिपियों को खोज-खोज कर प्रकाशित कराया है। एक ज़माना था जब 'वली' को उर्दू शाइरी का बाबा आदम कहा जाता था, लेकिन मुहम्मद क़ुली क़ुत्बशाह का दीवान मिल जाने के बाद वली को दी गई उपाधि ऐतिहासिक दृष्टि से ग़लत साबित हुई। डॉ. मुहीउद्दीन क़ादरी 'ज़ोर' द्वारा सम्पादित, 'कुल्लियाते मुहम्मद क़ुली क़ुत्बशाह' 1940 ई. में प्रकाशित हो चुका है। यहाँ तक कि नसीरुद्दीन हाशमी और डॉ. विमल मदान इसका हिन्दी रूपान्तर 'दक्खिनी समिति' की ओर से प्रकाशित करा चुके हैं। इसके बावजूद कुछ पांडुलिपियों के अप्रकाशित रहने से इनकार नहीं किया जा सकता। इसी तरह के काम के सिलसिले में सालारजंग म्यूज़ियम, हैदराबाद में मैंने गत वर्ष दो दिन (19-20 जनवरी, 2015) लगाए थे। इसका पांडुलिपि अनुभाग काफ़ी बड़ा है। दीगर काम के साथ कबीर की यह रचना भी मेरे ज़ेहन में थी। दो दिन में जितना देख-पढ़ सका, उनमें यह रचना नहीं मिली। मालूम हुआ है कि दकनी की कुछ पांडुलिपियाँ सालारजंग म्यूज़ियम के अलावा कुतुबख़ानाए-टीपू सुल्तान, मैसूर में भी संरक्षित हैं। बहरहाल, मुझे लगता है कि प्रस्तुत रचना कबीर के बजाय किसी दकनी कवि की रही होती तो दकनी भाषा एवं साहित्य पर मूल स्रोतों की मदद से काम करने वाले विद्वान अब तक इसे खोज निकालते।

इसे कबीर की रचना मानने से असहमति जताते हुए पत्र में पूछा गया है कि 'मधुकर माधव हैं कौन?' इतने उपहासात्मक और अवमाननापूर्ण लहजे में किसी रचनाकार की बाबत सवाल उठाना ख़ुद बिस्मिल्लाह साहब के शायाने-शान नहीं है। सिर्फ़ यही कहा जा सकता है— 'आत्मन: प्रतिकूलानि परेषां न समाचरेत।' भाव यह है कि जो आपको अपने बारे में प्रतिकूल लगता है, वैसा आचरण दूसरों के साथ न करें।

अफ़सोस यह कि आप नाम भी ग़लत दर्ज कर रहे हैं। अर्ज़ है कि ये मधुकर

माधव नहीं, माधव मधुकर थे। 'नया ज्ञानोदय' ग़ज़ल विशेषांक के लिए सहयोग करने वाले लेखक से इतनी उम्मीद तो की ही जाती है कि वे माधव मधुकर को जानते होंगे। माधव मधुकर का 'सूर्य का सवाल' नाम से ग़ज़ल-संग्रह 1981 ई. में प्रकाशित हुआ, जिसकी भूमिका त्रिलोचन शास्त्री ने लिखी है। भूमिका में उन्होंने कबीर को पहला ग़ज़ल कवि माना है। ज़ाहिर है, यह बात उन्होंने 'हमन हैं इश्क़ मस्ताना...' रचना को ध्यान में रखकर कही है। भूमिका शुरू ही यहाँ से होती है: 'हिन्दी ग़ज़ल की ओर झुकाव आज की ही बात नहीं है। उर्दू के विद्वानों की राय मानी जाय तो कबीर वे पहले आदमी हैं, जिन्होंने ग़ज़ल लिखी। हिन्दी में कबीर की जो रचनाएँ प्रामाणिकता के साथ छापी गयी हैं, उनसे यह नहीं मालूम होता है कि ग़ज़ल की उन्हें कोई जानकारी थी। उर्दू वालों में इस बात को लेकर कोई बहस नहीं है। कबीर के बाद सन्तों की जो परम्परा चली, उसमें अधिकांश के यहाँ ग़ज़लें मिलती हैं।'' लीजिए, बिस्मिल्लाह साहब कहते हैं कि कबीर ने ग़ज़ल नहीं लिखी और त्रिलोचन कहते हैं कि कबीर ही नहीं अन्य सन्तों ने भी ग़ज़लें लिखी/कही हैं।

त्रिलोचन के वैदुष्य को लेकर सवाल उठाने की पात्रता मेरे जैसे अल्पज्ञ के पास नहीं है। 'सब कुछ सब कुछ सब कुछ सब कुछ सब कुछ भाषा' कहने वाले रचनाकार से ज़्यादा भाषा की तमीज़ भला किसे होगी? इस मुआमले में उनका कहा हुआ मेरे लिए प्रामाणिक है।

ज़रा आगे बढ़ते हैं। अब्दुल बिस्मिल्लाह के अनुसार मौखिक परम्परा के कवि होने के कारण तरह-तरह की अनर्गल पंक्तियाँ कबीर के नाम से जोड़ दी गयी हैं। उन्होंने दो साखियाँ उद्धृत की हैं और उन्हें भी प्रस्तुत ग़ज़ल की भाँति प्रक्षिप्त माना है। देखिए:

1. *काँकर पाथर जोड़ि के, मस्जिद लई बनाय*
   ता चढ़ि मुल्ला बाँग दे, बहिरा हुआ खुदाय

2. *'दिन भर रोजा रखत हैं, रात हनत हैं गाय'*

पहले दोहे पर आइए। उनके लेखे किसी नकचढ़े व्यक्ति (ग़नीमत है मूर्ख नहीं कहा।) ने कबीर के नाम पर इसे प्रस्तुत कर दिया है। लेकिन इसी भाव को व्यक्त करने वाले एक और दोहे के बारे में आप क्या फ़रमायेंगे?

मुला मुनारे क्या चढ़हि, अला न बहिरा होइ
जेहि कारन तूँ बाँग दे, सो दिल ही भीतर जोइ

दरअस्ल 'अनभै साँचा' पर अमल करने वाले और 'हिन्दुअन की हिन्दुआई देखी, तुरकन की तुरकाई' कहने का साहस रखने वाले कबीर ने किसी समुदाय को भला-बुरा लगने की परवा की ही नहीं। पूरा कबीर वाङ्मय इसका उदाहरण है।

दूसरा दोहा देखें। अब्दुल बिस्मिल्लाह की खोज के मुताबिक़ 'दिन भर रोजा रखत हैं, रात हनत हैं गाय, पंक्ति किसी कट्टर महासभाई या आर.एस.एस. के किसी व्यक्ति की ईजाद लगती है।' यह एक अजीबो-ग़रीब सत्यान्वेषण है। मैंने पहली बार यह दोहा आचार्य रामचन्द्र शुक्ल के 'हिन्दी साहित्य का इतिहास' में पढ़ा। इसका प्रथम संस्करण 1929 ई. में प्रकाशित हुआ था। इस समय इसका सोलहवाँ पुनर्मुद्रण (1968 ई.) मेरे सामने है, जिसके पृष्ठ 80 पर पूरा दोहा दिया हुआ है:

दिन भर रोजा रहत हैं, राति हनत हैं गाय
यह तो खून वह बन्दगी, कैसे खुसी खुदाय

थोड़ा-सा इतिहास की ओर चलें। 1925 ई. में आर.एस.एस. की स्थापना हुई। संघ की स्थापना और शुक्ल जी के 'इतिहास' के प्रकाशन में कुल चार वर्ष का अन्तर है। गोया इन चार वर्षों में ही किसी आर.एस.एस. वाले ने यह दोहा लिख मारा!

वास्तविकता यह है कि ग़ज़ल की तरह यह दोहा भी निर्विवाद रूप से कबीर का है। क्योंकि ख़ुद कबीर गोवध की प्रथा से अपरिचित नहीं थे। रामवचन राय ने 'कबीर : एक चयन' की भूमिका में पुरुषोत्तम अग्रवाल की किताब 'अकथ कहानी प्रेम की : कबीर की कविता और उनका समय' के हवाले से कबीर के समकालीन सन्त कवि पीपा की दो पंक्तियाँ उद्धृत की हैं, जिनसे मालूम होता है कि कबीर के पिता के घर में ईद व बक़र ईद मनती थी, गोवध होता था:

जाके ईद बकरीद नित गउरै बध करै, मानिए सेख सहीद पीरा
बापि वैसी करी पूत ऐसी धरी, नाँव खंड प्रसिधि कबीरा[1]

'पुनश्च' के अन्तर्गत बिस्मिल्लाह साहब ने कुछ दिलचस्प सवाल रखे हैं। सिलसिलेवार देखिए:

1. 'कबीर ने इस ग़ज़ल को कहाँ लिपिबद्ध करवाया है?' इसका सीधा उत्तर तो यह है कि जहाँ अन्य रचनाएँ लिपिबद्ध करवाई होंगी, वहीं इसे करवाया होगा। यहाँ उन्हें एक सवाल और उठाना चाहिए था कि किस लिपि में? नागरी में या उर्दू में? मुमकिन है दोनों लिपियों में लिखा गया हो। अकेले उर्दू या फ़ारसी लिपि में लिखे जाने की सम्भावना भी बनती है। जब जायसी के 'पद्मावत' और तुलसी के 'राम चरित मानस' की हस्तलिखित प्राचीन पांडुलिपियाँ उर्दू लिपि में मिलती हैं तो कबीर की यह ग़ज़ल भी उर्दू लिपि में नक़्ल की जाती रही होगी।

2. पूछा गया है कि 'किसने इसे लिपिबद्ध किया?' इसके उत्तर में आचार्य

---

1. कबीर : एक चयन : सम्पादक रामवचन राय, पृष्ठ 20, साहित्य अकादेमी, नई दिल्ली

शुक्ल का यह कथन प्रस्तुत है : "कहते हैं कि कबीर जी की वाणी का संग्रह उनके शिष्य धर्मदास ने संवत् 1521 में किया था जबकि उनके गुरु की अवस्था 64 वर्ष की थी।" ('हिन्दी साहित्य का इतिहास' पृष्ठ 81) हाँ, इस कथन से यह सिद्ध नहीं होता कि धर्मदास ने ही कबीर वाणी को लिपिबद्ध किया, वे संग्रहकर्ता थे। इसके कातिब का पता नहीं है। यह प्रसन्नता की बात है कि बिस्मिल्लाह साहब ने यह पता कर लिया है कि कबीर की बाक़ी सभी रचनाएँ किस व्यक्ति ने लिपिबद्ध की हैं?

3. अब इस मासूम सवाल पर आइए कि 'कबीर ने यह ग़ज़ल कहाँ बैठकर लिखी? बनारस में याकि हैदराबाद या गोलकुंडा में?' ज़ाहिर है, बाक़ी रचनाओं की तरह इसका रचना-स्थान भी बनारस ही रहा होगा। विरोधाभास देखिए, एक ओर तो वे तथ्य पर आधारित नतीजे चाहते हैं, दूसरी ओर उक्त सवाल को सूत्रबद्ध करते हुए इस तथ्य को नज़रअन्दाज़ कर जाते हैं कि कबीर की मृत्यु के 47 वर्ष बाद वह व्यक्ति (यानी मुहम्मद क़ुली क़ुत्बशाह) पैदा हुआ जिसने हैदराबाद बसाया। ऐतिहासिक तथ्य है कि क़ुत्बशाह ने 1590 ई. के आसपास हैदराबाद को आबाद किया था। अपनी 12 प्यारियों में से एक भागमती उर्फ़ हैदरमहल के सम्मान में इस शहर का नाम हैदराबाद रखा। गोलकुंडा तक तो ग़नीमत है, कबीर के हैदराबाद में बैठकर ग़ज़ल लिखने का सवाल उठाया जा रहा है। इस इतिहास-बोध पर पाठकगण ज़रा ग़ौर करें।

दरअस्ल मेरी राय को इस बात से और बल मिला कि उर्दू के शाइरों ने बाक़ायदा नामोल्लेख करते हुए कबीर की प्रस्तुत ग़ज़ल की ज़मीन में ग़ज़लें कही हैं। फ़िलहाल निदा फ़ाज़्ली का मुझे याद है। हिन्दी की परम्परा के बारे में इतनी अभिज्ञता रखने वाला उन जैसा कोई दूसरा शाइर मेरी नज़र में नहीं है। उनके संग्रह 'ज़िन्दगी की तड़प' (2007 ई.) में कबीर की ज़मीन में एक ग़ज़ल दी हुई है। इस ग़ज़ल के दो शे'रों के साथ अपनी बात समाप्त करता हूँ:

ये दिल कुटिया है सन्तों की यहाँ राजा भिखारी क्या
वो हर दीवार में ज़रदार है, गोटा किनारी क्या

किसी घर के किसी बुझते हुए चूल्हे में ढूँढ उसको
जो चोटी और दाढ़ी तक रहे, वो दीनदारी क्या

— 2016 ई.

मुहम्मद क़ुली क़ुत्बशाह : उर्दू के पहले साहिबे-दीवान शाइर

पिया बाज प्याला पिया जाए ना
पिया बाज यक तिल जिया जाए ना

मुहम्मद क़ुली क़ुत्बशाह (1565–1611 ई.) का नाम लेते ही फ़िलवक़्त यह ग़ज़ल हमें याद आती है। गोया यह रचना उनकी सर्जनात्मक पहचान का पर्याय बन गयी है। तीन–चार शे'रों की इस संक्षिप्त–सी ग़ज़ल का आस्वादन करते हुए उर्दू ग़ज़ल का क़रीब पाँच सौ वर्ष का इतिहास हमारे ज़ेहन से होकर गुज़र जाता है। ग़ज़लगोई के तक़ाज़ों और तौर–तरीक़ों में तमाम तब्दीलियों के बावजूद इस रचना का सौन्दर्य उसी ताज़गी और तासीर के साथ हमें आज भी संवेदित करता है। 'पिया बाज' की पुनरावृत्ति के ज़रिए शाइर ने प्रेम में अनन्यता के भाव पर बलाघात किया है, साथ ही अकेलेपन के एहसास की शिद्दत को उभारा है। पूरी रचना में यही भाव बड़ी दिलकशी के साथ पल्लवित हुआ है। इसका लबो–लहजा पुराना है, लेकिन 'फ़िराक़' के शब्दों में कहें तो 'नयी–नयी–सी लगे है ये रहगुज़र फिर भी।'

मुहम्मद क़ुली क़ुत्बशाह एक बहुसर्जक कवि होने के साथ–साथ स्थापत्य कला के पारखी भी थे। जितना हम जान पाए हैं, गोलकुंडा के क़ुत्बशाही शासन (स्थापना–1508 ई.) के पाँचवें सुल्तान और अपने पिता इब्राहीम क़ुली क़ुत्बशाह के उत्तराधिकारी के रूप में वे एक लोकप्रिय शासक रहे। उनकी वरीयताओं को देखते हुए कहा जा सकता है कि उन्होंने अपनी कलात्मक अभिरुचि के ऊपर अपनी सत्ता को तरजीह नहीं दी। वे 15 वर्ष की अवस्था में गद्दी पर बैठे और 32 वर्ष राज्य किया। 1590 ई. के आसपास उन्होंने हैदराबाद को बसाया। यहाँ की चार मीनार व अन्य इमारतें आज भी उनकी सुरुचि की याद दिलाती हैं। उन्हें भोग–विलास और कला–प्रेम के अन्तर की समझ थी। रामबाबू सक्सेना ने 'तारीख़े अदब उर्दू' (1929 ई.) में लिखा है : "उनके दरबार में बड़े–बड़े साहिबे–कलाम और उस्तादाने–फ़न अरब और ईरान से उनकी काव्य–मर्मज्ञता और क़द्रदानी का हाल सुनकर आते थे और उनकी उदारता से लाभान्वित होते थे।" (पृष्ठ 56)

जीवनीकारों ने लिखा है कि मुहम्मद क़ुली की 12 प्यारियाँ थीं। इनमें सर्वाधिक प्रिय भागमती थी जिसे उन्होंने हैदरमहल की उपाधि दी थी। बाद में उसके नाम पर अपने बसाये हुए शहर का नामकरण किया—हैदराबाद। अपनी धार्मिक आस्था के कारण वे मानते थे कि इन पर बारह इमामों की कृपा दृष्टि रहती है:

बारह बुरुज पर है बारह इमाम दिष्टी
तो उस ऊपर झलकता ईमान का उजाला

मुहम्मद क़ुली क़ुत्बशाह के जीवन का सन्दर्भ सबसे पहले मुल्ला वजही की मस्नवी (1608 ई.) में मिलता है। मुल्ला वजही उनके पिता इब्राहीम क़ुली क़ुत्बशाह के राजाश्रय में रहे थे। शाहज़ादे मुहम्मद क़ुली के जन्म पर उन्होंने लिखा था :

उजाला पड़ा आज यूँ नूर का
कि हाजत नहीं चाँद और सूर का
दो जग आज नूरा अली नूर है
ज़मीं चाँद असमान सो सूर है

'क़ुत्बमुश्तरी' मस्नवी के नायक मुहम्मद क़ुली ही हैं और नायिका भागमती। क़ुत्ब और मुश्तरी दो सितारों के नाम हैं। इस तरह यह प्रेमाख्यान एक रूपक-कथा है।

सबसे पहले मौलवी अब्दुल हक़ ने 1922 ई. में मुहम्मद क़ुली क़ुत्बशाह की पांडुलिपियों की खोज की। एक पांडुलिपि पर उन्होंने विस्तृत लेख भी लिखा, लेकिन उनके साहित्य को प्रकाश में लाने का श्रेय डॉ. सैयद मुहीउद्दीन क़ादरी 'ज़ोर' को जाता है। उनके सम्पादन में 'कुल्लियाते मुहम्मद क़ुली क़ुत्बशाह' (दो खण्डों में) 1940 ई. में प्रकाशित हुआ। डॉ. 'ज़ोर' ने बड़ी लगन के साथ उनकी हस्तलिखित पांडुलिपियों के पाठ की जाँच की। अपनी एक अन्य किताब 'सुल्तान मुहम्मद क़ुली क़ुत्बशाह' में उन्होंने पांडुलिपियों का विस्तृत विवरण प्रस्तुत किया है। खोज में प्राप्त छह पांडुलिपियों में से दो क़ुतुबख़ानाए-नवाब सालारजंग बहादुर, हैदराबाद में संरक्षित हैं। कुल्लियात के सम्पादन में इन्हें ही आधार बनाया गया है। बाद में डॉ. सैयदा जाफ़र ने भी क़ुत्बशाह का कुल्लियात (1985 ई.) सम्पादित किया है।

मुहम्मद क़ुली के कलाम में तीन तख़ल्लुस मिलते हैं। इसलिए कई बार रचनाकार को लेकर भ्रम हो जाता है। उनके अध्येताओं का अनुमान है कि शुरू में वे 'मआनी' तख़ल्लुस रखते थे। बाद के दौर में क़ुत्बशाह और अन्तिम दौर में उन्होंने 'तुर्कमान' तख़ल्लुस अपना लिया था। दो अलग-अलग पांडुलिपियों में एक ही पंक्ति में तख़ल्लुस की भिन्नता भी मिलती है:

"'मआनी' सब शहाँ में है शहंशाही ख़ुदा का"

दूसरी पांडुलिपि:

"'क़ुत्बशाह' सब शहाँ में है शहंशाही ख़ुदा का"

दूसरी पांडुलिपि जिसे जदीद नुस्ख़ा कहा जाता है, मुहम्मद क़ुली के बेटे सुल्तान मुहम्मद क़ुत्बशाह ने तर्तीब दी थी। विशेषज्ञों की राय है कि वह सही मा'नों में अपने पिता का पहला नक़्क़ाद था। उसने कहा है:

मगर शाह किये बेत पचास हज़ार
धरे वस्फ़ अपस सूँ कह न बहुत आर

अर्थात् मुहम्मद क़ुली क़ुत्बशाह ने पचास हज़ार शे'र कहे, लेकिन इनमें आत्मपरिचय प्रस्तुत करने से सदा बचाव किया।

दकनी के आदि रचनाकार ख़्वाजा बन्दानवाज़ गेसूदराज़ (मृत्यु 1421 ई.) हैं। उनकी एक 19-20 पृष्ठों की छोटी-सी किताब को दकनी की पहली रचना कहा जाता है। 'चक्कीनामा' नाम से भी उनकी एक कविता मिलती है। दूसरा महत्त्वपूर्ण नाम शाह मीरान जी का है। उन्होंने अपनी 'ख़ुशनामा' नामक मस्नवी में सूफ़ी सिद्धान्तों का निरूपण किया है। मीरान जी के पुत्र बुरहानुद्दीन जानम भी एक बड़े सूफ़ी शाइर गुज़रे हैं। 'इर्शादनामा' उनकी एक प्रसिद्ध रचना है। 'मस्नवी कदमराव पदमराव' (1421 ई.) के रचयिता निज़ाम बीदरी भी इस दौर के एक प्रतिष्ठित कवि हैं। क़ुत्बशाही दौर के ग़व्वासी और मुल्ला वजही मुहम्मद क़ुली क़ुत्बशाह के लगभग समकालीन रहे हैं।

जैसा कि हमने देखा, क़ुत्बशाह से पहले दकनी की भरी-पूरी रिवायत मौजूद थी, लेकिन ग़ज़ल विधा में सृजन का कोई उत्कृष्ट उदाहरण उनसे पहले नहीं मिलता। किसी दकनी शाइर ने एक दीवान के रूप में अपनी ग़ज़लों को संगृहीत नहीं किया। अतएव क़ुत्बशाह के साथ हम एक विचित्र स्थिति पाते हैं कि वे अपनी ग़ज़लों की वस्तु या भाव-सामग्री और भाषा अपने देशकाल से लेते हैं, लेकिन फ़ारसी के पुराने ढंग पर एक ही भाव को विस्तार देने वाली ग़ज़लें कहते हैं। इसके साथ ही साथ अपने दीवान को भी फ़ारसी पद्धति से तर्तीब देते हैं। उर्दू साहित्य की जर्मन विदुषी Annemarie Schimmel ने इस नुक्ते को रेखांकित किया है। उन्होंने क़ुत्बशाह की ग़ज़लों को 'ग़ज़ल-ए-मुसलसल' नाम दिया है।[1] उनकी ग़ज़लों से इस बात की पुष्टि भी हो जाती है। वे जहाँ तक सम्भव है, प्रायः अपनी हर ग़ज़ल में एक भाव या मनःस्थिति का विकास दिखाते हैं। दरअस्ल ग़ज़ल क़सीदे की तश्बीब[2] से निकलकर आयी जिसकी वस्तु में पूर्वापर सम्बन्ध होता है। बाद में तश्बीब को जब क़सीदे से अलग किया गया

---

1. Annemarie Schimmel : 'Classical Urdu Literature-from beginning to Iqbal' (1975), Page 143.
2. क़सीदे का भूमिका वाला भाग जिसमें प्रेम और रूमान के भावों को बाँधा जाता है।

तो यह भावगत पौर्वापर्य उसमें बरक़रार रहा। हिन्दी दोहे की भाँति एक मुक्तक रचना के रूप में ग़ज़ल को उर्दू की देन माना जाता है। अलग-अलग भावों को व्यक्त करने वाले शे'रों की ग़ज़ल को रेख़्ता कहा गया। रेख़्ता संज्ञा उर्दू के पुराने नाम के रूप में भी प्रचलित रही और एक रचना-विधा के लिए भी। 'ग़ालिब' जब यह कहते हैं कि रेख़्ते के तुम्हीं उस्ताद नहीं हो 'ग़ालिब' तो रेख़्ता से उनकी मुराद ज़बान नहीं है, बल्कि रचना-विधा है। ग़रज़ यह कि क़सीदे की तश्बीब वाला वही रूप क़ुत्बशाह की ग़ज़लों में भी मिलता है। उनके बाद भी एक अर्से तक 'ग़ज़ल-ए-मुसलसल' का रिवाज जारी रहा।

यह ग़ज़ल के फ़ॉर्म की बात रही, अब दीवान की तर्तीब देखिए। फ़ारसी पद्धति यह है कि ग़ज़ल के मत्ले के अन्तिम हर्फ़ को ध्यान में रखते हुए वर्णानुक्रम से ग़ज़लों को रखा जाए। उर्दू वर्णमाला के अलिफ़ से लेकर 'ए' तक हर हर्फ़ का एक भाग बना दिया जाता है। उसके नीचे उस हर्फ़ की रदीफ़ वाली ग़ज़लें रखी जाती हैं। उदाहरण के लिए 'पिया बाज प्याला पिया जाए ना' का अन्तिम हर्फ़ अलिफ़ है, इसलिए यह ग़ज़ल अलिफ़ के भाग में मिलेगी। 'दीवान-ए-ग़ालिब' में भी 'नक़्श फ़रियादी है किसकी शोख़िए-तहरीर का' का अन्तिम हर्फ़ अलिफ़ है, इसलिए इसे शुरू में रखा गया है। उर्दू में इस तर्ज़ की इब्तिदा क़ुत्बशाह से होती है। उर्दू में इस व्यवस्था को हुरूफ़े-तहज्जी कहते हैं।

क़ुत्बशाह सामाजिक-सांस्कृतिक रूप से एक सजग व रौशन ख़याल शाइर थे। इसलिए अपने दौर की सबसे सशक्त विचारधारा अर्थात् तसव्वुफ़ से निष्प्रभावित नहीं रह सकते थे। वे तसव्वुफ़ के नियमों का कठोरता से पालन करने वाले और विभिन्न धर्मों के बीच एकत्व-भाव का जन-जन में प्रचार करने वाले सूफ़ी तो नहीं थे; क्योंकि उनके यहाँ आध्यात्मिक प्रेम (इश्क़ हक़ीक़ी) के साथ इहलौकिक प्रेम (इश्क़ मजाज़ी) की सहविद्यमानता है। यहाँ तक कि निजी प्रेमप्रसंग भी उनकी कविता में बड़े बेतकल्लुफ़ रूप में उतर आये हैं। इस बात को स्वीकार करते हुए भी उनके कवि-स्वभाव में सूफ़ी विचारों के दख़्ल से इनकार नहीं किया जा सकता। वे एक ऐसे सूफ़ी हैं जो ख़ुदा के साथ-साथ उसकी बनाई दुनिया से भी बेपनाह मुहब्बत करते हैं। उनकी कविता की बुनियाद प्रेम, सहिष्णुता और उदारता के भावों पर है। अपने निकट पूर्ववर्ती जायसी की भाँति उनके यहाँ प्रेम के दोनों आयाम जा ब जा नज़र आते हैं। प्रेम-मार्ग की श्रेष्ठता दर्शाते हुए जायसी कहते हैं:

तुर्की, अरबी, हिन्दुई भाखा जेती आहिं
जेहि मँह मारग प्रेम कर, सबै सराहैं ताहिं

क़ुत्बशाह अपनी 12 प्यारियों की प्रेम कहानी को कहीं-कहीं दार्शनिक आयाम से जोड़ देते हैं और सूफ़ियों की भाँति प्रेम या इश्क़ के पंथ पर चलने का इसरार करने

लगते हैं। इसका साक्ष्य उनके कई शे'रों में मौजूद है:

हमीं हैं इश्क़ के पंथ में दो तो आलम थे[1] बेपरवा
लग्या है दाग़ मुँज दिल पर सो उस हिन्दोस्तानी का

गर यों करती है छन्द-छाले
है प्रेम के पंथ में वो सारी

पिरम जीव का हमारा जीव संजीव
पिरम पंथ में है आशिक़ाँ का जीव

बाद में जाकर इसी को घनानन्द ने 'सनेह को मारग' कहा। इसे कविता का कौतुक समझिए कि कुछ शब्दबन्ध किस तरह थोड़े-से हेर-फेर के साथ हमारी भाषा को दीप्त करते रहे हैं।

'पद्मावत' का रचना-काल क़ुत्बशाह से कुछ पहले 1540 ई. के आस-पास ठहरता है। ऐसे प्रमाण तो नहीं मिलते कि उन्होंने 'पद्मावत' पढ़ा हो। इसके प्रमाण अलबत्ता मौजूद हैं कि चौदहवीं सदी से ही उत्तर भारत से बड़ी संख्या में सूफ़ी हज़रात बीजापुर और गोलकुंडा की ओर उपदेशार्थ जाते रहे हैं। 'पद्मावत' महाकाव्य क्योंकि उर्दू लिपि में लिखा गया था, इसलिए इसकी प्रति के दक्षिण पहुँचने की सम्भावना बनती है। इस अनुमान को लेकर हमारा कोई अतिरिक्त आग्रह नहीं है। इतना निश्चित है कि तसव्वुफ़ के विचारों से अभिसिंचित कविता की ज़मीन पहले से दकनी में मौजूद थी। क़ुत्बशाह ने इतना किया कि तसव्वुफ़ के विचारों को लौकिक सन्दर्भों से जोड़ दिया। तभी तो वे हिन्दू से यारी जोड़ने की घोषणा करने में संकोच नहीं करते:

क्या कम पिलाओ न मुँजे साक़ी प्याला भर
जोड़े हैं सरथे[2] यारी ओ[3] हिन्दू सितीं[4] पिया

वे हिन्दू या इस्लाम मज़हब के बजाय इश्क़ के मज़हब की बात करते हैं। यह सहज ही अनुमान किया जा सकता है कि अपने समतामूलक विचारों के कारण अवाम में उनकी कितनी लोकप्रियता रही होगी। एक ग़ज़ल के मत्ले और मक़्ते के शे'र देखिए:

आजकल नीं[5], था अज़ल[6] थे इश्क़ का मक्तब मुँजे
तो अबद[7] लक[8] यों फब्या है इश्क़ का मज़हब मुँजे
इश्क़ सूँ बोल्या ग़ज़ल हज़रत नबी सदक़े 'क़ुतब'
साफ़ी[9] के ओसाफ़[10] में कहे सूफ़ी की मश्रब[11] मुँजे

---

1. से 2. फिर से 3. उस, वह 4. के साथ 5. नहीं 6. सृष्टि के आरम्भ का दिन 7. नित्यता, वह ज़माना जिसका अन्त न हो 8. तक 9. स्वच्छ कपड़ा जिसे सूफ़ी ओढ़े रहते थे 10. गुण, विशेषता 11. मत, मार्ग

इश्क़ से ग़ज़ल कहने वाले शाइर के लिए काबे, बुतख़ाने और मयख़ाने का फ़र्क़ बेमानी है:

मैं न जानूँ काबा–ओ–बुतख़ाना–ओ–मयख़ाने कूँ
देखिया हूँ हर कहाँ, दिसता[1] है तुज मुख का सफ़ा

क़ुत्बशाह यह कहने का साहस रखते हैं कि कोई काबे का सच्चा मार्ग दिखाने वाला नहीं है। इसलिए मुझे चारों दिशाओं में अदा की गई नमाज़ एक समान है। भारत में काबे की दिशा पश्चिम ठहरती है:

क़िब्ला का पंथ न कोई दिखावे साज
मुँज कूँ चौंधर[2] नमाज़ यक क़रार

वे हिन्दुओं और मुसलमानों की उपासना रीतियों की भिन्नता को तरजीह न देते हुए प्रेम की रीत को महत्त्व देते हैं। 'रस्मे–आशिक़ी' नज़्म में कहते हैं:

मुसलमाँ रीत, काफ़िर रीत क्या, ये रीत न जानूँ मैं
कि जग के लोक रीताँ छोड़ पकड़े रीत तुज जीवाँ

क़ुत्बशाह के इन शे'रों को पढ़ते हुए शेख़ निज़ामुद्दीन औलिया का एक क़ौल याद आता है। यहाँ उनके इस क़ौल से जुड़े प्रसंग का उल्लेख करना दिलचस्प साबित होगा। शेख़ साहब अपने जमाअतख़ाने की छत पर टहल रहे थे। साथ में उनके प्रिय शिष्य अमीर ख़ुसरो भी थे। शेख़ साहब ने देखा कि यमुना के किनारे कुछ हिन्दू हज़रात पूजा–पाठ में लीन हैं, सूर्य को अर्घ्य दे रहे हैं। यह देखकर बेसाख़्ता उनकी ज़बान से एक फ़ारसी मिसरा निकला:

हर क़ौम रा अस्त राहे, दीने व क़िब्लागाहे

अर्थात् हर क़ौम का अपना एक क़िब्ला (काबा) है, अपना एक दीन है। अमीर ख़ुसरो ने यह मिसरा ग़ौर से सुना और देखा कि शेख़ साहब के सर पर लगी टोपी कुछ तिरछी हो गई है। तत्काल उन्होंने शेख़ साहब के मिसरे पर गिरह लगा दी:

मन क़िब्ला रास्त कर्दम बरतरफ़े कज कुलाहे

अर्थात् मैंने, जिधर तिरछी टोपी वाला खड़ा है, उधर अपना क़िब्ला बना लिया है। एक विशेष दिशा मेरे लिए कोई मा'नी नहीं रखती।

क़ुत्बशाह अपनी कविता द्वारा जनसाधारण को यह सन्देश देते हैं कि अपने दिलों में घृणा के बजाय प्रेम के बीज बोने की ज़रूरत है। जो बोएँगे, सो काटेंगे। प्रेम के बीज बोएँगे तो सौहार्द के फूल खिलेंगे ही खिलेंगे। मीराबाई को याद कीजिए, 'अब तो बेलि

---

1. दिखना 2. चारों ओर

फैल गई आनन्द फल होई।' क़ुत्बशाह सामाजिक विभेद और विसंगतियों को दूर करने की ग़रज़ से प्रेम-तत्त्व की महत्ता को प्रतिपादित करते हैं:

इश्क़ बीज पैर्या हूँ[1] दिल बाग़ में
आनन्द फूल इस थे[2] खिलाया दिसे[3]

क़ुत्बशाह के कुछ फ़ारसी शे'रों से भी हम उनके सोच के इस आयाम को समझने में मदद ले सकते हैं। उनके कुल्लियात में बड़ी तादाद में फ़ारसी अशआर मौजूद हैं। उनकी फ़ारसी ग़ज़लें ईरान के बाकमाल शाइरों की याद दिलाती हैं। ईरान में दार्शनिक और इश्क़िया शाइरी की सुदीर्घ परम्परा रही है। तसव्वुफ़ इसका स्थायी भाव रहा है। क़ुत्बशाह ने जिस तरह दकनी की शाइरी में अपनी निजता का स्पर्श छोड़ा है, वैसा ही फ़ारसी में भी। वे ख़ुद बादशाह थे, लेकिन मुहब्बत के मुल्क में किसी भी क़िस्म की बादशाहत से इनकार करते थे:

मुल्के-मुहब्बत कि दादख़्वाह न दारद
मुल्के चुनीं हेच बादशाह न दारद

अर्थात् मुहब्बत के मुल्क में कोई किसी से प्रशंसा की चाहत नहीं रखता। इस मुल्क में किसी की बादशाहत चलती ही नहीं है।[4]

उनकी फ़ारसी ग़ज़लों में एक वास्तविक प्रिय की छवि विद्यमान है। अपनी व्यंजना में भले वह माशूक़ ख़ुदा को भी प्रतीकित करने लगे, लेकिन वास्तव में वह है एक मनुष्य। उसके प्रेम के चमत्कार को शाइर ने यूँ बयान किया है:

हर्फ़े ज़े लबे-यार शुनीदैम शुनीदैम
सद शुक्र कि ईं बादा चशीदैम चशीदैम
ऐजाज़े-मुहब्बत मनगर कम कि दरीं राह
बे बालो-पर अज़ शौक़ परीदैम परीदैम

अर्थात् हमने यार की ज़बान से मुहब्बत का हर्फ़ सुना है, सुना है। सौ शुक्र कि जो कुछ उसने अपनी ज़बान से कहा है, उसकी शराब का मज़ा हमने चखा है, चखा है। मुहब्बत के चमत्कार को कम करके मत देख, क्योंकि मुहब्बत की राह एक ऐसी राह है जहाँ हम बिना पंखों के भी उड़ सकते हैं, उड़ सकते हैं।

क़ुत्बशाह ने प्रेम में वियोग (हिज्र) की दशा का वर्णन लौकिक धरातल पर किया है। उसमें सूफ़ी कवियों के रहस्यवाद का प्रभाव नहीं झलकता। इसी तरह प्रिय पक्ष की ओर से किए जाने वाले कठोर और उपेक्षापूर्ण व्यवहार को भी उन्होंने नहीं

---

1. बोया हूँ 2. से 3. दिखता है।

4. इस चर्चा में आये फ़ारसी शे'रों के मतलब दिल्ली विश्वविद्यालय में फ़ारसी विभाग के अध्यक्ष प्रो. अलीम अशरफ़ ख़ान से समझे हैं।

दिखाया है। विरह-वेदना के निदर्शन में उन्होंने कहीं भी अतिरंजना से काम नहीं लिया है। 'पिया बाज प्याला पिचा जाए ना' शे'र की भावभूमि भी यही है, लेकिन इसमें विरह के कृत्रिम भावों का आ़रोपण क़तई नहीं है। एक-दो उदाहरण और देखिए :

पिया बिछ्ड़ा है मुँज कूँ दुख घनेरा
न जानूँ कब मिलेगा पीव मेरा

पियारे आजकल आवेंगे कर ले आस ला रह कर
हरेक तिल[1] सूँ क़रन[2] करकर गुसाईं बाज[3] टाली में

अर्थात् इस आस के सहारे जीवित हूँ कि प्रिय आजकल में ज़रूर आएगा। प्रिय के बग़ैर मेरा एक-एक पल एक युग के समान बीत रहा है।

उर्दू शाइरी में ज़ाहिद/नासेह (परहेज़गार, उपदेशक) को फटकार लगाने की रिवायत रही है। इसे शास्त्रीय भाषा में काव्य-रूढ़ि कहा जाता है। शाइरों ने ज़ाहिद/नासेह के व्याज से कथनी व करनी के विरोधाभास और सामाजिक पाखंड पर चोट की है। क़ुत्बशाह का ध्यान इस ओर भी गया है। बाज़ शे'रों में वे खुलकर चुनौती देते हैं:

मुरीदे-पीरे-मयख़ाना हुआ हूँ देख ऐ ज़ाहिद
हमारी मयपरस्ती में तुमन तस्बी[4] रिया[5] है अब

क़ुत्बशाह के मूल कवि-स्वभाव और धार्मिक आस्था के बीच द्वैत नज़र आता है। जैसा कि लगता है, 'ईमाँ मुझे रोके है तो खींचे है मुझे कुफ्र' की कशमकश से वे बराबर गुज़रते रहे हैं। सूफ़ी विचारों से प्रभावित होने के बावजूद वे राग के कवि हैं, विराग के नहीं। वे संयोग शृंगार की विभिन्न मनोदशाओं के चित्रण और नख-शिख वर्णन में कोई तकल्लुफ़ नहीं बरतते। दिलचस्प यह है कि वे अपने इस रवैए को अपनी धार्मिक आस्था के अनुरूप मानते हैं, जबकि ऐसा है नहीं। क्योंकि धार्मिक आस्था तो राग नहीं, विराग के लिए प्रेरित करती है, इस नाशवान संसार से मोह न करने की हिदायत देती है। इसे हमें उस दौर की सामाजिक परिस्थिति का दबाव समझना चाहिए, जहाँ शाइरी मज़हब से रिश्ता रखते हुए भी एक अलग राह तलाश कर रही थी। अलबत्ता समाज के नैतिक नियमों के नियन्त्रण का थोड़ा-बहुत एहसास रचनाकार को ज़रूर रहता था। यह स्थिति नुमायाँ तौर पर पहली बार क़ुत्बशाह के यहाँ दिखाई देती है। दकनी शाइरी के प्रतिष्ठित समालोचक मुहम्मद अकबरुद्दीन सिद्दीक़ी ने इस विशेषता को रेखांकित करते हुए कहा है: "उसके शे'र में तग़ज़्ज़ुल का जो रंग, सौंदर्यात्मक और वासनापरक शाइरी का जो अन्दाज़ है, उसके समकालीनों में इसका अभाव है। ग़ज़ब तो यह है कि वह इन बातों को भी नबी का सदक़ा और अली की

1. पल 2. युग 3. बग़ैर, बिना 4. तस्बीह 5. पाखंड, फ़रेब

मदद व नज़रे-करम समझता है और अपनी ग़ज़ल की हर तान उसी पर तोड़ता है।"[1]

मसलन पूरी ग़ज़ल में वे संयोग शृंगार का बेबाकी के साथ वर्णन करते हैं। गले में हाथ डालकर नारियों के साथ खेल खेले जाते हैं। प्यार की मजलिस में स्वयं मदन (कामदेव) गायक बनकर आता है, लेकिन मक़्ते में जाकर कवि अपने इस वासना सुख को भी नबी का सदक़ा और अली की मया (कृपा) मानता है:

गले हाथ दे खेले नारियाँ सूँ खेल
जिसे खेले पिऊ ओ[2] सर अफ़राज़[3] है
नबी सदक़े 'कुत्बा' पे आनन्द दार[4]
अली के मया थे[5] सदा बाज़ है

विदित है कि क़ुत्बशाह शीआ मज़हब के अनुयायी थे। इसलिए रसूलुल्लाह के साथ हज़रत अली का भी शुक्र अदा करना नहीं भूलते।

कहीं-कहीं एक ही शे'र में यह विरोधाभास अभिव्यक्ति पा गया है। नायिका जब कंठमाला पहन कर आती है तो क़ुत्बशाह गले लगाकर उसके होंठों को चूमते हैं। इसे भी वे नबी का सदक़ा कहते हैं:

नबी सदक़े कंठमाला जब पैन आई
क़ुतब कंठ लाकर चुम्या उसके दो लब

ये तो महज़ एक-दो उदाहरण हैं। यह उनकी कविता की एक सामान्य भावगत विशेषता है। यह विशेषता थोड़ी बहुत हिन्दी के रीति कवियों में भी लक्षित होती है। उनकी शृंगारप्रधान रचनाओं के अन्त में रसूलुल्लाह (नबी) और हज़रत अली का सादर स्मरण देखकर हमारा ध्यान रीति कवियों की ओर चला जाता है। हम जानते हैं कि रीति कवि नायिकाभेद पर आधारित शृंगारिक रचनाओं के साथ-साथ लोकमर्यादा के भय से राधिका कन्हाई का सुमिरन भी करते रहे हैं।

दकनी शाइरी में अभिरुचि और आस्था की यह कशमकश पहले नहीं थी। इसमें हम यह भी जोड़ सकते हैं कि क़ुत्बशाह की परवर्ती दकनी शाइरी, यहाँ तक कि 'वली' दकनी की ग़ज़लों में भी यह सिफ़त नहीं मिलेगी। बाद की उर्दू शाइरी में भी इस तरह रस्मी तौर पर नबी और अली को शायद ही याद किया गया हो। यह प्रवृत्ति क़ुत्बशाह से शुरू होकर उन्हीं पर ख़त्म हो जाती है।

दरअस्ल एक रचनाकार के मानस के निर्माण में अनेक अन्तर्विरोधी तत्त्व कारफ़र्मा होते हैं। वह रचनाकार यदि भाषा के विकास के संक्रमणकाल में हुआ हो और उसकी पृष्ठभूमि सामन्तीय रही हो तो इसकी गुंजाइश और बढ़ जाती है।

---

1. मुहम्मद अकबरुद्दीन सिद्दीक़ी : 'इंतिख़ाब मुहम्मद क़ुली क़ुत्बशाह', 1993, पृष्ठ 9,
2. वह 3. सिर ऊँचा उठाने वाला, गौरवान्वित 4. द्वार 5. से

दक्खिनी के साहित्य की एक बड़ी ख़ूबी है इसमें भारतीय तत्त्वों की विद्यमानता। क़ुत्बशाह के पूर्ववर्ती और समकालीन सभी कवियों ने वस्तु या भाव-सामग्री के स्तर पर ईरान के सांस्कृतिक प्रभावों से सचेत रूप से बचाव किया है। अमूमन उन्होंने अपनी कविता की स्थानीय (व्यापक अर्थों में भारतीय) अस्मिता को अक्षुण्ण रखा है, लेकिन स्थानीय अस्मिता को लेकर जैसा दृढ़तापूर्ण दावा (एसर्शन) क़ुत्बशाह की कविता में मिलता है, वैसा औरों के यहाँ नहीं। उन्होंने यहाँ के सामाजिक और सांस्कृतिक जीवन की विविध छवियों को बड़ी अन्तरंगता के साथ रूपायित किया है। वे सिर्फ़ दर्शक नहीं बने रहते, पूरे मन-प्राण के साथ इस जीवन में शराबोर लगते हैं। क़रीब दो सौ वर्ष बाद लोक सम्पृक्ति का ऐसा उदाहरण हमें नज़ीर अकबराबादी में मिलता है। नज़ीर को उर्दू कविता की दूसरी परम्परा के अन्तर्गत रखा जाता है। इस परम्परा का प्रवर्तक क़ुत्बशाह को माना जाए तो अत्युक्ति न होगी। उनकी कविता में हिन्दुओं और मुसलमानों के विश्वासों व रीति-रिवाजों की सहविद्यमानता को देखकर निश्चयपूर्वक कहा जा सकता है कि तत्कालीन समाज में दोनों समुदायों के बीच अच्छा-ख़ासा सौहार्द और मेल-मिलाप था। तख़्तो-ताज के झगड़े अपनी जगह थे और अवाम के बीच सहिष्णुता की सरगम अपनी जगह। क़ुत्बशाह अगर ईद और शब बरात पर कविताएँ लिखते हैं तो होली, दीवाली, बसन्त को भी नहीं भूलते। उनका ध्यान त्योहारों से जुड़े बाह्याचारों पर कम लोकजीवन की विविध छवियों पर ज़्यादा रहता है।

होली के उल्लास और मस्ती का समाँ देखने लायक़ है। इससे यह भी ज्ञात होता है कि ब्रजक्षेत्र से बहुत दूर दक्षिण में भी उस समय यह त्योहार मनाया जाता था। फूलों के रंग से हौज़ भरे जाते थे और फाग के राग गाते हुए लोग एक-दूसरे पर रंग छिड़कते थे:

प्यारी के मुख म्याने खेल्या बसन्त
फूलाँ हौज़ थे चरके छिड़क्या बसन्त
जोवन हौज़ में नौरतन रंग भरे
बसन्त राग गावो सुहाया बसन्त

अवाम के शौक़ और व्यसनों पर भी क़ुत्बशाह की नज़र गयी है। उनकी कई कविताओं में पान और बीड़े का ज़िक्र आता है। इस सिलसिले में मध्यकालीन इतिहास के विद्वान डॉ. मुहम्मद उमर ने बड़ी महत्त्वपूर्ण बात कही है: "भारत के अतिरिक्त संसार के किसी दूसरे हिस्से में पान उपलब्ध नहीं होता। इसलिए यह बात किसी तरह से सम्भव नहीं हो सकती कि मुसलमान पान चबाने की आदत अपने साथ लाये होंगे। मुसलमानों में पान चबाने की बढ़ती हुई स्वाभाविक रुचि भारतीय संस्कृति की ही देन है।"[1] अर्थात् समन्वय सिर्फ़ भाषा एवं धर्म के स्तर पर ही नहीं हो रहा था, शौक़ और

1. डॉ. मुहम्मद उमर : 'भारतीय संस्कृति का मुसलमानों पर प्रभाव' (मूल उर्दू 'हिन्दुस्तानी तहज़ीब का मुसलमानों पर असर' का हिन्दी अनुवाद : जानकीप्रसाद शर्मा), प्रकाशन विभाग, नई दिल्ली, पृष्ठ 158

व्यसनों के स्तर भी लोग साझा कर रहे थे:

पिला शर्बत देओ हाताँ में बीड़ा
बँदाओ सारियाँ मोत्याँ किनारे

यह भी उल्लेखनीय है कि सारी (साड़ी) का पहनावा भी स्थानीय संस्कृति का अंग है। उनका हिन्दू प्रथाओं का निरीक्षण अद्‌भुत है। हिन्दुओं में प्रथा है कि सात सुहागिनें मिलकर कन्या को तेल और उबटन चढ़ाती हैं, और आरती उतारती हैं। उनकी 'जल्वे का गीत' नज़्म इस दृश्य को मूर्त कर देती है:

चढ़ाओ तेल अब सातों सुहागा
मशाता हो के ज़ुहरा हत निगारे

क़ुत्बशाह के ऋतु वर्णन में पूरी तरह भारतीय वातावरण है। ऋतुओं पर उनकी कविताएँ पढ़ते हुए समकालीन कवि सेनापति (जन्म 1589 ई.) की याद आती है। बसन्त के तो बेशुमार नज़ारे उनके यहाँ मौजूद हैं। बसन्त के साथ कोयल की कूक जुड़ी हुई है। उनके काव्य में बुलबुल के बजाय पंचम स्वरों में कोयल कूकती सुनाई देती है। वर्षा ऋतु के वर्णन में उन्होंने भारतीय ज्योतिष से लाभ उठाया है। ज्योतिष शास्त्र के अनुसार मृगशिरा या मृगशीर्ष नक्षत्र वर्षा ऋतु के आरम्भ का सूचक होता है। उन्होंने इसके तद्‌भव रूप 'मिरग' का इस्तेमाल किया है:

गरज्या मिरग ख़ुशियाँ सों सिंगारो आओ सकियाँ
पड़ता है मेघ फुई-फुई चोली भिगाओ सकियाँ

मृगशीर्ष नक्षत्र में मेघ गरज रहे हैं, फुहारें पड़ रही हैं। सभी सखियाँ सिंगार करके आओ और फुहारों में अपनी चोली को भिगोओ।

क़ुत्बशाह की कविता में भारतीय राग-रागनियों का जैसा विवरण मिलता है, वह संगीत के व्यावहारिक ज्ञान के बिना सम्भव नहीं लगता। उन्होंने अपनी कई रचनाओं के ऊपर रागों के नाम भी दिए हैं। ग़ज़ल के फ़ॉर्म में उनकी एक नज़्म है जिसमें मुखारे, सबाही, धनाश्री, संकराभरना, श्रीराग, कानडा, गज्जा, कोशी, गौरी, मल्हार और रामकली आदि रागों की विशेषताएँ गिनाई गई हैं। वर्षा पर कविता में राग मल्हार का वर्णन है। अपने समय के सांस्कृतिक जीवन की अक्कासी के ऐसे विवरण उनकी कविता में भरे पड़े हैं। उनके संगीत-प्रेम को उत्तर और दक्षिण के सांस्कृतिक विनिमय की पृष्ठभूमि में देखा जाना चाहिए। दाक्षिणात्य संगीत की एक गौरवशाली परम्परा रही है। उत्तर भारत से सूफ़ियों के साथ जो संगीत दक्षिण पहुँचा, वह विशेषत: गोलकुंडा-हैदराबाद के अवाम के बीच ज़्यादा लोकप्रिय हुआ। जैसा कि डॉ. रामविलास शर्मा ने कहा है:

"....संगीत के इतिहास की दृष्टि से तेरहवीं-चौदहवीं-पन्द्रहवीं सदियाँ नवजागरण का आरम्भिक काल था। इस समय उत्तर में ही नहीं, दक्षिण में भी एक बड़े भाग में संगीत की धारा प्रवाहित हुई।"[1] इस कथन को मद्देनज़र रखते हुए हम कह सकते हैं कि पन्द्रहवीं के ठीक बाद सोलहवीं सदी में क़ुत्बशाह होते हैं। अर्थात् उन्हें संगीत का वह रूप विरासत में मिला जो उत्तर और दक्षिण के सम्पर्क की देन था।

अपनी कविता के लिए विषय-चयन में भी लोकजीवन से उनके जुड़ाव की झलक मिलती है। उनकी ख़ूबी यह है कि जो देखा, उसे भाषा में स्वायत्त करने की ठान ली। बिल्कुल आगरे के मियाँ 'नज़ीर' की तरह। स्थानीय परिवेश के खेल-तमाशे भी उनकी नज़र से नहीं बच पाते। यह देखकर हम रोमांचित हो उठते हैं कि दक्खिनी के साथ-साथ फ़ारसी में आला दर्जे की शाइरी करने वाला रचनाकार अवाम के मनोरंजन के तरीक़ों को भी रचना-विषय बनाता है। वह ढान ढकनी, खमिडी, चौगान और फोकड़ी फू जैसे खेलों पर बड़े डूबकर कविताएँ लिखता है। उत्तर भारतीयों को खेलों के ये नाम नये लग सकते हैं। सम्भव है, इन खेलों को इधर किन्ही अन्य नामों से जाना जाता हो। दिलचस्प यह है कि इन सब खेलों पर क़ुत्बशाह अलग-अलग नज़्में लिखते हैं। 'फोकड़ी फू' और 'ढान ढकनी' क्या हैं देखिए:

सकी[2] *तान दे मुझ टिटकती खड़ी*
कि ढान ढकनी खेलकर हटकती खड़ी
ख़ूबी के बूँदों से बुझे ज़र्री[3] *चीर*
जूँ अबरू[4] *में बिजली झलकती खड़ी*

इतना मालूम होता है कि ये लड़कियों के खेल हैं। खेलते-खेलते पसीने की बूँदों से उनके चीर (परिधान) तरबतर हो जाते हैं। इस नज़्म के अन्त में शाइर कहता है, 'क़ुत्बशाह है इस ज़माने का शाइर', तो फिर वह अपने ज़माने के खेलों की उपेक्षा कैसे कर सकता है? इन रचनाओं का साहित्यिक मूल्य की दृष्टि से भले इतना महत्त्व न हो, लेकिन तत्कालीन समाज के अध्ययन में इनसे मदद ज़रूर ली जा सकती है। दूसरे यह कि इस प्रवृत्ति की रचनाएँ शाइर के बोध-परिसर की व्यापकता को भी लक्षित करती हैं।

क़ुत्बशाह ने अनेक काव्यरूपों में रचना की। उनके मर्सियों का उल्लेख किये बिना पूरे क़ुत्बशाह से हमारा परिचय नहीं हो सकता। यह वही काव्यरूप है जिसे उन्नीसवीं सदी में मीर अनीस (1804-1874 ई.) और मिर्ज़ा दबीर (मृत्यु 1875 ई.) ने विकास के चरम बिन्दु तक पहुँचाया। इसका शुरूआती रूप हमें क़ुत्बशाह के यहाँ मिलता है। यों मर्सिए आत्मीय जनों के चिरकालिक बिछोह पर भी लिखे जाते हैं,

---

1. डॉ. रामविलास शर्मा : 'भारतीय साहित्य की भूमिका', प्र. सं. 1996, पृष्ठ 185-86

2. सखी 3. स्वर्णजड़ित, जिस पर ज़री का काम किया हुआ हो 4. भौंह

लेकिन मर्सिए का मूल और पारम्परिक विषय एक ही है— राहे-हक़ में अन्तिम रसूल के नवासे (धेवते) हज़रत इमाम हुसैन की शहादत। कर्बला के मैदान में अत्याचारी शासक यज़ीद के ख़िलाफ़ शान्ति और न्याय की बहाली के लिए लड़ते हुए हुसैन की यह शहादत मानवता के इतिहास की हृदयविदारक एवं कारुणिक घटना है। नृशंसता की पराकाष्ठा यह थी कि इसमें एक दूध पीते बच्चे की जान तक नहीं बख़्शी गई। क़ुत्बशाह के मर्सियों में इस त्रासदी का मार्मिक वर्णन मिलता है। यहाँ हमें यह बात समझ लेनी चाहिए कि मर्सिया एक विषय या कथ्य भी है और एक काव्यरूप भी। यानी ग़ज़ल के फ़ॉर्म में भी मर्सिया लिखा जा सकता है। इस स्थिति में इसे ग़ज़ल न कह कर मर्सिया ही कहेंगे, जैसा कि क़ुत्बशाह के यहाँ मिलता है। दो मर्सियों से एक-एक शे'र आगे प्रस्तुत हैं।

क़ुत्बशाह कर्बला के शहीदों के शोक में जड़-चेतन सबको शामिल कर लेते हैं। इन्सान तो क्या पक्षी भी शोक सन्तप्त हैं:

पंखी सटे हैं सब यहाँ रो रो भरा ये समुद्राँ
छोड़े हैं सब अपने घराँ, देखो तो ज़ारी वाय-वाय

मुहर्रम के महीने में ज़मीन और आसमान के बीच जहाँ भी देखो, शोक के प्रतीक अलम (झंडे) नज़र आते हैं:

मुहर्रम के महीने में आया इमामाँ का सो ग़म फिर कर
ज़मीं होर आसमाँ म्याने भऱ्या सिर थे अलम फिर कर

एक मर्सिए में जब वे हज़रत इमाम हुसैन को 'फ़ातिमा के पूत' कहकर याद करते हैं तो इसमें भारतीय जनमानस का प्रतिबिम्ब नज़र आता है।

अब क़ुत्बशाह की काव्य-भाषा पर एक नज़र। वे जिस भाषा में लिख रहे थे, उस दौर में इसे हिन्दी, हिन्दवी और दखनी कहने का रिवाज था। इसके लिखित रूप के लिए उर्दू लिपि का व्यवहार किया जाता था। आज हिन्दी परम्परा के अन्तर्गत इसे दक्खिनी हिन्दी और उर्दू परम्परा के अन्तर्गत दकनी उर्दू या क़दीम उर्दू कहा जाता है। मसलन बाबूराम सक्सेना की 'दक्खिनी हिन्दी', डॉ. श्रीराम शर्मा की 'दक्खिनी हिन्दी का साहित्य' और डॉ. ताराचंद पांचाल की 'दक्खिनी हिन्दी काव्य-संचयन' किताबों के शीर्षक से ही पता चलता है कि ये विद्वान इसे हिन्दी रूप में देखते हैं। हम अकेले दकनी या दखनी शब्द का भी उभयअर्थी प्रयोग कर सकते हैं।

मुल्ला वजही ने इस भाषा के लिए 'क़ुत्ब मुश्तरी' (1608 ई.) में 'दखनी', शाह अशरफ़ बयाबानी ने 'नौ रसं हार' (1503 ई.) में 'हिन्दवी' और बुरहानुद्दीन जानम बीजापुरी ने 'इर्शादनामा' (1582 ई.) में 'हिन्दी' शब्द का प्रयोग किया है। 'इर्शादनामा' में ही अन्यत्र इसे 'गुजरी' कहा गया है।

क़ुत्बशाह की काव्य-भाषा उर्दू के आरम्भिक रूप की पहचान कराती है। जैसा कि ऊपर बताया गया है, इस भाषा के लिए अब तक उर्दू संज्ञा का प्रयोग प्रचलित नहीं था। लेकिन दो सौ वर्ष बाद जिसे उर्दू कहा गया, यह उसी ज़बान के विकास का पहला चरण था। अवाम के साथ घुलने-मिलने के कारण क़ुत्बशाह आम बोलचाल के मुहावरे को समझने और उसे अपनी काव्य-भाषा में समाहित करने में कामयाब रहे। बाद में यह मुहावरा वली दकनी की भाषा में और निखरे हुए रूप में सामने आता है। हम आज के मुहावरे की दृष्टि से देखेंगे तो कहेंगे कि क़ुत्बशाह की भाषा का मुहावरा आम बोलचाल का कैसे हो सकता है? लेकिन उत्तर भारत से पहुँची बोली के द्रविड़ भाषाओं के साथ विलयीकरण (फ़्यूज़न) के परिणामस्वरूप जो एक आम बोलचाल का मुहावरा बना, वह उस समय की एक सांस्कृतिक सच्चाई है। उनकी भाषा के इसी पहलू को लक्षित करते हुए सैयद एहतिशाम हुसैन ने कहा है: "जिस प्रकार उसके विषय और विचारधारा में भारतीयता मिलती है उसी प्रकार उसकी भाषा उस हिन्दुस्तानी के निकट है, जो हिन्दी भी है और उर्दू भी।"[1]

क़ुत्बशाह का सम्बन्ध तेलुगु भाषी क्षेत्र से था। उनकी काव्य-भाषा तेलुगु से अछूती रही हो, यह असम्भव है। डॉ. मुही उद्दीन क़ादरी 'ज़ोर' का तो यहाँ तक कहना है कि क़ुत्बशाह ने तिलंगी (तेलुगु) में भी कविताएँ लिखीं। रामबाबू सक्सेना ने भी उनके तिलंगी में शे'र कहने की पुष्टि की है। इसी बात को एहतिशाम हुसैन ने भी अपने इतिहास में दोहराया है। पर तीनों ही विद्वानों ने यह स्वीकार किया है कि उनकी तेलुगु रचनाएँ अभी तक अप्राप्य हैं। हिन्दी-तेलुगु विद्वान डॉ. विजयराघव रेड्डी एवं डॉ. शकुंतला रेड्डी के एक शोध-पत्र 'दक्खिनी पर तेलुगु का प्रभाव' के आधार पर हम इस विषय में कुछ अनुमान कर सकते हैं। लेखक द्वय के अनुसार : "दक्खिनी की आत्मा (व्याकरण के अधिकांश तत्त्व) द्रविड़ हैं, भले ही उसका शरीर (शब्दावली आदि अन्य तत्त्व) आर्य हों, दक्खिनी की जड़ें द्रविड़ भाषाओं से सिंचित हैं, भले ही ऊपर का पेड़ हिन्दी लगे।"[2] उन्होंने ऐसे अनेक व्याकरणिक प्रयोग गिनाये हैं जो दक्खिनी के लिए तेलुगु की देन हैं। बहरहाल इस विषय में प्रामाणिकता के साथ कुछ भी कहने के लिए तेलुगु का ज्ञान लाज़िमी है। अस्तु।

शब्द-सम्पदा की दृष्टि से देखें तो क़ुत्बशाह ने हिन्दी तत्सम शब्दों की तुलना में इनके तद्भव रूपों को बड़ी उदारता के साथ ग्रहण किया है। शब्द-गणना की जाये तो इनकी संख्या अरबी-फ़ारसी शब्दों से कम नहीं बैठेगी। उन्होंने सर्वनाम और सम्बन्धसूचक शब्द प्राय: स्थानीय बोली से लिये हैं। हमन, तुमन, मुँज (मुझ), अप (अपना), थे

1. सैयद एहतिशाम हुसैन : 'उर्दू साहित्य का इतिहास', प्र. सं. 1954, पृष्ठ 46
2. दक्खिनी भाषा और साहित्य : विश्लेषण की दिशाएँ : संपादक डॉ. कृष्ण कुमार गोस्वामी, डॉ. (श्रीमती) सरोज अग्रवाल, 1991, देखिए उपर्युक्त शोध-पत्र, पृष्ठ 127

(से), सिती (से), मिने, मिनी (मैं), सूँ (साथ) आदि के प्रयोग में दकनी के व्याकरण का लिहाज़ रखा गया है। 'मो' (मेरा, मेरे) सर्वनाम का प्रयोग भी उनके यहाँ मिलता है जो कि ब्रजक्षेत्र में व्यवहृत है: 'मो नज़र सामने नहीं है यार'। सूरदास की वह कहावत की तरह मशहूर पंक्ति देखिए: 'मो सम कौन कुटिल खल कामी।'

दिलचस्प यह है कि क़ुत्बशाह ने स्थानीय बोली के प्रभाव से कई अरबी स्त्रीलिंग शब्दों का पुंलिंग के रूप में प्रयोग किया है। 'नज़र' स्त्रीलिंग शब्द है, यहाँ पुंलिंग रूप में मिलेगा:

'मआनी' पर नज़र उस यार का है
सदा इस नेह सूँ हैं बेदार[1] दीदार

उन्होंने शब्दों के बहुवचन प्राय: दकनी की पद्धति से बनाये हैं। जैसे बात का बाताँ, ग़ुलाम का ग़ुलामाँ, रक़ीब का रक़ीबाँ, दर्द का दर्दां आदि। कई शब्दों के शुद्ध रूप के बजाय उनके स्थानीय उच्चारण को तरजीह दी है, जैसे 'सेहरा' न कहकर उन्होंने 'सैरा' कहा है। ग़रज़ यह कि कई भाषाओं के शब्द उनकी काव्य-भाषा में इतनी सहजता के साथ उतरते चले आते हैं कि कहीं कोई पैवंद नज़र नहीं आता। उन्होंने बनाव-सिंगार पर ध्यान नहीं दिया है। अनगढ़पन का अपना एक सौन्दर्य है।

भाषा का यह मुहावरा कुछ परिवर्तनों के साथ वली दकनी तक राइज रहा। बाद में धीरे-धीरें यह मत्रूक (परित्यक्त) हो गया। अठारहवीं सदी के बीतते-बीतते ज़बान में इस्लाह (सुधार) की तहरीक चली। अनेक शब्द व पद चलन से बाहर होते गये और एक नया मुहावरा आकार लेने लगा।

डॉ. 'ज़ोर' ने क़ुत्बशाह की भाषा के बारे में जो टिप्पणी की है, वह किंचित् स्पष्टीकरण की माँग करती है। उन्होंने अपनी किताब 'सुल्तान मुहम्मद क़ुली क़ुत्बशाह : उर्दू का पहला साहिबे-दीवान शाइर' के अन्त में उनकी रचनाओं से एक चयन दिया है। चयन से पहले डॉ. 'ज़ोर' ने एक पृष्ठ की भूमिका दी है जिसका अन्तिम वाक्य यह है : "इस पर एक नज़र डालने के बाद मालूम होगा कि जो लोग मुहम्मद क़ुली क़ुत्बशाह को हिन्दी या ब्रजभाषा का शाइर समझते हैं, वो कैसी अहम ग़लती के मुर्तकिब (दोषी) होते हैं।"[2] निस्सन्देह क़ुत्बशाह उर्दू के पहले साहिबे-दीवान शाइर हैं, और इसी सतह से उनका मूल्यांकन भी किया जाना चाहिए। लेकिन उन्हें हिन्दी जगत् भी अपनी परम्परा के रूप में सम्मान देना चाहता है तो इसमें कोई आपत्ति का पहलू हमें नज़र नहीं आता। यह बात हम आज के सन्दर्भ में कह रहे हैं। दरअस्ल डॉ. 'ज़ोर' का यह कथन हमें प्रतिक्रियामूलक लगता है। 1939-40 ई. के आस-पास जब

1. जाग्रत, 'बेदार-दीदार' का मतलब है दर्शन के लिए सदा जाग्रत
2. सैयद मुही उद्दीन क़ादरी 'ज़ोर' : 'सुल्तान मुहम्मद क़ुली क़ुत्बशाह : बानी-ए-हैदराबाद दकन व उर्दू का पहला साहिबे-दीवान शाइर', 1940 ई., पृष्ठ 426

यह किताब लिखी जा रही थी, हिन्दो-उर्दू विवाद का माहौल गरमाया हुआ था। हिन्दी के एक तबक़े ने उर्दू-विरोध की मुहिम चला रखी थी। इसकी प्रतिक्रिया में डॉ. 'ज़ोर' के उक्त कथन में उर्दू अस्मिता के प्रति आग्रह होना स्वाभाविक था। यह उस दौर की मन:स्थिति की एक मिसाल है।

क़ुत्बशाह ने उपलब्ध भाषा में बयान की नई सूरतें ईजाद कीं। बातचीत के लहजे के हुस्न को पहचाना और कुछ नये तज्रुबे किये। उर्दू ग़ज़ल में उन्होंने पहली बार अपने कथन पर बलाघात करने की ग़रज़ से एक क्रियापद की पुनरावृत्ति की:

कह्या कि आदमी का मुरव्वत नहीं तुमन
कहिए कि आशिक़ी मिने[1] गूंगी ज़बाँ करो
कह्या कि आशिक़ाँ कूँ दिखाने का भेद क्या
कहिए कि बस है इश्क़ तुम्हारा निहाँ[2] करो

इन शे'रों को पढ़ते हुए अहमद फ़राज़ (1931-2008 ई.) की एक ग़ज़ल स्मृति-पटल पर उभर आती है, जिसके हर शे'र के शुरू में 'सुना है' पद की आवृत्ति होती है:

सुना है, बोले तो बातों से फूल झड़ते हैं
ये बात है तो चलो बात करके देखते हैं

पूरी ग़ज़ल में इसी तरह 'सुना है' पद को दोहराया गया है। क़ुत्बशाह का ज़ोर 'कहा है' पर है और अहमद फ़राज़ का ज़ोर 'सुना है' पर।

उर्दू शाइरी में बाज़ार के दीदार भी पहली बार क़ुत्बशाह के यहाँ होते हैं। खोटे सिक्के चलाने का मुहावरा बाज़ार से आया है। अन्दाज़ा लगाया जा सकता है कि नये बनते हुए मुहावरों पर उनकी कितनी गहरी निगाह थी। अपने इस क़िस्म के प्रयोगों से उन्होंने भाषा के दामन को विस्तृत किया। निम्नोद्धृत शे'र में 'पीके' का अर्थ 'सिक्के' है:

खोटे हमारे पीके बाज़ार में न चलते
गर हो नज़र तुम्हारा हम ज़र चलेगा संसार

उन्होंने कुछ ऐसे नक़्श (चित्र, बिम्ब) उभारे हैं, बक़ौल उनके जिन्हें देखकर 'मानी' भी हैरान रह जाये। 'मानी' इस्लाम पूर्व समय का एक महान चित्रकार था। बसन्त के फूलों के आभूषण पहन कर आँगन में खड़ी नायिका का चित्र :

बसन्त फूल का हमायल पहन कर आई आँगन में छन
सो फूल सिंगार के नक़्शा मने हैरान है 'मानी'

---

1. में 2. छुपाना

उनके इस वर्णन में गर्वोक्ति हो सकती है, लेकिन कई जगह उनकी बिम्ब-सृष्टि कमाल की है। एक नज़्म में दिवावसान का अद्‌भुत बिम्ब है:

निस के समन्द स्याम में सुन्ने की ज़ोरक डुब्बियाँ
वो डुबने में तिरने लगे बुडबुडे कै लख हज़ार

अस्त होता हुआ सूर्य ऐसा प्रतीत हो रहा है जैसे रात के साँवले समुद्र में कई स्वर्ण नौकाएँ डूब रही हों। इनके डूबने से हज़ारों-लाखों बुलबुले उठ रहे हैं। ज़ोरक यानी नौका।

क़ुत्बशाह शे'र मौज़ूँ करते हुए शब्दौचित्य का बहुत ख़याल रखते थे, उर्दू-फ़ारसी काव्यशास्त्र में जिसे 'फ़साहत' कहा जाता है:

तेरे इश्क़ के नीर थे[1] मैं हूँ ज़िन्दा
अज़ल[2] से हुआ है ये रोज़ी मुक़र्रर[3]

वे 'इश्क़ के आब' भी कह सकते थे। वज़्न में भी कोई फ़र्क़ न पड़ता। लेकिन 'नीर' के 'रे' हर्फ़ में प्रवाह है और 'आब' के 'बे' में ठहराव। यहाँ कवि 'नीर' का चयन करता है। हम काम भले चला लें, दरअस्ल भाषा में पर्यायवाची शब्द होते ही नहीं हैं।

बाज़ मुक़ामों पर उनके यहाँ इतनी शुस्त: (प्रांजल) और रवाँ-दवाँ ज़बान मिलती है कि उसमें दकनी के खुरदुरेपन का कोई पुट नज़र नहीं आता:

हमारा सजन ख़ुशनज़र बाज़ है
तो इस दिल में सब इश्क़ का राज़ है
मये-लाली[4] से रुख़ ज़र्दी हमारी दूर कर साक़ी
मजालि[5] ज़ुहरा रक़्क़ासी[6] से तू पुरनूर[7] कर साक़ी

नीचे दिये गये शे'र में आप देखेंगे कि पहले मिसरे में दकनी का स्पर्श है और दूसरा आज की उर्दू के क़रीब है:

क़िस्सा है जग में लैला-ओ-मजनूँ होर[8] फ़रहाद का
अब इश्क़ मेरा जल्वा करता है तिरे पैग़ाम पर

इस प्रकार के प्रयोगों से यह आभास हो जाता है कि आगे चलकर इस भाषा का विकास किस दिशा में होने जा रहा है ? साथ ही ये प्रयोग उनकी भाषा के विस्तृत अहाते की निशानदेही भी करते हैं। उनकी भाषा की इन्हीं ख़ूबियों को ध्यान में रखते हुए रामबाबू सक्सेना ने उचित ही कहा है: "क़ुत्बशाह का कलाम अब तक (अर्थात् उस

1. से 2. आरम्भ 3. निर्धारित, निश्चित 4. सुर्ख़ रंग की शराब 5. मजलिस का बहुवचन, महफ़िलें 6. सितारों की तरह नृत्य, ज़ुहरा एक ग्रह या सितारे का नाम है 7. आलोकित, रौशन 8. और

दौर तक) ऐसा कलाम कहा जा सकता है जिसमें एक अदबी शान मौजूद है।''[1]

मुहम्मद क़ुली क़ुत्बशाह की कविता से दो नुक्ते बहुत साफ़ तौर पर उभर कर सामने आते हैं। एक तो यह कि हिन्दी-उर्दू भाषाओं के सापेक्ष अध्ययन से ही दोनों का अर्थ-गौरव अपनी सम्पूर्णता के साथ उद्भासित हो सकता है। दोनों के पृथक् और निरपेक्ष अध्ययन एकांगी ही साबित होंगे। दूसरे, हम देखते हैं कि बोलचाल की सतह पर दोनों भाषाओं में कोई उल्लेखनीय फ़र्क़ नज़र नहीं आता, लेकिन इनके लिखित रूपों में—कहीं कम, कहीं ज़्यादा—फ़र्क़ मौजूद है। हम भाषा को एक साँचे में ढालने का दुराग्रह नहीं कर रहे हैं। वैविध्य भाषा की एक बड़ी शक्ति है, इसे क़ायम रहना चाहिए। हम सिर्फ़ यह अर्ज़ करना चाहते हैं कि हिन्दी और उर्दू की दो भिन्न परम्पराओं के बावजूद दोनों के सर्जनात्मक रिश्तों को मज़बूत करने की दिशा में हम क़ुत्बशाह की कविता से काफ़ी मदद ले सकते हैं।

—2016 ई.

1. रामबाबू सक्सेना : 'तारीख़े अदब उर्दू', संस्करण 1986, पृष्ठ 57

वली दकनी : रेख़्तागोई की बुनियाद डालने वाला शाइर

राहे-मज़्मून-ए-ताज़ा बन्द नहीं
ता क़यामत खुला है बाब-ए-सुख़न

अर्थात् लिखने वालों के लिए ताज़ा विषयों की राह कभी बन्द नहीं होती। जब तक दुनिया है, तब तक नई रचनाशीलता की सम्भावनाएँ बनी रहेंगी।

वली के मूल स्थान को लेकर विद्वानों के बीच लम्बे अरसे से बहस चलती रही है। उनके तीन नाम प्रचलित रहे हैं—वली दकनी, वली औरंगाबादी और वली गुजराती। कुछ विद्वान यह भी कहते हैं कि एक शाइर शम्स वली उल्लाह औरंगाबादी के साथ उनके नाम को गड्डमड्ड कर दिया जाता है। इसके अलावा उनके नाम के साथ जुड़े दकनी शब्द से भी भ्रम होता है। दरअस्ल पुराने ज़माने में गुजरात समेत पूरे दक्षिण भारत को दकन कहा जाता था। निष्कर्ष यह है कि अन्तर्बाह्य साक्ष्यों के आधार पर वली का गुजराती होना ही तय पाया जाता है। वली दकनी रूढ़ और प्रचलित नाम है।

वली का जन्म 1648 ई. में औरंगाबाद में हुआ। उनका सम्बन्ध अपने समय के प्रसिद्ध सूफ़ी विद्वान शाह वजीहुद्दीन अल्वी के ख़ानदान से रहा है। सूफ़ी सन्त शाह हाशिम बीजापुरी वली के चाचा थे। वली के मानस के निर्माण में इस आध्यात्मिक पृष्ठभूमि की अहम भूमिका रही। वली की मृत्युतिथि को लेकर मत भिन्नता की स्थिति रही है। सैयद एहतिशाम हुसैन ने वली की मृत्युतिथि 1707 ई. बताई है। 'इंतिख़ाब-ए-वली' के सम्पादक सैयद ज़हीरुद्दीन मदनी ने 1709 ई. (औरंगज़ेब की मृत्यु के दो साल बाद) को वली की मृत्यु तिथि माना है। कुल्लियात-ए-वली के सम्पादक सैयद नूरुल हसन हाशमी विस्तृत शोध के बाद 1744 ई. में वली का निधन मानते हैं। अन्तिम मत ही उचित जान पड़ता है।

वली को गुजरात से बहुत लगाव था। वे कहा करते थे, गुजरात से उनका नाम ऐसे जुड़ा है जैसे गोश्त से नाख़ुन। उन्होंने गुजरात के शहर सूरत पर एक ख़ूबसूरत मस्नवी लिखी और गुजरात से बाहर जाने पर इसकी याद में 'दर फ़िराक़-ए-गुजरात' शीर्षक से क़त्आ लिखा। उन्हें गुजरात के साम्प्रदायिक सौहार्द के वातावरण पर बड़ा नाज़ था। विभिन्न धर्मों के लोगों का मेल-मिलाप उन्हें जीवन-शक्ति देता था। 'सूरत'

पर लिखी रचना में कहते हैं—

वहाँ साकिन इते हैं अहल-ए-मज़हब
कि गिनती में न आवें उनके मशरब

इसी रचना में हिन्दुओं के पर्व स्नान को भी याद करते हैं—

शहर भीतर जो आवे नहान का दिन
हिन्दू की क़ौम के अश्नान का दिन

यह दुःखद है कि 27 फ़रवरी, 2002 के बाद के साम्प्रदायिक उन्माद में शान्ति और धर्मनिरपेक्षता के दुश्मनों ने वली के मज़ार को नेस्तोनाबूद कर दिया। साम्प्रदायिक फ़ासीवाद मेल मिलाप और भाईचारे के प्रतीक मज़ार को भी बर्दाश्त नहीं कर सका। मौलाना रूमी ने कहा था, ''निशानम ला निशाँ बाशद।'' यानी मेरा निशान, मैं तो बेनिशान हूँ। वली की तुरबत के निशान को भले ही बेनिशान कर दिया गया हो, उनकी शौक़ अंगेज़ शाइरी का निशान धर्मनिरपेक्षता में यक़ीन रखने वाले लोगों के मन में हमेशा बाक़ी रहेगा।

मुहम्मद हुसैन आज़ाद ने 'आब-ए-हयात' में बताया है कि वली दो बार दिल्ली आए। दरअस्ल वली, औरंगज़ेब के शासनकाल में 1700 ई. में सिर्फ़ एक बार दिल्ली आए और इसी यात्रा में अपना दीवान भी साथ लाए। वली की शाइरी उनके आने से पहले आते-जाते लोगों के ज़रिए दिल्ली पहुँच चुकी थी।

हिन्दी रीतिकाल के उस दौर में जबकि कवियों के बीच राजदरबार में पहुँचने की होड़ लगी हुई थी, वली ने अपनी रचनाशीलता के सम्मान को बचाया और किसी प्रभुताप्राप्त व्यक्ति की शान में क़सीदे नहीं लिखे। उन्होंने अपनी शाइरी को मनुष्य की कर्मशीलता, सहिष्णुता और रागात्मकता जैसी सद्वृत्तियों को उभारने का वसीला बनाया। उनके कृतित्व के पीछे एक सामाजिक उद्देश्य विद्यमान है, वह है तमाम विरोधाभासों के बीच मनुष्य के परस्पर सहकार की प्रतिष्ठा।

वली ने तसव्वुफ़ के चिन्तन को ग़ज़ल के काव्य-रूप में बड़ी ख़ूबसूरती के साथ ढाला है। उन्होंने तसव्वुफ़ की मूल धारणाओं से बहस की है और उन्हें जन साधारण के लिए सुलभ बनाया है। फ़ारसी में तसव्वुफ़ के विषय पर महान कविता की एक परम्परा रही है। उन्होंने एक ग़ज़ल में अनवरी, जमाली, जामी, फ़िरदौसी, फ़ैज़ी, फ़सीही, ग़ज़ाली, बेदिल, कमाली और ख़ुसरो का एक साथ नामोल्लेख किया है। वली इस परम्परा को उर्दू में रचा-बसा कर आगे बढ़ाने वाले पहले बड़े शाइर हैं। उनके यहाँ सूफ़ी सन्तों और दरवेशों की वाणी गूँजती है—

अयाँ है हर तरफ़ आलम में हुस्न-ए-बेहिजाब उसका
बग़ैर अज़ दीदा-ए-हैराँ नहीं जग में निक़ाब उसका
हुआ है मुझ पे शम्मे-बज़्म यकरंगी सूँ यूँ रौशन
कि हर ज़र्रे उपर ताबाँ है दायम आफ़ताब उसका

सूफ़ी दर्शन की शिक्षा-दीक्षा ने वली की तबीयत में वसीउल मश्रबी (धार्मिक उदारता) पैदा की। भारत आने से पहले सूफ़ी दर्शन में दूसरे धर्मों की चर्चा शामिल नहीं थी। यहाँ आकर हिन्दू और इस्लाम धर्मों के विभेद का पहले-पहल उसे सामना करना पड़ा और इस दर्शन में उपासना की विभिन्न पद्धतियों के सम्मान का नया तत्त्व जुड़ गया। इस प्रकार सूफ़ियों की तर्ज़ पर वली ने तसव्वुफ़ को भारतीय संस्कार से सम्पन्न किया। इस धार्मिक उदारता ने उन्हें लोक जागरण का कवि बना दिया। उस दौर में दक्षिण से उत्तर तक उनकी शाइरी ने जो यात्रा की, उसके पीछे उनके व्यापक धार्मिक दृष्टिकोण की शक्ति विद्यमान थी।

वली को ऐसा उदार और सहिष्णु व्यक्तित्व मिला है कि वे क़ुर्आन मजीद के साथ-साथ वेदवाणी को भी अपनी शाइरी में जगह देते हैं—

याद करती है ख़त कूँ ज़ुल्फ़-ए-सनम
काम हिन्दू का बेदबानी है

वली गुजरात में रहते हुए हरिद्वार के संन्यासियों को भी याद करते हैं—

ऐ सनम तुझ जबीं उपर ये ख़ाल
हिन्दु-ए-हरिद्वार बासी है

वली एक ऐसे सामाजिक वातावरण के निर्माण के लिए प्रयत्नशील दिखाई देते हैं जिसमें हिन्दू हों या मुसलमान सब फूलों की तरह हँसते हुए दिखाई दें। यही उनका जीवन-दर्शन है—

जब लग हैं आसमान-ओ-ज़मीं जग में बरक़रार
ज्यूँ फूल इस जहाँ के चमन में हँसा करो

वली के यहाँ इश्क़ हक़ीक़ी (ईश्वरीय प्रेम) और इश्क़ मजाज़ी (लौकिक प्रेम) के बीच कोई विभाजक रेखा नहीं है। "शग़ल बेहतर है इश्क़बाज़ी का / क्या हक़ीक़ी ओ क्या मजाज़ी का।" अन्ततः उनके प्रेम का आलम्बन इस दुनिया के लोग हैं। वली के इश्क़ का पंथ निराला है—

ज़ाद-ए-रह दिल सूँ जो बग़ल में लिया
इश्क़ के पंथ में वो आक़िल है
ऐ 'वली' तर्ज़-ए-इश्क़ आसाँ नहीं
आज़माया हूँ मैं कि मुश्किल है

क़रीब सौ साल पहले मुहम्मद क़ुली क़ुत्बशाह इश्क़ के पंथ पर चलने की प्रेरणा दे चुके हैं। वली के यहाँ इसी परम्परा का विकास नज़र आता है।

वली की शाइरी में मुख्य रूप से भाषा के दो स्तर मिलते हैं। एक स्तर वह है

जिससे प्रभावित होकर उत्तर भारत के शाइर रेख़्तागोई की ओर प्रवृत्त हुए। इसमें फ़ारसी के समासों, मुहावरों और बन्दिशों को स्थानीय बोलचाल की ज़बान में समाहित कर लिया गया है। इस ज़बान के ज़रिए वली रेख़्तागोई की बुनियाद डालते हैं। दूसरा भाषा-स्तर वह है जहाँ हिन्दी के तत्सम शब्दों की बहुलता है। कुछ ऐसे भाषिक प्रयोग हैं जो पूरी उर्दू शाइरी में केवल वली के यहाँ मिलते हैं। उन्होंने अरबी और संस्कृत के शब्दों से समास बनाए हैं। सामान्यत: या तो चरण-चिह्न मिलेगा या नक़्श-ए-क़दम, लेकिन वली नक़्श-ए-चरण भी लिख जाते हैं—

चाहो कि पी के पग तले अपना वतन करो
अव्वल अपस कूँ अजज़ में नक़्श-ए-चरन करो

वली के समय तक मत्रूकात (निषिद्ध शब्दों को छाँटना) के सिद्धान्त पर अमल शुरू नहीं हुआ था। इसीलिए दतन, तधाँ, दाड़म, छन्द (फ़रेब), अत-पत, पिरत, पीतम, बेगी, बांसली, पेमनगर, बचन, देवल, चितरा, शास्तर और पुजनहारी जैसे सैकड़ों तद्भव और देशज शब्दों को शाइर ने अपनी काव्य-भाषा में सुरक्षित कर लिया है।

वली को उर्दू शाइरी का बाबा आदम कहा जाता है। उनसे पहले के शासक कवि क़ुली क़ुत्बशाह का दीवान मिल जाने के कारण वली को उर्दू का पहला साहिब-ए-दीवान शाइर मानने की बात भले ही ग़लत साबित हो गयी है लेकिन लोक में उन्हें जो सम्मान मिल चुका है, वह आज भी बरक़रार है।

वली के निकट परवर्ती शाइरों ने उनकी कला की महानता को अपने-अपने ढंग से स्वीकार किया है—

'हातिम' ये .फ़न-ए-शे'र में कुछ तू भी कम नहीं
लेकिन वली वली है जहाँ में सुख़न के बीच

—हातिम

'आबरू' शे'र है तेरा ऐजाज़
पर वली का सुख़न करामत है

—आबरू

.ख़ूगर नहीं कुछ यूँ ही हम रेख़्तागोई के
माशूक़ जो अपना था बाशिंदा दकन का था

—मीर

रेख़्तागोई की बुनियाद वली ने डाली
बाद अज़ाँ .ख़ल्क़ को मिर्ज़ा से है और मीर से .फ़ैज़

—मुसहफ़ी

—2004 ई.

ग़ालिब की फ़ारसी मस्नवी 'चिराग़-ए-दैर'

ग़ालिब अपनी रचनाशीलता की बाबत इस मुक़ाम से बोलते हैं:

रग-ए-संगम शरारे मी नवीसम
कफ़-ए-ख़ाकम ग़ुबारे मी नवीसम

अर्थात् मैं पत्थर की रग हूँ, चिनगारियाँ मेरे क़लम से निकलती हैं। मुट्ठी भर ख़ाक हूँ, दिल का ग़ुबार लिख रहा हूँ। (अनुवाद ज़ोय अंसारी) उनके यहाँ अगर प्रखर अनुभूति की चिनगारियाँ हैं, तो गहन विषाद का ग़ुबार भी है। और इनके दरमियान जीवन के कितने ही रंग-रूप। उनके पास वह संवेदनशील मन है जो पत्थर की रग को महसूस कर सकता है। यह हैं 'चिराग़-ए-दैर' के ग़ालिब।

ग़ालिब की फ़ारसी मस्नवी 'चिराग़-ए-दैर' उनकी कलकत्ता यात्रा की देन है। यह यात्रा उनके पेंशन प्रकरण की दृष्टि से भले निष्फल रही हो, लेकिन भारतीय साहित्य के लिए इसकी एक असाधारण उपलब्धि 'चिराग़-ए-दैर' को माना जाता है। अक्सर यह कहा जाता है कि ग़ालिब के लिए यह यात्रा देश के एक बड़े हिस्से के जन-जीवन को निकट से देखने-समझने का निमित्त साबित हुई। इसने उनके सोच पर एक नये दरीचे को खोल दिया।

प्रामाणिक स्रोतों से प्राप्त विवरणों के अनुसार ग़ालिब ने दिसम्बर 1826 में पेंशन के सिलसिले में कलकत्ता के लिए प्रस्थान किया। वे कानपुर, लखनऊ, बाँदा, इलाहाबाद, बनारस और मुर्शिदाबाद होते हुए 21 फ़रवरी, 1828 को कलकत्ता पहुँचे। हस्बे ज़रूरत किराये की पालकी, बैलगाड़ी, नाव और घोड़े की सवारी करते हुए यह सफ़र तय हुआ। ग़ालिब ने पाँच-छह महीने बीमारी की हालत में लखनऊ में गुज़ारे। वहाँ से उन्होंने अपने एक प्रशंसक मौलवी मुहम्मद अली सदर अमीन बाँदा को अपने अहवाल बयान करते हुए फ़ारसी में एक पत्र लिखा। मौलवी साहब ने उन्हें बाँदा बुला लिया। कुछ महीनों के आराम के बाद वहाँ से इलाहाबाद पहुँचे। 28 नवम्बर, 1827 को इलाहाबाद से नाव पर सवार हुए और 1 दिसम्बर, 1827 को नाव बनारस के घाट पर जाकर लगी। सर्दी की मुलायम धूप में गंगा की लहरों के बीच चार दिन का नौका विहार

ग़ालिब के लिए एक रोमांचक अनुभव था। इस अनुभव को 'चिराग़-ए-दैर' की रचना-प्रक्रिया का पहला क्षण कहा जा सकता है।

ग़ालिब का बनारस में 29 दिन क़याम रहा। क़ाज़ी अब्दुस्सत्तार ने अपने 'ग़ालिब' उपन्यास में लिखा है: "एक सुबह वह सोच रहा था कि अगर कलकत्ते की मुहिम सर हो जाये तो यहीं-कहीं एक कुटिया बनाकर बाक़ी उम्र गंगा के किनारे गुज़ार दे।"[1] यह सवाल उठ सकता है कि बनारस में बस जाने का ग़ालिब का यह ख़याल कथाकार की कल्पना है या इसके पीछे कोई तथ्यात्मक साक्ष्य है? ख़ैर, वास्तविकता जो भी हो, लेकिन गहन अवसाद की मन:स्थिति में बनारस की फ़िज़ा ने उनके भीतर एक नयी स्फूर्ति का संचार किया कि शे'रों के एक सौ आठ चिराग़ जल उठे। यानी कि यह मस्नवी।

यह मस्नवी 'कुल्लियात नज़्मे-ग़ालिब फ़ारसी' (मुंशी नवल किशोर, लखनऊ, 1968 ई.) में पृष्ठ 358 से 364 तक शामिल है, जिसका सम्पाँदन प्रो. अमीर हसन नूरानी ने किया है। अब तक इसके पाँच उर्दू अनुवाद हो चुके हैं जिनमें ज़ोय अंसारी, अली सरदार जाफ़री और कालीदास गुप्ता 'रज़ा' के अनुवाद गद्य में हैं, और अख़्तर हसन व हनीफ़ नक़्वी ने मंज़ूम तर्जुमे (काव्यानुवाद) किये हैं। प्रो. सादिक़ ने मूल सहित उक्त पाँचों अनुवाद 'मस्नवी चिराग़े-दैर मय पाँच तराजिम'[2] (उर्दू अकादमी दिल्ली, 2015 ई.) किताब के रूप में एक भूमिका के साथ सम्पादित कर दिये हैं। भूमिका के अन्त में उन्होंने तीन अन्य अनुवादों का उल्लेख भी किया है।

फ़ारसीदानों की राय में यह मस्नवी न सिर्फ़ ग़ालिब बल्कि भारतीय फ़ारसी कविता में एक बुलन्द मुक़ाम रखती है। इसका विषय तो रिवायत से हटकर है ही, भावोत्कर्ष और कल्पनाप्रवणता की दृष्टि से यह बेजोड़ है। वैसे भी ग़ालिब अपने फ़ारसी कलाम को उर्दू दीवान से श्रेष्ठतर समझते थे। प्रो. अलीम अशरफ़ ख़ान के अनुसार, "ग़ालिब को हम हिन्दुस्तानी फ़ारसी शाइरी के गुलदस्ते के चार ख़ुशनुमा फूलों में चौथा शुमार कर सकते हैं जिनका नम्बर हज़रत अमीर ख़ुसरो, फ़ैज़ी और 'बेदिल' के बाद आता है।"[3] रचनाकालक्रम के हिसाब से यह बात दुरुस्त है, पर ग़ालिब तो ईरान के महान शाइरों से होड़ लेते थे। इसे आत्मश्लाघा कहें या आत्मविश्वास, ग़ालिब स्वयं को हाफ़िज़ (1309-1374 ई.) से कम नहीं आँकते थे, अस्तु।

फ़ारसी और उर्दू में मस्नवी की सुदीर्घ परम्परा रही है। मौलाना जलालुद्दीन रूमी (1187-1255 ई.) की मस्नवी विश्वप्रसिद्ध है। उर्दू में मीर हसन की 'सहरुल बयान', दयाशंकर 'नसीम ' की 'गुलज़ारे-नसीम' और मिर्ज़ा शौक़ लखनवी की 'ज़हर-ए-इश्क़' के बारे में सब जानते हैं। जैसा कि प्रतीत होता है, 'चिराग़-ए-दैर' में ग़ालिब ने मस्नवी के पारम्परिक स्वरूप को अपने ढंग से बरता है। मस्नवी क्या है, इसके बारे में विद्वानों की राय जान ली जाये। अल्लामा अख़्लाक़ देहलवी ने लिखा है:

"वह नज़्म जिसके हर शे'र के दोनों मिसरों में क़ाफ़िया हो। यह विधा तवील क़िस्सों के लिए मौज़ूँ समझी जाती है।"[4] प्रो. एहतिशाम हुसैन ने मस्नवी को इस तरह परिभाषित किया है: "लम्बी क्रमिक कविता जिसमें कोई कहानी कही गयी हो या एक ही विषय पर विचार प्रकट किये गये हों, मस्नवी कहलाती है। यह हिन्दी के प्रबन्धकाव्य से मिलती-जुलती चीज़ है।"[5] यह स्पष्ट है कि मस्नवी के लिए एक विषय की केन्द्रीयता या किसी क़िस्से का होना लाज़िमी है। 'चिराग़-ए-दैर' में एक विषय की केन्द्रीयता तो है, लेकिन कथा-तत्त्व बहुत क्षीण है, अनुभूति तत्त्व ज़्यादा प्रभावशाली है। पर यह मस्नवी है तो किसी न किसी वाक़िए का समावेश तो होना ही था। एक सौ आठ में से अन्तिम कुछ शे'रों में एक संक्षिप्त-सा वाक़िआ आता है जो इस रचना को मस्नवी बनाता है। शाइर की भेंट आसमानी गर्दिशों (ग्रह-नक्षत्रों की गति) का रहस्य जानने वाले एक बुज़ुर्ग से होती है। उसके मन में कुछ जिज्ञासाएँ जागती हैं:

शबे-पुरसीदम अज़ रौशन बयाने
ज़े गर्दिशहाए-गर्दूं राज़ दाने

एक रात मैंने एक रौशनबयान से जो आसमानी गर्दिशों के राज़ जानता था, पूछा। (अली सरदार जाफ़री) क्या पूछा यह देखिए:

बिरादर बा बिरादर दर सितीज़स्त
व.फ़ाक़ अज़ शशजहत रू दर गुरेज़स्त
बदीं बेपर्दगीहाए—अलामत
चरा पैदा नमी गर्दद .क़यामत

भाई-भाई से उलझा हुआ है, मेल-जोल सारी दुनिया से उठ चुका है। सितीज़ यानी लड़ाई-झगड़ा। ग़रज़ यह कि इंसानी समाज के इतने पतन के बावजूद अब तक क़यामत क्यों नहीं आई है ? ये शे'र अपने समय के प्रति ग़ालिब की जागरूकता को भी संकेतित करते हैं। यह सम्भव ही नहीं है कि यहाँ आत्मगत और वस्तुगत कारणों से जारी सामाजिक अध:पतन की प्रक्रिया का उनकी चेतना पर दबाव न रहा हो। आदमी कहाँ जा रहा है, इसका संकेत वे अपने एक उर्दू शे'र में ख़ुद को 'आदमी का काटा हुआ' कह कर दे चुके हैं। (डरता हूँ आदमी से कि मर्दुम गज़ीदा हूँ)

यह देखकर सुखद आश्चर्य हुआ कि इतिहासवेत्ता रामचंद्र गुहा ने अपनी किताब India After Gandhi की प्रस्तावना (Prologue) का आरम्भ उक्त शे'रों के क़ुर्रतुलैन हैदर द्वारा सम्पन्न अँग्रेज़ी भाषांतर से किया है:

Said I one night to a pristine seer
(Who knew the secrets of whirling time),

Sir, you well perceive,
That goodness and faith
Fidelity and love
Have all departed from this sorry land.
Father and son are at each other's throat,
Brother fights brother. Unity
and federation are undermined.
Despite these ominous signs
Why has not Doomsday come?
Why does not the last Trumpet sound?
Who holds the reins of the final catastrophe?'

गुहा की राय में ग़ालिब को इस बात का एहसास था कि एक ज़माने में पूरे मुल्क में एक बादशाह की हुकूमत हुआ करती थी, अब यह कई क्षेत्रीय हाकिमों और फ़ौजों में बँट गया है। भाई-भाई से लड़ रहा है, एकता और संघात्मकता को क्षति पहुँची है। अतएव कहा जा सकता है कि ग़ालिब की इस रचना के मूल में मुग़ल साम्राज्य के पतन की पृष्ठभूमि रही है।[6] गुहा की इस राय से 'चिराग़-ए-दैर' के एक ऐतिहासिक सन्दर्भ को समझने में मदद मिलती है।

हम शाइर के क़यामत से सम्बन्धित प्रश्न पर आते हैं। वह बुज़ुर्ग गंगा और आसपास की वादियों की ओर उँगली से संकेत करते हुए इस प्रश्न का उत्तर देते हैं:

कि हक़्क़ा नीस्त साने' रा गवारा
कि अज़ हम रेज़द ईं रंगीं बनारा

अख़्तर हसन इसका उर्दू काव्यानुवाद इस तरह करते हैं:

इसे देखो ये शहरे-नूरो-निक्हत, ये हसीं वादी
नहीं सन्ना-ए-फ़ितरत को गवारा इसकी बर्बादी

भाव यह है कि प्रकृति के स्रष्टा को बनारस की इन रंगीन वादियों को नष्ट करना गवारा नहीं है, अन्यथा क़यामत तो कब की आ चुकी होती। यह स्रष्टा की अपनी सुन्दर सृष्टि के प्रति आसक्ति है। यह गंगा के परिवेश का अप्रतिम सौन्दर्य है जो क़यामत को रोके हुए है। दुर्भाग्य से अगर क़यामत आती तो सारी सृष्टि के साथ बनारस भी फ़ना हो जाता। बुज़ुर्ग से उपयुक्त उत्तर पाकर ग़ालिब ने इस प्रसंग को यहीं समाप्त कर दिया है।

मस्नवी का आरम्भ गहन उद्विग्नता और अन्यमनस्कता के भावों के साथ होता है। वे जिन हालात के बीच घिरे हैं, उन्हें ठीक-ठीक समझ नहीं पा रहे हैं। ऐसे हालात जिनमें साँस भी क़यामत के दिन फूँके जाने वाले सूर (बिगुल) की तरह लगती है। 'हम वहाँ हैं जहाँ से हमको भी/कुछ हमारी ख़बर नहीं आती' जैसी कैफ़ीयत है। मस्नवी का पहला शे'र देखें:

नफ़स बासूर दमसाज़स्त इमरोज़
ख़मोशी महशरे-राज़स्त इमरोज़

आज मेरी नफ़स (साँस) सूरे-क़यामत की हम आवाज़ है और मेरी ख़ामोशी गोया मैदाने-हश्र है जिसमें राज़ छुपे हुए हैं। (अली सरदार जाफ़री)

इस शे'र में असाधारण अर्थ गर्भत्व है। इसका मतलब हम पर पूरी तरह से खुल नहीं पाता; क्योंकि इसमें शाइर की जो मन:स्थिति है उसे अनुवाद की भाषा में स्वायत्त करना टेढ़ी खीर है। अली सरदार जाफ़री ने अपने एक भाषण में उचित ही कहा है: "इस मस्नवी का दर्जा ग़ालिब की शाइरी में ख़ासा बुलन्द है। फ़ारसी ज़बान के ऐतिबार से इसमें बहुत मुश्किल मुक़ामात हैं जिनसे गुज़रना आसान काम नहीं है और गद्य में तो इसका तर्जुमा हो ही नहीं सकता। बहुत से अशआर ऐसे होते हैं जिनका तर्जुमा हो ही नहीं सकता...।"[7]

शुरू के कुछ शे'रों से दिल्ली को ख़ैरबाद कहने की मनोदशा का पता चलता है। दिल्ली शहर उनकी साँसों में बसा हुआ था। इस शहर ने उन्हें गर्दिशें दीं और इन गर्दिशों ने उनकी शाइरी में ज़िन्दगी के हज़ारहा रंग-रूपों को नुमायाँ कर दिया। कुछ अर्से के लिए यह शहर छोड़ने पर उनकी प्रतिक्रिया देखिए:

ज़े देहली ताबरूँ आवर्द: बख़्शम
बा तूफ़ाने-तग़ाफ़ुल दाद: रख़्तम

अर्थात् जब मेरी क़िस्मत मुझे दिल्ली से बाहर निकालकर ले आयी तो मेरे सरो-सामान को उपेक्षा के तूफ़ान के हवाले कर दिया। यानी मुझे बिल्कुल भुला दिया गया।

उनके उस दौर के उर्दू शे'रों में भी दिल्ली के आत्मीय जनों से बिछोह की पीड़ा झलकती है— 'हिज्रे-याराने-वतन का भी अलम है हमको।' ध्यान देने योग्य बात यह है कि बनारस पहुँचने पर हिज्रे-याराने-वतन का अलम उनके दिल से निकल जाता है और वे स्वयं को बनारस की स्तुति के लिए समर्पित कर देते हैं।

'चिराग़-ए-दैर' का मूल प्रतिपाद्य बनारस के सांस्कृतिक सौन्दर्य का निरूपण है। फ़ारसी शाइरी में बनारस का सबसे पुराना सन्दर्भ मुल्ला तुग़रा मशहदी के यहाँ मिलता है। तुग़रा सत्रहवीं सदी में मशहद (ईरान) से भारत आये और शाहजहाँ के बेटे मुराद बख़्श के दरबार से सम्बद्ध हुए। उन्होंने बनारस की प्रशंसा में कुछ शे'र कहे हैं, मसलन:

हुस्ने-बुतरा सैर कर्दम, ज़ौक़हा दर दैर कर्दम
नक़्दे ईमाँ ख़ैर कर्दम, पेशे-दरबाने-बनारस

अर्थात् मैंने बनारस के बुतों की ख़ूब सैर की है। यहाँ के मन्दिरों को देखकर मेरे भीतर ज़ौक़ पैदा हो गया, यानी मुझे आनन्द की अनुभूति हुई। मैंने अपने ईमान की

दौलत को बनारस पर न्यौछावर कर दिया।

दूसरा नाम शेख़ अली हज़ीं (1692–1769 ई.) का है। हज़ीं बादशाह शाह आलम सानी के ज़माने में इस्फ़हान से बनारस आए और यहीं के हो रहे। उन्होंने अपने कई फ़ारसी शे'रों में बनारस के प्रति श्रद्धा व्यक्त की है। बतौर बानगी कुछ शे'र:

परीरुख़ाने-बनारस बसद करिश्माओ-रंग
पई परस्तिशे-महादेव चूँ कुनन्द आहंग
बा गंग ग़ुस्ल कुनन्द व संग पा मालंद
ज़ही शराफ़ते-संग व ज़हे लताफ़ते-गंग

अर्थात् बनारस के परीरुख़ अपनी सुन्दरता के रंगारंग करिश्मों के साथ महादेव की आराधना के लिए आगे बढ़ते हैं। पहले गंगास्नान करते हैं, अपने पैरों को पत्थर से रगड़ कर स्वच्छ करते हैं। धन्य है उन पत्थरों की पवित्रता और धन्य है वह गंगा का लालित्य।

अज़ बनारस न रवम मा'बिदे-आम ईं जा
हर बिरहमन पिसर लछमन-ओ-राम ईं जा

अर्थात् मैं बनारस से कहीं नहीं जाऊँगा। यह तो एक आम इबादतगाह है। यहाँ हर बिरहमन का बेटा राम और लक्ष्मण के समान लगता है। 'बिरहमन' शब्द यहाँ वर्ण या जातिसूचक अर्थ में प्रयुक्त नहीं हुआ है। इसका अर्थ एक सामान्य श्रद्धालु या आराधक लेना चाहिए।

'चिराग़-ए-दैर' की रचना के दौरान ग़ालिब के अवचेतन में मुल्ला तुग़रा मशहदी और शेख़ अली हज़ीं ज़रूर रहे होंगे। वजह यह है कि ग़ालिब ईरानी व हिन्दुस्तानी फ़ारसी शाइरी की परम्पराओं से गहरी वाबस्तगी रखते थे। तुग़रा और हज़ीं के अदबी कारनामों से उनकी अभिज्ञता स्वाभाविक है।

फ़ारसी की सूफ़ी धारा की शाइरी में विभिन्न धर्मों की बुनियादी एकता की ज़मीन पर श्रेष्ठ मानव-मूल्यों की प्रतिष्ठा पर बल दिया गया है। उनका ध्यान संस्कृतियों के अन्तरावलम्बन पर रहा है। संस्कृतियों के जीवित रहने का अर्थ ही यह है कि उनके बीच लेन-देन की प्रक्रिया जारी रहती है। हिन्दी सन्त कवियों की तरह फ़ारसी के सूफ़ी शाइरों की नज़र इस ओर गयी जिसके परिणामस्वरूप पारम्परिक भारतीय संस्कृति और उसके प्रतीकों (जैसे बनारस) को अपनी शाइरी का विषय बनाया। समन्वित संस्कृति की ज़मीन हमवार हुई। सूफ़ी शाइरी की इस विरासत का अनुरणन 'चिराग़-ए-दैर' में भी सुना जा सकता है।

'चिराग़-ए-दैर' बनारस के इतिहास-भूगोल, आर्थिक जीवन और राजनीतिक हालात का लेखा-जोखा नहीं है। इसके कालजय रचना होने का सबब ही यह है कि

इसमें तथ्यों के बजाय सर्जनात्मक कल्पना का वैभव ज़्यादा भास्वर है। दरअस्ल यह ग़ालिब के सेक्युलर नज़रिए का आईनादार है.। इस रचना में आये सांकेतिक विवरणों के अलावा बनारस में और भी बहुत कुछ रहा होगा। महत्त्व इस बात का है कि ग़ालिब ने जिस ज़ेहनी सतह से बनारस को देखा, उन्हें मनुष्य के आत्मविस्तार व आत्मोत्कर्ष की सम्भावनाओं से भरा हुआ वातावरण नज़र आया। यहाँ मुक्तिबोध के 'डबरे पर सूरज का बिम्ब' निबन्ध को ध्यान में रखते हुए हम कह सकते हैं कि बाह्य वास्तविकता के जितने अंश ने उन्हें संवेदित किया, सिर्फ़ उसी का प्रतिबिम्ब इन शे'रों में झलकता है।

उन्नीसवीं सदी के तीसरे दशक में 'सेक्युलरिज़्म' पद हमारे यहाँ किसी सामाजिक विमर्श में व्यवहृत नहीं था। उस दौर में राजा राममोहन राय (1772-1833) धार्मिक पाखंड के विरोध और तार्किक शिक्षा के पक्ष में ब्रह्म समाज के मंच से आवाज़ उठा रहे थे। इसके अलावा इस समय तक हिन्दू या मुस्लिम समुदाय में कोई प्रभावशाली आन्दोलन नहीं था। अतएव न तो ग़ालिब का सेक्युलर नज़रिया किसी सामयिक आन्दोलन से प्रेरित था और न ही तसव्वुफ़ या वेदान्त की तरह यह कोई दर्शन था कि जिसे वे किताबों के ज़रिए आत्मसात् करते। यह नज़रिया उनकी इंसानदोस्ती और एक ख़ास क़िस्म के आभिजात्य के बावजूद उनके सहिष्णु स्वभाव की उपज था। जैसा कि उनके निजी व्यवहार और आत्मीय जनों को लिखे पत्रों से मालूम होता है, वे हर तरह के मज़हबी व क़ौमी पक्षपात से ऊपर उठ चुके थे। ग़ालिब की फ़िक्र में धर्म-सम्प्रदाय और मज़हबो-मिल्लत के विभेद को न सिर्फ़ जगह नहीं है, बल्कि वे इनकी सत्ता को ग़ैर ज़रूरी मानते हैं। अगर वे यह कहते हैं कि 'बेदरो-दीवार-सा इक घर बनाया चाहिए' तो वे एक ऐसे समाज की कल्पना कर रहे हैं जिसमें लोगों को बाँटने वाली दीवारें नहीं होंगी।

इस रचना का शीर्षक ही ग़ालिब की रौशन फ़िक्री का परिचायक है। 'चिराग़-ए-दैर' यानी देवालय के दीप के आलोक में वे पूरे बनारस को देखते हैं। यहाँ की हर शै रौशन हो उठती है। अपने अन्तर्मन का अँधेरा भी छँटता जाता है। इस दीप के माध्यम से हमारी तवज्जो 'मीर' की तरफ़ चली जाती है:

उसके फ़रोग़े-हुस्न से झमके है सब में नूर
शम्मे-हरम हो या कि दिया सोमनात का

—मीर

काबे की शम्अ और सोमनाथ का दीया 'उसके' सौन्दर्य से ही आलोकित हैं। मीर की यही भावभूमि चिराग़-ए-दैर में विस्तार पाती प्रतीत होती है। अली सरदार जाफ़री ने अपने अनुवाद में इस भाव को ध्यान में रखा है और अनुवाद को 'ग़ालिब का सोमनात ख़याल' नाम दिया है।

अब हम ग़ालिब के उस शे'र पर नज़र डालते हैं जिसे उनके मानसिक क्षितिज के विस्तार और सेक्युलर नज़रिए के लिए सर्वाधिक उद्धृत किया जाता है:

इबादतख़ानः-ए-नाक़ूसियानस्त
हमाना का'बः-ए-हिन्दोस्तानस्त

हनीफ़ नक़्वी का उर्दू काव्यानुवाद देखिए:

इबादतख़ानः-ए-नाक़ूसियाँ है
ये गोया का'बः-ए-हिन्दोस्ताँ है

अर्थात् बनारस शंख बजाने वालों का उपासना-स्थल है। निश्चय ही यह हिन्दुस्तान का काबा है। नाक़ूस यानी शंख।

अँग्रेज़ी व फ़ारसी विद्वान शफ़ी शौक़ ने 'चिराग़-ए-दैर' मस्नवी का Temple lamp नाम से अनुवाद किया है। उन्होंने नाक़ूसियान (शंख बजाने वाले) से music-lovers अर्थ लिया है:

It is the place of worship for the music-lovers
surely it is the Mecca of Hindustan.[8]

ग़ालिब ने मन्दिरों में आरती के समय शंखध्वनि सुनी होगी। श्रद्धालुओं की तन्मयता को देखकर उन्हें लगा होगा, यह अनिर्वचनीय अनुभूति काबे की तरह है। यहीं से बनारस और काबे में सादृश्य का ख़याल उनके मन में आया होगा। यहाँ शंख बजाने वालों का लक्ष्यार्थ हिन्दू है। अगर वे सीधे-सीधे हिन्दुओं का इबादतख़ाना कहते तो यह ग़ालिब की कविता न रह जाती।

सब जानते हैं कि काबा अहले-इस्लाम के मुक़द्दस (पवित्र) मुक़ाम का नाम है जो कि मक्का में स्थित है और जहाँ हर साल हज होता है।

यहाँ हमें ग़ालिब जैसी ही उदग्र चेतना के कवि कबीर अनायास याद आ जाते हैं। स्थापित सत्य के प्रति संशय दोनों को क़रीब ले आता है। ग़ालिब को गंगा किनारे काबे का आभास हुआ और कबीर को गोमती किनारे काबा नज़र आया। एक पद की आरम्भिक दो पंक्तियाँ हैं:

हज हमारी गोमती तीर
जहाँ बसे पीताम्बर पीर

ग़ालिब के यहाँ काबे की किसी अन्य धर्म के तीर्थ स्थान से बराबरी महज़ एक शाइराना ख़याल नहीं है। न ही इसे काव्यरूढ़ि समझना चाहिए। निश्चित ही उपनिवेशवाद के दौर में काबे और काशी के बीच बँटते हुए अवाम की दुरवस्था का कुछ न कुछ एहसास उन्हें रहा होगा। उनकी कविता सामयिक प्रतिक्रिया की कविता नहीं थी। इसलिए एक अवसर विशेष पर किसी बहाने यह एहसास अभिव्यक्ति पा ही जाता था, जैसा कि यहाँ हुआ है।

इस रचना में कुछ शे'र ऐसे भी हैं जिन्हें देखकर कहा जा सकता है कि ग़ालिब

को काशी से सम्बन्धित जनश्रुतियों का इल्म था, भले ही वह इस एक माह के प्रवासकाल में हुआ हो। भक्तिकाव्य में ऐसे अनेक सन्दर्भ भरे पड़े हैं जिनसे मालूम होता है कि काशी में देह त्यागने से मोक्ष की प्राप्ति होती है। यहाँ तक कि कबीर काशी में मोक्ष की धारणा से सहमत न होते हुए भी इसका उल्लेख ज़रूर करते हैं— 'अब कहु राम कवन गति मोरी/तजिले बनारस मति मई थोरी।' ग़ालिब बनारस की महिमा का इस तरह बख़ान करते हैं:

कि हर कस काँ दराँ गुलशन बमीरद
दिगर पैवन्द जिस्माने—न गीरद

'कि बनारस के गुलशन में जो आता है, वो दोबारा जिस्मानी पैकर (शरीर) अख़्तियार नहीं करता। वह दोबारा पैदा नहीं होता।' (अली सरदार जाफ़री) अर्थात् जो काशी में आकर देह त्याग देता है, वह जन्म-मरण के बन्धन से मुक्त हो जाता है।

निःसन्देह यहाँ ग़ालिब किसी अतार्किक धारणा का समर्थन नहीं कर रहे हैं, बल्कि लोकविश्वास का सम्मान कर रहे हैं। दरअस्ल वे यह कहना चाहते हैं कि लोग ऐसा मानते हैं। इतना ही नहीं अगले शे'र में कहते हैं:

चमन सरमाया-ए-उम्मीद गर्दद
ब मुर्दन ज़िन्दा-ए-जावेद गर्दद

'यह चमन (शहर बनारस) उसकी उम्मीदों का सरमाया बन जाता है और इस चमन में मरकर वह ज़िन्दा जावेद बन जाता है।' (अली सरदार जाफ़री) अर्थात् व्यक्ति इस शहर में मर कर भी अमर हो जाता है। ज़िन्दा-ए-जावेद यानी अमर।

जब वे गंगा किनारे मस्तों की टोलियाँ देखते हैं तो इसकी कैफ़ीयत यों बयान करते हैं:

सवादश पाए-तख़्ते-बुतपरस्ताँ
सरापा बेश ज़ियारतगाहे-मस्ताँ

यह बस्ती बुतपरस्तों की राजधानी है और सारे का सारा शहर मस्तों की ज़ियारतगाह है। (अली सरदार जाफ़री) 'मस्त' शब्द यहाँ दीन-दुनिया से बेख़बर लोगों के लिए आया है, यानी निस्पृह।

एक भारतीय कवि के रूप में बनारस की प्रशंसा करते हुए ग़ालिब स्वयं को गौरवान्वित अनुभव करते हैं। इसमें उन्हें अपने सुख़न (काव्य, कथन) की सार्थकता नज़र आती है:

सुख़न रा नाज़िशे-मीनू क़िमाशी
ज़े गुलबांगे-सताइशहाए-काशी

अख़्तर हसन ने एक उर्दू शे'र में इसे इस तरह ढाला है:

मेरे ज़ौक़े-सुख़न को नाज़ है उसकी सताइश पर
मेरे अशआर में शामिल है उसके हुस्न का जौहर

शहर के हुस्न का जौहर दिखाने वाले ग़ालिब वहाँ के परीवशों का ज़िक्र और बयान क्यों न करते? मन्दिरों में शिव-पार्वती की पूजा-अर्चना करतीं तरुण युवतियों ने भी ग़ालिब का ध्यान खींचा है। इस प्रकार के शे'र सन्दर्भ से विच्छिन्न होकर भी अर्थवान बने रहते हैं। इन्हें एक दार्शनिक आयाम से युक्त श्रेष्ठ क्लासिकल शाइरी की श्रेणी में रखा जा सकता है जिसमें ईहाम (द्वि अर्थकता) का तत्त्व होता है। बुतपरस्त सिर्फ़ मूर्तिपूजक न रहकर आशिक़ या माशूक़ का अर्थ देने लगता है। इस नौईयत का एक शे'र है:

ज़े ताबे-जल्वाए-ख़्वेश आतिश अफ़रोज़
बुताने बुतपरस्त-ओ-बिरहमन सोज़

वो हसीनाने बुतपरस्त अपने जल्वे की ताब से आग भड़का देने वाले हैं और बिरहमन तक को इश्क़ की आग में जला डालने वाले हैं। (कालीदास गुप्ता 'रज़ा') यह अग्निधर्मी सौन्दर्य है। व्यंजना यह है कि पूजा में लीन रमणियों का जल्वा संन्यासियों के मन में भी राग उत्पन्न कर देता है। ये जब अपनी मोहक अदाओं के साथ जल-क्रीड़ा करती हैं तो इससे गंगा की तरंगों का मान बढ़ता है:

रसांद: अज़ अदाए-शुस्त-ओ-शूए
ब हर मौजे-नवेदे-आबरूए

परी पैकर बनारस के जो गंगा में नहाते हैं
वो आबरू हर मौजे-गंगा की बढ़ाते हैं

(अख़्तर हसन)

उनके नहाने से पानी में जो बिम्ब बनता है, इसकी अद्‌भुत अक्कासी की है ग़ालिब ने:

फ़ताद: शोरिशे-दर क़ालिबे-आब
ज़े माही सद दिलश दर सीन: बेताब

'क़ालिबे-आब' (पानी का जिस्म) का मुहावरा अश्रुतपूर्व है। स्नान करती हुई रमणियाँ ऐसी लगती हैं मानो गंगा के जल में मछलियाँ किलोलें कर रही हों। उनकी चंचलता से पानी के जिस्म में हलचल मच जाती है और सीने में सैकड़ों दिल मछलियों की तरह तड़प उठते हैं।

ग़ालिब को बनारस एक मुग्धा नायिका की भाँति लगता है जो गंगा रूपी दर्पण को हाथ में लेकर अपने रूप को निहारती रहती है। कुछ 'आप आपुही आरसी लखि रीझति रिझवारि' जैसी स्थिति है:

मगर गोई बनारस शाहिदे-हस्त

ज़े गंगश सुब्हो-शाम आईनः दर अस्त

यूँ कहो कि गोया बनारस एक दिलरुबा हसीना है जिसके हाथ में सुबह-शाम सिंगार के लिए गंगा का आईना रहता है। 'शाहिद' का व्युत्पत्तिपरक अर्थ साक्षी होता है। यहाँ सुन्दर स्त्री के अर्थ में प्रयुक्त हुआ है।

अब सायंकालीन आरती के दृश्य पर आइए। ऊँचे-ऊँचे मन्दिरों में दीप प्रज्ज्वलित हैं। इनका प्रतिबिम्ब गंगा के जल में पड़ता है। ग़ालिब इसका चित्र खींचते हैं:

ब गंगश अक्स ता परतो फ़ुगन शुद

बनारस ख़ुद नज़ीरे-ख़्वेश्तन शुद

जब गंगा के पानी में उसका अक्स पड़ा तो बनारस अपनी नज़ीर (मिसाल) ख़ुद आप बन गया। इस नज़ारे को हम 'तरल चित्रसारी' कह सकते हैं। (इस पद का प्रयोग जयशंकर प्रसाद ने 'पेशोला की प्रतिध्वनि' कविता में किया है।)

गंगोर्मियों के बिम्ब के ज़रिए प्रकृति में मानवीय भावों की प्रतिष्ठा की एक मिसाल देखिए। ग़ालिब की कल्पना है कि घाट पर मौजूद कुछ लोग गंगा की जलराशि के सौन्दर्य-निरूपण हेतु भिन्न-भिन्न उपमाएँ तज्वीज़ कर रहे हैं। किसी ने कह दिया कि बनारस सुन्दरता में चीन के समान है। यह उपमा बनारस को बहुत नागवार गुज़री। गंगा रुष्ट हो गयी। आज तक गंगा की तरंगें उसके माथे का बल बनी हुई हैं। भाव यह है कि गंगा को अपने सौन्दर्य का अवमूल्यन कहाँ बर्दाश्त! शे'र यों है:

बनारस रा कसे गुफ़्ता कि चीनस्त

हनोज़ अज़ गंग चीनश बर जबीनस्त

संस्कृत एवं फ़ारसी विदुषी डॉ. नाहीद आबिदी ने इसका बहुत ही ललित काव्यानुवाद किया है। इसका लुत्फ़ भी लेते चलिए:

स्वोपमा चीनदेशेन कृतां श्रुत्वा रुषान्विता

गंगोर्मिभृकुटिं भाले दधात्यद्यापि काशिका[9]

यह उल्लेखनीय है कि आबिदी 'चिराग़-ए-दैर' के पूरे एक सौ आठ शे'रों का संस्कृत काव्यानुवाद 'देवालयस्य दीप:' नाम से कर चुकी हैं, और यह राष्ट्रीय संस्कृत संस्थान, नयी दिल्ली से 2007 में प्रकाशित हो चुका है।

'चिराग़-ए-दैर' को पढ़ते हुए हमारा ध्यान उनकी एक अन्य फ़ारसी कविता की ओर चला जाता है जोकि क़तए के फ़ॉर्म में है। इस कविता में बनारस के साथ-साथ दिल्ली, पटना (अज़ीमाबाद) और कलकत्ता की प्रशंसा भी मौजूद है। बनारस से सम्बन्धित शे'र देखिए:

ग़ुफ़्तमश चीस्त ईं बनारस ? ग़ुफ़्त
शाहिदे-मस्त, महवे-गुल चीदन

अर्थात् मैंने पूछा कि और बनारस के बारे में क्या राय है ? उसने कहा कि वह फूल चुनने में मगन ख़ूबसूरत प्रेमिका की तरह है।

शम्सुर्रहमान फ़ारूक़ी के अँग्रेज़ी अनुवाद से हम इस शे'र को और गहराई के साथ समझ सकते हैं:

I said : what about
Benaras then?
He said, a sweet
beloved absorbed
in plucking flowers.[10]

यह सच है कि ग़ालिब को अपने तूरानी मूल के होने पर बड़ा गर्व था। जो उन्होंने पढ़ और सुन रखा था, उसे याद करते हुए बहुत नॉस्टैल्जिक हो जाते थे। 'यादगार-ए-ग़ालिब' में हाली ने उनका एक क़त्आ उद्धृत किया है जिसका पहला शे'र है:

ग़ालिब अज़ ख़ाके-पाके तूरानीम
ला जिरम दर नसब फ़रहमन्दीम

अर्थात् ग़ालिब, मेरा रिश्ता तूरान की पाक सरज़मीन से है। इसमें कोई शक नहीं कि नस्ल के ऐतिबार से मेरा कोई मुक़ाबला नहीं कर सकता।

इसी क़त्ए में आगे उन्होंने सगर्व याद दिलाया है कि मैं तुर्कज़ादा हूँ, मैं ऐबक हूँ, मैं समरक़ंद के ज़मींदारों की औलाद हूँ, आदि। इसके अलावा भी उन्होंने अपने पूर्वजों के मुल्क (जैसे समरक़ंद शहर) का अनेकश: गुणगान किया है। वहीं यह भी सच है कि अपने मुल्क़, अपने वतन की सरज़मीन के प्रति उनके मन में गहरा लगाव था। उस मिट्टी से उन्हें बड़ी अक़ीदत थी जिससे उनके व्यक्तित्व का ख़मीर उठा था। यहाँ के लोग, मौसम, जलवायु और संस्कृति के वैविध्य ने उनके वतनपरस्ती के जज़्बे को और सुदृढ़ बनाया। वे यहाँ की एक छोटी नदी (सोहन) को नील, जैहून और फ़रात जैसी बड़ी नदियों से श्रेष्ठतर कह सकते थे। कलकत्ता के आमों के आगे वे स्वर्ग के मेवों को तुच्छ ठहरा सकते थे। कतिपय ग़ालिब विशेषज्ञों की राय है कि इस प्रकार के भाव विशेषत: उनकी फ़ारसी कविता में ज़्यादा मूर्त रूप में प्रकट हो सके हैं। चेक विद्वान डॉ. यान मैरेक (Jan Marek) का कहना है कि : "ग़ालिब ने अपने प्रमुख विषयों पर उर्दू और फ़ारसी दोनों में लिखा। उन्होंने अपने दार्शनिक, धार्मिक, रहस्यवादी और मानवतावादी विचारों का इन दोनों ज़बानों में इज़हार किया, लेकिन कुछ ऐसे भाव हैं जो उनके द्वारा सिर्फ़ फ़ारसी में व्यक्त हो सके। हिन्दुस्तान के प्रति उनका प्रेम, अपने वतन के प्रति हार्दिक लगाव और देशभक्ति व राष्ट्रीयतावादी भावनाएँ यहाँ मेरे ज़ेहन में हैं।"[11] तभी

तो ग़ालिब कह उठते हैं : 'हिन्द दर फ़स्ले-ख़िज़ाँ नीज़ बहारे-दारद।' अर्थात् हिन्दुस्तान में पतझड़ के मौसम में भी बसन्त रहता है।

'चिराग़-ए-दैर' को उपर्युक्त पृष्ठभूमि में भी देखने की ज़रूरत है। अपने वतन की धरती से हार्दिक लगाव की जो बात कही गयी है, उसकी जीती-जागती मिसाल यह रचना है। यह अलबत्ता है कि यह लगाव एक शहर यानी बनारस के सन्दर्भ से व्यक्त हुआ है। अस्ल बात तो यह है कि ग़ालिब का रचना-विवेक भारतीय सांस्कृतिक परिवेश की उपज है। ईरान या तूरान से इसकी कोई संगति नहीं बैठती। त्रिलोचन अगर यह कहते हैं तो इसका एक मतलब है : 'ग़ालिब ग़ैर नहीं हैं, अपनों से अपने हैं।'

सन्दर्भ

1. क़ाज़ी अब्दुस्सत्तार : 'ग़ालिब' उपन्यास (हिन्दी अनुवाद जानकीप्रसाद शर्मा), पृष्ठ 87, प्र. सं. 1985
2. इस लेख में आये उर्दू अनुवाद 'मस्नवी चिराग़-ए-दैर मय पाँच तराजिम' किताब से लिये गये हैं।
3. ज़ाकिर हुसैन कॉलेज, दिल्ली विश्वविद्यालय में 1 फ़रवरी, 2017 को ग़ालिब की फ़ारसी कुल्लियात पर आयोजित अन्तरराष्ट्रीय सेमिनार में पठित प्रो. अलीम अशरफ़ ख़ान का आलेख।
4. अल्लामा अख़्लाक़ देहलवी : 'फ़न-ए-शाइरी' (उर्दू) पृष्ठ 163, संस्करण 1976 ई.
5. सैयद एहतिशाम हुसैन : 'उर्दू साहित्य का इतिहास' (हिन्दी संस्करण), पृष्ठ 356, 1954 ई.
6. Ghalib's poem was composed against the backdrop of the decline of the Mughal Empire.

   —Ramchandra Guha : 'India After Gandhi—The History of the World's Largest Democracy', Macmillan, Ist Ed. 2007, देखिए– 'Prologue' Page xi & xii.
7. प्रो. सादिक़ द्वारा सम्पादित 'मस्नवी चिराग़-ए-दैर मय पाँच तराजिम' के पृष्ठ 10 पर उद्धृत।
8. Shafi Shauq : 'Persian Poetry of Mirza Ghalib', Page 101, Ed. 2000
9. डॉ. नाहीद आबिदी : 'देवालयस्य दीपः', पृष्ठ 118 प्र. सं. 2007 ई.
10. Shamsur Rahman Faruqi : 'The shadow of a bird in flight', Page 45.
11. Ghalib wrote on his main themes both in Urdu and Persian. He used to express his philosophical, religious, Mystical and humanistic views in both these languages. But there are certain kinds of sentiments that were expressed by him in Persian only. Here I have in my mind, his love of India, his affection for his native country, his patriotic and nationalistic feelings.

    — Ghalib Institute's Souvenir on Ghalib's 200th Birth Anniversary : 'Some notes on Ghalib's Persian Poetry' by Dr. Jan Marek.

—*2017* ई.

हिन्दी कवियों के ग़ालिब

हस्रते-तामीर, तमन्ना के दूसरे क़दम के लिए सम्भावनाओं की तलाश, बुलन्दी पर मंज़र बनाने की इच्छा, ईमान व कुफ्र की कशमकश, क़ैदे-हयात और बन्दे-ग़म को अस्ल में एक समझने की दृष्टि, निगहे-गर्म से टपकती हुई आग, नाउम्मीदी का हुजूम, दुनिया को तमाशा तस्लीम करने वाली उदासीनता, मुश्किलों को आसान ख़याल करने वाली जीवट, बहार में बयाबाँ के एहसास का विरोधाभास, ख़ुद को गुलशने-नाआफ़रीदा का अंदलीब कल्पित करने की गर्वोक्ति, सादगी व पुरकारी बेख़ुदी व हुशियारी की द्वन्द्वात्मकता और वो हर इक बात पर कहना कि यूँ होता तो क्या होता—ग़ालिब की सर्जनात्मकता के ऐसे अनेक नुक्ते हैं जो बेशतर हिन्दी कवियों की जिज्ञासा के केन्द्र में रहे हैं। उन्हें ग़ालिब की ज़िन्दगी जीने की तरह और एक क़िस्म की दुर्लभ संलग्नता व अन्तरंगता के साथ उसे कविता में रूपायित करने की कला उत्प्रेरित करती रही है। आज भी 'दीवाने-ग़ालिब' के साथ मनोयात्रा करते हुए उनके और ग़ालिब के बीच का देश-कालसम्बन्धी अन्तर साझा अनुभव के एक बिन्दु में आकर सिमट जाता है। समकालीनता का एहसास इस रिश्ते को और ज़्यादा मज़बूत बनाता है।

ग़ालिब हमारी सांस्कृतिक स्मृति का अभिन्न हिस्सा हैं। सांस्कृतिक स्मृति में भाषाओं का अन्तर विलीन हो जाता है और जीवन के अक्स बचे रहते हैं। आज के स्मृति दारिद्र्य को बढ़ाने वाले तमाम हालात के बावजूद हमारे भीतर स्मृति से शक्ति ग्रहण करने का माद्दा बचा हुआ है। उर्दू शे'रो-अदब को स्मृति से बाहर निकालने की मनोवृत्ति के उदाहरण भी यदा-कदा देखे गये हैं। हमारे दौर के एक संजीदा कवि असद ज़ैदी ने एक बातचीत में इस विडम्बना की ओर संकेत किया है: "...हम मीर, ग़ालिब, नज़ीर, ज़फ़र, दाग़, मोमिन, जिगर, इक़बाल और फ़ैज़ को अपनी चेतना और संस्कारों से मिटा डालने के आत्मघाती अभियान में जाने-अनजाने शामिल रहे हैं— वे 'हमारे' कवि नहीं, 'उनके' कवि हैं।" ('वर्तमान साहित्य' का शताब्दी कविता अंक, 2000) हमारी राय में यह तस्वीर का एक रुख़ है। एक दूसरा रुख़ भी है जहाँ वस्तुपरक व सेक्युलर सोच के तहत उर्दू रिवायत को अपनी चेतना और संस्कारों में जगह देने की प्रक्रिया जारी है। यही वजह है कि हमारे अन्य भारतीय क्लासिकों की तरह ग़ालिब के

शे'र भी हमारे ज़ेहन पर दस्तक देते रहते हैं।

ग़ालिब की महानता के कई पहलुओं में से सबसे अहम यह है कि उनकी सर्जनात्मक कल्पना का प्रस्थान-बिन्दु हज़रते-इन्सान यानी मनुष्य है और आगे की पूरी यात्रा में यही केन्द्र में बना रहता है। उनके काव्यात्मक उपकरणों में मनुष्य सबसे बड़े प्रतीक के रूप में विद्यमान है। उनके यहाँ इस प्रतीक के बीच से सारी काइनात के भेद खुलते हैं। वह हर जगह नए आशयों के साथ मौजूद रहता है। ग़ालिब उसे हर बार अलग ढंग से जाँचते हैं, उससे वाबस्ता प्रचलित धारणाओं को उलट-पलट कर देखते हैं। फिर भी जिज्ञासा शांत नहीं होती तो आदमी और इन्सान में फ़र्क़ करके भी देखते हैं। अगर वे यह कहते हैं कि 'कोई बतलाओ कि हम बतलाएँ क्या?' तो यह केवल अपने मुताल्लिक़ नहीं है, इसका सम्बन्ध समूची मनुष्यता के अस्तित्व से है जिसकी कोई एक अन्तिम व्याख्या उनके पास नहीं है।

वे इन्सान की मेहरूमियों, मजबूरियों और दुश्वारियों के प्रति निश्चेष्ट करुणा ज़ाहिर करके नहीं रह जाते। शम्म: के हर रंग में जलने की मिसाल देकर उसकी जिजीविषा को भी पोषित करते हैं। तमाम नाउम्मीदियों के बावजूद।

अपने एक शे'र में कहते हैं, 'न होता मैं तो क्या होता?' कुछ नहीं था, तब भी ख़ुदा था और कुछ नहीं होता, तब भी ख़ुदा होता। अस्ल बात तो मेरे 'होने' की है। मनुष्य की श्रेष्ठता में यक़ीन की इससे बड़ी मिसाल और क्या हो सकती है? यहाँ 'महाभारत' की वह सूक्ति अनायास याद आ जाती है— 'न हि मानुषात् श्रेष्ठतरं हि किंचित्।',

बाँग्ला कवि चण्डीदास (जन्म 1408 ई.) के यहाँ इसका भावानुवाद इस रूप में मिलता है—'सबार ऊपरे मानुष सत्य ताहार ऊपरे नाई।'

और इसी विचार की दीप्ति हम पूरे ग़ालिब-काव्य में झाँकती महसूस कर सकते हैं।

पिछले सौ साल की कविता पर एक विहंगम दृष्टि डालें तो उसके पर्दे में जगह-जगह ग़ालिब बोलते सुनाई देते हैं। अनेक कवियों ने ग़ालिब-काव्य के नये आशयों को लक्षित किया है। ग़ालिब पर स्वतन्त्र कविताएँ भी लिखी गई हैं। बहुतों ने ग़ालिब के शब्द-बन्धों और मिसरों का अपनी रचनाओं में कृतज्ञतापूर्वक उपयोग भी किया है। ग़रज़ यह कि इस सम्बन्ध के अनेक आयाम हैं।

हिन्दी में ग़ालिब को समझने-समझाने का सिलसिला बीसवीं सदी के आग़ाज़ के साथ शुरू हो जाता है। यह भारतीय नवजागरण का उत्कर्ष काल था। अपनी साझी विरासत को ग़ैर जानिबदाराना दृष्टिकोण से देखने-परखने की ज़रूरत महसूस की जा रही थी। यह एक ऐतिहासिक तथ्य है कि इसी दौर में हिन्दी-उर्दू विवाद ने सर उठाया; और इसके समानान्तर हिन्दी दुनिया में ग़ालिब-शनासी के प्रयासों का आग़ाज़ हुआ।

इस प्रसंग में महादेवप्रसाद सेठ का नाम शीर्ष पर आता है। ग़ालिब की विश्वव्यापी ख्याति के मर्म पर गम्भीरता से ग़ौरो-फ़िक्र करने वाले हिन्दी में वे पहले व्यक्ति हैं। उनके बारे में मशहूर है कि वे हमेशा ग़ालिब के शे'रों के सन्दर्भ से बात करते थे। यह शे'र अक्सर दोहराते रहते थे:

मय से ग़रज़ निशात है किस रू सियाह को
इक गूनः बेख़ुदी मुझे दिन-रात चाहिए

त्रिलोचन शास्त्री के मुताबिक़ सेठ ने 'दीवाने-ग़ालिब' की आंशिक टीका भी की थी जो उनकी राजनीतिक सरगर्मियों के रहते प्रकाशित नहीं हो सकी।

विदित है कि निराला 'मतवाला मंडल' के अहम सदस्य थे। कुछ सेठ की प्रेरणा और कुछ अपने मिज़ाज की वजह से निराला ग़ालिब के अध्ययन-मनन की ओर प्रवृत्त हुए। जैसा कि 'निराला की साहित्य साधना' (खण्ड 1) में डॉ. रामविलास शर्मा ने कहा है: "निराला अभी तक मुख्यत: दो महाकवियों को घोखते रहते थे—एक तो रवीन्द्रनाथ दूसरे तुलसीदास। इसके साथ अब तीसरा नाम जुड़ गया था—ग़ालिब। ग़ालिब की रचनाएँ वे महादेवप्रसाद सेठ से सुनते, कुछ शे'र याद कर लेते, फिर वेदान्त की कसौटी पर उन्हें परखते, अपने ढंग से उनकी व्याख्या करते —

न था कुछ तो ख़ुदा था, कुछ न होता तो ख़ुदा होता
डुबोया मुझको होने ने, न होता मैं तो क्या होता

आदि- अन्त में ब्रह्म ही है। संसार मिथ्या है। तुलसीदास में भी यही भाव है— 'जेहि जाने जग जाय हेराई।' और कबीर ने भी कहा था—

सूर परकास तहँ रैन कहँ पाइए
रैन परकास नहिं सूर भासै

ग़ालिब, तुलसी और कबीर में भाव-साम्य दिखाने के साथ निराला राजनीतिक निष्कर्ष निकालते कि वेदान्त की भूमि पर ही हिन्दुओं-मुसलमानों में सच्ची मैत्री क़ायम हो सकती है।" (पृष्ठ 86)

जैसा कि प्रतीत होता है, निराला में जो अन्तर्करुणा और अवसाद के भाव हैं वे ग़ालिब को निरन्तर घोखते रहने से और ज़्यादा गहरे हुए हैं:

स्नेह-निर्झर बह गया है
रेत ज्यों तन रह गया है

मैं अकेला
देखता हूँ, आ रही
मेरे दिवस की सांध्य वेला

आदि गीतों और 'सरोज स्मृति' की 'दु:ख ही जीवन की कथा रही/क्या कहूँ आज, जो नहीं कही!' जैसी मार्मिक पंक्तियों में निराला और ग़ालिब के अनुभव घुले-मिले हैं। कोई अगर सहरा (रेगिस्तान) कहे तो मुझसे विस्तृत कोई सहरा नहीं और कोई अगर दरिया कहे तो मुझसे गहरा कोई दरिया नहीं है—अवसाद के साथ-साथ यह आत्माभिमान का भाव ग़ालिब की तरह निराला के व्यक्तित्व का प्रमुख पहलू है। बक़ौल शमशेर : "उसमें (ग़ालिब में) आज के आधुनिक साहित्यकार की-सी तड़प और वेदना के बीच एक तटस्थ यथार्थवादी दृष्टि है। उसका यथार्थवाद निर्मम है। मुक्तिबोध और निराला अपने संस्कारों के अस्त-व्यस्त परिवेश में उसको कुछ न कुछ प्रतिबिम्बित करते हैं। निराला का यह प्रिय शे'र था—

रगों में दौड़ते फिरने के हम नहीं क़ायल
जब आँख ही से न टपका तो फिर लहू क्या है

क्या ताज्जुब जो उसके युग ने उसे नहीं पहचाना।" ('कुछ और गद्य रचनाएँ', पृष्ठ 67)

निराला के बाद सबसे पहले हमारा ध्यान बच्चन की ओर जाता है। उमर ख़य्याम के अनुवाद के अलावा 'मधुशाला' को देखते हुए यह बहुत स्पष्ट है कि उनके रचना-संस्कारों पर उर्दू-फ़ारसी की रिवायत का गहरा असर रहा है। उनकी परवरिश उस विचार-परम्परा में हुई जिसमें मौलाना रूमी ने कहा था— 'क़लम गोयद कि मन शाहे-जहानम।' उन्होंने 'क्या भूलूँ, क्या याद करूँ' में इसे उद्‌धृत भी किया है। लगभग इसी विचार-परम्परा के शाइर ग़ालिब पर अपने 'आरती और अंगारे' संग्रह में उन्होंने एक बड़ी भावपूर्ण कविता दी है जिसका एक बन्द इस प्रकार है:

ग़ालिब वो ग़लबा ला दो मेरे जीवन में
जिससे मेरा अन्दाज़े बयाँ कुछ और बने
क्यों शे'र तुम्हारे मुझको ऐसे लगते हैं
जैसे घोले हों जीवन की सच्चाई में
जैसे बोले हों वे प्राणों की भाषा में
वो नहीं पड़ा करती है हाथापाई में

बच्चन ख़ुद भी 'प्राणों की भाषा' के कवि हैं। उनकी कविता की व्यापक अपील का राज़ भी यही है। विडम्बना यह रही है कि हालावाद से बाहर जाकर बच्चन पर बहुत कम बात हुई है। ख़ैर, यह एक बहस का विषय है। ऊपर उद्‌धृत कविता की पहली पंक्ति में 'ग़लबा' के मा'नी प्रभावशीलता या प्रभुत्व हैं। ग़ालिब को लेकर एक जगह कहते हैं : "काल-प्रवाह में ग़ालिब की कविता ने अपनी सत्ता ही नहीं बना रखी, उसने समय के साथ अपनी श्रेष्ठता भी सिद्ध की है।" (बच्चन रचनावली, खंड 6, पृ. 340)

शमशेर की शुरूआत एक उर्दू शाइर व अदीब के रूप में हुई। वे इस बात को स्वीकार कर चुके हैं कि उन्हें उर्दू से हिन्दी में बच्चन लेकर आए। वे ग़ालिब के ऐसे शैदाई हैं कि उन्होंने ग़ालिब की ज़मीन में एक ग़ज़ल भी कह दी है जिसका मक़्ता इस तरह है:

'शमशेर' और कुछ नहीं दुनिया जहान में
एक दिल है, ढूँढता हूँ उसी बेख़बर को मैं

इश्क़ की वह आतिश जिस पर ग़ालिब का ज़ोर नहीं चला था, शमशेर की कविता में दहकती मालूम होती है। प्रेम का वह समावेशी भाव जिसमें जीवन के तमाम टूटे हुए, बिखरे हुए अनुभव शामिल हैं, उनकी कविता में रचा-बसा है, बहुत कुछ ग़ालिब की तरह। 'कुछ और गद्य रचनाएँ' में संकलित अपने 'ग़ालिब : मेरी दृष्टि में' लेख में शमशेर ने अपना नज़रिया पेश कर दिया है। वे ग़ालिब की कला के बेहद क़ायल थे। एक पाठक के रूप में हमें लगता है कि ग़ालिब की मुश्किलपसन्दी से शमशेर ने काफ़ी असर लिया है। असर वाली बात उचित न जँचे तो यों कहा जा सकता है कि मुश्किलपसन्दी शमशेर को ग़ालिब के समीप ले जाती है। ग़ालिब ने फ़ारसी में कहा था—'गोयम मुश्किल, वगरना गोयम मुश्किल।' अर्थात् मैं कठिन बात कहता हूँ, अन्यथा मुझे कुछ कहना भी कठिन लगता है। क्या ऐसा ही इम्प्रेशन कभी-कभी शमशेर नहीं देते? बहरहाल।

अपनी कविताओं के बीच में कई जगह उन्होंने ग़ालिब को याद किया है। मसलन पिछली सदी के आठवें दशक में तुर्कमान गेट पर झुग्गी-झोंपड़ियों को ढहाने की हृदयविदारक घटना पर लिखी कविता में उन्हें सामने ग़ालिब खड़े दिखाई देते हैं। उजड़ने के बाद का दृश्य उभारते हुए लिखते हैं:

यही अपना मकान है, जो कि था
हाँ! यही सायबान है, जो कि था
होंट गोया हैं सूखे पत्तों से
ख़ामुशी चीख़ती है आँखों से
इन्हीं गलियों में थे तो ग़ालिब भी
'नींद क्यों रात भर नहीं आती!?'

वहीं 'अम्न का राग' कविता में टैगोर, हाफ़िज़ और तुलसी के साथ ग़ालिब को अपने 'दिल के जगमग पावर हाउस के कुशल आपरेटर' की तरह याद करते हैं।

त्रिलोचन से बड़ा ग़ालिब का मौखिक और मौलिक व्याख्याकार हिन्दी में कोई नहीं है। ये व्याख्याएँ उनके सान्निध्य में रहे बहुत-से लोगों की स्मृति में सुरक्षित हों तो हों। लिखित न होने कारण इन व्याख्याओं से हम आज लाभान्वित होने की स्थिति में नहीं हैं। ग़ालिब उनकी कवि-चेतना पर किस क़दर ग़ालिब थे, इसका अनुमान इसी

शीर्षक के एक सॉनेट से लगाया जा सकता है। यह उनके 'दिगंत' (1957 ई.) संग्रह में संकलित है। इसमें ग़ालिब अपनी अदा-ए-ख़ास के साथ मौजूद हैं। उनके बक़ौल शाइरी के ज़रिए ग़ालिब ने जटिल जीवन की गाँठ को खोलने और दुनिया को साँस-साँस पर तौलने का हक़ अदा किया। कुछ पंक्तियाँ प्रस्तुत हैं:

ग़ालिब ग़ैर नहीं हैं, अपनों से अपने हैं
ग़ालिब की बोली ही आज हमारी बोली
है। नवीन आँखों में जो नवीन सपने हैं
वे ग़ालिब के सपने हैं। ग़ालिब ने खोली
गाँठ जटिल जीवन की।

त्रिलोचन पूरा वाक्य लिखते थे। इसलिए पूरे वाक्य तक का अंश हमने लिया है।

कुँवर नारायण की कविता मुख्यत: मिथक और इतिहास के माध्यम से वर्तमान की पहचान कराती है। पहले 'चक्रव्यूह' (1956 ई.) फिर 'आत्मजयी' (1965 ई.) और इसी क्रम में अभी-अभी प्रकाशित 'कुमारजीव' प्रबन्धकाव्य इसके प्रमाण हैं। फिर भी उनकी तबीयत ग़ालिब के उधर जाये बिना नहीं रहती। 'तीसरा सप्तक' (1959 ई.) के उनके परिचय में बाक़ायदा ग़ालिब को याद किया गया है। अपने व्यवसाय और साहित्य-सृजन के अन्तर्विरोध को ग़ालिब के शब्दों में यों बयान करते हैं:

फ़िक्र-ए-दुनिया में सर खपाता हूँ
मैं कहाँ और ये वबाल कहाँ?

इतना ही नहीं अपने वक्तव्य में उन्होंने ग़ालिब के यहाँ अनेकश: दोहराये गये 'मैं क्या हूँ' और 'क्यों हूँ' जैसे चिर असन्तुष्ट प्रश्नों के माध्यम से अस्तित्व की समस्या पर विचार किया है। इस सिलसिले में उनके 'इन दिनों' संग्रह की 'एक अजीब-सी मुश्किल' कविता विशेष रूप से उल्लेखनीय है। कविता रंग, नस्ल और धर्म की संकीर्णताओं से परे जाकर विश्व मानवतावाद (आलमी इंसानियत) की व्यापक धारणा को तरजीह देती है। कविता की कुछ पंक्तियों से यह बात स्पष्ट हो जाएगी:

एक अजीब-सी मुश्किल में हूँ इन दिनों
मेरी भरपूर नफ़रत कर सकने की ताक़त
दिनों-दिन क्षीण पड़ती जा रही है

× × ×

मुसलमानों से नफ़रत करने चलता
तो सामने ग़ालिब आकर खड़े हो जाते
अब आप ही बताइए
किसी की कुछ चलती है उनके सामने?

(पृष्ठ 9)

केदारनाथ सिंह नर्म और धीमे लहजे के कवि हैं। उनकी कविता के रास्ते में ग़ालिब कई बार आये हैं। विश्वनाथ त्रिपाठी पर उनके एक संस्मरणात्मक लेख से मालूम होता है कि छठे दशक के दौरान बनारस की सुहबतों से उनकी ग़ालिब में रुचि पैदा हुई जो लगातार गहरी होती गई। ग़ालिब को लेकर उन्होंने जो राय क़ायम की है, उसे 'जनसत्ता' (19 अक्टूबर, 1987) में प्रकाशित एक बातचीत से बख़ूबी समझा जा सकता है: "ग़ालिब की कविताओं से जो आनन्द मिला वह विश्व-कविता में विरल है। ग़ालिब भारत के पहले आधुनिक कवि हैं। कविता लिखते हुए वे जानते भी नहीं थे कि आधुनिकता क्या होती है ? मगर आधुनिकता वहीं से शुरू होती है। वे गहरे भाव-बोध के और आधुनिक कवि हैं।"

हस्बे-ज़रूरत उन्होंने ग़ालिब के कुछ शे'रों से सीधे प्रेरणा भी ली है, अपने ख़ास अन्दाज़ में। मसलन उनके 'सृष्टि पर पहरा' (2014 ई.) संग्रह की 'घास' शीर्षक कविता ग़ालिब के निम्नांकित शे'र के साथ पढ़ें :

उग रहा है दर-ओ-दीवार से सब्ज़: 'ग़ालिब'
हम बयाबाँ में हैं और घर में बहार आई है

अब 'घास' कविता का यह अंश मुलाहिज़ा हो जिसमें दूसरी पंक्ति में आये 'उसे' सर्वनाम से मुराद घास है:

तुम्हारी चौकसी में
बस ज़रा-सी ढील उसे चाहिए
तुम्हारे घर के क़िले में छोटा-सा सूराख़
कि वह घुस आये अन्दर
जैसे ग़ालिब के घर में घुस आया था सब्ज़ा
और अपने भरे बयाबान में हँस रहे थे वे

(पृष्ठ 22)

केदार जी की कुछ कविताओं को पढ़ते हुए लगता है कि इनकी रचना-प्रक्रिया के दौरान शायद ग़ालिब उनके ज़ेहन में रहे होंगे। 'ज़मीन पक रही है' (1980 ई.) की एक चर्चित कविता है 'कुछ फ़र्क़ नहीं पड़ता'। इसके एक अंश पर ग़ौर कीजिए:

और भाषा जो मैं बोलना चाहता हूँ
मेरी जिह्वा पर नहीं
बल्कि दाँतों के बीच की जगहों में
सटी हुई है

ग़ालिब की ग़ज़लों में 'सुनाये न बने' और 'रही न ताक़ते-गुफ़्तार' जैसे भाषा की लाचारी को व्यक्त करने वाले पद अनेकश: मिल जाएँगे।

विष्णुचंद्र शर्मा और ग़ालिब का लम्बा साथ रहा है। हमारी मुराद मानसिक साहचर्य से है जिसके नतीजे में 'ग़ालिब और निराला' (2000 ई.) किताब लिखी जाती है। इसमें ग़ालिब और निराला दो मूर्धन्यों की कवि-प्रतिभा को लेकर विष्णु जी के कुछ काव्यानुमान हैं। उनका यह कथन वाजिब है कि 'हर अच्छा कवि निराला और ग़ालिब से दोस्ताना संवाद क़ायम रखता है।' (पृष्ठ 224) किताब के पहले हिस्से में ग़ालिब हैं, दूसरे में निराला। किताब के बिल्कुल आरम्भ में दर्ज उनकी कविता से लगता है कि उनका मुख्य ध्येय ग़ालिब की तनहाई की तलाश है। 'हुई मुद्दत कि ग़ालिब मर गया पर याद आता है' शीर्षक यह कविता यों शुरू होती है:

खोजो, कहीं से खोजो
ग़ालिब की तनहाई को
खोजो ग़ालिब की तनहाई में
आते-जाते चेहरों को
खोजते रहो
बहादुर शाह ज़फ़र से ग़ालिब तक
कौन कब जुड़ा था
एक दूसरे की तनहाई में!

(पृष्ठ 23)

'ग़ालिब और निराला' किताब के स्वरूप से अनुमान होता है कि विष्णु जी ग़ालिब के कुछ शे'रों की बाबत अपने काव्यानुमान समय-समय पर डायरी में दर्ज करते गये हैं। दिनांक 2-9-1996 की एक प्रविष्टि में ग़ालिब के निम्नांकित शे'र पर टिप्पणी की है:

क़र्ज़ की पीते थे मय लेकिन समझते थे कि हाँ
रंग लायेगी हमारी फ़ाक़ामस्ती एक दिन

इस शे'र को विष्णुचन्द्र शर्मा ने ख़ुद अपने जीवन पर घटा कर देखा है। लिखते हैं: "नहीं कोई बयान नहीं देना है मुझे। बस मैं हूँ और तलाश है। मेरी कविता है। कुछ ऋण है, कुछ टूटी दीवारें है। कुछ उदास चेहरे हैं, कुछ फ़ाक़ामस्ती के दिनों की यादें। कुछ जेल के सींखचों के पीछे: काग़ज़ी पैरहन यानी दिल्ली के भीतर काग़ज़ का लिबास पहने अपना कवि। सादतपुर का एक कल्पित पक्षी अन्क़ा है जो दिल्ली की सभ्यता में न देखा जा सकता है, न हाथ आ सकता है..." (पृष्ठ 41)

कैलाश वाजपेयी ने 'संक्रांत' और 'देहांत से हटकर' कविता-संग्रहों के माध्यम से एक दार्शनिक-आध्यात्मिक कवि के रूप में नई कविता में अपनी पहचान बनायी। उनका यही मिज़ाज उन्हें ग़ालिब की ओर ले गया। उन्होंने अपने तीसरे संग्रह 'तीसरा

अंधेरा' में 'एक ख़त ग़ालिब के नाम' शीर्षक रचना शामिल की है। इसमें एक अनौपचारिक संवाद का लहजा है। यह कविता रचना-कर्म की मुश्किलों के साथ-साथ अपने और ग़ालिब के समय के फ़र्क़ की निशानदेही करती है। ख़त का समापन इस तरह होता है:

तुम ख़ुश क़िस्मत थे असद
तुम्हारे जीवन में
भीतर की परतों में
लौटकर
मुमकिन था दर्द का
एक रेशमी जाल बुनना
अपनी तकलीफ़ ख़ुद
अपने आपसे कहना
ख़ुद सुनना।
मगर सौ बरस बाद आज अब
महीन काम (शाइरी)
एक दम
मुमकिन नहीं रहा
इतना उखड़-उधड़ गया है
अब आदमी
न ग़लत, ग़लत रहा
न सही, सही रहा।

श्रीकांत वर्मा के 'जलसाघर' संग्रह की 'जाल' शीर्षक कविता आप पढ़ेंगे तो उसमें से आपको ग़ालिब की तस्वीर उभरती नज़र आयेगी:

उसके पास दुख है, अफ़सोस है
चिन्ता है, शोक है
वह अब भी धनवान है
उसके पास इच्छा है, लालसा है
तृष्णा है द्वेष है
उसे अब भी उम्मीद है

(पृष्ठ 87)

उक्त कविता में मुख्य सन्दर्भ दु:ख का है जो कि ग़ालिब की कविता का केन्द्रीय भाव है। जैसा कि 'मेरी प्रिय कविताएँ' (1985) की भूमिका में श्रीकांत जी ने स्वीकार किया है, इस दु:ख को पालते रहने के बजाय इसे व्यापक बनाना उनकी कविता का

मुख्य सरोकार है। लिखते हैं: ''अगर ग़ालिब से शब्द उधार लेकर कहूँ तो यह 'हस्ती' का दुख है। दुख को सीमित करना, उसे क्षुद्र करना है। दुख को चौखटे में फ्रेम कर नहीं रखा जा सकता। जरा और मरण के साथ जुड़ा हुआ दुख लौकिक है, रचना से जुड़ा हुआ दुख अलौकिक है।''

इस वक्तव्य को पढ़ते हुए ग़ालिब का यह शे'र फ़िलवक़्त आपके ज़ेहन में आएगा:

ग़म-ए-हस्ती का 'असद' किससे हो जुज़ मर्ग इलाज
शम्अ हर रंग में जलती है सहर होने तक

इसी भूमिका में समकालीन आलोचना में प्रयुक्त मुहावरों से असहमति जताते हुए उन्होंने ग़ालिब की इस पंक्ति का सहारा लिया है—'या रब! वो न समझे हैं, न समझेंगे मिरी बात।'

अशोक वाजपेयी स्वयं को कविता का 'निर्लज्ज प्रशंसक' कहते हैं। ग़ालिब-काव्य में अभिनिवेश की दृष्टि से उनका एक अलग मुक़ाम है। वे एक अधीती और एक रचनाकार दोनों भूमिकाओं में ग़ालिब से संवाद क़ायम करते हैं। वे हिन्दी के पहले कवि हैं जिन्होंने एक अन्तरराष्ट्रीय सेमिनार में आधुनिकता के भारतीय परिप्रेक्ष्य की रौशनी में ग़ालिब की नये कोण से व्याख्या की थी। हमारा संकेत यहाँ ग़ालिब की द्विशतवार्षिकी के मौक़े पर केन्द्रीय साहित्य अकादेमी के आयोजन (दिसम्बर, 1998) में पढ़े गये उनके Looking askance at being शीर्षक पर्चे की ओर है। इसमें उनकी बुनियादी स्थापना यह है कि 'ग़ालिब ने भारतीय कविता को रेडिकलाइज़ किया।' ग़ालिब की महानता के पिष्टपेषण से अलग उन्होंने सन्देहशीलता और प्रश्नाकुलता जैसे उन नुक्तों से बहस की है जो ग़ालिब को पहले भारतीय आधुनिक कवि का दर्जा देते हैं।

'जनसत्ता' अख़बार में दो दशक के क़रीब उनका 'कभी-कभार' कॉलम जारी रहा। कुछ अन्तराल के बाद मिर्ज़ा रोके नहीं रुकते थे, कॉलम में नमूदार हो ही जाते थे। इस कॉलम में वे अन्तिम बार 17 जनवरी, 2016 को मिले। पासबान की तरह नहीं, गदा की तरह। साहित्यिक परिदृश्य के बीच अपनी स्थिति को स्पष्ट करते हुए अशोक जी लिखते हैं : ''कविता के दरवाज़े पर पासबान नहीं, गदा बनकर खड़ा रहना चाहता हूँ।''

यह कथन ग़ालिब के प्रस्तुत शे'र से गृहीत है:

गदा समझ के वो चुप था मिरी जो शामत आये
उठा और उठ के क़दम मैंने पासबाँ के लिए

'सीढ़ियाँ शुरू हो गई हैं' (1996 ई.) किताब के एक निबन्ध 'हमारा संकट' का समापन अशोक जी ग़ालिब के एक मिसरे से करते हैं। इसमें उन्होंने साहित्य के संकट पर कई कोणों से विचार किया है। संकट को लेकर उनका आकलन यह है : ''महान सत्यों का चौंधियाने वाला प्रकाश अब दीख नहीं पड़ता। छोटी-छोटी सच्चाइयों की

रोशनियों की झिलमिल ही बची है।'' (पृष्ठ 99) उनका इसरार यह भी है:

''यह क़तई ज़रूरी नहीं है कि हमारे संकट सबके हों। ग़ालिब की एक उक्ति में सिर्फ़ एक अक्षर बदलकर कहें—

गिरी हो जिस पे कल बिजली वो तेरा आशियाँ क्यों हो ?''

अशोक जी ने अपने विचार-लेखों में ग़ालिब की अनेकशः चर्चा की है तो यह नामुमकिन है कि उनकी प्राथमिक विधा कविता में ग़ालिब की उपस्थिति न हो। उनकी एक कविता है 'दुनिया का मतलब'। इस कविता में ग़ालिब और शमशेर एक साथ चले आये हैं। दोनों के ख़यालों की सहविद्यमानता देखिए:

कभी-कभी अंदेशा होता है कि दुनिया भी एक हमारा रचा-गढ़ा मामला है
हो सकता है कि दरअस्ल दुनिया हो ही न।
और 'जो नहीं है, उसका ग़म क्या, वह नहीं है।'

—'उद्‌भावना' सदी के अन्त में कविता, 1998

इसी तरह उनके 'दुख चिट्‌ठी रसा है' (2005 ई.) संग्रह में 'दुख ही जीवन की कथा' शीर्षक एक लम्बी कविता है। यहाँ भी आपको ग़ालिब अपनी गर्दिश का बयान करते हुए मिलेंगे। कविता का समापन-अंश इस तरह है:

दुख का कोई इतिहास नहीं, न विलाप का
जैसे न पानी का न धूप का;
वह सिर्फ़ याद दिलाता है
कि हम जीने के साथ ही शुरूआत करते हैं मरने की
और अक्सर मर-मर कर ही जीते रहते हैं।
लुका-छिपी करते हुए
यही जीवन में हमारा हमेशा सहचर है
दुख में ही हम कह पाते हैं;
'साये की तरह हम पे अजब वक़्त पड़ा है'
और 'हम अपने अँधेरे का क्या करें?'

(पृष्ठ 135-36)

कविता के अन्त में पहला उद्धरण ग़ालिब का है और दूसरा पास्कल का। ग़ालिब का वह शे'र याद कीजिए:

ऐ परतव-ए-ख़ुर्शीद जहाँ ताब! इधर भी
साये की तरह हम पे अजब वक़्त पड़ा है

यह एक विस्मयकारी संयोग है कि ग़ालिब की जिस पंक्ति को अशोक जी ने बरता है, उसी पंक्ति को 'हाली' ने 'मुसद्‌दस' के अन्त में लिखी दुआ में थोड़े-से

बदलाव के साथ इस तरह इस्तेमाल किया है—'उम्मत पे तिरी आके अजब वक़्त पड़ा है।'

उनके संग्रह 'नक्षत्रहीन समय में' में एक छोटी-सी कविता है 'वे कवि हैं।' यह कविता समय के रास्ते पर अनन्त की क़तार में प्रतीक्षारत कवियों का एक बिम्ब-समुच्चय है। यह सत्ता के बरअक्स स्रष्टा के सामर्थ्य की पुरज़ोर घोषणा भी है। अगर ग़ालिब का निम्नांकित शे'र आपकी स्मृति में है तो इस कविता के मा'नी और ज़्यादा खुल सकेंगे:

मंज़र एक बुलंदी पर और हम बना सकते
अर्श से उधर होता काश के मकाँ अपना

कविता का विन्यास कुछ इस तरह का है कि इसे पूरा पढ़ा जाना ज़रूरी है:

वे घायल कर देंगे सुबह को
वे खिड़की से हाथ बढ़ाकर
नक्षत्रों को बटोर लेंगे एक टोकरी में
वे शून्य के शिखर पर दियना बारेंगे
वे बादलों को खींचकर खूँटी पर टाँग देंगे
वे धूप को एक लालटेन में भरकर लटका देंगे
वे सागर में डूबी एक नदी को
उबारकर घाटी की ओर बहा देंगे
वे अर्श के उधर बना लेंगे अपना मकान
वे शब्दों में भर देंगे
रौशनी और ख़ामोशी
वे कवि हैं
समय के रास्ते पर
अनन्त की क़तार में प्रतीक्षारत हैं...

मंगलेश डबराल की तबीयत में मीर और ग़ालिब घुले हुए हैं। दोनों महाकवि गाहे-बगाहे उनकी भाषा और संवेदना को सहारा देते मालूम होते हैं। सहारे से मुराद यह है कि इनकी अभिव्यक्तियाँ बड़े सहज रूप में मंगलेश के यहाँ उतर आती हैं। 'घर का रास्ता' संग्रह की 'प्रेम' और 'आवाज़ भी एक जगह है' संग्रह की 'अपनी छायाएँ' शीर्षक कविताओं में मीर से आपकी मुलाक़ात होगी। आज के हालात के पेशे नज़र एक रचनाकार के रूप में अपनी भूमिका तय करने के सिलसिले में मंगलेश ने ग़ालिब से ज़्यादा मदद ली है। इस प्रक्रिया में स्वाभाविक रूप से ग़ालिब का एक नया पाठ उनके यहाँ बनता गया है। मसलन ग़ालिब की निराशा को प्रतिरोध की तरह देखने में एक नया पाठ सामने आता है। अपनी डायरी की एक प्रविष्टि में शमशेर की एक पंक्ति उन्हें

ग़ालिब तक ले जाती है : 'शमशेर की एक पंक्ति—'मैं बैठा हूँ त बैठा ही रह गया हूँ।' यह कैसा ख़याल है? क्या शमशेर किसी चिन्ता में डूबे बैठे रह गये हैं? या यों ही बेमक़सद, नि:स्वार्थ कुछ न सोचते हुए, देह और मस्तिष्क के अपने एक ख़ास विश्राम करने के स्वभाव के साथ। या यह कोई दार्शनिक स्थिति है या फिर उठने की शक्ति नहीं रह गई और हो भी तो क्या होगा? ग़ालिब भी शायद यही कहते हैं—'रही न ताक़ते-गुफ़्तार' और फिर आगे—'और अगर हो भी, तो किस उम्मीद पे कहिए कि आरज़ू क्या है?' ग़ालिब सवालों के, जिरह और संशय और विडम्बनाओं के कवि हैं, पर उनके यहाँ निराशा की भी इतनी अँधेरी दुनिया है। निराशा वहाँ एक तरह के प्रतिरोध में बदल जाती है।'' (7-11-1996)

—'उद्भावना' (सदी के अन्त में कविता, 1998)

उन्होंने अपनी गद्य-कृति 'लेखक की रोटी' में अपने समय पर तब्सिरा करते हुए ग़ालिब के शे'रों से बहुत काम लिया है।

बाज़ीचः-ए-अत्फ़ाल है दुनिया मिरे आगे
होता है शबो-रोज़ तमाशा मिरे आगे

मंगलेश सवाल उठाते हैं कि उपर्युक्त शे'र में ग़ालिब ने जो कहा है, क्या वह आज के समय पर लागू नहीं है? (पृष्ठ 125) इसी तरह ग़ालिब के निम्नांकित शे'र से उन्होंने एक नये सामाजिक आशय को ग्रहण किया है:

आशिक़ हूँ प' माशूक़ .फ़रेबी है मिरा काम
मजनूँ को बुरा कहती है लैला, मिरे आगे

उन्होंने इस शे'र को आज की आंतरिक उपनिवेशीकरण की प्रक्रिया से जोड़कर देखा है, और इस प्रक्रिया की तुलना 1857 के उन हालात से की है जिनमें ग़ालिब ने बड़ी विडम्बना के साथ यह शे'र कहा था। (पृष्ठ 150)

अपनी दूसरी गद्य-कृति 'कवि का अकेलापन' में भी उन्होंने ग़ालिब के कुछ शे'रों को वर्तमान के बीच रख कर देखा-समझा है।

सुरेश सलिल के कवि-स्वभाव में उर्दू रिवायत का गहरा दख़्ल है। अपनी कई कविताओं में वे कभी ग़ालिबियत और कभी शमशेरियत में तल्लीन नज़र आते हैं। इधर उनकी बाद की कविताओं में यह दोआब पूरे वैभव के साथ उपस्थित है। वे मीर-ओ-ग़ालिब को हमेशा अपने सिरहाने महसूस करते हैं। उनकी छन्दोबद्ध रचनाओं के संग्रह 'मेरा ठिकाना क्या पूछो हो' की एक पंक्ति है : सिरहाने क्यूँ रहते हैं मिरे मीर-ओ-ग़ालिब।

इतना ही नहीं ग़ालिब के एक शे'र से होकर ही हम इस संग्रह की रचनाओं तक पहुँचते हैं:

अपनी हस्ती ही से हो, जो कुछ हो
आगही गर नहीं, ग़फ़लत ही सही

इस सिलसिले में उनके संग्रह 'करोड़ों किरणों की ज़िन्दगी का नाटक-सा' की 'ग़ालिब के दीवान को पढ़ते हुए' कविता विशेष रूप से ध्यान देने योग्य है। यह कविता ग़ालिब के ही अन्दाज़ में उनसे सवाल करते हुए तकमील तक पहुँचती है। इसमें वे ग़ालिब से भी मुख़ातिब हैं और अपने समय से भी। इस रचना का एक अहम पहलू यह है कि ग़ालिब के बहाने सलिल ने आज के क्रूर हालात में संस्कृति-कर्म की मुश्किलों से भी हमें रू ब रू कर दिया है; तभी तो पाश, सफ़दर हाशमी और मानबहादुर उन्हें याद आये हैं। एक अंश से कविता की व्यापक अपील का अन्दाज़ा हो जाएगा:

जिस घर से, सुबह होते ही
कान पर क़लम रखकर तुम निकल पड़ते थे
अब अगर उधर जाना हो
तो मेहरूमि-ए-क़िस्मत की ग़ज़ल न छेड़ बैठना, हाँ,
ज़ोरों पे हैं तिजारत
और तुम्हारे हिस्से क़र्ज़ की मय ही आनी है
जिस घर में तुम
एक मुद्दत तक यार को मेहमाँ करने के लिए
बेचैन रहते थे
उसमें अब एक आलीशान मेहमान ख़ाना है,
अगर उधर जाना हो
तो हस्रते-तामीर और फ़ुर्सत के रात-दिन का
राग न छेड़ बैठना, हाँ!

(पृष्ठ 57-58)

गिरधर राठी जटिल भाव-बोध और मितकथन के लिए जाने जाते हैं। उनके यहाँ ग़ालिब से प्रेरित दो कविताएँ मिलती हैं। फ़िलहाल उनके 'अन्त के संशय' संग्रह की 'मौत का एक दिन मुअय्यन है' कविता मेरी स्मृति में है। मृत्यु ग़ालिब का एक ख़ास मौज़ू रहा है। राठी की कविता में इसे किस शक्ल में अभिव्यक्ति मिली है, देखें:

फूले फूले चुन लिये
और कल हमारी बारी है...
हम भी फूल जायें—
फूल की तरह?
लाश की तरह?

ख़ुशी से?
सड़ांध से?

राठी जब रचनाकार और राजसत्ता के सम्बन्धों पर विचार करते हैं तो ग़ालिब की नज़ीर देते हैं। अपनी गद्य-कृति 'ऊहापोह' में संकलित 'ग़ालिब वज़ीफ़ाख़्वार हो...' लेख में उन्होंने सत्ता के विरोध को लेकर लेखक और संस्कृतिकर्मियों के सन्तुलित व विवेकपूर्ण स्टैंड की पैरवी की है। सन्दर्भच्युत अंध विरोध या अंध समर्थन दोनों को उन्होंने अविवेकपूर्ण माना है। लिखते हैं: "एक शे'र याद आता है, जो कुछ इस तरह है—'ग़ालिब वज़ीफ़ाख़्वार हो दो शाह को दुआ/वो दिन गये कि कहते थे नौकर नहीं हूँ मैं।' ग़ुलामी से नफ़रत, आज़ादी के लिए तड़प, असम्भव-सी स्थिति में आ पड़ने का सतत एहसास, अगर कोई आगाह हो सके तो उसके लिए अपनी विडम्बना की मिसाल... ग़ालिब शायद इसलिए ऐसा लिख सके कि वज़ीफ़ाख़्वार हो कर भी उनकी अस्मिता ख़त्म न हो पाई होगी। दूसरे वज़ीफ़ा लेने वाले हज़ारों की तादाद में उनके ज़माने में भी रहे होंगे। पर वे सब ग़ालिब नहीं बन सके। (अगर ग़ालिब ख़ुद बादशाह भी होते, तब उन्हें ऐसा तिरपट एहसास होता कि नहीं?)"— 'ऊहापोह' पृष्ठ 198

संजय चतुर्वेदी भाषा के प्रचलित मुहावरे से अलग राह तलाशने वाले कवियों में से हैं। 'प्रकाश वर्ष' संग्रह के बाद इधर की अधिकांश कविताओं में उन्होंने उर्दू की रिवायत से लाभ उठाया है। कविता से बाहर अपने वक्तव्यों में भी वे उर्दू अदब के एक हिस्से को हिन्दी की परम्परा के अन्तर्गत रखने के हामी रहे हैं। उनकी कुछ बातें थोड़े स्पष्टीकरण की माँग करती हैं। खड़ी बोली की परम्परा के लिए उर्दू के योगदान की बाबत एक बातचीत में पूछे गये सवाल का जवाब देते हुए कहते हैं: "ग़ालिब जैसे नकचढ़ों को छोड़ दीजिए, तो फिर मुझे तो यह समझने में बड़ी मुश्किल पेश आती है कि मीर और नज़ीर किस तरह से हिन्दी के कवि नहीं हैं।" ('वर्तमान साहित्य' का शताब्दी कविता अंक) इसका एक अर्थ तो यह निकलता है कि अपने नकचढ़े पन के कारण ग़ालिब हिन्दी की परम्परा से दूरी बरतने वाले कवि हैं। संजय की मुराद शायद यह नहीं है। दरअस्ल वे यह कहना चाहते हैं कि ग़ालिब की तबीयत में मौजूद आभिजात्य के कारण हिन्दी की परम्परा में कहीं उनका शुमार नहीं किया जाता है। हिन्दी वालों की यह एक बद्धमूल धारणा है। ख़ैर, यह एक लम्बी बहस है।

उन्होंने अपनी कविताओं में कई जगह ग़ालिब के पदों का बरमहल इस्तेमाल किया है। 'समय चेतना' पत्रिका के प्रवेशांक (1995) में ग़ालिब के सन्दर्भ से उनकी एक शीर्षकविहीन रचना देखने में आई। इसका फ़ॉर्म ग़ज़ल का है, और लहजा तंज़िया। यह रचना ग़ालिब के एक मक़्ते की पहली पंक्ति (ऊला मिसरा) की ज़मीन में है। वह मक़्ता यों है:

तर्ज़े-'बेदिल' में रेख़्ता कहना
असद उल्लाह ख़ाँ क़यामत है

अब संजय की रचना से कुछ पंक्तियाँ मुलाहिज़ा कीजिए:

दौरे-मुश्किल है रेख़्ता कहना
जुर्म को जुर्म हर दफ़ा कहना
दर्द है तो तज़ाद भी होंगे
चुटकुले में मुहावरा कहना
असद उल्लाह ख़ाँ नहीं होंगे
तुम तो होगे, तुम्हीं ज़रा कहना

ग़ालिब का ज़िक्र चले और उनके प्रिय काव्य-रूप ग़ज़ल को हिन्दी में प्रतिष्ठा दिलाने वाले कवि दुष्यन्तकुमार पर बात न हो, यह हिमाक़त होगी। 'साये में धूप' ग़ज़ल के फ़ॉर्म में नई कविता की संवेदना का विस्तार है। नई कविता आन्दोलन के दौरान हिन्दी-उर्दू की परम्पराओं पर गम्भीर विचार-विमर्श चला जिसका पहला सिरा प्रगतिशील साहित्यान्दोलन से जुड़ता है। इसके परिणामस्वरूप हिन्दी में उर्दू की तरफ़ भी एक दरीचा खुला। नई कविता के कुछ अन्य कवियों की तरह दुष्यन्तकुमार ने भी ग़ालिब से प्रेरणा ली। 'साये में धूप' संग्रह इसका प्रमाण है। गो, सन पचास के आसपास से वे ग़ज़ल में हाथ आज़माते रहे हैं, लेकिन एकाग्रता के साथ इस रचना-माध्यम को बरतने के पीछे ग़ालिब ही उनकी प्रेरणा रहे हैं। उन्होंने 1975 ई. के आरम्भ में 'कल्पना' पत्रिका में ख़ुद इस बात को स्वीकार किया है: "यहाँ मैं साफ़ कर दूँ कि ग़ज़ल मुझ पर नाज़िल नहीं हुई। मैं पिछले पच्चीस वर्षों से इसे सुनता और पसन्द करता आया हूँ, और कभी चोरी-छिपे इसमें हाथ भी आज़माया है। लेकिन ग़ज़ल लिखने या कहने के पीछे एक जिज्ञासा अक्सर मुझे तंग करती रही है कि भारतीय कवियों में सबसे प्रखर अनुभूति के कवि मिर्ज़ा ग़ालिब ने अपनी पीड़ा की अभिव्यक्ति के लिए ग़ज़ल का माध्यम ही क्यों चुना? और ग़ज़ल के माध्यम से ग़ालिब अपनी निजी तकलीफ़ को सार्वजनिक बना सकते हैं तो मेरी दोहरी तकलीफ़ (जो व्यक्तिगत भी है और सामाजिक भी) इस माध्यम के सहारे एक अपेक्षाकृत व्यापक पाठक वर्ग तक क्यों नहीं पहुँच सकती?"

—'दुष्यन्तकुमार रचनावली' खण्ड-2, सं. विजयबहादुर सिंह, पृष्ठ 12

ऊपर की बातचीत ग़ालिब के प्रति हिन्दी कवियों की आत्मीयता की एक बानगी भर है, कोई समग्र सर्वेक्षण नहीं। आज के विपुल काव्य-परिदृश्य को देखते हुए यह सम्भव भी नहीं है। इनके अलावा अन्य कवियों के यहाँ भी ग़ालिब की उपस्थिति हो सकती है। इस बातचीत में हमारा मन्तव्य यह रेखांकित करना रहा है कि हिन्दी

रचनाकार अकेले ग़ालिब नहीं, उर्दू शे'रो-अदब की समूची परम्परा के प्रति स्वयं को खुला रखते हैं, उसे अपनी साझी विरासत का हिस्सा मानते हैं और हस्बे ज़रूरत उससे लाभान्वित भी होते हैं। लिपि का तथाकथित विवाद उनके लिए कोई मा'नी नहीं रखता। यह हिन्दी-उर्दू के सर्जनात्मक रिश्तों की एक बड़ी पहचान है।

—2017 ई.

'इन्दरसभा' : उर्दू का पहला नाटक

सैयद आग़ा हसन अमानत अली (1814-1858 ई.) की गणना तत्कालीन लखनऊ के प्रतिष्ठित शाइरों में की जाती है। वे साहित्य में अमानत लखनवी कवि-नाम से मशहूर हैं। उन्होंने ग़ज़ल, मर्सिया, वासोख़्त आदि विभिन्न काव्यरूपों में रचनाएँ सम्पन्न कीं। उनका दीवान भी मिलता है। उनकी उर्दू गद्य-लेखन में भी अच्छी गति थी। साहित्य में 'इन्दरसभा'[1] नाटक उनका शाहकार है। उर्दू में इस समय प्रोफ़ेसर सैयद मसऊद हसन रिज़्वी 'अदीब' (1893-1975 ई.) द्वारा सम्पादित और 1968 ई. में प्रकाशित संस्करण उपलब्ध है। अमानत के मूल 'इन्दरसभा' का प्रथम प्रकाशन 1854 ई. हुआ। उनके जीवन-काल में इसके दो संस्करण और प्रकाशित हुए। अर्थात् तीन-चार वर्षों में तीन संस्करण छप गये। अमानत ने तीसरे और अपने जीवन-काल के अन्तिम संस्करण के आरम्भ में निम्नांकित चार पंक्तियाँ दर्ज कर दीं:

गुज़र कर दहर में अपनी नज़र से
सही इन्दरसभा बस ये छपी है
ग़लत इसमें नहीं है एक नुक़्ता
बराए सेहत इस पर मुहर की है

पूर्व के दोनों संस्करणों में अमानत ने ख़ुद अपने हाथ से संशोधन किये। यथास्थान 'दाख़िल', 'ख़ारिज' और 'इज़ाफ़ा' के शब्द-संकेतों के ज़रिए अपने संशोधन से पाठकों को परिचित कराया। उन्होंने कुछ चीज़ें निकालीं और उनकी जगह नई चीज़ें रखीं और साथ ही कुछ नवीन प्रसंगों की वृद्धि भी की। इस प्रक्रिया से यह ध्वनित होता है कि नाटक के मंचन के अनुभवों को ध्यान में रखते हुए अमानत ने ये अपेक्षित परिवर्तन किये। नाटक की कसौटी दर्शक हैं। अपने सन्देश को प्रभावशाली रूप में दर्शकों तक सम्प्रेषित कर पाने में ही नाटककार की सफलता है। मालूम होता है कि अमानत ऑडिएंस रेस्पांस के प्रति बहुत सजग थे। उनके जीवन-काल में 'इन्दरसभा' को अनेक बार किसी इमारत में नहीं बल्कि खुले मैदान में खेला गया।

यह निर्विवाद है कि 'इन्दरसभा' आधुनिक नाटक की अपेक्षाओं को पूरा नहीं

करता। नाटक में जिस तरह से कथोपकथन के माध्यम से कथावस्तु को अग्रसर होना चाहिए, वैसा 'इन्दरसभा' में नहीं है। लगभग एक-तिहाई भाग के बाद सब्ज़परी और गुलफ़ाम की कहानी शुरू होती है। पुखराज परी, नीलम परी और लाल परी का चारित्रिक विकास नहीं दिखाया गया है। कुल मिलाकर नाट्य-रचना के नियमों को अमानत ने ज़्यादा तरजीह नहीं दी है। इन तमाम न्यूनताओं के बावजूद 'इन्दरसभा' आज के रंगकर्मियों की जिज्ञासा का केन्द्र बना हुआ है। 'भारतीय रंग कोश' में प्रतिभा अग्रवाल ने 'इन्दरसभा' की विभिन्न रंग प्रस्तुतियों का विवरण दिया है जोकि इस प्रकार है:[2]

1. इंद्रसभा— कृष्ण बिहारी शुक्ल 'अमानत'
   निर्देशक : सुभाष उद्गाता (1991)
   प्रस्तुति : पर्वतीय कला केन्द्र, नई दिल्ली
2. इन्दरसभा— अमानत लखनवी
   1. निर्देशक मोहन उप्रेती, लिटिल थिएटर ग्रुप, नई दिल्ली
   2. निर्देशक मोहन उप्रेती, राष्ट्रीय नाट्य विद्यालय, नई दिल्ली 1996
   3. निर्देशक मोहन उप्रेती, पर्वतीय कला केंद्र, 1991
   4. ज्ञात नहीं, लखनऊ, 1853

उर्दू साहित्येतिहासकारों में सबसे पहले रामबाबू सक्सेना ने 'तारीख़े-अदब उर्दू' (1931 ई.) में 'इन्दरसभा' का संक्षिप्त परिचय प्रस्तुत किया है। उनके अनुसार, "इन्दरसभा के अनोखी और दिलचस्प किताब होने की वजह से और उर्दू ड्रामे की सबसे पहली तस्नीफ़ (रचना) होने की वजह से बहुत शोहरत हासिल हुई।"[3]

इन्दरसभा के खेल को असाधारण लोकप्रियता मिली। गुजरात और हिन्दी अंचल में विभिन्न नाट्य मंडलियों ने इस खेल को अपने स्थानीय लबो-लहजे के साथ खेला। कई लोक कलाकारों ने मूल रचनाकार के नाम को बहाल रखते हुए अपना नाम भी नाटक के साथ जोड़ लिया। ऐसे संस्करणों की संख्या सौ के आसपास बताई जाती है। उन्होंने अपनी सुविधानुसार नागरी और उर्दू दोनों लिपियों को बरता है। इनमें मदारीलाल द्वारा तैयार किया गया इन्दरसभा का खेल अवध, ब्रज और बुंदेलखंड में बहुत लोकप्रिय रहा है। इंडिया ऑफ़िस लाइब्रेरी, लंदन में 'इन्दरसभा' की अड़तालीस हस्तलिखित पांडुलिपियाँ सुरक्षित हैं जिनमें से ग्यारह नागरी लिपि में हैं। सन 1887 ई. में इसका एक हिब्रू एडीशन भी कलकत्ता से प्रकाशित हुआ।

इन्दरसभा के अलग-अलग तैयार किये गये खेलों के कारण भ्रम की स्थिति पैदा हो गयी है। लोकनाट्य साहित्य के अध्येता रामनारायण अग्रवाल का कहना है कि नवाब वाजिद अली शाह की शादी में मोहान निवासी सालिगराम की इन्दरसभा खेली

गयी थी।[4] सम्भव है, यह वही शालिग्राम वैश्य हों जिनके 'माधवानल कामकंदला नाटक' और 'अभिमन्यु नाटक' 1906 ई. से पूर्व कभी श्री वेंकटेश्वर प्रेस बम्बई से प्रकाशित हुए थे। प्रोफ़ेसर रिज़्वी ने अपनी किताब 'लखनऊ का अवामी स्टेज' में एक दूसरी ही कहानी बयान की है। इसमें उन्होंने एक सज्जन मुन्ने नवाब का बयान दर्ज किया है। मुन्ने नवाब ने प्रोफ़ेसर रिज़्वी को बताया कि गोमती दरिया के किनारे आयोजित वाजिद अली शाह की शादी के जश्न में मदारीलाल की इन्दरसभा का खेल हुआ था। मदारीलाल ने यह नाटक खेलने में संकोच दिखाया और नवाब से कहा कि खेल में अभिनेता बादशाह का ताज पहनकर आने की गुस्ताख़ी कैसे कर सकता है ? इस पर नवाब ने कहा कि उन्हें ऐसा करने की इजाज़त है। लिहाज़ा शादी में इन्दरसभा का खेल सम्पन्न हुआ।

उल्लेख मिलता है कि मदारीलाल का शार्गिद रामचंद्र कहार भी इन्दरसभा खेलता था। रामचंद्र कहार के शार्गिद बादुल्ला और उसकी पत्नी नज़रीन से प्रोफ़ेसर रिज़्वी 1943 ई. में लखनऊ में मिले। ये दोनों पति-पत्नी मदारीलाल की इन्दरसभा में अभिनय करते थे। नज़रीन परी बनती थी। दरअस्ल मदारीलाल के नाम से मशहूर इन्दरसभा के रचना-काल और प्रथम मंचन की तिथि का कोई ऐतिहासिक साक्ष्य नहीं मिलता। जबकि 'इन्दरसभा' अमानत की दोनों तिथियाँ सप्रमाण उपलब्ध हैं।

'इन्दरसभा' अमानत का नागरी लिप्यन्तर रणवीर सिंह के सम्पादन में 2000 ई. में पीपुल्स पब्लिशिंग हाउस, नई दिल्ली से प्रकाशित हुआ। इसी प्रकार 'नटरंग' पत्रिका (अतिथि सम्पादक पीयूष दईया) ने पिछले दिनों 'इंद्रसभा' पर एकाग्र अंक (91, जनवरी-मार्च, 2012) प्रकाशित किया। इस अंक की ख़ूबी यह है कि इसमें अमानत और मदारीलाल के मूल पाठों को अलग-अलग तरतीब दी गयी है। पहले अमानत की इन्दरसभा फिर मदारीलाल की। यह नवल किशोर प्रेस, कानपुर से 1906 ई. में दसवीं बार मुद्रित संस्करण की पुनर्प्रस्तुति है। 'इन्दरसभा' अमानत 'सभा में दोस्तो इन्दर की आमद-आमद है' से शुरू होती है। वहीं मदारीलाल की 'इन्दरसभा' निम्नलिखित तीन शे'रों के साथ खुलती है:

सुल्तान शाह-बज़्म में तशरीफ़ लाते हैं
सारे जहाँ को अपना तजम्मुल दिखाते हैं
ख़िल्अत से सब अमीरों को करते हैं सरफ़राज़
रुत्बा किसी का, शान किसी की बढ़ाते हैं
अज़ बस के जमा हैं दरे-दौलत पे ख़ासो-आम
मुजराई मुजरे का भी नहीं बार पाते हैं

दिलचस्प बात यह है कि इन्दरसभा अमानत में 'घटा सावन की' ज़मीन में एक ग़ज़ल दी गई है। मदारीलाल ने भी अमानत की इसी ज़मीन में एक ग़ज़ल को अपनी

इंद्रसभा में स्थान दिया है। इससे भी इन्दरसभा अमानत का मदारीलाल से पूर्ववर्ती रचना होना सिद्ध होता है।

यह बात सच नहीं लगती कि इंद्रसभा नाम से मशहूर सभी अवामी नाटक राजा इंद्र के दरबार की एक ही कहानी कहते हैं अथवा सभी लोकनाट्यों में अमानत की 'इन्दरसभा' के पात्र हूबहू मौजूद हैं। दरअस्ल यह नाटक के मंचन और संवादों की अदायगी का एक ढंग था जो इनकी एक पहचान बनाता था। मसलन मुंशी ख़ादिम अफ़सोस के 'बज़्मे-सुलतान' (1862 ई.) में इंद्र की कहानी नहीं है, लेकिन इसका शुमार इन्दरसभा की परम्परा में किया जाता है। रंग-विशेषज्ञ महेश आनन्द ने बहुत सुचिन्तित रूप में इस भ्रांति का निवारण कर दिया है। लिखते हैं, "इन्दरसभा संगीत नाटक का ऐसा कलात्मक रूप है जिसमें सैयद आग़ा हसन अमानत ने मध्ययुगीन पारम्परिक नाट्यरूपों रामलीला, रासलीला, भड़ैती, भगतबाज़ी और शहरी परम्परा में से दास्तानगोई की बैठकों, मर्सियाख़्वानी और मुजरों की महफ़िलों के तत्त्व शामिल किये हैं। मस्नवी शैली के इस गीति-काव्य में इन रूपों—विशेष रूप से रासलीला—के अनेक रचना-तत्त्व और व्यवहार इस तरह घुल-मिल गये हैं कि इन्दरसभा एक विशिष्ट नाट्यरूप के अर्थ में स्वीकृत हो गया।"[5]

जहाँ तक 'इन्दरसभा' अमानत की बात है, यह उर्दू नाटक का प्रस्थान बिन्दु है। उर्दू नाटक की इस परम्परा को रौनक़ बनारसी, पंडित नरायनप्रसाद बेताब और विनायक प्रसाद तालिब जैसे नाटककार और रंगकर्मियों ने समृद्ध किया। 'इन्दरसभा' की रचना के समय तक हिन्दी में मौलिक नाटकों का आविर्भाव नहीं हुआ था। भारतेन्दु हरिश्चंद्र ने अपना पहला नाटक 'वैदिकी हिंसा हिंसा न भवति' 1873 ई. में लिखा। इसके बाद ही हिन्दी में नाटक का सिलसिला शुरू होता है।

'इन्दरसभा' में नवाब वाजिद अली शाह (1822-1887 ई.) की लखनऊ के सामाजिक-सांस्कृतिक परिदृश्य की झलक नुमायाँ तौर पर देखी जा सकती है। विशेष रूप से नवाब के संगीत-कला और लोक-साहित्य के प्रति अनुराग के कारण हिन्दू और मुस्लिम जीवनशैलियों में पारस्पर्य और सहकार की जो नई संस्कृति जन्म ले रही थी, अमानत अली ने उसे 'इन्दरसभा' में स्वायत्त कर लिया। वाजिद अली शाह शाइरी में 'अख़्तर' तख़ल्लुस (उपनाम) रखते थे। शाइरी और कलाओं के परवर्दा के रूप में उनकी ख्याति रही है। उनके संगीतज्ञान की पराकाष्ठा यह थी कि उन्होंने स्वयं ठुमरियाँ लिखीं और उन्हें गाया भी। उनकी ठुमरी 'बाबुल मोरा नैहर छूटोहि जाय' को हम कभी भुला नहीं पाएँगे। उन्होंने नृत्य-संगीत के प्रशिक्षण के लिए 'परीख़ाना' की स्थापना की और लोकनाट्य शैली में 'रहस' भी लिखा। बताया जाता है कि इसमें कन्हैया की भूमिका वे स्वयं अदा करते थे। आज के सुप्रसिद्ध रंगकर्मी अनीस आज़मी की मान्यता है कि "उर्दू ड्रामे की इब्तिदा ख़ुद वाजिद अली शाह के नाटक 'राधा कन्हैया का

क़िस्सा' से हुई थी। अमानत लखनवी के 'इन्दरसभा' की ग़ैर मामूली अवामी मक़्बूलियत ने इसे तेज़ी से आगे बढ़ाया।"[6]

अति संक्षेप में उक्त विवरण इसलिए देना पड़ा कि इससे तत्कालीन शासक-वर्ग की संस्कृति और लोक संस्कृति के सम्बन्धों को समझने में मदद मिल सकती हैं। यहाँ तक कहा जाता है कि अमानत लखनवी ने 'इन्दरसभा' की रचना वाजिद अली शाह के आग्रह पर की। यह धारणा तथ्यों के बजाय किंवदंतियों पर आधारित है। प्रोफ़ेसर एहतिशाम हुसैन ने इस धारणा को भ्रान्तिपूर्ण बताते हुए लिखा है कि "जिस समय अमानत की बोलने की शक्ति नष्ट हो गयी थी, अमानत के एक मित्र ने उनसे अनुरोध किया कि बैठे-बैठे जी घबड़ाता है। कोई ऐसा रहस तैयार करना चाहिए कि दो-चार घड़ी जी बहले। अमानत ने उनकी सम्मति स्वीकार की और यह नाटक लिख डाला। उन्होंने इस नाटक के बारे में एक लेख गद्य में भी लिखा था जो अब मिल गया है और प्रकाशित हो जाने के कारण इस सम्बन्ध में सभी भ्रम दूर हो गये हैं।"[7] यह लेख वस्तुतः 'शरह' अर्थात् नाटक का भाष्य है। उर्दू नाट्य समीक्षक सैयद बादशाह हुसैन रिज़्वी ने अपनी किताब 'उर्दू में ड्रामा निगारी' (1973 ई.) में इस लेख पर विस्तारपूर्वक लिखा है। इस लेख में अमानत ने वाजिद अली शाह की प्रेरणा या उनके आग्रह का कहीं उल्लेख नहीं किया है। यह भी लिखा है कि उन्होंने अपना असल नाम छुपाया और 'उस्ताद' तख़ल्लुस रखा। लेकिन 'लोगों ने ग़ज़लों के रंग की वजह से असल मेरा कलाम दरियाफ़्त कर लिया।' इस लेख में अमानत ने वाजिद अली शाह की महफ़िल का दृश्य इन शब्दों में चित्रित किया है:

"राग का बज़्मे-इशरत में रंग है... तबले की थाप पर हर अमीर दंग है... हंगामा-ए-रक़्सो-सुरूर बरपा है। मश्रिक़ी जमालों के गलों से साज़ की साज़िश में आवाज़ आती है कि मौसीक़ार क्या बकता है और ज़ोहरा क्या गाती है..."

लेकिन एक बात से इनकार नहीं किया जा सकता कि अमानत लखनवी के मन में राजा इन्दर के रूप में वाजिद अली शाह की छवि रही होगी। नवाब ने नृत्य-संगीत की शिक्षा लेने वाली युवतियों को 'परी' नाम दिया और उस संस्था को 'परीख़ाना' कहा। राजा इन्दर के दरबार में पुखराज परी, नीलम परी, लाल परी और सब्ज़ परी के रूप में 'परीख़ाना' की प्रेरणा हो सकती है।

'इन्दरसभा' नाटक में सब्ज़ परी और शाहज़ादे गुलफ़ाम की प्रेमकहानी वर्णित है। पूरे नाटक में परिस्तान का वातावरण है जिसमें राजा इन्दर की सभा आयोजित होती है। नाटक का आरम्भ इन पंक्तियों के साथ होता है:

सभा में दोस्तो इन्दर की आमद-आमद है
परी जमालों के अफ़्सर की आमद-आमद है

ऊपर मंच-निर्देश के रूप में लिखा हुआ है, 'आमद राजा इन्दर की बीच सभा के।' एक चौबौला के माध्यम से इन्दर अपना परिचय देता है जिसकी पहली पंक्ति है, 'राजा हूँ मैं क़ौम का, इन्दर मेरा नाम।' यहाँ 'क़ौम' शब्द अँग्रेज़ी के कास्ट का समानार्थी नहीं है बलिक यह शब्द वर्ग या हैसियत को सूचित करता है। राजा काला देव के ज़रिए चारों परियों को नृत्य-संगीत की महफ़िल सजाने के लिए सभा में बुलवाता है। इसमें दो देव हैं—काला देव और लाल देव। यहाँ देव शब्द हिन्दी तत्सम नहीं है, बल्कि फ़ारसी 'देव' है, बामानी 'एक भयानक विशाल काल्पनिक आकृति।' हम इसे दैत्य भी कह सकते हैं। अमानत ने इन्दर की सभा में दैत्य की जगह 'देव' की कल्पना करके संस्कृत और फ़ारसी की परम्पराओं का मिश्रण कर दिया है। प्रो. एहतिशाम हुसैन के अनुसार, ''इन्दरसभा में हिंदुओं के देवता इंद्र को इस प्रकार प्रदर्शित किया है कि वह कोई ईरानी या मुग़ल बादशाह हो। ईरान के देव राक्षसों का रूप धारण कर लेते हैं और अप्सराएँ परियाँ बन जाती हैं जो मुसलमान महिलाओं के वस्त्र पहनकर मंच पर आती है।''[8]

शहज़ादा एक बाम पर सोता था नादान
जोबन उसका देख कर निकली मेरी जान

सब्ज़ परी और काला देव के संवादों के माध्यम से सूच्य कथावस्तु सामने आती है। सब्ज़परी बयान करती है कि वह राजा इन्दर की सभा में आकाश मार्ग से उड़ कर आ रही थी। एक शाहज़ादे पर उसकी दृष्टि पड़ी। उसके यौवन पर वह आसक्त हो गयी। वह निशानी के रूप में एक छल्ला शाहज़ादे को दे आयी है। वह काला देव से निवेदन करती है कि वह अख़्तर नगर जाकर शाहज़ादे को ले आये और यहाँ परिस्तान में हाज़िर कर दे। ध्यान रहे कि वाजिद अली शाह का कवि-नाम 'अख़्तर' था। यहाँ अख़्तर नगर से आशय 'लखनऊ' है। काला देव हिन्दुस्तान में अख़्तर नगर जाकर सोते हुए शाहज़ादे को उठाकर ले आता है। शाहज़ादा नींद से जाग कर देखता है कि वह एक अपरिचित जगह पर है। वह अपने घर वापस जाने की इच्छा व्यक्त करता है। किंतु सब्ज़परी उसे रिझाने में सफल हो जाती है। दोनों एक-दूसरे के सामने अपना हसब-नसब (पता-ठिकाना और ख़ानदान) बयान करते हैं। सब्ज़परी स्वयं को काफ़[9] की निवासी बताती है। गुलफ़ाम सब्ज़परी के प्रणय निवेदन को स्वीकार करने की एक शर्त रख देता है कि उसे इन्दरसभा में परियों का नाच दिखाया जाये तो वह आजीवन सब्ज़ परी के साथ रहने को तैयार है।

दूसरे अंक में फिर इन्दरसभा सजती है। लाल देव राजा इन्दर से सब्ज़परी और गुलफ़ाम की चुग़ली करता है। इन्दर को क्रोधित देखकर वह गुलफ़ाम को सभा में खींच लाता है। इन्दरसभा में भला आदमज़ाद का क्या काम? बतौर सज़ा सब्ज़परी के पर नोंच दिये जाते हैं और गुलफ़ाम को कुएँ में क़ैद कर लिया जाता है। सब्ज़परी जोगन का वेश धारण कर लेती है। काला देव को नाटककार ने सब्ज़परी का शुभचिन्तक दिखाया

है। वह सभा में जाकर इन्दर से जोगन की गायन-कला की प्रशंसा करता है। उत्सुकतावश राजा जोगन को सभा में तलब करता है। जोगन की कला पर मुग्ध होकर वह पुरस्कार स्वरूप धन-दौलत देना चाहता है। यहाँ जोगन के संवाद की ये पंक्तियाँ विशेष महत्त्व रखती हैं:

फ़क़ीरों को दौलत की परवा नहीं
यहाँ हरि के अफ़ज़ाल से क्या नहीं

नाटककार ने पात्रानुसार भाषा का प्रयोग किया है। जोगन 'ख़ुदा' नहीं 'हरि' कहती है। जोगन राजा से पुरस्कार नहीं लेती बल्कि अपने प्रेमी से मिलन कराने का तीन बार क़ौल (वचन) ले लेती है। राजा क़ौल हार जाने के कारण गुलफ़ाम को कुएँ की क़ैद से आज़ाद कर देता है। इस प्रकार सब्ज़परी और गुलफ़ाम का पुनर्मिलन होता है। अन्त में मुबारकवाद की ग़ज़ल गायी जाती है।

उर्दू विद्वान डॉ. क़मर आज़म हाशमी ने 'इन्दरसभा' के कथानक के मौलिक होने पर सन्देह व्यक्त किया है। डॉ. हाशमी के अनुसार अमानत लखनवी ने इसका प्लॉट लखनऊ के शाइर मीर हसन (1736-1786 ई.) की मस्नवी 'बद्रे-मुनीर' से ग्रहण किया है।[10] मीर हसन सुप्रसिद्ध मस्नवी 'सहरुलबयान' के रचनाकार हैं। दरअस्ल 'बद्रे-मुनीर' और 'सहरुलबयान' एक ही रचना के दो नाम हैं। यह शाहज़ादा बेनज़ीर और शाहज़ादी बद्रे मुनीर की प्रेम कहानी है। 'इन्दरसभा' में शाहज़ादा बेनज़ीर शाहज़ादा गुलफ़ाम का रूप ले लेता है और बद्रे मुनीर हमें सब्ज़परी के रूप में मिलती है। अपने पूर्ववर्ती रचनाकारों से प्रभाव ग्रहण करना कोई दोष नहीं है। यह एक साहित्यिक परम्परा है। दो बातें ध्यान देने योग्य हैं। एक तो यह कि 'इन्दरसभा' 'सहरुलबयान' में विद्यमान प्रेम कहानी का सीधे-सीधे अडैप्टेशन नहीं है। दूसरे यह कि मस्नवी और नाटक के रचना-विधानगत अन्तर के कारण पूर्ववर्ती रचना का प्रभाव विलीन हो जाता है।

नाटक की विशेषता यह है कि इसमें हर पात्र अपना परिचय स्वयं देता है। उनके स्वभाव और गुण पहले संवाद में ही उजागर हो जाते हैं। चारों परियाँ अपने नामों की सार्थकता ज़रूर बयान करती हैं। पुखराज, नीलम, लाल और सब्ज़ मोतियों व रंगों की ख़ूबियाँ बतायी जाती हैं। संवादों के अतिरिक्त ग़ज़लें और राग-रागनियाँ सम्बन्धित पात्र की मनोदशा को भलीभाँति व्यक्त कर देती हैं। दो देवों में से काला देव को विनम्र और लाल देव को उद्दंड दिखाया गया है। सीमित अर्थों में सही लाल देव की भूमिका एक खलनायक की तरह है। इंद्र को एक वचनपरायण राजा के रूप में प्रस्तुत किया गया है। अपनी प्रकृति में अलबत्ता वह विलासप्रिय है।

18वीं शताब्दी से लेकर 19वीं शताब्दी के उत्तरार्द्ध तक के अवध के सामन्ती समाज में बहुत से मूल्य प्रतिगामी थे तो कुछ प्रगतिगामी भी। इसमें दो राय नहीं कि

राग-रंग और विलासप्रियता एक रुग्ण और पतनशील समाज के लक्षण हैं। वहीं भाषा, ललित कलाओं और रीति-रिवाजों के स्तर पर हिन्दुओं व मुसलमानों के बीच साझा और पारस्पर्य के ऐसे उदाहरण हैं जो उस समय की माँग थे और आज भी हैं। 'इन्दरसभा' में उस दौर के सामन्ती समाज के इन दोनों पक्षों को कमोबेश अभिव्यक्ति मिली है। उस समय की लोकाभिरुचि में नाच-गाने ही रचे-बसे थे। अतएव स्वाभाविक है कि नाटक में इन्हीं को केन्द्रीयता मिली है।

'इन्दरसभा' में प्रकृति के रमणीय रूप गाहे-बगाहे बिखरे हुए हैं। गेंदे का फूल सबसे पहले नज़ीर अकबराबादी की 'बसन्त' कविता में देखने को मिलता है। गेंदे के फ़ूल, सरसों व आम्र बौर वसन्त के आगमन के सूचक हैं। इस नाटक में पुखराज परी की गायी एक ग़ज़ल में गेंदे और सरसों की छटा देखिए:

गेंदा है खिला बाग़ में मैदान में सरसों
सेहरा वो बसन्ती है, ये गुलज़ार बसन्ती

इसी प्रकार सावन पर कही एक ग़ज़ल में अमानत ने प्रकृति और लोक-जीवन के निरीक्षण की अद्‍भुत क्षमता का परिचय दिया है। यदि उनका यह कथन सही है तो इससे पहले उर्दू में किसी शाइर ने सावन की ज़मीन में ग़ज़ल नहीं कही:

ऐ 'अमानत' ये निकाली है ज़मीं तूने नई
पहले थी किसकी ग़ज़ल तेरे सिवा सावन की

कई रचनाकार भाषा और संस्कृति की समस्याओं को सुलझाने में अनजाने ही सकारात्मक भूमिका अदा कर जाते हैं। अमानत ने 'इन्दरसभा' के माध्यम से एक ऐसी भाषा को रिवाज दिया जो अवाम की बोलचाल के क़रीब थी। नाटक के लोकरंजनकारी रूप का इतना आकर्षण था कि इसके दर्शकों में विभिन्न धार्मिक आस्थाओं वाले लोग शामिल होते थे। बावजूद इसके कि इसे उर्दू में लिखा गया था, यह नाटक दर्शकों के मन में हिन्दी-उर्दू विभेद जैसा कोई गुमान पैदा नहीं करता था। यह बात भी विचारणीय है कि इस नाटक की रचना फ़ोर्ट विलियम कॉलेज की स्थापना (1800 ई.) के बाद हुई। जहाँ उर्दू गद्य के निर्माण को लेकर इस कॉलेज के प्रयासों की सराहना की गई, वहीं इसको हिन्दी-उर्दू विवाद का जनक भी ठहराया जाता है। 'इन्दरसभा' के रचनाकाल तक यह विवाद काफ़ी आगे बढ़ चुका था, लेकिन ऐसा कहीं उल्लेख नहीं मिलता कि इसे उर्दू नाटक जानकर हिंदी पट्टी में इसकी कहीं उपेक्षा की गयी हो।

'इन्दरसभा' में लखनऊ केन्द्र की शाइरी की मानक भाषा और अवधी का स्पर्श लिये ब्रजभाषा को मिलाकर ऐसा फेंट दिया है कि इनके अलग होने का एहसास नहीं होता। अमानत ने ग़ज़लें मुरवज्जा ज़बान (प्रचलित भाषा) में कही हैं और राग-रागिनी व लोकगीतों में लोकभाषा का व्यवहार किया है। उर्दू की एक रचना में इस भाषा का

समावेश एक महत्त्वपूर्ण सांस्कृतिक सन्देश देता है। बात सिर्फ़ शब्द-सम्पदा की नहीं है, इस भाषा में हिन्दू धर्म व संस्कृति के सन्दर्भ समाहित हैं। अवाम इन सन्दर्भों को धर्म के बाह्य रूप से जोड़कर नहीं देखते थे। 'इन्दरसभा' के ये अंश नज़ीर अकबराबादी की याद दिलाते हैं। एक उर्दू रचना में यह भाषा-व्यवहार कितना सुखद और विस्मयकारी लगता है:

पा लागौं कर जोरी, श्याम मोसे खेलो न होरी
गौवें चरावन मैं निकसी हूँ सास ननद की चोरी
सगरी चुनर रंग में भिजोओ, इतनी सुनो बात मोरी
श्याम मोसे खेलो न होरी.....

'इन्दरसभा' में नाटक के फ़ॉर्म का कठोरता से निर्वाह नहीं किया गया है। यह नाटक के फ़ॉर्म में शाइरी का आनन्द देता है। इसे आधुनिक अर्थों में काव्यनाटक तो नहीं कह सकते, लेकिन इसमें नाटक की बुनियाद पूरी तरह शाइरी पर ही टिकी हुई है। इसमें शे'र तो हैं ही, बीच-बीच में चौबोले और छन्द भी दिये गये हैं। दरअस्ल वाचिक परम्परा में विद्यमान लोकनाट्य रूपों में इस काव्यमय संवाद-शैली का व्यवहार किया जाता था। इस शैली को अपनाते हुए ही उर्दू में नाटक की शुरूआत हुई। साहित्यिक विधा के रूप में नाटक की पहचान बाद में हुई, लेकिन इसे पहले से खेला जाता रहा है। अनीस आज़मी ने ठीक कहा है, "हिन्दुस्तान में ड्रामे की रिवायत सदा रही है। यहाँ लोकगीत, लोकसंगीत, लोकनाटक के साथ-साथ रामलीला और कृष्णलीला की रिवायत भी बहुत पुरानी है। पुराने ज़माने से रामलीला व कृष्णलीला और इसके बहाने से नाटक होता रहा है।"[11] अतएव हमारा यह अनुमान ग़लत नहीं होगा कि 'इन्दरसभा' के रचनाकार ने लोक में विद्यमान इस नाट्य-परम्परा से ज़रूर लाभ उठाया होगा।

'इन्दरसभा' के सन्दर्भ में उर्दू विद्वानों के बीच गद्य और शाइरी की भाषा का विवाद भी चलता रहा है। प्रो. सैयद मसऊद हसन रिज़्वी 'अदीब' ने अपने द्वारा सम्पादित 'इन्दरसभा' की भूमिका में दिल्ली के लाला कँवर सेन के इस कथन पर आपत्ति जतायी है कि 'इस नाटक में नस्र (गद्य) की एक सतर (पंक्ति) भी नहीं है।' लाला जी के इस कथन पर आपत्ति का कोई औचित्य नज़र नहीं आता। प्रो. रिज़्वी का कहना है कि 'नस्र बहुत कम है, लेकिन है।' दरअस्ल मंच-निर्देश गद्य की पंक्तियों में ही दिये गये हैं उदाहरण के लिए:

"मिलना गुलफ़ाम का सब्ज़ परी को और गुफ़्तो-शुनीद हाले-अय्याम फ़िराक़ की आपस में"

और,

"चौबोला अपने हस्बे हाल ज़बानी राजा इन्दर की"

लेकिन गद्य और कविता का निर्णय संवादों के आधार पर ही किया जाना चाहिए। कहने की ज़रूरत नहीं कि संवाद कविता में ही अदा किये गये हैं।

'इन्दरसभा' की भाषा के बारे में इसके जर्मन अनुवादक Fredirich Rosen के निष्कर्ष बहुत रोचक हैं। रोज़न के अनुसार इन्दरसभा दो भाषाओं में लिखी गई है। एक शिक्षित सम्भ्रान्त पुरुषों की उर्दू में, दूसरे स्त्रियों की बोली में। दूसरी कोटि की भाषा की दो क़िस्में हैं—एक ठेठ ख़ालिस हिन्दी जो ब्रज की गोपियों की बोली है, दूसरी रेख़्ती या ज़नानी बोली जो शहर की सुसंस्कृत या अर्द्धसंस्कृत स्त्रियों की बोली।[12] अपने अनुवाद-कार्य के दौरान रोज़न ब्रजक्षेत्र के गाँव-गाँव घूमे थे। जर्मन-भाषी होने के कारण वे लोगों के परस्पर संभाषण से जितना समझ सके, उस आधार पर उन्होंने अपनी राय क़ायम कर ली। उन्होंने होली के रागों में व्यवहृत ब्रजभाषा को गोपियों की बोली कहा तो यह उचित ही है। यह अलबत्ता है कि नाटक के संवादों की भाषा में शिक्षित सम्भ्रान्त पुरुषों की उर्दू और औरतों की बोली जैसा अन्तर नहीं है।

'इन्दरसभा' को हिन्दी नाटक के रूप में व्यवस्था देने का श्रेय पंडित कृष्णबिहारी शुक्ल को जाता है। उन्होंने इस नाटक को 1896 ई. में नागरी लिपि में प्रकाशित कराया। पाँचवीं बार यह नाटक संवत् 1964 शके 1829 तदनुसार 1906 ई. में श्री वेंकटेश्वर स्टीम यंत्रालय, बम्बई से मुद्रित हुआ था। इसके मुखपृष्ठ पर 'बहारे परिस्तान इंद्रसभा' शीर्षक अंकित है, और पहले पृष्ठ पर दी गई जानकारी से मालूम होता है कि पंडित कृष्णबिहारी शुक्ल उन्नाम (वर्तमान उन्नाव) जनपद के बदरका ग्राम के निवासी थे।

नाटक में शुक्ल जी की मौलिक उद्भावनाएँ इस प्रकार हैं:

1. शुक्ल जी ने 'अंक पहला' और 'अंक दूसरा' उपशीर्षक दिये हैं जो कि अमानत में नहीं हैं।
2. शुक्ल जी ने संस्कृत नाटक की परम्परानुसार आरम्भ में मंगलाचरण और नांदी पाठ दिये हैं।
3. सूत्रधार, नट और नटी के संवाद भी शुक्ल जी की नवीन वृद्धि हैं। इनके बाद ही शुक्ल जी मूल नाटक पर आते हैं।
4. मंच व्यवस्था को लेकर अमानत ने जो निर्देश दिये हैं, शुक्ल जी ने उनका लिप्यन्तर न करके अनुवाद किया है। आरम्भ से एक उदाहरण ही पर्याप्त होगा:

अमानत :

"चौबोला अपने हस्बेहाल ज़बानी राजा इन्दर की"

कृष्णबिहारी शुक्ल :

"राजा इंद्र का रंग-भूमि में प्रवेश और अपनी वर्तमान दशा कहना।"

शुक्ल जी ने उपशीर्षकों के अलावा सम्पूर्ण पाठ को हूबहू लिप्यन्तरित कर दिया है। जो भी नवीन वृद्धि है, आरम्भ में है। नाटक का अन्त यथावत् है।

अमानत की प्रेरणास्वरूप हिन्दी और उर्दू में तैयार किये गये इसके तमाम पाठों का एक संक्षिप्त आलेख में अहाता कर पाना कठिन है। इन डेढ़ सौ से अधिक वर्षों में वाचिक परम्परा में विद्यमान इसके कई पाठ रहे होंगे जिन्हें लिपिबद्ध नहीं किया जा सका है। यह नाटक भारतीय नवजागरण के बिल्कुल आरम्भिक दौर की स्मृति को ताज़ा करता है। इसकी अद्वितीयता इस बात में है कि यह लम्बे समय से अवाम के बीच भिन्न रूपों और शैलियों में अपनी विद्यमानता को बनाये हुए हैं। रंग विशेषज्ञ महेश आनन्द ने इसे 'शाही स्टेज से अवामी स्टेज की ओर एक नई रंग-यात्रा' ठीक ही कहा है।

सन्दर्भ

1. उर्दू में 'इंद्र' शब्द का उच्चारण 'इन्दर' ही प्रचलित है।
2. भारतीय रंग कोश : सं. प्रतिभा अग्रवाल, राष्ट्रीय नाट्य विद्यालय, नई दिल्ली (2005 ई.) पृष्ठ 21
3. रामबाबू सक्सेना : 'तारीख़े-अदब उर्दू' 1931 ई., पृष्ठ 262
4. रामनारायण अग्रवाल : 'संगीत : एक लोक नाट्य परम्परा', 1976 ई., पृष्ठ 77
5. 'नटरंग' : अंक 91, जनवरी-मार्च 2012, सम्पादक अशोक वाजपेयी, रश्मि वाजपेयी (अतिथि सम्पादक पीयूष दईया) महेश आनन्द का लेख 'इन्दरसभा की भूमिका'
6. प्रो. गोपीचंद नारंग : 'बीसवीं सदी में उर्दू अदब' (सम्पादन), अनीस आज़मी का लेख, पृष्ठ 204 (उर्दू)
7. एहतिशाम हुसैन : 'उर्दू साहित्य का इतिहास', 1954 ई., पृष्ठ 197
8. एहतिशाम हुसैन : 'उर्दू साहित्य का इतिहास', प्रथम संस्करण, पृष्ठ 197
9. 'काफ़' एक पहाड़ का नाम है जो एशिया माइनर के उत्तर में है। एक लोकविश्वास के अनुसार यहाँ परियाँ आबाद थीं।
10. डॉ. क़मर आज़म हाशमी : 'उर्दू ड्रामा निगारी—तारीख़ो-तनक़ीद की रोशनी में', देखिए अमानत अली की 'इन्दरसभा' का प्रकरण। (1982 ई.)
11. प्रो. गोपीचंद नारंग : 'बीसवीं सदी में उर्दू अदब' (सम्पादन), अनीस आज़मी का लेख, पृष्ठ 207
12. प्रो. मसऊद हसन रिज़्वी : 'लखनऊ का अवामी स्टेज' (उर्दू) 1957 ई. पृष्ठ 102

—2014 ई.

फ़ैज़ : ख़ाकनशीनों का हमदर्द शाइर

'दिले बफ़रोख़्तम जाने ख़रीदम' अर्थात् दिल बेचता हूँ, जान ख़रीदता हूँ। फ़ैज़ अहमद फ़ैज़ (1911–1984) ने महान फ़ारसी कवि निज़ामी की इस उक्ति का स्मरण किया है। उनकी शाइरी में अभिनिवेश के बाद हम महसूस करेंगे कि वे दिल बेच कर जान ख़रीदने वाले कवि है। दिल बेच कर जान ख़रीदने से मुराद अपने हृदय में सम्पूर्ण मानवता को बसा लेने से है। एक शब्द में इसे आत्मविस्तार कह सकते हैं। यह सदिच्छा और इसे पूरा करने की दिशा में किये गए सृजनात्मक प्रयास फ़ैज़ को सच्चे अर्थों में जनकवि बनाते हैं। हिन्दी में उनकी पठनीयता को देखते हुए वे उतने ही हिन्दी दुनिया के अपने हैं। त्रिलोचन ने ग़ालिब के बारे में कहा था, ''ग़ालिब ग़ैर नहीं हैं, अपनों से अपने हैं'', यह बात फ़ैज़ को लेकर भी सच है।

प्रगतिशील साहित्यान्दोलन की दाग़–बेल डालने में सज्जाद ज़हीर के साथ फ़ैज़ ने महत्त्वपूर्ण भूमिका निभायी। सन 1935 में सज्जाद ज़हीर ने फ़ैज़ की कवि–प्रतिभा और संगठन–क्षमता को पहचाना। फ़ैज़ के पास शुरूआत से ही उर्दू शाइरी की महान परम्परा से रिश्ता रखते हुए अपने समय को देखने–समझने की अन्तर्दृष्टि थी। प्रगतिशील साहित्यान्दोलन के परवान चढ़ने के साथ–साथ उनकी दृष्टि को वैचारिक परिप्रेक्ष्य मिलता जाता है। यह सच है कि प्रगतिशील साहित्यान्दोलन की पृष्ठभूमि में जाये बग़ैर फ़ैज़ को समझना मुश्किल है, लेकिन यह भी उतना ही सच है कि इस आन्दोलन की परिधि में बँधकर फ़ैज़ की पढ़त उनकी कविता के बहुत–से आशयों को सामने आने से रोकती है। फ़ैज़–काव्य के आस्वादन में आनेवाली यह समस्या तब और बढ़ जाती है जब प्रगतिशीलता को एक जड़ मूल्य मान लिया जाता है।

फ़ैज़ ने जिन दिनों शाइरी की शुरूआत की वह उथल–पुथल से भरा और हंगामाख़ेज़ दौर था। उर्दू साहित्य में इक़बाल की स्वीकार्यता और लोकप्रियता चरम पर थी। हसरत मोहानी, हफ़ीज़ जालंधरी, अख़्तर शीरानी, और फ़िराक़ गोरखपुरी शाइरी में एक नये प्रस्थान की आधार–भूमि तैयार कर चुके थे। इसके अलावा उनके समकालीनों की आवाज़ें अदब में शामिल हो चुकी थीं। वहीं फ़ैज़ ने एक अलग आहंग, एक अगल स्वर की सृष्टि की जिसमें क्लासिकी शाइरी के औदात्य और प्रगतिशील धारा की

प्रयोजनीयता दोनों का सामंजस्य था। फ़ैज़ ने अपने युवा समकालीन शाइर इफ़्तिख़ार आरिफ़ के संग्रह की भूमिका में कहा है 'कि किसी कवि के रचनात्मक वैशिष्ट्य की पहचान इस बिना पर होती है कि उसने शे'र के लय एवं स्वरविधान, डिक्शन, मुहावरे, काव्य-विषय और संवेदना में कोई ऐसी बात पैदा की है या नहीं जो उसके समकालीनों को प्रभावित और उत्प्रेरित कर सके।' निस्सन्देह फ़ैज़ की शाइरी में यह ख़ूबी विद्यमान है। उनकी वैचारिक अनुशासन से युक्त सौन्दर्य-चेतना अलग से हमारा ध्यान खींचती है। फ़िराक़ के धीमे लहजे, जोश की ओजस्विता, सरदार जाफ़री की घन-गरज, कैफ़ी आज़मी की मुखर प्रतिबद्धता, मजाज़ की विकल वेदना, मजरूह सुलतानपुरी की रागात्मक अभिव्यक्ति और फ़ैज़ की वैचारिक अनुशासन से युक्त सौन्दर्य-चेतना को मिला कर प्रगतिशील शाइरी का परिदृश्य बनता है।

आज जब हम फ़ैज़ की शाइरी को पढ़ते हैं तो वह हमें विश्व-शान्ति, मानव-मैत्री, सामाजिक न्याय के संघर्ष की अनवरत प्रक्रिया और प्रतिरोध का एक प्रतीक लगती है। घोर निराशा के इस दौर में फ़ैज़ की शाइरी अँधेरे और आँधियों की ज़द में जलते हुए उम्मीद के दीये की तरह प्रतीत होती है। ऐसा नहीं है कि फ़ैज़ के यहाँ नाउम्मीदी न हो, लेकिन इस नाउम्मींदी के अँधेरे के बीच कहीं उजाले की किरण ज़रूर छुपी हुई है। फ़ैज़ का कवि-कर्म उसी किरण की तलाश और जुस्तजू का पर्याय है, वे आश्वस्त हैं कि—

रौशन कहीं बहार के इमकाँ हुए तो हैं
गुलशन में चाक चंद गरेबाँ हुए तो हैं

अर्थात् वसन्त की सम्भावनाएँ कहीं-न-कहीं दीप्त ज़रूर हैं। मुराद यह है कि वर्तमान में मानवता युद्धोन्माद की जिस अँधेरी सुरंग के भीतर से गुज़र रही है और पूँजी के वर्चस्व की काली रात जितनी लम्बी होती जा रही है, उसमें फ़ैज़ की शाइरी हमारे इस विश्वास को सुदृढ़ बनाती है कि रात के बाद रात कभी नहीं आती।

आशा और निराशा का द्वंद्व फ़ैज़ में जा ब जा दिखाई देता है। पहले ज़िन्दगी उन्हें मुफ़लिस की क़बा लगती है जिसमें हर घड़ी दर्द के पैवंद लगे जाते हैं। निराशा का यह भाव क्षणस्थायी होता है और एक दुर्धर्ष आशावाद उनके भीतर जागता है:

लेकिन अब ज़ुल्म की मीयाद दिन के थोड़े हैं
इक ज़रा सब्र कि फ़रियाद के दिन थोड़े हैं

'नक़्शे-फरियादी', 'दस्ते-सबा', 'दस्ते-तहे संग' और 'ज़िन्दाँनामा' फ़ैज़ के प्रमुख संग्रह हैं। इन संग्रहों से गुज़रने के बाद आपको लगेगा कि फ़ैज़ के कवि-व्यक्तित्व में रूमान की गहरी आमेज़िश है। वे जीवन के निहायत आत्मीय क्षणों, निजी संवेगों और प्रेम की सुख-दुख भरी स्मृतियों की भावभूमि पर खड़े होकर अपने समय

के बड़े सवालों से टकराते हैं। प्राय: उनकी बेहतरीन रचनाओं की उठान रूमान से शुरू होती है और एक सकारात्मक सामाजिक बदलाव को लक्षित करने वाले मोड़ पर जाकर ख़त्म होती है। वस्तुत: फ़ैज़ की प्रगतिशीलता उनकी निजता के स्पर्श के कारण ज़्यादा अपील करती है। उनके दो मशहूर शे'र देखिए—

गुलों में रंग भरे, बादे-नो बहार चले
चले भी आओ कि गुलशन का कारोबार चले

और,

रंग पैराहन का, ख़ुशबू ज़ुल्फ़ लहराने का नाम
मौसमे-गुल है तुम्हारे बाम पर आने का नाम

पहले शे'र में प्रिय का आह्वान है। फिर यदि आगमन सम्भव हो जाये तो इसके पश्चात् जीवन में पेश आने वाले संभावित बदलावों का ज़िक्र है। खींचतान करके इसे क्रान्ति के बाद आने वाला बदलाव कहा जाए तो यह पाठकीय सहृदयता न होकर कुचेष्टा होगी। इसी तरह दूसरे शे'र के अर्थ रागात्मक सम्बन्धों की रौशनी में ही खुलते हैं। प्रिय का दीदार वसन्त के आगमन के समान है। वसन्त की पहचान रंगों और ख़ुशबुओं से होती है। प्रिय के पैराहन (परिधान) और ज़ुल्फ़ें क्रमश: रंग और ख़ुशबू के दूसरे नाम हैं। यह सब सीधा और सामने का अर्थ है। यह सादृश्यविधान फ़ैज़ की सौन्दर्य-चेतना का परिचायक है। इसके व्याज से कवि जो है उससे बेहतर की कामना करता दिखाई देता है। फ़ैज़ की सिफ़त यही है कि उनके यहाँ आत्मगत बदलाव का रास्ता एक व्यापक सामाजिक बदलाव की ओर जाता है।

फ़ैज़ के यहाँ ग़मे-जानाँ एक निषेध की तरह नहीं है। यह अलबत्ता है कि वे ग़मे-जानाँ पर ग़मे-दौराँ को तरजीह देते हैं। कहने की ज़रूरत नहीं कि एक बड़े रचनाकार के भाव-लोक में संवेदनाओं के पृथक् कोष्ठ या ख़ाने नहीं होते। वहाँ संवेदनाओं से लबालब जीवन होता है जिसमें बहुत-से लोग शरीक होते हैं। ग़रज़ यह कि फ़ैज़ के यहाँ प्रेमी की कल्पना एक अहम्केन्द्रित व्यक्तिवादी कवि की नहीं है। प्रेम उन्हें सामाजिक दायित्व से विमुख नहीं करता बल्कि उनके हृदय को सामाजिक यथार्थ के भयावह रूपों से तदात्म होने की क्षमता प्रदान करता है। और फ़ैज़ का प्रेमी यह कह उठता है—

और भी दुख हैं ज़माने में मुहब्बत के सिवा
राहतें और भी हैं वस्ल की राहत के सिवा
मुझसे पहली-सी मुहब्बत मिरी महबूब न माँग

फ़ैज़ ने अपनी एक नज़्म में अपने काव्य-विषयों की ओर स्पष्ट संकेत किया है। नज़्म का शीर्षक 'मौज़ूए-सुख़न' (काव्य-विषय) ही है। परस्पर विरोधी भावों की

ऐसी सघन बुनावट प्राय: कम देखने को मिलती है। इस नज़्म में उनका निजी वक्तव्य भी हमारी इसी धारणा को पुष्ट करता है कि फ़ैज़ एक ओर रूमानी शाइरी की प्रणाली से बाहर जाकर रूमान की बात करते हैं, वहीं दूसरी ओर प्रगतिशीलता के रूढ़ साँचे से बाहर जाकर ख़ाली हाथ वालों की हिमायत में बोलते हैं। नज़्म के एक शे'र में वे ज़ुल्फ़ की मौहूम घनी छाँव, रंगे-रुख़सार और हाथ पर रची मेहंदी को अपने शे'रों की दुनिया कहते हैं। उसी समय उनका ध्यान इन सवालों की ओर बरबस चला जाता है—

इन दमकते हुए शहरों की .फ़राबाँ मख़्लूक़
क्यों .फ़क़त मरने की हसरत में जिया करती है?
ये हसीं खेत, फटा पड़ता है जोबन जिनका
किसलिए इनमें .फ़क़त भूख उगा करती है?

इस तरह फ़ैज़ के यहाँ विचारधारा का मुआमला बहुत जटिल हो जाता है। उनकी कविता हमसे एक मानसिक धैर्य और स्थैर्य की माँग करती है।

राजनीतिक कविताओं में कविता को बचा पाना किसी भी कवि के लिए एक मुश्किल काम है। फ़ैज़ की राजनीतिक कविताओं में उनकी सृजनात्मकता का स्तर अपनी जगह क़ायम रहता है। उनकी कुछ पूरी नज़्में राजनीतिक है और कुछ ग़ज़लों के किसी-किसी शे'र में राजनीतिक स्वर सुनायी देता है। इन रचनाओं की नौईयत दो तरह की है। पहले प्रकार की रचनाएँ वे हैं जो जनांदोलनों और उनके जेल-जीवन से सम्बन्धित हैं। 'सियासी लीडर के नाम', 'ज़िन्दाँ की एक शाम', 'ज़िन्दाँ की एक सुबह', 'शोरिशे ज़ंजीर बिस्मिल्लाह', 'सुबहे आज़ादी' और 'लौहो-क़लम' आदि इसी कोटि की नज़्में हैं। दूसरे प्रकार की रचनाएँ वे हैं जो प्रेम कविता के आवरण में राजनीतिक सन्देश देती हैं। फ़ैज़-काव्य का अधिकांश हिस्सा इन रचनाओं से भरा हुआ है। और मुख्यत: उन्हीं से फ़ैज़ के ख़ास अन्दाज़े बयाँ की शिनाख़्त होती है।

फ़ैज़ मूलत: अतिभाषी कवि नहीं हैं। पर हमें यह नहीं भूलना चाहिए कि वे एक संगठनकर्ता भी थे। लिहाज़ा मज़दूर-किसान आन्दोलनों के प्रभाव में उन्होंने उद्‌बोधनपरक शाइरी भी की है। यहाँ भी उनका मौलिक लहजा नुमायाँ तौर पर देखा जा सकता है। प्रगतिशील आन्दोलन के पहले उभार के दौरान हिन्दी-उर्दू के प्राय: सभी कवियों ने आन्दोलनधर्मी रचनाएँ लिखी हैं। निश्चय ही इस क़िस्म की रचनाएँ अपने समय की माँग होती हैं, और भविष्य में भी विशेष अवसरों पर इन रचनाओं की उपयोगिता बराबर बनी रहती है। दीर्घकालिक प्रभाव की दृष्टि से भले ही ये रचनाएँ अपेक्षाकृत कम महत्त्व की प्रतीत हों, लेकिन इनके बग़ैर पूरे फ़ैज़ हमारे सामने नहीं आ पाते। 'बोल, कि लब आज़ाद हैं तेरे/बोल, ज़बाँ अब तक तेरी है' नज़्म के बग़ैर फ़ैज़ की पूरी छवि नहीं बनती। एक हिदायतनुमा बयान होने के बावजूद उनकी इस ग़ज़ल को हम कैसे भुला

सकते हैं जिसमें वे ख़ाकनशीनों का आह्वान करते हैं :

ऐ ख़ाकनशीनो[1] उठ बैठो वो वक़्त क़रीब आ पहुँचा है
जब तख़्त गिराये जायेंगे, जब ताज उछाले जायेंगे

किसी रचनाकार के जीवन-क्रम को सामने रख कर उसके रचनात्मक विकास को सीधे-सीधे नहीं समझा जा सकता। वैसे भी जीवन का अविकल अनुवाद तो कविता है ही नहीं, वह एक प्रलेख हो सकता है। यह बात अपनी जगह बरहक़ है। लेकिन किसी रचनाकार विशेष के सन्दर्भ में उसके आत्मकथात्मक सन्दर्भ बहुत महत्त्वपूर्ण हो उठते हैं और उसके मानस के निर्माण में उनका बड़ा हाथ होता है। फ़ैज़ के जीवन पर दृष्टिपात करने से हमें मालूम होगा कि चौथे दशक की शुरूआत के साथ फ़ासीवाद के ख़िलाफ़ विश्वव्यापी संघर्ष में उन्होंने हिस्सा लिया। पाकिस्तान बनने के बाद एक कवि, पत्रकार और ट्रेड यूनियनिस्ट के रूप में अभिव्यक्ति की आज़ादी की लड़ाई लड़ी। मार्शल लॉ का सामना करना पड़ा। हुकूमत का तख़्ता पलटने की साज़िश और फ़ौज में विद्रोह फैलाने के आरोप में अनेक बार जेल गये। फिर जलावतन हुए। फ़ैज़ ने इस कैफ़ीयत को इन शब्दों में व्यक्त किया : ''निसार मैं तेरी गलियों पे ऐ वतन कि जहाँ/चली है रस्म कि कोई न सर उठा के चले...''

संक्षेप में कहें तो फ़ैज़ संवेदना और भाषा-शिल्प की विविधता के शाइर हैं। उनकी रचनाएँ प्रगतिशील शाइरी के प्राय: सभी रंगों और छायाओं की नुमाइंदगी करती हैं।

—2010 ई.

1. दीन-दुखी लोगो

अली सरदार जाफ़री : गुफ़्तगू बन्द न हो

अली सरदार जाफ़री (1913–2000 ई.) के नाम के साथ पिछले साठ सालों में उर्दू अदब के विकास की अनेक मंज़िलें रौशन हो जाती हैं। उर्दू की सर्जनात्मकता में जहाँ कोई ज़ेहनी मोड़ आये हैं वहाँ हम उनकी सक्रिय उपस्थिति महसूस करते हैं। साहित्यिक बहसों की संस्कृति को रिवाज देने में उनकी उल्लेखनीय भूमिका रही है। ख़ासतौर पर प्रगतिशील आन्दोलन के उर्दू हिस्से को सरदार से सहमति या असहमति के बग़ैर नहीं समझा जा सकता। उनका रचना-समय 1935-36 ई. से बीसवीं सदी के अन्तिम दशक तक फैला हुआ है। उन्होंने कहानी से शुरूआत करके कविता, नाटक, संस्मरण और समालोचना आदि विधाओं में अपने सृजन के प्रतिमान क़ायम किये। उन्होंने लखनऊ में 1942 ई. तक 'नया अदब' और फिर बम्बई में 'नया ज़माना' और 'गुफ़्तगू' पत्रिकाओं का सम्पादन किया। वे रचनाकार, समालोचक और सम्पादक के साथ-साथ एक उद्धत संगठनकर्ता भी रहे हैं।

सरदार जाफ़री के इस पहलूदार व्यक्तित्व पर बात करने का अर्थ है कि हम तरक़्क़ीपसन्द अदब की आधी सदी पर बात कर रहे हैं। इस आधी सदी में विभिन्न साहित्यिक सरणियों में रचनारत उनके अनेक समकालीन भी शामिल हैं। अपने वैचारिक मताग्रह के चलते हम किसी बड़े लेखक की एक छवि बना लेते हैं और रूढ़ होते-होते वह छवि एक मूर्ति में बदल जाती है। हम इसकी क़तई परवा नहीं करते कि हमारे द्वारा निर्मित छवि से बाहर उस लेखक के व्यक्तित्व के कितने-कितने पहलू छूट गये हैं। अपने रचनाकार पर हमारा अधिकार जताना वाजिब है, लेकिन उसकी रचनाओं के हमारे द्वारा बनाये पाठ पर अन्तिम मुहर लगा देना ग़ैर वाजिब है। सरदार जाफ़री के कृतित्व को इसी परिप्रेक्ष्य में देखा जाना चाहिए।

अक्सर यह देखा गया है कि सरदार जाफ़री के व्यक्तित्व का प्रगतिशील लेखक संघ और कम्युनिस्ट पार्टी के कार्यकर्ता वाला पहलू चर्चा के केन्द्र में ज़्यादा रहा है (गो बाद में जाकर उनकी राजनीतिक सम्बद्धता में विचलन आया है)। एक दौर विशेष में उनका यह पहलू इतना सशक्त और हंगामी रहा है कि उनके कार्यकर्ता और कलाकार को एक-दूसरे में गड्डमड्ड कर दिया जाता है। उनकी गतिविधियों को ही उनकी

कला का मीज़ान बना दिया जाता है; यह अलबत्ता है कि एक दौर में वे लेखन को संगठन का ही काम तस्लीम करते थे। सज्जाद ज़हीर ने रौशनाई में उनका दिलचस्प ख़ाका खींचा है और उन्हें तरक़्क़ीपसन्द तहरीक की 'शमशीर-ए-बेनियाम' के रूप में याद किया है। इस उपाधि से सरदार की मनोरचना का आभास हो जाता है। सज्जाद ज़हीर लिखते हैं, '...दोस्तों में भी कमज़ोरी या पथभ्रष्टता या विरोधी और दुश्मनों से मेल-जोल और उनसे ज़रा भी समझौता करने के रुज्हान को वे बर्दाश्त नहीं कर सकते। ऐसे मौक़ों पर दोस्ती भी सरदार को सख़्तगीरी और सख़्तकलामी से नहीं रोक सकती।' संगठन सम्बन्धी उल्लेखों से पता चलता है कि सज्जाद ज़हीर की तुलना में सरदार जाफ़री सख़्त लाइन को पसन्द करते थे। सआदत हसन मंटो और शाइर मीराजी संगठन के सदस्य नहीं थे, शायद इसीलिए उनके बारे में सरदार जाफ़री की राय अनुकूल नहीं थी। अपनी किताब 'तरक़्क़ीपसन्द तहरीक की निस्फ़ सदी' (1986 ई.) में उन्होंने फ़ैज़ के एक कथन को उद्धृत किया है जिसमें आता है कि संगठन में वैचारिक अतिवाद के हावी हो जाने के कारण मंटो, इस्मत चुग़ताई और क़ुर्रतुलऐन हैदर को दायरे से ख़ारिज कर दिया गया। इस पर इस्मत की बाबत सरदार ने सफ़ाई दी है कि हिन्दुस्तान में ऐसा नहीं हुआ, लेकिन मंटो और क़ुर्रतुलऐन हैदर के बारे में वे मौन रहे हैं। आगे इन बुहरानी हालात पर अपनी टिप्पणी देते हुए वे कहते हैं, 'तहरीक की इंतिहापसन्दी से तहरीक और तंज़ीम को जो भी नुक़सान पहुँचा हो, लेकिन इस हक़ीक़त से इनकार नहीं किया जा सकता कि इन सारे तल्ख़ हालात के बावजूद जो अदीब और शाइर तहरीक के साथ रहे उन्होंने बेहतर और बुलन्दतर रचनाएँ पेश कीं।' इस कथन से यह साफ़ ज़ाहिर होता है कि उन्होंने इसे सिर्फ़ संगठन का नुक़सान माना है, साहित्य का नहीं। उल्टे उन्होंने यह गिनाया है कि इंतिहापसन्दी के दौरान कई शाहकार रचनाएँ सामने आयीं। शिवदान सिंह चौहान के निबन्ध 'मानव आत्मा के शिल्पियों से' (1951 ई.) से पता चलता है कि उस दौर में हिन्दी में भी कमोबेश ऐसे ही हालात थे।

एक शाइर के रूप में सरदार जाफरी की रचना-यात्रा 'परवाज़' (1944 ई.) से शुरू होती है जिसकी भूमिका प्रतिष्ठित समालोचक मजनूँ गोरखपुरी ने लिखी थी। इस इब्तिदाई कलाम में क्रान्ति और रूमान के मिले-जुले स्वर शामिल हैं। फिर यके बाद दीगरे 'नई दुनिया को सलाम' (1948 ई.), 'ख़ून की लकीर' (1949 ई.), 'एशिया ज़ाग उठा' (1951 ई.), 'पत्थर की दीवार' (1953 ई.), 'एक ख़्वाब और', 'पैराहन-ए-शरर' (1965 ई.) और 'लहू पुकारता है' संग्रह आते हैं। इन तमाम संग्रहों पर दृष्टिपात करते हुए लगता है कि वे हाली, इक़बाल और जोश मलीहाबादी के स्वरों की महाप्राणता और उदात्तता से प्रभावित होते हुए अपना निजी लहजा सतत रूप से विकसित करते गये हैं। हमारे मन पर उनकी रचनाशीलता का पहला प्रभाव यह पड़ता है कि वे मुख्यत: तात्कालिकता के कवि हैं। तात्कालिकता का दूरगामी परिप्रेक्ष्य न हो

तो वह स्थितिबद्धता में तब्दील हो जाती है। उनके यहाँ कुछ ऐसा ही हुआ है। ऐसा शायद इसलिए हुआ है कि वे अपने कवि-कर्म में विचारधारा को सख़्ती के साथ अमल में लाते हैं। प्राय: यथार्थ का एक स्थूल रूप ही उनके यहाँ ज़्यादा प्रभावी रहा है। गर्जन और कोलाहल ने कहीं-कहीं संवेदना को आच्छादित कर लिया है। मसलन उनकी रचनाओं में निम्नोद्धृत प्रकार की पंक्तियाँ अनेकश: मिल जाएँगी:

'कि ज़ंजीरों की झनकारों का नग़मा बढ़ता जाता है'

— 'पस-ए-दीवार-ज़िन्दाँ' नज़्म

'कोई नग़मा ही नहीं शोर-ए-सलासिल के सिवा'

— 'एक ग़ज़ल'

'आई ज़ंजीर के हल्क़ों की सदा बिस्मिल्लाह'

— 'एक ग़ज़ल'

एकबारगी लगता है कि सरदार सामाजिक यथार्थ को ज़ंजीरों के शोर में घटाकर देखने का आग्रह रखते हैं और इस शोर से बाहर छूटे हुए यथार्थ के रूप उनके यहाँ केन्द्रीयता नहीं पा सके हैं। वे रचना की प्रयोजनीयता के न सिर्फ़ हामी हैं बल्कि उसे क्रान्ति के नारों का अनुवाद बना देने में भी संकोच नहीं करते। उनके एक संग्रह का नाम है 'पैराहन-ए-शरर'। इसकी भूमिका में आनन्द नारायण मुल्ला ने सरदार जाफ़री की प्रगल्भता की ओर इशारा किया है, और कहा है कि 'सरदार के दिल में जो शहरी है, वह शाइर के हाथ से क़लम छीनकर तलवार हाथ में न उठा ले...।' आगे कहा है कि 'इस पैराहन-ए-शरर के नीचे एक पैराहन-ए-शबनम भी है।' उनकी शाइरी के प्रभावी रुख़ के सन्दर्भ में कहा जा सकता है कि हमारे मन पर शरर का असर ज़्यादा होता है, शबनम का कम। इसका अन्दाज़ा हम उनकी 'रूमान से इन्क़िलाब तक' (1949 ई.) नज़्म की इन पंक्तियों से लगा सकते हैं—

साथियों! अब मेरी उँगलियाँ थक चुकी हैं
और मेरे होंठ दुखने लगे हैं
आज मैं बेजान गीतों से शरमा रहा हूँ
मेरे हाथों से मेरा क़लम छीन लो
और मुझे एक बन्दूक़ दे दो
ताकि मैं अपने नग़मों में फ़ौलाद-ओ-बारूद का ज़ोर भर दूँ

इस तरह हंगामा-आराई सरदार जाफ़री की शाइरी का रंग बन जाता है और वे इसी रंग से पहचाने जाने लगते हैं। वे परोक्षता (आब्लीकनेस) और मितकथन के बजाय पॉलिटिकल ओवरटोन और प्रत्यक्ष कथन को ज़्यादा तरजीह देने लगते हैं। प्राय: आन्दोलनधर्मी रचनाओं में इस लहजे की व्याप्ति ज़्यादा है। कमोबेश यह आन्दोलनधर्मिता

उस दौर के सभी तरक़्क़ीपसन्दों में मिलती है। फिर भी इस लिहाज़ से उनके सबसे क़रीब कैफ़ी आज़मी पड़ते हैं। सरदार और कैफ़ी ने हंगामी शाइरी को पॉपुलराइज़ किया। सरदार ने अपने आलोचनात्मक लेखों में इसकी हिमायत भी की है। 'तरक़्क़ी पसन्द तहरीक की निस्फ़ सदी' में कहते हैं, 'दूसरी क़िस्म उस हंगामी अदब की है जो किसी अहम तारीख़ी लम्हे की उपज है और उस लम्हे के साथ अतीत की चीज़ बन गया। इस पर शर्मिन्दा होने की ज़रूरत नहीं है। बड़े से बड़े अदीब और शाइर की रचनाओं का बहुत-सा हिस्सा अतीत के अँधेरों में डूब जाता है।'

उनकी शैली में वर्णनात्मकता (बयानिया) का बड़ा दख़्ल है। उनके समग्र में से बेहतरीन नज़्मों का चुनाव करेंगे तो उनमें आन्दोलनधर्मिता, अतिकथन और वर्णनात्मकता के तत्त्व बदस्तूर मिलेंगे; 'मेरा सफ़र' और 'एक ख़्वाब और' जैसी एक-दो नज़्में इसके अपवाद हैं।

सरदार जाफ़री की शाइरी का अल्पव्यक्त ही सही एक रुख़ वह भी है जहाँ वे ख़ुद को फ़ौरी हंगामियत से बचा पाते हैं। अपने परिप्रेक्ष्य की हिफ़ाज़त करते हुए यथार्थ को आत्मिक संस्पर्श के साथ व्यक्त करते हैं। यहाँ फ़ॉर्मूले की जगह बौद्धिक प्रखरता ने ले ली है। दृष्टि और कला के संयम के ऐसे नमूने उनकी नज़्मों के कुछ अंशों और ग़ज़लों के बाज़ शे'रों में मिल जाएँगे। इनमें कवि का प्रयोजन भाषा के कलात्मक रचाव के बीच से खुलता है और इसकी अपील सार्वजनीन होती है। मसलन यह शे'र देखिए—

काम अब कोई न आएगा बस इक दिल के सिवा
रास्ते बन्द हैं सब कूचा-ए-क़ातिल के सिवा

यह मानव-नियति को उसकी तमाम जटिलताओं के साथ रूपायित करने वाला एक बुलन्द पाए का शे'र है। इसके निहितार्थ बहुत व्यापक हैं। अनेक आयामों पर जाकर इस शे'र के पाठ बनाये जा सकते हैं। यह शे'र सन 1960 के आसपास कहा बताया गया है। इसका प्रेरक सन्दर्भ जो भी हो लेकिन यह शे'र उस सन्दर्भ से मुक्त होकर दूर तक जाता है और आज की मानवता के सामने उपस्थित संकट की निशानदेही करने लगता है। यहाँ शाइर के बोध में सामयिकता और शाश्वत का अद्भुत सामंजस्य दिखाई देता है। अगर सरदार जाफ़री की कवि-प्रतिभा का यह पक्ष उनकी रचनाओं में और ज़्यादा नुमायाँ हुआ होता तो उर्दू की प्रगतिशील शाइरी की तस्वीर यक़ीनन कुछ और होती।

उर्दू शाइरी में आज़ाद नज़्म को स्वीकार्य बनाने में सरदार जाफ़री का अद्वितीय योगदान रहा। उनसे कुछ पहले नून मीम राशिद और मीराजी की शाइरी में पारम्परिक बहरों के अनुशासन से मुक्त होने की चेष्टा मिलती है। स्वयं सरदार जाफ़री उर्दू में

आज़ाद नज़्म के चलन का श्रेय नून मीम राशिद को देते हैं (लखनऊ की पाँच रातें)। मीराजी ने मनोविश्लेषणवाद के आधार पर क्षणिक मनोदशाओं की अभिव्यक्ति के लिए आज़ाद नज़्म के फ़ॉर्म को अपनाया। सरदार ने आज़ाद नज़्म को सामाजिक अन्तर्वस्तु से सम्पन्न किया। उन्होंने क्लासिकी फ़ॉर्म में नए प्रयोग करते हुए आज़ाद नज़्म को युगीन यथार्थ के अनुरूप संस्कारित किया। 'एशिया जाग उठा', 'अवध की ख़ाक-ए-हसीं' और 'पत्थर की दीवार' जैसी नज़्मों में फ़ॉर्म के सार्थक प्रयोग देखे जा सकते हैं। पाँचवें-छठे दशक के दौरान मुशाइरों में जहाँ जिगर की शीरीं आवाज़ का जादू छाया हुआ था, वहाँ नज़्म को तहतुल्लफ़्ज़ (बग़ैर गाए पढ़ना) में पेश करने का प्रयोग सरदार जाफ़री ने किया और श्रोताओं का ज़ेहन बदलने में वे कामयाब रहे।

सरदार जाफ़री की 'नई दुनिया को सलाम', 'मेरा सफ़र' और 'एशिया जाग उठा' नज़्में उर्दू शाइरी में शाहकार की हैसियत रखती हैं। 'नई दुनिया को सलाम' 1948 ई. में लिखी गई। 'रौशनाई' से मालूम होता है कि इस नज़्म के लिखे जाने के कुछ समय बाद ही सरदार ने इसके कुछ बन्द इलाहाबाद के एक कवि-सम्मेलन में सुनाए जिसमें सुमित्रानन्दन पंत, निराला, नरेन्द्र शर्मा और शिवमंगल सिंह 'सुमन' मौजूद थे। नज़्म की ख़ासी प्रशंसा हुई। यह एक रूपक कथा है जिसे नज़्म के फ़ॉर्म में बुना गया है। दूसरे विश्वयुद्ध के बाद एक नई दुनिया के जन्म लेने की सम्भावना में इस रचना के बीज छुपे हुए हैं। यहाँ मरियम और जावेद के चरित्र अपने दौर के जन सामान्य को प्रतीकित करते हैं। इसका केन्द्रीय चरित्र वह बच्चा है जो अभी मरियम की कोख में पल रहा है। यह बच्चा एक रूपक चरित्र है जो नई दुनिया का प्रतीक बनकर उभरता है। इस रचना में एक प्रेम कविता की रागात्मकता और एक संघर्षधर्मी रचना के ताप की सहविद्यमानता है। यहाँ लगता है कि 'मौत की छाँव में ज़िन्दगी रक़्स फ़रमा रही है।' यों सरदार अपने राजनीतिक प्रयोजन के प्रति बहुत सचेत हैं लेकिन यह नज़्म भावों की तीव्रता के कारण मन को बाँधती है।

'मेरा सफ़र' में मृत्यु के बाद जीवन की कल्पना को केन्दीयता मिली है। मौलाना रूमी कह गए हैं, 'हमचू सब्ज़ा बारहा रोईदा ईम।' रूमी की यह उक्ति ही 'मेरा सफ़र' की प्रेरणा है। यह नज़्म मृत्यु पर दार्शनिक विमर्श के कारण महत्त्वपूर्ण नहीं है, जीवन के सातत्य की कामना इसे महत्त्वपूर्ण बनाती है। इस नज़्म के लहजे में नरमी है और इसमें यथार्थ-सापेक्ष कल्पना का उच्चतम रूप व्यक्त हो सका है। कवि मृत्यु के बाद उन्हीं चीज़ों में अपनी पुनर्विद्यमानता की कामना करता है जो जिजीविषा को शक्ति देती हैं। अपनी 'आँखों के दीए बुझ जाने' के बाद वह बच्चों के मुख से बोलना और चिड़ियों की ज़बान से गाना चाहता है।

'एशिया जाग उठा' (1951 ई.) में एक व्यापक फलक पर एशिया के सांस्कृतिक गौरव की झाँकियाँ पेश की गई हैं। शाइर ने इतिहास-बोध के साथ ऐसे सन्दर्भों को

उभारा है जो एशिया की सांस्कृतिक अस्मिता का निर्माण करते हैं। नज़्म में फ़िरदौसी, सादी, निज़ामी, ख़ैयाम, हाफ़िज़, वाल्मीकि, तुलसी, कबीर और सूर का स्मरण किया गया है। इसके साथ ही शाइर हल सँभाले हुए किसानों, कुम्हार, लुहार, चाक, बर्तन, दूध में नहाई ग्वालिनों, हरी-भरी खेती में खनखनाती हुई चूड़ियों और ऐसी अनेक चीज़ों का उल्लेख करते हुए एक रेटॉरिक बुनता है। नज़्म की उठान बड़ी दिलकश है, लेकिन समापन में सरदार जाफ़री सन्देश देने का लोभ संवरण नहीं कर सके हैं।

'अवध की ख़ाक-ए-हँसी' नज़्म भी अपने जनपद के प्रति शाइर के रागात्मक जुड़ाव के कारण चन्द अच्छी रचनाओं में शुमार की जाती है। यह अतीत राग की मार्मिक अभिव्यक्ति है।

ये तमाम नज़्में अलग-अलग समय में लिखी गई हैं। इनसे यह नतीजा निकलता है कि शुरू में सरदार जाफ़री का विकास सीधी रेखा में होता है। बाद में इसमें अनेक आवर्त और घुमाव पैदा हो जाते हैं।

शाइरी के साथ सरदार जाफ़री आलोचना-कर्म में भी प्रवृत्त रहे। उन्हें शामिल करके ही उर्दू में प्रगतिशील आलोचना की समग्र तस्वीर बनती है। अख़्तर हुसैन रायपुरी पहले आलोचक हैं जिन्होंने 'अदब और ज़िन्दगी' (1935 ई.) निबन्ध के ज़रिए प्रगतिशील आलोचना की बुनियाद डाली। इसके बाद सरदार जाफ़री, डॉ. अलीम, ऐजाज़ हुसैन, सैयद मुमताज़ हुसैन और एहतिशाम हुसैन आदि के नाम आते हैं। इनमें सरदार जाफ़री का ऐतिहासिक योगदान यह है कि उर्दू के समकालीन साहित्य के साक्ष्य से उन्होंने प्रगतिशील आलोचना के सौन्दर्यमान निर्धारित किए। उनकी 'तरक़्क़ीपसन्द अदब' इस धारा की आलोचना की पहली व्यवस्थित किताब है। इस किताब की जितनी प्रशंसा हुई, उतनी ही इस पर आपत्तियाँ की गयीं। अपने वैचारिक अतिवाद के रहते उन्होंने इक़बाल, सआदत हसन मंटो और क़ुर्रतुलऐन हैदर के कृतित्व को सन्देह की दृष्टि से देखा। बाद में इक़बाल के प्रति उनके दृष्टिकोण में सकारात्मक बदलाव आया और 'इक़बाल शनासी' किताब लिखी गई। अन्यत्र भी उन्होंने 'आला मक़सद व वज़ाहत' (महान उद्देश्य और स्पष्टता) के प्रतिमानों के आधार पर फ़ैज़ की 'ये दाग़-दाग़ उजाला' नज़्म और मुईन अहसन जज़्बी की 'नया सूरज' नज़्म में ख़ामियाँ निकालीं। आमतौर पर सरदार जाफ़री अतिवादी प्रगतिशील लेखन के सिवा अन्य वैचारिक दिशाओं और रचना-शैलियों के लेखन को नापसन्द करते हैं।

सरदार जाफ़री ने 'फ़िराक़' की तरह हिन्दी और उर्दू को समीप लाने के लिए प्रयास किये। उन्होंने सातवें दशक के दौरान (दीवान-ए-मीर, दीवान-ए-ग़ालिब, कबीर बानी और प्रेमबानी (मीराबाई के पद) को देवनागरी और उर्दू लिपियों में हिन्दुस्तानी बुक ट्रस्ट, बम्बई की ओर से प्रकाशित कराया। इनके माध्यम से एक ओर उर्दू वालों ने कबीर और मीरा को जाना, वहीं हिन्दी पाठकों के लिए मीर और ग़ालिब

का इतना शुद्ध पाठ सुलभ हो सका। इन संग्रहों की भूमिकाएँ मौलिकता लिये हुए हैं। कबीर बानी की भूमिका को लेकर कुछ विद्वानों ने बुनियादी सवाल खड़े किये हैं। कबीर-सम्बन्धी अपने विश्लेषण में सरदार जाफ़री ने डॉ. ताराचंद की किताब 'इन्फ़्लुएंस ऑफ़ इस्लाम ऑन इंडियन कल्चर' की स्थापनाओं को आधार बनाया है। उनके विश्लेषण से मुख्यतः तीन बातें उभर कर सामने आती हैं। एक, कबीर एक मुसलमान सूफ़ी थे जो हिन्दू भक्ति की भाषा में बात कर रहे थे। दूसरे, कबीर सूफ़ियों की भाँति इश्क़ेमजाज़ी की पैरवी करते हैं। तीसरे, कबीर को हिन्दी ज़बान में कोई मार्गदर्शन नहीं मिला इसलिए उन्होंने फ़रीदुद्दीन अत्तार के 'पंदनामा' से प्रभाव ग्रहण किया। 'समकालीन भारतीय साहित्य' के मार्च-अप्रैल 2000 अंक में विष्णुकांत शास्त्री का 'कबीरदास के मूल स्वरूप पर पड़े आवरण' लेख प्रकाशित हुआ है। इस लेख में उन्होंने उपर्युक्त मान्यताओं का तर्कसम्मत ढंग से खंडन किया है। शास्त्री जी का हस्तक्षेप इसमें कम से कम है; ऐसे तथ्य जुटाये हैं जिनसे सरदार जाफ़री के कबीर-विषयक निष्कर्ष संदिग्ध हो जाते हैं।

इस बातचीत में सरदार जाफ़री के साहित्यिक अवदान को अंशतः ही समेटा जा सका है। उन्होंने अपनी चर्चित नज़्म 'गुफ़्तगू' में कहा है, 'गुफ़्तगू बन्द न हो/बात से बात चले।' लिहाज़ा आने वाली पीढ़ियाँ उनकी रचनाओं में नये अर्थ भरेंगी और यह गुफ़्तगू जारी रहेगी:

कोई 'सरदार' कब था इससे पहले तेरी महफ़िल में
बहुत अहले-सुख़न उट्ठे, बहुत अहले-कलाम आए

— 2000 ई.

अली सरदार जाफ़री की नज़्में

एक आन्दोलन एक साथ बहुत-सी आवाज़ों को जन्म देता है। पाँचवें दशक की शुरूआत के साथ उर्दू कविता में एक नई-नई-सी आवाज़ सुनायी देती है। वह अली सरदार जाफ़री की आवाज़ है। यह आवाज़ एक नया डिक्शन लेकर नमूदार होती है जिसमें सांकेतिकता का दख़्ल बहुत कम है।

रक़्स[1] कर ऐ रूहे आज़ादी कि रक़्साँ[2] है हयात
घूमती है वक़्त के महवर[3] पे सारी काइनात

सरदार जाफ़री की आवाज़ आन्दोलन के साथ जन्म लेकर उसके साथ ख़ामोश हो जाने वाली नहीं है। सन 1952-53 के आस-पास अपनी ऐतिहासिक भूमिका अदा करने के बाद इस आन्दोलन की लौ मद्धम पड़ जाती है। लेकिन जाफ़री पिछले दस-पन्द्रह साल के अनुभवों से लाभान्वित होते हुए एक ज़्यादा मर्मस्पर्शी और ठहरी हुई आवाज़ में अपना रचनात्मक सफ़र जारी रखते हैं। पूरे सफ़र के दौरान दुखी मानवता के साथ उनके सरोकार व्यापक से व्यापकतर होते जाते हैं।

नज़्म की हिमायत में नवजागरण के दौरान 'हाली' और मुहम्मद हुसैन आज़ाद काफ़ी कुछ कह चुके हैं। तरक़्क़ीपसन्द तहरीक के स्वर्ण युग के दौरान नज़्म के महत्त्व को फिर से महसूस किया गया। नज़्म बनाम ग़ज़ल की बहसें चलीं। जाफ़री के साथ-साथ हर तरक़्क़ीपसन्द शाइर ने ग़ज़लें भी कहीं, लेकिन इस शाइरी का आम रुज्हान नज़्म की तरफ़ ही था। उस दौर के युवा शाइरों के लिए जोश मलीहाबादी एक आदर्श की हैसियत रखते थे। उनका यह कथन बहुत मशहूर है कि 'ग़ज़ल कहना एक क़िस्म की शाइराना ख़ुर्दाफ़रोशी (फुटकर चीज़ें बेचना) है।' यह एक वाक़िआ है कि 'जोश' एक रचना-विधा के रूप में ग़ज़ल को मृतप्राय घोषित कर चुके थे। इस दौर में शुरूआत करने वाले सरदार जाफ़री पर यह लाज़िम था कि वे नज़्म की ओर प्रवृत्त होते।

उर्दू में आज़ाद नज़्म की बाक़ायदा शुरूआत नून मीम राशिद के संग्रह 'मावरा' (1944 ई.) से होती है। सरदार जाफ़री ही 'लखनऊ की पाँच रातें' में इस बात को ख़ुद

1. नृत्य 2. नृत्यरत 3. धुरी

स्वीकार कर चुके हैं। उनका योगदान यह है कि उन्होंने आज़ाद नज़्म के फ़ॉर्म में प्रगतिशील अन्तर्वस्तु को दाख़िल किया, जो कि अब से पहले उसमें नदारद थी। सरदार जाफ़री पर बात करने का मतलब है कि तरक़्क़ीपसन्द तहरीक के इतिहास पर बात कर रहे हैं। उन्हें तहरीक का एक प्रमुख स्तम्भ कहा जाता है।

उनके मानस के निर्माण में इस तहरीक के उद्देश्यों व सिद्धान्तों का कारफ़र्मा होना बहुत स्वाभाविक था। चौथे दशक के बीतते-बीतते वे तहरीक से जुड़ जाते हैं और इसी समय से वे अवामी शाइर की विशिष्ट पहचान के साथ एक नज़्मगो के रूप में ऐवाने-उर्दू में दाख़िल होते हैं। वे अपने लेखन और भाषण दोनों में अपनी साफ़गोई और गर्मजोशी के लिए पहचाने जाने लगते हैं। उनकी इसी विशेषता को ध्यान में रखते हुए 'मेरा सफ़र' (ज्ञानपीठ) की भूमिका में सिद्दीक़ुर्रहमान क़िदवाई ने उन्हें एक उत्साहवर्द्धक, कोलाहलपूर्ण और साहसिक युग के प्रतीक के रूप में याद किया है।

ज़ाहिर है, जब यह जुझारू शख़्सियत नज़्मों में ढल कर आती है तो उनमें एक हंगामा आराई की कैफ़ीयत पैदा कर देती है। चुनाँचे हंगामा आराई उनकी शाइरी का विशिष्ट रंग बन जाता है। वे सपाट बयानी का ख़तरा उठाते हुए Political Overtone में बात कहने को तरजीह देने लगते हैं। प्रगतिशील लेखक संघ के जलसों में हंगामी शाइरी को लोकप्रिय बनाने में जाफ़री का बड़ा रोल रहा है। उन्होंने अपने आलोचनात्मक लेखों में इसकी तरफ़दारी भी की है। यह दरअस्ल उनके जीवन-सृजन का एक फ़ेज़ था।

उनकी 'कार्ल मार्क्स', 'अम्न का सितारा', 'सोवियत यूनियन और जंगबाज़', 'स्टालिन कथा' जैसी नज़्में बग़ैर किसी पर्दादारी के उनके राजनीतिक नज़रिए का साफ़-साफ़ सुबूत पेश करती हैं। गो यह नज़रिया उनकी शाइरी की असास है लेकिन उपर्युक्त नज़्मों में यह नुमायाँ तौर पर मौजूद है। 'स्टालिन कथा' में वे हिन्दी के लोक-छन्द आल्हा का इस्तेमाल करते हैं:

आज़ादी के लड़ने वालो सुनो कथा स्टालिन की
सारे जग में जिसके दम से उजियारी है लेनिन की

इस क़िस्म की नज़्मों पर कलावादियों की ओर से प्रोपेगंडा और नारेबाज़ी के आक्षेप लगाये गये। ख़ुद प्रगतिशील लेखकों के बीच 'क्या साहित्य प्रोपेगंडा है?' के विषय पर लम्बी बहसें चलीं। इस मस्अले पर सरदार जाफ़री का नज़रिया बहुत साफ़ है। वे साहित्य को राजनीति से दूर रखने को एक ख़तरनाक राजनीति तस्लीम करते हैं। व्यंग्य के लहजे में कहते हैं : "जब रचनाओं में तरक़्क़ीपसन्द सियासत होती है तो उंगलियाँ उठती हैं, यह फ़न नहीं सियासत है; और अगर सियासत प्रतिक्रियावादी है तो वह आला दर्जे का फ़न है।" आगे उन्होंने यह भी स्वीकार किया है कि साहित्य और साहित्यिक आन्दोलन को किसी सियासी पार्टी का उपकरण नहीं बनाया जा सकता।

सरदार जाफ़री के रचनात्मक सफ़र का आगाज़ 1944 ई. में प्रकाशित संग्रह

'पर्वाज़' के साथ होता है। इसमें शामिल नज़्में पिछले चार-पाँच सालों में कही गई थीं। यह उनकी राजनीतिक सरगर्मियों का शुरूआती दौर भी था। तरक़्क़ीपसन्दी के नज़रिए के प्रति उनकी जो अविचल निष्ठा थी, इन नज़्मों में जा ब जा झलकती है। अवाम से सीधे संवाद के लिहाज़ से उन्हें 'जोश' का तर्ज़ मुफ़ीद लगा। इस दौर की बेशतर नज़्में इसकी मिसालें हैं। एक नज़्म 'तरक़्क़ीपसन्द मुसन्निफ़ीन' में जोश के प्रति श्रद्धा भी व्यक्त कर देते हैं:

खोल दें सबके लिए क़ुफ़्ले-दरे-मयख़ाना
हज़रते जोश को सर हल्क़ए-रिंदाँ कर दें

क़ुफ़्ल यानी ताला, हल्क़ए-रिंदाँ यानी पीने वालों का समूह। दरअस्ल उस दौर की हिन्दी-उर्दू कविता में एक जैसी उद्‍बोधनपरकता दिखाई देती है। इस प्रवृत्ति के उर्दू कवियों में जाफ़री का नाम शीर्ष पर है। 'जम्हूर[1]' नज़्म का एक बन्द मुलाहिज़ा कीजिए:

उठो हिन्द के बाग़ बानो उठो
उठो इन्क़िलाबी जवानो उठो
उठो जैसे दरिया में उठती है मौज
उठो जैसे आँधी की बढ़ती है फ़ौज

इसी मुक़ाम पर उनकी एक लम्बी कविता 'नई दुनिया को सलाम' (1946 ई.) सामने आती है जो उस दौर के प्रगतिशील लेखकों, संस्कृतिकर्मियों व बुद्धिजीवियों के सोच का आईनादार है। यह बात नोट की जानी चाहिए कि हिन्दी में सबसे पहले शमशेर बहादुर सिंह ने 'दोआब' (1948 ई.) में इस कविता का उल्लेख किया है। यह एक कथात्मक कविता है जिसमें नाट्य-तत्त्व का समावेश भी है। इस नज़्म का वातावरण रूमानी है लेकिन इसके प्रतीकात्मक आशय इसे एक पहलूदार इन्क़िलाबी नज़्म बना देते हैं। मरियम की कोख में पल रहा अजन्मा बच्चा नये आदर्शों के साथ-साथ नये निज़ाम का प्रतीक बनकर उभरता है, जोकि अब वुजूद में आने वाला है। यह भरोसा इस नज़्म की बड़ी शक्ति है। नया निज़ाम एक रूमानी ख़याल सही, लेकिन सकारात्मक परिवर्तन के स्वप्न का भी एक मूल्य होता है।

सरदार जाफ़री की नज़्मों का दायरा सिर्फ़ सामयिक हंगामों तक महदूद नहीं है। गो, सामयिक हंगामों के औचित्य की दलील भी उनके पास है, फिर भी छठे-सातवें दशक की ओर बढ़ते हुए वे व्यक्ति के निजी जीवन से वाबस्ता सच्चाइयों को भी स्पेस देते हैं। उनके संग्रह 'पैराहने-शरर'[2] (1965 ई.) की भूमिका में आनन्द नरायन 'मुल्ला' ने इस ओर इशारा किया है। उनकी नज़्मों में शरर के आवरण में शबनम भी है। अतएव हम शबनम को नज़रअन्दाज़ करके जाफ़री की कला के साथ न्याय नहीं कर सकते।

---

1. अवाम 2. चिन्गारियों का परिधान

यह कहना सरासर बेबुनियाद है कि उनके यहाँ निजी संवेदनों को कोई जगह नहीं मिली है। उन्होंने प्रेम और सौन्दर्य के विषयों से परहेज़ नहीं किया है, बल्कि उन्हें अपने नुक़्तए-नज़र से बरता है। उनके प्रेम की कल्पना अपने युग की रूमानी शाइरी से भिन्न है। वे अपनी किसी नज़्म में जहाँ हुस्नो-इश्क़ के ख़याल को बाँधते हैं, उसका एक सामाजिक आयाम भी होता है। 'तुम्हारी आँखें', 'बहुत क़रीब हो तुम', 'तुम नहीं आये थे जब' और 'ख़ुशी' जैसी अनेक नज़्मों में इसकी मिसालें देखी जा सकती हैं।

'तुम्हारी आँखें' नज़्म एक दिलफ़रेब अन्दाज़ में शुरू होती है। बीच में आँखों से सम्बन्धित कुछ अछूते बिम्ब आपको मिलेंगे, मसलन:

मैं लिख रहा हूँ
तुम्हारी आँखें सफ़ेद काग़ज़ पे अपनी पलकों से चल रही हैं
मैं पढ़ रहा हूँ
तुम्हारी आँखें हर इक सतर की भवों के नीचे लरज़ रही हैं

'तुम नहीं आये थे जब' नज़्म प्रिय के आने और नहीं आने के ख़याल की कशाकश पर आधारित है। इसमें 'शबे तनहाई में भी लुत्फ़े-मुलाक़ात का रंग' झलकता है। इसमें मौजूद प्रेमी अपने आत्म का बन्दी नहीं है बल्कि वह चेतना के स्तर पर बाहरी हालात से टकराता है और अपने प्रिय की नज्र करने के लिए उसके पास 'एक ख़ूँगश्ता[1] तमन्ना के सिवा कुछ भी नहीं।'

जाफ़री के यहाँ सौन्दर्य की कल्पना के सिलसिले में 'समन्दर की बेटी' नज़्म का विशेष महत्त्व है। नज़्म के ऊपर उन्होंने प्रेमचन्द का यह मशहूर कथन दर्ज किया है—'हमें हुस्न का मे'यार बदलना है।' (हमें सुन्दरता की कसौटी बदलनी होगी।) बज़ाहिर यह नज़्म एक मछेरन का नख-शिख वर्णन है। यह वर्णन हमारे भीतर किसी रूमानी भाव या वासना को उत्पन्न नहीं करता, इसके 'बजाय मछली ले लो, मछली ले लो' की आवाज़ लगाती हुई एक मेहनतकश स्त्री की समस्याओं की ओर हमारा ध्यान आकृष्ट करता है। हम उस समन्दर की बेटी यानी मछेरन के दैहिक सौन्दर्य में उसके श्रम के सौन्दर्य को देख पाते हैं।

1953 ई. की 'अवध की ख़ाके-हसीं' और बाद की 'मेरा सफ़र' और 'नवम्बर मेरा गहवारा' उन नज़्मों में से हैं जिनमें जाफ़री सिक्काबन्द तरक़्क़ीपसन्दी से आज़ाद होते हैं। यह उनके रचनात्मक विकास का एक अहम मोड़ है। हम देखेंगे कि इन नज़्मों में शाइर का प्रयोजन वही है, लेकिन वह यांत्रिकता व सैद्धान्तिकता नहीं है जिसके कारण अधिकांश तरक़्क़ीपसन्द शाइरी पर आक्षेप लगाये जाते रहे। 'अवध की ख़ाके-हसीं' नज़्म त्रिलोचन और केदारनाथ अग्रवाल की लोकजीवन से संयुक्त कविताओं की

---

1. रक्त रंजित

याद दिलाती है। यह शाइर के अपने जनपद से आत्मिक लगाव का पुरअसर मुज़ाहिरा है। पूरी नज़्म में प्रकृति और लोकजीवन के सम्बन्धों को मार्मिक अभिव्यक्ति मिली है। इसमें दर्ज हवालों के लिहाज़ से यह अवध क्षेत्र के सांस्कृतिक इतिहास का आईना भी है। इस इतिहास के बयान में उनके समावेशी नज़रिए का सुबूत यह है कि वे कालिदास के 'मेघदूत' को भी याद किये बिना नहीं रहते। यहाँ जाफ़री ने उर्दू शाइरी की ज़बान में चंद ताज़ा बिम्बों का इज़ाफ़ा किया है। गोया जाफ़री यह कह रहे हैं कि मैं उस जनपद का कवि हूँ जहाँ—

कुम्हार का चाक चल रहा है
सुराहियाँ रक़्स कर रही हैं
सफ़ेद आटा सियाह चक्की से राग बनकर निकल रहा है
सुनहरे चूल्हों में आग के फूल खिल रहे हैं

कुम्हार का चाक, चूल्हा और चक्की हमें कबीर और नज़ीर की याद दिलाते हैं। इन चीज़ों का ज़िक्र एक अवामी शाइर के यहाँ ही मिल सकता है।

जाफ़री की बाद की नज़्मों में 'मेरा सफ़र' एक शाहकार है। इसे उनकी सर्जना का शीर्ष बिन्दु कहा जाता है। चिन्तन की गहराई से युक्त इस आत्मपरक नज़्म की कुछ पंक्तियाँ लोगों की ज़बान पर रहती हैं—'हर आशिक़ है सरदार यहाँ/हर माशूक़ा सुल्ताना है।' सुल्ताना उनकी शरीके-हयात का नाम है। इस नज़्म में मृत्यु के उपरान्त जीवन की कल्पना को केन्द्रीय स्थिति प्राप्त है। नज़्म के शीर्षक के नीचे मौलाना रूमी का यह मिसरा दर्ज है— 'हमचू सब्ज़ा बारहा रोईदा ईम।' यानी हम हरियाली की तरह बार-बार उगे हैं। पूरी नज़्म इस मिसरे का विस्तार है। जीवन की निरन्तरता का भाव इसे एक बड़ी कविता बनाता है। शाइर मृत्यु के बाद उन चीज़ों में लौटकर आना चाहता है जो ज़िन्दगी में उत्साह और उमंगों के रंग भरती हैं:

लेकिन मैं यहाँ फिर आऊँगा
बच्चों के दहन[1] से बोलूँगा
चिड़ियों की ज़बाँ से गाऊँगा
जब बीज हँसेंगे धरती में
और कोंपलें अपनी उँगली से
मिट्टी की तहों को छेड़ेंगी
मैं पत्ती पत्ती कली कली
अपनी आँखें फिर खोलूँगा

---

1. मुख

सर सब्ज़ हथेली पर लेकर
शबनम के क़तरे तौलूँगा

सरदार जाफ़री हमारी बाद की पीढ़ियों के लिए नये सपनों और उमंगों का प्रतीक बन चुके हैं। आज वैश्वीकरण की ज़द में हमारे सपने और उमंगें लहू-लुहान हो रहे हैं। आज भी 'दर ब दर ठोकरें खाते हुए फिरते हैं सवाल/और मुजरिम की तरह उनसे गुरेज़ाँ हैं जवाब।' मीर के एक शे'र से शब्द लेकर कहें तो यह दिलों की आग बुझने का दौर है। ऐसे में एक बेहतर दुनिया की उम्मीद से लबरेज़ प्रतिरोध की इस आग को बरक़रार रखने में अली सरदार जाफ़री की शाइरी एक कारगर भूमिका अदा करती है।

— *2014 ई.*

अली सरदार जाफ़री का आलोचना-कर्म

उर्दू में प्रगतिशील आलोचना की शुरूआत का श्रेय अख़्तर हुसैन रायपुरी को जाता है। उन्होंने 1935 ई. में अपना मशहूर लेख 'अदब और ज़िन्दगी' लिखा जो अंजुमन तरक़्क़ी उर्दू (हिन्द) की त्रैमासिक पत्रिका 'उर्दू' में प्रकाशित हुआ। यह प्रगतिशील लेखक संघ की स्थापना का ज़माना था। उस दौर में प्रगतिशील आलोचना की आधारभूमि निर्मित करने वालों में सज्जाद ज़हीर, डॉ. अब्दुल अलीम, सैयद मुमताज़ हुसैन, सैयद एहतिशाम हुसैन और मजनूँ गोरखपुरी के साथ-साथ अली सरदार जाफ़री एक महत्त्वपूर्ण नाम है।

अली सरदार जाफ़री के शाइर और संगठनकर्ता को बरतरफ़ करके उनके आलोचना-कर्म पर बात नहीं की जा सकती। वे प्रगतिशील साहित्यान्दोलन की शुरूआत से लेकर छठवें दशक तक इसके हर मोड़ के साक्षी रहे हैं। उस दौरान की कोई ऐसी अदबी बहस न होगी जिसमें उनकी सक्रिय भागीदारी न रही हो। सक्रियता की दृष्टि से उनकी तुलना केवल सज्जाद ज़हीर से की जा सकती है। वे प्रगतिशील साहित्य की समस्याओं पर तार्किक और खुले ढंग से विचार-विमर्श करने के पक्षधर थे। यह बात ध्यान में रखनी चाहिए कि हिन्दी-उर्दू के साझा प्रगतिशील साहित्यान्दोलन की शुरूआत जाफ़री की रचना-यात्रा का प्रस्थान-बिन्दु भी है। अपने अलीगढ़ और लखनऊ के विद्यार्थी जीवन में ही वे कम्युनिस्ट पार्टी की सदस्यता ग्रहण कर चुके थे। इस तरह उनके सर्जनात्मक संस्कारों के निर्माण में मार्क्सवादी विचारधारा और पूरे देश में नई सांस्कृतिक चेतना का प्रसार करने वाले साहित्यान्दोलन की प्रमुख भूमिका रही। 1936 ई. में अलीगढ़ मुस्लिम विश्वविद्यालय में पढ़ाई के दौरान उन्होंने अपना लेख 'नौजवानों के अदबी रुज्हानात' लिखा जो 'अलीगढ़ मैग्ज़ीन' में प्रकाशित हुआ। इस लेख में पहली बार किसी आलोचक ने युवा रचनाशीलता का नोटिस लिया। तदनन्तर दूसरे विश्वयुद्ध के दौरान 1939 ई. में 'नया अदब' उर्दू पत्रिका के प्रवेशांक में उनका विवादास्पद निबन्ध 'तरक़्क़ीपसन्द अदब' प्रकाशित हुआ। बाद में इसी नाम से उनकी बहुचर्चित आलोचना-कृति 'तरक़्क़ीपसन्द अदब' (1952 ई.) सामने आई।

हम जिन सरदार जाफ़री की आलोचना पर बात कर रहे हैं वे 'नई दुनिया को

सलाम', 'अम्न का सितारा' और 'एशिया जाग उठा' जैसी अविस्मरणीय कविताओं के रचयिता भी हैं। एक कवि–आलोचक और सामान्य आलोचक की दृष्टि में हमें फ़र्क़ करके चलना चाहिए। हिन्दी के मुक्तिबोध और विजयदेव नारायण साही तथा उर्दू के अली सरदार जाफ़री के आलोचनात्मक लेखन को देखते हुए यह निश्चयपूर्वक कहा जा सकता है कि एक रचनाकार की दृष्टि रचना के उन पक्षों और इलाक़ों तक जाती है जो सामान्य आलोचक की दृष्टि से प्रायः ओझल रह जाते हैं। इस प्रक्रिया के मूल में दो कारण हैं। एक तो यह कि कवि–आलोचक अपने सर्जनात्मक अनुभवों के आधार पर रचना–प्रक्रिया की समस्याओं से सीधे–सीधे वाक़िफ़ होता है। दूसरे, उसके भीतर अकादमिक दुनिया में एक आलोचक के रूप में प्रतिष्ठित होने की महत्त्वाकांक्षा नहीं होती। रचना के आस्वाद के दौरान वह स्वयं को सहज और मुक्त अनुभव करता है। डॉ. क़मर रईस ने अपने उर्दू मोनोग्राफ़ 'अली सरदार जाफ़री' में उनके आलोचना–कर्म के सन्दर्भ में यह सवाल उठाया है कि एक रंचनाकार आलोचना की ओर क्यों प्रवृत्त होता है? उनके अनुसार 'रचनाकार को आलोचक के रूप में देखकर लोग अमूमन तीन बातें सोचते हैं। एक, वह अपने प्रतिद्वंद्वियों को चुप करना चाहता है। दूसरे, वह अपनी कला का लोहा मनवाना चाहता है। तीसरे, वह अपनी साहित्यिक मान्यताओं का औचित्य सिद्ध करना चाहता है।' (पृष्ठ 77)

दरअस्ल न्यूनाधिक रूप में ये तीनों बातें सभी कवि–आलोचकों में मिलती हैं। अतएव सरदार जाफ़री इसके अपवाद नहीं हो सकते। उन्होंने 'तरक़्क़ीपसन्द अदब' की भूमिका में आलोचक के रूप में अपनी स्थिति को स्पष्ट कर दिया है—

"हक़ीक़तन मैंने नक़्क़ाद के फ़राइज़ (कर्त्तव्य) अंजाम नहीं दिए हैं क्योंकि मुझे नक़्क़ाद होने का दावा नहीं है। मैंने एक अदीब और शाइर की हैसियत से इस तहरीक (आन्दोलन) के बारे में जो कुछ महसूस किया है, जो मुझे सबसे ज़्यादा प्रिय है और जिससे शुरू से मेरा क़रीबी तअल्लुक़ रहा है, उसको क़ागज़ पर उतार दिया है।"

जाफ़री के पहले निबन्ध 'नौजवानों के अदबी रुज्हानात' से लेकर सन पचास तक के निबन्धों पर नज़र डाली जाए तो मालूम होगा कि वे अतिवादी दृष्टि (इंतिहापसन्दी) से सन्तुलित दृष्टि की ओर आगे बढ़ते हैं। शुरू में सैद्धान्तिक कठोरता और रूमानी क्रान्तिकारिता से बचाव करना उनके लिए मुश्किल था। इसका बहुत प्रत्यक्ष कारण यह था कि उन्हें 'कला, कला के लिए' सिद्धान्त के अनुयायी लेखकों और बुद्धिजीवियों के ख़िलाफ़ मोर्चा लेना था। दूसरे यह कि उस दौर में पार्टी लाइन को सामने रखकर साहित्यिक मूल्यों की स्थापना पर ज़ोर दिया जाता था। शुरू में जाफ़री की आलोचना में भी यह प्रवृत्ति रही। धीरे–धीरे उन्होंने इस प्रवृत्ति की हानियों को समझ लिया। अपनी 'तरक़्क़ीपसन्द तहरीक की निस्फ़ सदी' (1987 ई.) में 1949 में आयोजित एक कॉन्फ्रेंस के हवाले से लिखते हैं—

"इस कॉन्फ्रेंस में अतिवादी दृष्टिकोण को लेकर जो प्रस्ताव पारित हुआ उसका सारांश यह है कि प्रगतिशील साहित्यकार को मार्क्सवादी होना ज़रूरी है। इस प्रस्ताव ने इंद्रधनुष के रंगों को बिखेर दिया। एक सिरे पर कम्युनिस्ट सज्जाद ज़हीर थे और दूसरे सिरे पर गाँधीवादी प्रेमचंद और दरमियान में बहुत-से रंग। इस रुज्हान के समर्थक उर्दू में अब्दुल अलीम और हिन्दी में रामविलास शर्मा थे।" इस उद्धरण से यह भली-भाँति स्पष्ट हो जाता है कि सन 1950 के बाद जाफ़री अतिवादी सोच को अनुचित मानने लगते हैं।

'नया अदब', 'क़ौमी जंग' और 'गुफ़्तगू' उर्दू पत्रिकाओं के साथ-साथ 'इंडियन लिटरेचर' (अँग्रेज़ी) में प्रकाशित लेखों के अलावा 'तरक़्क़ीपसन्द अदब', 'इक़बाल शनासी', 'पैग़ंबराने-सुख़न' और 'तरक़्क़ीपसन्द तहरीक की निस्फ़ सदी' पुस्तकें जाफ़री की आलोचकीय प्रतिभा का परिचायक हैं। इनमें से उनका सबसे महत्त्वपूर्ण कारनामा 'तरक़्क़ीपसन्द अदब' है। छह अध्यायों में विभाजित इस पुस्तक के आरम्भिक चार अध्याय प्रगतिशील साहित्य के सौन्दर्यमानों को समर्पित हैं। प्रेमचंद ने अपने अध्यक्षीय भाषण (1936 ई.) में कहा था—"हमें सुन्दरता की कसौटी बदलनी होगी।" राष्ट्रीय स्तर पर स्वाधीनता आन्दोलन और अन्तरराष्ट्रीय स्तर पर साम्राज्यवादविरोध की चेतना से जुड़कर साहित्य के सौन्दर्यमानों पर पुनर्विचार की ज़रूरत महसूस की गई। जाफ़री ने इस पुस्तक में बहुत सुचिन्तित रूप में साहित्य की कसौटियों की स्पष्ट तस्वीर पेश कर दी है। बाद के दो अध्यायों में उन्होंने समकालीन सृजन की विभिन्न प्रवृत्तियों का जायज़ा लिया है। उन्होंने शाइरों में हाली, इक़बाल, हसरत मोहानी और जोश मलीहाबादी से लेकर अख़्तर शीरानी और मजाज़ तक की चर्चा की है। साथ ही कथाकारों में प्रेमचंद और क़ाज़ी अब्दुल ग़फ़्फ़ार से लेकर क़ुर्रतुलैन हैदर, इस्मत चुग़ताई और सआदत हसन मंटो तक की कथा-रचनाओं को परखा है। इस तरह जैसा कि डॉ. शारिब रुदौलवी ने कहा है, "जाफ़री की 'तरक़्क़ीपसन्द अदब' किताब तरक़्क़ीपसन्द रुज्हानों की तारीख़ भी है और तन्क़ीद भी।" ('जदीद उर्दू तन्क़ीद : उसूल और नज़रियात', 1968 ई.)

जाफ़री की यह दृढ़ मान्यता है कि तत्कालीन ऐतिहासिक परिस्थितियों के सम्यक् ज्ञान के अभाव में आलोचना-कर्म सम्भव नहीं है। वे अपनी पूरी रचना-यात्रा के दौरान भाववादी व कलावादी दृष्टिकोण के विरुद्ध जूझते हुए नज़र आते हैं। उन्होंने महसूस किया कि साहित्यकारों का एक हल्क़ा काल्पनिक और वायवीय समस्याओं का भ्रम खड़ा करके जीवन की वास्तविक समस्याओं पर पर्दा डाल रहा है। जीवन और साहित्य उसके लिए दो निरपेक्ष चीज़ें हैं। जाफ़री ज़ोर देकर यह बात कहते हैं:

"अदब के मसले वही हैं जो ज़िन्दगी के मसाइल (समस्याएँ) हैं। अदब के विषय भी ज़िन्दगी के विषयों से अलग नहीं हो सकते।" ('तरक़्क़ीपसन्द अदब', पृष्ठ 45)

पाँचवें दशक के दौरान साहित्य और राजनीति के सम्बन्धों पर लम्बी बहसें

चलीं। इन बहसों के दो स्तर थे। एक तो राजनीति को अछूत मानने वाले लोगों और प्रगतिशीलों के बीच वाक्‌युद्ध छिड़ा। दूसरे, प्रगतिशील लेखक-बुद्धिजीवियों के सर्कल में भी इस विषय पर बहस-मुबाहिसे हुए। सज्जाद ज़हीर ने अपनी मशहूर किताब 'रौशनाई' में अनेक जगह इन बहसों का सविस्तार विवेचन किया है। सरदार जाफ़री अपनी राय को पूरी स्पष्टता के साथ रखने के लिए विख्यात रहे हैं। उनकी इसी ख़ूबी को ध्यान में रखते हुए सज्जाद ज़हीर ने कहा है:

"सरदार हमारी तहरीक की 'शम्शीर-ए-बेनियाम' हैं। दुश्मन उनसे पनाह माँगते हैं और रचनाओं की पड़ताल के वक़्त उनके दोस्त और साथी भी किसी क़दर घबराहट के साथ उनकी आलोचना सुनने की प्रतीक्षा करते हैं।"

— 'रौशनाई' पृष्ठ 189

राजनीति के सिलसिले में जाफ़री को सबसे पहले कबीर याद आते हैं— 'सन्तो माया तजी न जाय'। आज की सबसे बड़ी माया राजनीति है। राजनीति को अछूत क़रार देना भी एक राजनीति है। कहीं प्रगतिशील राजनीति है तो कहीं प्रतिक्रियावादी। एक आलोचक के रूप में जाफ़री प्रतिक्रियावादी आलोचकों की दृष्टि के विरोधाभास को अपना निशाना बनाते हैं। लिखते हैं, "जब साहित्यिक कृतियों में प्रगतिशील राजनीति होती है तो फ़ौरन उँगलियाँ उठती हैं, कहा जाता है यह फ़न नहीं सियासत है। और अगर राजनीति प्रतिक्रियावादी हो तो वह आला दर्जे का फ़न है।" ('तरक़्क़ीपसन्द तहरीक की निस्फ़ सदी', पृष्ठ 86)

इस विषय को लेकर जाफ़री के ज़ेहन में प्रेमचंद की ये बात हमेशा रहती है कि 'साहित्य राजनीति के पीछे चलने वाली सच्चाई नहीं बल्कि उसके आगे मशाल दिखाती हुई चलने वाली सच्चाई है।' अपने लम्बे संगठनात्मक अनुभवों के बाद जाफ़री भी इस निष्कर्ष पर पहुँचते हैं कि साहित्य का राष्ट्रीय और क्रान्तिकारी राजनीति से प्रभावित होना स्वाभाविक है, लेकिन साहित्य को किसी राजनीतिक पार्टी का उपकरण नहीं बनाया जा सकता। उनके आरम्भिक निबन्धों की तुलना में यहाँ 1987 के निबन्धों में जाफ़री की आलोचना-दृष्टि में व्यापकता लक्षित होती है।

समान विचारधारा के बावजूद समकालीनों के बीच मतभेद होना स्वाभाविक है। साहित्य के जनतन्त्र में असहमति का सम्मान ज़रूरी है। जाफ़री ने असहमति का अनादर नहीं किया, लेकिन यदि उन्हें ग़लत ढंग से समझा गया है तो इसके प्रति उन्होंने विरोध जताया है। इस उग्र स्वभाव के कारण उनके वैचारिक प्रतिद्वंद्वियों की बड़ी तादाद पैदा हो गई जिनमें डॉ. ख़लीलुर्रहमान आज़मी का नाम प्रमुख है। डॉ. आज़मी ने अपने पी-एच.डी. के शोध-प्रबन्ध 'उर्दू में तरक़्क़ीपसन्द अदबी तहरीक' (1996 ई.) में सरदार जाफ़री की साहित्यिक मान्यताओं का खंडन किया है। डॉ. आज़मी के निष्कर्षों से आपको असहमति हो सकती है, लेकिन जाफ़री की आलोचकीय प्रतिभा के हर पक्ष

पर अपनी राय क़ायम करने में वे सफल हुए हैं। उन्होंने यह स्वीकार किया है कि 'जाफ़री की आलोचना उनकी ज़ेहनी व फ़िक्री जीवनी है।' डॉ. आज़मी ने जाफ़री की आलोचना पर जो आपत्तियाँ की हैं, उनमें से एक-दो का ज़िक्र यहाँ ज़रूरी लगता है।

पहली आपत्ति : "जाफ़री ने अपनी विचार-दृष्टि को सिर्फ़ सियासी हंगामा आराई और तात्कालिक समस्याओं तक परिमित क़र दिया। इस रवैये ने उनके सोच के दायरे और शाइरी के फलक को ख़ासा तंग कर दिया।" (पृष्ठ 326)

दूसरी आपत्ति : "जाफ़री की सारी प्रतिभा इस काम में ख़र्च हुई कि पहले अपनी शाइरी को प्रगतिशील मान लें और उसी को सही मा'नों में प्रगतिशीलता का नमूना साबित कर दें। फिर उसी को आला शाइरी की एकमात्र कसौटी बना दें।" (पृष्ठ 327) आगे जो कहा है उसका भाव यह है कि जाफ़री प्रगतिशीलता के सबसे ऊँचे पद पर बैठने के लिए आलोचना लिखते हैं।

दरअस्ल डॉ. आज़मी की पूरी किताब पढ़ने के बाद मालूम होता है कि उन्होंने जाफ़री की शाइरी के आईने में उनकी आलोचना को देखा है। डॉ. क़मर रईस ने तो यहाँ तक कहा है कि डॉ. आज़मी ने अपनी राय क़ायम करते हुए जाफ़री के विद्यार्थी जीवन में लिखे गये निबन्धों को ही सामने रखा है। उनकी बाद की आलोचना को उन्होंने नज़रअन्दाज किया है। हमारा उद्देश्य यहाँ डॉ. आज़मी की आपत्तियों का उत्तर देना नहीं है। 1936 से 1952 तक के प्रगतिशील साहित्यान्दोलन के दौरान की शाइरी पर निगाह डालने के बाद यह बात स्वत: स्पष्ट हो जाती है कि जाफ़री ने अपनी उन्हीं रचनाओं को उद्धृत किया है जो तरक़्क़ीपसन्द शाइरी के आम रुज्हानों का प्रतिनिधित्व करती हैं। जहाँ तक हम समझते हैं, आत्म-प्रतिष्ठा का भाव उनकी आलोचना में नहीं है। अन्यथा वे मजाज़ की 'आवारा' नज़्म की इतनी प्रशंसा नहीं करते। उनके अनुसार 'आवारा' प्रगतिशील आन्दोलन की समस्त प्रवृत्तियों का प्रतिनिधित्व करने वाली एक विशिष्ट रचना है। 'लखनऊ की पाँच रातें' पुस्तक में भी उन्होंने 'आवारा' को लेकर लिखा है, ".....इस कैफ़ीयत में मजाज़ की सबसे हसीन और इस अहद की सबसे भरपूर नज़्म 'आवारा' की तख़्लीक़ हुई, जिसमें मजाज़ के ज़ाती ग़म उसके इन्क़िलाबी एहसासात के साथ मिलकर एक हो गए।" (हिन्दी अनुवाद, पृष्ठ 52)

अलबत्ता जाफ़री के कुछ निष्कर्ष ऐसे हैं जिन पर आज भी उँगली उठाई जाती है। मसलन उन्होंने मंटो और क़ुर्रतुलैन हैदर की बाज़ कथा-रचनाओं को प्रगतिशीलता के मे'यार के अनुकूल नहीं माना है। मंटो की कुछ कहानियों को उन्होंने फ़हश (अश्लील) ठहराया है। विदित है कि मंटो की 'बू' और 'ठंडा गोश्त' आदि कहानियों पर भारत और पाकिस्तान की अदालतों में मुक़दमे भी चले। यह एक जुदा बात है। अश्लीलता की धारणा का सम्बन्ध कथाकार के मन्तव्य और ट्रीटमेंट से है। प्रगतिशील बुद्धिजीवियों से ज़्यादा इस सच्चाई को कौन जानता है? फिर सरदार जाफ़री जैसे

दृष्टिसम्पन्न आलोचक अश्लीलता के मुद्दे को लेकर मंटो के साहित्यिक विरोधियों से सहमत नज़र क्यों आते हैं? दरअस्ल इसके मूल में जाफ़री और मंटो के वैचारिक मतभेद थे जो 1942 में जाफ़री के बम्बई पहुँचने के बाद भी जारी रहे। मतभेदों का कारण मंटो का प्रगतिशील लेखक संघ का सदस्य न होना नहीं है, बल्कि जिन्सी मसाइल (यौन समस्याओं) को लेकर मंटो का दृष्टिकोण है। दूसरी बात यह है कि जाफ़री जब 'तरक़्क़ीपसन्द अदब' के निबन्ध लिख रहे थे, उस समय श्लीलता-अश्लीलता की बहस छिड़ी हुई थी। अश्लीलता को प्रतिक्रियावाद का ही एक रूप समझा जाता था।

सज्जाद ज़हीर ने 'रौशनाई' में हैदराबाद और अहमदाबाद की कॉन्फ्रेंसों के सिलसिले में अश्लीलताविरोधी प्रस्ताव का ज़िक्र किया है। हालाँकि ये प्रस्ताव वापस ले लिया गया, लेकिन संघ के अनेक ज़िम्मेदार लेखकों की राय यही बनी रही कि काम-वासना पर आधारित रचनाओं को ग़ैर प्रगतिशील माना जाना चाहिए। यह उल्लेख इसलिए करना पड़ा कि सरदार के निर्णयों पर बहुत कुछ प्रगतिशील लेखक संघ की सांस्कृतिक समज़ का प्रभाव काम कर रहा था। यह उनकी सीमा थी कि मंटो के आकलन के सन्दर्भ में वे इस प्रभाव से मुक्त नहीं हो सके।

सरदार जाफ़री के सबसे प्रिय शाइर इक़बाल (1875-1938 ई.) हैं। उनकी 'इक़बाल शनासी' (1969 ई.) किताब में इक़बाल के विस्तृत मानसिक क्षितिज, जीवन-दर्शन और रचनात्मक तेजस्विता का विशद विवेचन किया गया है। इससे पहले 'तरक़्क़ीपसन्द अदब' में भी भारतीय कविता के लिए इक़बाल के महनीय योगदान का स्मरण किया गया है, लेकिन इसमें जाफ़री इक़बाल के अन्तर्विरोधों को उजागर करने से नहीं चूके हैं। लिखते हैं:

"अभी तक उर्दू ज़बान ने इक़बाल से बड़ा शाइर पैदा नहीं किया है। वह व्यापकता और निविधता अभी किसी और शाइर को नसीब नहीं हुई जो इक़बाल की शाइरी में पायी जाती है। यह स्वाधीनता आन्दोलन के उबाल का ज़माना था जो अपने सारे विरोधाभासों को लेकर इक़बाल की शाइरी में ढल गया।

"इक़बाल का सन्देश बड़ा था, लेकिन अपने युग के उलझावों से आज़ाद न हो सका। इसलिए इस शाइरी में जीवनदायक प्रवृत्तियाँ ज़हरीली प्रवृत्तियों के साथ इस तरह पैवस्त हो गई हैं जैसे दूध में पानी मिला दिया गया हो या पानी में रंग घोल दिया गया हो।" ('तरक़्क़ीपसन्द अदब' पृष्ठ 102)

'तरक़्क़ीपसन्द अदब' आने के कुछ अर्से बाद जाफ़री ने इक़बाल वाङ्मय का पुनः गहन अध्ययन किया और अपने पुराने निर्णयों पर पुनर्विचार किया। 'इक़बाल शनासी' किताब इसी पुनर्विचार का परिणाम है। इसमें उन्होंने इक़बाल के शाहीन (बाज़) और क़लंदर आदि प्रतीकों की सविस्तार व्याख्या की है। इसके साथ ही

इक़बाल के ख़ुदी (अहं भाव) के दर्शन को व्यापक सामाजिक परिप्रेक्ष्य में विश्लेषित किया है। 1975 में इक़बाल सदी के दौरान भी उन्होंने इक़बाल पर उर्दू और अँग्रेज़ी में कुछ लेख लिखे। ग़रज़ यह कि यहाँ इक़बाल विषयक पुरानी राय में सकारात्मक परिवर्तन दिखाई देता है।

प्रो. गोपीचंद नारंग ने जाफ़री के दृष्टि-परिवर्तन को लेकर बहुत माक़ूल बात कही है: "विचारधारा के कारण जिस प्रकार उनकी पसन्द-नापसन्द में परिवर्तन होता रहा, उस पर कतिपय लोगों को आपत्ति थी, लेकिन यह परिवर्तन उनके बौद्धिक चिन्तन का परिणाम भी था। अतिवादी प्रगतिशीलों ने उन पर समझौतेबाज़ी का आरोप भी लगाया। राजनीति में तो यह होता ही है।" ('उर्दू पर खुलता दरीचा' हिन्दी अनुवाद, पृष्ठ 141)

सरदार जाफ़री का एक विशेष योगदान यह है कि उन्होंने 'कबीर बानी' और 'प्रेम बानी' को सम्पादित कर उर्दू दुनिया को कबीर और मीराबाई के काव्य से परिचित कराया। यहाँ जाफ़री का अपनी परम्परा के प्रति सम्मान का भाव झलकता है।

'पैग़ंबराने-सुख़न' किताब जाफ़री साहब की आलोचना में एक अलग मुक़ाम रखती है। वस्तुत: यह 'दीवान-ए-मीर', 'दीवान-ए-ग़ालिब' और 'कबीर बानी ' की भूमिकाओं का संकलन है। उन्होंने मीर और ग़ालिब की कविता पर नयें ढंग से विचार किया है और दोनों की कविता के सामाजिक स्रोतों का पता लगाया है। मीर और ग़ालिब के व्यक्तित्व की विशिष्टता को दर्शाने वाला उनका यह बहुउद्धृत कथन देखिए—

"मीर के अहद के इंसान की तरह मीर की शाइरी का आशिक़ भी एक कुचली हुई शख़्सियत है जो अपना खोया हुआ वक़ार (मान) वापस माँग रही है। उसमें अहं का दूर-दूर तक पता नहीं है। सिर्फ़ बेदिमाग़ी है। अहं धन, शक्ति या योग्यता के घमंड से पैदा होता है और बेदिमाग़ी सब कुछ खोने के बाद आती है। ग़ालिब और मीर में यही अन्तर है।" ('मीर तक़ी मीर की जीवनी और शाइरी' हिन्दुस्तानी बुक ट्रस्ट, बम्बई, पृष्ठ 32)

मीर और ग़ालिब की ज़बान तो जाफ़री के संस्कारों में रची-बसी है लेकिन एक उर्दू विद्वान द्वारा कबीर पर इतने आधिकारिक ढंग से लिखा जाना एक सुखद आश्चर्य है।

'पैग़ंबराने-सुख़न' में उन्होंने मध्यकालीन सामाजिक परिस्थितियों और भक्ति आन्दोलन के सन्दर्भ में कबीर के यथार्थवादी सोच, लोकजीवन से सम्बन्धों और इन्सान दोस्ती पर प्रकाश डाला है। कबीर वाणी के धर्मनिरपेक्ष पहलू को विशेष रूप से रेखांकित किया है और वर्तमान सन्दर्भों में भी कबीर की प्रासंगिकता को असंदिग्ध माना है: "हमें आज भी कबीर की रहनुमाई की ज़रूरत है। उस रौशनी की ज़रूरत है जो उस सूफ़ी-सन्त के दिल से पैदा हुई थी।"

अली सरदार जाफ़री ने उर्दू आलोचना में क्या योगदान किया, इसका फ़ैसला आज होने वाला नहीं है, लेकिन यह बात पूरे विश्वास के साथ कही जा सकती है कि जाफ़री साहब ने ऐसे समय में आलोचक की भूमिका में उतरकर हस्तक्षेप किया जब उर्दू साहित्य अपने सामाजिक सोद्देश्यता के मार्ग से किसी क़दर भटक सकता था। अपने दौर के सामाजिक-सांस्कृतिक सवालों से जूझने-टकराने के लिए जाफ़री साहब सदैव याद किए जाएँगे। ये सवाल ही उनकी चिन्ता का केन्द्र रहे हैं—

दर बदर ठोकरें खाते हुए फिरते हैं सवाल
और मुजरिम की तरह उनसे गुरेज़ाँ हैं जवाब।

—2013 ई.

कैफ़ी आज़मी का सरमाया

कैफ़ी आज़मी (1919-2002 ई.) के नाम के साथ हिन्दी-उर्दू के प्रगतिशील साहित्यान्दोलन के वरक़ खुलने लगते हैं। शाइर, गद्यकार, सम्पादक और संगठनकर्ता—उनके व्यक्तित्व के अनेक पहलू हैं। हम यहाँ उनकी शाइरी के सामाजिक सरोकारों पर बातचीत कर रहे हैं। उनके तीन संग्रह आये—'झनकार', 'आख़िर-ए-शब' और 'आवारा सज्दे' जो कि उर्दू और हिन्दी में 'सरमाया' नाम से एक जगह प्रकाशित हैं। 'आवारा सज्दे' से उन्हें साहित्यिक हल्क़ों में विशेष ख्याति मिली।

कैफ़ी मुख्यत: नज़्म के शाइर हैं। उसमें भी पाबन्द नज़्म उनके मिज़ाज के ज़्यादा अनुकूल है। उन्होंने आज़ाद नज़्में भी कही हैं लेकिन उनमें भी एक क़िस्म की पाबन्दी है। विदित है कि प्रगतिशील शाइरी का बेहतरीन हिस्सा (सरदार जाफ़री की कुछ नज़्मों को छोड़कर) पुराने काव्य-नियमों का पाबन्द है। कैफ़ी के सन्दर्भ में इसके दो कारण लगते हैं। एक, कैफ़ी भावोच्छवास और वाक्स्फीति के शाइर हैं। जो गति और प्रवाह पाबन्द फ़ॉर्म में सम्भव है, वह आज़ाद फ़ॉर्म में नहीं। दूसरे, कैफ़ी ने शुरू में लम्बे समय तक किसानों व मज़दूरों के बीच मुशाइरे पढ़े जिनमें पाबन्द रचनाएँ श्रोताओं को ज़्यादा अपील करती हैं। सतत व्यवहार के कारण यह फ़ॉर्म उनके सृजनात्मक मानस के साथ एकमेक हो गया।

अक्सर देखा गया है कि कैफ़ी या इस विचारधारा के किसी अन्य शाइर पर बात करते हुए हम अतिरिक्त सहानुभूति के कारण साहित्यिक मूल्यों की समकालीन बहस से बचाव करते हैं। इन शाइरों से पूर्व निश्चित सहमति का हमारा रवैया आलोचना को पिष्टपेषण में बदल देता है। यह रवैया ख़ुद प्रगतिशील शाइरी और उसकी आलोचना दोनों के लिए हानिकर है। हम यहाँ इस तथ्य की ओर ध्यान आकर्षित करना चाहते हैं कि प्रगतिशील साहित्यान्दोलन के पहले उभार के दौरान कैफ़ी संगठन से जुड़े। उसी दौर में उर्दू शाइरी की एक अन्य समानान्तर धारा भी थी जिसके नुमाइंदा शाइर नून मीम राशिद और मीराजी थे। ये शाइर साम्राज्यवाद और फ़ासीवाद की चुनौतियों को प्रगतिशील शाइरों से भिन्न सृजन के धरातल पर किस तरह स्वीकार कर रहे थे? इनकी शाइरी से गुज़रते हुए हमारी राय यह बनती है कि ये शाइर युगीन समाजार्थिक अन्तर्विरोधों को

हाशिए पर रखते हैं और उस दौर की वैश्विक परिस्थिति में व्यक्ति की निजी सत्ता से जुड़े प्रश्नों और सन्देहों को केंद्र में ले आते हैं। समीक्षा के सन्तुलित दृष्टिकोण का तक़ाज़ा यह है कि इन प्रश्नों और सन्देहों के महत्त्व को समझा जाना चाहिए। हमें लगता है, प्रगतिशील शाइरों ने सब कुछ ऐसा नहीं कहा जिसे इन शाइरों के अवदान से श्रेष्ठतर कहा जा सके। प्रगतिशील शाइरी का वह रूप भी है जहाँ जीवन की वैविध्यपूर्ण उपस्थिति के ऊपर राजनीतिक प्रचार को तरजीह मिली है। इस ढंग की प्रगतिशील शाइरी की तुलना में राशिद और मीराजी की शाइरी ज़्यादा जीवंत और सशक्त है। यदि हम इस परिप्रेक्ष्य में देखेंगे तो ख़ुद कैफ़ी की शाइरी को लेकर हमारे निष्कर्ष रूढ़ धारणाओं से भिन्न होंगे।

प्रगतिशील आन्दोलन और उससे उपजे साहित्य से कैफ़ी का पहला परिचय 'अंगारे' (1932 ई.) कहानी-संग्रह के ज़रिए हुआ। लखनऊ से बम्बई पहुँचने के बाद 1943-44 के आसपास हम उन्हें संगठन के समर्पित कार्यकर्ता के रूप में पाते हैं। कैफ़ी जितने जल्दी ट्रेड यूनियन और किसान कार्यकर्ता के रूप में लोकप्रिय और साहित्यिक हल्क़ों में चर्चित हुए, वैसा कम लेखकों के साथ हुआ। प्रगतिशील साहित्यान्दोलन से जुड़ने वाले नये शाइरों के पहले संग्रह, जैसे सरदार जाफ़री का 'पर्वाज़', मख़्दूम मुही उद्दीन का 'सुर्ख़ सवेरा' जज़्बी का 'फ़रोज़ाँ' और कैफ़ी आज़मी का 'झनकार' 1944 में एक साथ आये। अपनी सहल और रवाँ ज़बान के कारण 'झनकार' की नज़्मों और ग़ज़लों की ख़ूब धूम रही। पंजाब और यू.पी. के देहात में किसान कार्यकर्ता अपने साथ जिन किताबों को रखते थे, उनमें 'झनकार' भी थी। 'झनकार' की रचनाओं में आवेग और क्षिप्रता है। ज़्यादातर रचनाओं के विषय अवाम से जुड़ाव रखने वाले सन्दर्भों से उठकर आए हैं और शाइर ने उन्हें व्यापक साम्राज्यवादविरोधी चेतना से जोड़ दिया है। कुछ नज़्मों के बन्द सीधे नश्तर की तरह दिल में चुभते है। मसलन 'ताज', जो कि साम्राज्यवाद का प्रतीक है, का वर्णन करते हुए शाइर कहता है—

इसकी रौनक़ ने उजाड़े हैं गुलिस्ताँ लाखों
इसने बस्ती में बसाये हैं बयाबाँ लाखों
कानें छानी हैं, पहाड़ों के वरक़ मोड़े हैं
एक हीरे के लिए लाख जिगर तोड़े हैं

उस दौर की प्रगतिशील शाइरी में व्यंग्य का प्रवेश कैफ़ी की आरम्भिक रचनाओं के साथ ही होता है। यहाँ वे अकबर इलाहाबादी की तर्ज़ की ज़रूरत महसूस करते हैं और प्रगतिशील शाइरी की प्रचलित भाषा में इस तर्ज़ की आमेज़िश से अपना एक अलग रंग पैदा करते हैं, जिसके नतीजे में 'लीडर की आमद' और 'सर की मौत व वसीयत' जैसी नज़्में लिखी जाती हैं। तत्कालीन सर आज के किसी भ्रष्ट नेता की तरह अपने बेटे को वसीयत करता है—

याद रख मिल्लत फ़रोशी में तरक़्क़ी का है राज़
मसलेहत है मौलवियों से भी कर ले साज़बाज़
मक्र[1] तेरे वास्ते ग़द्दारियाँ तेरे लिए
छोड़ता हूँ अपनी सब ऐयारियाँ तेरे लिए

कैफ़ी के यहाँ कुछ सामयिक महत्त्व की रचनाएँ भी मिलती हैं। यह बात अपने दौर के हर एक्टिविस्ट रचनाकार के साथ होती है कि उसे आन्दोलन के तक़ाज़ों के मद्देनज़र कुछ ऐसा भी लिखना पड़ता है जो ख़ुद उसकी सर्जनात्मकता के स्तर से किसी क़दर गिरा हुआ होता है। भले ही ये रचनाएँ कमतर लगें, लेकिन इनके बग़ैर रचनाकार की पूरी तस्वीर नहीं बनती। 'आवाज़ की शिकस्त', 'आँधी', 'बेकारी', 'आख़िरी इम्तहान', 'धुआँ', 'सुर्ख़ जन्नत', 'ताशक़ंद' और 'मास्को' इसी क़िस्म की रचनाएँ हैं। यह अलबत्ता है कि इन रचनाओं के उद्धरणों के सहारे शाइर की छवि बनाना अनुचित होगा। इसके लिए हमें उसके बेहतरीन कलाम को आधार बनाना चाहिए।

कैफ़ी एक प्रगतिशील शाइर हैं। संगठन में शामिल होने मात्र से नहीं, बल्कि साम्प्रदायिकता और युद्धोन्माद जैसे हमारे दौर के भीषण सवालों के जवाब ढूँढ़ने की उत्कट इच्छा उन्हें प्रगतिशील बनाती है। उन्होंने साम्प्रदायिकता के बदलते रूपों को क़रीब से देखा है। उनकी रचनाओं से धर्मनिरपेक्षता और सम्प्रदायवाद के अन्तर्विरोध परत-दर-परत खुलने लगते हैं। चाहे वह बहुसंख्यक साम्प्रदायिकता हो या अल्पसंख्यक साम्प्रदायिकता, दोनों की तहों में जाकर झाँकने की अन्तर्दृष्टि उनके पास है। वे 'ख़ुदकुशी का हुनर' सिखाने वाली साम्प्रदायिक राजनीति को बेनक़ाब करते चलते हैं। साम्प्रदायिक फ़ासीवाद के उग्र से उग्रतर होते जाने की परिस्थिति में हस्तक्षेप करके एक ओर तो वे उर्दू शाइरी की धर्मनिरपेक्ष परम्परा को समृद्ध करते हैं, दूसरी ओर अवाम के प्रति अपनी जवाबदेही को अंजाम देते हैं। इस दृष्टि से 'आवारा सज्दे', 'सोमनाथ' और 'दूसरा बनवास' उनकी शाहकार नज़्में हैं। 'आवारा सज्दे' नज़्म एक कम्युनिस्ट इकाई के टूटने पर लिखी गयी थी। जैसा कि हर बड़ी कविता के साथ होता है, भाव-विस्तार के दौरान उसका मूल सन्दर्भ पीछे छूट जाता है, वही इस नज़्म के साथ होता है। यह नज़्म एक व्यक्ति के सज्दों के आवारा हो जाने की आत्मवेदना है। इसके पीछे एक जटिल और व्यापक संरचना है, वह परिस्थिति है जिसमें एक-एक करके मानवीय संवेदना के आधार ध्वस्त होते जाने की प्रक्रिया जारी है। यह सिर्फ़ इकाई का टूटना नहीं है बल्कि परिवेश की चौतरफ़ा टूटन है और यही टूटन व्यक्ति में इतना साहस भी जगा देती है कि वह ख़ुदा की सत्ता से इनकार कर देता है, क्योंकि जितने ख़ुदा उतने भ्रम। नज़्म यहाँ आकर टिकती है—

1. फ़रेब

एक के बाद ख़ुदा एक चला आता था
कह दिया अक़्ल ने तंग आके ख़ुदा कोई नहीं

मीर ने कभी शम्मे-हरम और सोमनाथ के दीये की बात एक साथ कही थी। कैफ़ी 'सोमनाथ' नज़्म में बुतपरस्ती और बुतशिकनी की बहस उठाते हैं और इस बहस के बहाने अन्ध धार्मिक उन्माद पर लानत भेजते हैं। यह नज़्म सांस्कृतिक बहुलता के सम्मान की प्रेरणा देती है। प्रगतिशील दृष्टिकोण में सूफ़ी आस्थाओं का मेल इस नज़्म की बड़ी शक्ति है:

दिल पे ये सोच के पथराव करो दीवानो
कि जहाँ हमने सनम अपने छिपा रक्खे हैं
वहीं ग़ज़नीं के ख़ुदा रक्खे हैं

'दूसरा बनबास' बाबरी मस्जिद के ध्वंस के बाद लिखी जाती है। इसमें उन्मादी ध्वंसकर्ताओं के शाकाहारी ख़ंजरों का तांडव है। कैफ़ी इस दुर्भाग्यपूर्ण घटना से कितने आहत और विचलित हुए, यह नज़्म इस बात का एहसास कराती है।

'साँप' नज़्म में साम्प्रदायिकता और युद्धोन्माद के अन्तस्सम्बन्धों को उभारा गया है। यह साम्प्रदायिकता का साँप एक के बाद एक अलग-अलग धर्मों के उपासनागृहों से होकर निकलता है और बमों का गुलूबन्द डालकर जंगबाज़ी सीख जाता है।

इसके अलावा 'गर्भवती' और 'जागिये' नज़्में भी युद्धविरोधी स्वर की दृष्टि से महत्त्वपूर्ण हैं। शाइर को इस बात की चिन्ता है कि एक लम्बे अरसे से युद्ध का 'यह मनहूस अमल जारी है।' साम्राज्यवादी युद्धोन्माद के साथ कैफ़ी की नज़र देश के भीतर के युद्ध पर भी टिकती है और 'ख़ानाजंगी' जैसी मस्नवी लिखी जाती है। 6 दिसम्बर, 1992 के बाद हमारे यहाँ ख़ानाजंगी (गृहयुद्ध) का सिलसिला थमा नहीं है। हाल ही हमने गुजरात को जलते देखा है। यह नज़्म लगता है जैसे कैफ़ी आज लिख रहे हों।

कैफ़ी की ग़ज़ल का एक शे'र उनके कवि-व्यक्तित्व को समझने में हमारी बहुत मदद करता है :

ऐलान-ए-हक़ में ख़तरा-ए-दार-ओ-रसन तो है
लेकिन सवाल ये है कि दार-ओ-रसन के बाद

हम जानते हैं कि सच कहने की राह में बहुत ख़तरे दरपेश होते हैं। शाइर इससे आगे की बात कहता है। वह दार-ओ-रसन (सूली और फाँसी) को सच की लड़ाई का अन्त नहीं मानता है। मुक्तिबोध ने कविता के कहीं भी ख़त्म न होने की बात कही है। स्वभावत: कविता यहाँ जीवन से भिन्न नहीं है। कैफ़ी भी दार-ओ-रसन के बाद जीवन की सम्भावनाओं को लेकर आश्वस्त हैं। जिजीविषा को लेकर ऐसी आश्वस्ति एक बड़े कलाकार के यहाँ ही मिल सकती है। दार-ओ-रसन के बाद को लेकर कैफ़ी जो

सवाल उठाते हैं, आज उस सवाल की लौ को महफ़ूज़ रखने की ज़रूरत है।

एक तरह से देखें तो ऊपर उद्धृत शे'र कैफ़ी के व्यक्तित्व का आईनादार भी है। उनकी पूरी रचनायात्रा इस बात की गवाह है कि सच के ऐलान में वे दार-ओ-रसन के ख़तरे उठाने को तैयार रहे हैं। अपनी सुविचारित जन-पक्षधरता के कारण वे अपने मार्ग से विचलित नहीं हुए। बाज़ लोगों की तरह द्विअर्थक बातें कभी नहीं कहीं। अपने कलाम या बयान को लेकर कोई पछतावा या स्पष्टीकरण जैसी ज़िल्लत उठाना उन्होंने कभी गवारा नहीं की। आज 'पाठ' को रचनाकार और उसके सन्दर्भ से मुक्त करके देखा जाने लगा है। कभी-कभी रचनाकार के जीवन के प्रति हमारे पूर्वग्रह रचना की पड़ताल में आड़े आ जाते हैं, ऐसी सूरत में इस उत्तर संरचनावादी नज़रिए की उपयोगिता वाक़ई बनती है, लेकिन रचनाकार के व्यावहारिक जीवन को सदैव उपेक्षित नहीं किया जाना चाहिए। सामाजिक सक्रियताओं और हंगामों से भरे हुए कैफ़ी के जीवन में शाइरी कोई फ़ुरसत का शग़ल नहीं, बल्कि एक सोद्देश्य कार्रवाई है। कैफ़ी की स्वयं को सम्बोधित चार पंक्तियाँ हैं—

ज़िन्दगी से गिराँ[1] जवानी है
रहम अपने पे खाइए कैफी
देख कर अब कहीं घना साया
आप भी बैठे जाइए कैफ़ी

पर कैफ़ी बैठे नहीं!

फ़हमीदा रियाज़ ने एक जगह लिखा है कि 'अदब की तख़्लीक़ दीवार पर सर पटकने के समान है। अगर सर सलामत नहीं रहता तो यह दीवार भी सलामत नहीं रह सकती।' कैफ़ी के यहाँ सर और दीवार दोनों की नासलामती के आसार साफ़ दिखाई देते हैं। वे किसी भी तरह की नियति के पाबन्द नहीं हैं। दीवार में खिड़की खुलने की उम्मीद उनके सृजन में ताप और ऊर्जा भर देती है। 'मकान' नज़्म में कहते हैं:

सब उठो, मैं भी उठूँ, तुम भी उठो, तुम भी उठो
कोई खिड़की इसी दीवार में खुल जायेगी

कैफ़ी की शाइरी में इस भाव को व्यक्त करने वाली पंक्तियाँ गाहे-बगाहे मिलती हैं—'एक नये साँचे में ढल जायेगी सारी काइनात।' आज काइनात एक नये साँचे में तो यक़ीनन ढल रही है, लेकिन यह कैफ़ी और अन्य प्रगतिशील लेखकों की कल्पना का साँचा नहीं है। दुर्भाग्य से यह अमरीकी साम्राज्यवाद का साँचा है। इसे ख़ुशफ़हमी कहा जाये या सकारात्मक परिवर्तन के विचार में दृढ़ आस्था कि सोवियत संघ के विघटन के बाद भी इन रचनाकारों की आँखों से यह सपना ओझल नहीं हो पाता। कैफ़ी अपने

1. मूल्यवान

कुल्लियात (1994 ई.) की भूमिका में लिखते हैं, "मैं महकूम (पराधीन) हिन्दुस्तान में पैदा हुआ, आज़ाद हिन्दुस्तान में बूढ़ा हुआ और सोशलिस्ट हिन्दुस्तान में मरूँगा।" हम जानते हैं कि कैफ़ी सोशलिस्ट हिन्दुस्तान में नहीं मरे। यहाँ हमें ग़ालिब याद आते हैं, 'गिरी हो जिसपे कल बिजली वो मेरा आशियाँ क्यूँ हो?' सच्चाई यह है कि शाइर के आशियाँ पर ही बिजली गिरी है, लेकिन वह अपने विचार के सच को ज़्यादा महत्त्व देता है। इसे हम यथार्थ की सम्भावनाओं का सच भी कह सकते हैं।

कहीं-कहीं कैफ़ी श्रम के सौन्दर्य के साथ-साथ देह के सौन्दर्य के प्रति भी आकृष्ट नज़र आते हैं। ऐसी रचनाओं में उनके भावलोक का एक अन्तरंग कोना आलोकित हो उठता है जहाँ प्रेम के लिए जगह बची हुई है। 'नया हुस्न', 'नज़राना', 'एक बोसा' और 'दोशीज़ा मालन' जैसी नज़्मों में एक स्वच्छन्द कैफ़ी मिलते हैं। ऐसा भी नहीं है कि ये शुरूआती दौर की रचनाएँ हों बल्कि इनका रचनाकाल 1940 से 1980 तक फैला हुआ है। इनमें 'नया हुस्न' विशेष रूप से उल्लेखनीय है। इस नज़्म में कैफ़ी की सौन्दर्य विषयक कल्पना साकार हो उठी है। 'फ़िराक़' ने कहा था, 'न मुफ़लिसी हो तो कितनी हसीन है दुनिया!' कैफ़ी इस पंक्ति के अन्तिम छंद का प्रयोग करते हुए 'नया हुस्न' नज़्म को इस तरह शुरू करते हैं, 'कितनी रंगीं है फ़ज़ा, कितनी हसीं है दुनिया।' इसके उपरान्त पूरी रचना में अपनी कल्पना की स्त्री के दैहिक सौन्दर्य की रेखाओं को उभारते चलते हैं। ग़ौरतलब है कि इस सौन्दर्य में सम्पन्नता और सुख़-सुविधाओं का संस्पर्श नहीं है बल्कि यह सौन्दर्य संघर्ष की आँच में तप कर निखरा है। कैफ़ी का अनेकशः उद्धृत निम्नांकित शे'र इसी नज़्म में है—

ज़िन्दगी चलती रही काँटों पे, अंगारों पर
जब मिली इतनी हसीं, इतनी सुबक[1] *चाल तुझे*

कैफ़ी के यहाँ मौजूद हुस्न का यह तसव्वुर उर्दू शाइरी की पारम्परिक भावधारा में कुछ नया जोड़ता है और प्रग़तिशील शाइरी पर की गयी इस आपत्ति का एक हद तक जवाब भी है कि इसमें 'सुर्ख़' रंग के सिवा जीवन के बाक़ी रंग ग़ायब हैं।

सज्जाद ज़हीर ने 'रौशनाई' में कैफ़ी की शाइरी के अनीसी रंग का ज़िक्र किया है। हम अनीस (1804-1874 ई.) के बारे में थोड़ा-सा जान लें तो कैफ़ी की इस विशेषता को समझने में मदद मिलेगी। मीर अनीस लखनऊ के एक महान मर्सियागो शाइर गुज़रे हैं। उनके मर्सिए मानवीय करुणा की अभिव्यक्ति के अप्रतिम नमूने हैं। रचनात्मक औदात्य, भाव-चित्रण में अन्तरंगता और भाषा-शैली की सहज गम्भीरता उनके मर्सियों की चंद ऐसी ख़ूबियाँ हैं जो किसी मर्सियागो शाइर के यहाँ नहीं मिलतीं। कैफ़ी में भी सरल ढंग से गम्भीर आशय को पाठक और श्रोता तक पहुँचा देने की बड़ी

---

1. चुस्त व फ़ुर्तीली

सिफ़त है। अपनी इसी सिफ़त के कारण वे मुशाइरों में विभिन्न स्तरों के श्रोताओं के बीच सराहे गये। शाइरी के अपेक्षाकृत संस्कारवान पाठकों के बीच भी उनके इस रंग को पसन्द की नज़र से देखा गया। ज़ाहिर है कि अन्तर्वस्तु के स्तर पर अनीस से कैफ़ी का कोई रिश्ता नहीं बनता। दोनों के विषय-क्षेत्र अलग-अलग हैं। यह महज़ अन्दाज़े-बयाँ का रिश्ता है।

हिन्दी-उर्दू के प्रगतिशील साहित्यान्दोलन की अगुआ पीढ़ी का क़ाफ़िला लगभग सफ़र कर गया है। हमारे बहुत-से बुज़ुर्ग प्रगतिशील लेखकों की तरह कैफ़ी को भी यह एहसास रहा—

'दाद-ए-सुख़न मिली मुझे तर्क-ए-सुख़न के बाद!'

— 2003 ई.

कैफ़ी आज़मी : मस्नवी 'ज़हरे-इश्क़' का नाट्य रूपान्तर

मस्नवी 'ज़हर-ए-इश्क़' का कैफ़ी आज़मी द्वारा तैयार किया गया ड्रामाई रूप सालों अप्रकाशित पड़ा रहा। यह उनके निधनोपरान्त सन 2003 में उर्दू के बजाय हिन्दी में प्रकाशित हो सका। नाटक विधा पर काम करना मेरे लिए एक नया अनुभव था और उर्दू की पांडुलिपि हस्तलिखित थी। अतएव सन 2002 की शुरूआत में इसके हिन्दी लिप्यन्तरण के दौरान कैफ़ी साहब ने फ़ोन पर और जनाब जावेद अख़्तर ने फ़ैक्स द्वारा एक-दो बार मेरी मदद भी की।

मस्नवी विधा फ़ारसी से उर्दू में आयी। हिन्दी प्रबन्ध-काव्य की भाँति यह एक क्रमबद्ध कविता होती है जिसमें एक ही भाव, प्रसंग या कथा का वर्णन किया जाता है। यह चन्द शे'रों की एक संक्षिप्त रचना भी हो सकती है और एक विस्तृत प्रबन्ध भी। इसकी वस्तु के रूप में दार्शनिक चिन्तन को भी स्थान दिया जा सकता है, जैसे मौलाना रूमी की विश्वप्रसिद्ध मस्नवी जिसमें कई हज़ार शे'र हैं। हिन्दी में मस्नवी के समीप पड़ने वाली रचना जायसी का 'पद्‌मावत' है। 'पद्‌मावत' में प्रेमवर्णन के लिए फ़ारसी मस्नवियों की शैली को अपनाया गया है। जहाँ तक इसके फ़ॉर्म की बात है, मस्नवी में सभी मिसरे हमवज़्न (सममात्रिक/समवर्णिक) होते हैं। हर शे'र के दोनों मिसरे हमक़ाफ़िया होते हैं और हर शे'र के लिए अलग-अलग क़ाफ़िए का इस्तेमाल किया जाता है, जैसाकि आप मस्नवी 'ज़हर-ए-इश्क़' में देखेंगे।

उर्दू में मस्नवी की दीर्घ परम्परा रही है। 'मीर' ने भी 'ख़्वाबो-ख़याल', 'शौला-ए-इश्क़', 'दरिया-ए-इश्क़' और 'शिकारनामा' आदि कई मस्नवियाँ लिखीं। अनेक शाइरों ने इस काव्यरूप में रचना की, लेकिन मस्नवी को साहित्यिक प्रतिष्ठा दिलाने वाले शाइरों में सबसे महत्त्वपूर्ण नाम मीर हसन (1736-1786 ई.) का है। उनकी 'सहरुल बयान' नामक मस्नवी अपनी मिसाल आप है। इसमें एक शहज़ादे बेनज़ीर और शहज़ादी बद्रेमुनीर की प्रेम कहानी वर्णित है। फिर पंडित दयाशंकर 'नसीम' (1811-1843 ई.) का नाम आता है। उनकी 'गुलज़ारे-नसीम' मस्नवी गुलबकाबली की मशहूर दास्तान पर आधारित है। इसके वर्णन-लाघव और भाव-सघनता की मुहम्मद हुसैन 'आज़ाद' ने 'आबे-हयात' में बहुत प्रशंसा की है। इसी क्रम में नवाब मिर्ज़ा

'शौक़' लखनवी का नाम आता है।

मस्नवी 'ज़हर-ए-इश्क़' नवाब मिर्ज़ा शौक़ लखनवी की तीन अमर मस्नवियों में से एक है। प्रेम में वियोग का ऐसा मर्मांतक वर्णन विरल है। इस पारम्परिक विषय पर उर्दू में अनेक मस्नवियाँ लिखी गई हैं, लेकिन ऐसी भावप्रवणता और हृदयगाह्यता शायद ही कहीं और मौजूद हो। इसकी संवेदना में युवा हृदय की अभिलाषाओं का ज्वार है, अधूरे सपनों का विलाप है और प्रेम की लौ को आँधियों के क़हर से बचा पाने की विकलता है। अपनी परिणति में यह एक दुःखांत रचना है। प्रिय मिलन से वंचित नायिका की मृत्यु हमारे मन को झकझोर देती है।

बाज़ आलोचकों की राय है कि यह मस्नवी नवाब मिर्ज़ा 'शौक़' की आपबीती है। इसके नायक वे ख़ुद हैं। उन्होंने अपनी जवानी के असफल प्रेम पर तीन मस्नवियाँ लिखीं— 'फ़रेब-ए-इश्क़', 'बहार-ए-इश्क़' और 'ज़हर-ए-इश्क़'। तीनों का कथ्य एक है। तुलनात्मक दृष्टि से देखा जाये तो 'ज़हर-ए-इश्क़' में साहित्यिक उत्कर्ष कहीं ज़्यादा है।

प्रो. एहतिशाम हुसैन के अनुसार 'इस मस्नवी के वास्तविकता और सादगी दो ऐसे गुण हैं जो उस समय की और कविताओं में नहीं पाए जाते हैं।' कहा जाता है कि 'शौक़' की मस्नवियों पर मीर दर्द के छोटे भाई ख़्वाजा मीर असर देहलवी और मोमिन की मस्नवियों का प्रभाव देखा जा सकता है, लेकिन 'शौक़' अपने विशिष्ट लखनवी रंग और वर्ण्य विषय से अन्तरंगता की बिना पर अपनी मस्नवियों को बेमिसाल बना गये हैं।

मिर्ज़ा 'शौक़' नवाब वाजिद अली शाह के ज़माने के मशहूर शाइर थे। मनस्वी 'ज़हर-ए-इश्क़' की रचना 1860 ई. में हुई। दुःखात प्रेम कहानी के अलावा इस मस्नवी का एक अन्य पाठ भी बनता है जिसमें हम उस समय के लखनऊ की सामाजिक और सांस्कृतिक परिस्थिति से रू-ब-रू हो सकते हैं। 'शौक़' का उद्देश्य समाज-सुधार नहीं था, न ही उनके रसिक स्वभाव से सुधारवाद का तालमेल बैठता था। शाइर अपने प्रेम की व्यथा-कथा के निमित्त से भोग-विलास में लिप्त एक पतनोन्मुख समाज के चित्र उभारता गया है। उस दौर में लखनऊ के जीवन की यह विडम्बना थी कि मुर्ग़े, बटेरें आदि लड़ाने की कुरुचि नवाबों और अमीर-उमराव के प्रभाव से जन साधारण में भी पैदा हो गई थी। मुर्ग़े की जीत और हार जीवन-मरण का प्रश्न बन चुकी थी। मनस्वी मुर्ग़ों की लड़ाई से ही खुलती है। शुरू में लगता है कि जैसे हम कोई नाटक पढ़ रहे हों। नाट्य-तत्त्व के साथ-साथ यहाँ हास्य-विनोद का भी समावेश है। कहानी के बीच में लखनऊ के परिवेश की झलक भी जा ब जा मिलती है। 'शौक़' ने लखनऊ में नौचंदी के मेले, हज़रत अब्बास की दरगाह और हुसैनाबाद में लोगों के जमघट को क़रीब से देखा था। ये तमाम चित्र मस्नवी के बीच-बीच में आते हैं।

जैसाकि इस मस्नवी में आप पायेंगे, नवाबों के शग़ल और शौक़ विचित्र थे। मीर जैसे शाइर को इस तज्रुबे से गुज़रना पड़ा था। मीर नवाब आसफुद्दौला के ज़माने में

लखनऊ गये। 'आबे-हयात' में 'आज़ाद' लिखते हैं कि नवाब के बुलावे पर मीर महल में हाज़िर हुए। देखते हैं कि नवाब पानी में तैरती लाल, हरी मछलियों के साथ छड़ी से खेल रहे हैं। इशारा हुआ कि मीर ग़ज़ल सुनायें। मीर शे'र सुनाते जाते, नवाब मछलियों से खेलते जाते। मीर से रहा नहीं गया कि आप शे'रों की तरफ़ तवज्जो ही नहीं दे रहे हैं। नवाब बोले कि जो अच्छा शे'र होगा, वह अपने-आप तवज्जो खींच लेगा। ग़रज़ यह कि नवाब ने अपना शग़ल नहीं छोड़ा। यहाँ तक कि लखनऊ के रंग में रंग जाने के बाद ख़ुद मीर ने अपने मुर्ग़े की मृत्यु पर मर्सिया (शोक-गीत) लिखा। मस्नवी 'ज़हर-ए-इश्क़', हम जिस पर बात कर रहे हैं, का दारोमदार लड़ाई के दौरान मुर्ग़े की मृत्यु पर ही है।

यह मस्नवी शीआ परिवारों की सामाजिक पृष्ठभूमि पर लिखी गई है। इसलिए शीआ सम्प्रदाय के धार्मिक विश्वासों की ओर रचनाकार का ध्यान जाना स्वाभाविक है। इससे उनके पात्रों का जीवन ज़्यादा विश्वसनीय बन पड़ा है। शीओं में कोई भी काम करने से पहले इस्तिख़ारा निकालने का रिवाज रहा है। आग़ा जब भाई के बेटे के साथ अपनी बेटी के निकाह का प्रस्ताव लेकर आते हैं तो भाई इस्तिख़ारा निकालने की बात कहता है जोकि वाजिब आता है। इस्तिख़ारा वाजिब है तो शुभ, और ग़ैर वाजिब है तो अशुभ। इस्तिख़ारा यानी किसी काम को करने से पहले ख़ुदा से इशारा चाहना। प्रसंगवश बता दें कि असग़र वजाहत के उपन्यास 'सात आसमान' में इस रिवाज का विस्तृत वर्णन मिलता है।

मिर्ज़ा 'शौक़' ने भले ही इहलौकिक प्रेम की महत्ता का प्रतिपादन किया हो, लेकिन वे उर्दू शाइरी में प्रवहमान तसव्वुफ़ की परम्परा से प्रभावित हुए बिना नहीं रह सके हैं। सूफ़ी-सन्त कवियों की भाँति ऐश्वर्य और वैभव की नाशवानता का सन्देश किसी न किसी तरह इस मस्नवी में अभिव्यक्ति पा ही गया है। पहले ख़्वाजा हैदर अली 'आतिश' की एक मशहूर ग़ज़ल के दो शे'र पढ़ें:

ज़माने ने मारे जवाँ कैसे-कैसे
ज़मीं खा गई आस्माँ कैसे-कैसे
न गोरे[1]-सिकंदर, न है क़ब्रे-दारा
मिटे नामियों के निशाँ कैसे-कैसे

अब नायक नवाब मिर्ज़ा के प्रति नायिका महजबीं का यह कथन देखिए:

जाए-इबरत[2] सराए-फ़ानी[3] है
मौरिदे-मर्ग[4] नौजवानी है
अब न रुस्तम न साम बाक़ी है
एक फ़क़त नाम ही नाम बाक़ी है

1. गोर यानी क़ब्र 2. सबक़ लेने की जगह 3. फ़ना हो जाने वाला मकान, नश्वर भवन 4. मृत्यु के ठहरने की जगह

रश्के-यूसुफ़[1] थे जो जहाँ में हसीं
खा गये उनको आसमानो-ज़मीं

यहाँ यह सवाल उठ सकता है कि इस दुनिया और इसके एक इंसान से उन्माद की हद एक प्रेम करने वाली महजबीं दुनिया को 'सराए-फ़ानी' कैसे कह सकती है? दरअस्ल यह उसकी एक मनोदशा है, विश्वास नहीं। महजबीं के पिता आग़ा और नवाब मिर्ज़ा के पिता हैदर अली के मुर्ग़ों की लड़ाई में हैदर अली का मुर्ग़ा हार जाता है। इस हार के अपमान के कारण वह अपने बेटे नवाब मिर्ज़ा और महजबीं की शादी पर राज़ी नहीं है। महजबीं का पिता भी इधर एक अन्य युवक से महजबीं का निकाह पढ़वाने को तैयार हो जाता है। इस विषम परिस्थिति से निराश महजबीं को यह दुनिया सराए-फ़ानी प्रतीत होने लगती है। इसी सिलसिले में वह शे'र आता है जिसे लोग शोक के अवसर पर अक्सर दोहराते रहते हैं—'मौत से किसको रुस्तगारी[2] है/आज वो, कल हमारी बारी है।'

क़ाज़ी और महजबीं के तीखे संवादों के ज़रिए शाइर ने दो दृष्टिकोणों के द्वंद्व को बड़े कौशल के साथ मूर्त कर दिया है। एक तरफ़ क़ाज़ी है जो यह ताकीद करता है:

तुझको समझाऊँ कैसे ऐ गुमराह
अपने मज़हब में आशिक़ी है गुनाह

दूसरी तरफ़ महजबीं है जो सूफ़ियों के इस क़ौल को अपना आदर्श समझती है:

इश्क़ तो आप एक मज़हब है
सिर्फ़ मज़हब नहीं ख़ुदा है इश्क़

यहाँ शाइर बहुत गहरे में जड़ मूल्य-व्यवस्था से जूझता नज़र आता है। यह कशमकश पूरी मस्नवी में चलती रहती है।

कैफ़ी आज़मी ने नाट्य रूपान्तर में मस्नवी के मूल पाठ को सुरक्षित रखते हुए कुछ पंक्तियों और संवादों का इज़ाफ़ा किया है। वह इसलिए कि इसमें नाटक की फ़िज़ा पैदा हो सके। 'ज़हरे-इश्क़' तो एक लम्बी कथात्मक कविता है, निरन्तरता में कुछ शे'र हैं जिनमें पूर्वापर सम्बन्ध है। कैफ़ी ने बाक़ायदा इसे संवादों में ढाला है। कहीं-कहीं एक ही मिसरे को तोड़कर दो पात्रों के संवादों में बाँट दिया है, जैसे हादी और नवाब मिर्ज़ा का एक संवाद देखिए :

हादी : आपके वालिद और सौदागर
कभी आपस में मिलते थे...

नवाब मिर्ज़ा : अक्सर।

1. हज़रत यूसुफ़ के समान हसीन 2. निजात, रिहाई

पूरा मिसरा है 'कभी आपस में मिलते थे अक्सर।' कैफ़ी ने 'अक्सर' शब्द को नवाब मिर्ज़ा के संवाद का हिस्सा बना दिया है। सिचुएशन की माँग के अनुरूप गद्य में भी बहुत संक्षिप्त संवाद जोड़ने पड़े हैं। इसे पढ़ते हुए उनके द्वारा लिखी गई 'हीर राँझा' फ़िल्म की याद आएगी जिसके सभी संवाद काव्यात्मक हैं।

दृश्यबन्ध, मंच-सज्जा और मंच-निर्देश कैफ़ी ने स्वयं कल्पित किए हैं। थोड़े-बहुत अन्तर के साथ दो दृश्यबन्ध बार-बार आते हैं—सौदागर (नायिका महजबीं का पिता आग़ा) की दालान और हैदर अली के घर का ज़नानख़ाना। ज़्यादातर दृश्यों में महजबीं आईने के सामने बैठी है और नौकरानी उसके बाल सँवार रही है। अन्त में कैफ़ी ने एक नये दृश्यबन्ध की कल्पना की है। ज़ाहिर है कि मूल मस्नवी में ऐसा नहीं है। एक बाग़ में वीरान बँगले का दृश्य रचा गया है। नवाब मिर्ज़ा का बुढ़ापा आ जाता है। वह अपने दोस्त हादी के साथ बाग़ में जाता है। उसे ख़याल आता है कि युवावस्था में उसने इसकी दीवार पर कोयले से एक मस्नवी लिखी थी। अचानक नवाब मिर्ज़ा की नज़र पड़ जाती है और उसी को पढ़ते-पढ़ते नाटक समाप्त हो जाता है। यह अपने अतीत का अनुदर्शन (Retrospection) है।

कैफ़ी साहब ने इस मस्नवी में छुपे हुए नाटक को पाठकों के सामने उजागर कर दिया है। इस काम में एक बड़े कलाकार की प्रतिभा झलकती है। एक क्लासिक की नये ढंग से पुनर्प्रस्तुति एक कठिन उपक्रम है। इस नाट्य रूपान्तर के ज़रिए हम मस्नवी 'ज़हरे-इश्क़' का ज़्यादा सहज रूप में आस्वादन कर पाते हैं।

—2003 ई.

मजरूह : ...और कारवाँ बनता गया

मजरूह सुल्तानपुरी (1919–2000 ई.) की शाइरी में साधारण लोकरुचि और गम्भीर काव्य–विवेक की समाहिति बयक वक़्त महसूस की जा सकती है। पिछले क़रीब छह दशकों के दौरान जहाँ एक ओर उनकी शाइरी उर्दू के प्रगतिशील हल्क़ों में बहस का विषय बनी रही, वहीं दूसरी ओर अपने लोकरंजनकारी पहलू के कारण यह शाइरी आम सिनेमा दर्शकों को अभिभूत करती रही। शाइरी का इतना व्यापक परिसर कम शाइरों के यहाँ मिलेगा। चौथे दशक के अन्त में जिस वैचारिक प्रखरता के साथ उनकी शे'रगोई की शुरूआत होती है, आगे फ़िल्मों से जुड़ाव के बाद उसमें कोई विचलन पैदा नहीं होता। उनके ग़ज़ल–संग्रहों के नाम हैं— 'ग़ज़ल' और 'मिश्अले–जाँ'। यानी मजरूह ने बहुत कम कहा।

उनकी रचनाशीलता से जुड़ाव के बाद महसूस होता है कि दुखी और आहत (मजरूह) मानवता के प्रति उनका राग निरन्तर गहरा होता गया है। उनके कवि–स्वभाव में अवध का लोकजीवन रचा–बसा है जो गाहे–बगाहे उनकी रचनाओं में व्यक्त होता रहा है।

मजरूह मुशाइरों के रास्ते 1945 ई. में फ़िल्मी दुनिया से जुड़े और सबसे पहले ए.आर. कारदार की फ़िल्म 'शाहजहाँ' के लिए गीत लिखे। 1945 ई. से लेकर हाल की 'क़सम से' फ़िल्म तक उन्होंने क़रीब साढ़े तीन सौ से ज़्यादा फ़िल्मों को अपने गीत और ग़ज़लों से रौशन किया। 'शाहजहाँ' के संगीत ने सहगल की आवाज़ को अमरता दी। मजरूह फ़िल्म के लिए लिखे नग़मों को अपनी बाक़ी शाइरी से बिल्कुल भिन्न तस्लीम नहीं करते थे। इसका सुबूत यह है कि उन्होंने अपने पहले संग्रह 'ग़ज़ल' के परिवर्द्धित संस्करण में 'ग़म दिये मुस्तक़िल, कितना नाज़ुक है दिल, ये न जाना' गीत को शामिल किया है। फ़िल्मों में प्रयुक्त उनकी कुछ ग़ज़लें साहित्यिक महत्त्व की दृष्टि से बेजोड़ हैं। मसलन 'दस्तक' फ़िल्म की ग़ज़ल 'हम हैं मता–ए–कूचाओ–बाज़ार की तरह/उठती है हर निगाह ख़रीदार की तरह'। फ़िल्म में इस ग़ज़ल का सन्दर्भ यदि हमारे ज़ेहन में है तो हम कह सकते हैं कि यह शे'र पूरे चार सौ साल की उर्दू शाइरी में स्त्री–जीवन पर कहे गये चंद बेहतरीन शे'रों में से एक है। वैसे इस शे'र का एक व्यापक आयाम है। यानी पूँजी के वर्चस्व ने मनुष्य को बाज़ार की वस्तु (मता–ए–कूचा–ओ–

बाज़ार) में घटा दिया है। यह बात कही जानी चाहिए कि फ़िल्मों के लिए उन्होंने कुछ ऐसे गीत भी लिखे जो उनकी साहित्यिक छवि के अनुरूप नहीं हैं।

मजरूह पाँचवें दशक की शुरूआत में जिगर मुरादाबादी के साथ अंजुमन तरक़्क़ी उर्दू के मुशाइरे में बम्बई पहुँचे और वहीं के हो रहे। उनके कवि-संस्कारों पर सबसे ज़्यादा प्रभाव जिगर के दिलकश अन्दाज़े-बयाँ का पड़ा। जिगर के लहजे में इंसान के प्रति सच्चा लगाव था और वे इस पर किसी वाद की मुहर लगाने के क़ायल नहीं थे। अपनी इसी सादगी और सच्चाई की बिना पर वे प्रगतिशील आन्दोलन के संगठनकर्ताओं के बीच प्रशंसित हुए। मजरूह के आने तक साहित्यान्दोलन (विशेष रूप से उर्दू में) सामाजिक स्वीकार्यता अर्जित कर चुका था। साम्राज्यवाद और फ़ासिज़्म के ख़िलाफ़ खुला मोर्चा लेने के कारण इस आन्दोलन ने जन-सामान्य के दिलों में जगह बना ली थी। ऐसे दौर में इस आन्दोलन में एक और आवाज़ शामिल हुई-मजरूह की आवाज़। इस आवाज़ में जीवन का ताप और स्पंदन था और समाज की आलोचना भी। गोया प्रगतिशील शाइरी के तमाम तत्त्व इसमें मौजूद थे, लेकिन एक व्यक्ति के रूप में मजरूह शाइरी के राजनीतिक प्रयोजन के क़ायल नहीं थे। अब तक उनकी शाइरी में प्रगतिशील रुज्हान का सबब उनके प्रत्यक्ष जीवनानुभवों की सच्चाई थी, मार्क्सवाद की शिक्षा नहीं। मजरूह के सन्दर्भ से प्रगतिशील आन्दोलन के एक अन्तर्विरोध को समझा जा सकता है। पहले उभार के दौरान ऐसे अनेक रचाकार थे जो विचारधारा के किताबी ज्ञान से लैस थे, पर इस विचारधारा को रचना में रूपान्तरित करने की कला-क्षमता उनके पास प्राय: नहीं थी। दूसरी ओर ऐसे रचनाकार भी थे जो सैद्धान्तिक रूप से विचारधारा से परिचित नहीं थे, इसके बावजूद उनकी कला में विचारधारा झाँकती नज़र आती थी। मजरूह दूसरी कोटि में आते हैं।

मजरूह सिर्फ़ प्रगतिशील मंच के औपचारिक आयोजनों तक सीमित नहीं रहे। उन्होंने सीधे-सीधे महाराष्ट्र के मज़दूर आन्दोलनों में हिस्सेदारी की। उनके दुख-दर्द को उनकी बोली-बानी में शे'रों में बयान किया और वे मज़दूरों के शाइर हो गये। उस दौर में ट्रेड यूनियनों के मुशाइरों में सबसे ज़्यादा कैफ़ी आज़मी, सरदार जाफ़री, मख़्दूम और मजरूह को सुना जाता था। मज़दूर जिसे अपना रचनाकार मान लें, उस पर बड़ा दायित्व आ जाता है। वह ख़ुद को उनकी अपेक्षाओं के अनुरूप साबित करने की कोशिश करता है। वह अपनी कलात्मक उत्कृष्टता बनाये रखते हुए मज़दूरों के मन में बनी अपनी छवि को धूमिल नहीं होने देना चाहता। मजरूह को इसके लिए आत्मसंघर्ष से गुज़रना पड़ा। तभी उनकी शाइरी 'सितम की स्याह रात' के ख़िलाफ़ संघर्ष का साहस पैदा करने में कामयाब हो सकी—

सुतूने-दार पे रखते चलो सरों के चिराग़
जहाँ तलक ये सितम की स्याह रात चले

एकबारगी लगता है कि मजरूह प्रेम के कवि हैं। कुछ गहराई में जाकर मालूम होता है कि उनके यहाँ प्रेयसी की कल्पना प्रचलित रूमानी शाइरी से भिन्न है। दूसरे प्रगतिशील शाइरों की तरह वे भी प्रेयसी को 'साथी' के रूप में देखते हैं। मजाज़ ने कहा था—'मैं जिस दुनिया में रहता हूँ, वह उस दुनिया की औरत है।' मजरूह भी प्रेयसी को संघर्ष का साथी तस्लीम करते हैं—

मुझे सहल हो गईं मंज़िलें, वो हवा के रुख़ भी बदल गये
तेरा हाथ हाथ में आ गया कि चिराग़ राह में जल गये

मजरूह ने प्रेम की भावभूमि पर इतने नये अन्दाज़ में शे'र कहे हैं जिनका कोई जोड़ नहीं मिलता। यहाँ प्रगतिशीलता के तक़ाज़ों से अलग एक दूसरे मजरूह हमारे सामने होते हैं। अपने तरन्नुम और तग़ज़्ज़ुल की बिना पर ये शे'र हमारे ज़ेहन पर नक़्श हो जाते हैं—

दिल से मिलती तो है एक राह कहीं से आकर
सोचता हूँ ये तिरी राह गुज़र है कि नहीं

मजरूह में निजता और सामाजिक चेतना का द्वंद्व बराबर जारी रहता है। उनका रचनाकार अनुभव के दोनों आयामों को छूता हुआ चलता है। मजरूह को यह कहने में संकोच नहीं कि 'हो सके तो ख़ुद को भी एक बार सज्दा कीजिए।' प्रगतिशीलों का एक बड़ा वर्ग व्यक्ति की सत्ता को केन्द्र में रखने वाली शाइरी को प्रतिक्रियावाद के रूप में परिभाषित करता था, लेकिन बाद में यह महसूस किया गया कि व्यक्ति की केन्द्रीयता के बावजूद रचना में जीवन है तो इसकी क़द्र की जानी चाहिए। यदि प्रगतिशीलता के इतने संकीर्ण प्रतिमान लेकर हम रचनाकारों को बाहर करते गये तो एक दिन ख़ेमा ख़ाली हो जाएगा। अतएव मजरूह में एक व्यक्ति का अहंबोध है, लेकिन वह व्यक्तिवाद क़तई नहीं। यदि यहाँ व्यक्ति की महत्ता नज़र आती है तो यह कवि की आत्मरति के बजाय आत्मविश्वास है। इस भाव को व्यंजित करने वाले अनेक शे'र कहावत बन चुके हैं—

मैं अकेला ही चला था जानिबे-मंज़िल मगर
लोग साथ आते गये और कारवाँ बनता गया

इसी ग़ज़ल का मक़्ता भी ध्यान देने योग्य है। ये पंक्तियाँ अपनी शाइरी के अवाम से रिश्तों की बाबत कवि के भरोसे का पता देती हैं। इस संसार में कोई विषय शाश्वत नहीं है। मेरे क़लम ने जिस विषय को छू लिया, वह शाश्वत बन गया—

दहर में 'मजरूह' कोई जाविदाँ मज़्मूँ कहाँ
मैं जिसे छूता गया, वो जाविदाँ बनता गया

हमें याद है कि प्रगतिशील आन्दोलन के दौरान नारों की क़ाफ़िया-पैमाई ख़ूब हुई और शे'र भी कहे गये। उस दौर के लगभग सब शाइरों के यहाँ यह सिफ़त मिलेगी। समय की लम्बी यात्रा के बाद छनकर कुछ शे'र बचे रहते हैं और तात्कालिकता से उपजे नारों का सिर्फ़ ऐतिहासिक महत्त्व रह जाता है। मजरूह की ख़ूबी यह है कि उन्होंने साम्राज्यवाद के विरोध में सामयिक हालात की अक्कासी की है, मास्को की तारीफ़ में शे'र भी कहे हैं। मजरूह के कवि-व्यक्तित्व को समझने में इन तात्कालिक प्रतिक्रियाओं का अपना एक महत्त्व है। जैसे साम्राज्यवाद को सम्बोधित करके कहते हैं—

जबीं पर ताजे-ज़र, पहलू में ज़िन्दाँ, बैंक छाती पर
उठेगा बेकफ़न कब ये जनाज़ा, हम भी देखेंगे

यह शे'र भले ही हमारी स्मृति में ज़्यादा देर न टिक पाये लेकिन इससे पता तो चलता ही है कि मजरूह का एक रूप यह भी है। आमतौर पर मजरूह शाइरी की व्यंजकता और प्रभावोत्पादकता के हामी हैं। उनका यक़ीन है कि प्रगतिशील शाइरी के कलात्मक उपादान भी ऐसे होने चाहिए कि शे'र सुन या पढ़कर व्यक्ति के अन्तर्मन के तार झनझना उठें, तभी रचना में निहित विचार ठीक से सम्प्रेषित हो सकेगा। मजरूह यदि जीवनविरोधी हालात में जिजीविषा की बात करते हैं और अपनी नियति को बदलने की प्रेरणा देते हैं तो उनकी यह तर्ज़ होती है—

देख ज़िन्दाँ से परे रंगे-चमन, जोशे-बहार
रक़्स करना है तो फिर पाँव की ज़ंजीर न देख

मजरूह ने 'रक़्स' किया और 'पाँव की ज़ंजीर' को नहीं देखा, जिसकी क़ीमत उन्हें आज़ाद भारत में 1951 ई. में जेल जाकर चुकानी पड़ी। एक साल की जेल काटी पर उनका बाँकपन बरक़रार रहा—

सर पर हवा-ए-ज़ुल्म चले सौ जतन के साथ
अपनी कुलाह कज है उसी बाँकपन के साथ

मजरूह ने बम्बई की आर्थर रोड जेल में एक शे'र कहा था—

जुनूने-दिल न सिर्फ़ इतना कि इक गुल पैरहन तक है
क़दो-गेसू से अपना सिलसिला दारो-रसन तक है

यह शे'र मजरूह के दृष्टि-विस्तार और कला-वैविध्य का एहसास कराता है। वे एक ओर क्लासिकी शाइरी को बँधे-टँके विषयों से बाहर लाते हैं, दूसरी ओर प्रगतिशील शाइरी में क़दो-गेसू (देह) को जगह देने की लोच पैदा करते हैं। उनके यहाँ जीवन का एक छोर दैहिक प्रेम से जुड़ा है तो दूसरा सूली और फाँसी से। यह शे'र मजरूह का आत्मकथ्य है।

मजरूह एक काव्य-विधा के रूप में ग़ज़ल की हिमायत के लिए याद किए जाएँगे। प्रगतिशीलों के एक हिस्से ने सामाजिक यथार्थ को रूपायित करने के ऐतिबार से ग़ज़ल के फ़ॉर्म को नाकाफ़ी क़रार दे दिया था। बयानिया शाइरी बनाम ग़ज़ल की बहस ज़ोरों पर थी और कहा जाता था कि कि ग़ज़ल विधा की चरम उपलब्धि मीर और ग़ालिब की शाइरी में सामने आ चुकी है, ग़ज़ल ने अपने विकास की आख़िरी मंज़िलें तय कर ली हैं। ऐसे में जिगर और फ़िराक़ के बाद मजरूह ने ग़ज़ल के सामर्थ्य में अपना भरोसा बनाये रखा। फ़िराक़ ने तो नज़्में भी कही हैं, लेकिन जिगर और मजरूह ग़ज़ल को ही अपना वसीला बनाये रहे। मजरूह नज़्म की शाइरी को हेय नहीं समझते थे, लेकिन उनका यक़ीन था कि जीवन में कुछ ऐसे मुक़ाम हैं, ऐसी मंज़िलें हैं, जहाँ सिर्फ़ ग़ज़ल साथ देती है। जब कोई भाव-तरंग मन में उठेगी, वह अनायास शे'र का आकार ले लेगी। मजरूह को प्रगतिशीलों के बीच ग़ज़ल को स्वीकार्य बनाने के लिए ख़ासी जद्दोजहद करनी पड़ी। उन्होंने ग़ज़ल के विरोधियों से बहसें कीं। सज्जाद ज़हीर ने 'रौशनाई' में लिखा है कि 'कभी-कभी यह मालूम होता था कि इस बहस के काम में हिस्सा लेना ही उनके मानसिक विकास की शर्त है।' बहरहाल उन्होंने ग़ज़ल के विरोधियों को अच्छी ग़ज़लें कहकर जवाब दिया। यहाँ तक कि उन्होंने अपने पहले संग्रह का नाम भी 'ग़ज़ल' रखा। यह कहा जा सकता है कि मजरूह के साथ ग़ज़ल प्रगतिशील रचना आन्दोलन के बीच दोबारा प्रतिष्ठित हुई।

उर्दू के अलावा आज दूसरी भारतीय भाषाओं के रचनाकार ग़ज़ल के साथ आ रहे हैं और कारवाँ बनता जा रहा है। मजरूह जिस परम्परा में आते हैं, वह परम्परा अनेक धाराओं में विकासमान है।

— *2000 ई.*

तरक़्क़ीपसन्दी और मंटो

'कामरेड मंटो'—यह सआदत हसन मंटो का शुरूआती क़लमी नाम है।

और यही कामरेड मंटो बाद में फ़हशनिगार ठहरा दिये गये।

क्यों?

इसका जवाब पाने के लिए हमें मंटो की रचना-यात्रा की पृष्ठभूमि पर नज़र डालनी होगी। जैसा कि आमतौर पर माना जाता है, सन 40-41 के आसपास तक इस क़लमी नाम की सार्थकता वे साबित करते रहे। फिर धीरे-धीरे यह सम्बोधन उनके लिए कम प्रयुक्त होने लगा, और बाद के कुछ वर्षों में बिल्कुल बन्द। प्रगतिशील साहित्यान्दोलन पर वस्तुपरक दृष्टि से लिखने वाले सभी लोगों ने यह स्वीकार किया है कि शुरू में मंटो साम्यवादी उसूलों के क़ायल थे। अपने समय की विश्व-परिस्थिति पर उनकी गहरी निगाह थी। 1932-33 ई. के आसपास उनकी वैचारिक तरबीयत बारी अलीग जैसे इतिहास एवं अर्थशास्त्र के विद्वान और वामपंथी सोच के बुद्धिजीवी के सान्निध्य में हुई। बारी साहब के पर्चे 'मुसावात' से ही मंटो का लेखन शुरू होता है। इन्हीं दिनों वे साम्यवादी साहित्य के अनुवाद की ओर प्रवृत्त हुए। गोर्की के अनुवाद के साथ-साथ उन पर लेख भी लिखे। 'आलमगीर' पत्रिका का रूसी अदब नंबर सम्पादित किया। रूस के क्रान्तिकारियों की सरगर्मियों पर आधारित ऑस्कर वाइल्ड के 'वीरा' नाटक के अनुवाद ने उनके भीतर एक नया जोश भर दिया। बारी साहब पर लिखे ख़ाके (व्यक्ति-चित्र) में कहते हैं : "कहाँ मास्को, कहाँ अमृतसर। मगर मैं और हसन अब्बास नये-नये बाग़ी थे। दस्वीं जमात में दुनिया का नक़्शा निकाल कर हम धरती के रास्ते से रूस पहुँचने की स्कीमें बना चुके थे। हालाँकि उन दिनों फ़ीरोज़ुद्दीन मंसूर भी कामरेड एफ़.डी. मंसूर नहीं बने थे और कामरेड सज्जाद ज़हीर बन्ने मियाँ ही थे। हमने अमृतसर ही को मास्को मान लिया था और उसी के गली-कूचों में अत्याचारी हुक्मरानों का इबरतनाक अंजाम देखना चाहते थे।" यह लगभग 1934-35 ई. का मंटो था।

साम्यवादी कथा-साहित्य पर कई वर्षों तक काम करते हुए मंटो में एक दृष्टि का विकसित होना स्वाभाविक था। वे इस विचार से सहमत हो चले थे कि साहित्य को सामाजिक परिवर्तन के एक सशक्त साधन के रूप में बरता जा सकता है। प्रलेस (उर्दू)

के अघोषित मुखपत्र 'नया अदब' के 1941-42 के अंकों में प्रकाशित कहानियाँ इसका प्रमाण हैं। उनके अनेक लेखों-वक्तव्यों में साहित्य की परिवर्तनकामी भूमिका पर ज़ोर दिया गया है। पिछले दिनों उर्दू के जाने-माने प्रगतिशील आलोचक अली अहमद फ़ात्मी ने मंटो के वैचारिक क्षितिज के विस्तार और सामाजिक सरोकारों से परिचित कराने वाले उनके पन्द्रह लेखों को 'कामरेड मंटो' शीर्षक किताब के रूप में सम्पादित किया है। मंटो की जिस पहचान को पसे-पुश्त रखने की कोशिश की गई, इस किताब के ज़रिए यह पहचान एक बार फिर उभरकर सामने आ सकी है। हमारा आग्रह यह नहीं है कि उनकी पहचान सिर्फ़ यही थी, बल्कि यों कहिए कि 'यह' भी थी।

मंटो की इस पहचान के रहते जब उनकी 'नया क़ानून' (1937 ई.) कहानी आती है तो उसे तरक़्क़ीपसन्दों द्वारा हाथों-हाथ लिया जाता है। इस कहानी की राह से किये गये उनके राजनीतिक हस्तक्षेप की सराहना की जाती है। इसके ज़रिए इस धारणा को भी बल मिला कि तरक़्क़ीपसन्द अदब सिर्फ़ संगठन के सीमित दायरे में ही नहीं रचा जा रहा, इससे बाहर मौजूद रचनाकार भी अपनी प्रतिभा और सरोकारों की बिना पर इसमें अपना योगदान दे रहे हैं—संगठन में शामिल कई औसत दर्जे के लेखकों से कहीं ज़्यादा।

इस कहानी की पृष्ठभूमि में Government of India Act-1935 है जो 1 अप्रैल, 1937 से लागू हुआ, जिसके तहत राज्यों की इकाई को स्वायत्तता देते हुए भारत-संघ का गठन किया जाना था। संवैधानिक विकास का इतिहास बताता है कि इस अधिनियम की प्रतिज्ञाओं पर ठीक से अमल नहीं किया गया और दूसरी जंग शुरू हो गई। कहानी का केन्द्रीय पात्र मंगू कोचवान भोला-भाला आदमी है जो इस ख़ुशफ़हमी में रहता है कि नया क़ानून आने से सब कुछ बदल जाएगा और हम ग़ुलामी की लानत से आज़ाद हो जाएँगे। उत्साहातिरेक में एक दिन वह एक अँग्रेज़ सवारी से उलझ जाता है, उसके रुत्बे की चिन्ता किए बग़ैर। दूसरी बार फिर उसी अँग्रेज सवारी से वास्ता पड़ता है। अब अँग्रेज़ों के प्रति मंगू की घृणा उबाल पर थी। वह उस अँग्रेज़ की जी भर के धुनाई कर देता है। उसे इस क़ानून की असलियत का इल्म नहीं है। वह अँग्रेज़ को पीटते-पीटते यह कहता जाता है, "पहली अप्रैल को भी वही अकड़ खूँ...पहली अप्रैल को भी वही अकड़ खूँ, अब हमारा राज है बच्चा!" कॉमिक अपील के साथ एक मज़दूर के प्रतिरोध को व्यक्त करने वाली यह एक सशक्त कहानी है।

इसी तरह 'इन्क़िलाब पसन्द' कहानी का नायक सलीम सामाजिक न्याय से वंचित लोगों के हक़ में आवाज़ उठाता है। उन्हें अपने अधिकारों के प्रति जागरूक बनाने के लिए तक़रीरें करता है। उसकी इन गतिविधियों के कारण एक वर्ग के लोग उसे पागल क़रार देते हैं। इस पर उसका कथन देखिए: "मैं पागल हूँ... इसलिए कि मैं उन्हें ग़रीबों के नंगे बच्चे दिखला-दिखलाकर यह पूछता हूँ कि इस बढ़ती हुई ग़ुर्बत का क्या इलाज हो सकता है ?..."

मंटो की एक चर्चित कहानी 'सहाय' मुम्ताज़ नामक पात्र के इस कथन से शुरू होती है: ''यह मत कहो कि एक लाख हिन्दू और एक लाख मुसलमान मरे हैं...यह कहो कि दो लाख इंसान मरे हैं....और यह इतनी बड़ी ट्रेजेडी नहीं कि दो लाख इंसान मरे हैं, ट्रेजेडी असल में यह है कि मरने वाले किसी भी खाते में नहीं गये। एक लाख हिन्दू मारकर मुसलमानों ने यह समझा होगा कि हिन्दू मज़हब मर गया, लेकिन वह ज़िन्दा है और ज़िन्दा रहेगा...इसी तरह एक लाख मुसलमान क़त्ल करके हिन्दुओं ने बग़लें बजाई होंगी कि इस्लाम ख़त्म हो गया मगर हक़ीक़त आपके सामने है कि इस्लाम पर एक हल्की-सी ख़राश भी नहीं आई...वो लोग बेवक़ूफ़ हैं जो समझते हैं कि बन्दूक़ों से मज़हब शिकार किये जा सकते हैं...'' इस कहानी का मुख्य पात्र सहाय दंगे में मरते-मरते सुल्ताना तक उसके ज़ेवर-रुपए पहुँचाने के लिए चिन्तित है जो कि पाकिस्तान जाने वाली है। यह है मज़हब के ऊपर इंसानियत की श्रेष्ठता का उदाहरण।

उस दौर में प्रगतिशीलता के प्रचलित मानदंडों पर खरी उतरने वाली 'नारा' कहानी भी देखिए। इसमें अपोलो बन्दर (बम्बई) पर नमक लगी मूँगफली बेचने वाले केशोलाल के माध्यम से एक ग़रीब के स्वाभिमान को अभिव्यक्ति दी गई है। दो महीने का बीस रुपये किराया न चुकाने के कारण उसे खोली के मालिक सेठ से दो भद्दी गालियाँ सुनने को मिलती हैं। वह अपने मर्म पर गहरी चोट महसूस करता है। मंटो ने उसके तनाव की कैफ़ीयत को बहुत गहरा करके दिखाया है। इस तनाव से मुक्त होने का एक ही रास्ता दिखाई देता है और वह लगभग विक्षिप्त अवस्था में सेठ के लिए एक गाली देकर सहज हो जाता है। पात्रों के मनोविज्ञान की बारीकियों को समझने की अन्तर्दृष्टि यहाँ भी मौजूद है जोकि मंटो की एक ख़ासियत है।

मैक्सिम गोर्की की याद में 'शग़ल' कहानी लिखी जाती है। यह पहाड़ काटकर सड़क डालने वाले मज़दूरों की व्यथा-कथा है। पहाड़ी इलाक़ों में जहाँ मज़दूरी ही नहीं है, वहाँ अधिकार-चेतना के लिए बहुत कम गुंजाइश रह जाती है। एक मज़दूर के ज़रिए मंटो बड़े सलीक़े से कह जाते हैं, ''हम अपने काम से मुतमइन थे। यही वजह है कि हम थोड़ी मज़दूरी और ज़्यादा काम के मसले पर बहुत कम ग़ौर किया करते...'' यही मज़दूर जब देखते हैं कि मोटर गाड़ी में सवार दो नौजवान आते हैं और सड़क की मुंडेर पर बैठी हुई एक दलित लड़की को बहला-फुसलाकर साथ ले जाते हैं जिसमें मज़दूरों का मुंशी (पंडित) भी उनका साथ देता है। अमीरों के इस शग़ल को देखकर सड़क मज़दूर विचलित हो उठते है।

मंटो ने 230 के क़रीब कहानियाँ लिखीं। उनकी कमज़ोर कही जाने वाली कहानी भी पूरे मंटो को समझने में हमारी मदद करती है। उसमें भी मंटो अपने बेजोड़ अन्दाज़े-बयाँ का स्पर्श छोड़ ही जाते हैं। ऊपर एक ख़ास रुज्हान यानी तरक़्क़ीपसन्दी के नज़दीक पड़ने वाली अनेक में से कुछ कहानियों का ज़िक्र महज़ इस ग़रज़ से किया

गया है कि फ़हशनिगारी के आक्षेपों पर ग़ौर करते हुए हमें ये रचनाएँ भी अपने हिसाब में रखना चाहिए। सम्भव है, ख़ुद को तरक़्क़ीपसन्दों की पंक्ति में खड़ा करने के लिए उन्होंने इस ढंग की कहानियाँ लिखी हों या ये किसी घटना या स्थिति की त्वरित प्रतिक्रियाएँ हों। बहरहाल कारण जो भी रहे हों, मंटो अपने समय की सर्वाधिक प्रभावशाली प्रवृत्ति यानी तरक़्क़ीपसन्दी को अनदेखा नहीं करते हैं। तरक़्क़ीपसन्दी से बिल्कुल अलग करके मंटो जैसे हस्सास कथाकार के रचनात्मक विकास की कल्पना भी नहीं की जा सकती। अलबत्ता उन्हें अपने समकालीनों की उन कहानियों से गुरेज़ रहा जहाँ मात्र सिद्धान्त-निरूपण है, अपनी अच्छाइयों-बुराइयों के साथ गुज़र-बसर करने वाले सच्चे पात्र नहीं हैं। मंटो ख़ुद को तरक़्क़ीपसन्द इसलिए कहता है कि तरक़्क़ीपसन्दी कोई अन्तिम रूप से निर्मित, स्थिर और बँधी-टकी चीज़ नहीं है, यह इंसानियत के हक़ में सक्रिय विवेक है, यह दुनिया को सुन्दर बनाने का एक गतिशील विचार है। इस विचार पर अमल करते हुए और फ़हशनिगारी की तोहमत की चिन्ता किये बग़ैर मंटो 'काली शलवार', 'बू', 'धुआँ', 'हतक', 'ठंडा गोश्त' और 'खोल दो' जैसी कहानियाँ लिखते हैं। और देखते ही देखते 'टोबा टेकसिंह' के फ़नकार को फ़हशनिगार की उपाधि दे दी जाती है। वह अपने हमनवा रहे तरक़्क़ीपसन्द दोस्तों की आलोचना का केन्द्र बन जाता है।

हालाँकि मंटो का यह विश्वास था कि जो कुछ आलोचक कहें, उससे ठीक उल्टा करते जाओ। आम तौर पर वे आलोचना के प्रति उदासीनता दिखाते रहे हैं: "मुझे नाम निहाद (तथाकथित) आलोचकों में कोई दिलचस्पी नहीं। नुक्ताचीनियाँ सिर्फ़ पत्तियाँ नोचकर बिखेर सकती हैं, लेकिन उन्हें जमा करके एक सालिम फूल नहीं बना सकतीं।" लेकिन जब अपनों की ओर से पत्थर आने लगे तो वे अपनी आलोचनाओं पर प्रतिक्रिया व्यक्त किए बग़ैर नहीं रह सके। 'यज़ीद' संग्रह (1951 ई.) की भूमिका में बड़े दुःख के साथ कहते है: "मैं आज बहुत अफ़्सुर्दा हूँ—पहले मुझे तरक़्क़ीपसन्द तस्लीम किया जाता था, बाद में एकदम मुझे प्रतिक्रियावादी बना दिया गया। और अब फ़त्वे देने वाले सोच रहे हैं और फिर से यह तस्लीम करने पर आमादा हो रहे हैं कि मैं तरक़्क़ीपसन्द हूँ।"

मंटो की शिकायत के मूल में सज्जाद ज़हीर, अली सरदार जाफ़री, फ़ैज़ और अज़ीज़ अहमद जैसे अग्रणी तरक़्क़ीपसन्दों के समय-समय पर दिये गए वक्तव्य हैं। इनमें मंटो सबसे ज़्यादा जाफ़री के रोल से आहत हुए हैं। इसकी तफ़्सील लाज़िमी है। मंटो का 'चुग़द' कहानी-संग्रह जून 1948 ई. में आया। इसकी भूमिका अली सरदार जाफ़री ने लिखी जो शम्सुलहक़ उस्मानी द्वारा सम्पादित 'कुल्लियाते-मंटो' (दूसरी जिल्द) में संकलित है। भूमिका का पहला पैराग्राफ़ यह है:

"मंटो की अफ़सानानिगारी हिन्दुस्तान के दरमियानी तबक़े के मुजरिम ज़मीर

की फ़रियाद है। इसीलिए मंटो उर्दू का सबसे ज़्यादा बदनाम अफ़सानानिगार है और वह बदनामी जो मंटो को नसीब हुई है, मक़्बूलियत और शुहरत की तरह, सिर्फ़ कोशिश से हासिल नहीं की जा सकती। इसके लिए फ़नकार में असली जौहर होना चाहिए। और मंटो का जौहर उसके क़लम की नोक पर नगीने की तरह चमकता है।'' (पृष्ठ 294)

पूरी भूमिका में जाफ़री ने राजनीतिक अत्याचार के ख़िलाफ़ मंटो के प्रतिरोध की क़ुव्वत को सराहा है और अन्त में यह निर्णय दिया है कि इन्क़िलाब की राहों पर गामज़न (अग्रसर) जनता की सफ़ों में ही मंटो की जगह है।

1948 ई. में पाकिस्तान जाने के बाद मंटो ने 'खोल दो' कहानी लिखी जो पाकिस्तानी तरक़्क़ीपसन्दों के रहनुमा अहमद नदीम क़ासमी के रिसाले 'नुक़ूश' में प्रकाशित हुई। विभाजन के दंगों के बीच अमृतसर से मुग़लपुरा की त्रासद यात्रा से सम्बन्धित यह संक्षिप्त-सी कहानी अपने हृदयविदारक अन्त की बिना पर आज भी एक शाहकार है। पूरी कहानी का मर्म दो शब्दों में समाहित है। ख़ुद सरदार जाफ़री ने एक ख़त में लिखा: ''तुम्हारी कहानी 'खोल दो' को मैं इस दौर का शाहकार समझता हूँ।''

इसके कुछ अरसे बाद ही सन' 50 से पहले मंटो के 32 अफ़सानचों (लघु कथाओं) का संग्रह 'सियाह हाशिए' आता है। जैसा कि इसके शीर्षक से स्पष्ट है, जो हमें बज़ाहिर सफ़ेद प्रतीत होता है, वह वास्तव में सियाह है। इसमें 'मज़दूरी' जैसी लघुकथा भी शामिल है। दंगों की लूट-खसोट में लोग बड़ा-बड़ा माल उठा रहे हैं। पुलिस उन्हें रोक नहीं पाती। उसकी नज़र एक कश्मीरी मज़दूर पर है जो चावल की एक बोरी पीठ पर लादकर भाग लेता है। बड़ी मुश्किल से जब उसे पुलिस पकड़ पाती है तो वह बोरी छोड़ने के बदले अपनी चार आने की मज़दूरी की माँग करता है। पूछा जा सकता है कि किसानों-मज़दूरों का अदब और क्या होता है?

'सियाह हाशिए' संग्रह की भूमिका हसन अस्करी ने लिखी। तरक़्क़ीपसन्द लोग अस्करी का नाम अपनी काली सूची में पहले ही दर्ज कर चुके थे। अफ़सोस! वे तरक़्क़ीपसन्द जो यह मानते थे कि रचना का मूल्यांकन लेखक की राजनीतिक सम्बद्धता के बजाय रचना की गुणवत्ता के आधार पर किया जाना चाहिए, अब अपने आदर्श को भुलाकर सिर्फ़ इसलिए 'सियाह हाशिए' को प्रतिगामी रचना तस्लीम करने लगे कि इसकी भूमिका एक तरक़्क़ीपसन्दी के विरोधी आलोचक ने लिखी है। यह बीमारी संक्रमित होते-होते आज हम तक आ पहुँची है। आज आपके लेखन की कोई 'भिन्न' सोच रखने वाला व्यक्ति प्रशंसा कर दे तो आपको सन्देह की दृष्टि से देखा जाने लगता है, ख़ैर।

साहित्य के मूल्यांकन का यह रवैया मंटो को सख़्त नागवार गुज़रा। इसकी प्रतिक्रियास्वरूप उन्होंने 'चुग़द' संग्रह के दूसरे संस्करण (1950 ई.) में सरदार जाफ़री की प्रशंसात्मक भूमिका हटा दी और अपनी ओर से लिखी हुई नई भूमिका को शामिल

किया। कारण, कहीं पाठकगण यह न समझने लगें कि वे तरक़्क़ीपसन्दों के सहारे साहित्य में प्रतिष्ठित होना चाहते हैं। इस भूमिका से ही यह ज्ञात होता है कि उनकी 'बाबू गोपीनाथ' कहानी के साथ भी यही द्वेषपूर्ण व्यवहार किया गया। 'अदबे लतीफ़' पत्रिका में प्रकाशित होते ही जाफ़री, इस्मत और कृश्न चंदर समेत सभी तरक़्क़ीपसन्दों ने इसे एक श्रेष्ठ रचना बताया। फिर बक़ौल मंटो–'मगर यकायक ख़ुदा मालूम कैसा दौरा पड़ा कि सब तरक़्क़ीपसन्द इस अफ़साने की श्रेष्ठता से विमुख हो गये।' इस भूमिका के अन्त में मंटो ने साफ़ कर दिया है कि उन्हें तरक़्क़ीपसन्दी से कोई हठ नहीं है, तरक़्क़ीपसन्दों की उल्टी-सीधी छलांगें बहुत खलती हैं।

यह सिलसिला यहाँ नहीं थमता है। 1951 ई. में अली सरदार जाफ़री की किताब 'तरक़्क़ीपसन्द अदब' प्रकाशित होती है। निश्चय ही प्रगतिशील साहित्यान्दोलन की वैचारिक पृष्ठभूमि और वस्तुवादी सौन्दर्यमानों को समझने की दृष्टि से यह एक ज़रूरी किताब है। लेकिन मंटो की इसमें जो तस्वीर पेश की गई है, वह आज़ादी के ठीक बाद संगठन में ज़ोर पकड़ते संकीर्णतावाद का प्रत्यक्ष प्रमाण है। कभी जिस 'मंटो का जौहर उसके क़लम की नोक पर नगीने की तरह चमकता था', अब पतनशील जीवनमूल्यों का पक्षधर कहानीकार बनकर रह जाता है। जाफ़री के अनुसार : "सआदत हसन मंटो गोर्की के तर्जुमे करने और 'नया क़ानून' जैसी कहानी लिखने के बाद बड़ी तेज़ी से पतन की तरफ़ जा रहे थे और सनसनीख़ेज़, फ़हश और गंदी कहानियाँ लिखने लगे थे।" (पृष्ठ 176) फिर जाफ़री ने 'नारा', 'हतक' और 'नया क़ानून' पर राय देते हुए यह सिद्ध करना चाहा है कि मंटो ने मज़दूरों पर लिखा ज़रूर लेकिन उसे मज़दूर वर्ग की पहचान नहीं थी। उसके मज़दूर पात्र मस्ख़ (विकृत) किये हुए हैं।

यह बात दुरुस्त है कि किसी भी बड़े रचनाकार की भाँति मंटो के भी अपने अन्तर्विरोध हैं। प्राय: उनके सोच में ठहराव है, पर कहीं विचलन भी है। हमें हर वक़्त किसी रचनाकार से एक जैसी रचना की अपेक्षा नहीं करनी चाहिए। बाद की पीढ़ी के सभी प्रगतिशील आलोचकों ने जाफ़री की राय को मंटो के साथ एक नाइंसाफ़ी माना है। जाफ़री के एक बड़े प्रशंसक क़मर रईस ने भी उनके द्वारा किये गये मंटो के आकलन को आलोचना का एक यांत्रिक अन्दाज़ बताया है। (अली सरदार जाफ़री–उर्दू मोनोग्राफ़, पृ. 81)

उस दौर में मंटो के प्रति तरक़्क़ीपसन्दों के बदले हुए रुख़ की हिमायत में कई तर्क जुटाये जा सकते हैं। मसलन आज़ादी के बाद प्रलेस और इप्टा पर हुकूमत ने सख़्त पाबन्दियाँ लगा दी थीं। दमन की कार्रवाइयाँ जारी थीं। इसके प्रतिरोधस्वरूप 'हंस' का दमन विरोधी अंक (जून 1948) प्रकाशित किया गया। सुधी प्रधान की किताब Marxist Cultural Movement in India (Vol. II) से मालूम होता है कि 1949 ई. में कलकत्ता में प्रलेस और इप्टा को उनके साम्यवादी जुड़ाव और झुकाव (Communist affiliation and leaning) के कारण प्रतिबन्धित करने का आदेश जारी हुआ। (पृ. 54) कर्णसिंह चौहान ने अपनी किताब 'हिन्दी प्रगतिशील आन्दोलन का आलेखात्मक इतिहास' में उस दौर की ऐतिहासिक परिस्थितियों का विस्तृत ब्योरा पेश किया है। यह अंश ध्यान देने योग्य है: ''यह दौर कम्युनिस्ट पार्टी में गम्भीर आंतरिक अन्तर्विरोधों और संकटों का दौर था। इसका प्रतिफलन PWA की नीतियों में भी हुआ। और वहाँ भी यह संघर्ष और टकराहट बना रहा। लेकिन इसके बावजूद यह कहा जा सकता है कि आज़ादी के तुरन्त बाद का दौर एक ओर जहाँ प्रगतिशील आन्दोलन के आंतरिक अन्तर्विरोधों का दौर था तो साथ ही वहीं वह उसके जुझारू संघर्ष का दौर भी था जिसमें वह भयंकर दमन का सामना कर रहा था। '' (पृष्ठ 105-106)

इसी दौर में 'तरक़्क़ीपसन्द अदब' किताब लिखी जाती है। जाफ़री प्रलेस के सरगर्म कारकुन थे। पार्टी के आंतरिक अन्तर्विरोधों का प्रलेस की नीतियों में प्रतिफलन होने के फलस्वरूप उनकी राय में बदलाव आना स्वाभाविक ही था। वे एक सख़्त लाइन अख़्तियार कर लेते हैं। यहाँ प्रगतिशील साहित्यान्दोलन के विस्तार में जाने से विषयांतर हो जायेगा। अतएव हम सिर्फ़ यह अर्ज़ करना चाहते हैं कि जो भी पारिस्थितिक कारण रहे हों, मंटो के साथ नाइंसाफ़ी तो हो ही गई।

ज़रा अन्य वरिष्ठ तरक़्क़ीपसन्दों की मंटो विषयक राय भी जान ली जाये। सज्जाद ज़हीर मंटो की कहानी-कला के क़ायल हैं, लेकिन अश्लीलता के मुद्दे पर उनकी आलोचना करने से ख़ुद को रोक नहीं पाते। 'रौशनाई' में मंटो की प्रशंसा व आलोचना एक साथ मिलती है। इसके अलावा 1945 ई. की हैदराबाद उर्दू कॉन्फ्रेंस में अपने अध्यक्षीय वक्तव्य में मंटो के बारे में कहते हैं: ''बाज़ ऐसे अफ़सानानिगार हैं जिनकी रचनाओं में एक साथ कई रुज्हान मिलते हैं, मसलन सआदत हसन मंटो। ये उर्दू के निहायत एक अच्छे अफ़सानानिगार हैं और मैं कहूँगा कि उनके चन्द अफ़साने हमारे अदब के बेहतरीन अफ़सानों में शुमार किये जा सकते हैं लेकिन यह भी सही है कि बाज़ अफ़साने ख़राब हैं। बाज़ प्रतिक्रियावादी तक हैं। मैंने ख़ुद मंटो साहब से एक मर्तबा उनके अफ़साने 'बू' के बारे में यह कहा था कि आपका यह अफ़साना बहुत ही दर्दनाक लेकिन फ़ुज़ूल अफ़साना है...'' यह सभी जानते हैं कि संगठन में सबसे ज़्यादा सन्तुलित और संयमित राय रखने वाले व्यक्ति सज्जाद ज़हीर ही थे, लेकिन मंटो में प्रतिक्रियावाद को लक्षित किये बग़ैर वे भी नहीं रहे हैं। इसकी प्रतिक्रिया में मुम्ताज़ शीरीं को यह कहना पड़ा कि 'मार्क्सवादी आलोचना किसी नज़ाकत और गहराई को समझे बग़ैर हर चीज़ को वर्ग-चेतना की लाठी से हाँक देती है।'

अब फ़ैज़ पर आइए। फ़ैज़ ने 'पाकिस्तान टाइम्स' के सम्पादक की हैसियत से मंटो की 'ठंडा गोश्त' कहानी पर इन शब्दों में टिप्पणी की : ''अफ़साने में मुसन्निफ़ ने फ़हशनिगारी तो नहीं की, लेकिन अदब के आला तक़ाज़ों को पूरा भी नहीं किया;

क्योंकि इसमें ज़िन्दगी के बुनियादी मसाइल का तसल्लीबख़्श तज्ज़िया (विश्लेषण) नहीं है।''

इसी दौर के प्रतिष्ठित कथाकार-आलोचक अज़ीज़ अहमद मंटो के सोच को मरीज़ाना मानते हैं। ध्यान रहे कि अज़ीज़ अहमद की 'तरक़्क़ीपसन्द अदब' शीर्षक से किताब सरदार जाफ़री की 'तरक़्क़ीपसन्द अदब' से कुछ पहले प्रकाशित हो चुकी थी। उनके अनुसार 'मंटो के यहाँ जिंस (सेक्स) का तिलिस्म जिसमें उनका चेतन और अवचेतन चारों तरफ़ से घिरा हुआ है, हद दर्जा मरीज़ाना है। जिंस ने सआदत हसन मंटो के यहाँ मज़हब की जगह ले ली है।'

उपर्युक्त उद्धरणों से यह बख़ूबी स्पष्ट हो जाता है कि उस दौर के सभी प्रगतिशील चिन्तकों/संगठनकर्ताओं ने एक स्वर में मंटो की सृजनात्मक प्रतिभा को स्वीकार करते हुए उनकी चन्द कहानियों में जिंसनिगारी (सेक्स चित्रण) को पतनशील प्रवृत्ति के रूप में रेखांकित किया है और इसी को एक लेबल की तरह उन पर चस्पाँ कर दिया है। उनकी बुनियादी आपत्ति यह थी कि मंटो का ध्यान जिंसनिगारी की तुलना में नई उभरती हुई उत्पादक शक्तियों और सकारात्मक स्थितियों की ओर क्यों नहीं गया? मंटो ने अदब के आला तक़ाज़ों का ध्यान क्यों नहीं रखा? इन आपत्तियों पर एक मुद्दत से बहस जारी है और यह एक दिन में होने वाला फ़ैसला नहीं है। यहाँ फ़क़त हम यह कहने की इजाज़त चाहेंगे कि मंटो कहानी को यथार्थ के जिन इलाक़ों में ले गये, इसे हमें प्रगतिशील रचनाधर्मिता के विस्तार के रूप में ही देखना चाहिए।

मंटो ने अपने ऊपर आयद जिंसनिगारी से सम्बन्धित आपत्तियों का समय-समय पर जवाब भी दिया है। उन्होंने 'अफ़सानानिगार और जिंसी मसाइल' (यौन समस्याएँ) नाम से एक लेख लिखा जो इस मुद्दे पर उनके दृष्टिकोण को बख़ूबी व्यक्त कर देता है। उनके अनुसार दुनिया में जितनी लानते हैं, भूख उनकी माँ है। जिस तरह पेट की भूख है, उसी तरह इंद्रियों की भूख। दुनिया के तमाम नये-पुराने अदब में इन समस्याओं पर लिखा गया है—'उन्होंने इन पर अपने रंग में लिखा, हम अपने रंग में लिख रहे हैं।' बक़ौल उनके उन्होंने सेक्स पर नहीं लिखा बल्कि कुछ ख़ास औरतों और मर्दों के जीवन पर रोशनी डाली है। मंटो को इंसान की नेकी पर पूरा भरोसा है : ''ग़लतकार इंसान नहीं, वो हालात हैं जिनके खेतों में इंसान अपनी ग़लतियाँ पैदा करता है और उनकी फ़स्लें काटता है।''

मंटो ने अपनी कहानियों के पात्र ख़ास औरतों और ख़ास मर्दों का ज़िक्र किया है। इन औरतों और मर्दों के बँटे-बिखरे हुए समाज की पहचान सतही वर्ग-निर्धारण से सम्भव नहीं है। वर्ग के हिसाब से इनकी अनेक श्रेणियाँ हैं। इनका एक अलग समाजशास्त्र है। जिस्मफ़रोश औरतों, उनके दलालों और उनसे सम्बन्ध स्थापित करने वाले तथाकथित सम्भ्रान्त वर्ग के लोगों की एक विशिष्ट व्यवहार-पद्धति है जिसकी जड़ें हमारी सामाजिक

संरचना में हैं। मंटो समाजशास्त्री नहीं हैं, लेकिन इस प्रवृत्ति की कहानियों में उन्होंने सामाजिक दस्तावेज़ीकरण का अभूतपूर्व कार्य किया है। इस मुद्दे पर और ज़्यादा स्पष्टता के लिए 1944 में जोगेश्वरी कॉलेज (बम्बई) में दिया गया उनका भाषण उल्लेखनीय है। उन्होंने इन ख़ास औरतों को कहानी के केन्द्र में प्रतिष्ठित करने के कारण बताते हुए कहा था : ''चक्की पीसने वाली औरत जो दिनभर काम करती है और रात को इत्मीनान से सो जाती है, मेरे अफ़सानों की हीरोइन नहीं हो सकती। मेरी हीरोइन चकले की एक टखियाई रंडी हो सकती है जो रात को जागती है और दिन को सोते में कभी-कभी यह डरावना ख़्वाब देखकर उठ बैठती है कि बुढ़ापा उसके दरवाज़े पर दस्तक देने आया है।'' जब इन औरतों के जीवन की अक्कासी की जाएगी तो शील और मर्यादा की हदें टूटेंगी, और रूढ़ नैतिकता के आवरण को भेदकर एक नई वास्तविकता हमारे सामने आएगी। इसके बावजूद किसी को मंटो में बुराइयाँ नज़र आती हैं तो उनके पास इसका भी जवाब है : ''मुझमें जो बुराइयाँ हैं वो इस युग की बुराइयाँ हैं। मेरी तहरीर में कोई नुक़्स नहीं। जिस नुक़्स को मेरे नाम से जोड़ा जाता है, दरअस्ल मौजूदा निज़ाम का नुक़्स है...'' (अदबे-जदीद)

बाज़ लोगों का कहना है कि जब अपने दोषों की बात आती है, मंटो अपना सारा दोष अपने युग के सर मँढ देते हैं और ख़ुद को बरी कर लेते हैं। पर यह देखना अभी बाक़ी है कि मंटो अपने समय से बाहर रहकर उसके दोषों को देखते हैं या समय में शामिल रहकर। अगर वे समय में शामिल रहकर देखते हैं, जैसा कि है भी, तो उनका कथन उचित है। परोक्षत: वे यह भी कहना चाहते हैं कि इस तरह की पतनशील प्रवृत्तियों को जन्म देने वाली समाज-व्यवस्था में बदलाव की ज़रूरत है।

एकबारगी ऐसा लगता है कि इस तरह की तमाम पूर्वग्रहग्रस्त आलोचनाएँ—चाहे वे किसी ओर से आई हों—मंटो को आत्मश्लाघा की ओर ले गईं। उनकी नाराज़गी को गर्वोक्तियों से भरे लेखों में आउटलेट मिला। हालाँकि उनमें शुरू से ही अपने द्वारा रची जा रही कहानी की एक नई दुनिया को लेकर एक ख़ास तरह का अहंभाव था। समकालीन उन्हें कम करके आँकते रहे और वे ख़ुद को भारत और पाकिस्तान का एक बड़ा अफ़सानानिगार मानते रहे। जैसा कि इस्मत चुग़ताई ने अपने एक संस्मरणात्मक लेख में कहा भी है कि 'मंटो को ख़ुद सिताई की आदत थी।' इसकी एक-दो मिसालें ही काफ़ी होंगी। 'दो गढ़े' लेख में कहते हैं : ''पाकिस्तान में अपना सही मुक़ाम मैं अभी तक मालूम नहीं कर सका लेकिन अपने आपसे मैं यह समझता हूँ कि मेरी शख़्सियत बड़ी है। उर्दू अदब में मेरा नाम बहुत बड़ी अहमियत रखता है—यह ख़ुशफ़हमी न हो तो ज़िन्दगी और भी अजीरन हो जाये...'' चचा साम के नाम एक ख़त में घोषणा करते हैं : ''मैं पहले सारे हिन्दुस्तान का एक बड़ा अफ़सानानिगार था। अब पाकिस्तान का एक बड़ा अफ़सानानिगार हूँ। मेरे अफ़सानों के कई मज्मूए शाया हो चुके

हैं। लोग मुझे इज़्ज़त की निगाहों से देखते हैं। अविभाजित हिन्दुस्तान में मुझ पर तीन मुक़दमे चल थे। यहाँ पाकिस्तान में एक, लेकिन इसे अभी बने कै बरस हुए हैं।'' (16 दिसम्बर, 1951)

इसी आत्मश्लाघा ने मृत्यु से पाँच महीने पहले 18 अगस्त, 1954 को उनसे अपनी क़ब्र का कत्बा लिखवा लिया जिसकी इबारत यह है—

786

तारीख़े–पैदाइश

11 मई, 1912

यहाँ सआदत हसन मंटो दफ़्न है। इसके सीने में फ़ने–अफ़सानानिगारी के सारे अस्रार और रुमूज़[1] दफ़्न हैं। वो अब भी मनों मिट्टी के नीचे सोच रहा है कि वो बड़ा अफ़सानानिगार है या ख़ुदा!

यह तथा ऐसे कई सवाल मंटो के असंख्य पाठकों के ज़ेहनों का एक मुद्दत से पीछा कर रहे हैं। उसके सीने में दफ़्न कहानी–कला के मर्म और रहस्यों को समझना अभी बाक़ी है।

— *2016 ई.*

1. कहानी–कला के मर्म और रहस्य

मंटो की इंसानदोस्ती

सआदत हसन मंटो (1912-1955 ई.) की जन्मशती के उपलक्ष्य में पिछले वर्षों में अनेक जलसे हुए हैं। उर्दू और हिन्दी की कई पत्रिकाओं ने मंटो के साहित्यिक अवदान पर केन्द्रित अंक प्रकाशित किये हैं और यह सिलसिला जारी है। अक्सर लेखकों की जन्मशती के मौक़े पर हम उनके पुनर्मूल्यांकन की ज़रूरत पर ज़ोर देते हैं, लेकिन मंटो के सिलसिले में सिर्फ़ इतनी अपेक्षा पर्याप्त नहीं होगी। आज हमारे उपमहाद्वीप के राजनीतिक हालात ने जो रुख़ अख़्तियार कर लिया है और सरहद दोनों देशों के इंसानों के जीवन से ज़्यादा महत्त्वपूर्ण हो उठी है, ऐसे में मंटो की कहानियों के किरदार हमारी तवज्जो फिर से खींचते हैं। हमसे कुछ मुतालबा या माँग करते हैं। अम्न की माँग। आज सरहद के इधर और उधर हर संवेदनशील व अम्नपसन्द व्यक्ति के कानों में बिशन सिंह की गगनभेदी चीख़ गूँज रही है जो ज़मीन के उस टुकड़े पर औंधे मुँह पड़ा हुआ था जिसका कोई नाम नहीं था। यह बिशनसिंह उर्फ़ टोबा टेकसिंह इंसान की ज़ख़्मी रूह का प्रतीक है। ये युद्धोन्माद और साम्प्रदायिक विद्वेष के ज़ख़्म हैं। उनकी तमाम बेहतरीन कहानियों को ज़ेहन में रखते हुए बजा तौर पर यह कहा जा सकता है कि मंटो इंसान की ज़ख़्मी रूह के मसीहा कथाकार हैं।

यह बात सही नहीं जँचती कि हिन्दी दुनिया ने मंटो को उनके निधन के बहुत बाद जाना और अपनाया। मंटो की पाकिस्तान हिजरत (1948 ई.) से पहले ही पंजाब, दिल्ली और संयुक्त प्रान्त में उनके बाग़ी क़लम से हिन्दी वाले परिचित हो चुके थे। उनके समकालीनों में उपेन्द्रनाथ अश्क जैसे कुछ प्रतिष्ठित लेखक थे जो हिन्दी और उर्दू के बीच सेतु का काम करते थे। स्वाभाविक है कि अश्क के ज़रिए मंटो के अदबी कारनामों की ख़बर हिन्दी दुनिया तक पहुँचती रहती थी। और फिर मंटो के समकालीन हिन्दी लेखकों की पीढ़ी वैसे भी उर्दू से सीधा परिचय रखती थी। मंटो की हर कहानी, हर किताब एक साहित्यिक घटना हुआ करती थी। ख़ुद कहते भी हैं, 'मेरी कहानी शाया हो तो उस पर हंगामा तो होना ही चाहिए।' उनका समय और जीवन को देखने का तथाकथित रूढ़ मानदंडों से मुक्त एक ग़ैर पारम्परिक नज़रिया पाठकों के ज़ेहनों में उबाल पैदा कर देता था। आज़ादी की मंज़िल के क़रीब आते-आते हिन्दी-उर्दू का

दोआब सांस्कृतिक स्तर पर अपनी एक स्पष्ट पहचान बना चुका था। दूसरे यह कि प्रगतिशील साहित्यान्दोलन हिन्दी और उर्दू लेखकों का साझा आन्दोलन था। इसके जलसों में दोनों के रचनाकारों और श्रोताओं की मौजूदगी रहती थी। हालाँकि मंटो प्रगतिशील लेखक संघ के सदस्य नहीं थे, और अहमद नदीम क़ासमी व सिब्ते हसन जैसे कम्युनिस्ट दोस्तों का उपहास किया करते थे, फिर भी प्रलेस के जलसों में कहानी-पाठ करते थे। सज्जाद ज़हीर ने 'रौशनाई' में 1941-42 ई. के आसपास की ऐसी साझा गोष्ठियों का उल्लेख किया है जिनमें मंटो ने अपनी कहानियाँ पढ़ीं। उस दौर तक उनकी एक ऐसे रचनाकार के रूप में पहचान बन चुकी थी जो लिपि की सीमाओं के परे जाकर अपने ताज़ा सोच और बेबाक नज़रिए की बिना पर पूरे हिन्दी प्रदेश के पाठक-श्रोता वर्ग को उद्वेलित कर सकता था। अब समय के साथ-साथ उनकी 'टोबा टेकसिंह' का बिशन सिंह, 'नया क़ानून' का मंगू कोचवान, 'बाबू गोपीनाथ' का गोपीनाथ, 'खोल दो' की सकीना, 'हतक' की सौगंधी, 'काली शलवार' की सुल्ताना, 'सहाय' का सहाय और 'ठंडा गोश्त' के ईशर सिंह जैसे कई किरदार हिन्दी पाठकों की सांस्कृतिक स्मृति का हिस्सा बन चुके हैं। लिहाज़ा मंटो नागरी लिपि में न लिखते हुए भी हिन्दी के उतने ही बड़े कथाकार हैं जितने कि उर्दू के।

प्रसंगवश यह भी उल्लेखनीय है कि मंटो के नज़दीक हिन्दी-उर्दू विवाद एक काल्पनिक चीज़ है जिसका सच्चाई से कोई लेना-देना नहीं। साम्प्रदायिकता की राजनीति के लिए ज़रूरी है कि इस तरह के विवाद किसी न किसी रूप में बरक़रार रहें। 'मंटो के मज़ामीन' किताब में संकलित 'हिन्दी और उर्दू' शीर्षक लेख में उन्होंने इस बाबत अपनी बेबाक राय ज़ाहिर कर दी है। लिखते हैं: ''हिन्दी-उर्दू का झगड़ा एक ज़माने से जारी है। मौलवी अब्दुल हक़ साहब, डॉ. ताराचंद और महात्मा गाँधी इस झगड़े को समझते हैं, लेकिन मेरी समझ से यह अभी तक परे है। कोशिश के बावजूद इसका मतलब मेरे ज़ेहन में नहीं आया कि हिन्दी के हक़ में क्यों हिन्दू अपना वक़्त ज़ाया करते हैं, मुसलमान उर्दू के तहफ़्फ़ुज़ के लिए क्यों बेक़रार हैं ?... ज़बान बनाई नहीं जाती ख़ुद बनती है। न इनसानी कोशिश किसी ज़बान को फ़ना कर सकती है...'' यह लेख मुंशी नारायण प्रसाद और मिर्ज़ा मुहम्मद इक़बाल नामक पात्रों के संवाद पर आधारित है।

आज़ादी के बाद के उर्दू कहानीकारों ने सबसे ज़्यादा किसी से असर लिया है तो वह मंटो है। वे ख़ुद को विषय और दृष्टि दोनों स्तरों पर प्रेमचंद की तुलना में मंटों के ज़्यादा नज़दीक पाते हैं। कहा जा सकता है कि प्रेमचंद उनके लिए परम्परा हैं, मंटो आदर्श। 'सारिका' के मंटो विशेषांक (मई 1979) में शामिल परिचर्चा में डॉ. क़मर रईस ने उचित ही कहा है, ''मंटो की गद्य-शैली उर्दू में सबसे अच्छी गद्य-शैली है और आज़ादी के बाद उभरी हुई लेखकों की पीढ़ी पर मंटो की कला-शैली का गहरा असर पड़ा है। नई उर्दू कहानी पर प्रेमचंद का असर कहीं दिखलाई नहीं देता, मंटो की कला

और शैली का असर ही सर्वाधिक है।''

इसके उदाहरण के रूप में मंटो की 'फुँदने' कहानी का ज़िक्र लाज़िमी है। नई उर्दू कहानी का आग़ाज़ 'फुँदने' से ही माना जाता है। संरचना की दृष्टि से यह एक नया प्रयोग है। सांकेतिकता, प्रतीकात्मकता और फ़ैंटेसी के सम्मिश्रण से एक नया शिल्प गढ़ा गया है। बिल्लियों, मुर्ग़ियों और कुत्तों के एक-दूसरे में गड्डमड्ड चित्र और मृत्यु के कई सन्दर्भ इसके कथानक को रचते हैं। इन सबके सहारे कथाकार एक ऐसी लड़की के भीषण मानसिक तनाव को व्यक्त करना चाहता है जो आईने के सामने निर्वस्त्र होते-होते प्राणांत कर लेती है। मंटो के सबसे बड़े समालोचक वारिस अल्वी ने इसे एक मुन्फ़रिद (अद्वितीय) तज्रुबा और एक अहम उस्लूबी (शैलीगत) कारनामा माना है। मुराद यह है कि बहुस्तरीय जटिल संरचना वाले शैली-शिल्प का प्रवर्तन मंटो ने किया, आगे चलकर जिसके प्रभाव सुरेन्द्र प्रकाश और बलराज मेनरा के साथ-साथ परवर्ती पीढ़ी के कथाकारों की कहानियों में नुमायाँ तौर पर देखे जा सकते हैं। हम यहाँ प्रभाव की बात कर रहे हैं, अनुकरण की नहीं। मंटो अपनी कला में इतना अद्वितीय एवं विशिष्ट है कि उसका अनुकरण सम्भव ही नहीं, बहरहाल।

मंटो ने उर्दू की तरह बाद के हिन्दी कहानीकारों पर भी अपना प्रभाव छोड़ा है। मंटो की कहानी-कला के दो ख़ास नुक्ते हैं। एक, कहानी का खुला और विचारोत्तेजक अन्त और दूसरा अनुपस्थित अर्थ का एहसास कराना। दूसरे नुक्ते का ख़ुलासा ज़रूरी लगता है। यानी मंटो की कहानियों में जो अनुपस्थिति है, जो लिखा नहीं गया है, वह पूरी कहानी की संवेदना को नये अर्थों से सम्पन्न कर देता है। आज के जिन कहानीकारों के यहाँ अगर ये ख़ूबियाँ हैं तो बहुत मुमकिन है कहीं न कहीं मंटो उनके अवचेतन में रहे हों। दिलचस्प यह है कि हिन्दी कथाकार अपनी रचनाओं के पाठ के बीच मंटो को तरह-तरह से याद करते रहे हैं। फ़ौरी तौर पर एक-दो मिसालें ही काफ़ी होंगी। मृणाल पांडे को शानी पर लिखते हुए टोबा टेकसिंह की याद आती है। उन्होंने अपने आलेख को शीर्षक दिया है— 'हिन्दी साहित्य का टोबा टेकसिंह : शानी'। इसके अलावा कमलेश्वर ने अपने चर्चित उपन्यास 'कितने पाकिस्तान' में टोबा टेकसिंह को बड़े कलात्मक ढंग से याद किया है— एक टोबा टेकसिंह क़ायदे-आज़म के मज़ार पर कुछ इबारत लिख जाता है। दूसरा टोबा टेकसिंह, लखनऊ का मुद्राराक्षस बंगला देश के बंकरों से निकलती हुई ख़ून से लथपथ नंगी लड़कियों को देखकर चीख़ पड़ता है।

मंटो ने जिस दौर में क़लम उठाया, दो महत्त्वपूर्ण साहित्यिक-सांस्कृतिक घटनाएँ हुईं। एक तो 1932 ई. में 'अंगारे' कहानी-संग्रह का प्रकाशन और दूसरे 1936 ई. में प्रेमचंद की अध्यक्षता में प्रलेस का प्रथम अधिवेशन। इसी समय एक पत्रकार और कहानीकार के रूप में मंटो की आवाज़ पहली बार सुनाई देती है। यह वह दौर था जब फ़ासिस्ट और सामराजी ताक़तें पूरी दुनिया को अपनी गिरिफ़्त में लेने पर आमादा थीं।

दूसरे विश्वयुद्ध की भूमिका बनाई जा रही थी। मंटो की पहली कहानी 'तमाशा' (1936 ई.) में ही जंग के काले बादलों की गड़गड़ाहट सुनाई देती है। अतएव मंटो की चेतना पर इस विश्व-परिस्थिति के साथ-साथ भारत के बदलते हुए समाजार्थिक परिदृश्य का गहरा प्रभाव पड़ा। अवाम की दिन-ब-दिन बढ़ती हुई बदहाली व ग़ुर्बत ने मंटो को विचलित कर दिया, जिसके परिणामस्वरूप देह-व्यापार के लिए अभिशप्त औरतों पर कहानियाँ लिखी गयीं। मुहर्रम के मौक़े पर 'काली शलवार' सिलवाने की मासूम-सी लालसा के मर्म को मंटो ने ख़ुद अपने जीवन से समझा था। यह उनका प्रत्यक्ष अनुभव है। सुल्ताना की मनोदशा को वही मंटो समझ सकता था जिसे हमेशा यह चिन्ता सताती रही कि अगर आज मैंने आँखें मींच लीं तो मेरी बीवी और तीन कमसिन बच्चियों की देखभाल कौन करेगा ?

मंटो अपने प्रत्यक्ष अनुभवों की बिना पर कल से ज़्यादा आज प्रासंगिक हैं। दोनों ओर के राजनीतिक गलियारों में जो सवाल आज फिर से सर उठा रहे हैं, मंटो विभाजन के आसपास के समय में ही इन सवालों से दो-चार हो चुके हैं। सिर्फ़ 'टोबा टेकसिंह' ही क्यों 'सहाय', 'ठंडा गोश्त', 'खोल दो' और 'गुरमुख सिंह की वसीयत' जैसी अनेक कहानियाँ विभाजन की त्रासदी से उभरे साम्प्रदायिक विद्वेष के कारण हैवान होते इंसान में इंसानियत के बचे रहने की उम्मीद जगाती हैं। मंटो ने इस तरह की कहानियों में किसी आदर्श चरित्र की सृष्टि नहीं की है। उन्होंने इंसानियत के एक संकेत यानी अत्यल्प अंश को यथेष्ट माना है; क्योंकि आज यह अंश भी हमसे छिनता नज़र आता है। यह मंटो का प्रबल आशावाद है कि इंसानियत का यह अत्यल्प अंश जब तक हृदय के किसी कोने में मौजूद है, महज़ इसके सहारे हम आज नहीं तो कल एक बेहतर समाज बना सकते हैं। 'बाबू गोपीनाथ' जैसे लम्पट और विलासिताप्रिय आदमी के हृदय में भी इंसानियत और वात्सल्य के दुर्लभ भाव विद्यमान हो सकते हैं। वह गोपीनाथ जो यह सोचता है कि 'रंडी का कोठा और पीर का मज़ार बस ये दो जगहें हैं जहाँ मेरे दिल को सुकून मिलता है', कुछ समय बाद अपनी दाश्ता ज़ीनत को एक नेक बाप की तरह हैदराबाद के एक ज़मींदार के साथ विदा कर देता है। मंटो को उम्मीद है कि 'गुरमुख सिंह की वसीयत' के मुताबिक़ उसका बेटा सन्तोक सिंह मियाँ अब्दुल हई के घर सिवैएँ ज़रूर पहुँचाकर रहेगा, चाहे इसका जो भी परिणाम निकले। 'सहाय' फ़साद में छुरे से ज़ख़्मी होने के बावजूद पाकिस्तान जाती हुई मुसलमान तवायफ़ के ज़ेवर उस तक ज़रूर पहुँचाएगा, भले ही दम निकल जाये। यह है इंसानदोस्ती की ज़िद और इस ज़िद का दूसरा नाम है सआदत हसन मंटो।

मंटो ने कहानियों के अलावा अपने लेखों व पत्रों में भारत-पाकिस्तान की दुर्निवार समस्या पर खुलकर अपने विचार व्यक्त किये हैं। इस समस्या के पीछे मौजूद उस अदृश्य हाथ को उन्होंने पहचान लिया था जिसे अमेरिका कहा जाता है। इस

सिलसिले में अमेरिका के 'चचा साम के नाम मंटो के ख़त' ज़रूर पढ़े जाने चाहिए। 1954 ई. में लिखे गये ये ख़त मंटो के राजनीतिक सरोकारों का आईना हैं। एक ख़त में अपने विशिष्ट व्यंग्यात्मक अन्दाज़ में कहते हैं : "आप हिन्दुस्तान और पाकिस्तान में जंग शुरू करा दीजिए। कोरिया की जंग के फ़ायदे इस जंग के फ़ायदों के सामने फीके न पड़ जायें तो मैं आपका भतीजा नहीं... क़िबला ज़रा सोचिए, यह जंग कितनी फ़ायदेमन्द तिजारत होगी। आपके तमाम हथियार बनाने वाले कारख़ाने डबल शिफ़्ट पर काम करने लगेंगे। भारत भी आपसे हथियार ख़रीदेगा और पाकिस्तान भी। आपकी पाँचों उंगलियाँ घी में होंगी और सिर कढ़ाहे में।" गोया मंटो ने आज सरहद पर खड़े होकर ये पंक्तियाँ लिखी हों।

ग़रज़ यह कि मंटो एक रौशनख़याल रचनाकार थे। उन्होंने जो कहानियों में बराहे-रास्त कहना उचित नहीं समझा, वह उनके कथेतर गद्य में नुमायाँ तौर पर व्यक्त हो सका है। उनका रचनाकार ज़ात (स्व) में गुम नहीं, उसे काइनात की भी फ़िक्र है। जैसा कि चचा साम के नाम ख़तों से मालूम होता है, हमारे राष्ट्रीय जीवन को प्रभावित करने वाली शायद ही कोई घटना हो जिसका मंटो ने संज्ञान न लिया हो। इसी क्रम में 'तरक़्क़ीयाफ़्ता क़ब्रिस्तान' व्यंग्य-लेख का ज़िक्र ज़रूरी लगता है जिसकी सरदार जाफ़री भी प्रशंसा कर चुके हैं। 1942 ई. के भारत छोड़ो आन्दोलन और दूसरे विश्वयुद्ध (1939-1945 ई.) की पृष्ठभूमि पर आधारित यह लेख मंटो की असाधारण व्यंग्यक्षमता की मिसाल तो है ही, उनकी सामयिक चिन्ताओं का सुबूत भी है। लिखते हैं : "वे लोग सिरफिरे हैं जो अपने मुहसिन (कृपालु) अँग्रेज़ों से कहते हैं 'हिन्दुस्तान छोड़कर चले जाओ।' अगर अँग्रेज़ हिन्दुस्तान छोड़कर चले गये तो हमारे यहाँ 'नंगा क्लब' कौन जारी करेगा? हम औरतों के साथ सीने से सीना मिलाकर कैसे नाच सकेंगे? हमारे चकले क्या वीरान नहीं हो जाएँगे? हमें एक-दूसरे से लड़ना कौन सिखाएगा? अगर हमारे ये मुहसिन चले गये तो मुस्लिम लीगें और हिन्दू महासभाएँ कैसे क़ायम होंगी?" इसी लेख में मंटो ने जंग के कारण बढ़ती हुई आर्थिक दुरवस्था को भी लक्षित किया है। जिस नोट पर यह लेख समाप्त होता है, वह मर्मांतक है : "जंग ने क़ब्रें भी मँहगी कर दी हैं!"

मंटो की कहानियों पर मुक़दमे चलाये गये, भारत और पाकिस्तान दोनों में। उसे फ़हशगो (अश्लील बातें कहने वाला) जैसी गालियाँ दी जाती रहीं। 'काली शलवार' (1942 ई.), 'बू' (1944 ई.) और 'धुआँ' (1941 ई.) पर अविभाजित भारत की अदालतों में मुक़दमे चले। फिर 'ठंडा गोश्त' (1949 ई.) पर पाकिस्तान की अदालतों में। 'खोल दो' छापने के कारण 'नुक़ूश' पत्रिका पर पाबन्दी लगी। फिर रेडियो पाकिस्तान द्वारा मंटो के प्रसारण को प्रतिबन्धित कर दिया गया। मृत्यु के बाद अलबत्ता उन पर आधे घंटे का कार्यक्रम प्रसारित किया गया।

पाँचवें दशक के दौरान साहित्य में श्लीलता बनाम अश्लीलता की बहस की पृष्ठभूमि में मुख्य रूप से मंटो की कहानियाँ ही रहीं। चौतरफ़ा नुक्ताचीनी के बावजूद वे कामोत्तेजक दृश्यों के चित्रण में ज़्यादा खुलापन दिखाते रहे। यहाँ मंटो की हिमायत में अलग से कुछ कहने की ज़रूरत नहीं है, सिवाय इसके कि विवरण महत्त्वपूर्ण नहीं है, महत्त्वपूर्ण है इसके मूल में निहित मंशा और नीयत। दरअस्ल मंटो हर क़िस्म के निषेध को तोड़ने में दिलचस्पी रखने वाले रचनाकार हैं। इस प्रवृत्ति की कहानियों के मुताल्लिक़ ख़ुद मंटो की यह दलील क़ाबिले-ग़ौर है: "एतिराज़ किया जाता है कि नये लिखने वालों ने औरत और मर्द के जिंसी ताल्लुक़ात ही को अपना मौज़ू (विषय) बनाया है। मैं सबकी तरफ़ से जवाब नहीं दूँगा। अपने मुताल्लिक़ इतना कहूँगा कि यह मौज़ू मुझे पसन्द हैं। क्यों है ? समझ लीजिए कि मुझमें Perversion है और अगर आप अक़्लमन्द हैं, चीज़ों के हानि-लाभ अच्छी तरह जाँच कर सकते हैं तो समझ लेंगे कि यह बीमारी मुझे क्यों लगी है ?..." (अदबे-जदीद)

यहाँ यह बात भी नोट की जानी चाहिए कि मंटो की इस तरह की दलीलों को संगठन ने संजीदगी से लिया और अश्लीलता विषयक अपनी राय पर पुनर्विचार किया। परिणामस्वरूप 1945 ई. में आयोजित प्रलेस (उर्दू) की हैदराबाद कान्फ्रेंस में जब साहित्य में यौन समस्याओं की अभिव्यक्ति के ख़िलाफ़ में प्रस्ताव पेश किया गया तो बहस में इसका विरोध हुआ और अन्ततः इसे वापस लेना पड़ा।

मंटो ने उर्दू कहानी पर कथ्य के नये दरीचे खोले। कस्बी व तवायफ़ों, उनके दलालों और तथाकथित सम्भ्रान्त लोगों की ग़लाज़त भरी दुनिया से उर्दू कहानी को परिचित कराया। यानी कस्बी व तवायफ़ों के वास्ते से उसने मध्यवर्ग के स्तर विशेष के पाखंड को बेनक़ाब करके रख दिया। मंटो ने एहसास कराया कि कला में वीभत्स भी सुन्दर हो उठता है। उसने वहाँ सौन्दर्य को देखा जहाँ लोगों को मलिनता और तुच्छता के सिवा कुछ नज़र नहीं आता। बक़ौल इस्मत चुग़ताई, "वह दुनिया की ठुकराई घूरे पर फेंकी हुई ग़लाज़त में से मोती चुनकर निकाल लेता है।" इस सौन्दर्य-दृष्टि के रहते उसने उपेक्षित व तिरस्कृत पात्रों में मानवीय तत्त्व की खोज की। जिस्मफ़रोश औरतों के अन्दर बैठे इंसान से हमें रू-ब-रू कर दिया। मनुष्यता में अविचल आस्था रखने वाला एक बड़ा कलाकार ही सौंगंधी की उस वेदना से संवेदित हो सकता है जो उसे एक ग्राहक की तरफ़ से उपेक्षा भरी 'ऊँह' सुनने के बाद महसूस हुई थी। यह 'ऊँह' उसकी हतक है—उसके स्त्रीत्व के स्वाभिमान पर गहरी चोट। इस ऊँह की वेदना को ज़बान देकर मंटो ने इंसानियत का हक़ अदा कर दिया।

आज मंटो का बुत बनाने की ज़रूरत नहीं है। वह ख़ुद बुतशिकन था। अराजक होने की हद तक। लोकनिन्दा के भय से लोग अक्सर जिन सवालों से बचकर निकल जाते हैं, मंटो उन सवालों से टकराने का जोखिम उठा सकता था। उसमें ख़ुद को फ्रॉड

कहने का साहस भी था। 'बाबू गोपीनाथ' कहानी को देखिए, उसमें वह स्वयं को एक पात्र (वाचक) के रूप में रखकर आत्मोपहास कर सकता है। बेराहरवी और बग़ावत उसके स्वभाव में थी। जैसा कि 'मंटो मेरा दुश्मन' में उपेन्द्रनाथ अश्क ने कहा भी है : "मंटो अपनी इंसानियत और इंसानदोस्ती को इसी तरह अपनी बेतुकी टेढ़ी-बेंगी बातों, निम्न कोटि के चुटकुलों, गालियों और शराबनोशी में छिपाये रखता था।"

मंटो ने अपनी इंसानदोस्ती को विज्ञापन नहीं बनाया। आपको उसकी कहानियों में इससे मुताल्लिक़ एक भी उपदेशपरक वाक्य नहीं मिलेगा। जो है, वह कहानी की मूल संवेदना में अन्तर्निहित है। यह मंटो का अपने क़लम पर भरोसा था कि उसे अपनी रचना पर कोई अतिरिक्त पहचान चस्पाँ करने की ज़रूरत महसूस नहीं हुई। आज उसके आत्मकथ्य की यह बात सच गुज़रती मालूम होती है— 'हो सकता है कि सआदत हसन मर जाये और मंटो न मरे।'

— 2016 ई.

कृश्न चंदर की कहानी-कला

"जाने कैसे यह कल्पना कर ली गई कि लेखक इस दुनिया का आदमी नहीं होता बल्कि दूसरे लोक का प्राणी होता है। उसके विषय में अजीब-अजीब बातें कर दी जाती हैं। ऐसी नेकी जो फ़रिश्तों में भी मुमकिन नहीं। ऐसी पवित्रता जो देवताओं के हिस्से में भी नहीं आई।... जिसे छूते हुए ईश्वर भी डर जाए। हालाँकि मेरा यह ख़याल है कि लेखक उतना ही छोटा, धोखेबाज़, स्वार्थी, तुच्छ और संकीर्णहृदय होता है जितना कोई दूसरा आदमी हो सकता है और मुझमें ये सारी विशेषताएँ पाई जाती हैं— मैंने इस तरह अन्दाज़ा लगाया कि मैं पचास औरतों को बहका-बरग़ला चुका हूँ, सौ आदमियों का क़त्ल कर चुका हूँ, इसमें ख़्वाजा अहमद अब्बास, सरदार जाफ़री, राजिंदर सिंह बेदी, माओ त्से तुंग, विंस्टन चर्चिल, दिलीप कुमार, धर्मवीर भारती और मेरा सगा छोटा भाई महेंद्रनाथ भी शामिल है..."

यह कृश्न चंदर के 'सेल्फ़ पोट्रेट' का एक अंश है। इससे हम उनकी बेबाकी और साफ़गोई का सहज ही अनुमान कर सकते हैं। यह आत्म-स्वीकार उनके व्यक्ति और रचनाकार का आईना है।

कृश्न चंदर प्रगतिशील साहित्यान्दोलन के उर्दू हिस्से का एक महत्त्वपूर्ण नाम हैं। इस आन्दोलन से दो प्रकार के रचनाकार जुड़े हुए थे। एक वे जो रचना की सतह पर साम्राज्यवादविरोध को अपना लक्ष्य बनाये हुए थे। दूसरे वे जो रचना के साथ-साथ सांगठनिक गतिविधियों में भी अपनी सक्रियता रखते थे। कृश्न चंदर का सम्बन्ध दूसरे प्रकार के रचनाकारों से रहा है। उनमें अपनी सर्जना और राजनीतिक सक्रियता के बीच संगति बिठाने की असाधारण योग्यता थी। इस आन्दोलन के तहत लेखकों को संगठित करने की पहल सबसे पहले पंजाब से ही शुरू हुई थी। रशीद जहाँ और महमूदुज़्ज़फ़र के जोड़े ने पंजाब के फ़ैज़, अख़्तर शीरानी और अब्दुल मजीद सालिक आदि लेखकों से सज्जाद ज़हीर का परिचय कराया था। 1936 ई. में जब आन्दोलन की दाग़बेल डाली जा रही थी, इससे पहले कृश्न चंदर ने कश्मीर और पंजाब के मज़दूर-किसानों के दुख-दर्द को कहानी की शक्ल में ढालना शुरू कर दिया था। उनकी पहली मशहूर कहानी 'जेहलम में नाव पर' 1936 में 'हुमायूँ' पत्रिका (लाहौर) में प्रकाशित हुई थी। फिर

'अन्नदाता' जैसी कहानी ने प्रगतिशीलों के बीच उन्हें एक विशिष्ट पहचान दी। प्रगतिशील लेखक संघ की कलकत्ता में आयोजित दूसरी कॉन्फ्रेंस (1938) तक उन्हें निर्विवाद रूप से एक समर्पित कार्यकर्ता और प्रतिबद्ध कथाकार की हैसियत से स्वीकार किया जा चुका था। संघ की पंजाब शाखा के सचिव के नाते उन्होंने इसमें शिरकत भी की थी। 1952 के आसपास संगठन में बिखराव के बावजूद वे इसके वैचारिक परिप्रेक्ष्य से अन्त तक जुड़े रहे। उन्होंने अपनी हर कहानी उस 'सफ़ेद हत्थी वाले चाक़ू' को वापस लेने के लिए लिखी, जो बचपन में किसी राजपरिवार के लड़के ने उनसे बलपूर्वक छीन लिया था...

कृश्न चंदर एक बहुसर्जक लेखक थे। 32 कहानी-संग्रहों और 46 उपन्यासों के रचयिता—नाटक और फ़िल्म-लेखन अलग। शायद इतनी मात्रा में उनके समकालीनों में किसी ने नहीं लिखा। इसका प्रमुख कारण यह था कि शुरू-शुरू में लाहौर, दिल्ली और लखनऊ में रेडियो की नौकरी करने के बाद पूना पहुँचने पर उन्होंने क़लम को ही अपनी आजीविका का ज़रिया बना लिया था। किसी भी तरह की नौकरी उनकी तबीयत से मेल नहीं खाती थी। इसका अन्दाज़ा आप उनके दूसरे कहानी-संग्रह 'नज़ारे' की भूमिका से लगा सकते हैं जो रेडियो की नौकरी के दौरान 1940 में प्रकाशित हुआ था। समर्पण में लिखते हैं : "उस कृश्न चंदर की याद में जिसे गुज़िश्ता नवम्बर की एक थकी शाम को ख़ुद उसने इन हाथों से गला घोंट कर मौत के घाट उतार दिया।"

नियमित लेखन को उन्होंने अपनी दिनचर्या का अंग बना लिया था। कहानी का सिर्फ़ एक ही ड्राफ़्ट तैयार करते थे, फिर कोई तर्मीम नहीं। उनके ज़ेहन में स्थितियाँ और चरित्र इतने साफ़ होते थे कि आमतौर पर एक ही बैठक में कहानी पूरी कर लेते थे। यह बात उल्लेखनीय है कि इतनी मात्रा में लिखने के बावजूद उनकी कहानियों में कहीं झोल और सतहियत नहीं है। भाषा का जैसा प्रवाह उनके यहाँ मिलता है, वह विरल है। बाज़ लोग ऐसा मानते हैं कि लिखने की त्वरा में कृश्न चंदर शिल्प और कला के पहलुओं की कभी-कभी अनदेखी कर जाते हैं। सीधे बयान को ज़्यादा तरजीह देने लगते हैं। दरअस्ल इसे हमें एक ख़ामी के रूप में नहीं लेना चाहिए। सादगी की भी एक कला होती है, कई मा'नों में ज़्यादा मुश्किल।

आलोचक धनंजय वर्मा ने एक बड़े मार्के की बात कही है—"आलोचना चाहते सब हैं, पसन्द कोई नहीं करता।" इसके कुछ दुर्लभ अपवाद भी मिलते हैं। कृश्न चंदर का शुमार उन्हीं अपवादों में किया जाता है। उस दौर में रचना-पाठ और पठित रचनाओं पर बहस की संस्कृति थी (जो आज प्रायः विलुप्त-सी हो चली है)। कृश्न चंदर भी संगठन की गोष्ठियों में कहानी-पाठ करते थे। अपनी कहानी पर नुक्ताचीनी का जवाब देना या उसके डिफ़ेंस में बोलना उनके स्वभाव में नहीं था। उनमें दूसरों पर छा जाने की आदत नहीं थी। सज्जाद ज़हीर ने 'रौशनाई' में लिखा है : "वह जब कहानी सुना चुके

होते और फिर उस पर बहस शुरू होती, वक्ताओं की आपत्तियों और नुक्ताचीनियों को इस तरह स्वीकार कर लेते जैसे वह इनके एहसानमन्द हों। शायद उनकी कहानी-कला के विकास और उत्कर्ष का एक कारण यह भी है कि वह अपनी कहानियों पर मुनासिब आलोचना से कभी नाराज़ नहीं होते थे बल्कि बड़ी विनम्रता से उन्हें स्वीकार कर लेते थे। बाज़ लेखकों और शाइरों में वो जो एक घटिया क़िस्म का घमंड और अहंकार होता है, जो कि सामन्ती दौर की एक ग़ैर जनतांत्रिक और मूर्खतापूर्ण परम्परा है और जिसे ध्वस्त करना प्रगतिशील आन्दोलन के लिए ज़रूरी है, कृश्न चंदर में बिल्कुल नहीं है।''
(सज्जाद ज़हीर : 'रौशनाई', उर्दू से अनुवाद : जानकीप्रसाद शर्मा, पृष्ठ 255)

चौथे दशक के अन्तिम वर्षों में और पाँचवें दशक के दौरान उर्दू कथा-साहित्य में कृश्न चंदर, मंटो, बेदी, अश्क, अहमद नदीम क़ासमी की एक कहानीकार के रूप में निजता असंदिग्ध है। तुलनाएँ अक्सर ग़लत निष्कर्षों पर पहुँचाती हैं और बेवजह हम किसी रचनाकार के अतिमूल्यन और किसी के अवमूल्यन के गुनहगार बन जाते हैं। एक बड़े उद्देश्य—दुखी इंसानियत के हक़ में बेहतर दुनिया का निर्माण— में साझा करते हुए इनमें से सबके अपने-अपने रचनात्मक रवैये हैं, अभिव्यक्ति की अपनी-अपनी राहें हैं। इसलिए हम कृश्न चंदर की विलक्षण कहानी-कला की उस सिफ़त को रेखांकित करना चाहते हैं, जो उर्दू कथा-साहित्य में दरपेश इतनी तब्दीलियों के बाद आज भी हमारे दिलो-दिमाग़ पर असरगार है।

कृश्न चंदर की जैसी जीवन-शैली रही, अवाम से जैसा समीपी सम्पर्क रहा, उसने उनके सामाजिक बोध को बहुत व्यापक बना दिया था। जिनके प्रति उनकी हमदर्दी थी, उन्हें वे बहुत क़रीब से जानते और पहचानते थे। एक रचनाकार के रूप में उनके सामने सबसे बड़ी चुनौती यह होती है कि वे जो कहना चाहते हैं, वह उतने ही पारदर्शी रूप में पाठकों तक सम्प्रेषित होना चाहिए। सादगी की कला का यह महत्त्व है। और इसी बिना पर कृश्न चंदर का इतना बड़ा पाठक वर्ग तैयार हुआ। यह कोई साधारण बात नहीं है कि विचारधारा से लैस एक संस्कारवान पाठक से लेकर साहित्यिक संस्कार से वंचित एक आम पाठक भी उनकी कहानियों से आनन्दित हो सकता है। प्रेमचंद के बाद उर्दू-हिन्दी में जिन कथाकारों को सबसे ज़्यादा पढ़ा गया है, कृश्न चंदर उनमें प्रमुख हैं।

कृश्न चंदर के अनुभव-लोक की व्यापकता और अभिव्यक्ति की विविधता को समझने के लिए अलग-अलग भाव-भूमि की उनकी चंद कहानियों ('जेहलम में नाव पर', 'पेशावर एक्सप्रेस', 'दो फ़र्लांग लम्बी सड़क', 'कालू भंगी', 'जामुन का पेड़' और 'पूरे चाँद की रात') पर संक्षिप्त बातचीत ज़रूरी लगती है। इससे यह नुक्ता भी साफ़ हो सकेगा कि उनका समूचा लेखन सिक्काबन्द प्रगतिशीलता के साँचे में ढला हुआ नहीं है।

'जेहलम में नाव पर' कहानी एक सघन बुनावट वाली रचना है। यह एक छोटी-सी यात्रा का वृत्तान्त है। कथानक के ब्योरों की सतह पर ऐसा लगता है कि यह कहानी वाचक और नाव में सवार एक सुन्दर लड़की का प्रेमालाप है, लेकिन इस कोण से हम कहानी को समझेंगे तो वह कृश्न चंदर की कहानी नहीं रह जाएगी। कहानी का जो दूसरा पाठ बनता है, वह कहानीकार के अभीष्ट के ज़्यादा नज़दीक है। दरअस्ल इसे सुन्दरता के पैमाने को लेकर वाचक के अन्तर्द्वंद्व के रूप में पढ़ा जाना चाहिए। आरम्भ में ही वाचक, जो कि शिक्षित मध्यवर्ग से ताल्लुक़ रखता है, के एक कथन के ज़रिए उसके सोच को उजागर कर दिया जाता है। वह जेहलम नदी की ओर जाती हुई अपनी बस के अन्दर नज़र दौड़ाकर देखता है, "...मुझे कहीं भी रोमांच नज़र नहीं आया।" बस में उसका सामना साँवले रंग की एक ग़रीब बदसूरत युवती से होता है जो अपनी गोद में नन्हा-सा बच्चा लिये हुए है। फिर जेहलम में नाव पर सवार होने के बाद एक ख़ूबसूरत लड़की से उसकी नज़रें चार होती हैं। संयोग से वह बदसूरत युवती भी गुजराँवालाँ जाने के लिए इसी नाव पर सवार हो जाती है। नाविक अब्दुल्ला डाची का पुराना विरह-गीत छेड़ देता है। इस गीत के ज़रिए कहानीकार ने पूरे वातावरण को भावुक बना दिया है। वाचक की निगाह का केन्द्र वह ख़ूबसूरत लड़की है, बदसूरत युवती नहीं। वह बड़े रोमानी अन्दाज़ में उससे मुख़ातिब भी होता है, बदसूरत युवती की उपेक्षा करते हुए, लेकिन कहानी अपने समग्र प्रभाव में बदसूरत युवती के प्रति हमदर्दी जगाती है। बतौर पाठक हम मानसिक स्तर पर उसके साथ खड़े होते हैं, ग़रीबी के सौन्दर्य को निहारते हुए। रोमानी भावभूमि की कहानी में भी संवेदना का एक मानवीय धरातल हो सकता है, यह कहानी इसका प्रबल साक्ष्य है।

भारत-विभाजन के थीम पर उर्दू-हिन्दी में बेहतरीन कहानियाँ लिखी गई हैं जिनके विस्तार में जाने का यह अवसर नहीं है। इन कहानियों में कृश्न चंदर की 'पेशावर एक्सप्रेस' अपने ढंग की एक जुदा रचना है। लोहे-लकड़ी की एक गाड़ी में कहानीकार ने जैसे इंसानी रूह फूँक दी है। ट्रेन पेशावर से चलकर हसन अब्दाल, तक्षशिला, लाला मुसा, वज़ीराबाद, अटारी, अमृतसर, जालंधर, लुधियाना और अंबाला के रास्ते आते हुए जो रक्तरंजित दृश्य देखती है उनकी तफ़्सीलें हृदयविदारक हैं। कहानी में कुछ स्थानों पर अतीत की सभ्यता और वर्तमान की बर्बरता को कहानीकार ने अपने ख़ास अन्दाज़ में उभारा है। बलूची सिपाहियों और हिन्दुस्तान आ रहे शरणार्थियों के बीच टकराव हो जाता है। पहल बलूची सिपाहियों ने की थी। अब यह अंश देखिए—"पन्द्रह आदमी फ़ायरिंग से गिर गये। यह तक्षशिला का स्टेशन था। बीस आदमी और गिर गये। यहाँ एशिया की सबसे बड़ी यूनिवर्सिटी थी और लाखों विद्यार्थी यहाँ शिष्टाचार, सभ्यता, संस्कृति का पाठ पढ़ते और सभ्य इंसान बनकर निकालते थे। पचास और मारे गये।...

पृष्ठभूमि में सरकूप का महल था और खेलों का एक थियेटर और मीलों फैले हुए एक विशाल शहर का खंडहर जो तक्षशिला की गुज़िश्ता बुलन्दी का सूचक थे।

तीस और मारे गये।

यहाँ कनिष्क ने राज किया था और लोगों को शान्ति, प्रेम, सौन्दर्य और दौलत से मालामाल किया था।

पच्चीस और हलाक हुए।

यहाँ गौतम बुद्ध के ज्ञान का सुर गूँजा था। यहाँ भिक्षुओं ने अमन का पाठ पढ़ाया था।

अब आख़िरी गिरोह की मौत आ चुकी थी।''

इसी तरह जालंधर के समीपवर्ती गाँव में साम्प्रदायिक रक्तपात देखकर पेशावर एक्सप्रेस को याद आता है कि यहाँ पंजाब के दिल ने कभी हीर-राँझा और सोहनी-महीवाल के प्यार भरे गीत गाये थे... आज पंजाब मर गया था। इसके गीत गूँगे हो गये थे।

यह कहानी शरणार्थियों की आवाजाही से सम्बन्धित दुर्भाग्यपूर्ण घटनाओं के महज़ ब्योरे पेश नहीं करती बल्कि पंजाब की विशिष्ट संस्कृति का प्रतिबिम्बन भी करती चलती है। वह संस्कृति जिसे मेहनतकश किसान खेत-खलिहानों में रच रहे हैं। अपने गंतव्य पर पहुँचने के बाद पेशावर एक्सप्रेस का यह कथन इसी संस्कृति की ओर संकेत करता है— ''मैं इस भयानक यात्रा पर फिर से जाना नहीं चाहती। अब मैं उस वक़्त जाऊँगी, जब मेरी यात्रा पर दोनों तरफ़ सुनहरे गेहूँ के खलिहान लहराएँगे।''

'दो फर्लांग लम्बी सड़क' में कृश्न चंदर की कला और जनप्रतिबद्धता का अद्‌भुत सामंजस्य विद्यमान है। यह कहानी दूसरे विश्वयुद्ध की पृष्ठभूमि पर लिखी गयी है। वह तमाम भारतीय भाषाओं में युद्धविरोधी साहित्य की लहर का दौर था। यहाँ कृश्न चंदर ने 'दो फर्लांग लम्बी सड़क' का शब्दचित्र निर्मित किया है। इसमें कथानक और चरित्रों की भूमिका बहुत न्यून है, वातावरण की प्रधानता है। कहानी के शुरू और आख़िर में सड़क के दोनों तरफ़ सूखे दरख़्तों पर गिद्धों के झुंड भविष्य के दुर्दिनों को संकेतित करते हैं। इस कहानी में सड़क ख़ुद एक पात्र बनकर उभरती है। सड़क पर रोज़-बरोज़ की घटनाओं के ज़रिए कहानीकार ने भारतीय अवाम की वंचनाओं और तकलीफ़ों को बड़ी मार्मिक अभिव्यक्ति दी है। 'पेट, भूख, बीमारी, पैसे, हकीम की दवा और जंग!' यह कहानी बुनियादी समस्याओं से जूझते हुए लोगों की एक व्यथा-कथा है।

सड़क पर रोज़ अनेक विरोधाभासपूर्ण दृश्य नज़र आते हैं। इस पर एक ओर एक बूढ़ी औरत उपलों का बोझ लादे सदियों से चल रही है, कोई उसका बोझ हल्का नहीं करता। दूसरी ओर तीन-चार कॉलेज लड़कियाँ भड़कीली साड़ियाँ पहने बाहों में बाहें

डालकर इठलाती हुई जा रही हैं। यहाँ बग़ैर किसी अतिकथन के कहानीकार की पक्षधरता व्यक्त हो जाती है। एक संवेदनशील पाठक के नाते उस बूढ़ी औरत का बोझ हल्का करने के लिए गोया हमारे हाथ ऊपर उठ जाते हैं।

'कालू भंगी' कहानी संरचना के स्तर पर एक प्रयोग होने के साथ-साथ कहानीकार की जनप्रतिबद्धता की मुखर अभिव्यक्ति है। कृश्न चंदर ने कालू भंगी—झाड़ू जिसके जिस्म का एक हिस्सा मालूम होती है—के रूप में एक ऐसे चरित्र को गढ़ा है, नैतिकता के संकीर्ण पैमानों के अनुसार जिस पर कोई कहानी नहीं लिखी जा सकती है। दूसरों का गू-मूत साफ़ करके आठ रुपये मासिक कमाने वाले शख़्स पर भी भला कोई कहानी लिखी जाती है! यह आभिजात्य वर्ग की नैतिकता पर एक तंज़ है। ख़ूबी यह है कि इसमें कहानीकार ख़ुद अपना मज़ाक़ उड़ाता है। इस तरह यह कहानी एक रोचक आत्म-व्यंग्य भी है। हर कहानी लिखते वक़्त कालू भंगी ग़लीज़ झाड़ू लिए उसके ज़ेहन के दरवाज़े पर आकर खड़ा हो जाता है कि 'छोटे साहब मुझ पर कहानी नहीं लिखोगे?' उसे गुज़रे हुए आठ वर्ष बीत गए लेकिन कहानी लिखवाने का उसका इसरार अब भी बरक़रार है। कहानी का बेशतर हिस्सा कहानीकार और कालू भंगी के संवादों पर आधारित है। कहानीकार कहानी न लिखने की विवशता बताते हुए कालू भंगी का एक भरा-पूरा ख़ाका (स्कैच) खींच देता है।

एक प्रगतिशील रचनाकार के रूप में कृश्न चंदर कालू भंगी की उस कहानी को भी संक्षिप्त में बयान कर देते हैं जो कि उसके वास्तविक जीवन में घटित नहीं हो सकी। यह दबे-कुचले वर्गों के भविष्य को लेकर कहानीकार का सपना है। अपने ज़ेहन पर सवार कालू भंगी को सम्बोधित करते हुए कृश्न चंदर कहते हैं:

"तू चाहता है कोई तेरे होठों में रस डाल दे। उन्हें आवाज़ बख़्श दे। तेरी आँखों में चमक डाल दे। तेरे गालों में लहू भर दे।... तुझे एक साफ़-सुथरा लिबास दे दे। तेरे इर्द-गिर्द एक छोटी-सी चारदीवारी खड़ी कर दे।... मैं तेरी वह कहानी जानता हूँ जो हो सकती थी लेकिन हो न सकी... मैं अकेला मजबूर हूँ। मैं कुछ नहीं कर सकता, जब तक उसमें सब मिलकर एक-दूसरे की मदद न करें।" यहाँ कृश्न चंदर प्रगतिशीलता के उपदेशक बनकर नहीं आते बल्कि कालू भंगी जैसे लोगों की नियति को बदलने के लिए एक व्यापक सामाजिक पहल की ज़रूरत पर ज़ोर देते हैं। इसमें उन्होंने बहुत ईमानदारी से सृजन-कर्म की सीमाओं को भी स्वीकार किया है।

कृश्न चंदर की व्यंग्य-क्षमता के नमूने के तौर पर एक कहानी 'जामुन का पेड़' का उल्लेख काफ़ी होगा। यूँ तो उनकी अधिकांश कहानियों में अन्तर्धारा के रूप में व्यंग्य की स्पिरिट विद्यमान है, पर 'जामुन का पेड़' जैसी कुछ कहानियाँ हैं जिन्हें सीधे-सीधे व्यंग्य विधा के अन्तर्गत रखा जा सकता है। यह कहानी सत्ता की संगदिली और संवेदनशून्यता से हमें रू-ब-रू करती है। यह संक्षिप्त-सी कहानी उनके व्यापक

सामाजिक निरीक्षण का नतीजा है। हम जो समाज बना रहे हैं, उसमें सहृदयता और परदु:खकातरता जैसे मानवीय गुणों को हाशिए की ओर धकेला जा रहा है।

एक सरकारी दफ़्तर के अहाते में खड़ा जामुन का पेड़ गिर पड़ता है। एक आदमी उसके नीचे दबा हुआ मौत से जूझ रहा है। पेड़ को काटा जाये, तब आदमी सुरक्षित बाहर निकले। वन विभाग, कृषि विभाग से लेकर तमाम विभागों और सचिवालय में पेड़ को काटने की फ़ाइल चलती है। एक तज्वीज़ यह भी आती है कि पेड़ को काटने के आदेश नहीं हुए तो आदमी को बीच से काटकर निकाल लिया जाये, फिर प्लास्टिक सर्जरी से उसे जोड़ा जा सकता है। मालूम हुआ कि पेड़ के नीचे दबा हुआ आदमी एक शाइर है। फिर क्या था, हुजूम लग गया। कुछ शाइर उसे अपनी ग़ज़लें सुनाये जा रहे हैं और वह दम तोड़ रहा है। पेड़ चूँकि विदेश के किसी राष्ट्राध्यक्ष ने रोपा था, इसलिए इसे काटने के आदेश प्रधानमंत्री को ही करने थे। जब तक पेड़ काटने का आदेश आता है, उसके नीचे दबे हुए शाइर का बदन ठंडा हो चुका होता है। ये वे स्थितियाँ हैं जिनका हम रोज़ दफ़्तरों में सामना करते हैं। इनके बीच से कृश्न चंदर ने यह कहानी उठा ली है। इस कहानी में पाठक व्यंग्य की धार के साथ-साथ हास्य रस की अनुभूति भी कर सकेंगे।

'पूरे चाँद की रात' कृश्न चंदर की एक यादगार रचना है। एक विचित्र प्रेम कहानी। विचित्र इसलिए कि सत्तर वर्ष के आसपास पहुँचे एक वृद्ध और वृद्धा अपने अतीत के युवा प्रेम की स्मृतियों में खो जाते हैं। क़रीब अड़तालीस वर्ष बाद वे दोनों अपने बेटे-बहू और पोते-पोतियों के साथ कश्मीर की एक वादी में संयोग से मिलते हैं। कहानी वाचक (प्रथम पुरुष) की ओर से कही गई है, अत: वह अतीत के उन लम्हों को उसी उल्लास के साथ अपनी आँखों के सामने साकार कर लेता है।

एक दौर में संकीर्णतावाद के चलते यह तस्लीम कर लिया गया था कि प्रेम और रोमान प्रगतिशीलता के निषिद्ध क्षेत्र हैं। पर उसी दौर में कुछ रचनाकारों ने यह भी साबित किया कि अगर वस्तुनिष्ठ नज़रिया हो तो प्रेम और रोमान के मानवीय भाव हमारे भीतर जीवनी-शक्ति बनकर संचरित हो सकते हैं। प्रस्तुत कहानी में इसकी पुष्टि करने वाले कई मनोग्राही प्रसंग हैं। केवल एक प्रसंग देखिए। वाचक और प्रेमिका नाव पर सवार हैं—

मैंने कहा, "मैं तुम्हें चूम लूँ?"
वह बोली, "हुश्श! नाव डूब जाएगी।"
"तो फिर क्या करें?" मैंने पूछा।
वह बोली, "डूब जाने दो!"

एक प्रेमी युगल के मुद्दतों बाद आयु के अन्तिम पड़ाव पर पुनर्मिलन की घटना में कोई नयापन नहीं है, लेकिन कहानीकार ने दोनों पात्रों के अतीत और वर्तमान के

स्मृतिबिम्बों की जैसी सृष्टि की है, अतीत की उन्मुक्तता और वर्तमान के संकोच का जैसा द्वंद्व दिखाया है, उसने कहानी को संवेदना के एक उच्च धरातल पर पहुँचा दिया है। यह एक साधारण प्रेम कहानी न रहकर जीवन की निरन्तरता की कहानी बन गई है। वृद्धा की पुतलियों में चाँद चमक रहा था और वह चाँद कह रहा था— "इंसान मर जाते हैं, पर जीवन नहीं मरता। बहार ख़त्म हो जाती है, पर फिर दूसरी बहार आती है...तुम दोनों पिछली बहार में न थे। पर बहार तुमने देखी : इससे अगली बहार में तुम न होगे, पर जीवन होगा और प्रेम भी..."

तमाम प्रतिकूल हालात के बीच जीवन की निरन्तरता को लेकर कृश्न चंदर का यह अदम्य आशावाद आज हमें अवसाद के अँधेरे में डूबने से बचाता है। जीवन है और रहेगा—किसी रचनाकार की यह आस्था उसकी सामाजिक सोद्देश्यता का बड़ा सुबूत है और साहित्य के लिए महनीय योगदान भी।

— 2014 ई.

'काग़ज़ी है पैरहन' के बहाने

''मेरा यक़ीन है कि हर अदब प्रोपेगंडा होता है। क़ुर्आन, बाइबिल, तौरात और वेद प्रोपेगंडा हैं। मीर, ग़ालिब, ज़ौक़, हाली, हसरत मोहानी की शाइरी प्रोपेगंडा है। महात्मा बुद्ध का पैग़ाम प्रोपेगंडा है। तुलसीदास, कबीर, ख़ुसरो का कलाम प्रोपेगंडा है। हर क़ाबिले-ज़िक्र अदबी काविश (साहित्यिक प्रयास) किसी न किसी नुक्ता-ए-ख़याल (दृष्टिकोण) का प्रोपेगंडा होती है।''

— इस्मत चुग़ताई ('तरक़्क़ीपसन्द अदब और मैं' लेख)

एक बाग़ी क़लम का दूसरा नाम है इस्मत चुग़ताई (1915–91)। यह बग़ावत किसी क़िस्म के आत्मप्रचार से प्ररित नहीं थी, बल्कि इसके पीछे एक स्पष्ट सामाजिक एवं राजनीतिक प्रयोजन था। अलीगढ़ के जिस परिवेश में वे पलीं-बढ़ीं, हर ओर उनके चंगेज़ी वंश के ख़ानदान का शुहरा था। ढहते हुए सामन्तवाद के चिह्न इस ख़ानदान की आनबान में देखे जा सकते थे, लेकिन ऐतिहासिक परिस्थिति के दबाववश एक नयी चेतना का उन्मेष भी हो रहा था जिसे आम मुस्लिम समुदाय स्वीकार करने को तैयार नहीं था। अपने उदार दृष्टिकोण के कारण चुग़ताई ख़ानदान के दरवाज़े इस नयी चेतना के लिए खुले थे। रूढ़िवाद और आधुनिक संवेदना के बीच एक अजब कशमकश थी। विशेष रूप से स्त्री-शिक्षा के पक्ष में मुसलमान अपना मन नहीं बना पा रहे थे, हाली के 'मुसद्दस' की हिदायतों पर ठीक से अमल नहीं हो पा रहा था। तब अलीगढ़ में अब्दुल्ला ख़ानदान ने स्त्री-शिक्षा का बीज उगाया। इस्मत के पिता ने भी, जो कि पेशे से जज थे, इस मुहिम का समर्थन किया। उस समय तक अलीगढ़ कॉलेज में लड़कियों के लिए एफ.ए. तक की शिक्षा का प्रबन्ध था। दस भाई-बहनों के बीच इस्मत ने अलीगढ़ कॉलेज के बोर्डिंग में रह कर एफ.ए. किया। फिर लखनऊ के आई.टी. कॉलेज से बी.ए. की परीक्षा पास की।

अलीगढ़ कॉलेज के अन्तिम दिनों में एक महत्त्वपूर्ण साहित्यिक घटना घटी जिसने उर्दू-हिन्दी कथा-साहित्य में एक क्रान्तिकारी बदलाव की नींव रखी। सज्जाद ज़हीर के सम्पादन में लख़नऊ से उर्दू के बहुचर्चित कहानी-संग्रह अंगारे (1932) का प्रकाशन हुआ। इसमें शेख़ अब्दुल्ला की बेटी रशीद जहाँ की दो कहानियाँ शामिल थीं।

अलीगढ़ में वावेला मच गया। इस्मत चुग़ताई के शब्दों में, 'अंगारे और वह भी मुसलमानों की जागीरी ज़बान में।' धार्मिक कट्टरवादियों ने, जो उर्दू को मुसलमानों की भाषा समझते थे, इस संग्रह की मज़म्मत करते हुए एक अख़बार निकाला। इसमें इन कहानियों के प्रशंसकों के बारे में भी भला-बुरा लिखा गया। ब्रिटिश हकूमत ने 15 मार्च, 1933 को इस संग्रह पर प्रतिबन्ध लगा दिया। इसके विरुद्ध सही सोच के लोगों का एक मोर्चा बन गया। इस्मत इस मोर्चे की बाक़ायदा अगुआ रहीं। अब तक उनके भीतर लिखने के संस्कार जाग चुके थे।

वे 1936 ई. में आयोजित प्रगतिशील लेखक संघ की पहली कॉन्फ्रेंस (लखनऊ) में रशीद जहाँ के साथ प्रेमचंद का भाषण सुनने भी गई थीं और बक़ौल उनके कुछ समझे बग़ैर वापस चली आईं। अभी वे बी.ए. की विद्यार्थी थीं।

इस्मत की पहली कहानी 'बचपन' से उनकी सोच की दिशा का अनुमान हो जाता है। यह बचपन की एक घटना पर आधारित है। इसमें बचपन में क़ुर्आन के पाठ का अभ्यास कराने वाले मौलवी साहब का ख़ाका खींचा गया है। कहानी 'तहज़ीब ए निस्वाँ' पत्रिका में छपने भेजी गयी। सम्पादक ने इस आपत्ति के साथ लौटा दी कि क़ुर्आन की पाठ-विधि का उपहास करते हुए लेखिका ने अधार्मिकता और गुनहगारी का परिचय दिया है।

इस्मत चुग़ताई के लेखन की प्रेरणा अर्द्धसामन्ती मूल्य-व्यवस्था के कठोर विधि-निषेधों में बीज रूप में मौजूद है। उन्होंने बाल्यकाल से ही स्त्रियों के उपेक्षापूर्ण जीवन की वेदना को महसूस किया। संकीर्ण नैतिकता और तथाकथित लोक-मर्यादा की शिला के नीचे दम तोड़ती स्त्री की कराह को सुना। उन्हें लगा कि स्त्री से भाषा छिनती जा रही है और उसके हिस्से में सिर्फ़ मौन रह गया है। इस स्त्री को आवाज़ देने का संकल्प उनके मन में जागा। विद्यार्थी जीवन में अपनी ज़बानदराज़ी और बातूनीपन के कारण उनकी माँ उनसे नाख़ुश रहती थीं। एक सुघड़ गृहिणी बनने की बात इस्मत के मन में कभी नहीं आती थी। उनके अनुसार यह सुघड़ापा औरत के पैर की बेड़ी है और उनकी हर कहानी इस बेड़ी को काटने की एक कोशिश है। उन्होंने स्पष्ट शब्दों में कहा है: "मुझे रोती-बिसूरती, हराम के बच्चे जनती, मातम करती निस्वानियत (स्त्रीत्व) से हमेशा से नफ़रत थी। ख़्वाहमख़्वाह क़ी वफ़ा और वो तमाम ख़ूबियाँ जो मश्रिक़ी (पूर्वी) औरत का ज़ेवर समझी जाती हैं, मुझे लानत मालूम होती हैं।"

पश्चिम में नारीवाद का आन्दोलन बहुत बाद में परवान चढ़ा। इस्मत दशकों पहले स्त्री के पक्ष में अपनी आवाज़ बुलन्द कर चुकी थीं। यद्यपि उन्होंने कभी अपने फ़ैमिनिस्ट होने का दावा नहीं किया, इसके बावजूद वे उर्दू की पहली फ़ैमिनिस्ट लेखिका हैं। वे स्त्री-जीवन के कारुणिक चित्र नहीं उभारतीं, बल्कि हमारे समाज की वर्गीय संरचना के नतीजे के रूप में स्त्री की नियति को देखती-परखती हैं। उनका यह

दृष्टिकोण प्रगतिशील आन्दोलन की देन था। यह एक अलग चर्चा का विषय है कि संगठन के भीतर उनके इस दृष्टिकोण की सख़्त आलोचना की जाती रही।

उनकी कहानियों के बीच से एक नयी आज़ाद स्त्री आकार लेती है। उन्होंने बड़े उपन्यास नहीं लिखे। 'ज़िद्दी' (1941), 'टेढ़ी लकीर' (1943) और 'जंगली कबूतर' (1967) को लघु उपन्यास या लम्बी कहानियाँ कह सकते हैं। कुछ कहानियाँ 'एक बात' (1942) और 'दो हाथ' (1955) में संगृहीत हैं। इन संग्रहों से बाहर भी अनेक कहानियाँ हैं। इन तमाम कथा रचनाओं में पूर्ण और मुक्त जीवन की तलाश में चारदीवारी के भीतर घुटती हुई युवा स्त्रियों के चित्र मिलेंगे। 'टेढ़ी लकीर' सामाजिक निषेधों से बग़ावत करती हुई लड़की की कथा है। इस कहानी में शम्शाद के ज़रिये लेखिका ने पुरानी मूल्य-मान्यताओं के अन्तर्विरोध दिखाए हैं। शम्शाद उर्दू कहानी का यादगार चरित्र है।

मंटो और इस्मत चुग़ताई की कहानियों पर जब बात होती है तो प्राय: जिंसीयत (सेक्स) बहस का एक केन्द्रीय मुद्दा होता है। इस्मत चुग़ताई की कहानियों में सेक्स एक सामाजिक निषेध (टैबू) के रूप में मिलता है, उन्होंने सेक्स को लेकर मूल्यहीन उन्मुक्तता की पैरवी नहीं की, बल्कि उनकी नीयत यह रही है कि सेक्स के निषेध से पैदा हुई स्त्री-जीवन की विसंगतियों पर खुलकर बात होनी चाहिए। इसके लिए निर्भीकता और साहस की दरकार है। इस कथ्य पर उनकी सर्वाधिक चर्चित कहानी 'लिहाफ़' है। कतिपय आलोचकों ने इसे 'पोर्नोग्राफ़ी' और प्रदर्शनवाद का नमूना बताया है। दरअस्ल यह कहानी धार्मिक रूढ़िवाद और सामाजिक पाखंड पर तीखा व्यंग्य है। दूसरे 'लिहाफ़' एक परित्यक्ता स्त्री की कहानी भी है जिसे एक बच्चे की आँख से 'नरेट' किया गया है। उर्दू के जाने-माने आलोचक अली जव्वाद ज़ैदी की भी यही राय है। इस कहानी पर 1944-45 में लाहौर की अदालत में मुक़दमा भी चला। इस्मत की 'लिहाफ़' और मंटो की 'बू' पर एक साथ मुक़दमे चले। दोनों कहानियों पर फ़हाशी या अश्लीलता का आरोप था। अपने निर्णय में अदालत ने 'लिहाफ़' को फ़हश नहीं माना। 'लिहाफ़' की इतनी चर्चा हुई कि इसके सिवा उनका तमाम कृतित्व उपेक्षित-सा हो गया। बक़ौल उनके 'लिहाफ़' एक तरह से उनकी चिढ़ बन गयी। कुछ लोगों ने उन्हें फ़हशनिगार मान लिया और अधिकांश पत्रिकाओं के सम्पादक उनसे वैसी ही कहानी की माँग करने लगे। इस कहानी के बाद उन्होंने 'टेढ़ी लकीर' लिखी। यह कहानी शाहिद अहमद देहलवी को छपने के लिए भेजी गयी। उन्होंने राय दी कि इस कहानी की नायिका को लिहाफ़ज़दा कर दें तो अच्छा रहे। उन्होंने नाराज़ होकर कहानी वापस मँगा ली और बाद में यह कहानी लाहौर में छपी। इस्मत पर लिखे अपने ख़ाके (व्यक्ति-चित्र) में सआदत हसन मंटो ने ठीक ही कहा है, ''इस्मत अगर 'बिलकुल औरत' न होती तो उसके संग्रहों में 'भूल भुलैया', 'तिल', 'लिहाफ़' और 'गेंदा' जैसे

नाज़ुक और मुलायम अफ़साने कभी भी नज़र न आते। ये अफ़साने औरत की मुख़्तलिफ़ अदाएँ हैं, साफ़-शफ़्फ़ाफ़, हर क़िस्म की बनावट से पाक...।"

साहित्य में श्लील-अश्लील के प्रश्न पर प्रगतिशील साहित्यान्दोलन के दौरान ख़ूब बहसें चलीं। सामान्यतया यह स्वीकार किया गया कि मात्र कथ्य नहीं बल्कि कथ्य के साथ रचनाकार के ट्रीटमेंट और उसकी दृष्टि को निर्णायक माना जाना चाहिए। हिन्दी के चेतनासम्पन्न पाठक जानते हैं कि यशपाल की 'फूलो का कुर्ता' कहानी अश्लील नहीं थी। यह हर दृष्टि से एक यथार्थवादी कहानी है। इस कहानी के प्रभाव को ज़ेहन में रखकर हम इस्मत चुग़ताई की कहानियों पर की गयी आपत्तियों की वास्तविकता समझ सकते हैं।

एक कथाकार के रूप में इस्मत चुग़ताई की विशिष्टता यह है कि वे अपनी रचना को दस्तावेज़ी नहीं बनने देतीं। उनके यहाँ तात्कालिता का दबाव नहीं मिलता। समय की व्याख्या करने के लिए उन्होंने समय में जीते हुए लोगों के झुलसते हुए सपनों और बुझती हुई उम्मीदों की वेदना को कहानी की ज़मीन बनाया। यही कारण है कि उन्होंने स्त्री-जीवन पर समस्याप्रधान कहानियाँ नहीं लिखीं।

यदि प्रेमचंद की तरह लिखना उनकी विरासत की शर्त नहीं है—जोकि नहीं है—तो इस्मत चुग़ताई इस विरासत को नयी और अछूती सतहों पर विकसित करने वाली एक विशिष्ट कथाकार हैं।

'काग़ज़ी है पैरहन' इस्मत चुग़ताई की आपबीती है। यह आत्मकथा प्रकाशन विभाग की पत्रिका 'आजकल' (उर्दू) में मार्च, 1979 से मई 1980 तक क़िस्तवार छपी थी। चौदह क़िस्तों के बाद वे इस आत्मकथा को पूरा करने का समय नहीं निकाल पायीं। हर अध्याय को एक अलग शीर्षक दिया गया है। पहले अध्याय के आरम्भ में किताब का समर्पण है—'उन ब्याहताओं के नाम/जिनके बदन बेमुहब्बत रियाकार सेजों पे सज-सज के उकता गये हैं— फ़ैज़ अहमद फ़ैज़।'

दूसरे अध्याय के अन्त में बॉक्स में निम्नलिखित सामग्री दी गयी है:

'दूसरा अध्याय भेज रही हूँ। मैं अपनी याददाश्त और ख़ानदान के लोगों की ज़बानी सुनी-सुनायी बातों को, जिन्होंने मुझे प्रभावित किया और हर एक तबक़े की उलझनों, नये सवालों और उनके हल की समस्याएँ अजीब उलझी हुई-सी चीज़ है। जो चीज़ जब भी तैयार हो जायेगी, भेजती रहूँगी। इसे विभिन्न शीर्षकों से छपने दीजिए। तारतम्य एडिट करते वक़्त बाद में क़ायम कर लिया जायेगा।'

उपर्युक्त नोट से इस आत्मकथ्य की योजना का पता चल जाता है। इससे यह भी स्पष्ट हो जाता है कि इन अध्यायों में समय और घटनाओं का क्रम नहीं है। वे आत्मकथा पूरी करने के बाद इसे सम्पादित करने का इरादा रखती थीं। किंतु यह सम्भव न हो सका।

यह आत्मकथा अक्टूबर, 1994 में पुस्तकाकार प्रकाशित हुई। 'आजकल' (हिन्दी) के सम्पादक श्री पंकज बिष्ट ने इसके पहले अध्याय के एक अंश का हिन्दी अनुवाद मुझसे कराया और पत्रिका के दिसम्बर, 1995 अंक में छापा। तदनन्तर इसके 'अलीगढ़' शीर्षक अध्याय का मेरा हिन्दी अनुवाद 'नवभारत टाइम्स', नई दिल्ली में 6, 13, 20 और 27 जून, 1996 को क़िस्तवार प्रकाशित हुआ।

पुस्तक के आरम्भ में दिया गया 'ग़ुबारे-कारवाँ' शीर्षक अंश क़िस्तवार प्रकाशित आत्मकथा में शामिल नहीं था। यह स्वतन्त्र रूप में एक सम्पूर्ण आत्मकथ्य है। यह भी आजकल (उर्दू) में ही कभी प्रकाशित हुआ था। जैसा कि इसके शीर्षक से स्पष्ट है, समय के ग़ुबार के उस पार मौजूद भूले-बिसरे क्षणों को याद करने की बेचैनी यहाँ मिलती है। विशेष रूप से 'ग़ुबारे-कारवाँ' को पढ़कर हम यह आसानी से जान लेते हैं कि इस्मत के विद्रोही व्यक्तित्व का निर्माण किन परिस्थितियों में हुआ था।

'ग़ुबारे-कारवाँ' का थीम मुख्य रूप से बचपन है। इसमें उन्होंने बचपन की अविस्मरणीय घटनाओं को याद किया है। पड़ोसी हिन्दू परिवार में जन्माष्टमी की पूजा के दिन उन्हें पहली बार हिन्दू और मुसलमान का अन्तर समझाया गया जो कि उनकी समझ में कभी नहीं आया। उनकी स्वीकारोक्ति देखिए: "मैं मुसलमान हूँ। बुतपरस्ती शिर्क है। मगर देवमाला मेरे वतन का विरसा है। इसमें सदियों का 'कल्चर' और फ़लसफ़ा समोया हुआ है। ईमान अलहदा है, वतन की तहज़ीब अलहदा है।"

'काग़ज़ी है पैरहन' के आरम्भ में उर्दू के जाने-माने कथा आलोचक वारिस अल्वी की भूमिका है। यह भूमिका इस्मत की कहानियों पर एक बेबाक टिप्पणी तो है ही, इसके साथ उनकी आत्मकथा के बिखरे हुए पाठ में एक क्रम और व्यवस्था क़ायम करने का भी सफल प्रयास है। इस भूमिका की मदद से हम आत्मकथा में विद्यमान समय के अन्तराल को भर सकते हैं और घटनाओं में पूर्वापर सम्बन्ध स्थापित कर सकते हैं।

आत्मकथा की अन्तिम क़िस्त 1980 में लिखी गयी थी और इस्मत चुग़ताई का निधन 1991 में हुआ, लेकिन इसमें 1980 तक के पूरे हालात का ज़िक्र नहीं है। इसमें क़रीब दो दशक पहले तक की यादें मिलती हैं। उन्होंने तिथियों में बँधकर आत्मकथा नहीं लिखी है। इसलिए इसके हर अंश में एक बेहतरीन कहानी जैसी अपील है। इस्मत अपने जीवन की महत्त्वपूर्ण घटनाओं के प्रति संवेदनात्मक प्रतिक्रिया में पाठकों को शामिल करने में सफल हो जाती हैं।

इसमें प्रगतिशील आन्दोलन और फ़िल्मी दुनिया की झलकियाँ भी उतनी नहीं मिलतीं, जबकि इस्मत दोनों से बदस्तूर जुड़ी रहीं। शायद यह कारण रहा है कि इस पद्धति से लिखने पर यह आपबीती एक इतिहास-ग्रंथ जैसी बोझिल और उबाऊ हो सकती थी। पाठक की दृष्टि का केन्द्र बदल जाता, दूसरे-दूसरे सन्दर्भ लेखिका के निजी

उद्‌गारों की जगह ले लेते। वारिस अल्वी ने भूमिका में ठीक ही कहा है कि 'प्रगतिशील आन्दोलन, रूस-चीन की यात्राएँ और फ़िल्मी दुनिया के हवालों से आपबीती की दस्तावेज़ी अहमियत तो बढ़ जाती लेकिन इसमें पत्रकारिता जैसी भर्ती की सामग्री बहुत समा जाती और यह इतना दिलचस्प न बन पाती।'

यह दिलचस्प है कि 'काग़ज़ी है पैरहन' को 'आजकल' (उर्दू) की पाँचवीं और बाद की एक-दो क़िस्तों में धारावाहिक उपन्यास नाम दिया गया है। लेकिन इसे आत्मकथात्मक उपन्यास कहना ठीक न होगा, क्योंकि इस स्थिति में कथानक का तारतम्य होना ज़रूरी है। लेखिका स्वयं इस बात के प्रति सचेत थीं कि वे कोई उपन्यास नहीं लिख रही हैं, बल्कि अपने अतीत का प्रत्यवलोकन कर रही हैं। आत्मकथा के रूढ़ फ़ॉर्म में भी यह पुस्तक नहीं अटती। यह अपनी पुरानी स्मृतियों के सहारे किया गया आत्मसाक्षात्कार है। लगता है जैसे वे अपने बीते हुए समय के बारे में स्वयं से पूछ रही हों—'तुम्हें याद हो कि न याद हो।' वारिस अल्वी का यह निष्कर्ष उचित है कि 'काग़ज़ी है पैरहन' इस्मत चुग़ताई की यादों की बरात है।

आत्मकथा उनके विद्यार्थी जीवन की एक याद के साथ समाप्त होती है। अब वे आई.टी. कालेज, लखनऊ से बी.ए. कर चुकी हैं। विदाई का दृश्य है। सीनियर लड़कियाँ, जूनियरों को जलती हुई क़ंदीलें सौंपती हैं, इस आशा के साथ कि ये क़ंदीलें बुझने न पायें। अन्तिम वाक्य बहुत ही मार्मिक और भावपूर्ण है— 'उन क़ंदीलों की रौशनी आज तक दिमाग़ में महफ़ूज़ है।'

इस आत्मकथा के कुछ चरित्रों को हम भुला नहीं पाते। जैसे चुग़ताई परिवार के सदस्य, उनके अनगिनत नौकर, स्कूल-कॉलेज के छात्र और अध्यापक, अलीगढ़, बरेली, सोजत और जोधपुर के बहुत से लोगों से हमारा परिचय होता है। कुछ चरित्र विशेष रूप से प्रभावित करते हैं। इस्मत के पिता मिर्ज़ा क़सीम बेग चुग़ताई एक सामन्त के रूप में चित्रित किये गये हैं। बच्छो फूफी का चरित्र अपने भीतर एक ज्वालामुखी समाहित किये हुए है। ये उनकी सगी फूफी थीं। इस पर उन्होंने 'बच्छो फूफी' नामक कहानी भी लिखी है। 'अधूरी औरत' शीर्षक अध्याय में बच्छो फूफी को ख़ूब याद किया गया है। उनके बचपन का मित्र जुगनू भी एक प्राणवान चरित्र है। बड़े भाई अज़ीम बेग के चरित्र के साथ एक महत्त्वपूर्ण सामाजिक घटना जुड़ी हुई है जो कि इस्मत के जीवन में भी विशेष अहमियत रखती है। अज़ीम बेग वह व्यक्ति हैं जो धार्मिक कट्टरवादियों के ख़िलाफ़ लड़ाई में आगे-आगे रहे। उन्होंने डिप्टी नज़ीर अहमद की 'उम्मत की माँएँ' पुस्तक का विरोध करने वालों का खुलकर सामना किया।

अज़ीम बेग चुग़ताई की मृत्यु (1939 ई.) पर इस्मत ने 'दोज़ख़ी' शीर्षक से एक अत्यन्त मार्मिक संस्मरण लिखा है। 'दोज़ख़ी' शब्द में निहित स्नेह और वेदना को महसूस करने की ज़रूरत है। 'साक़ी' पत्रिका में जब 'दोज़ख़ी' छपकर आया तो मंटो

की बहन इक़बाल ने कहा :"सआदत, ये इस्मत कैसी बेहूदा औरत है कि अपने मुए भाई को भी नहीं बख़्शा। कमबख़्त ने कैसी-कैसी फ़ुज़ूल बातें लिखी हैं!"

मंटो ने बहन से कहा था : "इक़बाल, तुम अगर मुझ पर ऐसा ही मज़मून लिखने का वादा करो तो मैं अभी मरने के लिए तैयार हूँ।"

'काग़ज़ी है पैरहन' में अलीगढ़, लखनऊ, बरेली और राजस्थान के सांस्कृतिक जीवन की महक समायी हुई है। विशेष रूप से राजस्थान के रस्मो-रिवाज का सूक्ष्म और समीपी निरीक्षण बहुत प्रभावित करता है। बम्बई जाने से पहले वे जोधपुर के गर्ल्स कॉलेज में प्रिंसिपल रही थीं। राजस्थान के सोजत में उनके पिता कुछ समय तक जज रहे। वहाँ की बाल विधवाओं के शापमय जीवन ने उन्हें उद्वेलित कर दिया था। राजस्थान की स्मृतियों के बहाने सामन्तीय जीवन-पद्धति पर तीखी चोट की गयी है। 'सोने का उगालदान' इसकी मिसाल है। यह अध्याय आभिजात्य के पाखंड को लेकर इस्मत की तीव्र घृणा को व्यक्त करता है।

कटाक्ष और विनोदप्रियता का इस्मत के व्यक्तित्व में केन्द्रीय स्थान है। उनके एक शीर्षक का इस्तेमाल करते हुए कहा जा सकता है कि उन्हें सरल के बजाय टेढ़ी लकीर ज़्यादा पसन्द थी। उक्ति की यह वक्रता उनके भाषा-संस्कारों में रची-बसी है। वे ख़ाका खींचने में महारत रखती हैं। उनमें ऐसी गहराई और उन्मुक्तता है कि वे स्वयं पर भी हँस सकती हैं। परिवार के सदस्यों, स्कूल-कॉलेज के सहपाठियों व अध्यापकों के बीच उन्होंने अपना उपहास भी किया है। 'अलीगढ़ और ताले' जैसे अध्यायों में ऐसे सन्दर्भ बिखरे पड़े हैं। यहाँ स्वयं को गौरवान्वित करने जैसी तृष्णा की गंध तक नहीं है।

यह आपबीती जिस रूप में भी हमारे सामने है, इस्मत के व्यक्ति और कथाकार दोनों रूपों से अन्तरंग परिचय करा देती है। तारतम्य के अभाव के बावजूद हम उनके रचनात्मक विकास के क्रमिक सोपानों का एक ग्राफ़ बना सकते हैं। दूसरे, यह आपबीती इसलिए भी महत्त्वपूर्ण है कि इसकी रौशनी में इस्मत के कृतित्व पर एक नये ढंग से पुनर्विचार करने की रुचि भी पैदा हो सकेगी।

इस आपबीती को पढ़ते हुए एक बात आप महसूस करेंगे कि धर्मनिरपेक्ष मूल्यों की हिफ़ाज़त के लिए जद्दोजहद पूरी रचना में एक परिप्रेक्ष्य की तरह विद्यमान है। ऐसे घटना-प्रसंगों को यहाँ ज़्यादा स्पेस मिली है जो समन्वित संस्कृति पर आयद ख़तरों से आगाह करते हैं। इस्मत यह बताने में भी नहीं हिचकिचातीं कि हमारे आचार-विचारगत विधि-निषेध इस संस्कृति का किस क़दर उपहास करते हैं। 'ग़ुबारे-कारवाँ' अध्याय से एक ऐसे ही अंश का अनुवाद यहाँ प्रस्तुत है:

"एक और घटना मेरे बचपन की है जिसने मुझे प्रभावित किया था। वालिद काफ़ी खुले विचारों के थे। बहुत-से हिन्दू परिवारों से मेलजोल था। यानी एक ख़ास वर्ग के हिन्दू-मुसलमान बहुत सलीक़े से घुले-मिले रहते थे। एक-दूसरे की भावनाओं

का ध्यान रखते थे। हम काफ़ी छोटे थे जब ही एहसास होने लगा कि हिन्दू और मुसलमान एक-दूसरे से कुछ न कुछ भिन्न ज़रूर हैं। ज़बानी भाईचारे के प्रचार के साथ-साथ एक तरह की सावधानी का एहसास होता था। अगर कोई हिन्दू आये तो गोश्त-वोश्त का नाम न लिया जाये। सारा खाना दूसरे नौकर लगायें। उनका खाना पड़ोस का महाराज बनाये। बर्तन भी वहीं से मँगा दिये जायें। अजब घुटन-सी छा जाती थी। एक से एक ऊँची विचारसम्पन्नता की बातें हो रही हैं। एक-दूसरे के प्रेम और बलिदान के क़िस्से दोहराये जा रहे हैं। अँग्रेज़ों को मुजरिम ठहराया जा रहा है। साथ-साथ बुज़ुर्ग काँप रहे हैं कि कहीं बच्चे कि छुट्टे बैल हैं, कोई ऐसी हरकत न कर बैठें जिससे कि धर्म भ्रष्ट हो जाये।

'क्या हिन्दू आ रहे हैं?' पाबंदियाँ लगते देखकर हम लोग बोर होकर पूछते। 'ख़बरदार, चाचा जी और चाची जी आ रहे हैं। बदतमीज़ी की तो खाल खींचकर भूसा भर दिया जायेगा।'

और हम तुरंत समझ जाते कि चाचाजान और चचीजान नही आ रहे हैं। जब वे आते हैं, तो सीख़ कबाब और मुर्ग़ मुसल्लम पकता है। लौकी का रायता और दही-बड़े नहीं बनते। यह 'पकने' और 'बनने' का फ़र्क़ भी बड़ा दिलचस्प है।''

अन्त में यह जान लेना भी दिलचस्प होगा कि इस आपबीती का शीर्षक 'काग़ज़ी है पैरहन' ग़ालिब के निम्नांकित शे'र से गृहीत है:

नक़्श फ़रियादी है किसकी शोख़ि-ए-तहरीर का
काग़ज़ी है पैरहन हर पैकर-ए-तस्वीर का

— *2017 ई.*

शमशेर : हमारी ही हिन्दी, हमारी ही उर्दू

आज उर्दू के हवाले से शमशेर के बारे में कुछ सतरें लिखते हुए मुझे जनवरी 1980 का वह दिन याद आता है। उस दिन डॉ. राजकुमार शर्मा के साथ शमशेर के घर जाना हुआ था। वे मॉडल टाउन के एक मकान में ग्राउंड फ़्लोर पर किराए से रहते थे। यह जानकर कि मैं उर्दू लिख-पढ़ सकता हूँ, उनकी आँखों में एक विस्मयपूर्ण चमक दौड़ गयी। कमरे में एक बोसीदा-सी अलमारी में कुछ ढूँढ़ने लग गए। एक डायरी उनके हाथ आयी। यह उनकी उर्दू की डायरी थी। उन्होंने डायरी मुझे थमा दी, 'पढ़िए ज़रा!' इसमें मुद्दतों पहले प्रकाशित उनकी ग़ज़लें भी थीं और कुछ नई चीज़ें भी। मैं उनके उर्दू ख़ुशख़त को देखकर हैरान रह गया। एक माहिर ख़त्तात जैसा ख़ुशख़त। फिर वही डायरी उन्होंने मुझसे ली और एक पृष्ठ खोलकर मेरे सामने रखा। यह हाल ही में लिखी गयी 'ईरान और अफ़गानिस्तान' रचना थी। मैंने उनसे निवेदन किया कि इसे किसी हिन्दी पत्रिका में प्रकाशित करा दिया जाए। उन्होंने सहर्ष स्वीकृति दे दी। मैंने इस रचना को नागरी लिपि में नक़्ल कर लिया। इस तरह यह रचना रतलाम की 'कंक' पत्रिका में प्रकाशित हुई। इस मुलाक़ात की एक महत्त्वपूर्ण बात है जिसके कारण यह संस्मरण यहाँ दर्ज किया गया है। 'ईरान और अफ़गानिस्तान' का बाह्य रूप ग़ज़ल का है। मैंने अलग-अलग शे'र देख और पढ़ कर कहा कि 'अच्छा यह ताज़ा ग़ज़ल है।' उन्होंने समझाया कि यह ग़ज़ल नहीं नज़्म है। फिर शाइरी के बारीक नुक्तों पर वे ठहर-ठहर कर बोलते गये। मुझे लगा कि शमशेर की बातें समझने के लिए उर्दू की और ज़्यादा तैयारी दरकार है। उन्हें यह कहने का हक़ जाता है:

वो अपनों की बातें, वो अपनों की ख़ू-बू
हमारी ही हिन्दी, हमारी ही उर्दू

शमशेर के साहित्यिक संस्कारों की परवरिश हिन्दी-उर्दू के दो आब में हुई। हो सकता है, यह बात सौ फ़ीसदी सच न हो पर हमें यह लगता है कि हम जिसे शमशेरियत कहते हैं, उसकी शिनाख़्त उर्दू के बग़ैर सम्भव नहीं है। यह निर्विवाद है कि उनके भाव-बोध और काव्य-भाषा के पार्श्व में उर्दू का तत्त्व कहीं न कहीं कारफ़र्मा रहता है। उनकी ग़ज़लों में यह ख़ूबी ज़्यादा मुखर रूप में विद्यमान है। शमशेर अपने

दौर के पहले कवि हैं जिन्होंने 'एक-दूसरे के वैभव से समृद्ध होने' की ज़रूरत बहुत शिद्दत के साथ महसूस की, और हिन्दी-उर्दू भाषाओं के बीच रचना की सामान्य भूमियों की तलाश के प्रयास किये। इन प्रयासों का सुपरिणाम है उनकी गद्यकृति 'दो आब'। 'दो आब' का प्रकाशन सरस्वती प्रेस से 1948 ई. में हुआ। इसमें शामिल सत्रह लेखों में से सात उर्दू साहित्य विशेषतः शाइरी पर हैं। तैयारी इतनी है कि एक साल पहले प्रकाशित सरदार जाफ़री की मशहूर नज़्म 'नई दुनिया को सलाम' का भी इसमें नोटिस लेते हैं। साहित्येतिहास की दृष्टि से ये लेख दस्तावेज़ी अहमियत रखते हैं। शमशेर से पहले भी उर्दू भाषा और साहित्य पर हिन्दी विद्वान लिखते रहे थे, लेकिन सांस्कृतिक सन्दर्भों में उर्दू शाइरी के वैशिष्ट्य का वस्तुनिष्ठ आकलन करने की शुरूआत अभी नहीं हुई थी। यह पहल 'दो आब' के माध्यम से हुई।

शमशेर ने उर्दू के सवाल पर उस समय हस्तक्षेप किया जब प्रगतिशील साहित्यान्दोलन की दाग़-बेल डाली जा रही थी। यह उस दौर की परिस्थितिगत माँग थी कि हिन्दी और उर्दू के लेखक एक-दूसरे से अजनबी न बने रहें। 'दो आब' के पहले लेख 'मुसद्दस और भारत-भारती की सांस्कृतिक भूमिका' के मूल में यही प्रयोजन है। शमशेर ने इस तथ्य को बहुत गम्भीरतापूर्वक रेखांकित किया है कि दो भिन्न सांस्कृतिक पृष्ठभूमियों के बावजूद दोनों कृतियाँ तार्किकता, कर्मशीलता, जातीय स्वाभिमान और साम्प्रदायिक सौहार्द आदि नवजागरण के आधारभूत तत्त्वों को अपने भीतर समोये हुए हैं। इस तुलनात्मक विश्लेषण से यह प्रतीत होता है कि शमशेर 'भारत-भारती' की बनिस्बत 'मुसद्दस' को ज़्यादा प्रगतिशील मानते थे। वे 'मुसद्दस' के बारे में कहते हैं, "'मुसद्दस' में आरम्भ से अन्त तक 'हाली' की चिन्ता वर्तमान के ही विषय में है।" 'भारत-भारती' को लेकर उनका मत है, "बार-बार और ध्यान से 'भारत-भारती' को पढ़ने पर जो भाव मुख्य रूप से हृदय पर जमता है, वह अपने प्राचीन गौरव का है..." निश्चय ही जो रचनाकार अपने समय के सवालों से टकरा रहा है, बाद की पीढ़ियों के लिए वह ज़्यादा अनुकरणीय होगा। दूसरा महत्त्वपूर्ण निबन्ध 'उर्दू कविता' पर है। निबन्ध को ग़ौर से पढ़ने के बाद यह अनुमान शायद ग़लत नहीं होगा कि शमशेर के मन में पूर्वपक्ष के रूप में उर्दू शाइरी की बाबत प्रचलित और स्थापित मन्तव्य रहे हैं। यह निबन्ध एक तरह से इन मन्तव्यों का खंडन करते हुए एक सन्तुलित और वस्तुनिष्ठ नज़रिया पेश करता है। आचार्य महावीरप्रसाद द्विवेदी का एक निबन्ध है 'कवि और कविता'। इसमें द्विवेदी जी की स्थापना है, "यदि यह कहें कि आशिक़ाना (शृंगारिक) कविता के सिवा और तरह की कविता उर्दू में है ही नहीं, तो बहुत बड़ी अत्युक्ति न होगी। किसी भी दीवान को उठाइए, किसी मस्नवी को उठाइए, आशिक़-माशूक़ों के रंगीन रहस्यों से आप उसे आरम्भ से अन्त तक रँगी हुई पाइएगा।" एक तरह से यह उर्दू शाइरी के बारे में बनी हुई आम राय है। शमशेर ने 1937 ई. में प्रकाशित 'उर्दू कविता'

शीर्षक निबन्ध में उर्दू कविता की विरासत पर पुनर्दृष्टि की है। उर्दू कविता के ग़ज़ल, क़सीदा, मस्नवी और मर्सिया आदि काव्य-रूपों का सविस्तार परिचय दिया है। साथ ही साथ इनसे सम्बन्धित तमाम भ्रांतियों का निवारण किया है।

हम यहाँ शमशेर का एक कथन उद्धृत करना चाहेंगे। कहते हैं, "आज एक उत्तरदायी कवि के समक्ष भारतीय संस्कृति केवल हिन्दू या इस्लामी संस्कृति नहीं है।" इस मान्यता पर 1936 ई. के आस-पास की वैचारिक सरगर्मियों का प्रभाव है। प्रगतिशील साहित्यान्दोलन इसी परिप्रेक्ष्य को अपनाकर परवान चढ़ा। शमशेर ने उर्दू की बाबत हिन्दी वालों के संकुचित दृष्टिकोण को लेकर चिन्ता व्यक्त की है। बक़ौल उनके "...हम अपनी बहुत-सी चीज़ों को अपना नहीं सके हैं।" उर्दू शाइरी का एक बड़ा हिस्सा हिन्दी साहित्य की अमूल्य निधि है, मात्र लिपि भेद के कारण हम उसे पराया मानते रहे हैं। उन्होंने अपने निबन्ध की सीमा में महज़ हाली की 'बेवा', 'बरखा रुत', 'हुब्बे वतन' इत्यादि, इक़बाल की एक कविता 'नया शिवाला', पंजाब के हफ़ीज़ जालंधरी तथा मेरठ के साग़र निज़ामी के गीतों के उदाहरण दिए है। ज़ाहिर है इस सूची को बहुत बढ़ाया जा सकता है। उन्होंने एक सवाल रखा है फिर इसका युक्तियुक्त जवाब भी दिया है—"शायद एक 'चकबस्त' को छोड़कर अन्य कवियों की प्रतिभा का पूर्ण या सच्चा रूप क्या हिन्दी पाठक वास्तव में देख पाए हैं ?" इसके जवाब में उन्होंने तीन कारण गिनाये हैं। एक, 'सांस्कृतिक विभिन्नता-जनित एक-दूसरे के प्रति विराग : जिसका एक बड़ा कारण स्वयं भारतीय साहित्य के शिक्षण की ग़लत प्रणाली है। तीसरे, उर्दू के विषय में कुछ ग़लतफ़हमियाँ, उसके काव्यादर्शों तथा उत्कृष्ट कृतियों से अज्ञान। इस निबन्ध के लिखे जाने के पचहत्तर वर्ष बाद आज भी ये तीनों कारण किसी न किसी रूप में हिन्दी समाज में जड़ जमाये हुए हैं। नागरी लिपि में उर्दू साहित्य के प्रकाशन के परिणामस्वरूप उर्दू की उत्कृष्ट कृतियों से अज्ञान की बात अब उतनी नहीं रह गयी है। स्वयं शमशेर ने 'फ़ैज़' की रचनाओं का सम्पादन किया है। चौथे दशक में यह सिलसिला शुरू भी नहीं हुआ था।

छायावाद के अवसान के दौर के हिन्दी काव्य-परिदृश्य को लेकर शमशेर की राय बहुत सकारात्मक नहीं है। इसी निबन्ध में एक जगह हिन्दी और उर्दू कविता की तुलना का संकेत मिलता है। यहाँ शायद शमशेर के अवचेतन में नवजागरणकालीन काव्य की यथार्थवादी धारा से भटकाव की प्रवृत्ति रही होगी, जो बच्चन, अंचल और भगवतीचरण वर्मा आदि में नुमायाँ तौर पर देखी जा सकती है। उस दौर की यानी लगभग 1920 से 1936 ई. तक की उर्दू कविता को लेकर भी शमशेर ज़्यादा आश्वस्त नहीं हैं, लेकिन इसकी स्थिति उन्हें हिन्दी काव्य से फिर भी बेहतर लगती है। उर्दू और हिन्दी दोनों को मिलाकर उनकी दृष्टि में उस दौर के सबसे समर्थ कवि इक़बाल हैं। हिन्दी काव्य के विषादपूर्ण अभाव का ज़िक्र करने के बाद वे उर्दू पर आते हैं, "हमारी

उर्दू में भी... लेकिन यहाँ इक़बाल का एक गम्भीर स्वर है जो वर्तमान सभ्यता के स्तर-स्तर को भेद जाता है।'' शमशेर की यह टिप्पणी हमारे ज़ेहन में एक सवाल छोड़ जाती है—इक़बाल की बात तो उचित है लेकिन निराला ?

अब शमशेर की ग़ज़लों पर संक्षिप्त बातचीत। निराला के 'बेला' (1946 ई.) संग्रह के बाद हिन्दी ग़ज़ल के विकास में तीन कवियों का विशेष योगदान रहा—शमशेर, त्रिलोचन और जानकीवल्लभ शास्त्री। रचनाकाल की दृष्टि से यदि देखें तो शमशेर की ग़ज़लों का ज़िक्र सबसे पहले किया जाना चाहिए। उनकी ग़ज़लें विभिन्न पत्र-पत्रिकाओं में 1938-39 से प्रकाशित होने लगी थीं। उनके दूसरे कविता-संग्रह 'कुछ और कविताएँ' (1961ई.) में अन्य रचनाओं के साथ-साथ सात ग़ज़लें तथा दो भिन्न शीर्षकों के अन्तर्गत कुछ शे'र संकलित हैं।[1] कवि ने सूची में सात रचनाओं को ही ग़ज़ल माना है। जबकि 'कुछ मुक्तक' शीर्षक के तहत जो शे'र दिये गए हैं, वे एक मुकम्मल ग़ज़ल की पहचान कराते हैं। दिलचस्प बात यह है कि शमशेर का यह बहुउद्धृत शे'र इसी रचना में है:

यह सलामी दोस्तों को है, मगर
मुट्ठियाँ तनती हैं दुश्मन के लिए

फिर शमशेर ने इस रचना को ग़ज़ल मानने से गुरेज़ क्यों किया ? हमारी समझ से इसके दो कारण हैं। एक, शमशेर ने निश्चित रूप से ग़ज़ल को मूल भाषा के माध्यम से हृदयंगम किया है। कहीं न कहीं उर्दू का मे'यार उनके मानस में विद्यमान रहता है। शे'र के रूप में कुछ कहते वक़्त ग़ज़ल की विरासत का आईना उनके सामने लगा होता है। दूसरे, इस रचना में समकालीन गीत की भाषा का व्यवहार ज़्यादा है, उर्दू मुहावरे का प्रयोग कम। शायद शमशेर ने इसीलिए इसे ग़ज़ल नहीं माना। यहाँ यह उल्लेख कर देना भी ज़रूरी लगता है इस रचना ने ग़ज़ल को लेकर एक बहस का सूत्रपात किया। 'तार सप्तक' के प्रकाशन के आसपास डॉ. रामविलास शर्मा एक पत्र के सम्पादक थे। शमशेर ने इस ग़ज़ल को उनके पत्र में प्रकाशनार्थ भेजा। रामविलास जी ने ग़ज़ल को एक सामन्ती फ़ॉर्म कह कर रचना लौटा दी। इस बहस के विस्तार में जाये बग़ैर हम यह कहना चाहते हैं कि शमशेर ने तमाम आलोचकों की परवा न करते हुए ग़ज़ल के माध्यम को अपनाये रखा। उन्होंने ग़ज़लों को अपनी हिन्दी रचनाओं से अलग नहीं माना। यह जानने के लिए 'कुछ और कविताएँ' संग्रह की 'यह चयन' शीर्षक भूमिका को पढ़ा जा सकता है।

ग़ज़ल को लेकर शमशेर ने कहा है, ''किसी विषय की व्याख्या करने का इसमें अवकाश नहीं। एक मार्मिक संकेत और बस, दूसरा मार्मिक संकेत और बस।'' (दो आब) यही ख़ूबी उनकी ग़ज़लों में भी मिलती है। उनकी ग़ज़लें प्रगतिशील साहित्यान्दोलन के दौरान काफ़ी बहसतलब रहीं। डॉ. रामविलास शर्मा को उनकी ग़ज़लों में रीतिवादी

संस्कार दिखायी दिए। ('नयी कविता और अस्तित्ववाद') बतौर साक्ष्य उन्होंने शमशेर का यह शे'र उद्धृत किया है:

गुलशन से जो इतराती आँगन में बहार आई
ख़ुशज़ौक़ दुल्हन उसकी शोख़ी को सँवार आई

रोमानी मिज़ाज के ऐसे शे'र शमशेर के यहाँ और भी मिल सकते हैं लेकिन रोमानी स्थितियों के प्रति उनका सुलूक वही नहीं है जैसा कि रीतिवादी कवियों का है। यह माना जा सकता है कि आन्दोलनधर्मी रचनाओं की तुलना में ऐसे शे'रों की सामाजिक अपील ज़्यादा न हो।

शमशेर 'हक़ीक़त' (वास्तविकता) को 'तख़ैयुल' (कल्पना) से बाहर लाकर रचना में ढालने की हिमायत करते हैं। वे ग़ज़ल के कलात्मक तक़ाज़ों के प्रति सचेत रहते हुए भरे-पूरे मानवीय संसार को निरूपित करने वाले कवि हैं। उन्होंने रचना-माध्यम के बारे में एक जगह लिखा है, "...यह विशिष्टता एक तो उसके अपने दौर की होती है और दूसरी उसकी अपनी, जिसे उर्दू में शाइर का अपना रंग कहते हैं।"[2] फिर एक ग़ज़लगो के रूप में शमशेर का रंग क्या है ? इस सिलसिले में हमें यह बात ध्यान में रखनी चाहिए कि उर्दू शाइरों की तुलना में शमशेर की स्थिति भिन्न है। वे दो काव्य-परम्पराओं के संधि-स्थल पर खड़े हैं। उनकी ग़ज़लों में तरक़्क़ीपसन्दी की घनगरज नहीं बल्कि एक धीमी आवाज़ सुनायी देती है। यहाँ सामाजिक सच्चाई के बयान में भी निजता का आग्रह मौजूद है। उन्होंने उद्बोधनपरक शाइरी नहीं की। ऐसी शाइरी उनके कवि-स्वभाव से मेल भी नहीं खाती। उनके यहाँ हालात के अक्स हैं, उनके तथ्यात्मक ब्योरे नहीं। उनके पास बाईस ग़ज़लों और कुछ फुटकर शे'रों के रूप में शाइरी का बहुत थोड़ा-सा सरमाया है। जितना भी है उसमें मानवीय वेदना और बेचैनी रची-बसी है। यह वेदना भूख, ग़रीबी और सामाजिक अन्याय को झेल रहे इन्सान की है, और यह बेचैनी एक नई दुनिया की तामीर के लिए है। उनका यह यक़ीन है:

इश्क़ की शाइरी है ख़ाक, हुस्न का ज़िक्र है मज़ाक़
दर्द में गर चमक नहीं, रूह में गर जिला नहीं

शमशेर के कुछ शे'र ज़र्बुलमसल हो गये हैं यानी कहावत की तरह मशहूर। जैसे यह शे'र:

जहाँ में अब तो जितने रोज़ अपना जीना होना है
तुम्हारी चोटें होनी हैं, हमारा सीना होना है

उनके बाज़ ऐसे शे'र हैं जो एक पूरी कविता का अर्थ-विस्तार अपने भीतर समाहित किये हुए हैं। यानी एक शे'र में पूरी नज़्म पोशीदा है। मिसाल के लिए इसी ग़ज़ल का मक़्ता पर्याप्त होगा:

बस ऐ 'शमशेर' चलकर, अब कहीं उज़्लत गज़ीं हो जा
कि हर शीशे को महफ़िल में, गदा-ए-मीना होना है

पहले मिसरे में शाइर बहुत साधारण ढंग से कहीं एकांत में चले जाने की बात कहता है। ज़ाहिर है कि यहाँ भीड़ है, लेकिन भीड़ किस तरह के लोगों की है? और एकांत में चले जाने की इच्छा का सामाजिक औचित्य क्या है? ऐसे तमाम सवालों की गिरहें सानी मिसरे में जाकर खुलती हैं। जो किरदार इस शे'र में मौजूद है, वह इस सच्चाई को जानता है कि उसकी मानवीय प्रतिष्ठा इस परिवेश में सुरक्षित नहीं है। दीगर लोगों के उदाहरण से उसने यह देखा है कि जैसी होड़ लगी है उसमें अपने इन्सानियत के दर्जे से गिरना मनुष्य की नियति है। इस महफ़िल में हर शीशे को शराब का याचक बनना लाज़िमी है। यानी सिर्फ़ शीशा रहकर उसके वुजूद की कोई अहमियत नहीं है। मुराद यह है कि अपनी निजता को बचाये रखना एक दुष्कर कार्य है। इसकी थोड़ी-बहुत सम्भावना एकान्त में है, और एकान्त में भी वह ख़ुशी से नहीं, बेमन से जाने को विवश है। यह द्वंद्व इस शे'र का केन्द्रीय भाव है।

शमशेर के बाद ज़बान और फ़ने-उरूज़ की बारीकियों की समझ बहुत कम ग़ज़ल कवियों में मिलती है। इस दृष्टि से शलभ श्रीराम सिंह उनके सबसे क़रीब नज़र आते हैं।

शमशेर के सृजनात्मक मानस में उर्दू की आमेज़िश इतनी ज़्यादा है कि फ़ारसी की सूक्तियाँ बोलचाल की ज़बान का जामा पहनकर सीधे उतर आयी है। फ़ारसी की एक मिसाल है— 'मुश्क आँ सत कि ब गोयद, न कि अत्तार ब गोयद।' (अर्थात् इत्रफ़रोश नहीं कहेगा कि यह इत्र कितना अच्छा है। इत्र की सुगंध ख़ुद बोलेगी) अब शमशेर की ये मशहूर काव्य-पंक्तियाँ सुनिए:

बात बोलेगी,
हम नहीं
भेद खोलेगी
बात ही।

कहीं ग़ालिब की बन्दिशें कविता के बीच में कुछ हेर-फेर के साथ हूबहू झाँकने लगती हैं। 'सावन' कविता की ये पंक्तियाँ देखिए:

हाँ,
शर्माओ न मा'नी में!
तुम लफ़्ज़ नहीं हो! [3]

उर्दू को ज़ेहन में रखकर शमशेर की 'टूटी हुई, बिखरी हुई' जैसी कुछ कविताओं को पढ़ा जाये तो बहुत दिलचस्प होगा। हमारी दृष्टि में 'टूटी हुई, बिखरी हुई' के हर

पंक्ति-समूह (जिसे स्टैंज़ा भी कहा जा सकता है।) में अलग-अलग भाव-दशाएँ हैं। लगता है जैसे शे'रों को गद्यवृत्त में ढाल दिया गया है। उर्दू के बग़ैर क्या निम्नोद्धृत अभिव्यक्तियाँ सम्भव थीं:

कबूतरों ने एक ग़ज़ल गुनगुनायी...
मैं समझ न सका, रदीफ़-क़ाफ़िए क्या थे,
इतना ख़फ़ीफ़, इतना हलका, इतना मीठा
उनका दर्द था।

और यह मुहावरा तो ख़ालिस उर्दू का है जिसकी झलक शमशेर से पहले और बाद की हिन्दी कविता में बमुश्किल मिलेगी:

आईनो, रोशनाई में घुल जाओ और आसमान में
मुझे लिखो और मुझे पढ़ो
आईनो, मुस्कुराओ और मुझे मार डालो
आईनो, मैं तुम्हारी ज़िन्दगी हूँ।

एक जिज्ञासा मन में बराबर बनी हुई है कि उर्दू-फ़ारसी के गहन अध्ययन ने शमशेर की 'सुरुचि' का कितना परिमार्जन किया? जिसके बारे में ख़ुद उनका कहना है, 'जो नहीं है। जैसे कि सुरुचि/उसका ग़म क्या/वह नहीं है।' इस सिलसिले में फ़ौरी तौर पर हमें दो बातें दिखायी देती हैं। एक, वे अपनी पीढ़ी के मूर्धन्य रचनाकारों से अलग एक ऐसी काव्य-भाषा सृजित कर सके जो उर्दू रजिस्टर के बहुत क़रीब है, और जिसमें अतिशय व्यवहृत काव्यभाषा का दख़्ल बहुत कम है। दूसरे, हमें लगता है कि उनकी कविताओं में भावसघनता, सांकेतिकता, गोपन, विस्मय और सुगठित पद-विन्यास (चुस्त बन्दिशें) आदि विशेषताएँ क्लासिकी उर्दू शाइरी के मंथन-अवगाहन से पैदा हुई हैं। इस कोण से शमशेर की कवि-प्रतिभा पर विचार-विमर्श अभी बाक़ी है।

— 2013 ई.

---

1. शमशेर की उर्दू ढंग की रचनाएँ 'सुकून की तलाश' शीर्षक से रंजना अरगड़े के सम्पादन में 1998 ई. में प्रकाशित हो चुकी हैं।
2. 'कथन', सितम्बर-अक्टूबर 1980
3. ग़ालिब की पंक्ति है—'है ये वो लफ़्ज़ कि शर्मिंदा ए मा'नी न हुआ।'

शे'र का कारोबार और शमशेर

उर्दू और हिन्दी को समीप लाने के सिलसिले में अक्सर हम काव्यरूप और शब्द-सम्पदा अपना लेने को ही पर्याप्त समझते रहे हैं। दोनों भाषाओं के सामीप्य का यह एक स्थूल मानदंड है। शमशेर ने उर्दू के काव्यरूपों को तो अपनाया ही, शब्द-प्रयोग में भी एक मिसाल क़ायम की, लेकिन उनका अस्ल योगदान इससे कहीं बड़ा है। वे इससे आगे जाते हैं और अपनी कविता में दोनों भाषाओं की सृजन परम्पराओं के बीच आवाजाही के द्वार खोलते हैं। उर्दू उनके यहाँ महज़ शब्द-प्रयोग के रूप में मौजूद नहीं है बल्कि उनकी समूची अभिव्यक्ति का अविभाज्य अंग है। चौथे दशक के अन्तिम वर्षों में हिन्दी में अगर कोई नया स्वर सुनायी देता है तो वह स्वर शमशेर का है। इसी दौर में वे उर्दू भाषा और साहित्य पर आलोचनात्मक लेखों का सिलसिला शुरू करते हैं। आगे चल कर ये लेख 'दो आब' (1948 ई.) में शामिल किये जाते हैं। एक सतह पर वे ग़ालिब की प्रश्नाकुलता और इक़बाल के औदात्य से प्रभावित होते हैं, तो दूसरी सतह पर निकट पूर्ववर्ती छायावादी कवियों की सौन्दर्य-चेतना को आत्मसात् करते हैं। ये दो जल धाराएँ शमशेर के सृजन में दो आब के रूप में बज़ाहिर दिखायी देती हे। अशोक वाजपेयी ने शमशेर के बारे में ठीक ही कहा है : "उर्दू और हिन्दी की काव्य परम्पराओं को नये उन्मेष के साथ एक बिन्दु पर लाकर दोनों को समन्वित करने का उन्होंने ऐतिहासिक कार्य किया है।" ('टूटी हुई बिखरी हुई' संचयन की भूमिका)

इस रौशनी में उनकी ग़ज़लों पर बात करते हुए सबसे पहले कुछ सवाल हमारे ज़ेहन में उठते हैं। क्या हिन्दी ग़ज़ल में शमशेर की कोई परम्परा बनती है? बाद के ग़ज़ल कवियों ने शमशेर से किस रूप में प्रेरणा ली है? इन सवालों के अलग-अलग जवाब अपेक्षित नहीं हैं, क्योंकि दोनों सवाल अन्ततः शमशेर के बाद हिन्दी ग़ज़ल के विकास से वाबस्ता हैं। पहले हम यह जान लें कि शमशेर की ग़ज़लों का रचना-काल 1935 से 1985 तक फैला हुआ है। यानी पच्चीस के लगभग ग़ज़लें पचास साल में समय-समय पर कही गयी हैं। चालीस के दशक में सबसे ज़्यादा यानी दस ग़ज़लें सामने आयीं। यह दशक ग़ज़ल में उनकी सक्रियता की दृष्टि से सबसे महत्त्वपूर्ण लगता है। किसी और दशक में इतनी ग़ज़लें नहीं मिलतीं। इसका कारण शायद यह रहा हो कि

यह प्रगतिशील साहित्यान्दोलन की तेज़ रफ़्तारी का दौर था। आन्दोलन से जुड़े उर्दू रचनाकार अपना राजनीतिक सन्देश देने के लिए प्रायः नज़्म को ज़्यादा तरजीह देते थे। 'जोश' तो तरक़्क़ीपसन्दी के लिहाज़ से ग़ज़ल को कमतर समझते थे। तभी उन्होंने ग़ज़ल को 'शाइराना ख़ुर्दाफ़रोशी' कहा। इसके बावजूद ग़ज़ल उर्दू शाइरी की आबरू बनी रही। ग़ज़ल के बग़ैर न कोई पूरा शाइर माना जाता था और न ही कोई मुशाइरा कामयाब होता था। लिहाज़ा अवामी मंचों पर नज़्म के साथ ग़ज़ल की भी धूम थी। शमशेर ने उर्दू मंचों से यह सीखा कि नज़ाकत के लिए मशहूर एक काव्यरूप का इस्तेमाल अवाम की चेतना को उद्‌बुद्ध करने के लिए कैसे किया जाता है? शायद इसीलिए पाँचवें दशक में ग़ज़ल की ओर उनका रुज्हान ज़्यादा रहा। किसी संग्रह में पहली बार उनकी ग़ज़लें 'कुछ और कविताएँ' (1961 ई.) में पढ़ी गयीं। वह नई कविता का दौर था और उसमें शमशेर की रचनाशीलता के इस पहलू की उपेक्षा ही की गयी।

शमशेर और आज के ग़ज़ल कवियों के बीच सम्बन्ध का कोई सीधा सूत्र तलाश करना मुमकिन नहीं लगता। इसका कोई औचित्य भी नहीं बनता। ग़ज़ल को संजीदगी से लेने वाले लोग शमशेर की ग़ज़लों के साथ-साथ उनके शेष काव्य-कृतित्व को सामने रखकर उनसे प्रेरणा लेते हैं। वे शमशेर से माध्यम पर गहरी पकड़ का फ़न सीखते हैं। वरिष्ठ रचनाकारों में बालस्वरूप राही, दुष्यन्तकुमार और शलभ श्रीराम सिंह इसकी मिसालें हैं। फिर ज्ञानप्रकाश विवेक, विज्ञानव्रत, कृषक, सुलतान अहमद, योगेंद्र दत्त शर्मा, सुरेश सलिल, देवेंद्र आर्य और माधव मधुकर आदि में ये चीज़ दिखायी देती है। युवाओं में विनय मिश्र और आलोक श्रीवास्तव में यह सिफ़त है। यह कोई सतह पर दिखने वाली चीज़ नहीं है बल्कि यह माना जा सकता है कि इन तथा ऐसे रचनाकारों की अवचेतना में शमशेर ज़रूर रहे होंगे। यह चंद ग़ज़ल कवियों की बात रही। आज ग़ज़ल में रचना का जो परिदृश्य बनता है उसमें बहुत-सी स्थितियों का दख़्ल रहा है। उर्दू शाइरी के नागरी संस्करणों के साथ-साथ व्यावसायिक मंचों के ज़रिए इस विधा की बढ़ती हुई लोकप्रियता का सीधा प्रभाव आज के ग़ज़ल कवियों पर लक्षित होता है। आज हर ओर ग़ज़ल सुनायी दे रही है। जब एक धारा विशेष के कवि-आलोचकों की ओर से 'कविता की वापसी' का नारा बुलन्द किया जा रहा था तब शमशेर ने एक लेखक सम्मेलन में ज़ोर देकर यह कहा था कि 'यह कविता की वापसी का दौर हो या न हो, यह ग़ज़ल की वापसी का दौर ज़रूर है।' (24-25 जनवरी, 1981 को लाजपतराय कॉलेज, साहिबाबाद में आयोजित प्रगतिशील लेखक सम्मेलन)

शमशेर का मानना है कि परम्परा से जुड़कर ही उसमें नये प्रस्थान सृजित किये जा सकते हैं। उन्होंने 'मीर' और ग़ालिब की ज़मीनों में भी ग़ज़लें कही हैं। उर्दू शाइरी में अपने पूर्ववर्तियों की ज़मीनों को अपनाने की पुरानी परम्परा है। दूसरे की ज़मीन

रचना की सुविधा नहीं चुनौती होती है। इसे प्रेरक रचना के प्रभाव से मुक्त होकर निजता के स्पर्श की चुनौती कह सकते हैं। 'मीर' का एक शे'र है:

दें उम्र-ए-ख़िज़्र मौसम-ए-पीरी में तो न ले
मरना ही इससे ख़ूब है अहद-ए-शबाब में

हम यह भी जान लें कि ग़ालिब ने 'मीर' की इस ज़मीन में दो ग़ज़लें कही हैं। इसी ज़मीन में शमशेर की ग़ज़ल का एक शे'र देंखे—

उस आस्ताँ तक हमको बहारों में ले के जाओ
जिस पर कोई शहीद हुआ हो शबाब में

सानी मिसरे में 'मीर' ने यौवन में आत्मोत्सर्ग के भाव को अभिव्यक्ति दी है। शमशेर भी अपने सानी मिसरे में इस भाव से पूरी तरह मुक्त नहीं हो सके हैं। यानी केवल दूसरी पंक्ति देखें तो यह 'मीर' का भावानुवाद लगती है, लेकिन पहली पंक्ति के नैरंतर्य में दूसरी पंक्ति के मा'नी बदल जाते हैं। मीर के यहाँ बुढ़ापे में दीर्घायु से अस्वीकार का सन्दर्भ है और शमशेर के यहाँ 'आस्ताँ' (ड्योढ़ी, चौखट) का सन्दर्भ है। सन्दर्भ के भेद से शमशेर, मीर से प्रेरणा लेते हुए नई बात पैदा कर सके हैं।

इसी तरह ग़ालिब की ज़मीन में शमशेर की एक शानदार ग़ज़ल है। 'घर' की अनुभूति पर ग़ालिब ने अनेक शे'र कहे हैं। 'घर' के जितने वैविध्यपूर्ण बिम्ब ग़ालिब के यहाँ मौजूद हैं, उतने हिन्दी-उर्दू के किसी कवि के यहाँ नहीं मिलेंगे। ग़ालिब का एक शे'र है—

लो वो भी कहते हैं कि ये बे नंगो-नाम है
ये जानता अगर तो लुटाता न घर को मैं

शमशेर ने इसी ज़मीन में 'घर' को यों याद किया है—

भूला हुआ था आज तलक अपने घर को मैं
क्या जाने चल दिया था कहाँ के सफ़र को मैं

दरअस्ल क़ाफ़िया ग़ज़ल की बेख़ (जड़, मूल) और बुनियाद है। हमेशा तो नहीं लेकिन अक्सर अर्थ का पहला सिरा क़ाफ़िए में मौजूद रहता है। ग़ालिब अपना सर्वस्व लुटा देने के बाद लोकापवाद से मिलने वाली पीड़ा को शब्दों का जामा पहनाते हैं। शमशेर घर का रास्ता भूले हुए व्यक्ति की पीड़ा को बयान करते हैं। दोनों के बीच तुलना कोई आधार नहीं है। अभिप्राय यह है कि शमशेर के शे'रों में उर्दू महाकवियों की अनुगूँज सुनायी देती है।

शमशेर ने भले यह कहा हो, 'वो सुर्ख़ियाँ कहाँ हैं मुहब्बत के बाब में' लेकिन मुहब्बत के बाब में उनका मन ख़ूब रमा है। क्लासिकी शाइरी के विषय और तौरो-तरीक़े उनके मानस में रचे बसे हैं। प्रेम उनकी दृष्टि में एक निषेध नहीं है, लेकिन उनका

प्रेमी समाज के हालात से उदासीन हो, ऐसा नहीं लगता। ज़रा यह शे'र मुलाहिज़ा हो—

नज़र तेरी दस्तूरे-फ़िरदौस लाई
मेरी ज़िन्दगी में अमल कोई लाए

इस शे'र में प्रेम के प्रति एक यथार्थवादी दृष्टिकोण से हमारा सामना होता है। कवि प्रिय की नज़र का कृतज्ञ है और उसका सम्मान करता है क्योंकि इस नज़र में उसे जन्नत का दस्तूर दिखाई देता है। यानी यह नज़र ही उसके लिए जन्नत है। पर बिना अमल के जन्नत की क्या अहमियत? इसलिए वह ज़िन्दगी में अमल की ज़रूरत महसूस करता है। अगर ज़िन्दगी में अमल हो तो जन्नत की हक़ीक़त को मालूम किया जा सकता है। अतएव शमशेर की ग़ज़लों से जुड़ाव पैदा करने के लिए ग़ज़ल विधा की रिवायत और ख़ुद शमशेर का अपना रंग दोनों को साथ-साथ समझना ज़रूरी है। वे ज़ोर देकर कहते हैं, 'ज़ुबाँ दर्द की सिन्फ़े नाज़ुक से है।' इस सिन्फ़े नाज़ुक के मिज़ाज को नज़रअन्दाज़ करके उनकी ग़ज़लों पर बातचीत हो ही नहीं सकती।

शमशेर के सृजनात्मक मानस में उर्दू तहज़ीब रची-बसी है। यह बात बरहक़ है, लेकिन इस बात से यह निष्कर्ष निकाल लेना ग़लत होगा कि उन्होंने अपने दौर की उर्दू ग़ज़ल को अपनी रचना के लिए प्रतिमान माना हो। उन्होंने ग़ज़ल को अपनी तरह बरता है। बेशतर ग़ज़लें प्रगतिशील साहित्यान्दोलन के दौरान लिखी जाने के बावजूद उसके निश्चित विचार-आदर्शों की पाबन्द नहीं हैं। मौन, सन्देह, जिज्ञासा, राग और निजत्व बोध आदि से निर्मित कवि-स्वभाव की मौजूदगी उनकी ग़ज़लों में भी मिलती है। जैसे वे अपनी अनेक कविताओं में प्रकृति के विराट् आश्चर्यलोक में महव नज़र आते हैं, वैसी ही स्थिति उनके कुछ शे'रों में भी है। मसलन यह शे'र—

सात आसमान झुक के उठाते हैं किसके नाज़?
किसकी झलक-सी है चमने-कहकशाँ के पार?

पहले 'सात आसमान' को लीजिए। 'सात आसमान' की धारणा इस्लाम से आयी है। ग़ालिब के यहाँ आता है 'रात-दिन गर्दिश में हैं सात आस्माँ'। किसी हिन्दी कवि ने इस मिथक का प्रयोग किया हो, ऐसा याद नहीं आता। इस शे'र का मूल भाव रहस्यवाद के समीप जा पड़ता है। आकाश गंगा के उपवन के उस पार किसकी झलक है? वह लौकिक प्रेमी है या परोक्ष सत्ता? इश्क़ हक़ीक़ी और इश्क़ मजाज़ी उर्दू कविता के बहुत पुराने विषय हैं। इस शे'र में नवीनता यह है कि जिसकी झलक की बात हो रही है, वह परोक्ष सत्ता या ख़ुदा नहीं है, क्योंकि ख़ुदा के नाज़ नहीं उठाये जाते। शमशेर परोक्ष सत्ता की जगह मनुष्य की प्रतिष्ठा करते हैं।

शमशेर के कुछ शे'रों को पढ़ते हुए याद आता है कि 'सहल है मीर का समझना क्या?' कई जगह शमशेर बहुत दुरूह और मुश्किल कवि नज़र आते हैं। यह दुरूहता मात्र कथन की नहीं कथ्य की भी है। मसलन इस शे'र की आस्वादन-प्रक्रिया सहल

नहीं है—

आरज़ूओं की बियाबानी है और ख़ामोशियाँ
ज़िन्दगी को क्यों सबाते-नक़्शे-पा देता हूँ मैं

कवि के सामने दो स्थितियाँ हैं। एक अभिलाषाओं का जंगल और दूसरे ख़ामोशियाँ। जब जंगल कहा जा रहा है तो इससे असंख्य अभिलाषाओं का एहसास होता है। इस जंगल में हर ओर स्तब्धता और ख़ामोशी है। यहाँ तक हमारे बोध की पहुँच हो जाती है, लेकिन दूसरी पंक्ति में कवि के भाव से तदात्म होने में कुछ मुश्किल पेश आती है। दोनों पंक्तियों में बज़ाहिर कोई अन्तर्प्रवाह (रब्त) नहीं दिखता, जो कि है। इसके 'सबाते-नक़्शे-पा' पद को समझना ज़रूरी है। 'सबात' यानी क़याम, स्थायित्व या पायदारी। ('तेरी सूरत से है आलम में बहारों को सबात'—फ़ैज़) शब्दार्थ से मूल भाव तक पहुँचना मुमकिन नहीं लगता। क्योंकि 'पदचिह्नों का स्थायित्व' कहने से कोई बात नहीं बनती। मुराद यह है कि पदचिह्न सामान्यतः बनते-बिगड़ते रहते हैं। इनमें स्थायित्व जैसी चीज़ नहीं होती। यहाँ जिन पदचिह्नों की बात हो रही है, उनमें स्थायित्व है, देर तक टिकने वाल हैं। कवि ज़िन्दगी के इस तौर को और ज़्यादा स्थायी नहीं बनाना चाहता जिसमें आरज़ूओं के बियाबान और ख़ामोशियों के सिवा कुछ नहीं है। गोया ज़िन्दगी का यह तौर बदलना चाहिए। इस शे'र का कोई अन्य पाठ भी बनाया जाये तो उसमें भी यही मुश्किल पेश आयेगी।

शमशेर ने प्रायः क्लासिकी अन्दाज़ के शे'र कहे हैं। कहीं नये प्रयोग भी किए हैं। 'काल तुझसे होड़ है मेरी' (1988 ई.) संग्रह में एक ऐसी ग़ज़ल है जो शमशेर की स्वच्छन्द तबीयत का पता देती। ज़बान और बयान के लिहाज़ से उनकी यह ग़ज़ल पहले से बिल्कुल अलग है। लोककाव्य शैली को अपनाती हुई यह ग़ज़ल एक बेबाक व्यंग्य है। यह राजनीति, धर्म और संस्कृति के स्तर पर मूल्यों के क्षरण का दिलचस्प बयान है। यह सदी के अन्त की गिरावटों का आईना है—

किस लीला युग में आ पहुँचे
अपनी सदी के अन्त में हम
नेता, जैसे घास-फूस के
रावन खड़े कराये गए

ग़रज़ यह है कि शमशेर के यहाँ ग़ज़लगोई के विभिन्न लहजे मौजूद हैं। यहाँ तक कि उनकी कविताओं में भी शे'र की बन्दिशें झाँकती नज़र आती हैं। निम्नांकित पंक्तियों को उनके कवि की आत्म-व्यंग्य से आपूरित दुर्लभ विनम्रता ही समझना चाहिए—

आप भी किस हवा में हैं, शमेशर!
आप और शे'र का ये कारोबार!!

— 2011 ई.

निदा फ़ाज़्ली : आदमी के लिए एक ताज़ा ग़ज़ल

''मेरी शाइरी न सिर्फ़ अदब और उसके पढ़ने वालों के अदबी रिश्ते को ज़रूरी मानती है, उसके सांस्कृतिक व सामाजिक हवाले को अपना प्रतिमान जानती है। यह एक तरह अदब की उस रिवायत की हिमायत है जो अदब को सम्भ्रान्त वर्गों की पुरानी हुक्मरानी से आज़ाद करके उसे अवामी गौरव प्रदान करती है। यह शाइरी बन्द कमरे से बाहर निकलकर चलती-फिरती ज़िन्दगी का साथ निभाती है और उन इलाक़ों में जाने से भी नहीं हिचकिचाती जहाँ रौशनी भी मुश्किल से पहुँच पाती है।''

— 'दीवारों के बाहर', पृष्ठ 197-198

निदा फ़ाज़्ली (1938-2016 ई.) का यह कथन एक चेतना सम्पन्न रचनाकार के रूप में उनकी पहचान कराता है। यह कोई आत्मगर्वी कथन नहीं है, इसकी सत्यता को उनके द्वारा रचे शब्दों में जाबजा महसूस किया जा सकता है। 'लफ़्ज़ों का पुल' (1971 ई.) से उनकी शाइरी का सफ़र खुलता है। अपने ताज़ा डिक्शन और नये भावबोध की बिना पर यह संग्रह उस दौर की जदीद शाइरी के बेहतरीन हिस्से की नुमाइंदगी करता है। दूसरे संग्रह 'मोर नाच' (1974) में उनके इस रचना-सामर्थ्य में और पुख़्तगी नज़र आती है। फिर उनके 'आँख और ख़्वाब के दरमियान' (1984), 'खोया हुआ सा कुछ' (1998), 'शहर मेरे साथ चल तू' (2004) और 'ज़िन्दगी की तड़प' (2007) संग्रह प्रकाशित हुए। बाद में 'शहर में गाँव' (2013) नाम से उनका कुल्लियात भी आया।

निदा की आत्मकथा दो भागों में आई—'दीवारों के बीच' (1992) और 'दीवारों के बाहर' (2000)। वे ख़ुद इस रचना को आत्मकथा न कहकर आत्मकथात्मक उपन्यास कहते हैं। इसमें प्रथम पुरुष के बजाय अन्य पुरुष के माध्यम से आपबीती नैरेट की गई है। वह अन्य पुरुष निदा स्वयं हैं जोकि इसका केन्द्रीय किरदार हैं। यह रचना आत्म-स्थापन के दोष से मुक्त है। ख़ुद को ट्रैजिक हीरो बनाने की लालसा यहाँ नज़र नहीं आती। इसका सशक्त पक्ष यह है कि इसमें आज़ादी के बाद से बीसवीं सदी के अन्त तक के सामाजिक व सांस्कृतिक मंज़रनामे को बड़ी रोचक शैली में प्रस्तुत किया गया है। कवि के गद्य का लालित्य इसमें बिखरा हुआ है। पहला खंड जैसे ही छपकर

आया, उर्दू दुनिया में हलचल-सी मच गई। मुझे याद आता है, निदा ने फ़िलवक़्त इसकी प्रति मुझे भेंट की थी। मैंने 'जनसत्ता' के लिए इस पर केन्द्रित कवर स्टोरी तैयार की। निदा के सेक्युलर नज़रिए की पहचान कराने वाले कुछ अंशों के अनुवाद किए। 'आस्था के फूल और उन्माद की आग' शीर्षक से ये अंश रविवारी 'जनसत्ता' 14 जनवरी, 1993 में प्रकाशित हुए। दूसरे खंड 'दीवारों से बाहर' का मेरा हिन्दी अनुवाद 2003 में आया।

निदा की शुरूआत सातवें दशक के दौरान होती है। यह उर्दू में नई शाइरी (जदीद शाइरी) और हिन्दी में नई कविता का उत्कर्ष-काल था। दोनों जगह नये यथार्थ की पहचान और उसे व्यक्त करने के लिए भाषा-शिल्प की तलाश जारी थी। दोनों के रचनाकार अलग-अलग सांस्कृतिक पृष्ठभूमियों से आये थे। नई शाइरी और नई कविता के बीच साहित्यिक परम्पराओं का अन्तर था, लेकिन दोनों के बीच एक चीज़ सामान्य रही। वह है प्रगतिशील साहित्यान्दोलन के दौरान अर्जित रचनामूल्यों से विचलन। इंसान की वर्गीय पहचान की प्रतिक्रिया में अस्तित्व के संकट से जूझते एक अमूर्त इंसान की छवि को दोनों जगह केन्द्र में रखा गया है। नई शाइरी या नई कविता का लेबल लग जाने से कोई रचनाकार ग़ैर प्रगतिशील नहीं हो जाता। अस्ल बात यह है कि उसने इन काव्यप्रवृत्तियों के पीछे मौजूद व्यक्तिवादी दृष्टि को अपना लिया है या नहीं। निदा के सन्दर्भ में इस तथ्य को जान लेना बहुत ज़रूरी है कि सातवें दशक की जदीदियत (आधुनिकता) की तहरीक से उनका वैचारिक सम्बन्ध नहीं है। इसे महज़ कालगत या सामयिक (Periodic) सम्बन्ध कहना चाहिए। कारण, वर्ग-समाज के अन्तर्विरोधों को अनदेखा करते हुए काल्पनिक समस्याओं को तरजीह देने का जो वैचारिक रवैया जदीद शाइरी ने प्रमुख रूप से अपनाया था, निदा उससे प्रभावित होते हुए भी उसे अतिक्रांत करते हैं। उनके सोच की दिशा जनोन्मुख बनी रहती है। वे समाज की इकाई के रूप में व्यक्ति के महत्त्व को स्वीकार करते हैं, लेकिन वर्ग-समाज की ठोस वास्तविकताओं से उसके रिश्ते को नहीं भूलते। अन्यथा नई ग़ज़ल के वरिष्ठ शाइरों में शुमार किये जाने वाले निदा फ़ाज़्ली के यहाँ प्रतिरोध के शे'र कैसे मिल सकते थे:

हर एक घर में दिया भी जले अनाज भी हो
अगर न हो कहीं ऐसा तो एहतिजाज भी हो

एहतिजाज यानी प्रतिरोध। कहने के लिए ये दो साधारण वाक्य हैं, इनमें कोई मीनाकारी व सजावट नहीं है। कुछ अपेक्षाएँ की गई हैं, लेकिन ये वाक्य जदीदियत से एक भिन्न प्रस्थान को सूचित करते हैं। इस शे'र की अन्तर्वस्तु पुरानी तरक़्क़ीपसन्द शाइरी की याद दिलाती है, पर बयान के ढंग में जो नयापन है, वह नई ग़ज़ल की देन है।

निदा की शाइरी को तरक़्क़ीपसन्दी और जदीदियत की द्वन्द्वात्मकता में समझने की ज़रूरत है। उन्हें या तो सिर्फ़ तरक़्क़ीपसन्दी या फिर जदीदियत के दायरे में रखकर

पढ़ा गया। दोनों तरह की पढ़त में एकांगिता नज़र आयेगी। शीन काफ़ निज़ाम ने तरक़्क़ीपसन्द और नई शाइरी का अन्तर स्पष्ट करते हुए लिखा है : "तरक़्क़ीपसन्द नज़्म बताने को शाइरी समझती थी। जदीद नज़्म छुपाने और छुपाकर बताने को शाइरी कहती थी।" (बीसवीं सदी में उर्दू अदब, पृष्ठ 114) इस कथन को प्रतिमान मानकर हम निदा को नहीं समझ सकते, क्योंकि वे बताने और छुपाकर बताने दोनों को शाइरी मानते हैं। दोनों तरह से जन्मी मूल्यचेतना को उनके यहाँ केन्द्रीयता प्राप्त है, लेकिन उपदेशपरकता नहीं। प्रेम और प्रकृति के विषयों पर लिखते हुए भी वे अपने उद्देश्य के प्रति सचेत रहते हैं। यहाँ उनके सामाजिक सरोकार अन्तर्धारा के रूप में विद्यमान हैं। विषय के आग्रह के कारण वे यहाँ व्यंजना से ज़्यादा काम लेते हैं। 'मोर नाच' नज़्म से यह प्रकृति-बिम्ब देखिए:

नाचते-नाचते
मोर की आँख से
पहला आँसू गिरा
ख़ूबसूरत सजीले परों की धनक
टूटकर टुकड़ा-टुकड़ा बिखरने लगी
फिर फ़िज़ाओं से जंगल बरसने लगा
देखते-देखते

— 'मोर नाच', पृष्ठ 35

यह कवि की संवेदना का विस्तार है कि वह नाचते हुए मोर का सिर्फ़ सौन्दर्य ही नहीं देख रहा, उसकी आँख से टपके हुए आँसू को भी महसूस कर पा रहा है। उसके इंद्रधनुषी पंखों के टूटने-बिखरने के दुःख का कवि को एहसास है। उसे लगता है, मोर के इस दुःख में सारा जंगल शामिल है। इस तरह एक मनोहारी प्रतीत होने वाले दृश्यविधान के माध्यम से निदा गोया एक मानवीय त्रासदी को बयान कर जाते हैं।

निदा के अंदर शुरू से ही यह आत्मसंघर्ष देखा जा सकता है कि एक ओर वे अवामी धारा की शाइरी में जो गाह्य है, उसे अपनाते हैं, दूसरी ओर जदीद शाइरी में जारी उन प्रयोगों से भी लाभान्वित होते हैं जो कविता को अवाम से दूर नहीं धकेलते। यानी तरक़्क़ीपसन्दों की फ़ार्मूलाबन्दी और जदीदियों की बौद्धिक गूढ़ता से अपनी सर्जनात्मकता को बचाने की उलझन से वे बराबर गुज़रते रहे—'हर वक़्त मेरे साथ है उलझा हुआ सा कुछ'।

निदा फ़ाज़्ली हिन्दी-उर्दू काव्य परम्पराओं की बहुलता की एक बेहतरीन मिसाल हैं। जैसा कि 'दीवारों के बीच' में उन्होंने ख़ुद स्वीकार किया है कि सबसे पहले सूरदास ने उनके भीतर सृजनेच्छा को जाग्रत किया। किसी प्रसंग के बहाने 'मधुबन तुम कत रहत हरे' पद दिनों तक उनके ज़ेहन का पीछा करता रहा। फिर निदा के शब्दों में ही सुनिए : "सूरदास उसका परिचय रहीम, कबीर, मीरा और जायसी से करा देते हैं

और वह इनकी छाया में अपनी धूप सुखाने लगता है।" (पृष्ठ 82) वली-मीर-ग़ालिब की रिवायतें हिन्दी की इस परम्परा में कब आ मिलती हैं, इसका गुमान ही नहीं होता। अतएव निदा के रचना-संस्कार हिन्दी-उर्दू के दो आब की ज़मीन पर विकसित हुए हैं। हमारा सबसे पहला परिचय उनसे एक गीत-कवि के रूप में होता है। घर-परिवार के सम्बन्धों की ऊष्मा से लबरेज़ नवगीत की संवेदना ने उन्हें आकृष्ट किया। अपनी शुरूआती कोशिशों के साथ वे शलभ, ओम प्रभाकर, सोम ठाकुर और नरेश सक्सेना की पंक्ति में शामिल हो जाते हैं। उनके गीत और नज़्में 'धर्मयुग' में छपने लगते हैं। उनकी उस दौर की नज़्मों-ग़ज़लों में नवगीत के प्रभाव साफ़ झलकते हैं।

ग़रज़ यह कि हिन्दी-उर्दू परम्पराओं की इसी साझा ज़मीन ने निदा के भीतर एक सेक्युलर सोच को विकसित करने में अहम भूमिका अदा की, और यह उनकी कविता का सबसे सशक्त पहलू है। उनकी बेशतर रचनाएँ सम्प्रदायवाद व धार्मिक संकीर्णता के ख़िलाफ़ मोर्चा लेती प्रतीत होती हैं। उनके शब्दों में यह तासीर मात्र किसी विचार से नहीं, अवाम के जीवन के गहन निरीक्षण से पैदा हुई है। हाँ, इसमें उनके निजी अनुभवों की आँच भी शामिल रही है। विभाजन के बाद पूरे परिवार की पाकिस्तान हिजरत और अकेले निदा का यहाँ बने रहना, अपने आपमें एक मर्मांतक अनुभव था। ऐसे रचनाकार के मानस में सेक्युलर मूल्यों की केन्द्रीयता होना स्वाभाविक है। भारत-पाकिस्तान की पहली जंग के दौरान उनकी माँ का इंतिक़ाल हो जाता है। जंग के माहौल में उभरे साम्प्रदायिक उन्माद ने उन्हें दूसरे भाई-बहनों के साथ माँ की मृत्यु के ग़म में शरीक होने से वंचित रखा। हम अनुमान कर सकते हैं कि कितनी अन्तर्वेदना के बाद यह पंक्ति लिखी गई होगी—'मैं रोया परदेस में भीगा माँ का प्यार।'

अपने प्रगतिशील नज़रिए और उसे पुख़्ता बनाने वाले निजी अनुभवों की बिना पर निदा की चिन्ता के केन्द्र में इंसान रहता है। विभाजन से लेकर अब तक दोनों तरह की साम्प्रदायिक ताक़तें धर्म की राजनीति के बहाने अपने अस्तित्व को क़ायम रखे हुए हैं। इसके बरअक्स निदा इंसान को धर्म के आधार पर तक़सीम करके नहीं देखते, उसके दु:खों और अभावों से उसकी पहचान करते हैं। इसे हम वर्गीय पहचान भी कह सकते हैं। मसलन अपनी एक पाकिस्तान यात्रा से लौटने के बाद उन्होंने एक ग़ज़ल कही थी जिसका यह शे'र देखिए:

हिन्दू भी मज़े में है मुसलमाँ भी मज़े में
इंसान परेशान यहाँ भी है वहाँ भी

निदा मनुष्य की श्रेष्ठता को तरजीह देते हैं। इसके अनेक कारणों में से एक यह है कि बाज़ार आदमी को जिंस में घटाने पर आमादा है—प्रेम और करुणा जैसे मानवीय भावों से रहित एक जिंस। ग़ालिब ने कभी चिन्ता व्यक्त की थी, 'आदमी को भी मयस्सर नहीं इन्साँ होना।' निदा अपने समय की चुनौतियों से दो-चार होते हुए सवाल

करते हैं कि हम जो समाज बना रहे हैं उसमें आदमी की जगह कहाँ है:

मन्दिरों में भजन मस्जिदों में अज़ाँ आदमी है कहाँ
आदमी के लिए एक ताज़ा ग़ज़ल जो हुआ सो हुआ

'क़ौमी एकता', 'मैं ख़ुदा बनके', 'मुझी में ख़ुदा था', 'एक लुटी हुई बस्ती की कहानी', और 'एक राजनेता के नाम' आदि नज़्मों में भी अलग-अलग ढंग से इस चिन्ता का इज़हार किया गया है। 'एक राजनेता के नाम' नज़्म के बीच से तो कुछ साम्प्रदायिक चेहरे भी उभरते हैं जिनकी ओर उन्होंने अपनी आत्मकथा में संकेत कर दिया है।

निदा सेक्युलर ताने-बाने की हिफ़ाज़त को हमारे लोकतन्त्र की बुनियाद के रूप में देखते हैं। यह ताना-बाना अगर क्षतिग्रस्त होता है तो धीरे-धीरे लोकतांत्रिक संस्थाओं का ढहते जाना तय है। अगर वे इस बात पर अफ़सोस ज़ाहिर करते हैं कि 'मिल-जुल के बैठने की रिवायत नहीं रही' तो इसमें लोकतन्त्र को बचाने की चिन्ता शामिल है।

निदा की ख़ूबी यह है कि अपने समय से संवाद करते हुए हिन्दी-उर्दू की लोकवादी परम्परा का अनुस्मरण कराते चलते हैं। कहीं-कहीं सूफ़ी सन्तों की तरह दीन-दुनिया के झगड़ों को मानवता की एक समान भूमि पर सुलझाते प्रतीत होते हैं और धर्म के मानवीय रूप को महत्त्व देते हैं। तभी तो वे कहते हैं कि एक रोते हुए बच्चे को हँसाने से बड़ी कोई इबादत नहीं। अगर धर्म को मानना ही है तो उसका यही रूप अनुकरणीय हो सकता है:

घर से मस्जिद है बहुत दूर चलो यूँ कर लें
किसी रोते हुए बच्चे को हँसाया जाये

अगर वे कबीर को याद करते हैं तो अकारण नहीं है। कबीर की रचना 'हमन हैं इश्क़ मस्ताना हमन दुनिया से यारी क्या' की ज़मीन में ग़ज़ल कहते हैं। उनकी इस ढंग की रचनाएँ उर्दू शाइरी पर लगे इस आक्षेप का बड़ा जवाब हैं कि उसमें लोक अदब का अभाव है। लोकवादी परम्परा का स्मरण कराते ये शे'र देखिए:

ये दिल कुटिया है सन्तों की यहाँ राजा भिखारी क्या
वो हर दीवार में ज़रदार है, गोटा-किनारी क्या

किसी घर के किसी बुझते हुए चूल्हे में ढूँढ उसको
जो चोटी और दाढ़ी तक रहे वो दीनदारी क्या

यह तो कबीर की बात रही। निदा को पढ़ते हुए नज़ीर अकबराबादी से भी हमारी मुलाक़ात हो जाती है। उनकी 'मैं जीवन हूँ' नज़्म के अन्तर्पाठ में नज़ीर की मशहूर नज़्म 'आदमीनामा' की मौजूदगी महसूस की जा सकती है। नज़ीर आदमी के भिन्न

रूपों और स्तरों का वर्णन करते हुए हर बन्द के अन्त में 'वो भी है आदमी' की टेक लगाते हैं। ठीक ऐसा ही करते हुए हर दो पंक्तियों के बाद निदा दोहराते हैं 'वो भी मैं हूँ।' समकालीन शाइरी में निदा की यह एक अलग आवाज़ है। इसमें उर्दू शाइरी को कुलीनतावाद के दायरे से बाहर लाकर अवाम से जोड़ने की जद्दोजहद महसूस की जा सकती है।

निदा की शाइरी की अपील का एक बड़ा कारण है इसमें उपस्थित घरेलू वातावरण। उनके भावलोक में घर-परिवार के सम्बन्धों की महक रची-बसी है। कई रचनाकारों को ये सम्बन्ध सामाजिक यथार्थ से फ़रार हासिल करने का बहाना बन जाते हैं। सम्बन्ध उनके लिए एक नितांत वैयक्तिक सच्चाई है, सामाजिक सच्चाई नहीं। दूसरी प्रवृत्ति वह है जहाँ सम्बन्धों को हमारी सामाजिक संरचना के अन्तर्विरोधों की सापेक्षता में अभिव्यक्ति दी जाती है। निदा इस दूसरी प्रवृत्ति के रचनाकारों में से हैं। उनकी शाइरी अगर एक तरफ़ माँ की आँखों से मुस्कुराती है और बहन के आँचल में सरसराती है तो दूसरी तरफ़ मज़दूर के हाथों से बोझ भी उठाती है। उनके यहाँ सम्बन्ध रूमानी भावतरलता के बजाय गहरी फ़िक्र का एहसास कराते हैं। प्रस्तुत शे'र से यह बात और स्पष्ट हो जायेगी:

उसको रुख़सत तो किया था मुझे मालूम न था
सारा घर ले गया घर छोड़ के जाने वाला

यहाँ घरेलू सम्बन्ध बहुत समावेशी अर्थ में मौजूद हैं। जाने वाले को रुख़सत कर दिया गया है। सतही दृष्टि से देखें तो घर अपनी जगह क़ायम है, पर कवि दीवारों और उनके अन्दर रखी चीज़ों को घर तस्लीम नहीं करता। इन चीज़ों में सम्बन्धों का जो स्पर्श समाहित था, वास्तविक घर तो वह था। उसके रुख़सत हो जाने के बाद वह स्पर्श रहा नहीं।

निदा अगर पारिवारिक सम्बन्धों पर लिखते हैं तो फ़िक्र की गहराई वहाँ भी मिलेगी। उनके लिए यह निजी एहसास सामाजिक सरोकारों से निरपेक्ष नहीं है। 'आँख और ख़्वाब के दरमियान' संग्रह की शीर्षक कविता इस लिहाज़ से ध्यान देने योग्य है। वे आँख (प्रेमी) और ख़्वाब (प्रिय) के रिश्ते की बात करते हैं लेकिन इनके दरमियान फैली हुई दुनिया को विस्मृत नहीं करते। भाव यह है कि सामाजिक वास्तविकता से विच्छिन्न प्रेम की अनुभूति बेमानी है। सम्बन्धों के विषय पर आप उनकी कोई भी रचना उठा लीजिए, वहाँ वे अपने सामाजिक सरोकारों के संकेत ज़रूर छोड़ जाते हैं। अपनी बेटी के लिए नज़्म लिखते हुए भी वे उस दुनिया पर तब्सिरा करना नहीं भूलते जिसमें कि अभी-अभी उसने क़दम रखा है:

वो जब से आई है
यूँ लग रहा है
अपनी ये दुनिया

जो सदियों की अमानत है
जो हम सबकी विरासत है
पुरानी हो चुकी है
इसमें अब थोड़ी
मरम्मत की ज़रूरत है।

इसी तरह उनकी कविता में माँ अकेली नहीं चौका-बासन, चिमटा और फुकनी के साथ उपस्थित है। वह बान की खुर्री खाट पर आधी सोई, आधी जागी दिखाई देती है। वे ज़रूरियात की इन चीज़ों के उल्लेख के ज़रिए एक निम्नमध्यवर्गीय घर के वातावरण को मूर्त कर देते हैं। माँ के रूप में एक ऐसी स्त्री से हमारा सामना होता है जो अभावों के बीच अपना घर चलाने की चिन्ता के कारण उन्निद्र (आधी सोई, आधी जागी) रहती है। ममता के साथ श्रमशीलता का योग 'बेसन की सौंधी रोटी' नज़्म की बड़ी ख़ासियत है।

निदा की लिखी 'हम्द' (प्रार्थना) में घर-परिवार की चिन्ताएँ राह पा जाती हैं। वे 'हम्द' को लेकर हमारी रिवायती धारणा को बदल देते हैं। अल्ला मियाँ को याद करते हुए उनकी दृष्टि अपने बुनियादी सरोकारों पर रहती है। जैसा कि ऊपर की रचना में हमने देखा, यहाँ भी घर अपने-आपमें अमूर्त नहीं है, वह अपनी ठोस पहचान रखता है—अभावों, वंचनाओं का घर:

ख़ाली है
आटे का कनस्तर
बनकर गेहूँ
इसमें आओ

माँ का चश्मा
टूट गया है
बनकर शीशा
इसे बनाओ

काम बहुत हैं
हाथ बटाओ अल्ला मियाँ
मेरे घर भी आ ही जाओ
अल्ला मियाँ... !

निदा का यह रंग वरिष्ठ शाइरों में जाँ निसार अख़्तर के सबसे समीप जान पड़ता हैं। कृश्न चंदर ने जाँ निसार अख़्तर के संग्रह 'घर-आँगन' की भूमिका लिखी है। इसमें

घरेलू फ़िज़ा की जीवंत उपस्थिति के सिलसिले में निदा को भी याद किया है और कहा है: "जदीद शाइरों में निदा फ़ाज़ली ने इस तरफ़ तवज्जो दी है। मगर विषय की बहुयामिता के बजाय यहाँ ख़्वाब की परछाइयाँ हैं और विषय भी दूसरा है। शाइर अपने खोये हुए घर की तलाश में, कंक्रीट के कड़े घेरों में अपने आँगन की सौंधी मिट्टी ढूँढता है और शहर की सड़कों पर अपने गाँव की गलियों के मोड़ याद करता है..."

हमें लगता है कि निदा की लोकप्रिय छवि को इतने अतिरंजित रूप में उभारा जाता रहा कि उनकी प्रगतिशील–जनवादी छवि धुँधलके में चली गयी। फ़िल्म, अलबम और मुशाइरों की प्रसिद्धि के आधार पर उनकी कवि–प्रतिभा का आकलन किया जाने लगा। हालाँकि इन क्षेत्रों में भी निदा अपने प्रतिबद्ध रवैए को काफ़ी हद तक बरक़रार रखते हैं फिर भी यह उनकी सर्जना का अस्ल मैदान नहीं है। शाइरी में उनका जो गम्भीर काम है वह उनकी लोकप्रिय छवि से अलग हटकर है। उनका यह काम पाठ से विमुख आलोचना की नज्र हो गया लगता है।

आलोचक कुछ भी कहें, निदा को शाइरी की बाबत अपनी समझ पर भरोसा है। उनके बक़ौल:

शाइरी वहाँ है
जहाँ शाइरी नहीं होती

इसका साफ़ मतलब है कि जहाँ ज़्यादा कला होगी, वहाँ सामाजिक अन्तर्वस्तु के लिए स्पेस उतना ही सिमटता जाएगा। जीवन की उपस्थिति के ऊपर शाइरी के बाहरी हुस्न को तरजीह देना बेमानी है। उनके इस कथन में एक ख़ास तरह की रूमानी शाइरी का प्रतिवाद छुपा हुआ है।

अपने इसी नज़रिए के रहते निदा भाषा के सेक्युलर स्वभाव को लेकर बहुत सावधान रहे हैं। यह मात्र शब्द–प्रयोग का मस्अला नहीं, मस्अला है उस सोच का जो शब्दों में बेवजह साम्प्रदायिक आशय भर देती है। वे भाषिक अभिव्यक्तियाँ जो भिन्न सांस्कृतिक समुदायों को एक–दूसरे से दूर ठेलती हैं, निदा के यहाँ नहीं मिलेंगी। अरबी–फ़ारसी समासों की बहुलता के बग़ैर भी स्तरीय शाइरी सम्भव है, निदा को पढ़ते हुए इस विश्वास को बल मिलता है। ज़बानों के फ़ासले को कम करने की कोशिश का सम्बन्ध सिर्फ़ फ़ॉर्म से नहीं है, इसके लिए एक दृष्टि भी दरकार है, वह दृष्टि जो अलगाव के बजाय सामंजस्य पर ज़ोर देती है। हालाँकि उनकी काव्य–भाषा अपने स्रोतों का स्पष्ट पता देती है, फिर भी उन्होंने अपने एक ख़ास अन्दाज़ में इस भाषा की पहचान कराई है: "इस शाइरी की ज़बान भी इसकी विषयवस्तु की तरह न चेहरे पर दाढ़ी सजाती है, न माथे पर तिलक लगाती है। यह वह ज़बान है जो सूफ़ी सन्तों की ज़बान थी, जो घर–आँगन और गली–कूचों में बोली और समझी जाती और इंसानी रिश्तों से जगमगाती है। यह दरबारों की नहीं, बाज़ारों की ज़बान है।" उनके इस कथन

की पुष्टि के लिए रचनाएँ तलाश नहीं करनी पड़ेंगी, पूरी शाइरी में इसका साक्ष्य मौजूद है। दोहे तो इसका अप्रतिम उदाहरण हैं ही।

यहाँ थोड़ा स्पष्टीकरण वांछित है। उपर्युक्त कथन में जिस भाषा का उल्लेख किया गया है, वह हूबहू शाइरी की ज़बान नहीं हो सकती। भाव यह है कि निदा घर-आँगन, गली-कूचों और बाज़ारों से भाषा लेते हैं और अपने कवि-स्वभाव के संस्पर्श से उसे एक नया संस्कार देते हैं, तब उनका एक अलग लहजा बनता है। और यह बात कही जानी चाहिए कि समकालीन आलोचना में अपेक्षित मुक़ाम नहीं मिलने के बावजूद उन्होंने अन्त तक अपने लहजे पर भरोसा नहीं खोया।

आलोचना की बात निकली है तो इसके बारे में निदा की राय भी जान ली जाये। आलोचना की सीमाएँ उनसे छुपी हुई नहीं थीं, क्योंकि वे एक सुपठ कवि थे। अपनी आत्मकथा और अन्य गद्य-कृतियों में मक्तबी तन्क़ीद (विद्यालयीय आलोचना) की सीमाओं और उसके द्वारा फैलाई भ्रांतियों पर उन्होंने तीखी प्रतिक्रियाएँ व्यक्त की हैं। उन्होंने कई लोगों के संग्रहों पर लिखा है और कइयों की भूमिकाएँ भी लिखी हैं। इनमें शाहिद माहुली के संग्रह 'कहीं कुछ नहीं होता' (उर्दू) और राजेश रेड्डी के संग्रह 'उड़ान' (हिन्दी) की भूमिकाएँ उनकी सन्तुलित समीक्षा-दृष्टि का पता देती हैं। 'दुनिया मेरे आगे', 'चेहरे', 'दीवारों के बीच' और 'दीवारों के बाहर' किताबों में अपने वरिष्ठ और समकालीन शाइरों व अदीबों पर उन्होंने जो टिप्पणियाँ की हैं, वे उनकी साहित्यिक अन्तर्दृष्टि का परियाचक हैं। उनमें व्यक्तिगत राग-द्वेष नहीं है, हल्का-सा कटाक्ष ज़रूर है। मसलन उन्हें तरक़्क़ीपसन्द आलोचक बाक़र मेहदी से यह शिकायत रही है कि 'वे ज़िन्दगी के हर छोटे-बड़े मसले को किसी किताब के लेखक के नाम या किसी किताब के हवाले से रद्द या क़ुबूल करते हैं।' यहाँ निदा किताबी ज्ञान और व्यावहारिक अनुभव से अर्जित ज्ञान के अन्तर्विरोध की तरफ़ इशारा कर रहे हैं। इस क़िस्म के आलोचकों को उनकी हिदायत है:

धूप में निकलो घटाओं में नहाकर देखो
ज़िन्दगी क्या है किताबों को हटाकर देखो

'दुनिया मेरे आगे' में अली सरदार जाफ़री के बारे में उनका यह रिमार्क बहुत मौज़ूँ लगता है: "...आख़िरी दौर में जाफ़री अपने मुनफ़रिद (विशिष्ट) लहजे पर एतिमाद खो चुके थे और फ़ैज़ के डिक्शन में ही कहने की कोशिश करने लगे थे।" (पृष्ठ 83) गाहे ब गाहे उर्दू वालों की सांस्कृतिक दरिद्रता को भी उन्होंने आड़े हाथों लिया है। अपने रसूख़ के बल पर मशहूर सिंगरों से अपने रिकार्ड तैयार कराये और ग़ालिब के बाद ग़ज़ल के दूसरे बड़े शाइर बन गये—यह एक आम प्रवृत्ति है। अब निदा लिखते हैं: "ग़ालिब बेचारे के साथ ऐसी नाइंसाफ़ी की एक मिसाल राजेन्द्र मेहता

(ग़ज़ल सिंगर) का एक रिकार्ड भी है जिसमें फ़िल्मी नग़मानिगार गुलज़ार की रचनाएँ शामिल हैं। इस रिकार्ड का नाम 'ग़ालिब से गुलज़ार तक' है।''

निदा आलोचना से ग़ायब होती विनम्रता और पाठ मैत्री को लेकर चिन्तित रहे हैं। दुर्भाग्य से यह दौर रचना पर आलोचना के वर्चस्व का दौर बनता जा रहा है। बाज़ार विज्ञापन पर टिका हुआ है। आलोचना विज्ञापन की भूमिका में उतरी हुई-सी लगती है। वह अहंकारग्रस्त है और बड़ी ऊँचाई से रचना की तरफ़ देखती है। इस विडम्बनापूर्ण स्थिति को निदा ने बड़े दिलचस्प अन्दाज़ में बयान किया है। प्रसंग है बम्बई की एक बिल्डिंग में अख़्तरुल ईमान और आलोचक बाक़र मेहदी के निवास का। निदा लिखते हैं: ''इस इमारत में अख़्तरुल ईमान पहली मंज़िल में और बाक़र पाँचवीं मंज़िल में हैं। रचना पर आलोचना की यह बरतरी इस बिल्डिंग की तरह पूरे ऐवाने-उर्दू में प्रचलित है।'' यह पूरी उर्दू दुनिया का सच ही नहीं, हिन्दी दुनिया का सच भी है।

निदा ने ग़ज़ल, नज़्म और दोहा तीनों काव्यरूपों में उर्दू शाइरी को बुलन्दियों पर पहुँचाया। दोहा तो जमीलुद्दीन आली (1925-2015 ई.) और निदा के साथ उर्दू में ज़्यादा प्रचलित हुआ। ग़ज़ल और नज़्म में से ग़ज़ल आज भी एक शाइर के रचना-सामर्थ्य और प्रतिभा का प्रतिमान बनी हुई है। ग़ज़ल उर्दू शाइरी की आबरू जो ठहरी। शायद ही ग़ज़ल का कोई शाइर हो जिसने ग़ज़ल की तारीफ़ में कोई शे'र न कहा हो। बक़ौल निदा:

जो खो जाता है मिल कर ज़िन्दगी में
ग़ज़ल है नाम उसका शाइरी में

यानी एक खोये हुए सच की दरयाफ़्त का दूसरा नाम ग़ज़ल है। इस दरयाफ़्त में हर बार कुछ छूट जाता है। अगला शे'र फिर उसे दरयाफ़्त करता है और यह सिलसिला जारी रहता है। ग़ज़ल में सृजन का उनका यह निजी अनुभव है। लाज़िम नहीं कि सब रचनाकारों पर यह चरितार्थ हो। 'दुनिया मेरे आगे' गद्य-कृति में उनका एक लेख शामिल है 'ज़िन्दगी के साथ झूमती गाती है ग़ज़ल'। इसमें न केवल उन्होंने ग़ज़ल के फ़ॉर्म की बारीकियों से बहस की है बल्कि अपने नज़रिए की वज़ाहत भी कर दी है। ऐसा ही एक अंश यहाँ प्रस्तुत है: ''ग़ज़ल एक सेक्युलर सिन्फ़े-सुख़न (काव्य विधा) है। यह न हिन्दू है न मुसलमान, सिर्फ़ साहिबे ईमान यानी इंसान है। ग़ज़ल की तारीख़ उन मानवीय मूल्यों की तारीख़ है जो हर युग में इनसानियत का यक़ीन हैं। धरती भले ही मन्दिर, मस्जिद, चर्च और गुरुद्वारों में तक़्सीम हो जाये, ग़ज़ल में यह सारी तक़्सीम एक तंज़ीम (संघटन) का रूप ले लेती है।'' (पृष्ठ 51) ग़ज़ल की इस प्रकृति को व्यक्त करने वाले चंद शे'र मुलाहिज़ा कीजिए। जदीद ग़ज़ल पर बात करते हुए अक्सर इन शे'रों का उल्लेख किया जाता है:

किसी शहर में अमाँ नहीं है
अयोध्या अब कहाँ नहीं है
नये सिरे से तलाश कीजे
ख़ुदा जहाँ था वहाँ नहीं है

ऐ शाम के फ़रिश्तो ज़रा देख के चलो
बच्चों ने साहिलों पे घरौंदे बनाये हैं

जितनी बुरी कही जाती है उतनी बुरी नहीं है दुनिया
बच्चों के स्कूल में शायद तुमसे नहीं मिली है दुनिया

हर आदमी में होते हैं दस-बीस आदमी
जिसको भी देखना हो कई बार देखना

कभी किसी को मुकम्मल जहाँ नहीं मिलता
कहीं ज़मीं तो कहीं आस्माँ नहीं मिलता

अन्तिम शे'र की रचना-प्रक्रिया के बारे में एक दिलचस्प सूचना देते चलें। इस ग़ज़ल की धुन ख़य्याम ने बनाई थी। दूसरा मिसरा मूल रूप में यों था—कहीं ज़मीन कहीं आस्माँ नहीं मिलता। ख़य्याम को लगा कि 'ज़मीन' शब्द सांगीतिक लय में अवरोध पैदा कर रहा है। उन्होंने 'ज़मीन' को 'ज़मीं तो' से बदलने का मशवरा दिया। निदा ने इसे स्वीकार कर लिया। उन्होंने अपनी किताबों में यह तर्मीमशुदा रूप ही रखा है।

एक शाइर और ललित गद्यकार के रूप में निदा फ़ाज़्ली का सम्यक् मूल्यांकन होना अभी बाक़ी है। इसके लिए एक बड़ी रचनात्मक तैयारी दरकार है। यहाँ उनकी सर्जना के प्रमुख पहलुओं पर एक परिचयात्मक बातचीत ही सम्भव हो सकी है।

अन्त में, निदा के सन्दर्भ में रेखांकित करने योग्य विशेष बात यह है कि ग़ज़ल या नज़्म कहते हुए पाठक हमेशा उनके ज़ेहन में रहा। इस बात को लेकर वे हर वक़्त चिन्तित रहे कि जो आप कह/लिख रहे हैं, वह पाठकों तक सम्प्रेषित हो भी पा रहा है या नहीं ? इसीलिए सरल भाषा में बात कहने का कठिन रास्ता उन्होंने चुना। ज़ाहिर है, यह चिन्ता एक सामाजिक सरोकारों वाले रचनाकार की ही हो सकती है। उन्होंने फ़िरक़ों, सम्प्रदायों में बँटते हुए अवाम के बीच जो 'लफ़्ज़ों का पुल' बनाया है, वह क़ायम रहेगा।

—2016 ई.

ज़ुबैर रज़्वी : प्रतिरोध ज़िन्दा है

''मैं सिसकियों के साथ रोने का क़ायल नहीं। दर्द के हद से गुज़रने पर भी बस आँखों को नम कर लेता हूँ...''

ज़ुबैर रज़्वी के ये अन्तिम शब्द थे। 20 फ़रवरी, 2016 को उर्दू अकादमी, दिल्ली के एक जलसे में वे अध्यक्षीय वक्तव्य दे रहे थे। उर्दू की दशा का ज़िक्र करते हुए वे भावुक हो उठे और अपने आसन पर बैठते ही उनकी मृत्यु हो गई।

ज़ुबैर (1935–2016 ई.) आजीविका की तलाश में अपने शहर अमरोहा से दिल्ली आए। यहाँ कुछ वक़्त बिताने के बाद वे नवाबी शहर हैदराबाद पहुँचे और फिर दिल्ली उनके सफ़र का अन्तिम पड़ाव बनी। लम्बे समय तक वे आकाशवाणी से सम्बद्ध रहे और यहीं से सेवानिवृत्त हुए। इसी बीच दो साल तक उर्दू अकादमी के सचिव भी रहे। अमरोहा में जब वे आठवीं कक्षा में पढ़ रहे थे, उनकी पहली ग़ज़ल कराची से जारी 'माहे-नौ' रिसाले में शाया हुई। उनका पहला संग्रह 'लहर लहर नदिया' 1965 ई. के आसपास प्रकाशित हुआ। फिर 'ख़िश्ते-दीवार', 'मसाफ़ते-शब', 'धूप का सायबान', 'दामन', 'सब्ज़ा-ए-साहिल', 'पुरानी बात है' और 'उँगलियाँ फ़िगार अपनी' संग्रह एक के बाद एक प्रकाशित हुए। अभी पिछले वर्षों में उन्होंने 'संग-ए-सदा' नाम से अपनी प्रतिनिधि नज़्मों का संग्रह प्रकाशित कराया। 'पूरे क़द का आईना' नाम से उनका कुल्लियात भी आया। ज़ुबैर रज़्वी यानी सात दशकों का एक हंगामों भरा रचनात्मक सफ़र।

एक पहलूदार शख़्सियत के मालिक थे ज़ुबैर। शाइरी के साथ-साथ साहित्यिक पत्रकारिता के क्षेत्र में उनका योगदान अविस्मरणीय रहेगा। अठारह वर्षों तक निजी प्रयासों से 'ज़ेहने-जदीद' पत्रिका का अनवरत प्रकाशन अपने आप में एक मिसाल है। उन्होंने 'ज़ेहने-जदीद' को एक आन्दोलन का रूप दे दिया था। इस रिसाले ने नये ज़ेहनों को तैयार करने की ऐतिहासिक भूमिका अदा की। तफ़रीह का सामान मुहैया कराने वाली पत्रिकाओं से अलग यह सामयिक मुद्दों पर बहस का मंच बनी। ग़ज़लें, नज़्में और कहानियाँ आदि तो सभी पत्रिकाओं में आमतौर पर मिल जाती हैं; इसकी विशेषता यह रही कि इसमें रंगमंच, सिनेमा, रेडियो, टेलीविज़न, नृत्य, संगीत, चित्रकला

और फ़ोटोग्राफ़ी आदि पर गम्भीर बातचीत का सिलसिला जारी रहा। इन विषयों पर प्राय: वे ख़ुद लिखते थे। इस तरह 'ज़ेहने-जदीद' ने उर्दू का एक नया पाठक-वर्ग तैयार किया। प्रो. इब्ने कँवल ने उचित ही कहा है:

"जदीदियत के हंगामों में पाठक कहीं गुम हो गया था। ज़ुबैर भाई ने उसे बहाल किया और 'ज़ेहने-जदीद' में अदब के अलावा आम पाठकों की दिलचस्पी की पर्याप्त सामग्री उपलब्ध कराते रहे।" (राष्ट्रीय सहारा, उर्दू, 21.2.2016)

समकालीन हिन्दी-उर्दू रंगमंच पर कोई भी चर्चा ज़ुबैर के नामोल्लेख के बग़ैर अधूरी रहेगी। थियेटर की कोई बड़ी शख़्सियत दिल्ली आये और वे उसको इंटरव्यू न करें, ऐसा हो नहीं सकता था। उनकी 'अस्त्री हिन्दुस्तानी थिएटर' (उर्दू और हिन्दी थिएटर के हवाले से), 'यक बाबी उर्दू ड्रामे', 'आज़ादी के बाद उर्दू ड्रामे' और 'हिन्दुस्तानी सिनेमा सौ बरस का सफ़र' किताबें फ़िल्म और नाट्य-समीक्षा के बेहतरीन उदाहरण हैं।

एक सामाजिक चिन्तक के रूप में ज़ुबैर उर्दू के अधिकार की लड़ाई को एक व्यापक जनतांत्रिक परिप्रेक्ष्य में देखते थे। वे उर्दू के उन नामनिहाद मुजाहिदों से भिन्न थे जो जनतांत्रिक संस्थाओं पर छाये संकट को नज़रअन्दाज़ करते हुए सिर्फ़ अपने स्वार्थ के सीमित दायरे में उर्दू के अधिकार की बात करते हैं। उन्होंने सत्ता के गलियारे में पैठ रखने वाले इस अवसरवादी समूह से ख़ुद को हमेशा दूर रखा और यह पक्ष प्रस्तुत किया कि उर्दू के अधिकार की लड़ाई जनवाद की लड़ाई है।

उनका यह विश्वास था कि अच्छे अदब की तख़्लीक़ और अवाम से जीवन्त संवाद के बग़ैर उर्दू के प्रसार की कल्पना बेमानी है। उर्दू अगर सिमट रही है तो इसमें ख़ुद को उर्दू का मुहाफ़िज़ कहने वालों का भी बड़ा हाथ है। 24 जनवरी, 1998 के 'राष्ट्रीय सहारा' (हिन्दी) में आयोजित एक उर्दू विषयक परिचर्चा में उन्होंने बड़े अफ़सोस के साथ कहा था कि अगर यही सूरते हाल रही तो एक दिन पुरुषोत्तम दास टंडन की भविष्यवाणी कहीं सही साबित न हो जाए। उन्होंने उर्दू को लेकर टंडन की भविष्यवाणी का भी उल्लेख किया था : "बस दो-तीन दशकों में उर्दू अपने ख़ालिस घरानों में बोलने, पढ़ने और लिखने वालों को तरस जाएगी और अशुद्ध केन्द्रों (पंजाब, बिहार, कलकत्ता, मध्यप्रदेश, महाराष्ट्र आदि) में इसका चिराग़ इस शताब्दी के अन्त तक गुल हो जाएगा।"

ज़ुबैर उर्दू के उन थोड़े विद्वानों में से थे जो उर्दू के विकास को हिन्दी की सापेक्षता में देखते-समझते थे। अपने रिसाले 'ज़ेहने-जदीद' के प्राय: हर अंक में हिन्दी की कोई न कोई रचना ज़रूर देते थे। प्रसंगवश बता दूँ कि मृत्यु के कुछ महीनों पहले उन्होंने 'दृश्यातंर' (मार्च, 2014) में प्रकाशित विष्णु खरे की दो कविताएँ उर्दू लिपि में मुंतक़िल कराके मुझसे ली थीं। वे लगातार इस बात को लेकर प्रयासरत रहे कि अवाम के बोलचाल की ज़बान मुश्तर्का है तो अदब की सतह पर भी हमें हिन्दी-उर्दू के फ़र्क़

को धीरे-धीरे कम करना चाहिए। हिन्दी क्षेत्र में सांस्कृतिक चेतना के विकास का एजेंडा तब तक अधूरा रहेगा जब तक दोनों भाषाओं के सापेक्ष विकास की समझ हमारे पास न हो। इसी नज़रिए के तहत उन्होंने 1 जुलाई, 2006 को 'ज़ेहने-जदीद' के तत्त्वावधान में ऐवाने ग़ालिब में एक संगोष्ठी आयोजित की थी। विषय था 'उर्दू और हिन्दी के तख़्लीक़ी रिश्ते'। इस विषय पर यह अपने ढंग का एक अलग खुला संवाद था। इसकी विस्तृत रपट भी उन्होंने 'ज़ेहने-जदीद' में छापी थी। इसमें राजेन्द्र यादव, मंगलेश डबराल, शमीम हनफ़ी और इन पंक्तियों के लेखक ने शिरकत की थी, कुछ और वक्ताओं के नाम अभी ज़ेहन से उतर रहे हैं। संगोष्ठी की प्रस्तावना में ज़ुबैर रज़्वी ने कहा था : "तारीख़ गवाह है, एक तरफ़ हिन्दी-उर्दू विवाद चलता रहा और दूसरी तरफ़ दोनों भाषाओं की रचनाशीलता एक-दूसरे से लाभान्वित होती रही। जिस तरह मुफ़र्रस (फ़ारसीनिष्ठ) और मुअर्रब (अरबी प्रधान) प्रयोग उर्दू के लिए सेहतमन्द नहीं हैं, उसी तरह तत्सम प्रधान प्रयोग हिन्दी के लिए। रचना-विधाओं की सतह पर दोनों भाषाएँ बहुत क़रीब आती जा रही हैं। हिन्दी में ग़ज़ल और उर्दू में दोहे इसकी मिसालें हैं। अफ़सानवी अदब (कथा-साहित्य) में तो कभी-कभी महज़ रस्मुलख़त का फ़र्क़ बाक़ी रह जाता है।...."

ज़ुबैर रज़्वी की रचना-यात्रा पर नज़र डालते हुए बजा तौर पर यह कहा जा सकता है कि वे ग़ज़ल और नज़्म के मैदान में एक जैसी प्रतिष्ठा रखते हैं। थोड़ा और गहराई के साथ देखें तो ग़ज़ल की तुलना में उनकी नज़्मों ने ज़्यादा पाठक बनाए हैं क्योंकि उनके यहाँ आकर उर्दू नज़्म ख़ुद को बहुत बदलती है। रेडियो में नौकरी करना अलग बात है, बहुत लोग करते हैं, लेकिन ज़ुबैर ने रेडियो में रहते हुए सम्प्रेषण-कला की अहमियत को समझा और अपनी रचनाओं में इस तत्त्व की ओर सबसे ज़्यादा ध्यान दिया। इस तरह उन्होंने अपनी अलग शैली विकसित की।

'सब्ज़ा-ए-साहिल' (2008 ई.) संग्रह के आरम्भ में उन्होंने अपने रचनात्मक सरोकारों को लेकर कई महत्त्वपूर्ण बातें कही हैं। 'मेरे तख़्लीक़ी सरोकार' शीर्षक इस लेख में कहते हैं : "मैंने तरक़्क़ीपसन्दी के बड़े हंगामा ख़ेज़ दौर में शाइरी शुरू की और तब मेरा ख़याल था कि अगर कोई रचना अपने वर्तमान में ज़िन्दा नहीं तो वह ज़िन्दगी से विमुख है। मेरे नज़दीक अतीत को वर्तमान से और वर्तमान को भविष्य से अलग करने वाली लकीर बेमानी थी। रिवायत से बचाव का मुआमला भी वक़्ती तक़ाज़ों के ज़ेरेअसर एक सही रवैया लगता था। मगर बाद में मालूम हुआ कि तरक़्क़ीपसन्दी और जदीदियत (आधुनिकता) दोनों ही इज़हारी अमल से ज़्यादा ज़ेहनी रवैए थे...। मेरी शाइरी जो 1960 के बाद की संवेदनशीलता की देन थी, उसको बरतते हुए मैं जदीद भी था और क़दीम (पुरातन) भी। और अगर फ़ैशन ज़दा शब्दावली का सहारा लूँ तो मुझमें आवाँ गार्द भी था और नवजागरण का Ethos भी।" (पृष्ठ 9-10) इस रौशनी में देखें

तो ज़ुबैर अनेक काव्यांदोलनों के साक्षी रहे। सामयिक आग्रहों के कारण वे कमोबेश उनसे प्रभावित भी हुए, लेकिन समग्र रूप से उनकी छवि एक प्रगतिशील कवि की ही बनती है। दरअस्ल एक रचनाकार की विशिष्ट पहचान उन मूल्यों के आधार पर बनती है जो उसकी पहली प्राथमिकता पर रहे हैं और जिनको लेकर वह सबसे ज़्यादा चिन्तित व आग्रहशील रहा है। इस लिहाज़ से देखें तो ज़ुबैर प्रगतिशील रचनामूल्यों को अपने एक ख़ास अन्दाज़ में तरजीह देते हैं। यही अन्दाज़ उन्हें सिक्काबन्द प्रगतिशीलता से अलग करता है। उनके यहाँ जीवन के अनेक रंग और छायाएँ हैं। उन्होंने ख़ुद स्वीकार किया है कि उनके मानस के निर्माण में अनेक विरुद्धों का सामंजस्य जा ब जा नज़र आता है। परम्परा के प्रति कृतज्ञता और आधुनिकता के प्रति सन्देह के भाव ने उनकी दृष्टि में जो सन्तुलन पैदा किया है, उसे हासिल करना एक मुश्किल काम है। उर्दू आलोचना की भाषा में इसे रिवायत और बग़ावत, रूमानियत और माद्दियत (भौतिकता) में तवाज़ुन (सन्तुलन) कहा जाता है। इस विशिष्टता को उनके दो मशहूर शे'रों के ज़रिए बख़ूबी समझा जा सकता है:

सारा मंज़र है अजंता की गुफाओं की तरह
लड़कियाँ शहर में फिरती हैं घटाओं की तरह
हम कभी राग, कभी आग, कभी साज़ बने
ज़िन्दगी हमसे मिली तेरी अदाओं की तरह

— 'ख़िश्ते-दीवार' (1970), पृष्ठ 63

पहला शे'र जदीदियत के प्रभाव में कहा गया है। सत्तर के दशक की शुरूआत में यह शे'र उस दौर की नौजवान पीढ़ी के उर्दू कवियों और कविता प्रेमियों की ज़बान पर रहता था। विषय की नवीनता, चित्रात्मकता और बयान की ताज़गी के लिए इसे बतौर मिसाल उद्धृत किया जाता था। इसमें कोई प्रेरणास्पद भाव या विचार नहीं है, मात्र एक सौन्दर्य-बिम्ब है, लेकिन नई अभिव्यक्ति की बिना पर आज भी यह ताज़ा लगता है। मुराद यह है कि जदीदियत के सकारात्मक तत्त्वों को ज़ुबैर ने निस्संकोच रूप से आत्मसात् किया है।

दूसरा शे'र ज़ुबैर की कवि-संवेदना के विस्तृत अहाते से परिचित कराता है। जैसा कि पहले भी ज़िक्र आ चुका है उनके सोच में इकहरापन नहीं है। भाव संश्लिष्टता उनकी कविता का ख़ास गुण है। राग, आग और साज़ तीनों के संश्लेषण से उनकी संवेदना निर्मित होती है। राग और साज़ अगर रूमानियत का एहसास कराते हैं तो आग प्रगतिशील चेतना को संकेतित करती है। दरअस्ल ज़ुबैर के रूमान में ज़िन्दगी की हरारत है और अपने समय की उपस्थिति भी। रूमानी शाइरी के नाम पर उन्होंने हुस्न और इश्क़ के सुने-सुनाये क़िस्सों का पिष्टपेषण नहीं किया है। शे'र का निहितार्थ यही है कि ज़ुबैर जदीद और क़दीम एक साथ दोनों हैं।

जुबैर की कवि-संवेदना के विस्तृत अहाते के साक्ष्य के बतौर उनकी कुछ चर्चित नज़्मों का ज़िक्र लाज़िमी हो जाता है। 'पुरानी बात है' सीरीज़ की नज़्मों ने उन्हें नज़्म के एक विशिष्ट शाइर के रूप में प्रतिष्ठित किया। इन नज़्मों की पृष्ठभूमि में इंसान की सांस्कृतिक चेतना के विकास को प्रतीकित करने वाली अनेक अन्तर्कथाएँ विद्यमान हैं। इनमें कुछ तथ्यपरक हैं और कुछ काल्पनिक। इन नज़्मों को लेकर उन्होंने एक जगह कहा है : "मैं शाइरी को एक ऐसा झूठ समझता हूँ जिसके माध्यम से सच को पाया जाता है। मैंने ऐसा करते हुए उस सारे सच को भी अपना विरसा समझा जो मुझसे पहले की गई शाइरी में दमकता-चमकता रहा था। मेरे नज़दीक इस धरती पर इंसान का वुजूद सबसे बड़ा अजूबा और करिश्मा है..." यहाँ भी ज़ुबैर इंसान के वुजूद के पुराने सचों के ज़रिए आज के सच तक पहुँचते हैं। सीरीज़ की हर नज़्म 'पुरानी बात है/लेकिन ये अनहोनी-सी लगती है' वाक्यों से शुरू होती है और इसके बाद एक दास्तान छिड़ जाती है जिसमें लोग अत्यन्त कठिन परिस्थितियों में ज़िन्दगी का सफ़र तय कर रहे हैं। कवि की चेतना पर अपने समय का दबाव है, इन्हें व्यक्त करने वाले सन्दर्भ पुराने हैं। इस तरह ये नज़्में अतीत से वर्तमान और वर्तमान से अतीत की मनोयात्रा एक साथ कराती हैं। कथात्मक शैली के अलावा इन नज़्मों की एक अन्य विशेषता है इनकी दृश्यात्मकता। एक-एक दृश्य पाठक की आँखों के सामने मूर्त होता जाता है। मसलन इस सीरीज़ की 'पानी की बशारत' नज़्म यों शुरू होती है:

पुरानी बात है
लेकिन ये अनहोनी-सी लगती है
वो सब प्यासे थे
मीलों की मसाफ़त[1] से बदन बेहाल था उनका
जहाँ भी जाते वो दरियाओं को सूखा हुआ पाते
बंजर ज़मीनों का सफ़र दरपेश था उनको
कहीं पानी न मिलता था
खजूरों के दरख़्तों से उन्होंने ऊँट बाँधे
और थककर सो गये सारे.....

इस नज़्म में महज़ इतनी दास्तान है कि पानी की तलाश में थकेहारे लोग ऊँटों को खजूर के दरख़्तों से बाँधकर सो जाते हैं। यहाँ कवि स्वप्न की युक्ति का प्रयोग करता है। उन्हें ख़्वाब में बशारत (अन्तरानुभूति) होती है कि निराश न हों, जहाँ खजूरों के दरख़्तों की क़तारें ख़त्म होती हैं, वहाँ पानी है। वे ऊँटों की महारें थाम कर फिर आगे बढ़ लेते हैं। विस्मय से हर ओर नज़र डालते हैं। खजूरों के दरख़्तों की क़तारें ख़त्म होते

---

1. दूरियाँ तय करना

ही देखते हैं कि सामने पानी चमक रहा है। भाव यह है कि तमाम तरह की नाउम्मीदियों के बीच एक क्षीण-सी उम्मीद का एहसास इंसान को टूटने नहीं देता।

इस सीरीज़ की एक दो और नज़्मों का ज़िक्र दिलचस्पी से ख़ाली न होगा। 'अली बिन मुत्तक़ी रोया' नज़्म का केन्द्रीय किरदार अली बिन मुत्तक़ी एक मस्जिद का इमाम है। दिन ब दिन बढ़ता हुआ मानवीय संवेदना का क्षरण इस नज़्म का प्रेरक तत्त्व है। वाक़िआ यह है कि जुमे का दिन है, एक भी इबादत करने वाला मस्जिद में नहीं आता। इस सूरते हाल में अली बिन मुत्तक़ी रो पड़ता है। फिर देखता है कि:

मुँडरों पर अनगिनत पर पड़फड़ाये
कासनी, काले कबूतर सेहन में उतर आये
वज़ू के वास्ते रक्खे हुए लोटों पे
इक-इक करके आ बैठे.....

और फिर देखते-देखते वज़ू का हौज़ ख़ाली हो जाता है। सब कबूतर सफ़ें बनाकर बैठ जाते हैं। भाव यह है कि इंसानों की जगह परिंदों की मौजूदगी से अली बिन मुत्तक़ी की पीड़ा जाती रहती है। शाइर ने इस किरदार के ज़रिए मनुष्यत्व के श्रेष्ठतम रूप और आत्मविस्तार को तरजीह दी है जो कि आज दुर्लभ है।

एक पुरानी बात का ज़िक्र करते हुए ज़ुबैर हमारे समय को संकेतों में लक्षित कर जाते हैं। इस सीरीज़ की 'परिंदे लौट आये' नज़्म में पहले एक बस्ती के पेड़ों पर पतझड़ का वर्णन है जिसके परिणामस्वरूप परिंदे पलायन कर जाते हैं। हरे पत्तों का मौसम तो लौटकर नहीं आता लेकिन परिंदे किसी नई बस्ती से हरे पत्तों की टहनी लेकर लौट आते हैं। हरे पत्तों की टहनी उनके लिए जिजीविषा की तरह है जिसके सहारे वे अपने सूखे पेड़ों पर हरे पत्तों के मौसम की प्रतीक्षा कर सकते हैं। यहाँ यह अंदेशा भी छुपा हुआ है कि पेड़ से टूटी हुई हरे पत्तों की टहनी कब तक हरी बनी रहेगी!

यह बात रेखांकित की जानी चाहिए कि सातवें दशक के दौरान हिन्दी और उर्दू दोनों में ही प्राय: पराजय और पस्ती के गीत गाये जाते रहे। (समानान्तर प्रगतिशील धारा से इनकार नहीं है।) कुंठा, अवसाद और नियति-बोध के बीच घिरा हुआ एक लाचार आदमी उस दौर की कविता के केन्द्र में आमतौर पर मिलता है। ज़ुबैर के यहाँ आदमी की छवि इससे भिन्न है। उनकी एक नज़्म है 'मौसम का अल्मिया' यानी त्रासदी। यह त्रासदी कल भी थी, आज भी है। इस नज़्म का एक बिम्ब देखिए:

शाख़ों में उलझा हुआ एक ज़ख़्मी परिन्दा
फ़ज़ाओं की लहरों पे बहते हुए
वुस्अतें नापने के जतन कर रहा है

वुस्अतें यानी विस्तार। यह ज़ख़्मी परिन्दा शाख़ों में उलझा हुआ है, लेकिन

आकाश के विस्तार को नापने का जज़्बा इसके अन्दर मौजूद है। यह ज़ख़्मों को अपनी नियति नहीं मानता। साफ़ तौर पर यह परिन्दा अपनी अदम्य जिजीविषा के बूते पर मुश्किल हालात से जूझते हुए मनुष्य को प्रतीकित करता है। इस बिम्ब-विधान की सृष्टि वैचारिक प्रतिबद्धता के बग़ैर सम्भव ही नहीं है।

इस सिलसिले में उनकी 'एहतिजाज ज़िन्दा है' नज़्म विशेष रूप से उल्लेखनीय है। एहतिजाज यानी प्रतिरोध। यह सहस्राब्दी के संक्रमण काल के दौरान बदलते हुए हालात पर कवि की प्रतिक्रिया है। यह दौर ज़ुबैर की रचनाशीलता के एक अहम मोड़ की निशानदेही कराता है; क्योंकि इसी समय सांस्कृतिक मोर्चे पर उनकी सक्रियता बढ़ी। देश के दूर-दराज़ इलाक़ों से आये युवा क़लमकारों से विभिन्न आयोजनों में उन्होंने संवाद क़ायम किया। और एक बार फिर उनके इस विश्वास को बल मिला कि एहतिजाज ज़िन्दा है। यहाँ थोड़ा स्पष्टीकरण अपेक्षित है। यह नज़्म अपनी प्रेरक परिस्थितियों से अलग होकर भी अपनी अर्थवत्ता रखती है, लेकिन प्रेरक परिस्थितियों की वाबस्तगी में देखें तो एक दौर विशेष में यह कवि की ज़ेहनी कैफ़ीयत का पता भी देती है। सहस्राब्दी का अन्त होते-होते वैश्वीकरण की अलामतों के स्वीकार का माहौल बनाया जा रहा था, और यह भ्रम फैलाया जा रहा था कि बाज़ार के प्रतिकार की आवाज़ अब बची ही नहीं है। ऐसे में ज़ुबैर 'एहतिजाज ज़िन्दा है' कहकर एक पुरज़ोर हस्तक्षेप दर्ज करते हैं।

यह नज़्म एक संवाद है। मेहनतकश मज़दूर अपने हमदर्द लेखक-कलाकारों को सम्बोधित करते हैं। श्रम की संवेदनशीलता नज़्म के हर शब्द में विद्यमान है। इसमें मौजूद श्रम के ब्योरे रस्मी नहीं हैं, रचनाकार इनसे एकात्म प्रतीत होता है। ज़ाहिर है कि यह एकात्मता ही प्रतिरोध का जज़्बा पैदा करती है। एक अंश देखें:

हमारे खुरदुरे हाथों को बोसा देने वालो
और हमारे मक़्तलों के बाम पर लिक्खी हुई
तहरीरे-जाँ को पढ़ने वालो
पत्थरों को तोड़ते और काटते
तेशों की ज़र्बें सुनने वालो
तेग़े-आहन से हमारे हाथ-पैरों और बदन को
टुकड़े होते देखने वालो
हमारी आँखों को ख़्वाबों से ख़ाली
नींद से वीरान होते देखने वालो
तुम्हारा शुक्रिया
तुमने हमारी सिम्त भी देखा.....

— 'सब्ज़ा-ए-साहिल', पृष्ठ 173

यों उनकी नज़्मों में अभिव्यक्ति की विविधता है, लेकिन बातचीत के शिल्प में ज़ुबैर को महारत हासिल है। उनके यहाँ सहज और अनौपचारिक संवाद एक नज़्म का रूप ग्रहण कर लेते हैं। 'मसाफ़ते-शब' (1977 ई.) संग्रह की 'शरीफ़ज़ादा' नज़्म इसकी उम्दा मिसाल है। बात-बात में शाइर हमारे समाज की दोहरी विडम्बना को व्यंग्य-विनोद के स्पर्श के साथ व्यक्त कर जाता है। इसमें एक ओर नई रौशनी में पली-बढ़ी युवा पीढ़ी का किरदार है, दूसरी ओर उससे मुख़ातिब एक बुज़ुर्ग है जो सामन्ती नॉस्टैल्जिया में जी रहा है। वह नसीहत करता है:

सुनो! तुम्हें हमने मद्रास कैफ़े में
औबाश लोगों के हमराह देखा
वो सब लड़कियाँ बदचलन थीं जिन्हें तुम
सलीक़े से कॉफ़ी के कप दे रहे थे

× × ×

सलीक़ा जो होता तुम्हें लग़ज़िशों[1] *का*
तो यूँ ख़ानदानी शराफ़त, वजाहत[2]
न मिट्टी में मिलती न बदनाम होती

शाइर ने दोनों के चारित्रिक स्खलन को व्यंग्य का लक्ष्य बनाया है। बल्कि शरीफ़ज़ादे को नसीहत देने वाले बुज़ुर्ग की विडम्बना को ज़्यादा गहरा करके दिखाया है। कैफ़े में औबाश (ग़ुंडे-बदमाश) लोगों के साथ बदचलन लड़कियों को कॉफ़ी पिलाने की तुलना में घरों में कनीज़ों से पहलू सजाने का काम कहीं ज़्यादा अनैतिक है। पीढ़ियों के अन्तराल से उत्पन्न सोच के द्वंद्व को दर्शाने वाली यह एक सशक्त नज़्म है।

जदीदियत की तहरीक के दौरान उर्दू शाइरी में जो नई चीज़ें दाख़िल हुईं, मिथकीय पात्रों और घटनाओं के प्रति जिज्ञासा उनमें से एक है। ज़ुबैर की 'गंगा रो रही थी' को इस धारा की एक महत्त्वपूर्ण नज़्म कहा जा सकता है। नज़्म आत्मपरक शैली में लिखी गई है। इसमें हमारे समय की रागहीनता को व्यक्त करने के लिए गौतम-गंगा के पौराणिक मिथक को नये आयामों पर अभिव्यक्ति दी गई है। वाचक यानी कवि अपने पिता और बुज़ुर्गों से यात्रा और अध्ययन की प्रेरणा लेकर काशी, मथुरा, मक्का-मदीना, इस्तंबूल आदि घूमता हुआ घर लौटकर आता है। नज़्म में इस मुक़ाम तक गंगा का उल्लेख नहीं है। उसके लौट आने के बाद का प्रसंग देखिए:

जब मुद्दतों के बाद वापस लौटकर आया तो
गौतम जा चुके थे

---

1. फिसलन, भटकाव 2. मान-प्रतिष्ठा

राम अयोध्या में नहीं थे
तुम किसी एक क़ब्र में सोये हुए थे
और मेरे साथ गंगा रो रही थी!

वाचक लौटने के बाद देखता है कि गंगा को छोड़कर गौतम जा चुके हैं और अयोध्या को छोड़कर राम, और स्वयं उसे छोड़कर उसके पिता क़ब्र में सो गये हैं। ऐसे प्रतिकूल समय में वह और गंगा एक-दूसरे के दुःख को साझा करते हैं। ग़रज़ यह कि अपने अकेलेपन को इंसान प्रकृति के साथ बाँटता है। यहाँ शाइर की जनपदीय स्मृतियों की झलक भी मौजूद है।

अब चन्द बातें ज़ुबैर की ग़ज़लगोई के बारे में। नई ग़ज़ल की चर्चा में ज़ुबैर का नाम सम्मान के साथ लिया जाता है। प्रो. अतीक़ुल्ला ने अपने एक लेख में नई ग़ज़ल को तीन दौरों में बाँट कर देखा है। पहले दौर में ख़लीलुर्रहमान आज़मी, मुहम्मद अलवी, मज़हर इमाम, आदिल मंसूरी, इरफ़ान सिद्दीक़ी, शहरयार, शम्सुर्रहमान फ़ारूक़ी, मुजफ़्फ़र हनफ़ी, निदा फ़ाज़्ली, मख़्मूर सईदी और बशर नवाज़ के साथ ज़ुबैर रज़्वी का नामाल्लेख किया है। उन्होंने यह भी कहा है कि नई ग़ज़ल अपना रिश्ता नासिर काज़मी से जोड़ती है। (अनभै साँचा, अक्टूबर-दिसम्बर 2009) अतएव हम कह सकते हैं कि नासिर काज़मी के प्रभाववश ज़ुबैर ने क्लासिकी ग़ज़ल की पाबन्दियों से किसी क़दर मुक्त होने की कोशिश की। उन्होंने फ़ैज़-मजरूह-मख़्दूम से लाभान्वित होते हुए ग़ज़ल को एक अलग राह पर डाला। उनकी ख़ासियत यह रही कि उन्होंने आसपास की चीज़ों, रोज़मर्रा की मामूली घटनाओं और ग़ैर अहम लगने वाले अनुभवों को भी शे'रों में ढाल दिया। नई ग़ज़ल के अन्य शाइरों की तरह उन्होंने भी रचना-विषयों के निषेधों को तोड़ा और ग़ज़ल के रूढ़ विषयों से सचेत रूप से बचाव किया। उनके लहजे में नर्मी है और बातचीत की बेतकल्लुफ़ी भी। इन तमाम विशेषताओं का निदर्शन करने वाले चंद शे'र बतौर बानगी मुलाहिज़ा कीजिए :

अपने घर के दरो-दीवार को ऊँचा न करो
इतना गहरा मेरी आवाज़ से पर्दा न करो

कोई टूटा हुआ रिश्ता न दामन से उलझ जाये
तुम्हारे साथ पहली बार बाज़ारों में निकला हूँ

तुम अपने चाँद, तारे, कहकशाँ चाहे जिसे देना
मेरी आँखों पे अपनी दीद की इक शाम लिख देना

ये कैसी खिड़कियाँ हिस्से में आई हैं जिधर देखें
बस इक दीवार मिलती है, कहीं मंज़र नहीं मिलते

चमकती धूप तुम अपने ही दामन में न भर लेना
मैं सारी रात पेड़ों की तरह बारिश में भीगा हूँ

महफ़िलों में हम रफ़ीक़ो-राज़दाँ समझे गये
घर के आँगन में मगर तन्हाइयाँ बोते रहे

ये कैसी दुश्मनी है हाथ में ख़ंजर नहीं मिलते
महाज़े-जंग[1] में लड़ते हुए लश्कर नहीं मिलते

ये दिल्ली है यहाँ आसाँ नहीं आबाद हो जाना
यहाँ ईंटें तो मिल जाती हैं लेकिन घर नहीं मिलते

और अन्त में :

सुख़न[2] के कुछ तो गुहर[3] मैं भी नज़्र करता चलूँ
अजब नहीं कि करें याद माहो-साल मुझे

ज़ुबैर रज़्वी शाइरी का जो सरमाया छोड़ गये हैं, उसके लिए आने वाले माहो-साल उन्हें निश्चय ही याद करेंगे। जब भी पिछले सात दशकों की महत्त्वपूर्ण अदबी बहसों का ज़िक्र आयेगा, उनकी उपस्थिति महसूस की जायेगी।

— 2016 ई.

1. युद्ध-क्षेत्र 2. सृजन, कविता 3. मोती

धर्मनिरपेक्षता और उर्दू शाइरी

जिन शहरों में गूँजी थी ग़ालिब की नवा बरसों
उन शहरों में अब उर्दू बेनामो-निशाँ ठहरी
आज़ादी-ए-कामिल का ऐलान हुआ जिस दिन
मातूब[1] ज़बाँ ठहरी, ग़द्दार ज़बाँ ठहरी

—साहिर लुधियानवी

यह एक दुर्भाग्यपूर्ण स्थिति रही कि आज़ादी के बाद पृथकतावादी शक्तियों ने उर्दू को विभाजन के लिए ज़िम्मेदार ठहराया। इस भ्रांति ने अवाम के मनोविज्ञान को प्रभावित किया। अफ़वाहों की उम्र कम होती है लेकिन जब तक उनका प्रभाव रहता हैं, अवाम का ध्यान मूल समस्याओं से हट जाता है। हुआ यही कि एक अरसे तक उर्दू अपने पक्ष में सफ़ाई देती रही और भाषा की साम्प्रदायिक राजनीति को एक आधार मिल गया। इस साज़िश में वही लोग शामिल थे जो उर्दू को सिर्फ़ मुसलमानों से वाबस्ता करके देखते थे। मंशा यह था कि पहले लोग उर्दू से घृणा करें फिर स्वभावतः मुसलमानों से विद्वेष बरतने लगें। अगरचे अवाम ने कभी हिन्दी को हिन्दू और उर्दू को मुसलमान नहीं समझा लेकिन आज भी संकीर्ण विचारों वाले लोग अपने इस दुष्प्रचार से बाज़ नहीं आते।

इस सिलसिले में यह बात उल्लेखनीय है कि किसी उर्दू अदीब ने 1947 ई. से पहले पाकिस्तान की हिमायत में कोई नज़्म या अफ़साना नहीं लिखा। फिर उर्दू पर इस इल्ज़ाम का क्या औचित्य है?

उर्दू-हिन्दी विवाद उन्नीसवीं सदी की उपज है। इसके बीज फ़ोर्ट विलियम कॉलेज की स्थापना (1800 ई.) में बताये जाते हैं। बाद में अँग्रेज़ों की भाषासम्बन्धी विभेदकारी नीतियों को मुस्लिम लीग (1906 ई.) और हिन्दू महासभा (1915 ई.) की स्थापना और आर्य समाज के शुद्धि आन्दोलन आदि ने सहारा दिया। प्रेमचंद ने शुद्धि आन्दोलन के विरोध में 1923 ई. में 'क़हतुर्रिजाल' (मनुष्यता का अकाल) शीर्षक लेख लिखा था। ग़रज़ यह कि इस मनुष्यता के अकाल के कारण ही भाषा को एक

1. जिस पर ग़ुस्सा किया जाये, कोपभाजन

धार्मिक पहचान देने की कोशिशें चल पड़ीं।

राजनीति ने जिन मूल्यों को ध्वस्त किया है, कविता ने उन्हें बचाया है। राजनीति द्वारा हाशिए पर डाली गयी चीज़ों को कविता ने अपने भीतर संजोया है और उनके सहारे एक ऐसा स्पेस बनाया है जहाँ आदमी होकर जीने की सम्भावनाएँ बाक़ी हैं। ज़ाहिर है यहाँ जनविरोधी प्रतिक्रियावादी राजनीति से मुराद है। राजनीति में अवाम के सम्प्रदायीकरण के प्रयास जारी हैं। राजनीति अपने रास्ते पर, कविता अपनी राह पर। बक़ौल फ़ैज़ 'न उनकी रस्म नई है, न अपनी रीत नई!' उर्दू अदब राजनीति की स्वार्थप्रेरित दलीलों को आईना दिखाता है। आज फ़ासीवादी शक्तियाँ साहित्य और कला की इस तासीर को समझती हैं। इसलिए साझा सृजनात्मकता को नेस्तोनाबूद करना भी उनके एजेंडे में है।

उर्दू शाइरी की क़रीब पाँच सौ साल की परम्परा सांस्कृतिक एकता की एक ज़िन्दा मिसाल है। इस परम्परा के बीच कितने ही मोड़ और पड़ाव हैं लेकिन इसकी लोकसम्बद्धता में कहीं विचलन नहीं आया। ऐतिहासिक क्रम में रचनाओं के साक्ष्य से इसकी तस्दीक़ की जा सकती है।

भाषा में प्रवेश करते हुए विद्वेष को लेकर मौलाना शिबली ने कानपुर के एक भाषण में बड़ी मौज़ूँ बात कही थी, हिन्दुओं और मुसलमानों की अन्तर्निर्भरता की यह अद्‌भुत मिसाल है : "जो लोग फ़ारसी ज़बान के माहिर और कामिल[1] होना चाहते थे, वो 'बहारे-अजम' जो टेकचंद बहार की लिखी किताब है और 'मुस्तलहातुश्शुअरा'[2] की तरफ़ ध्यान देते थे जो एक हिन्दू की रचना है और कभी लोगों ने नहीं कहा कि ये हिन्दू रचनाकार हैं या दूसरी क़ौम के लोग हैं। इस क़िस्म का इत्तिहाद (एकता) लिटरेचर में था, समाज में था और तमाम बातों में था। अगर किसी वजह से भेदभाव पैदा हो भी गया हो तो दूसरे विषय और क्षेत्रों में हम एक होकर काम क्यों न करें?"

मालूम हो कि फ़ारसी और उर्दू में कई रामायणें भी लिखी गयीं। फ़ारसी में जहाँगीर के काल में मुल्ला मसीह की 'मसीही रामायन' और शाहजहाँ के काल में 'रामायन-ए-फ़ैज़ी' लिखी गयीं। उर्दू में मुंशी जगन्नाथ ख़ुशतर की 'रामायन-ए-ख़ुश्तर' (1864), मुंशी शंकर दयाल फ़र्हत की 'रामायन मंज़ूम', राज रघुनन्दन सिंह 'साहिर' की 'रामायन उर्दू मंज़ूम' (मौलिक) और चकबस्त का 'रामायन का एक सीन' विशेष उल्लेखनीय हैं।

अज्ञानतावश लोग यह कहते पाये जाते हैं कि फ़ारसी के प्रभाव के कारण उर्दू में शृंगारिकता और रूमानियत का अतिरेक पैदा हुआ। दरअस्ल समूचा फ़ारसी काव्य शृंगारिक और रूमानी नहीं रहा है। फ़िरदौसी (940-1020 ई.), मौलाना रूमी (1207-

1. दक्ष, प्राचीन पद्धति की एक उपाधि 2. फ़ारसी की एक किताब का नाम

1273 ई.), हाफ़िज़ (1309–1374 ई.) और फ़ैज़ी (1547–1595 ई.) जैसे फ़ारसी कवियों ने अपने समय के जीवन के ऐसे सच्चे चित्र पेश किए हैं कि आज उनका कोई बदल दिखाई नहीं देता। बानगी के बतौर कुछ शे'र क़ाफ़ी होंगे—

तू बराए वस्ल कर्दन आमदी
ने बराए फ़स्ल कर्दन आमदी

—रूमी

(तू मिलाने के लिए यहाँ यानी ज़मीन पर आया है, एक-दूसरे को अलग या दूर करने के लिए नहीं। फ़ारसी 'ने' यानी नहीं।)

तफ़्रिक़ा दर नफ़्से-हैवानी बुवद
रूहे-वाहिद रूहे-इनसानी बुवद

—एक सूफ़ी शाइर

(भेदभाव एक पाशविक प्रवृत्ति है। सम्पूर्ण मानवता में एकत्व की विद्यमानता है।)

शुक्रम ख़ुदा कि इश्क़े-बुताँ अस्त रहबरम
दर मिल्लते-बिरहमनो-दर दीने-आज़रम

—फ़ैज़ी

(ख़ुदा का शुक्र है कि बुतों का इश्क़ मेरा रहबर है और मैं बिरहमनों की मिल्लत और बुत तराशने वालों के दीन में हूँ।)

फ़ारसी शाइरी के बारे में रूढ़ पूर्वग्रहों से मुक्त होकर सोच-विचार की ज़रूरत है। यहाँ अमीर ख़ुसरो (1237–1324 ई.) ने ख़ुद को 'तूती-ए-हिन्दम' (मैं हिन्दुस्तान की तूती हूँ) कहा था। ख़ुसरो की फ़ारसी कविता में भारत की ज्ञान-सम्पदा, सांस्कृतिक वैभव, प्राकृतिक सौन्दर्य और जनजीवन के प्रति जितना गहरा अनुराग मिलता है, उतना किसी तत्कालीन संस्कृत-हिन्दी कवि के यहाँ न मिलेगा। उनका हिन्दवी कलाम तो साम्प्रदायिक सौहार्द का आईना है ही।

उर्दू के साथ-साथ फ़ारसी में रचना का सिलसिला नवजागरण के दूसरे चरण यानी इक़बाल तक चलता रहा। ग़ालिब के फ़ारसी-दीवान से हिन्दी पाठकों का परिचय नहीं है। इस पर दृष्टिपात करने के बाद फ़ारसी कविता की भारतीयता पर किए जाने वाले सन्देह स्वतः ख़ारिज हो जाएँगे बशर्ते कि हम भारतीयता की भगवा व्याख्या न करते हों। यह बात यक़ीनी है कि ग़ालिब ने राष्ट्रीयता और देश-प्रेम से सम्बन्धित भावों की अभिव्यक्ति के लिए फ़ारसी के माध्यम को चुना। उनकी एक फ़ारसी रचना है 'मुहावरा-ए-शाइर बाराहनुमा फ़रिश्ता'। इसमें बनारस पर एक सुन्दर छन्द है—

गुफ़्तमश चीस्त ईं बनारस गुफ़्त
शाहिदे-मस्त महवे-गुल चीदन

(मैंने पूछा: और बनारस के बारे में क्या राय है ? उसने कहा : यह फूल चुनने में तल्लीन प्रेमिका की तरह ख़ूबसूरत है।)

उर्दू की तो बात ही कुछ और है, यहाँ की फ़ारसी कविता में भी बनारस मौजूद है। ख़ुरासान, इस्फ़हान, साद, नीशापूर, तर्शीज़ आदि शहरों पर किसी उर्दू-फ़ारसी शाइर ने गर्व नहीं किया। इस शाइरी की भारतीय पहचान ही इसके धर्मनिरपेक्ष मिज़ाज का एक बुनियादी कारण है।

उर्दू अदब के विकास में फ़ारसी परम्परा के प्रभाव से इनकार नहीं किया जा सकता, लेकिन इसकी बुनियाद में मध्यकाल का लोकवादी काव्य रहा है। इसके विकास के आरम्भिक चरण में यानी उत्तर मध्यकाल (रीतिकाल) के दौरान उर्दू में श्रेष्ठ कोटि की रचनाएँ सामने आने लगी थीं। यह एक तथ्य है कि 18वीं सदी और 19वीं सदी के पूर्वार्द्ध तक के हिन्दी रीतिकाव्य की तुलना में उर्दू काव्य सामाजिक अन्तर्वस्तु से ज़्यादा सम्पन्न है। इसके मूल में तत्कालीन हिन्दी और उर्दू कवियों के लोकवादी सूफ़ी और सन्त परम्परा से अलग-अलग ढंग के सम्बन्ध रहे हैं। हिन्दी रीतिकाल पूर्ववर्ती लोकवादी धारा से विचलन का काव्य है और उस दौर की उर्दू शाइरी सूफ़ियों और सन्तों के धार्मिक सहिष्णुता और सांस्कृतिक समन्वय पर आधारित जीवन-दर्शन को आत्मसात् करते हुए अपने सफ़र की शुरूआत करती है। रीतिकाल से भी अच्छी कविता का चयन किया जा सकता है, लेकिन कम संख्या हाथ लगेगी। यहाँ दोनों परम्पराओं की तुलना का अवकाश नहीं है। एक ओर बोधा, आलम, ठाकुर आदि बहुत से कवियों को पढ़ें, और दूसरी ओर वली, सौदा, मीर व नज़ीर को पढ़ें तो इस गुणात्मक अन्तर को समझा जा सकता है। हमारा मंशा यहाँ तत्कालीन हिन्दी काव्य को कमतर साबित करना नहीं है। हम सिर्फ़ इस तथ्य को सामने लाना चाहते हैं कि उर्दू कवियों ने दरबार से जुड़ाव के बावजूद धर्म और सम्प्रदाय की संकीर्ण सीमाओं से ऊपर उठकर सामाजिक यथार्थ को अपने बोध का हिस्सा बनाया। उर्दू शाइरी में शुरू से ही भारतीय जनजीवन के धर्मनिरपेक्ष पहलू से रागात्मक सम्पृक्ति का रुज्हान रहा है।

सोलहवीं सदी से अठारहवीं सदी के आरम्भ तक दक्षिण में उर्दू का उत्तर भारत से स्वतन्त्र विकास होता रहा। इसे हम दकनी हिन्दी और दकनी उर्दू एक साथ कह सकते हैं। बीजापुर के आदिलशाही और गोलकुंडा के क़ुत्बशाही शासकों के युग में दकनी उर्दू में श्रेष्ठ कोटि की रचनाएँ सामने आयीं। इन शासकों में इब्राहीम आदिलशाह और क़ुली क़ुत्बशाह स्वयं बड़े शाइरों में से थे। इस दौरान बीजापुर के कवियों में ख़्वाजा बन्दानवाज़ गेसूदराज़ (1421 ई. में मृत्यु), मीरान जी, रुस्तमी, नुसरती और गोलकुंडा के कवियों में मुल्ला वजही, ग़व्वासी, क़ुत्बी और इब्ने निशाती विशेष रूप से उल्लेखनीय हैं। इसी परम्परा के कवियों में वली दकनी आते हैं। दकन के इन उर्दू कवियों की रचनाएँ साहित्य की धर्मनिरपेक्ष परम्परा के नादिर नमूने हैं। इनमें अपने

समय के यथार्थ का दबाव भी है और सूफ़ियाना ख़यालों की लय भी। गोलकुंडा के पाँचवें सुल्तान मुहम्मद क़ुली क़ुत्बशाह की रचनाओं के बारे में प्रो. एहतिशाम हुसैन ने लिखा है, "उसकी रचनाओं में यहाँ के फलों-फूलों, रीति-रिवाजों का वर्णन देखकर इस बात का अनुमान लगाया जा सकता है कि दक्षिणी भारत में हिन्दू-मुस्लिम संस्कृति का संगठन कितने आकर्षक ढंग से हो रहा था और केवल साधारण लोग नहीं बादशाह भी उससे प्रभावित थे।"

क़ुली क़ुत्बशाह कहता है—

ख़ाल हिन्दू का कर मुज क्या है बुतपरस्त
सब ख़ालाँ अपने सकट करता है मेरा ख़याल बहुत

अर्थात् मुझ बुतपरस्त को हिन्दू के टीके से क्या ? सब प्रकार के चिह्न मेरा बहुत ख़याल रखते हैं। ख़ाल यानी तिल या टीका।

दकनी शाइरों की रचनाओं में भारतीय तत्त्वों की समाहिति हमें विस्मित कर देती है। मुल्ला वजही ने अपनी मस्नवी 'क़ुत्ब मुश्तरी' (1608 ई.) और गद्य-रचना 'सबरस' में भारत के सांस्कृतिक प्रतीकों का उदारतापूर्वक प्रयोग किया है। अन्य शाइरों ने भी यहाँ के जनमानस में रचे-बसे उपमानों को बिना किसी विद्वेष के बरता है। लुत्फ़ी कहते हैं—

'लुत्फ़ी' तेरे पलन की पाकी कहाँ है इसमें
ज्यों पाँच पांडवों के कहते सो दुरपती हूँ

सुल्तान अब्दुल्ला क़ुत्बशाह प्रेयसी की भौहों को देखकर राम के बाणों को याद करते हैं—

हरेक तेरा पलक है राम का बान
हरेक सूका है तेरा ज्यों कटार

'सूका' दकनी में भौंह को कहते हैं। इन कवियों के प्रकृति-चित्रण में भी उदार धार्मिक दृष्टिकोण (वसीउल मशरबी) का परिचय मिलता है। अहमद गुजराती का एक शे'र है—

दिसें वो झाड़ मिलकर डाल में डाल
रहें जुन्नार ज्यूँ मिले बाँह गल डाल[1]

यहाँ शाइर ने डालियों की उपमा जनेऊ (जुन्नार) से दी है। मुहम्मद क़ुली क़ुत्बशाह हिन्दू रीति को रिवाज देने और बुतख़ाने में नमन करने की बात कहते हैं—

हिन्दू रीति कूँ तुम देतो रिवाजाँ
कि बुतख़ाना नमन हो तुम भी हमन सर

1. वृक्ष की डालियाँ एक-दूसरे से लिपटी हुई हैं जैसे जनेऊ गले में लिपटा हुआ हो।

ख़्वाजा बन्दानवाज़ गेसूदराज़, ख़्वाजा नसीरुद्दीन चिराग़ देहली के शागिर्द थे। शाइरी में उनकी 'रिसाला बारहमासा' और 'हिदायत नामा' रचनाएँ मिलती हैं। वह सूफ़ी परम्परा के शाइर थे जिनके लिए मन्दिर और मस्जिद में भेद नहीं था—

ऊँचा मन्दर हर इश्क़ का कोई क्यूँ कर पावे
चारों सीढ़ियाँ चढ़कर तो पे हारता आवे

वली दकनी (1648–1744 ई.) उर्दू शाइरी के बाबा आदम के रूप में जाने जाते हैं। उत्तर और दक्षिण की सृजनात्मक अन्तर्क्रिया को प्रोत्साहित करने का श्रेय उन्हीं को जाता है। उन्होंने अहमदाबाद के प्रसिद्ध सूफ़ी चिन्तक शेख़ नूरुद्दीन सुहरावर्दी से तसव्वुफ़ का मर्म समझा। उनकी रचनाओं में दक्षिण भारत के सूफ़ी सन्तों द्वारा प्रवर्तित लोकजागरण की अनुगूँज सुनायी देती है—

गर हुआ है तालिबे— आज़ादगी
बन्द मत हो सब्हा-ओ-ज़ुन्नार का

'सब्हा' शब्द अरबी का है जिसका अर्थ है तस्बीह। तस्बीह और जनेऊ दोनों ही एक तरह के बन्धन हैं और विभेद की जड़ यही है।

वली ने राधा–कृष्ण के प्रेम का वर्णन अनेक शे'रों में किया है, उस दौर की हिन्दी रीति–कविता में यह प्रवृत्ति उरूज पर थी। उर्दू शाइरों द्वारा एक भिन्न संस्कृति को प्रतीकित करने वाले पौराणिक पात्रों को रचना–विषय बनाना उनके व्यापक मानवीय दृष्टिकोण का परिचायक है—

अगर मोहन करम सूँ[1] *मुझ तरफ़ आवे तो क्या*
अदा सूँ इस क़दे-नाज़ुक कूँ[2] *दिखावे तो क्या*

उर्दू काव्य–भाषा के विकास की दृष्टि से दकनी कवियों की रचनाओं का विशेष महत्त्व है। इसमें तेलुगु और संस्कृत मूल के शब्दों की भरमार है। भाषा के मुहावरे में स्थानीयता की गहरी छाप है। इस भाषा–विन्यास का एक सामाजिक पहलू भी है। धार्मिक संकीर्णता से मुक्त अवाम के जीवन को जाने बिना उनकी भाषा को नहीं अपनाया जा सकता था।

उत्तर में दिल्ली के दबिस्ताने–शाइरी और लखनऊ के दबिस्ताने–शाइरी में धर्मनिरपेक्ष विचारों की परम्परा सतत रूप से विकास पाती रही है। ख़ुदा-ए-सुख़न मीर के यहाँ इस मौज़ू पर बुलन्द पाए के शे'र मिलते हैं। मीर की भावचेतना में बड़ा 'बिस्तार' (उनके द्वारा प्रयुक्त शब्द) है। इसमें तसव्वुफ़ के गूढ़ रहस्यों और मानवीय वेदना का विलक्षण सामंजस्य है। उनकी सर्जनात्मकता का एक आयाम दरवेशों की

---

1. से 2. को

बानियों से सम्बद्ध लगता है। वह 'हरम की शम्म:' और सोमनाथ के दीये में कोई तात्त्विक अन्तर नहीं महसूस करते—

उसके फ़रोग़े-हुस्न से झमके है सब में नूर
शम्मे-हरम हो या कि दिया सोमनात[1] का

मीर अपने दीनो-मज़हब पूछने वालों को फटकार लगाते हैं। मनुष्यता को बचाये रखने के लिए वह क़श्क़ा (टीका) खींचकर दैर (मूर्तिगृह) में बैठने और इस्लाम तर्क करने (छोड़ने) की घोषणा करने में नहीं हिचकते। हमें यह याद होगा कि तुलसीदास ने मसीत (मस्जिद) में सोने की इच्छा प्रकट की थी। मीर कहते हैं—

मीर के दीनो-मज़हब को अब पूछते क्या हो उन ने तो
क़श्क़ा खींचा, दैर में बैठा, कब का तर्क इस्लाम किया

फिर भी जब कोई उनकी ज़बान नहीं समझता (समझा न कोई मेरी ज़बाँ इस दयार में) तो वह अपनी डेढ़ ईंट की जुदा मस्जिद बनाने की पेशकश करते हैं—

शिरकते-शेख़-ओ-बिरहमन से 'मीर' काबा-ओ-दैर से भी जाएगा
अपनी डेढ़ ईंट की जुदा मस्जिद, किसी वीराने में बनाएगा

मिर्ज़ा मुहम्मद रफ़ी सौदा (1706-1781 ई.) की शाइरी सांस्कृतिक बहुलवाद के सामाजिक आधारों की ओर हमारा ध्यान खींचती है। अठारहवीं सदी की दिल्ली का जैसा यथार्थपरक चित्रांकन उनके यहाँ मिलता है, वैसा कहीं नहीं है। उनके धर्मनिरपेक्ष सोच ने समाज के इस यथार्थ को समझने में उनकी मदद की—

ख़ूने-जिगर बा आदम-ओ-बूज़ीना है बिकाऊ
सूरत मआशे-ख़ल्क़ की बरहम बहुत है याँ

'आज आदमी और बन्दर दोनों का ख़ून बिकाऊ है। समाज के आर्थिक हालात इतने बिगड़े हुए हैं।' ढाई सौ साल पहले की ये पंक्तियाँ आज की तीसरी दुनिया के सच को उजागर कर देती हैं।

सूफ़ियों के वहदत (ईश्वर का एक होना) के तसव्वुर ने उन्हें धर्म के मानवीय रूप की ओर प्रवृत्त किया—

'सौदा' को मैं पाया मै-ए-वहदत में मस्त
उससे न किसी तेशा-ए-दिल को है शिकस्त
नाक़ूस-ओ-अज़ाँ सुन के ये बोले आज़ाद
ऐ बिरहमन-ओ-शेख़ सदा रा इश्क़ अस्त

---

1. इस शब्द को 'सोमनाथ' पढ़ा जाये। मीर ने क़ाफ़िए का निर्वाह करने के लिए 'थ' के स्थान पर 'त' का प्रयोग किया है।

यानी सौदा नाक़ूस (शंख) और अज़ान दोनों को एक साथ सुन सकते हैं। सौदा का एक शे'र दुर्व्याख्याओं के कारण विवादास्पद हो गया है—

गर हो कशिशे-शाहे-ख़ुरासान तो 'सौदा'
सज्दा न करूँ हिन्द की नापाक ज़मीं पर

सामान्यतया इस शे'र का यह आशय निकाला जाता है कि शाहे-ख़ुरासान की अगर मुझ पर कृपा हो तो मैं हिन्दुस्तान की नापाक ज़मीन पर सज्दा न करूँ। आपत्ति यह है कि सौदा ने भारत-भूमि को अपवित्र कहा है। यानी सौदा तास्सुब बरत रहे हैं। हमें इस बात का पूरा यक़ीन था कि इस शे'र का आशय यह नहीं होना चाहिए क्योंकि हिन्दुस्तान के अवाम से इतनी मुहब्बत करने वाला शाइर अपने वतन की धरती को अपवित्र नहीं कह सकता। इस समस्या के समाधान के लिए हमने उर्दू-फ़ारसी के सुविख्यात अधीती प्रो. तन्वीर अलवी से बातचीत की। उन्होंने बताया कि नाइल्मी के कारण लोग सौदा के मा'नी को नहीं समझ पाते। दरअस्ल यहाँ शाहे-ख़ुरासान का अर्थ ख़ुरासान का तत्कालीन बादशाह नहीं है। सौदा ने शाहे-ख़ुरासान आख़िरी इमाम यानी इमाम-ए-आख़िरुज़्ज़माँ को कहा है। आख़िरी इमाम को ज़मीन से उठा लिया गया था। मुराद यह है कि जब इस मुक़द्दस ज़मीन से शाहे-ख़ुरासान (आख़िरी इमाम) उठ गये तो यह ज़मीन मुझे सज्दे के लायक़ पाक नहीं रह गयी। यह पूरे फ़र्श (समूची पृथ्वी) के बारे में है, हिन्दुस्तान के बारे में नहीं! सौदा चूँकि हिन्दुस्तान के थे इसलिए ख़्वाहमख़्वाह इस मुल्क का नाम जुड़ गया।

उसी दौर में नज़ीर अकबराबादी की कविता पढ़ते हुए हमें कुछ ऐसी अनुभूति होती है जैसे कि हम एक ऐसी बस्ती से गुज़र रहे हैं जिसके हर गली-कूचे में जीवन का शोर है, दुःखों को हँसी-ठठोल में उड़ाते हुए लोग हैं, मेले-ठेले हैं और राग-रंग हैं और जहाँ अवाम भावनात्मक रिश्तों में ऐसे गुँथे हुए हैं जैसे घने जंगल में पेड़।

नज़ीर अपने समय के सोच का अतिक्रमण करते हैं। उन्होंने भारत के अलग-अलग धर्मों की बुनियादी एकता को पहचाना। इसका सबसे बड़ा प्रमाण यह है कि वह हज़रत मुहम्मद की मन्क़बत (किसी पुण्यात्मा की प्रशंसा) और गुरु नानक शाह की तारीफ़ एक साथ करते हैं। उनका सन्देश है—

तनहा न उसे अपने दिले-तंग में पहचान
हर बाग़ में, हर दश्त में, हर रंग में पहचान
बेरंग में, बारंग में, नैरंग में पहचान
मंज़िल में, मुक़ामात में फ़र्संग[1] में पहचान

---

1. दूरी का एक माप

हर आन में, हर बात में हर ढंग में पहचान
आशिक़ है तो दिलबर को हर इक रंग में पहचान

—'आशिक़ नामा'

धर्म की सतह से ऊपर उठकर जीवन का उल्लास दिखाने के लिए नज़ीर ने शिव-पार्वती विवाह का कैसा समाँ बाँधा है:

हर कोठे कोठे भीड़ लगी और रस्ते-रस्ते लोग भरे
गुल शोर ख़ुशी के चार तरफ़ सब देखें वाँ वो ठाठ बड़े
जिस तौर ख़ुशी से ब्याहने को शिव आये घर में राजा के
फिर वैसी ही ख़ुशवक़्ती से कैलास के ऊपर जा पहुँचे
यूँ ठाठ हुआ यूँ ब्याह हुआ अब और न आगे है बोलो
दंडवत करो हरआन 'नज़ीर' और हरदम शिव की जै बोलो

(महादेव जी का ब्याह)

और उनकी कविता में वाहे गुरु के स्वर भी इसी उमंग के साथ उठते सुनायी देते हैं:

हैं कहते नानक शाह जिन्हें वो पूरे हैं आगाह[1] गुरु
वो कामिल रहबर[2] जग में हैं यूँ रोशन जैसे माह[3] गुरु
मक़सूद, मुराद, उमीद सभी बर लाते हैं दिलख़ाह[4] गुरु
नित लुत्फ़-ओ-करम से करते हैं हम लोगों का निर्बाह गुरु
इस बख़शिश के इस अज़मत[5] के हैं बाबा नानक शाह गुरु
सब सीस नवा अरदास करो और हर दम बोलो बाह गुरु

(मद्ह नानकशाह गुरु)

ख़्वाजा हैदर अली 'आतिश' (1778-1847 ई.) लखनवी रंग के एक अज़ीम शाइर गुज़रे हैं। 'ज़मीने-चमन गुल खिलाती है क्या-क्या/दिखाता है रंग आसमाँ कैसे-कैसे' जैसे शे'र आज कहावत बन चुके हैं। आतिश ने इश्क़िया शाइरी से अलग हटकर लोगों की सांस्कृतिक चेतना को उद्‌बुद्ध करने की ग़रज़ से सूफ़ियाना ढंग के शे'र भी कहे हैं। आसफ़ुद्दौला के दौर में आतिश अपने मज़हब के बारे में कहते हैं:

न तो हिन्दू ही मैं ठहरा न मुसलमाँ निकला
मुझसे रखते हैं बजा काफ़िर-ओ-दींदार लिहाज़

आतिश इन्सान होने पर ज़ोर देते हैं। भारतीय वाङ्मय में भी 'मनुर्भव' की महत्ता को लक्षित किया गया है। बक़ौल शाइर—

---

1. ज्ञानी 2. पूर्ण पथ प्रदर्शक 3. चाँद 4. मनचाहा 5. महानता

कुफ़्र-ओ-इस्लाम की कुछ क़ैद नहीं है 'आतिश'
शेख़ हो या कि बिरहमन हो पर इनसाँ होवे

इस मौज़ू पर उनके कुछ और शे'र मुलाहिज़ा कीजिए जहाँ परदुःखकातरता को सबसे बड़ा धर्म कहा गया है—

कौन छीने बुत को, तोड़े बिरहमन के दिल को कौन
ईंट की ख़ातिर कोई काफ़िर ही मस्जिद ढायेगा

बुतख़ाना खोद डालिए, मस्जिद को ढाइए
दिल को न तोड़िए, ये ख़ुदा का मुक़ाम है

न जलाये न तो गाढ़े कोई हमको ऐ 'आतिश'
मुर्दा अपना न पड़े काफ़िर-ओ-दींदार के बीच

अन्तिम शे'र में मौजूद ख़याल को ग़ालिब इस तरह बाँधते हैं—

वफ़ादारी बशर्ते-उस्तवारी[1] अस्ल-ए-ईमाँ है
मरे बुतख़ाने में तो काबे में गाड़ो बिरहमन को

ग़ालिब मानवीय अस्तित्व, ईश्वर, जगत, धर्म और आस्थाएँ—ग़रज़ यह कि हर शै को प्रश्नांकित करते हैं। 'ईमाँ' और 'कुफ़्र' के बीच की कशमकश उनकी कविता में धर्मनिरपेक्षता की द्वंद्वात्मकता को उभार कर सामने लाती है। जहाँ तर्क और प्रश्न हैं, वहाँ धर्म मात्र के टिकने की गुंजाइश नहीं रह जाती। उनकी ज़िन्दगी जिस शक्ल में गुज़री, उसमें धर्म या ईश्वर की सत्ता के लिए जगह ही बची नहीं रह गयी थी—

ज़िन्दगी अपनी जब इस शक्ल से गुज़री 'ग़ालिब'
हम भी क्या याद करेंगे कि ख़ुदा रखते थे

ग़ालिब के अधिकांश शे'रों को आज की सामाजिक चुनौतियों की ज़मीन पर ले जाकर समझा जा सकता है। उनके शे'रों से चयन भी एक मुश्किल काम है, फिर भी—

बस कि दुश्वार है, हर काम का आसाँ होना
आदमी को भी मुयस्सर नहीं, इन्साँ होना

हर चंद सुबुकदस्त[2] हुए बुतशिकनी में
हम हैं तो अभी राह में हैं संगे-गिराँ[3] और

ग़ालिब के समकालीन मोमिन दिल्ली के प्रसिद्ध अध्यात्मवादी व्यक्तित्व शाह अब्दुल अज़ीज़ के सान्निध्य में रहे थे। उनकी ज़ेहनी तरबीयत पर शाह साहब की शिक्षाओं का गहरा प्रभाव पड़ा। मोमिन ने परलोक के ऊपर इश्क़े-बुताँ[4] को तरजीह दी।

---

1. दृढ़ निश्चय की शर्त 2. सिद्धहस्त 3. भारी रोड़े-पत्थर 4. मूर्तिप्रेम यानी लौकिक प्रेम

इस्लाम और कुफ़्र के भ्रम को एक झटके में तोड़ दिया। बुतकदे और ख़ानक़ाह[1] की दूरी को ख़त्म कर दिया। उनकी ग़ज़लों के कुछ मक़्ते इस लिहाज़ से यादगार हैं—

उम्र सारी तो कटी इश्क़े-बुताँ में 'मोमिन'
आख़िरी वक़्त में क्या ख़ाक मुसलमाँ होंगे

'मोमिन' को सच है दौलते-दुनिया-ओ-दीं[2] नसीब
शब बुतकदे में गुज़रे है, दिन ख़ानक़ाह में

अल्लाह रे गुमरही बुत-ओ-बुतख़ाना छोड़कर
'मोमिन' चला है काबे को एक पारसा[3] के साथ

उसी दौर में लाल क़िले के उस्ताद शेख़ इब्राहीम 'ज़ौक़' भी मदरिसों के बिगड़े हुए मुल्लों पर चोट करने में नहीं चूके हैं—

'ज़ौक़' जो मदरिसे के बिगड़े हुए हैं मुल्ला
उनको मैख़ाने में ले जाओ सँवर जाएँगे

क़दीमी उर्दू शाइरों ने भारतीय तीज-त्योहारों, धार्मिक मेलों और अनुष्ठानों पर अनौपचारिक और स्वतः स्फूर्त रूप में अनगिनत कविताएँ लिखी हैं। उर्दू शाइरी की शुरूआत तक साझा संस्कृति आकार ले चुकी थी जिसका विशद वर्णन डॉ. मुहम्मद उमर की चर्चित पुस्तक 'हिन्दुस्तानी तहज़ीब का मुसलमानों पर असर[4]' में किया गया है। इसे पढ़कर मालूम होता है कि संगीत और कविता दोनों में हिन्दुओं और मुसलमानों के बीच कितनी ज़्यादा साझेदारी थी। नज़ीर अकबरावादी की उत्सवप्रियता से तो हम परिचित हैं ही, अन्य शाइर भी कविता में लोकचित्त का प्रतिबिम्बन करने में पीछे नहीं रहे हैं। उर्दू शाइरी का बसन्त देखें—

आज ले ले आईं सब सखी मिल ये नीको रंग
नये-नये फूलन सूँ खेलन बसन्त शाह आलम के संग

—शाह आलम (नादिरात-ए-शाही)

रंग भरया मुझ घर में आज आया बसन्त
ग़ैब[5] थे ताज़ा तरब[6] लिया या बसन्त

—अब्दुल्ला क़ुत्बशाह

1. फ़क़ीरों के रहने का स्थान 2. दीन और दुनिया 3. नेक, संयमी व्यक्ति 4. हिन्दी अनुवाद 'भारतीय संस्कृति का मुसलमानों पर प्रभाव' : जानकीप्रसाद शर्मा, प्रकाशन विभाग, पटियाला हाउस, नई दिल्ली 5. परलोक, परोक्ष 6. उल्लास, मस्ती

आज है रोज़े-बसन्त ऐ दोस्तान
सर्व क़द हैं बोस्ताँ के दरमियान

—फ़ायज़ देहलवी

दीवाली के कुछ चित्र देखें—

आज दीवाली आई शुभ, शाह आलम घर है आनन्द बधाई
नर-नारी गावत देने मुबारकबाद को, सब मिल धाई

—शाह आलम

हर इक मकाँ में जला फिर दिया दिवाली का
हर इक तरफ़ को उजाला हुआ दिवाली का
सभी के दिल में समाँ भा गया दिवाली का
किसी के दिल को मज़ा ख़ुश लगा दिवाली का

—नज़ीर अकबराबादी

हुजूम रखते हैं जाँबाज़ यूँ तिरे आगे
जुआरियों का दिवाली में जैसे हो जमघट

—नासिख़

नासिख़ ने चन्द्रग्रहण पर भी शे'र कहा है—

ख़त्ते-शबरंग[1] *ये गालों पे नहीं ध्यान करो*
है अजी चाँद गहन बोसा कोई दान करो

अब हम उन्नीसवीं सदी के उत्तरार्द्ध से आगे की उर्दू शाइरी पर इस परिप्रेक्ष्य में विचार करते हैं। हाली, शिबली और अकबर इलाहाबादी के दौर में सुधारवादी आन्दोलनों की धूम रही। सर सैयद की अलीगढ़ तहरीक का मुसलमानों पर व्यापक प्रभाव पड़ा। सर सैयद एक सेक्युलर समाज के हामी थे लेकिन मुसलमानों को उस समय स्वाधीनता आन्दोलन का नेतृत्व करने वाली कांग्रेस से दूर रखना चाहते थे। उनके यहाँ वतनपरस्ती और अँग्रेज़परस्ती एक साथ मिलती है। इस विरोधाभास ने आगे चलकर तहरीक को पस्त भी कर दिया। इस दौर में हाली, शिबली और अकबर ने नये उभरते हुए मध्यवर्ग के जीवन की रौशनी में धर्मनिरपेक्ष मूल्यों की समीक्षा की। हाली का 'मुसद्दस' इस लिहाज़ से बेजोड़ है। मुसलमानों को अपने पतन के कारणों से अवगत कराते हुए उन्हें आधुनिक ज्ञान-विज्ञान और राष्ट्रीय धारा से जोड़ना 'मुसद्दस' की रचना का मुख्य उद्देश्य है। 'मुसद्दस' में सम्प्रदायवाद की बारहा तीखे शब्दों में भर्त्सना की गयी है।

---

1. रात के रंग की तरह निशान

हाली कहते हैं कि स्वयं रसूल अल्लाह ने इस्लाम के अनुयायियों को विद्वेष से दूर रहने की हिदायत की थी। 'मुसद्दस' का एक बन्द है—

डराया तअस्सुब[1] से उनको ये कहकर
कि ज़िन्दा रहा औ' मरा जो इसी पर
हुआ वो हमारी जमाअत से बाहर
वो साथी हमारा, न हम उसके यावर[2]
कहा है— ये इस्लामियों की अलामत
कि हमसाये से रखते हैं वो मुहब्बत

मौलाना शिबली, सर सैयद के कांग्रेसविरोध और नवगठित मुस्लिम लीग की धार्मिक संकीर्णता को उचित नहीं मानते थे। उन्होंने 'मुसलमानों की इल्मी बेतास्सुबी' शीर्षक लेख लिखा जिसमें ज्ञान के क्षेत्र में मुसलमानों की धर्मनिरपेक्ष परम्परा को रेखांकित किया था। मुस्लिम लीग हमेशा बिरादराने वतन की बुराइयाँ करती रहती थी। इस पर शिबली ने विरोध जताया—

अब ये खुला कि वाक़िफ़-ए-सिर[3] था उसी क़दर
जो जिस क़दर मुक़ाम-ए-तक़र्रुब[4] से दूर था
हर दम बिरादराने-वतन की बुराइयाँ
ज़ाहिर हुआ कि फ़ित्ना-ए-अर्बाब-ए-ज़ूर[5] था

अकबर इलाहाबादी ने 'शेख़' और 'बिरहमन' यानी दोनों क़िस्म की साम्प्रदायिक राजनीति पर तीखे व्यंग्य किये हैं। उस समय तक मध्यवर्ग में एक ऐसा अवसरवादी स्तर पैदा होने लगा था जो दोनों क़िस्म के धार्मिक कट्टरपंथियों के अनुरूप अपने-आपको ढाल लेता था। धर्मनिरपेक्षता जिन्हें एक पाखंड है, अकबर उन्हें बख़्शते नहीं हैं—

इनायत मुझ पे फ़रमाते हैं शेख़-ओ-बिरहमन दोनों
मुआफ़िक़ अपने-अपने पाते हैं मेरा चलन दोनों

बीसवीं सदी की शुरूआत के साथ उर्दू कविता में एक नया मोड़ आता है। यह पुनरुत्थान और सुधारवाद का दूसरा चरण था। अब तक राष्ट्रीयता के दबे-छुपे भाव मुखर होने लगे थे। स्वाधीनता आन्दोलन की राजनीति भी सन्तुलनवाद के दायरे से बाहर आने लगी थी। समाज सुधारकों और लेखक-बुद्धिजीवियों के तमाम प्रतिरोधी प्रयासों के बावजूद साम्प्रदायिकता की लहर भी समाज में फैलने लगी थी। इसी दौरान

1. विद्वेष 2. साथी, सहायक 3. राज़, भेद 4. नज़दीकी 5. फ़रेब

हिन्दी में द्विवेदी युग और छायावाद के समानान्तर इक़बाल उर्दू कविता का एक नया तेवर लेकर आये। इक़बाल ने भारत के नदियों, पर्वतों और वादियों के सौन्दर्य और यहाँ के लोकमानस में विद्यमान आस्थाओं को धर्मनिरपेक्ष दृष्टिकोण से अभिव्यक्ति दी। कालिदास के 'कुमार सम्भव' और जयशंकर प्रसाद के 'कामायनी' महाकाव्यों का आरंभ हिमालय के साथ होता है। वही हिमालय जिसे देवतात्मा कहा गया है, इक़बाल के मन को आकर्षित करता है और इस पर 'हिमालया' शीर्षक नज़्म लिखते हैं—

ऐ हिमाला ऐ फ़सीले-किश्वरे-हिन्दोस्ताँ
चूमता है तेरी पेशानी को झुककर आसमाँ

स्वाधीनता संग्राम की सापेक्षता में इक़बाल के दार्शनिक दृष्टिकोण को लेकर कुछ लोगों के मन में दुविधा है। भ्रांतिवश इक़बाल को मुसलमानों के नेता के रूप में समझा गया, जबकि वह चिन्तन के उच्च धरातल पर पहुँचकर अपने समय और समाज को देखते थे। स्वाधीनता संग्राम के साथ-साथ भारत की सांस्कृतिक परम्पराओं के प्रति उनके मन में गहरा आदर-भाव था। यहाँ तक कि उन्होंने 'राम' शीर्षक से एक नज़्म कही। यह नज़्म भारतीयता के सारतत्त्व को आत्मसात् किये बिना सम्भव न थी। दो शे'र देखें—

लबरेज़[1] है शराब-ए-हक़ीक़त से जाम-ए-हिन्द
सब फ़लसफ़ी हैं ख़ित्तए-मग़रिब[2] के राम-ए-हिन्द
है राम के वुजूद पे हिन्दोस्ताँ को नाज़
अहले-नज़र समझते हैं इसको इमाम-ए-हिन्द

इक़बाल पर कोई टिप्पणी कर देना आसान नहीं है। इसे ज़बर्दस्त बौद्धिक तैयारी की ज़रूरत है। लीग की राजनीति से उनका सम्बन्ध जोड़ा जाता है, जबकि उन्होंने 'जवाब-ए-शिकवा' में लीग पर साफ़ शब्दों में हमला किया है—

'लीग वालों ने तराशा है नये नाम का बुत'

सज्जाद ज़हीर ने 'रौशनाई' में लिखा है कि इक़बाल के कलाम के मौजूदा एडीशनों में उपर्युक्त मिसरा निकाल दिया गया है लेकिन पहले एडीशनों में यह मौजूद है।

इक़बाल के सामने प्रगतिशील आन्दोलन की शुरूआत हो चुकी थी। इस आन्दोलन ने साम्राज्यवाद व फ़ासीवाद का विरोध करने वाले और देश की आज़ादी व जनवाद में विश्वास करने वाले लेखकों व कलाकारों को संगठित किया। यह आन्दोलन हमारे सांस्कृतिक विकास का स्वाभाविक परिणाम था। साम्राज्यवादविरोध और धर्मनिरपेक्षता इसकी सबसे बड़ी शक्ति थी। यह एक ऐतिहासिक तथ्य है कि इस आन्दोलन में उर्दू

---

1. पूरा भरा हुआ 2. पश्चिमी दुनिया

पेश-पेश रही। चौथे दशक से शुरू होकर लगभग छठे दशक तक इसमें सक्रियता रही। इस दौरान उर्दू में बहुत कुछ ऐसा भी लिखा गया जिसका सिर्फ़ ऐतिहासिक व सामयिक महत्त्व है, लेकिन ऐसी रचनाएँ भी कम नहीं लिखी गयीं जो कला के उच्चतम प्रतिमानों पर खरी उतरती हैं। आन्दोलन से जुड़े रचनाकारों ने साम्प्रदायिकता से निबटने के तरीक़ों का जो आधार तैयार किया, उससे आज भी प्रेरणा ली जा सकती है।

शाइर-ए-इन्क़िलाब जोश मलीहाबादी ने एकता के आधारों को तरजीह देने वाली अनेक रचनाएँ लिखीं। कई प्रतिक्रियावादी लोग उनसे इतने नाराज़ हुए कि उन्होंने अपील की कि जोश बेदीन और नास्तिक हैं, इसलिए मुसलमान उन्हें अपने किसी जलसे में न बुलाएँ। जोश 'शिकस्ते-ज़िन्दाँ का ख़्वाब' देखने वालों में से थे। यह ज़िन्दाँ (कारावास) साम्राज्यवाद और उसकी पैदावार साम्प्रदायिकता का था। जोश का यक़ीन था—

कोई चीज़ इन्साँ से बाला[1] *नहीं*
हर इक शै गुमाँ[2] *है सिर्फ़ इन्साँ नहीं*

जोश ने नाभादास कृत 'भक्तमाल' के आधार पर तुलसीदास के एक जीवन-प्रसंग पर 'सुहागन बेवा' नाम से एक नज़्म कही। हालाँकि तुलसी के चमत्कारी रूप का ही इसमें वर्णन है, लेकिन इससे जोश की तुलसी के प्रति श्रद्धा का पता चलता है। नज़्म यों शुरू होती है—

नेक तुलसीदास गंगा के किनारे वक़्ते-शाम
जा रहा था इक तरफ़ बश्शाश[3] *जपता हर का नाम*

फ़ैज़ ने रूमान में वर्ग-चेतना की आमेज़िश से शाइरी में एक नया रुख़ पैदा किया। उनकी शाइरी कू-ए-यार से सू-ए-दार की यात्रा करती है। वह इस बात का शुक्र मनाते हैं कि उन्होंने 'शेख़ साहब से रस्मो-राह न की' और अपने इनसान को बचा लिया। फ़ैज़ का मानवीय प्रेम विभाजन की घटना के बाद प्रतिबद्धता में बदल जाता है और इस दौरान के फ़सादात और ख़ून-ख़राबों से उद्वेलित होकर वह 'सुब्हे-आज़ादी' जैसी नज़्म लिखते हैं। सुब्हे-आज़ादी साम्प्रदायिक उन्माद की दुर्भाग्यपूर्ण सौग़ात लेकर आती है जिसे फ़ैज़ 'दाग़-दाग़ उजाला' नाम देते हैं। निम्नांकित शे'रों को आज़ादी से ठीक बाद के हालात की रौशनी में पढ़ा जाना चाहिए—

रौशन कहीं बहार के इमकाँ हुए तो हैं
गुलशन में चाक चंद गरेबाँ हुए तो हैं
उनमें लहू जला हो हमारा कि जानो-माल
महफ़िल में कुछ चिराग़ फ़रोज़ाँ हुए तो हैं

---

1. उच्च, श्रेष्ठ 2. सन्देह या भ्रम 3. हर्षित, भाव विभोर

अली सरदार जाफ़री चौथे दशक के अन्त में एक उग्र तेवर के साथ अपनी शाइरी की शुरूआत करते हैं। अपने प्रगतिशील विचारों के कारण एक विद्यार्थी के रूप में उन्हें अलीगढ़ मुस्लिम यूनिवर्सिटी से निकाला जाता है। सज्जाद ज़हीर के बक़ौल, मुस्लिम नौजवानों में प्रगतिशीलता के विचारों को अँग्रेज़ सरकार विशेष रूप से अपनी इजारेदारी पर हमला मानती थी। सरदार ने 'अवध की ख़ाक-ए-हसीं' नज़्म में भारत के सांस्कृतिक समन्वय की झाँकी इस तरह पेश की है—

ग़रीब सीता के घर पे कब तक रहेगी रावण की हुक्मरानी
द्रोपदी का लिबास उसके बदन से कब तक छिना करेगा
शकुंतला कब तक अंधी तक़दीर के भँवर में फँसी रहेगी
ये लखनऊ की शिगुफ़्तगी[1] मक़बरों में कब तक दबी रहेगी

सरदार अपनी मशहूर नज़्म 'एशिया जाग उठा' में फ़िरदौसी, सादी, निज़ामी, हाफ़िज़, वाल्मीकि, कबीर, सूर, तुलसी, इक़बाल और टैगोर की सृजनात्मक परम्परा को एक साथ याद करते हैं। एक धर्मनिरपेक्ष सोच का रचनाकार ही न सिर्फ़ भारत बल्कि एशिया की एक-सी सांस्कृतिक अस्मिता का गान इन शब्दों में कर सकता है—

हमारे रुस्तम, हमारे अर्जुन मरे नहीं हैं
वो जंगलों और पहाड़ियों में ज़मीन पर काश्त कर रहे हैं
हमारे फ़रहाद अब भी तेशे चला रहे हैं
जवान लैला, हसीन शीरीं, कुँवारी हीर अब भी गा रही है
शकुंतलाएँ घनेरे पेड़ों के सब्ज़ सायों में नाचती हैं

उस पीढ़ी के शाइरों में हसरत मोहानी अपनी प्रगतिशील आस्थाओं में अडिग रहने वाले एक भावुक शाइर थे। उनके मिज़ाज में दरवेशों की-सी कैफ़ीयत थी। उनके मज़हबी मेल-जोल का अन्दाज़ा एक वाक़िए से लगाया जा सकता है। क़ाज़ी अदील अब्बासी ने हसरत से जुड़े एक रोचक प्रसंग का उल्लेख किया है: ''एक दिन मैंने देखा कि होली के एक दिन बाद रंगीन कपड़े पहने घूम रहे हैं। मैंने कहा, 'मौलाना यह क्या है?' बोले, 'डाक्टर मुरारी लाल की बीवी ने रंग डाल दिया। यह वाक़िआ तो किसी के साथ भी हो सकता है।' लेकिन दो-तीन तक वह यही रंगीन कपड़े पहने घूमते रहे और इन्हीं कपड़ों में नमाज़ें भी पढ़ते रहे।''[2]

हसरत दरवेशी और इन्क़िलाब को एक साथ निभाने की कोशिश करते थे। अपने बारे में कहते हैं—

---

1. खिला हुआ सौन्दर्य 2. ख़लीक़ अंजुम की किताब 'हसरत मोहानी' से उद्धृत

दरवेशी-ओ-इन्क़िलाब मस्लक [1] है मिरा
सूफ़ी मोमिन हूँ इश्तिराकी [2] मुस्लिम

उनकी 'कृष्ण' पर लिखी एक नज़्म नज़ीर अकबराबादी की याद दिलाती है—

मथुरा कि नगर है आशिक़ी का
दम भरती है आरज़ू उसी का
हर ज़र्रा सर ज़मीने-गोकुल
दारा [3] है जमाले-दिलबरी [4] का
बरसाने व नन्दगाँव में भी
देख आये हैं जलवा हम किसी का

मजाज़ लखनवी जीवन-विरोधी हालात को देखकर कहते हैं 'ऐ ग़मे-दिल क्या करूँ, ऐ वहशते-दिल क्या करूँ ?' उन्होंने सौहार्द और भाईचारे को क्षति पहुँचाने वाले लोगों की ख़ूब ख़बर ली है। उनकी आवेगपूर्ण नज़्मों से दो बन्द यहाँ प्रस्तुत हैं—

मस्जिदों में मौलवी ख़ुत्बे [5] सुनाते ही रहे
मन्दिरों में बिरहमन अश्लोक गाते ही रहे
आदमी मिन्नतकशे-अर्बाबे-इरफ़ाँ [6] ही रहा
दर्दे-इनसानी मगर महरूमे-दरमाँ [7] ही रहा

— 'ख़्वाब-ए-सहर'

चिराग़े-दैर, फ़ानूसे-हरम, क़ंदीले रहबानी
ये सब हैं मुद्दतों से बेनियाज़े-नूरे-इरफ़ानी
न नाक़ूस [8]-ए-बिरहमन है, न आहंगे-हदी ख़्वानी [9]
मगर मैं अपनी मंज़िल की तरफ़ बढ़ता ही जाता हूँ

कैफ़ी आज़मी आज के हालात के पेशे नज़र ख़ुदा से तक इनकार कर देते हैं। कम्युनिस्ट इकाई के टूटने पर लिखी नज़्म 'आवारा सज्दे' में कह जाते हैं—

एक के बाद, ख़ुदा एक चला आता था
कह दिया अक़्ल ने तंग आके ख़ुदा कोई नहीं

उनकी नज़्मों में 'सोमनाथ' इस दृष्टि से एक महत्त्वपूर्ण रचना है। इसमें कैफ़ी ने धर्मनिरपेक्ष अवाम के शाइर होने का हक़ अदा कर दिया है। यह पूरी नज़्म बार-बार

---

1. मार्ग 2. साम्यवादी 3. बादशाह 4. प्रणय की शोभा 5. धर्मोपदेश 6. ब्रह्मज्ञानियों का एहसानमन्द 7. उपचार से वंचित 8. शंख 9. आयतों के स्वर

पढ़ी जानी चाहिए। इसके पहले और आख़िरी बन्द इस प्रकार हैं—

बुतशिकन कोई कहीं से भी न आने पाये
हमने कुछ बुत अभी सीने में सजा रक्खे हैं
अपनी यादों में बसा रक्खे हैं

वहशते-बुतशिकनी देख के हैराँ हूँ मैं
बुतपरस्ती मिरा शेवा[1] है कि इन्साँ हूँ मैं
इक न इक बुत तो हर इक दिल में छिपा होता है
उसके सौ नामों में इक नाम ख़ुदा होता है

बाबरी मस्जिद के विध्वंस के बाद लिखी गयी उनकी नज़्म 'दूसरा बनबास' की व्यापक अपील रही। हालाँकि यह एक फ़ौरी प्रतिक्रिया है लेकिन शाइर की चिन्ता का पता देती है।

मजरूह सुल्तानपुरी ने शाइरी में जिगर की रिवायत को आगे बढ़ाया। मजरूह का दिल धार्मिक पहचान से परे मनुष्यता के प्रति प्रेम से लबरेज़ है। दो शे'र इसकी बानगी हैं—

हम हैं काबा, हम हैं बुतख़ाना, हमीं हैं काइनात
हो सके तो ख़ुद को भी इक बार सज्दा कीजिए

गुंबदों से पलटी है अपनी ही सदा 'मजरूह'
मस्जिदों की मैंने की जाके दादख़्वानी भी

फ़िराक़ ने क्लासिकी शाइरी की बुलन्दख़याली को बरक़रार रखते हुए जनजीवन से जुड़ी सामयिक समस्याओं पर भी शे'र कहे हैं। 'इन्सान के हाथों से इन्सान पे जो गुज़री' उसे देखकर फ़िराक़ का मन आहत हो जाता है। उनके कई शे'र दार्शनिक सतह को छूते हुए धार्मिक भेदभाव के विरुद्ध आवाज़ उठाते हैं—

तफ़्रिक़ों[2] से पाक हैं आँसू मुहब्बत के 'फ़िराक़'
हुस्न सर ता पा[3] तग़ाफ़ुल[4] दोस्त-ओ-दुश्मन का नहीं

कुछ बाद के शाइरों में अख़्तरुल ईमान नज़्म के बड़े शाइर हैं। 'ये लड़का पूछता है अख़्तरुल ईमान तुम ही हो?' नज़्म के माध्यम से हम उनके जीवन-संघर्ष के बारे में जान सकते हैं। शुरू में उनका सम्बन्ध नजीबाबाद और बिजनौर के इलाक़े से रहा। वहाँ की स्मृति पर उनकी एक नज़्म है, 'राम राज बिजनौर में'। इस नज़्म में वह गंगा की पवित्रता का इन शब्दों में स्मरण करते हैं—

1. ढंग, तरीक़ा 2. भेदभाव, फूट 3. सर से पाँव तक 4. उदासीनता, उपेक्षा

और गंगा का पानी पाक-पवित्र
ऋषियों-मुनियों के लम्स[1] का हमराज़
मुंतज़िर है कि इन असीरों[2] को
इक अक़ीदत[3] से सिदक़[4]-ए-दिल के साथ
शुद्ध पानी में ग़र्क़ कर जायें
सुर्ख़रू होके अपने घर जायें

और जाँ निसार अख़्तर के ये शे'र देखिए:

उजड़ी उजड़ी-सी हरेक आस लगे
ज़िन्दगी राम का बनबास लगे
एक इक लहर है किसी युग की कथा
मुझको गंगा कोई इतिहास लगे

इसी पीढ़ी के शाइर कैफ़ भोपाली ग़ज़लगोई के विशिष्ट लहजे के लिए जाने जाते हैं। कैफ़ ने अपनी मशहूर नज़्म 'मेरी धरती' में इस देश की धरती के सांस्कृतिक जीवन के सुन्दर चित्र उभारे हैं। पहला बन्द ही देखें—

कितने धर्मों के परस्तार[5] हैं इस धरती पर
अपने बच्चों को समेटे हुए माँ हो जैसे
पूर्णमासी का ये निखरा हुआ शफ़्फ़ाफ़ सा चाँद
किसी दोशीज़ा[6] की बिंदिया का निशाँ हो जैसे

मौजूदा दौर तक आते-आते उर्दू शाइरी का सेनेरियो काफ़ी बदल चुका है। उत्तर-आधुनिकता और विसंरचनावाद के नये विमर्श भी उसमें झाँकने लगे हैं। इन नये रवैयों के बावजूद साम्प्रदायिक सौहार्द की लय उसमें टूटी नहीं है। 6 दिसम्बर, 1992 के बाद तो हिन्दी की भाँति उर्दू में इस सिफ़त की इतनी कविताएँ लिखी गयी हैं कि कई संग्रह बनाये जा सकते हैं। यह अलग बहस का विषय है कि इसमें कविता कितनी है?

पिछले कुछ वर्षों में हमारे यहाँ अंध सांस्कृतिक राष्ट्रवाद की मुहिम तेज़ हुई है। राष्ट्रवाद की इस प्रतिक्रियावादी अवधारणा की जड़ें गहरी हैं। आज संसदीय जनतन्त्र की इसकी संरचना में निहित कमज़ोरियों और बीच में जनांदोलनों की पस्ती का लाभ उठाते हुए मानव-चेतना के विकास को उलटी दिशा में ले जाया जा रहा है। साझा संस्कृति के ताने-बाने को छिन्न-भिन्न करने की साज़िशें की जा रही हैं। अवाम आज के बुहरानी हालात के गूढ़ पक्षों को भले न जानते हों लेकिन घृणा और विद्वेष के सहारे

---

1. स्पर्श 2. बन्दियों 3. श्रद्धा 4. सत्यता 5. अनुयायी 6. कुँवारी कन्या

बनते हुए समाज में रहने के संकट का उन्हें अन्दाज़ा है। इस आसन्न संकट की आहट हालिया दौर की उर्दू शाइरी में सुनी जा सकती है—

मन्दिरों में भजन, मस्जिदों में अज़ाँ
आदमी है कहाँ?
आदमी के लिए एक ताज़ा ग़ज़ल
जो हुआ सो हुआ

— निदा फ़ाज़्ली

समाज में साहित्य की घटती जगह के इस दौर में शब्द से काम लेना मुश्किल होता जा रहा है। इस नाउम्मीदी में भी उर्दू शाइरी उम्मीद से ख़ाली नहीं है। हिन्दी की भाँति उर्दू में भी कई पीढ़ियाँ एक साथ सृजनरत हैं। समाज की धर्मनिरपेक्ष फ़ज़ा को बचाये रखने की चिन्ता का इज़हार उनके यहाँ अनेक रूपों में हो रहा है।

सृजन-कर्म को लेकर धर्मनिरपेक्षता का कोई नुस्ख़ा पेश नहीं किया जा सकता कि यह! आज के कई शाइरों ने इस मौज़ू पर प्रत्यक्ष क़िस्म की रचनाएँ लिखकर साम्प्रदायिकता के ख़िलाफ़ अपना प्रतिरोध दर्ज किया है, कुछ के यहाँ धर्मनिरपेक्षता का भाव परिप्रेक्ष्य के रूप में मौजूद है और किसी ने मानवतावादी दृष्टिकोण को अपनाया है। किसी भी क़िस्म की धार्मिक संकीर्णता से उनके क़लम ने समझौता नहीं किया है। मिसाल के बतौर आज के अलग-अलग शाइरों से कुछ पंक्तियाँ काफ़ी होंगी—

जो मेरी साँसों के दुख हैं सुख हैं
वही तुम्हारे भी रोज़ो-शब हैं
मैं आदमी हूँ और इसलिए
एहतराम करता हूँ आदमी का

— इफ़्तिख़ार इमाम सिद्दीक़ी

पहले ज़मीन बाँटी थी फिर घर भी बँट गया
इन्सान अपने-आप में कितना सिमट गया

— शीन काफ़ निज़ाम

वो सूफ़ी का क़ौल हो, या पंडित का ज्ञान
जितनी बीते आप पर, उतना ही सच मान

—निदा फ़ाज़्ली

इन नई नस्लों ने सूरज आज तक देखा नहीं
रात हिन्दुस्तान में है, रात पाकिस्तान में

—बशीर बद्र

यहाँ सलाहुद्दीन परवेज़ के दीर्घ प्रगीत 'परमात्मा के नाम आत्मा के पत्र' पर अलग से बात करने की ज़रूरत है। यह प्रगीत समकालीन उर्दू शाइरी में सृजन के एक नये आयाम से परिचित कराता है। इसका आस्वादन करते हुए धर्मवीर भारती की 'कनुप्रिया' की बरबस याद आती है। पूरा प्रगीत राधा को सम्बोधित कृष्ण का आत्मकथन है। 'परमात्मा के नाम आत्मा के पत्र' सृष्टि के आरम्भ से लेकर अब तक मनुष्य की आत्मा की सतत लम्बी यात्रा है जिसमें कई गतिरोध और बाधाएँ हैं, लेकिन तलाश और तलब की तीव्रता आत्मा को आगे की मंज़िलों की ओर खींचे चली जाती है। अपनी प्रकृति में ऐंद्रियता लिये हुए यह रचना भारतीय काव्य और कला-चिन्तन का प्रत्यवलोकन (रेट्रोस्पेक्शन) प्रतीत होती है। परवेज़ ने अपने इंटरव्यू में कहा भी है, "इसके पाठ में मीर भी हैं और मीराबाई भी। कालिदास भी हैं और मलिक मुहम्मद जायसी भी।" इसकी भूमिका प्रो. शमीम हनफ़ी ने लिखी है जिसमें उन्होंने इस रचना को 'तसव्वुफ़ और भक्ति के रिवायती मज़्मून से अलग विसाल (मिलन) की तलब का एक नया रूप' बताया है। इस बात में कोई सन्देह नहीं कि इसमें दृष्टिकोण नया है पर इसकी प्रेरणा की मुख्य भूमि भक्ति और तसव्वुफ़ ही हैं। बारहमासा की शैली में लिखी गयी इस रचना की पहली दो पंक्तियाँ ये हैं—

इक आवाज़ रहा करती है हर दम मेरे संग
शब्दों की आवाज़!

उर्दू शाइरी के पाकिस्तानी हिस्से की संक्षिप्त चर्चा के बग़ैर बात अधूरी रहेगी। वहाँ की शाइरी में अन्य नये रुज्हानों के साथ-साथ धार्मिक कट्टरतावाद के ख़िलाफ़ प्रतिरोध का स्वर एक नुमायाँ हैसियत रखता है। एक धार्मिक राष्ट्र की सख़्त पाबंदियों का दबाव वहाँ के क़लमकारों की चेतना पर बज़ाहिर देखा जा सकता है। बल्कि उनकी अच्छी शाइरी वही है जो धर्म के संस्थाबद्ध रूप और समाजार्थिक परिस्थितियों के टकराव से उपजी है। उन्हें इस बात का बख़ूबी एहसास है कि जनतन्त्र की बहाली के लिए मुल्क में एक सेक्युलर फ़ज़ा का होना ज़रूरी है।

पुराने शाइरों में इब्ने इंशा के यहाँ सूफ़ियों की-सी तासीर मिलती है। उनकी रचनाएँ लोक अदब के क़रीब हैं। सादा लहजे में वह मानवता के हक़ में बड़ी बात कह जाते हैं—

हम जिस आदम के बेटे हैं
यह उस आदम का बेटा है
यह आदम एक ही आदम है
वह गोरा है या काला है

यह धरती एक ही धरती है
यह दुनिया एक ही दुनिया है

नये शाइरों में अफ़ज़ाल अहमद सैयद ने अपनी नज़्म 'अगर कोई पूछे' में धर्म और पूँजी की अपवित्र गठजोड़ पर तीखी टिप्पणी की है। नज़्म में ऐसे हालात का बयान है जहाँ पूँजी के वर्चस्व के कारण ख़ुदा भी क़िस्तों में ख़रीदा जाता है। नतीजे में शाइर कहता है—

कि अब मेरे पास ख़ुदा है, न क़ुबूल होने वाली दुआएँ
और मेरे लिए एक ख़ुदा फ़र्ज़ कर लेने का मौक़ा भी जाता रहा

पाकिस्तान के कई शाइरों ने धर्म के नाम पर फैल रही जहालत पर सख़्त प्रतिक्रिया व्यक्त की है। अज़रा परवीन की एक नज़्म है 'सप्लायर'। यह नज़्म औरत के ख़िलाफ़ पवित्र क़ुर्आन की ओट में किये जाने वाले अत्याचारों का पर्दाफ़ाश करती है। इसमें आर्य समाजी मोमिनों को 'बेक़ुर्आनी लक्ष्मण रेखाओं के सप्लायर' कहा गया है। शुरूआत की पंक्तियाँ हैं—

बने हुए तो
वो सब मोमिन थे
इतने-इतने बड़े मोमिन कि मुझ पर ज़ुल्म करने के जवाज़[1] *भी*
क़ुर्आन से फ़राहम[2] *कर लेते थे*

वहाँ ऐसी शाइरी भी हुई है और हो रही है जिसमें भारत की सांस्कृतिक छवियाँ जा-ब-जा मिलती हैं। अनेक रचनाओं में भारतीय देवमाला के पात्रों का नामोल्लेख साभिप्राय किया गया है। पारम्परिक गीत-शैली में सेक्युलर मिज़ाज की रचनाओं से वहाँ की शाइरी भरी पड़ी है। मीरा की याद को ताज़ा करने वाला परवीन शाकिर का एक गीत देखिए—

श्याम मैं तेरी गैयाँ चराऊँ
मोल ले ले तू मेरी कमाई
कृष्ण गोपाल रस्ता ही भूलें
राधा प्यारी तो सुध भूल आई
सारे सुर एक मुरली की धुन में
ऐसी रचना भला किसने गाई...

---

1. तर्क 2. प्राप्त या उपलब्ध करना

यहाँ उर्दू शाइरी में धर्मनिरपेक्षता की परम्परा के सातत्य को रेखांकित करने की कोशिश की गयी है। हम महसूस करेंगे कि अनेक मुक़ामों पर हिन्दी और उर्दू कविता के बीच एकता की सामान्य भूमि रही है। इस लिहाज़ से उर्दू शाइरी इतनी सम्पन्न है कि इसके विभिन्न दौरों पर स्वतन्त्र प्रबन्ध लिखे जा सकते हैं। धर्मनिरपेक्ष मूल्यों को वहन करने वाली बहुत-सी महत्त्वपूर्ण रचनाएँ इस बातचीत से बाहर छूट गयी रह सकती हैं। इस बात का इत्मीनान है कि जिन रचनाओं की यहाँ चर्चा की गयी है, वे बहरसूरत हमारी सांस्कृतिक एकता की शक्ति का स्रोत हैं।

— *2001 ई.*

उर्दू शाइरी में व्यंग्य-विनोद

हिन्दी में तंज़ और मिज़ाह के लिए क्रमश: व्यंग्य और हास्य शब्दों का व्यवहार होता है। शब्द-विपर्यय के साथ हास्य-व्यंग्य समास प्रचलित है। उर्दू में हास्य-व्यंग्य दोनों को समाविष्ट करने वाला 'ज़राफ़त' शब्द भी है। हँसी-ठठोल की तह में जहाँ व्यंग्य के नश्तर छुपे होते हैं, प्राय: उसे ज़राफ़त कहते हैं। इसी तरह हम हिन्दी में हास्य-व्यंग्य और व्यंग्य-विनोद का एक ही आशय में प्रयोग कर जाते हैं। क्योंकि विनोद या आनन्द के बिना हास्य की कल्पना भी नहीं की जा सकती।

हर संजीदा रचनाकार के यहाँ व्यंग्य की स्पिरिट किसी न किसी रूप में (कहीं प्रच्छन्न, कहीं प्रकट) ज़रूर विद्यमान रहती है। भले ही वह तय कर ले कि 'व्यंग्य मत बोलो' (सर्वेश्वर के शब्द), लेकिन उसकी सृजन-यात्रा में ऐसे मुक़ाम अक्सर आते हैं जहाँ व्यंग्य बोले बग़ैर बात नहीं बनती। इसी तरह हास्य को भी जिजीविषावर्द्धक माना गया है। हालाँकि हास्य के अवसर हमसे लगातार छिनते जा रहे हैं। बक़ौल ग़ालिब 'पहले आती थी हाले-दिल पे हँसी/ अब किसी बात पर नहीं आतीं।' बावजूद इसके उर्दू शाइरों ने व्यंग्य के साथ हास्य को भी यथावसर तरजीह दी है। आइए, तंज़-ओ-मिज़ाह का संक्षिप्त जायज़ा लिया जाये।

उर्दू में व्यंग्य-विनोद की रिवायत का आग़ाज़ जाफ़र ज़टल्ली (मृत्यु 1713 ई.) के साथ माना जाता है। शम्सुर्रहमान फ़ारूक़ी ने 'उर्दू का आरम्भिक युग' किताब में ज़टल्ली को एक व्यंग्यकार के साथ-साथ ताज़ा शब्दों के पारखी के रूप में याद किया है। (पृष्ठ 101) वह उत्तर भारत में रेख़्ता के विकास का आरम्भिक दौर था। अक्सर उनकी शाइरी पर अश्लीलता और फूहड़पन का आक्षेप लगाया जाता है। मगर वे अपनी रचनाओं के माध्यम से भाषा के विकास में जो योगदान कर रहे थे, इसकी ओर कम ही लोगों का ध्यान गया। उनकी शाइरी के नमूने:

जो नार[1] लचके चाल में, सिसकी भरे हर हाल में
काला तो है कुछ दाल में, अज़ क़ुर्ब ऊ ज़नहार रह[2]

---

1. नारी 2. उसके समीप हरगिज़ नहीं जाना है।

जाफ़र ज़टल्ली का गद्य भी मिलता है जिसमें उन्होंने औरंगज़ेब पर तीखे प्रहार किये हैं। उन्होंने अपने एक फ़ारसी शे'र में बादशाह फ़र्रुख़सियर के सिक्के का उपहास किया है:

सिक्काज़द बर गंदुम-ओ-मोठ-ओ-मटर

बादशाहे - तस्मःकश फ़र्रुख़सियर

सरफ़राज़ शाहिद ने 'उर्दू की मिज़ाहिया शाइरी' किताब में लिखा है कि इस निन्दापरक कविता के कारण वे बादशाह के कोपभाजन हुए और क़त्ल कर दिये गये। (पृष्ठ 3) यानी उन्होंने एहतिजाजी (प्रतिरोधात्मक) शाइरी भी की है। 'जाफ़र ज़टल्ली की एहतिजाजी शाइरी' नाम से डॉ. अली जावेद की किताब भी आ चुकी है।

फिर अठारहवीं सदी में मिर्ज़ा मुहम्मद रफ़ी 'सौदा' (1706-1781 ई.) से एक गम्भीर व्यंग्य-कवि के रूप में हमारा परिचय होता है। उनकी हज्वों (निन्दापरक कविताओं) का आचार्य रामचंद्र शुक्ल ने भी अपने साहित्येतिहास में उल्लेख किया है। 'सौदा' सामयिक विषयों पर प्रतिक्रियाएँ देने के लिए विख्यात हैं। वे अपनी बात कहने के लिए भाषा के भदेस होने की परवा नहीं करते थे। उनकी 'तज़्हीके-रोज़गार' हज्व की मिसाल ही काफ़ी है। तज़्हीक यानी खिल्ली या उपहास। घोड़े के माध्यम से उन्होंने रोज़गार की बदहाली को दर्शाया है। फ़ाक़ों के मारे घोड़े की दशा देखिए:

फ़ाक़ों से हिनहिनाने की ताक़त नहीं रही

घोड़ी को देखता है तो पादे है बार-बार

यहाँ 'पादना' क्रियापद अपना भदेसपन खो देता है और फ़ाक़ों के मारे घोड़े के प्रति हमारे मन में सहानुभूति जगा देता है। उनकी दिल्ली के शहर कोतवाल फ़ौलाद ख़ाँ पर चोट करने वाली हज्व भी बड़े मार्के की है। यह नज़्म बताती है कि किस तरह शहर कोतवाल और चोर-उचक्कों की मिली-भगत से दिल्ली में लूट मची हुई है। चोर-उचक्के जब रात को घरों में लूट-पाट करके ले जाते हैं तो कोतवाल उनसे कहता है— 'सुबह को भेज दीजियो हिस्सा।'

'सौदा' का एक शे'र और देखते चलें:

गुल फेंके है औरों की तरफ़ बल्कि समर[1] भी

ऐ ख़ानाबरंदाज़े-चमन कुछ तो इधर भी

जब आपका प्रिय औरों के प्रति कृपालु और आपके प्रति निष्ठुर हो, तब इस शे'र को अक्सर दोहराया जाता है। मुराद यह है कि तुम फूल ही नहीं फल भी औरों की

1. फल

तरफ़ फेंकते हो। ख़ानाबरंदाज़ यानी चमन को उजाड़ देने वाला। यहाँ प्रेमिका से आशय है। 'गुल' शब्द में हँसी और 'समर' में यौवन की तरफ़ इशारा है। 'कुछ तो इधर भी' में बड़ी व्यंजना है।

'सौदा' के समकालीनों में मीर तक़ी 'मीर' (1722-1810 ई.) आते हैं। 'मीर सन्नाअ (शिल्पी) है मिलो उससे।' जब हम मीर से मिलते हैं तो उस दौर में उर्दू ज़बान के जितने मुहावरे और शैलियाँ हैं, उन सबसे घनिष्ठ होते हैं। हम जानते हैं कि आम बोलचाल में कटाक्ष और अन्योक्ति के बिना काम ही नहीं चलता। लिहाज़ा मीर के यहाँ ज़बान की सादगी में ये तमाम ख़ूबियाँ मिलती हैं। मुहम्मद हुसैन आज़ाद ने 'आबे-हयात' में लिखा है कि लखनऊ में अपने महल्ले के बाज़ार में एक अत्तार की दुकान थी। आप भी कभी-कभी उस दुकान पर जा बैठते थे। अत्तार का किशोर लड़का बहुत बनाव-सिंगार करता रहता था। आख़िर मीर साहब के हृदय में एक दिन ज़्यादा ही स्नेह उमड़ आया। फ़रमाते हैं :

'मीर' क्या सादा हैं, बीमार हुए जिसके सबब
उसी अत्तार के लौंडे से दवा लेते हैं

मीर के कई शे'रों में व्यंग्य की तासीर बहुत सूक्ष्म संकेतों में विद्यमान है। ऐसा ही एक शे'र है:

होगा किसी दीवार के साये के तले 'मीर'
क्या काम मुहब्बत से उस आरामतलब को

मौलवी अब्दुल हक़ ने इस शे'र के सौन्दर्य को 'व्याख्या से परे' बताया है। 'आरामतलब' शब्द इस शे'र की जान है। वह व्यक्ति जो मुहब्बत के कारण दुनिया की सुख-सुविधाओं को ठोकर मार कर व घर-बार छोड़कर अनिकेतन हो गया है और माशूक़ की दीवार के नीचे पड़ा है, आइरनी यह है कि उसे 'आरामतलब' कहा जा रहा है।

देखिए, एक शे'र में मंज़िल पर पहुँचने से पहले पैरों में छालों की शिकायत करने वालों पर कैसा तंज़ करते हैं। इस शे'र में 'हनोज़ दिल्ली दूर अस्त' (अभी दिल्ली दूर है) मुहावरे का बड़ा सटीक प्रयोग किया गया है:

शिकवए-आबला[1] अभी से 'मीर'
है पियारे हनोज़[2] दिल्ली दूर

मीर के कुछ शे'र चुटीले संवाद की तरह है:

---

1. छालों का शिकवा 2. अभी तक, अब तक

किया जो अर्ज़ कि दिल-सा शिकार लाया हूँ
कहा कि ऐसे तो मैं मुफ़्त मार लाया हूँ

पहला मिसरा आशिक़ का कथन है : 'मैं तुम्हारे लिए अपने दिल को शिकार के रूप में लाया हूँ।' दूसरे मिसरे में माशूक़ परिहास में जवाब देता है कि इस शिकार का क्या? ऐसे तो मैं राह चलते मुफ़्त मार लाता हूँ।

ग़ालिब (1797-1869 ई.) के यहाँ हास्य-व्यंग्य की रिवायत में दार्शनिक गहराई शामिल हो जाती है। आत्म-व्यंग्य उनके कवि-स्वभाव का प्रमुख अंग है। वे स्वयं उपहसित भी हैं और उपहासकर्ता भी। आप ग़ौर से सुनेंगे तो उपहास की तह में वैचारिक तीक्ष्णता की लय सुनाई देगी। उनके ऐसे शे'र ज़र्बुलमसल (कहावत की तरह) हैं और हम उन्हें हस्बे-मौक़ा दोहराते रहते हैं :

इश्क़ ने 'ग़ालिब' निकम्मा कर दिया
वरना हम भी आदमी थे काम के

ग़ालिब के कई शे'रों में व्यंग्य की कैफ़ीयत इस तरह मिलती है कि आप इसकी गहराइयों में उतरते चले जाते हैं। ख़ुदा से किस लहजे में शिकायत करते हैं:

पकड़े जाते हैं फ़रिश्तों के लिखे पर नाहक़
आदमी कोई हमारा, दम-ए-तहरीर भी था

फ़रिश्तों ने हमारे आमाल (कर्मों) के बारे में जो लिख दिया, उसे प्रमाण मानकर हमें पकड़ लिया गया, यानी हमें सज़ावार मान लिया गया। फ़रिश्तों के लिखते वक़्त बतौर गवाह हमारा कोई आदमी वहाँ था क्या? फ़रिश्तों ने हमारे बारे में सही लिखा या ग़लत, यह किसने देखा?

इस शे'र में एक दूसरा पहलू भी निकलता है। फ़रिश्ते जब हमारे कर्मों का हिसाब लिख रहे थे, तब यक़ीनन हमारा कोई 'शुभ चिन्तक' (सव्यंग्य) भी वहाँ रहा होगा। उसी के बरग़लाने पर फ़रिश्तों ने कुछ का कुछ लिख दिया और हम नाहक़ पकड़ लिये गये।

एक ग़ज़ल के तीन शे'र:

उनके देखे से जो आ जाती है मुँह पर रौनक़
वो समझते हैं कि बीमार का हाल अच्छा है
देखिए पाते हैं उश्शाक़ बुतों से क्या फ़ैज़
इक बिरहमन ने कहा है कि 'ये साल अच्छा है'
हमको मालूम है जन्नत की हक़ीक़त, लेकिन
दिल के ख़ुश रखने को, 'ग़ालिब' ये ख़याल अच्छा है

पहले शे'र में ग़ालिब मिज़ाजपुर्सी करने वाले की ख़बर लेते हैं। दरअस्ल यह उनके दीदार का चमत्कार है कि मेरे रुग्ण चेहरे पर थोड़ी-सी आभा प्रकट हो गई है, वरना जैसा मैं हूँ, मैं ही जानता हूँ। इस कथन में प्रिय की प्रशंसा का पहलू भी छुपा हुआ है।

दूसरे शे'र में प्रश्न और सन्देह व्यंग्य की सृष्टि करते हैं। उश्शाक़ यानी आशिक़ का बहुवचन, बुत यानी माशूक़ और फ़ैज़ यानी हित या लाभ। 'देखिए' शब्द में शाइर के मन के प्रश्न और सन्देह समाहित हैं। जहाँ कोई अनिश्चितता होती है, हम अक्सर इसी शब्द से अपनी बात शुरू करते हैं और लुत्फ़ उठाते हैं। देखिए आशिक़ लोग बुतों (माशूक़ों) से क्या हित-साधन कर पाते हैं यानी उनके प्रेम को पाने में कितना सफल होते है? दूसरे मिसरे में ग़ालिब चुटकी लेते हैं कि हाँ, एक ज्योतिषी कह तो रहा था कि यह साल आशिक़ों के लिए अच्छा गुज़रने वाला है।

मक़्ते के शे'र में ग़ालिब जन्नत और दोज़ख़ को लेकर प्रचलित धारणाओं को उलट-पलट कर रख देते हैं। वे जन्नत पर चढ़े दैवीय सौन्दर्य के आवरण को उतारकर फेंक देते हैं। उसे एक आत्मतुष्टिपरक कल्पना से ज़्यादा कुछ नहीं मानते। जो लोग जन्नत के फ़रेब को एक हक़ीक़त मानते हैं, यह उन पर व्यंग्य है।

उनके एक शे'र को लाल क़िले के उस्ताद शेख़ इब्राहीम 'ज़ौक़' पर कटाक्ष बताया जाता है। ग़ालिब और ज़ौक़ के बीच अनबन के क़िस्से मशहूर हैं। गुलज़ार ने अपने 'मिर्ज़ा ग़ालिब' सीरियल में यह दर्शाया है कि ज़ौक़ पालकी पर सवार होकर जा रहे हैं। ग़ालिब उन्हें देखकर शरारतन यह शे'र कहते हैं:

हुआ है शह का मुसाहिब फिरे है इतराता
वगर्नः शहर में 'ग़ालिब' की आबरू क्या है?

उन्नीसवीं सदी की शुरूआत के साथ शाइरी की एक और शैली विकसित हुई जिसे 'रेख़्ती' कहा जाता है। स्त्रियों के जीवन से सम्बन्धित घटनाओं और समस्याओं को उन्हीं की ज़बान में प्रस्तुत करने वाली शाइरी को रेख़्ती नाम दिया गया। रेख़्ती के चलन के पीछे सामाजिक कारण थे। इस दौर में पर्दा प्रथा की सख़्ती के कारण स्त्रियाँ बाहर के समाज से कट गई थीं और उनकी एक अलग ज़बान बन गई थी। शाइरी में इस ज़बान के प्रथम प्रयोक्ता सआदत यार ख़ाँ 'रंगीन' (मृत्यु 1834 ई.) हैं। 'रंगीन' के लगभग साथ ही इंशा अल्लाह ख़ाँ 'इंशा' (मृत्यु 1817 ई.) ने रेख़्ती में शाइरी की। इस शाइरी का इतना महत्त्व तो है कि पतनशील सामन्ती समाज में स्त्री-जीवन के मार्मिक पहलुओं की ओर इसने ध्यान आकृष्ट किया, लेकिन यौन विषयों के अमर्यादित बर्ताव के कारण कहीं-कहीं इसमें अश्लीलता का समावेश हो गया है। इसलिए इसे शाइरी की पस्ततरीन क़िस्म माना जाता है। हास्य के सिलसिले में रेख़्ती के शे'रों का अक्सर उल्लेख किया जाता है। रेख़्ती के कुछ नमूने:

कल जो मुग़लानी ने सी देके मरोड़ी अंगिया
हो गई तंग पिछावन से निगोड़ी अंगिया
मेरी घर में ज़नाख़ी[1] आई कब
मैं निगोड़ी भला नहाई कब

— 'रंगीन'

मर्दुआ मुझसे कहे है चलो आराम करें
जिसको आराम वो समझे है, वो आराम है नौज़

— इंशा

इंशा को अधिकांश हिन्दी पाठक 'रानी केतकी की कहानी' के रचनाकार के रूप में जानते हैं। बात कविता की चल रही है, इसलिए छेड़छाड़ वाला उनका एक शे'र और सुनते जायें:

न छेड़ ऐ निक्हते-बादे-बहारी[2] राह लग अपनी
तुझे अठखेलियाँ सूझी हैं, हम बेज़ार बैठे हैं

नज़ीर अकबरावादी (1735-1830 ई.) अवामी धारे के शाइर थे, लोककवि कहिए। अपने हँसमुख स्वभाव के कारण ही वे लोगों में इतना घुल-मिल सके। मनोविनोद में वे बड़ी गम्भीर बातें कह जाते थे। 'मुफ़लिसी' नज़्म के दो बन्द ही लीजिए:

आशिक़ के हाल पर भी जब आ मुफ़लिसी पड़े
माशूक़ अपने पास न दे उसको बैठने
आवे जो रात को तो निकाले वहीं उसे
इस डर से यानी रात को धन्ना[3] कहीं न दे

दूसरे बन्द को पढ़ते हैं तो हमारा ध्यान एक कहावत की ओर जाता है—'ग़रीब की लुगाई, जगत की भोजाई।' नज़ीर ने इस कहावत का बड़ा बरमहल इस्तेमाल किया है:

मुफ़लिस के साथ सबके तईं बेहिजाबी है
मुफ़लिस की जोरू सच है कि हाँ सबकी भाबी है

नज़ीर हँसी-हँसी में गोया कह जाते हैं— 'नहिं दरिद्र सम दुख जग माहीं।' (रामचरितमानस)

अकबर इलाहाबादी (1846-1921 ई.) को निर्विवाद रूप से हास्य-व्यंग्य का

---

1. सहेली, सेविका 2. वासंती हवा की ख़ुशबू 3. धरना

सम्राट कहा जाता है। उन्होंने पाश्चात्य ज्ञान और शिक्षा के उस रूप को व्यंग्य का लक्ष्य बनाया जो भारतीय समाज की अभिरुचियों को विकृत करता था। दिलचस्प यह है कि उन्होंने पश्चिम की नई-नई वैचारिक उपलब्धियों का ख़ूब अध्ययन भी किया था। अकबर उपनिवेशवाद के सांस्कृतिक हमले के प्रति बहुत सचेत थे और लोगों के दिलों में उतर जाने वाली ज़बान में इसका प्रतिरोध करते थे। मसलन:

छोड़ लिटरेचर को अपनी हिस्टरी को भूल जा
शेख़ो-मस्जिद से तअल्लुक़ तर्क कर स्कूल जा
चार दिन की ज़िन्दगी है कोफ़्त से क्या फ़ायदा
खा डबल रोटी, क्लर्की कर, ख़ुशी से फूल जा

क़ौम के ग़म में डिनर खाते हैं हुक्काम के साथ
रंज लीडर को बहुत है मगर आराम के साथ

हम क्या कहें अहबाब क्या कारे-नुमायाँ [1] कर गये
बी.ए. हुए, नौकर हुए, पिंशन मिली और मर गये

हम ऐसी कुल किताबें, क़ाबिले-ज़ब्ती समझते हैं
कि जिनको पढ़के बच्चे बाप को ख़ब्ती समझते हैं

रक़ीबों ने रपट लिखवाई है जा जाके थाने में
कि 'अकबर' नाम लेता है ख़ुदा का इस ज़माने में

इसी बीच हज़लगोई का सिलसिला चल पड़ा। ग़ज़ल के फ़ॉर्म में लिखी जाने वाली उपहासक कविता को हज़ल कहा गया। यह अठारहवीं-उन्नीसवीं सदी की हज्व और रेख़्ती का नया संस्करण है जो हज़ल के रूप में बीसवीं सदी में सामने आया। इसे गम्भीर साहित्य की श्रेणी में नहीं रखा जा सकता। नामी अंसारी ने 'बीसवीं सदी में उर्दू अदब' (उर्दू) में ठीक कहा है : "यह तारीख़ी हवालों के काम तो आ सकती है मगर आम पाठक को इसमें दिलचस्पी का सामान बहुत कम है।" (पृष्ठ 368-369) हालाँकि आजकल मुशाइरे हँसाने-गुदगुदाने वाली रचनाओं से ही लूटे जाते हैं। ज़रीफ़ लखनवी (1870-1937 ई.) को हज़ल का पहला शाइर माना जाता है। फिर अहमक़ फफूँदगी ने 'ज़रीफ़' का अनुसरण किया। दोनों शाइरों से कुछ अच्छी मिसालें देखिए ताकि हज़ल का अन्दाज़ा हो सके:

---

1. बड़ा या उल्लेखनीय काम

'ज़रीफ़' की 'मुशाइरा' नज़्म का एक बन्द है :

पैसे वालों की समझ में आ गई है अब ये बात
सिर्फ़ बेजा नाचना-गाना है बिल्कुल वाहियात
जब कहीं जलसा ख़ुशी का हो, कहीं पर हो बरात
मुनअक़िद[1] बज़्मे-सुख़न होती है तो कट जाये रात
पहले अरबाबे-निशात[2] आते थे गाने के लिए
अब तो शाइर जाते हैं ग़ज़लें सुनाने के लिए

— ज़रीफ़ लखनवी

ख़ाना-ए-दिल में ख़याले-यार रहने दीजिए
इस मकाँ में ये किराये दार रहने दीजिए

पढ़के अँग्रेज़ी दिमाग़ उसका फ़लक पर हो गया
जानता है ख़ुद को बावर्ची कि बटलर हो गया

— अहमक़ फफूँदगी

एक ज़माने में मुल्ला रमूज़ी (1896-1952 ई.) की गुलाबी उर्दू के बड़े चर्चे रहे। उर्दू की विशिष्ट शैली जिसे गुलाबी उर्दू कहा गया, हास्य-व्यंग्य के लिए जानी जाती है। भोपाल के सांस्कृतिक वातावरण के निर्माण में रमूज़ी की अहम भूमिका रही है। उनकी पहचान मुख्यत: एक नये ढब के गद्यकार के रूप में है। शाइरी में उन्होंने अकबर इलाहाबादी की व्यंग्य-शैली का अनुसरण किया। विलायती रंग-ढंग में भ्रमित नई नस्ल पर उन्होंने ख़ूब व्यंग्य-बाण छोड़े हैं। कुछ शे'र अलग-अलग ग़ज़लों से:

इस अहद[3] के जवान हैं दोशीज़ा[4] नाज़नीं[5]
आराइशों में रहते हैं हर रोज़ महजबीं

यहाँ सज-धज के साथ रहने वाले नौजवानों को नाज़-नख़रे दिखाने वाली कमसिन लड़कियों की तरह बताया गया है। महजबीं (चाँद-से माथे वाली) विशेषण का प्रयोग स्त्रियों के लिए किया जाता है, यहाँ सव्यंग्य पुरुषों के लिए किया गया है। और भी:

रहे ग़ुलाम ही हिन्दोस्ताँ के सारे सपूत
हज़ार सूट से उनको सजा के देख लिया

बी.ए. का जब से ज़ोर हुआ है तो देखिए
अगला-सा अब ख़ुदा है, न अब राम राम है

---

1. आयोजित 2. नाचने-गाने वाले 3. युग, समय 4. नवयौवना, कुँवारी 5. सुकोमल, नाज़ रखने वाली

उर्दू की तंज़िया व मिज़ाहिया शाइरी में पैरोडी विधा ख़ूब फूली-फली। पैरोडी के ज़रिए शाइरों ने एक पुरानी रचना को नये सन्दर्भों में ढालकर प्रस्तुत किया। पिछले पचास सालों में बड़े शाइरों (विशेषत: ग़ालिब, इक़बाल और फ़ैज़) की रचनाओं पर अनेक दिलचस्प पैरोडियाँ लिखी गईं जिसके परिणामस्वरूप पैरोडी को तंज़ो-मिज़ाह की एक शाखा के रूप में मान्यता मिल गई है। पैरोडीकारों में कन्हैयालाल 'कपूर' का नाम शीर्ष पर आता है। इसके बाद राजा मेहदी अली ख़ाँ, दिलावर फ़िगार, रज़ा नक़वी वाही, सादिक़ मौला(वर्तमान में डॉ. सादिक़) और सादिया हरीम के नाम विशेष रूप से उल्लेखनीय हैं। कन्हैयालाल कपूर ने फ़ैज़ की चर्चित नज़्म 'तनहाई' की ख़ूबसूरत पैरोडी की है। फ़ैज़ ने लिखा था— 'कौन फिर आया, दिले-ज़ार! नहीं कोई नहीं/ राहरौ होगा कहीं और चला जायेगा।'

.फ़ोन फिर आया दिले-ज़ार! नहीं .फ़ोन नहीं
साइकल होगा, कहीं और चला जाएगा
ढल चुकी रात उतरने लगा खंबों का बुख़ार
कम्पनी बाग़ में लंगड़ाने लगे सर्द चिराग़
थक गया रात को चिल्ला के हर इक चौकीदार
गुल करो दामने-अफ़सुर्द:[1] के बोसीद:[2] चिराग़
याद आता है मुझे सुर्मए-दुंबाला दार[3]
अपने बेख़्वाब घरौंदे ही को वापस लौटो
अब यहाँ कोई नहीं, कोई नहीं आयेगा

राजा मेहदी अली ख़ाँ ने ग़ालिब की उम्दा पैरोडी की है। ग़ालिब का शे'र है:

है बस कि, हर इक उनके इशारे में निशाँ और
करते हैं मुहब्बत तो गुज़रता है गुमाँ और

— ग़ालिब

है गाल पे इस तिल के सिवा एक निशाँ और
तुम कुछ भी कहो, हमको गुज़रता है गुमाँ और

— राजा मेहदी अली ख़ाँ

सादिक़ मौला द्वारा की गई इक़बाल की नज़्म 'जावेद के नाम' की पैरोडी के दो शे'र मुलाहिज़ा कीजिए:

तू एक क्लर्क है अपना मुक़ाम पैदा कर
कमाई ऊपरी कुछ सुब्हो-शाम पैदा कर

---

1. उदास दामन 2. टूटे-फूटे 3. वह सुर्मा जिसकी लकीर आँख के कोए से बाहर खिंची हुई हो।

ख़ुदा अता करे तुझको ख़ुशामदी लहजा
तू अफ़सरान से अपने कलाम पैदा कर

सादिया हरीम ने इब्ने इंशा की ग़ज़ल 'कल चौदहवीं की रात थी शब भर रहा चर्चा तिरा/कुछ ने कहा ये चाँद है, कुछ ने कहा चेहरा तिरा' की बड़ी लाजवाब पैरोडी की है:

कल रात निकली थी पुलिस, शब भर किया पीछा तिरा
मालूम था सबको मगर पकड़ा न पर साया तिरा
एक्सपोर्ट करने के लिए था माल अपने पास भी
परमिट मगर उसको मिला जो बन गया चमचा तिरा

पैरोडियों का इतना महत्त्व तो है ही कि ये मूल रचनाओं के पुनर्स्मरण का अवसर देती हैं।

अपने समय की विश्वपरिस्थिति को ध्यान में रखते हुए राजनीतिक व्यंग्य लिखने वालों में सैयद ज़मीर जाफ़री (1918–1999ई.) एक महत्त्वपूर्ण नाम है। उनकी 'थर्ड वर्ल्ड के बच्चे' नज़्म बहुत चर्चित रही है। जैसा कि इसके नाम से प्रकट है, यह तीसरी दुनिया के बच्चों के लिए एक हिदायत है कि वे होश संभालने से पहले साम्राज्यवादी ताक़तों के खेल को समझ लें। एक अंश से अन्दाज़ा हो जायेगा:

थर्ड वर्ल्ड के बच्चो!
मैं तुम्हें बताता हूँ
हर्फ़े – मुद्दआ लिखना
कोई लफ़्ज़ कब लिखना
किसके नाम क्या लिखना?

दर्द को दवा लिखना
हब्स[1] को हवा लिखना
क़हर को करम लिखना
भूख को ग़िज़ा लिखना
अमरीका को अनदाता[2]
रूस को ख़ुदा लिखना...
जिसका रंग गोरा हो
उसको बेवफ़ा लिखना

---

1. घुटन, हवा का बन्द होना 2. अन्नदाता

ज़मीर जाफ़री ने कुछ दिलचस्प कत्बे (समाधि-लेख) भी लिखे हैं। लॉर्ड क्लाइव का कत्बा देखिए:

क्लाइव की यह बात आई पसन्द
कि वह मर गया!

तरक़्क़ीपसन्द शाइरों के यहाँ हास्य हाशिए पर है, व्यंग्य प्रधान है। उनके व्यंग्य में एक विचारधारात्मक परिप्रेक्ष्य विद्यमान रहता है। वह हमें सिर्फ़ आनंदित नहीं करता, उद्वेलित भी करता है। इस तहरीक से जुड़े शाइरों में व्यंग्य की अलग-अलग सूरतें मिलेंगी। फ़ैज़, अली सरदार जाफ़री और कैफ़ी आज़मी के कुछ शे'र देखिए:

शेख़ साहब से रस्मो-राह न की
शुक्र है ज़िन्दगी तबाह न की

वो बात सारे फ़साने में जिसका ज़िक्र न था
वो बात उनको बहुत नागवार गुज़री है

सच है हमीं को आप के शिकवे बजा न थे
बेशक सितम जनाब के सब दोस्तान: थे

— फ़ैज़

आस्तीं ख़ून में तर प्यार जताते हो मगर
क्या ग़ज़ब करते हो ख़ंजर तो छुपाओ साहब

अपनी बेबाक निगाहों में समाया न कोई
और वो हैं कि हर इक ताज़ा ख़ुदा से ख़ुश हैं

— अली सरदार जाफ़री

ऐसा लगा ग़रीबी की रेखा से हूँ बुलन्द
पूछा किसी ने हाल कुछ ऐसी अदा के साथ

— कैफ़ी आज़मी

आज़ादी के बाद उर्दू शे'रो-अदब को हास्य-व्यंग्य से समृद्ध करने वाले रचनाकारों में इब्ने इंशा (1927-1978 ई.) का एक अहम मुक़ाम है। इब्ने इंशा फ़ारसी गज़ीदा उर्दू को बोली-बानी के समीप ले गये और एक नया मुहावरा विकसित किया जिसमें शोख़ी और खुलापन है। उनकी ग़ज़लों में इस का साक्ष्य देने वाले बेशुमार शे'र मिल जायेंगे:

दिल-सी चीज़ के गाहक होंगे दो या एक, हज़ार के बीच
इंशा जी क्या माल लिये बैठे हो तुम बाज़ार के बीच

सुन तो लिया किसी नार[1] की ख़ातिर काटा कोह[2] निकाली नहर
एक ज़रा से क़िस्से को अब देते हो क्यूँ तूल मियाँ

खेलने दें इन्हें इश्क़ की बाज़ी, खेलेंगे तो सीखेंगे
क़ैस की या फ़र्हाद की ख़ातिर खोलेंगे क्या स्कूल मियाँ

जैसा कि हिन्दी में हुआ, बाद के दिनों में हास्य-व्यंग्य को बाक़ायदा एक विधा का दर्जा मिल गया। अनेक शाइरों ने इस विधा के साथ अपनी पहचान क़ायम की जिनकी एक लम्बी सूची है। प्रतिनिधित्व की दृष्टि से इनमें पुरानी पीढ़ी के शाइरों में दिलावर फ़िगार व सरफ़राज़ शाहिद और नये शाइरों में पॉपुलर मेरठी व हिलाल सिवहारवी के नाम विशेष रूप से उल्लेखनीय हैं। सरफ़राज़ शाहिद (जन्म 1938 ई.) ने 'उर्दू की मिज़ाहिया शाइरी' के नाम से पाकिस्तान से एक किताब भी प्रकाशित की है। इन शाइरों के कलाम से कुछ बानगियाँ प्रस्तुत हैं जिनसे सहज ही यह अनुमान किया जा सकता है कि संजीदा शाइरों के यहाँ तंज़-ओ-मिज़ाह (व्यंग्य व हास्य) के मा'नी सिर्फ़ सस्ता मनोरंजन नहीं हैं, उन्होंने आज के सवालों से भी मुठभेड़ की है, और कविता की सामाजिक भूमिका को ज़ेहन में रखा है। अगर हास्य भी है तो स्वस्थ और मर्यादित। पहले दिलावर फ़िगार के तीन क़त्ए:

सक्त:[3] था एक शाइरे-आज़म के शे'र में
ये देखकर तो मैं भी तअज्जुब में पड़ गया
पूछी जो इसकी वजह तो कहने लगे, जनाब
सर्दी बहुत शदीद[4] थी, मिसरा सुकड़ गया

इस ख़बर पर तो नहीं मुझको तअज्जुब ऐ 'फ़िगार'
एक ग़ुंडा हल्क़:-ए-बिजनौर[5] में पकड़ा गया
हाँ, अगर थोड़ी-सी हैरत है तो सिर्फ़ इस बात पर
कैसा ग़ुंडा था कि जो इस दौर में पकड़ा गया

हम बारहवीं क्लास में जब स्टुडेंट थे
घंटा था एक रोज़ किसी लेक्चरार का

---

1. नारी 2. पर्वत 3. शे'र में किसी शब्द या अक्षर का कम होना 4. तीव्र, प्रचंड 5. बिजनौर का इलाक़ा

वो नोट्स बोलता था मगर एक तालिबा
अफ़साना लिख रही थी दिले-बेक़रार का

सरफ़राज़ शाहिद की ग़ज़ल (जिसे उन्होंने 'नमकीन ग़ज़ल' कहा है) के तीन शे'र:

शबे-ग़म के अँधेरों में कमी होने नहीं देते
ये कैसे बल्ब हैं जो रौशनी होने नहीं देते

मुसलमानों की ख़्वाहिश है कि वो सब एक हो जायें
मगर उनको इकट्ठा मौलवी होने नहीं देते

मसाइब[1] का मुदावा[2] चाहती है तीसरी दुनिया
मगर ऐसा 'जहाँ' के चौधरी होने नहीं देते

सरफ़राज़ शाहिद के इन शे'रों को पढ़ते हुए पाकिस्तान के सामाजिक परिदृश्य को ज़ेहन में रखना होगा। समकालीन शाइरों में पॉपुलर मेरठी के दो क़त्ए और एक शे'र:

ये तसादुम[3] का सिलसिला क्या है
बेवक़ूफ़ी की इंतिहा क्या है
एक ही बाप के हैं सब बेटे
'फिर ये हंगामा ऐ ख़ुदा क्या है?'[4]

हमारी बारी जब आई तो हमसे डॉक्टर बोला
चलो जल्दी दिखाओ, और भी बीमार बैठे हैं
जो पहले आये थे, लेटे हैं क़ब्रिस्तान में जाकर
बचे हैं जो यहाँ दो-चार वो तैयार बैठे हैं[5]

तेरा आधा काम ख़ुद इंसान ही करने लगे
काम तेरा अब तो ऐ शैतान आधा रह गया

और अन्त में हिलाल सिवहारवी की नज़्म 'ख़ून की माँग' का एक बन्द:

ख़ून की माँग है इस देश की रक्षा के लिए
मेरे नज़दीक ये क़ुर्बानी है छोटी, दे दो

---

1. मुसीबत का बहुवचन 2. उपचार, हल 3. टकराव, संघर्ष 4. यह ग़ालिब का मिसरा है। 5. यह रचना 'इंशा' की ग़ज़ल की ज़मीन में है।

लेकिन अर्बाब-ए-हुकूमत[1] *से भी कहना है मुझे*
जिनसे ख़ूँ माँग रहे हो, उन्हें रोटी दे दो

ऊपर की बातचीत में उर्दू शाइरी की व्यंग्य-विनोदपरक रचनाओं पर एक सरसरी नज़र डाली गई है। हमारा प्रयास रहा है कि व्यंग्य-विनोद के विभिन्न रंगों व छायाओं की नुमाइंदगी हो सके—एक झरोखे की तरह ही सही।

— *2017 ई.*

1. हुकूमत करने वालों, शासकों

समकालीन उर्दू शाइरी : नये सवालों का सन्दर्भ

समकालीन उर्दू शाइरी अनेक धाराओं में प्रवहमान है। जदीदियत के दौर में स्व की केन्द्रीयता वाला जो अस्तित्ववादी मुहावरा प्रभावी रहा था, वह गुज़रे वक़्तों की चीज़ हो गया है। हालाँकि उस दौर में बाहर के सवालों से टकराने वाली एक समानान्तर धारा बदस्तूर विकासमान थी। इसीलिए संवेदना के लिहाज़ से कई जदीद शाइर समकालीनता का एहसास कराते हैं। आज उत्तर आधुनिक समय के नये विमर्शों और वैश्वीकरण की सह उपज के रूप में उभरे नये सवालों की रोशनी में समकालीन शाइरी पर नज़र डालें तो लबो-लहजे के मामूली फ़र्क़ को छोड़कर भाव व विचार के स्तर पर बहुत कुछ हिन्दी कविता का-सा परिदृश्य बनता है। कविता जिस मनुष्य की सभी क़िस्म के शोषण से मुक्ति का स्वप्न देखती है, उसका धरती पर बने रहना मुहाल होता जा रहा है। यहाँ तक कि स्वयं धरती के सामने अपने रूप-रस-गन्ध की विविधता के साथ बने रहने का संकट है। मनुष्य की नियति से जुड़े ये सवाल पहले भी थे, लेकिन अब तेज़ी से बदलते हुए वैश्विक मंज़रनामे ने इन्हें उग्र और गम्भीर रूप दे दिया है। स्थानिकता, पर्यावरण-संरक्षण, जैव विविधता और विस्थापन आदि कुछ ऐसे मुद्दे हैं जो इन सवालों को ठोस रूप में सामने लाते हैं।

स्थानीय हुए बग़ैर वैश्विक होने के अन्तर्विरोध की सीमाएँ अब उजागर हो चुकी हैं। आज एक फ़्लैट वर्ल्ड की घातक परिकल्पना हमारी स्थानीय रंगतों को नेस्तोनाबूद करती जा रही है। स्थान-भेद के साथ हमारी सांस्कृतिक विशिष्टता नष्ट होने के कगार पर है। मनुष्य और उसके आत्मीय परिवेश के रिश्तों की पहचान ग़ायब होती जा रही है। मनुष्यता को पोषित करने वाले सांस्कृतिक तत्त्व क्षरण की ओर हैं। इस लिहाज़ से स्थानिक अस्मिता के प्रति इसरार एक रचनाकार के व्यापक सामाजिक दायित्व का हिस्सा है। हम अपनी निकट साझी विरासत से ज़्यादा नहीं, एक उदाहरण लें। अली सरदार जाफ़री और त्रिलोचन का अवध इस ओर हमारा ध्यान खींचता है। गोकि उस समय साँचे ढले समाज की चुनौती इस रूप में हमारे समाने नहीं थी। बाद के शाइरों में ख़ास तौर पर अमीक़ हनफ़ी और शीन काफ़ निज़ाम ने स्थानीय रंगतों को अपनी भाव-सामग्री का स्रोत बनाया।

अमीक़ हनफ़ी का सम्बन्ध जदीदियत के आन्दोलन से रहा है, लेकिन उनका स्वर अलग से पहचाना जाता है। उन्होंने मालवा को अपनी कविता में सजीव कर दिया है। 'मालव धरती गहरु गम्भीर' की लोकोक्ति की वे याद दिलाते रहते हैं। मालवा का पठार और उसके दामन में आबाद लोगों की जीवन्त छवियाँ उनकी रचनाओं में गाहे बगाहे बिखरी हुई हैं। प्रो. शमीम हनफ़ी ने अपने 'अमीक़ हनफ़ी : शबगश्त का शाइर' लेख में मालवा के पठार और प्रकृति की उदारता से उनकी शाइरी के रिश्तों की पहचान की है। अमीक़ खोयी हुई स्थानिकता फिर से वापस पाने के लिए बेचैन नज़र आते हैं। शमीम हनफ़ी ने इस प्रक्रिया को यों व्याख्यायित किया है : "...उनकी शाइरी में वापसी की इच्छा का इज़हार बार-बार हुआ है और भटकी हुई राहों से निकलकर अपनी यात्रा के प्रस्थान बिन्दु तक थके-माँदे लौटने की लालसा हिलोरें लेती रहती है। उनकी सोच का यह ढंग एक ओर तो महू छावनी की भौगोलिक संरचना और ख़ुशगवार फ़िज़ा से रिश्ता जोड़ता है, दूसरी ओर इसका सिरा उस भाव से मिल जाता है जो यात्रा की निरर्थकता के एहसास और तथाकथित भौतिक प्रगति की निस्सारता से उभर कर आदिम युगीन स्वच्छन्द जीवन को पा लेने की कामना के रूप में बराबर व्यक्त होता रहा है।" इस स्वच्छन्द जीवन की अक्कासी करते हुए उन्हें मालवा के कालिदास याद आ जाते हैं। 'जंगल:एक हफ़्त पहलू तस्वीर' नज़्म का एक बिम्ब देखिए :

वो सुनहरी तंग रोशन चोलियों में
कसमसाते गोल उभरे साँवले गदराये
भारी सख़्त टीले
वो सुनहरेपन को याँ वाँ फाड़कर
ख़ुद फट पड़ा है श्याम रंग
बाड़ से है चाक चोली
झाँकता है साँवली धरती का अंग
याद आता है यहाँ तशबीह[1] *का सम्राट कालिदास*

यह मालवा की धरती है।

अनियोजित विषम विकास किस तरह प्रकृति को निगलता जा रहा है कि बसन्त अब बसन्त-सा नहीं लगता। उनकी 'बसन्त' नज़्म इसकी मिसाल है। महू के आसपास के औद्योगिक विकास को मद्देनज़र रखते हुए इस नज़्म को देखने से मालूम होगा कि विकास और प्रकृति का अन्तर्विरोध एक बड़ा संकट बनकर हमारे सामने मौजूद है। ढाक के फूलों की आँच और आम्र बौर की गन्ध से युक्त मालवा का बसन्त आज इस संकट की ज़द में है :

शहर की आँखों का मत्ला साफ़ हो[2]
तो दिल में उतरे ढाक के फूलों की आँच
शहर के नथुने खुलें तो मौजे-बादे-जुनूब[3]
आम पर बौर आ चुका है ये ख़बर फैलाये
शहर के कानों से निकलें शोरो-ग़ुल के डाट
तो छुए शह रग को कोयल की पुकार
शहर की जाँ से ग़ुबारे-शहर का बादल छटे
तो हवासे-खम्स[4] *की नगरी में भी आये बसन्त*

स्थानिकता के सन्दर्भ शीन काफ़ निज़ाम की शाइरी में अपेक्षाकृत ज़्यादा प्रखरता के साथ व्यक्त हुए हैं। कारण यह है कि नयी विश्व-व्यवस्था के उभार के साथ-साथ उनकी शाइरी परवान चढ़ी है। सिक्काबन्द तरक़्क़ीपसन्दी और आत्मकेन्द्रित जदीदियत दोनों से विमुख होते हुए वे अपने लिए एक अलग इलाक़ा निर्मित करते हैं जिसमें मनुष्य की नियति पर फ़ैसले देने की बजाय उसके कारणों की तरफ़ ज़्यादा तवज्जो दी गयी है। वे अपने समय की जटिलताओं को स्थानीय सन्दर्भों की राह से समझने का जतन करते हैं। इसीलिए उनके बोध में यथार्थ के अन्य स्तरों के साथ-साथ मारवाड़ के आर्थिक जीवन, सांस्कृतिक वैभव और प्राकृतिक परिवेश को पर्याप्त जगह मिली है। और यह सिर्फ़ चित्रण भर नहीं है, इसके मूल में नये उभरते संकट विद्यमान हैं। उनका इसरार है :

तुझमें मिट्टी की बू बोले
तेरे ख़ित्ते[5] *की ख़ू*[6] *बोले*

इसका आशय यह है कि स्थानिकता की गन्ध और स्वभाव पर आयद संकट को समझना लाज़िमी है। यह 'बू' और 'ख़ू' बचेगी तो जीवन की रंगारंगी बची रहेगी। निज़ाम इस बात को लेकर आगाह हैं कि अपसंस्कृति के प्रसार ने अलाव के गिर्द रात भर चलने वाले ढोला-मारू के क़िस्सों को कोई जगह नहीं छोड़ी है :

हमसे वो रतजगों की अदा कौन ले गया
क्यूँ बुझ गये अलाव औ' वो क़िस्से क्या हुए

निज़ाम का सामर्थ्य यह है कि वे रेगिस्तान की काँटेदार छोटी-छोटी झाड़ियों को रचना-विषय बनाते हैं तो एक ओर वे स्थानीय परिवेश की पहचान कराते हैं, वहीं दूसरी ओर इन झाड़ियों को वृहत्तर सन्दर्भ से जोड़ देते हैं :

देखा तो झाड़ी को देखा
कातर आँखों से आहू[7] *ने*

झाड़ियों की उँगलियाँ लपकेंगी गर्दन की तरफ़
पहली शब के आख़िरी पल की दुआ हो जाऊँगा

थोहर थोहर उलझे दामन
याद के ज़ख़्म हुए हैं दूने

पहले शे'र में हिरन और झाड़ी का बिम्ब एक बड़ी सच्चाई की तरफ़ इशारा करता है। हिरन कातर आँखों से इसलिए देख रहा है कि उसकी उन्मुक्त छलाँगों को यह झाड़ी ही बाधित करती है, उसके सींग उलझ जाते हैं, एक छटपटाहट उसका मुक़द्दर बन जाती है। इसी तरह दूसरे शे'र में झाड़ियों की उँगलियाँ क्रूर व्यवस्था को प्रतीकित करती हैं जो सामान्यजन की गर्दन की तरफ़ लपक रही हैं। तीसरे शे'र में थोहर-थोहर उलझे दामन कुछ स्मृतियों को ताज़ा कर देते हैं। पीछे छूट गये रिश्ते सामने उपस्थित हो जाते हैं। स्थानिकता में व्यापक सामाजिक आशय एक दृष्टिसम्पन्न रचनाकार ही पैदा कर सकता है।

उनके यहाँ मेहराबें, नुकीले गोल गुम्बद, मुन्हदम (ढहती हुई) बुर्जियाँ गाडोलिए लोहार ('सभी वैसे का वैसा' नज़्म) उनकी कविता की जड़ों का एहसास कराते हैं। इन सब चीज़ों और लोगों से होती हुई उनकी कविता आगे के सफ़र पर निकलती है और इन्हें कभी विस्मृत नहीं करती।

'पुराने मन्दिर में एक शाम' नज़्म में पीले पत्थरों की वह इमारत जैसलमेर को मूर्त कर देती है। ये पंक्तियाँ देखिए :

दहकती दहलीज़ पर रेवड़ से बिछड़ी भेड़
पुराने सिज्दे चुनती है
पीले पायदानों पर नुक़ूशे-पा[8] *उभरते हैं*

निज़ाम की शाइरी स्थानिक सन्दर्भों से सम्पन्न है। रेत पर बनती-बिगड़ती लहरों के चित्र और देखते चलें :

रूप उकेरे कैसे कैसे
मिल कर पुरवा से बालू ने

इस अंचल से दीर्घ सम्बन्ध रखने वाले एक शाइर शाहिद मीर ने बाड़मेर के अनुभवों पर अच्छे शे'र कहे हैं। वे लोकजीवन की छवियों के लिए जाने जाते हैं। कबीर, सूर और मीरा के रंग में उन्होंने उर्दू पद भी लिखे हैं। निज़ाम की तरह उन्होंने भी रेत पर हवा की चित्रकारी को शब्दबद्ध किया है :

कोई पैकर सा बनता हुआ रेत पर
इक ग़ज़ल लिख रही है हवा रेत पर

रेगिस्तान की पृष्ठभूमि में कहा उनका यह शे'र बहुत मशहूर है:

ऐ ख़ुदा रेत के सेहरा को समन्दर कर दे
या छलकती हुई आँखों को भी पत्थर कर दे

समकालीन शाइरी के सरोकारों में प्रकृति एवं पर्यावरण से वाबस्ता चिन्ताएँ भी शामिल हैं। उर्दू रचनाकार दिन ब दिन बढ़ते वैश्विक तापमान, अन्धाधुन्ध शहरीकरण और पर्यावरण असन्तुलन की चुनौतियों से आगाह रहे हैं। प्रकृति के जीवन को बचाना मानवीय जीवन की सलामती की बुनियादी शर्त है। आज मरुस्थलों में बदलते जंगल, सूखते-दरकते तालाब और उनसे पलायन करते परिन्दे हमारी संवेदना को झकझोर रहे हैं। जयन्त परमार की नज़्म 'पहाड़ परिन्दे पेड़' से हम बात शुरू करते हैं। यह चित्रकार जे.स्वामीनाथन के लिए लिखी गयी पाँच नज़्मों में से एक है :

ख़ला[9] में जामिद[10]
पहाड़, चिड़िया और दरख़्त
ज़रा से लम्स[11] पे गुम हो जाते हैं
और चमकते पीले-पीले आसमान में
रह जाता है
धुँदला-सा एक साया

सतह से देखने पर यह एक पेंटिंग का कविता में रूपान्तरण है, लेकिन इस पेंटिंग के माध्यम से शाइर ने एक त्रासदी को लक्षित कर दिया है। वह त्रासदी है धरती से पहाड़, चिड़ियों और दरख़्तों के गुम होते जाने की। रंगारंग प्रकृति की जगह धुँदले-से साये का बचे रहना एक उजाड़ की अनुभूति कराता है।

पर्यावरण की समस्या के हवाले से परवीन शाकिर का एक शे'र बहुत चर्चित रहा है :

कल रात जो ईंधन के लिए कट के गिरा है
चिड़ियों को बहुत प्यार था उस बूढ़े शजर[12] से

बूढ़े शजर और चिड़ियों के रागात्मक सम्बन्ध ने इस शे'र को संवेदना के उच्च धरातल पर पहुँचा दिया है। कुछ लोगों के लिए वह महज़ एक ईंधन है, लेकिन वह चिड़ियों के बसेरे के साथ-साथ उनका भावनात्मक सम्बल भी है। यहाँ चिड़ियों की पीड़ा सिर्फ़ उनकी नहीं रह जाती, वह बेघर होते जा रहे बहुत से लोगों की पीड़ा बन जाती है।

नोमान शौक़ ने प्रकृति के प्रति रोज़ ब रोज़ बढ़ती हुई इंसान की क्रूरता पर पाए के शे'र कहे हैं। इंसान ख़ुद ही जंगल काटकर उनका शोक मनाने का पाखंड कर रहा है, अब दरिया को सुखाने पर भी उसकी नज़र है :

जंगल को रो चुके, चलो दरिया का ग़म करें
लग लायें फिर से काम पे, आँखों को नम करें

नोमान जंगलों के उजाड़ का चित्र इस तरह खींचते हैं :

जंगलों का भी हाल अब्तर [13] है
पेड़ सूखे हरी-भरी है मौत

यह उनके बयान का कौशल है कि उन्होंने सूखे पेड़ और हरी-भरी मौत के विरोधाभास के ज़रिए कविता की अपील को और व्यापक बना दिया है। यानी हर पेड़ पर मौत घात लगाये बैठी है। इसी मौज़ू पर वे कटाक्ष के साथ बड़ी गम्भीर बात कह जाते हैं:

इस बार इन्तिज़ाम तो सर्दी का हो गया
क्या हाल पेड़ कटते ही बस्ती का हो गया

वे तालाब की शान्ति और पवित्रता को लेकर संवेदनशील नज़र आते हैं :

पत्थर नहीं तो फूल ही फेंका है आपने
यूँ जागता नहीं कोई तालाब बेसबब

तालाब को इसलिए जागना पड़ता है कि लोग पत्थर फेंक-फेंक कर एक दिन उसे पाट देंगे। फूल भी अगर फेंके जाएँगे तो वे भी कचरे में बदलकर तालाब को प्रदूषित करेंगे।

आलम ख़ुर्शीद (पटना) ने पर्यावरण के प्रति चिन्ता इस तरह व्यक्त की है :

तमाम हो गया अब ज़ौक़े-रंगो-बू [14] 'आलम'
उगा रहे हैं हर इक शाख़ पे शरारे [15] हम

यह शे'र रंग और सुगन्ध की सुरुचि के संकट की ओर इशारा करता है। जब हम शाख़ों पर शरारे उगाएँगे तो इस सुरुचि के लिए गुंजाइश ही कहाँ रह जाएगी?

मुख़्तार शमीम रंग, ख़ुशबू, पेड़, पत्ते और फूल के प्रतीकों से बहुत काम लेते हैं, वहीं इनके अस्तित्व पर आए संकट की भी ख़बर रखते हैं। उनके दो शे'र देखें :

ख़ौफ़ के मारे लरज़ते हैं शजर
काट ख़ंजर की, हवा भी तेज़ है

उधर उड़ानों के पर तौलता परिन्दा है
इधर कमान में कुछ तीर फड़फड़ाते हैं

शहरीकरण का अज़ाब पहाड़ों को निगलता जा रहा है। डायनामाइट से पहाड़ों के बदन छलनी हो रहे हैं और वे ज़र्रे की मानिन्द आसमान में उड़ रहे हैं। परिन्दों की उड़ान के लिए आकाश में जगह ही कहाँ है ? शमीम क़ासमी ने इन हालात को बयान करते हुए कहा है :

'शमीम' ख़त्म हुआ लो उड़ान का मौसम
पहाड़ ज़र्रे की मानिन्द उड़ने वाला है

ज़फ़र गोरखपुरी सिर्फ़ बसन्त का सौन्दर्य ही नहीं निहारते, प्यासी जड़ों की चीख़ भी सुन पाते हैं। यह संवेदना का विस्तार है:

कभी बसन्त में प्यासी जड़ों की चीख़ भी सुन
लुटे शजर से हरे पात माँगने वाले

लोग पेड़ों से हरे पत्ते तो माँगते हैं, उनकी सूखी जड़ों की आबयारी की चिन्ता नहीं करते। यह एक बड़ा सन्देश है।

अम्बर बहराइची ने इस त्रासदी पर खेद व्यक्त किया है कि एक-एक कर वृक्ष तथाकथित विकास की बलि चढ़ते जा रहे हैं। बहुत गहरे में शाइर छतनार पेड़ों के कट जाने के ज़रिए सकारात्मक मूल्यों के ध्वंस को लक्षित कर गया है। उनका वह शे'र यों है :

गाँव से मेरे सड़क निकली मगर
पेड़ जो छतनार थे, सब कट गये

शकील आज़मी ने वैश्विक तापमान में वृद्धि को लेकर चिन्ता व्यक्त की है :

सूरज का ज़ुल्म कितनी सहेगी मेरी ज़मीं
अब आसमान को भी पिघल जाना चाहिए

फ़रहत एहसास गगनचुम्बी इमारतों और अपने मिट्टी-पानी के द्वन्द्व की निशानदेही करते हैं। यह प्रकृति के विनाश की शर्त पर होने वाले विकास पर एक व्यंग्य है। यहाँ यह संकेत भी छुपा है कि इन ऊँची इमारतों में अकेलेपन की ओर धकेलने वाली संस्कृति पनप रही है, जिसका पानी व मिट्टी (आब-ओ-गिल) की अवामी संस्कृति से कोई सरोकार नहीं है। शे'र में यह बात इस तरह कही गयी है :

ये फ़लक शिगाफ़[16] इमारतें मेरे आबो-गिल[17] से बिछुड़ गयीं
मेरे आबो-गिल पे करम न कर, तू इमारतों को ज़वाल[18] दे

युवा कवि इरशाद ख़ाँ सिकन्दर ने अपने एक शे'र में इसी भाव को विस्तार दिया है। शहरीकरण का दूसरा नाम अब प्रदूषण हो गया लगता है। साँस लेना मुहाल है। यह पिछले दो-तीन दशकों में उभरा और इस समय अपने चरम रूप में विद्यमान एक नया संकट है। ऐसे में शाइर अपने गाँव के अपेक्षाकृत स्वच्छ पर्यावरण को याद किये बिना नहीं रह सकता :

तुम्हारे शहर में तो साँस लेना दूभर है
हमारे गाँव की मिट्टी अभी पलीद नहीं

विस्थापन हमेशा से एक यातनाप्रद अनुभव रहा है, लेकिन पिछले कुछ दशकों से वैश्विक स्तर पर युद्धोन्माद से उत्पन्न अराजक हालात और स्थानीय स्तर पर उजड़ते गाँव व पसरते शहरीकरण के कारण विस्थापन का अनवरत सिलसिला जारी है। पहले कारण से घटित विस्थापन की ताज़ा मिसाल म्याँमार से रोहिंग्या समुदाय के लोगों का बांग्ला देश की तरफ़ पलायन है। दूसरे प्रकार के विस्थापन की मिसालें हम अपने देश में रोज़-ब-रोज़ देख ही रहे हैं। समकालीन उर्दू शाइरी में विस्थापन की आँच न हो, यह मुमकिन ही नहीं है। पिछली सदी के अन्तिम दशक में उम्मीद फ़ाज़ली (निदा फ़ाज़ली के बड़े भाई) ने एक शे'र कहा था:

ये सर्द रात, ये आवारगी, ये नींद का बोझ
हम अपने शहर में होते तो घर गये होते

यह साठ के दशक में उनकी पाकिस्तान हिजरत की पीड़ा है जो बरसों बाद इस शे'र में ढल कर व्यक्त हुई। तब से अब तक विस्थापन की कई सूरतें सामने आ चुकी हैं। लोग किसी भी कारण से विस्थापित हों और वे धरती के किसी भी कोने में हों, उनकी व्यथा एक जैसी होती है। जैसा कि इफ़्तिख़ार आरिफ़ एक अरसा पहले कह गये हैं :

तमाम ख़ानाबदोशों में मुश्तरक[19] *है ये बात*
सब अपने-अपने घरों को पलट के देखते हैं

इधर के अनेक शाइरों ने इस विषय पर शे'र व नज़्में मौज़ूँ की हैं। शमीम क़ासमी का ध्यान शहर के सौन्दर्यकरण के सबब से उजड़ती झोपड़पट्टी की तरफ़ जाता है। इनमें आबाद लोग कहीं से विस्थापित होकर आए थे और अगले विस्थापन का मसला उनके सामने दरपेश है। कहते हैं :

'अच्छे शहर' का नारा जब भी लगता है
झोपड़ पट्टी का मज़दूर सहम जाता है

मुख़्तार शमीम (भोपाल) ने परिस्थितियों के दवाबवश विस्थापित होने की कशमकश को महसूस किया है। इधर अपनी मिट्टी पाँव पकड़ रही है, उधर दूसरी मिट्टी इन्तिज़ार में बैठी है :

चलूँ तो मिट्टी भी पाँव मेरे पकड़ती है
और इस पे शर्ते-सफ़र है कि मैं रुकूँ भी नहीं

कर्नाटक के एक युवा शाइर साबिर फ़ख़रुद्दीन ने अपनी एक छोटी-सी नज़्म में सिर्फ़ बाह्य नहीं, आन्तरिक विस्थापन को भी तरजीह दी है। जिस्म के अन्दर का विस्थापन कहीं ज़्यादा तोड़ देने वाला होता है :

हिजरतों[20] का कर्ब[21] क्या है
जानकर तुम क्या करोगे
जबकि तुमने हिजरतें की ही
नहीं हैं
जिस्म के अन्दर, न बाहर

एक समकालीन शाइर ने परिन्दे के प्रतीक के माध्यम से उन कारणों की ओर हमारा ध्यान आकर्षित किया है जो विस्थापन के लिए विवश करते हैं :

परिन्दा ख़ुश्क झीलों से यही अब कह गया आख़िर
मुझे मजबूर हिजरत पर मेरे हालात करते हैं

उक्त शे'र जल के अभाव में पक्षियों के पलायन को भी संकेतित करता है, और दूसरे आयाम पर आजीविका के अभाव में लोगों के कहीं और निकल पड़ने की विडम्बना को भी दर्शाता है।

ऊपर की बातचीत में हमने मनुष्यता के सामने उपस्थित कुछ नये सवालों की रोशनी में समकालीन उर्दू शाइरी से चन्द बानगियाँ प्रस्तुत की हैं। इन बानगियों से शाइरी के बदलते सरोकारों का थोड़ा-बहुत अन्दाज़ा हो सकेगा और हम यह भी जान पाएँगे कि शाइरी के मुख़्तलिफ़ रंगों के बीच एक रुज्हान यह भी है—अपेक्षाकृत ज़्यादा प्रासंगिक।

सन्दर्भ :

1. उपमा 2. आँखों की धुंध छटना 3. दक्षिणी हवा की लहर 4. पाँच इन्द्रियाँ 5. अंचल 6. स्वभाव, प्रकृति 7. हिरन 8. पैरों के निशान 9. शून्य, आकाश 10. जड़, एक जगह जमे हुए 11. स्पर्श 12. वृक्ष 13. बदहाल 14. रंग और सुगन्ध की सुरुचि 15. चिंगारियाँ 16. आकाश को चीर देने वाली 17. पानी और मिट्टी 18. पतन, नीचे गिरना 19. साझा 20. हिजरत अर्थात् वतन को हमेशा के लिए छोड़ना 21. पीड़ा, यातना।

— 2017 ई.

दक्खिनी हिन्दी काव्य

'दक्खिनी हिन्दी काव्य संचयन' अनेक दृष्टियों से एक महत्त्वपूर्ण ग्रंथ है। डॉ. परमानन्द पांचाल के सम्पादन में साहित्य अकादेमी ने इसे प्रकाशित किया है। इस ग्रंथ में दक्खिनी की लगभग ढाई सौ वर्ष की रचनात्मकता की रंग-बिरंगी बानगी प्रस्तुत की गई है। बहमनी शासनकाल (1350 से 1525 ई.) से लेकर बीजापुर के आदिलशाही शासन (1490 से 1686 ई.) और गोलकुंडा तथा हैदराबाद के क़ुत्बशाही शासनकाल (1512 से 1687 ई.) तक दक्खिनी काव्यधारा प्रवाहित रही। आरम्भिक काल के बाद आदिलशाही और क़ुत्बशाही दौर में दक्खिनी का रचनात्मक उत्कर्ष देखने को मिलता है। डॉ. पांचाल ने इस समय-विस्तार के बीच से इक्यावन कवियों का चयन इस विवेक के साथ किया है कि उनके श्रेष्ठतम का प्रतिनिधित्व हो सके और दक्खिनी मुहावरे की विविधता भी सामने आ सके। उन्होंने दक्खिनी के साहित्य को तीन कालों में बाँटकर देखा है—प्रारम्भिक काल (1300–1490 ई.), मध्यकाल (1491–1687) और उत्तरकाल (1688–1850 ई.)। प्रारम्भिक काल से ख़्वाजा बन्दानवाज़ गेसूदराज़, नामदेव और शाह मीरांजी शम्सुल उश्शाक़ को लिया गया है। मध्यकाल से चयनित तैंतीस कवियों में फ़ख़रुद्दीन निज़ामी बीदरी, सन्त एकनाथ, मुहम्मद क़ुली क़ुत्बशाह, मुल्ला वजही, ग़व्वासी, इब्ने निशाती और नुसरती के नाम प्रमुख हैं। उत्तरकाल के पन्द्रह कवियों में पहले वली दकनी और अन्तिम सुलेमान ख़तीब हैं। प्रस्तुत संचयन से पहले भी डॉ. बाबूराम सक्सेना, डॉ. श्रीराम शर्मा और महापंडित राहुल सांकृत्यायन प्रभृति विद्वानों ने इस दिशा में ऐतिहासिक महत्त्व के कार्य किये हैं। डॉ. रहमतुल्लाह भी दक्खिनी का एक संग्रह सम्पादित कर चुके हैं। डॉ. पांचाल ने पूर्व में किये गये चयनों से लाभान्वित होते हुए उन्हें और विस्तार दिया है। अतएव यह संचयन अपेक्षाकृत ज़्यादा विशद और वैविध्यपूर्ण है। विदित है कि नामदेव, गोंदा और एकनाथ को छोड़कर सभी कवियों की मूल रचनाएँ उर्दू-फ़ारसी लिपि में हैं। यहाँ इनकी रचनाओं के नागरी लिप्यन्तरण दिये गये हैं। लिप्यन्तरण में सुधार की काफ़ी गुंजाइश है।

जैसा कि चयनित रचनाओं के पाठ से स्पष्ट है, दक्खिनी काव्य के भाव-पक्ष में तसव्वुफ़ के विचारों को केन्द्रीयता प्राप्त है। दक्खिनी की जड़ें उस दौर के नए सांस्कृतिक

संश्लेषण में गहरी उतरी हुई हैं। यह कविता धार्मिक विश्वासों की बहुलता, साम्प्रदायिक सौहार्द और प्रेम का सन्देश देती है। सौन्दर्य-वर्णन में इन कवियों ने उत्तर भारत के सूफ़ी कवियों (जैसे जायसी) की भाँति शिख-नख वर्णन ही किया है, नख-शिख वर्णन नहीं। सामान्यतया भक्तिकाल और रीतिकाल के दौरान दक्खिनी में काव्य-रचना हुई। दक्खिनी कवियों को अपनी कविताई की ठसक थी। ग़व्वासी की यह गर्वोक्ति देखिए:

जिते हैं तूती हिन्दुस्तान के
भिकारी हैं मुँज शकरिस्तान के

इन रचनाओं को देखकर यह विश्वासपूर्वक कहा जा सकता है कि उत्तर और दक्षिण का मेल सिर्फ़ अलाउद्दीन ख़िलजी (मृत्यु 1316 ई.) और मुहम्मद तुग़लक़ (14वीं सदी) के दक्षिण गमन से ही नहीं हुआ, बल्कि दोनों क्षेत्रों के अवाम के बीच सांस्कृतिक आदान-प्रदान के रास्ते खुले हुए थे, अन्यथा उत्तर भारत के धार्मिक विश्वासों और सामाजिक रीतियों के सन्दर्भ दक्खिनी काव्य में न मिलते। इसमें रीतिकविता की भाँति शाहे-वक़्त और अपने आश्रयदाता की वीरता और उदारता का अतिशयोक्तिपूर्ण वर्णन भी किया गया है। इन रचनाओं की भाषा को देखकर कहा जा सकता है कि दक्खिनी के बहुत-से रूप हैं। काव्यभाषा के रूप में व्यवहृत होते-होते हरियाणी और कौरवी का मूल मुहावरा काफ़ी बदल गया लगता है। दक्खिनी में उत्तर के सूफ़ियों की तरह प्रेमाख्यानक काव्य भी लिखे गये। दक्खिनी के कवियों ने फ़ारसी के ग़ज़ल, क़सीदा और मस्नवी आदि प्राय: सभी काव्यरूपों को अपनाया। ग़ज़ल के काव्यरूप में क़ुली क़ुत्बशाह की अमर रचना संचयन के बिलकुल आरम्भ में ही दी गई है:

पिया बाज प्याला पिया जाए ना
पिया बाज यक तिल जिया जाए ना

प्रस्तुत संचयन की भूमिका में डॉ. पांचाल का अथक परिश्रम झलकता है। यह उनके दक्खिनी भाषा विषयक गहन शोध का परिणाम है। उन्होंने हिन्दी और उर्दू में उपलब्ध प्राय: सभी मूल स्रोतों को खँगाला है। कहीं-कहीं पूर्व उद्धृत सामग्री का भी सहारा लिया गया है। लगभग सौ पृष्ठों में फैली हुई इस भूमिका में दक्खिनी के उद्भव और विकास, दक्खिनी के विभिन्न नामों, वैयाकरणिक विशेषताओं, दक्खिनी पर विभिन्न भाषाओं के प्रभाव और दक्खिनी के काल-विभाजन पर विशद चर्चा की गई है।

डॉ. पांचाल की भूमिका को पढ़ते हुए उर्दू विद्वान शम्सुर्रहमान फ़ारूक़ी की शोधपरक पुस्तक के हिन्दी अनुवाद 'उर्दू का आरम्भिक युग' की ओर अनायास ध्यान जाता है। फ़ारूक़ी साहब की आधारभूत स्थापना यह है कि "जिस भाषा को आज हम उर्दू कहते हैं, पुराने ज़माने में उसी को हिन्दवी, हिन्दी, देहलवी, गूजरी और फिर रेख़्ता कहा गया है। और ये नाम उसी क्रम से प्रयोग में आए, जिस क्रम में मैंने इन्हें दर्ज किया

है। यह ज़रूर है कि इस भाषा का जो रूप दकन (दक्षिण) में बोला और लिखा जाता था, उसे सत्रहवीं शताब्दी के लगभग मध्य तक 'दकनी' ही कहते थे।'' इस बात पर लम्बे समय से बहसें होती रही हैं कि दक्षिण में बहमनी शासनकाल से सत्रहवीं शताब्दी के अन्त तक जो साहित्य-भाषा प्रचलन में थी, उसे हिन्दी कहा जाए अथवा उर्दू? इसके लिए प्रायः तीन पद प्रयुक्त होते रहे हैं—दक्खिनी हिन्दी, दकनी उर्दू और दक्खिनी। 'दक्खिनी' पद उभयमुखी है, अर्थात् दक्षिण की भाषा जिसे आप हिन्दी कहें अथवा उर्दू। हिन्दी विद्वानों में डॉ. बाबूराम सक्सेना दक्खिनी को मात्र हिन्दी मानते रहे हैं। फ़ारूक़ी साहब ने अपनी पुस्तक में डॉ. सक्सेना की राय का खंडन भी किया है। इसी तरह डॉ. भोलानाथ तिवारी उर्दू वालों को यह स्वतन्त्रता नहीं देते कि वे इसे दकनी उर्दू कह सकें। वे भी दक्खिनी को मात्र हिन्दी कहने के पक्षधर हैं। परमानन्द पांचाल ने डॉ. भोलानाथ तिवारी के अभिमत को यथावत् स्वीकार कर लिया है। अपनी भूमिका में वे इसी परिप्रेक्ष्य को लेकर आगे बढ़े हैं। यह परिप्रेक्ष्य उर्दू वालों को क़तई स्वीकार्य नहीं हो सकता।

अठारहवीं शताब्दी से बाद की उर्दू को ध्यान में रखकर यदि बात करेंगे तो दक्खिनी को दकनी उर्दू कहने में हमें हिचक होगी, और हम हिन्दी-उर्दू के अनावश्यक विवाद में पढ़ जाएँगे। ख़्वाजा बन्दानवाज़ गेसूदराज़ (मृत्यु 1421 ई.) की 'मैराजुल-आशिक़ीन' दक्खिनी की पहली गद्यकृति है। यदि इसे उर्दू गद्य की पहली रचना भी मान लिया जाये तो इसमें कोई आपत्ति नहीं होनी चाहिए। गेसूदराज़, मुल्ला वजही, क़ुली क़ुत्बशाह (1565-1611 ई.), नुसरती (मृत्यु 1675 ई.) और वली दकनी (1668-1741 ई.) आदि की भाषा दक्खिनी हिन्दी है तो क़दीम उर्दू भी है।

'माशूक़ जो अपना था बाशिंदा दकन का था।' महाकवि 'मीर' ने अपनी इस पंक्ति में वली दकनी के प्रति कृतज्ञता ज्ञापित की है। यह भी कहा जा सकता है कि 'मीर' अपने रेख़्ते का सम्बन्ध दकन से स्थापित कर रहे हैं। दिल्ली और आसपास की जनभाषा की सर्जनात्मक शक्ति को 'मीर' दक्षिण के माध्यम से समझ पाये हैं। यह वह समय था, जब भाषायी विद्वेष का बीज तक नहीं पड़ा था। हो सकता है, मीर ने हिन्दी के तद्भव शब्दों का प्रयोग वली दकनी के प्रभाव से किया हो। अतएव हमारी राय में दक्खिनी को कठोरता के साथ मात्र हिन्दी तक परिमित करके देखना उचित नहीं है, गो कि यह बात सच है कि दक्खिनी के किसी भी कवि ने अपनी भाषा को उर्दू नाम नहीं दिया। तब भाषा के रूप में 'उर्दू' शब्द वुजूद में ही नहीं आया था। हिन्दुस्तान की भाषा के कारण उन्होंने इसे 'हिन्दी' कहा या दक्षिण से सम्बन्ध के कारण दक्खिनी। हर स्थिति में उनकी रचनाओं के श्रोता वे थे, जिन्हें फ़ारसी का पर्याप्त ज्ञान नहीं था। दरअस्ल भाषा-निर्माण की दृष्टि से यह एक क्रान्तिकारी पहल थी। फ़ारसी से दामन बचाकर दक्खिनी में रचना करते हुए ये कवि अवाम से गुफ़्तगू करना चाहते थे।

भूमिका में एक अलग शीर्षक के रूप में यह प्रश्न भी उठाया गया है कि 'दक्खिनी के रूप में खड़ी बोली का विकास दक्षिण में क्यों?' लेखक ने इसके उत्तर के रूप में प्रमुख रूप से दो कारण गिनाए हैं। पहला कारण, रामधारी सिंह दिनकर की तत्सम्बन्धी राय में निहित है। दिनकर जी का कथन है: "असली मुसलमान सीमित संख्या में ही दक्षिण गए थे, बाक़ी मुसलमान वही थे, जो हिन्दू वंशों से आये। यहाँ विदेशी मुसलमान भी कम पहुँचे थे।" इस विषय में डॉ. श्रीराम शर्मा का मत ऐतिहासिक दृष्टि से ज़्यादा स्वीकार्य है। उनके अनुसार : "उत्तर के मुसलमानों के साथ दक्षिण जाने वालों में केवल मुसलमान शामिल नहीं थे, बल्कि अनेक हिन्दू परिवार भी सेना एवं शासन की सहायता के लिए उनके साथ गये।" यह बात ज़रूर है कि उस समय दक्षिण में मुसलमानों की दो श्रेणियाँ बन गई थीं—एक आफ़ाक़ी और दूसरी मुल्की। समुद्री मार्ग से आये हुए मुसलमान स्वयं को आफ़ाक़ी कहते थे और भारत में पहले से रह रहे मुसलमान मुल्की कहलाते थे। आचार-विचार और भाषा-संस्कृति की दृष्टि से मुल्की मुसलमानों में स्थानीयता झलकती थी। अतएव ये लोग उत्तर भारत से अपने साथ गई बोली को फ़ारसी के वर्चस्व से बचाने के लिए प्रयत्नशील रहे। और इस प्रक्रिया में दक्खिनी अस्तित्व में आई।

दक्खिनी के रूप में खड़ी बोली के विकास का जो दूसरा कारण डॉ. पांचाल ने बताया है, वह उचित है। जिस समय भाषा के स्तर पर उत्तर और दक्षिण का मेल हो रहा था, तब 'समीपवर्ती क्षेत्र में मराठी के कुछ सन्त कवि भी इस भाषा (हिन्दवी) में रचना कर रहे थे। इसमें सन्त ज्ञानेश्वर, नामदेव, जना बाई, गोंदा तथा एकनाथ प्रभृति कवि उल्लेखनीय हैं। इन कवियों के प्रभाव से दक्खिनी की वह भूमि पहले से खड़ी बोली को स्वीकार करने की स्थिति में थी।' (पृष्ठ 42) यहाँ तीन बातें और जोड़ी जा सकती हैं। पहली, बहमनी शासकों के दफ़्तरों में हिन्दी में हिसाब-किताब रखा जाने लगा था। दूसरी, उस समय के सूफ़ी फ़क़ीरों ने नई जन्म ले रही भाषा में अपने सन्देश दिये। और अन्तिम यह कि आदिलशाही और क़ुत्बशाही शासकों में से कई दक्खिनी में कविता लिखते थे। इब्राहीम आदिलशाह और क़ुली क़ुत्बशाह की बाबत हम सब जानते ही हैं।

डॉ. पांचाल का यह निष्कर्ष दुरुस्त है कि 'ऐसा लगता है कि जो सैनिक, व्यापारी दिल्ली के समीपवर्ती प्रदेशों से दक्षिण गये थे, उनका सम्बन्ध हरियाणा के गाँवों से अधिक था। ये जिस बोली को अपने घरों में बोलते थे, उसी में इस्लाम की शिक्षा देने के निमित्त धर्म-नेताओं और दक्षिण के सूफ़ियों ने उस ग्रामीण भाषा का प्रयोग किया था।' (पृष्ठ 56) अपनी इस धारणा के समर्थन में उन्होंने तीस-चालीस हरियाणवी शब्द भी गिनाये हैं, जो दक्खिनी में समाहित हैं। इस धारणा को लेकर प्राय: सभी विद्वान एकमत हैं कि दक्खिनी मूलत: हरियाणवी अथवा बांगरू तथा कौरवी अथवा हिन्दवी बोली ही थी जो मुस्लिम विजेताओं और सूफ़ी सन्तों के साथ दक्षिण गई। फिर द्रविड़

भाषाओं के सम्पर्क में आयी। उत्तर से दूर पहुँचने के कारण वह फ़ारसी के प्रभाव से प्राय: मुक्त रह सकी और दक्षिण के सुलतानों का संरक्षण पाकर धीरे-धीरे एक साहित्य भाषा बन गई। वली दकनी को इस साहित्य-भाषा अर्थात् दक्खिनी का अन्तिम और उत्तर भारत से मेल रखने वाली उर्दू का पहला कवि माना जाता रहा है। पहला इस अर्थ में कि उनके यहाँ उर्दू की मानक शैली के चिह्न स्पष्ट दिखाई देने लगते हैं। अन्यथा उर्दू के आरम्भ का सिलसिला मुहम्मद क़ुली क़ुत्बशाह और दकनी के अन्य कवियों के साथ-साथ अमीर ख़ुसरो (मृत्यु 1324 ई.) से जाकर जुड़ता है।

—2009 ई.

उर्दू को लेकर एक बहस : सन्दर्भ 'हंस'

उर्दू के सवाल को उठाने के पीछे प्राय: दो दृष्टिकोण देखने में आये हैं:

एक, उर्दूभाषी समुदाय को उसके जनतांत्रिक अधिकार हासिल कराना। दूसरे, भाषायी विवाद को सुलझाने के बहाने फ़ारसी लिपि का परित्याग।

चुनाँचे शिकायत यह नहीं होना चाहिए कि आज हिन्दी-उर्दू की बहस को ऐसे वक़्त में क्यों उठाया जा रहा है, जबकि भाषा और इससे आगे धर्म से सम्बन्धित कोई भी पूर्वग्रह शौलों को हवा देने का काम कर सकते हैं। यह शिकायत दरअस्ल इस तर्क का ही अनुवाद लगती है कि भाषायी जनतन्त्र में उर्दू के अधिकार की माँग उठायी ही नहीं जानी चाहिए। अत: हमें इस सवाल से शिकायत नहीं होनी चाहिए बल्कि शिकायत यह होनी चाहिए कि हम व्यवस्था के तर्क से मुक्त होकर और अवाम में भाषा एवं संस्कृति की बाबत आज़ादी का एहसास बरक़रार रखने के इरादे से इस बहस को क्यों नहीं उठाते? हम भाषायी बहुसंख्यक के नाते इस ग्रंथि से मुक्त क्यों नहीं होना चाहते कि अपनी पत्रिका में किसी उर्दू रचना का अनुवाद/लिप्यन्तर छापकर या किसी उर्दू शाइर व अदीब पर विशेषांक निकाल कर या हिन्दी पाठ्यक्रमों में उर्दू रचनाओं को जगह दिलाने की पेशकश करके उर्दूभाषी समुदाय को उपकृत कर रहे हैं। इस मुद्दे से बहस करते हुए हमारी केन्द्रीय चिन्ता यह होनी चाहिए कि हम उर्दू को उसकी विशिष्ट पहचान के साथ हिन्दी के विकास में सहयोगी क़रार देते हुए स्वीकार करें और साथ ही साथ उर्दूभाषी समुदाय के सांस्कृतिक विरसे को उनकी भाषा की सापेक्षता में समझने की कोशिश करें। ऐसा करते हुए हम तथाकथित उदारता का प्रदर्शन न करें बल्कि हम इसे आज के जनवादी सांस्कृतिक आन्दोलन के एक कार्यभार के तौर पर लें।

आरम्भ में हमने जिन दो दृष्टिकोणों का उल्लेख किया है, उनमें से 'हंस' के अगस्त, 1987 अंक में प्रकाशित कमलेश्वर के लेख 'आँखों तले अँधेरा' में दूसरा दृष्टिकोण सक्रिय रहा है। इस लेख में उनके उर्दू-प्रेम और उर्दू को लेकर सन्देह दोनों की झलक मिलती है। एक तरह से यह लेख 'हंस' के मार्च 1987 अंक में प्रकाशित डॉ. नामवर सिंह के 'बासी भात में ख़ुदा का साझा' लेख में व्यक्त विचारों का ही पल्लवन लगता है।

नामवर जी की मुख्य चिन्ता यह रही है कि उर्दू को यदि उसका हक़ मिल गया तो ''भारत के दूसरे राज्यों में भी भाषा के दावेदार खड़े होंगे। भारत का भाषायी ढाँचा ही कुछ ऐसा है कि प्रायः सभी जगहों के लोग द्विभाषी तथा बहुभाषी हैं। यदि एक जगह दूसरी भाषा का सिद्धान्त मान लिया गया तो अन्ततः प्रतिक्रिया की शृंखला कहाँ जाकर ख़त्म होगी, कल्पना ही की जा सकती है।'' पहले हम यह जान लें कि पिछले कुछ दिनों से उत्तरप्रदेश में उर्दू को दूसरी राजभाषा बनाने की माँग उठ रही है। इसकी प्रतिक्रियास्वरूप नामवर जी ने यह बात कही है। उनके उक्त कथन का निहितार्थ यह हुआ कि किसी दूसरी भारतीय भाषा को एक राज्य विशेष में संवैधानिक स्वीकृति मिल जाने पर सांस्कृतिक अराजकता फैल जायेगी। गोया हिन्दी की समृद्धि का राज़ दूसरी भाषाओं का हक़ छीनने में ही है। फ़ारसी की एक कहावत है— 'हम चू मा दीगरे नीस्त', अर्थात् हमारे जैसा हमारे सिवाय कोई दूसरा नहीं। उर्दू को लेकर इस नज़रिए को उचित नहीं कहा जा सकता।

डॉ. अजमल अजमली ने 'हंस' के जुलाई 1987 अंक में छपे अपने लेख 'क़िस्सा बासी भात में ख़ुदा के साझा का' में इस पूर्वग्रहजनित सोच का बहुत माक़ूल जवाब दे दिया है। उनके पक्ष को यहाँ उद्धृत करना ज़रूरी लगता है : ''मैं समझता हूँ कि बोलियाँ जब आगे बढ़कर ज़बानें बनें और अपना हक़ माँगें तो उनके क्षेत्र में उन्हें उनका हक़ दिया जाए। मैं इसे देश और देश की एकता के लिए ख़तरा नहीं समझता। अस्ल में हमारी एकता इससे नहीं बनती और न बनेगी कि लोगों और ज़बानों के जायज़ हक़ को कुचला जाये।''

नामवर जी ने आज़ादी के बाद उर्दू रस्मुलख़त (लिपि) के प्रति अतिरिक्त आग्रह के सवाल को उठाया है। कहते हैं : ''अब भाषा मज़हब के साथ इस तरह गड्डमड्ड हो गयी है कि भाषा ख़ुद मज़हब बन गयी है।'' यह सच है कि कुछ लोगों ने भाषा को मज़हब का पर्याय मान लिया है। यह तस्वीर का एक पहलू है। वहीं दूसरा और सकारात्मक पहलू भी है कि बहुत लोगों ने भाषा को मज़हब के दायरे से बाहर एक व्यापक ज़मीन प्रदान करने की जद्दोजहद भी की है। फिर हमारी सोच इतनी नकारात्मक नहीं होनी चाहिए कि हम भाषा और उसकी लिपि के प्रति आग्रह की अनिवार्य परिणति धार्मिक कट्टरता को ही मान लें। हमारी ओर से यह सन्देश जाना दुर्भाग्यपूर्ण होगा कि देश की एकता को सबसे बड़ा ख़तरा इस लिपि से ही है।

कमलेश्वर जी ने इस सूत्र को ही आगे बढ़ाया है। भाषा के अलगाववाद को लेकर उनकी चिन्ता वाजिब है और हमारे मर्म को छूती है, लेकिन इससे आगे बढ़कर वे उर्दू लिपि को ख़ारिज करने पर आमादा हो जाते हैं। अपने लेख के अन्त में उन्होंने मौजूदा दौर की ज्वलन्त समस्याओं का ज़िक्र करते हुए कहा है कि इन समस्याओं से उदासीन कर हमें 'भाषा की ग़ैर ज़रूरी और बनावटी लड़ाई में झोंक दिया जाता है।'

ग़ौर से देखने पर मालूम होगा यह ग़ैर ज़रूरी और बनावटी लड़ाई उच्च मध्यवर्गीय बुद्धिजीवियों का खेल है और इस लड़ाई से दामन बचाने का चातुर्य भी यह वर्ग ख़ूब जानता है। जब किसी जवाबदेही की बात आती है तो ये लोग अपनी ही बिछाई बिसात को उलट कर खड़े हो जाते हैं। बहरहाल, फ़ारसी रस्मुलख़त को ख़ारिज करने का प्रस्ताव इस ग़ैर ज़रूरी और बनावटी लड़ाई के अनेक कारणों में से एक है। इस लेख से उभरने वाले तीन मुद्दों पर हम बात करना चाहेंगे:

1. ''भाषा एक ही थी— यानी लिखित खड़ी बोली— परन्तु फ़ारसी लिपि में लिखी गई खड़ी बोली (जिसे उर्दू कहा गया) अपनी लिपि के कारण खेत-खलिहानों, चौपालों, क़स्बों तक नहीं पहुँची। वह शहरों, शिक्षितों और सम्पन्न घरानों की गोद में पली। इसके विपरीत नागरी लिपि में लिखित खड़ी बोली (जिसे हिन्दी कहा गया) शहरों, क़स्बों, बाज़ारों से होती हुई गाँवों, खेत-खलिहानों के साक्षरों (शिक्षितों नहीं) तक पहुँची।'' इस पर कोई विवाद नहीं कि थोड़े-बहुत फ़र्क़ के साथ भाषा एक ही थी। दरअस्ल विसंगति कहाँ है, हमें यह देखना चाहिए। हिन्दी और उर्दू के बीच समानता के बिन्दु तलाश करना और दोनों के बीच आदान-प्रदान की प्रक्रिया को प्रोत्साहित करना एक स्वागत योग्य क़दम है, लेकिन दोनों भाषाओं को एक सिद्ध करते हुए भाषा के रूप में उर्दू के पाँच-छह सौ वर्षों के इतिहास को झुठलाना तर्कसंगत नहीं लगता। यह एक तरह से दोनों ही भाषाओं की साहित्यिक परम्पराओं को अनदेखा करना है और साथ ही एक भाषा की शब्द-सम्पदा, उसकी लिपि के विशिष्ट सौन्दर्य का अवमूल्यन करने जैसा है। माना कि शुरूआती दौर में उर्दू पश्चिमी हिन्दी की एक शैली के रूप में विकसित हुई। वाक्य-रचना की समानता को हम दोनों भाषाओं की एकता का आधार मान सकते हैं, लेकिन उर्दू के लबोलहजे और मुहावरे की विशिष्टता को हम नज़रअन्दाज़ नहीं कर सकते। अत: यह कहना उचित होगा कि उर्दू भारतीय समाज की एक ऐतिहासिक ज़रूरत के रूप में जन्मी, पर उसके मिज़ाज के पीछे एक भिन्न परम्परा रही है जिसका रिश्ता हमारी समन्वित संस्कृति से आकर जुड़ता है। यही वजह है कि मुल्ला वजही की 'सबरस' की भाषा पश्चिमी हिन्दी के प्रयोग की बहुलता के बावजूद उर्दू है। इस रूपक-कथा की रचना 1634 ई. में हुई थी। यदि आप 'सबरस' का नागरी लिप्यन्तरण कर लें तो आपको प्रतीत होगा कि इसका लहजा उस दौर की पश्चिमी हिन्दी से अलग पहचान रखता है, अत: उर्दू है।

सामान्यतया फ़ारसी लिपि में लिखी गयी खड़ी बोली को उर्दू और नागरी लिपि में लिखित खड़ी बोली को हम हिन्दी कह सकते हैं। बेशक हिन्दी और उर्दू दोनों में साहित्य के ऐसे नमूने मिल जायेंगे जहाँ सिर्फ़ लिपि ही भाषा को अलगाती हो। लेकिन मीर-ग़ालिब-इक़बाल-फ़ैज़-फ़िराक़ व अन्य शाइरों के कुछ शे'र अगर इस दलील को सच साबित कर देंगे तो वहीं कुछ शे'र इस दलील का खंडन करते दिखाई देंगे। मौलाना

अल्ताफ़ हुसैन 'हाली' के 'मुसद्दस' और मैथिलीशरण गुप्त की 'भारत-भारती' की अक्सर तुलना की जाती है। पर क्या 'मुसद्दस' और 'भारत-भारती' की भाषा लिपि भेद के बाद एक ही है ? हम दोनों भाषाओं को एक-दूसरे से दूर ठेलने की बात नहीं कर रहे, हमारा अभिप्राय सिर्फ़ यह है कि उर्दू भाषा और साहित्य की परम्परा के अस्तित्व को नकारा नहीं जाना चाहिए।

उर्दू अपनी लिपि के कारण खेत-खलिहानों, चौपालों तक नहीं पहुँची, इस बात का सिरा भी पकड़ में नहीं आता। ज़रा सोचिए ज़मीन, जायदाद, रक़बा, जरीब, फ़सल, ग़ल्ला, मवेशी, ख़सरा, इंद्राज, दाख़िल-ख़ारिज, बेदख़्ली, काश्तकार, मज़दूर, जानवर, हवा, बारिश आदि सैंकड़ों शब्दों ने खेत-खलिहानों में कैसे प्रवेश कर लिया ? ये किस भाषा के शब्द हैं ? इन तथा ऐसे अनेक शब्दों के बिना हिन्दी पट्टी के किसान का काम चल ही नहीं सकता। खेतों-खलिहानों के जीवन में उर्दू की व्याप्ति न होती तो आज से सौ साल पहले मौलाना इस्माईल मेरठी (1844-1917 ई.) गाय पर क्या यह नज़्म लिख पाते जो किसान जीवन को प्रतीकित करती है:

रब का शुक्र अदा कर भाई
जिसने हमारी गाय बनाई

अस्ल बात तो यह है कि इस शिक्षाविरोधी माहौल में जहाँ लोगों का अनपढ़ रहना ही व्यवस्था के लिए मुफ़ीद है, लिपि अभी खेत-खलिहानों तक पहुँची ही कहाँ है ? नागरी और फ़ारसी लिपि की बात को बाद में उठती है। खेत-खलिहानों में सामाजिक प्रक्रिया से छनकर सीधे भाषा पहुँचती है; और यह कहना अत्युक्ति न होगी कि वह भाषा उर्दू के समीप पड़ने वाली हिन्दुस्तानी ही रही है। यह निष्कर्ष निकालना कितना तथ्यहीन होगा कि नागरी लिपि के कारण देहात के सब लोग हिन्दी पढ़ने-लिखने में दक्ष हो गये हैं। जबकि आज़ादी के चालीस वर्ष बाद सरकार प्राइमरी स्कूलों में ऑपरेशन ब्लैक बोर्ड चलाने पर ग़ौर कर रही है। हमारा विचार यह है कि शिक्षा को यदि हमारे राष्ट्रीय कार्यक्रम में वरीयता दी जाये और उर्दू को उसकी अस्मिता के साथ विकसित होने का अधिकार दिया जाये तो फ़ारसी लिपि के बावजूद उर्दू भी खेल-खलिहानों, चौपालों तक पहुँचने में समर्थ हो सकती है जो कि वह है।

2. कमलेश्वर की दूसरी मान्यता यह है कि 'उर्दू वालों की यही भाषा जब अन्य क्षेत्रों में पहुँची तो यह सम्प्रदाय विशेष—याने मुसलमानों की सम्पर्क भाषा ही बन सकी, क्योंकि अन्य प्रांतों के मुसलमानों के पास अपनी-अपनी मातृभाषाएँ भी थीं।'

हमारे विचार से दूसरे क्षेत्रों में पहुँचने पर उर्दू सिर्फ़ एक सम्प्रदाय विशेष के बजाय जनसाधारण की भाषा भी बन सकी और इसके शब्द-भंडार में वृद्धि हुई। दूसरी भाषाओं के सम्पर्क से इसमें विविधता आई और उर्दू का एक नया डिक्शन उभर कर

सामने आया। हम दक्षिण का उदाहरण लें। यह सच है कि आंध्रप्रदेश और कर्नाटक के मुसलमानों की मातृभाषाएँ क्रमशः तेलुगु और कन्नड़ हैं। पन्द्रहवीं सदी में उर्दू के दक्षिण पहुँचने से पहले ये मातृभाषाएँ ही उनकी सांस्कृतिक पहचान बनाती थीं, लेकिन अब उर्दू भी इस पहचान का हिस्सा बन गई। उर्दू दकन के तेलुगु और कन्नड़भाषी क्षेत्रों में पहुँच कर द्रविड़ भाषाओं के साथ घुली-मिली और वहाँ के लोगों के सोच और व्यवहार का हिस्सा बनी। दकनी उर्दू सम्प्रदाय विशेष नहीं जनसाधारण की सांस्कृतिक पहचान बनी, इसीलिए उत्तर भारत से पहले वहाँ उर्दू में विपुल साहित्य की रचना सम्भव हो सकी। मुल्ला वजही, क़ुली क़ुत्बशाह, नुसरती और वली दकनी आदि की मातृभाषाएँ कन्नड़ और तेलुगु रही होंगी, मगर क्या उनकी सांस्कृतिक पहचान में उर्दू का योग नहीं है ?

3. कमलेश्वर ने 'फ़ारसी के चौखटे में उर्दू को क़ैद रखने' को लेकर चिन्ता व्यक्त की है और 'लिपि के झीने कवच' को छोड़ने की तज्वीज़ पेश की है।

यह बात तो समझ में आती है कि फ़ारसी के साथ-साथ नागरी लिपि में भी उर्दू लिखी जाने लगे तो हिन्दी क्षेत्र में इसके फलने-फूलने की सम्भावनाएँ बढ़ जाएँगी, लेकिन फ़ारसी लिपि का पूर्णतः परित्याग करके उर्दू भाषा की प्रकृति को जान पाना कठिन होगा। विशेष रूप से उर्दू में अरबी और फ़ारसी स्रोतों से गृहीत शब्दों के व्युत्पत्तिपरक अर्थों को लिपि से परिचय के अभाव में समझा नहीं ज़ा सकता। क़वायद (व्याकरण) और लिसानियात (भाषाशास्त्र) का अध्ययन लिपि के रहते ही सम्भव है। जैसे एक 'किताब' शब्द को लीजिए। इसके हिज्जे काफ़, ज़ेर, ते, अलिफ़ और 'बे' साकिन होंगे। इसकी मूल धातु से बनने वाले अन्य शब्द देखिए— कुतुब (किताब का बहुवचन), कातिब (लिखने वाला), किताबत (लेख या लेखन) और कत्बा (समाधिलेख) आदि। जैसा कि हर भाषा में होता है, एक धातु से एक शब्द नहीं, शब्द-शृंखला की व्युतपत्ति होती है। हर नये शब्द को हम वर्तनी-व्यवस्था (Orthography) के आधार पर ही समझ सकते हैं। मिसाल के लिए 'ख़बर' से 'अख़बार' शब्द के निर्माण के नियम को लिपि के आधार पर ही समझा जा सकता है। अतः और ज़्यादा उदाहरणों की ज़रूरत नहीं है, यह एक प्राथमिक-सी बात है। अगर हम यह कहने लगें कि उर्दू भाषा और साहित्य को सिर्फ़ नागरी लिपि में ही पढ़ा और पढ़ाया जाये तो यह अव्यावहारिक होगा।

व्यापक जन समुदाय में उर्दू को ग्राह्य बनाने के लिए बहुत पहले से उर्दू साहित्य के नागरी लिप्यन्तरण प्रकाशित होने शुरू हो चुके हैं। 'फ़िराक़' जैसे उर्दू के बड़े शाइर ने आज़ादी के बाद अपनी कई किताबें नागरी लिपि में प्रकाशित करायीं। सन 1950 ई. के आसपास अली सरदार जाफ़री ने हिन्दुस्तानी बुक ट्रस्ट, बम्बई से मीर और ग़ालिब के दीवान हिन्दी में प्रकाशित किये। इसके बाद एक सिलसिला क़ायम हुआ जो आज

तक बदस्तूर जारी है। निस्सन्देह इससे उर्दू का हित हुआ है। उर्दू भाषा के लिए नागरी लिपि का व्यवहार एक बात है और फ़ारसी लिपि से पूर्णतः मुक्ति बिल्कुल दूसरी बात। आज उर्दू का हर लेखक चाहता है कि उसकी किताब हिन्दी में भी आये, लेकिन वह लिखता फ़ारसी लिपि में है। लेखक के सर्जनात्मक मन और लिपि के सम्बन्ध का एक मनोविज्ञान है।

कमलेश्वर के अनुसार फ़ारसी लिपि ग़ैर ज़रूरी है और उर्दू तो फ़ारसी लिपि में लिखी खड़ी बोली है, अर्थात् कहीं वे यह तो नहीं कहना चाहते कि उर्दू नाम की कोई भाषा नहीं है फिर फ़ारसी लिपि की क्या ज़रूरत है? इस प्रसंग में असग़र अली ख़ाँ ख़ान बहादुर की याद आ जाती है। 'सरस्वती' के दिसम्बर 1913 अंक में संयुक्त प्रांत में प्रारम्भिक शिक्षा की उन्नति को लेकर गठित समिति की रिपोर्ट का संक्षिप्त विवरण प्रकाशित हुआ था। विवरण के अनुसार इस समिति में 12 सदस्य थे— 6 अँग्रेज़, 4 हिन्दू और 2 मुसलमान। समिति की बैठक नैनीताल में हुई थी। इस समिति के एक सदस्य असग़र अली ख़ाँ ख़ान बहादुर बरेलवी ने हिन्दी के विषय में वही बात कही थी जो उर्दू के विषय में थोड़े-बहुत हेर-फेर के साथ कमलेश्वर ने कही है। उन्होंने कहा था : "हिन्दी नामी कोई ज़बान ही नहीं है। Urdu or Hindustani is the Lingua Franca of the Country."

आज़ादी के बाद अविभाजित कम्युनिस्ट पार्टी ने हिन्दी-उर्दू विवाद को सही परिप्रेक्ष्य में समझने की कोशिश की। 7-8 मई, 1952 को कम्युनिस्ट पार्टी कॉन्फ्रेंस फ़ॉर कल्चर का आयोजन हुआ। इसमें यह प्रस्ताव पारित किया गया कि हिन्दुस्तानी भाषी क्षेत्रों में हिन्दी-उर्दू विवाद पर विचार-विमर्श हेतु एक समिति गठित की जाये जिसके सदस्य डॉ. रामविलास शर्मा और अब्दुल अलीम होंगे। (सुधी प्रधान : Marxist Cultural Movement in India, Vol. III-1943—1964) कॉन्फ्रेंस में हिन्दी के साथ-साथ अन्य भारतीय भाषाओं के विकास पर बल दिया गया। आज के सन्दर्भ में भी हिन्दी-उर्दू भाषाओं को लेकर यही परिप्रेक्ष्य ग्राह्य है। ज़ाहिर है कि कॉन्फ्रेंस में फ़ारसी लिपि का परित्याग कर उर्दू भाषा के विकास की बात नहीं कही गई थी।

'लिपि के झीने कवच' को छोड़ने की बात आप कहें या न कहें, देश के मौजूदा हालात में फ़ारसी लिपि से परिचित लोगों का दायरा वैसे भी निरन्तर सिमटता जा रहा है। यह दोहराना ग़ैर ज़रूरी होगा कि उर्दू सिर्फ़ मुसलमानों की भाषा नहीं है। बस इतना है कि मुस्लिम समुदाय में इस लिपि से परिचित लोगों की तादाद ज़्यादा है। दूसरे, भारत विभाजन के बाद पंजाब से विस्थापित लोगों की बुज़ुर्ग पीढ़ी के पढ़ने-लिखने का ज़रिया यही लिपि रही है। पर अब बुज़ुर्गों की यह पीढ़ी धीरे-धीरे बीतने को है। पंजाब से आये परिवारों की नई पीढ़ी ने इस लिपि से नाता तोड़ लिया है। इसी तरह सम्भ्रान्त मुस्लिम परिवारों में उर्दू लिपि के प्रति उदासीनता बहुत प्रत्यक्ष है।

इन हालात में अलग से फ़ारसी लिपि के ख़ात्मे का बीड़ा उठाने की ज़रूरत नहीं है। यह साज़िश न होते हुए भी एक साज़िश-सी लगती है। ऐसा लगता है जैसे उर्दू के प्रायोजित विरोध में हम भी शामिल हो गये हैं। फ़ारसी लिपि को ख़ारिज करने का आग्रह एक सीमा के बाद उर्दू विरोध में बदल जाता है जोकि शायद कमलेश्वर जी का मंशा नहीं है।

अतः तमाम विरोध और अवरोधों के बावजूद जो लोग उर्दू के लिए फ़ारसी लिपि का व्यवहार पसन्द करते हैं या ऐसा जिन्हें सुविधाजनक है, उन्हें हतोत्साहित करना वाजिब नहीं है। इसके साथ ही अगर उर्दू के अधिकार की बात उठती है (वह भी उसके घर उत्तरप्रदेश में) तो इसे हिन्दी का अहित नहीं समझना चाहिए। भविष्य के सामाजिक जीवन की ज़रूरत हिन्दी-उर्दू विवाद को स्वतः सुलझा लेगी।

यह दिलचस्प है कि कमलेश्वर जी का गद्य हिन्दी-उर्दू एकता की बेहतरीन मिसाल है। उनकी कथा-भाषा हिन्दी-उर्दू की कृत्रिम सीमाओं को अतिक्रांत करती है। इसके बावजूद प्रस्तुत लेख की स्थापनाएँ बहस को उकसाने वाली हैं और जाने-अनजाने इसमें उर्दू लिपि के परित्याग का स्वर पैदा हो गया है। नामवर जी और उनके लेखों का स्वर एक है। विवादी स्वर सिर्फ़ डॉ. अजमल अजमली के लेख में सुनायी देता है।

ज़बानों का अपने हक़ के लिए आवाज़ उठाने से देश की एकता को ख़तरा है या ज़बानों को उनका जायज़ हक़ दिलाया जाना चाहिए—इनमें से सही विकल्प को पाठक स्वयं चुन सकते हैं।

—अगस्त, 1987

उर्दू : लेकिन सवाल यह है कि...

हमारी प्यारी ज़बान उर्दू
हमारे नग़मों की जान उर्दू
हसीन दिलकश जवान उर्दू
ये वो ज़बाँ है कि जिसको गंगा के जल से पाकीज़गी मिली है
अवध की ठंडी हवा के झोंकों में जिसके दिल की कली खिली है
जो शे'रो-नग़मा के ख़ुल्दज़ारों में आज कोयल-सी कूकती है
हमारी प्यारी ज़बान उर्दू......

—अली सरदार जाफ़री

जिस ज़बान में ये ख़ूबियाँ हैं, वह अतीत की चीज़ कभी नहीं बन सकती। फिर भी आज के हालात पर ग़ौर करें तो इस प्यारी ज़बान पर ह्रास के आसार दिखाई दे रहे हैं। इसके संरक्षण और विकास को लेकर उर्दू दुनिया के हर कोने से चिन्ताओं का इज़हार किया जा रहा है। 8 सितंबर, 2013 ई. के 'राष्ट्रीय सहारा' उर्दू में 'उर्दू का फ़रोग़ : हक़ीक़त के आईने में' शीर्षक से डॉ. शहज़ाद अंजुम का लेख पढ़ने को मिला, जो हर लिहाज़ से हमारा ध्यान आकर्षित करता है। इस विषय से किस उर्दू-प्रेमी को दिलचस्पी न होगी। यह लेख उर्दू के विकास को लेकर की जाने वाली बड़ी-बड़ी बातों को आईना दिखाता है। साथ ही विचार के लिए कुछ ज़रूरी सवाल भी उठाता है। मसलन मैं नहीं जानता कि उन्होंने उर्दूदाँ लोगों के जो वर्ग निर्धारित किये हैं, उनमें मेरी जगह कहाँ है ? अलबत्ता क़रीब पैंतालीस वर्षों से अब तक उर्दू से थोड़ा-बहुत रिश्ता क़ायम रखे हुए हूँ। कुछ बिन्दुओं पर मेरे निजी अनुभव प्रो. अंजुम से भिन्न हैं। उन्होंने पाँचवें वर्ग के अन्तर्गत जिन हज़रात को उर्दू का सच्चा ख़िदमतगार बताया है (उर्दू के शाइर, अदीब, पत्रकार और अध्यापक) दरअस्ल इनमें ही कहीं उर्दू के नामलेवा छिपे बैठे हैं, जो अपनी तस्वीरें और ख़बरें आग्रहपूर्वक छपवाते हैं। मैं यह बात वाक़ई में उर्दू के सच्चे ख़िदमतगारों का सम्मान करते हुए अर्ज़ कर रहा हूँ। ज़रा ग़ौर कीजिए, जो उर्दू से सम्बन्धित बड़े फ़ैसलों में शामिल रहते हैं, पुरस्कार समितियों के सदस्य हैं, वे किस

वर्ग के लोग हैं ? हमारे दौर की विडम्बना यह है कि निजी स्वार्थों के वशीभूत इन हज़रात की ख़िलाफ़वर्ज़ी करने से सब डरते हैं, क्योंकि किसी को यूनिवर्सिटी में प्रोफ़ेसर बनना है, किसी को विदेश यात्रा पर जाना है और किसी को पुरस्कार तो किसी को फ़ैलोशिप लेना है। यह सिर्फ़ उर्दू का मसला नहीं है, हिन्दी का माजरा इससे जुदा नहीं है। फ़र्क़ सिर्फ़ इतना है कि हिन्दी में गुंजाइशें ज़रा ज़्यादा हैं। इस व्यवस्था में यही हो सकता है। अगर आप कुछ कर सकते हैं तो फ़क़त यह कि उर्दू के भाग्यविधाता हज़रात की मेहरबानियों के आकांक्षी लोगों की पंक्ति से ख़ुद को अलग कर लें। हालाँकि इस काम का आसान होना दुश्वार है।

प्रो. अंजुम ने उर्दू आबादी को छह वर्गों में बाँटकर देखा है। एक अहम वर्ग की तरफ़ उनकी नज़र नहीं गई। वह है हिन्दी रचनाकार और पाठकों का वर्ग। पहली बात तो यह है कि उर्दू आबादी और हिन्दी आबादी का विभाजन मुझे व्यावहारिक नहीं लगता; क्योंकि ज़बान की आबादी में सिर्फ़ लेखक नहीं होते, अवाम भी होते हैं, जो एक ऐसी ज़बान बोलते हैं जिसे लिपि भेद के साथ हिन्दी और उर्दू दोनों कहा जा सकता है। इस मौज़ू पर बहुत कहा-लिखा जा चुका है। मेरा विनम्र मत यह है कि उर्दू आबादी की शिनाख़्त करने में किंचित् उदारता बरतनी चाहिए। हमें उर्दू आबादी में उन हिन्दी रचनाकारों का हिस्सा भी मानना चाहिए, जो उर्दू की सर्जनात्मकता से गहरे में जुड़े हुए हैं, और जो अपनी कृतियों के शीर्षक महान उर्दू शाइरों की रचनाओं से लेते हैं। साथ ही जिनकी तहरीरों में उर्दू के सन्दर्भ यहाँ-वहाँ बिखरे हुए हैं। ऐसे रचनाकारों की बड़ी तादाद है। विष्णु खरे के कविता-संग्रह 'सबकी आवाज़ के पर्दे में', स्वयं प्रकाश के साक्षात्कार 'और फिर बयाँ अपना' और काशीनाथ सिंह के स्मृति-आख्यान 'तुम्हें याद हो कि न याद हो' को फ़िलहाल याद कीजिए। विष्णु खरे, स्वयं प्रकाश और काशीनाथ सिंह ने क्रमशः मीर, ग़ालिब और 'मोमिन' से अपने शीर्षक लिये हैं। इनमें विष्णु खरे ने मीर के शे'र को उर्दू लिपि में किताबत कराके संग्रह के आरम्भ में छपवाया है:

गोश को होश के टुक खोल के सुन शोरे-जहाँ
सबकी आवाज़ के पर्दे में सुख़नसाज़ है एक

उर्दू के अधिकांश लोगों को हिन्दी रचनाकारों की उर्दू से मैत्री का इल्म भी नहीं होगा। हमें यह तथ्य कभी विस्मृत नहीं करना चाहिए कि हिन्दी और उर्दू की परम्पराएँ अनेक स्तरों पर एक दूसरे में समाविष्ट हैं।

यह एक प्रकट सच्चाई है कि तास्सुब बरतने वालों ने उर्दू के ख़िलाफ़ जितनी तेज़ी से ग़लतफ़हमियाँ फैलाई हैं, उससे कहीं ज़्यादा तेज़ी के साथ हिन्दी दुनिया में उर्दू सीखने की लगन पैदा हुई है। वे उर्दू शे'रो-अदब को उसकी लिपि में पढ़ने की इच्छा रखते हैं। हिन्दी साहित्य में जो अपना ख़ास मुक़ाम बना चुके हैं, वे कवि-लेखक भी

इस लिपि में दिलचस्पी लेते देखे गये हैं। उर्दू के उज्ज्वल भविष्य में इन रचनाकारों के किरदार को विस्मृत नहीं किया जाना चाहिए। उर्दू और हिन्दी वालों दोनों की जानिब से यह कोशिश होनी चाहिए कि दोनों के बीच एक मंच पर अन्तर्संवाद सम्भव हो सके।

अब यह ज़िम्मेदारी कौन ले ? राज्य हिन्दी अकादमियों को हिन्दी से बाहर नहीं झाँकना है और उर्दू अकादमियों को उर्दू से। केन्द्रीय साहित्य अकादेमी अगर हिन्दी का आयोजन करती है तो उसमें सिर्फ़ हिन्दी के लोग होते हैं, उर्दू के आयोजनों में सिर्फ़ उर्दू के लोग। लिहाज़ा अकादमियाँ दोनों के बीच अन्तर्क्रिया का अवसर ही नहीं देती हैं। रही लेखक संगठनों की बात तो ये ख़ुद में सिमटते जा रहे हैं। जब कभी गंगा-जमनी तहज़ीब की याद आती है तो यदा-कदा दोनों के लेखकों को जुटा लिया जाता है। दरअस्ल इसके लिए बड़ी सांस्कृतिक सक्रियता दरकार है। तब कुछ सूरत बदल सकती है। फिर उर्दू आबादी के मुद्दे पर नये ढंग से सोचने का माहौल बनेगा। मेरी दानिस्त में ज़ुबैर रज़्वी ने 2005 ई. में 'ज़ेहने-जदीद' के मंच से यह प्रयास किया था जिसके अच्छे नतीजे भी सामने आये थे। यह सिलसिला आगे नहीं बढ़ पाया।

प्रो. अंजुम ने उर्दू के प्रचार-प्रसार से सम्बन्धित जो तज्वीज़ें पेश की हैं, वे अपनी जगह पर बेहतर हैं, लेकिन इस बात का भी ज़िक्र किया जाना चाहिए था कि हम निजी स्तर पर क्या करते हैं ? उर्दू के हक़ में सरकारी पॉलिसियों का इंतिज़ार मृग-जल की मानिन्द है। पहले बिहार फिर उत्तर प्रदेश और दिल्ली में उर्दू को दूसरी राजभाषा का दर्जा दिया गया है, पर अमल के ऐतिबार से वहाँ उर्दू की हैसियत क्या है ? यह एक स्वतन्त्र चर्चा का विषय है। यहाँ अर्ज़ यह करना है कि आपकी तख़्लीक़ की गई किताबों की तादाद लगातार बढ़ती जा रही है और उर्दू लिपि जानने वालों की तादाद घटती जा रही है। इस विरोधाभास को समझे बग़ैर उर्दू के मस्अले पर बात करना बेमानी है। आप आँकड़े पेश करते हैं कि अकेले उत्तरप्रदेश में उर्दू बोलने वालों की तादाद दो करोड़ से ऊपर है। लेकिन सवाल यह है कि उर्दू लिपि जानने वाले ?

मेरी विनम्र राय में हमारे कमिटमेंट का सबसे बड़ा सुबूत यह होगा कि हम एक मिशन के तहत निरक्षर लोगों को उर्दू से आशना करें। न जानने वालों को उर्दू हुरूफ़ सिखाये। सूबों की उर्दू अकादमियाँ रस्मी तौर पर यह काम कर रही है, लेकिन यह ऊँट के मुँह में जीरे के बराबर है। ख़ुद को उर्दूदाँ कहने का दावा करने वाला एक व्यक्ति अगर एक-दो लोगों को भी उर्दू लिपि से वाक़िफ़ करा देता है तो तस्वीर कुछ बदल सकती है। यह कोशिश घर, पड़ोस और मुहल्ले से शुरू होनी चाहिए। अफ़सोस यह कि यह जज़्बा भी अब पस्ती का शिकार हो चुका है। एक ज़माने में हमारे क़स्बों में उर्दू सीखने-सिखाने का माहौल था। कुछ जीविकोपार्जन की आपाधापी की वजह से और कुछ सामाजिक सेनेरियो के बदलाव की वजह से वह माहौल अब अतीत के गर्त में चला गया है। पंक्ति-लेखक के उर्दू-प्रेम की जड़ें भी चालीस-पैंतालीस वर्ष पहले के

इसी माहौल में रही हैं। याद ही नहीं पड़ता कि उर्दू अक्षर किसने सिखाये? एक माहौल था जो उर्दू सिखाता रहा। फिर यह बात भी ज़ेहन में रही 'कि आती है उर्दू ज़बाँ आते-आते।' ख़ैर, यह मेरा अपना अनुभव है। अब आलम यह है कि बक़ौल निदा फ़ाज़्ली, 'मिल-जुल के बैठने की रिवायत नहीं रही।' फिर सीखने-सिखाने का अवकाश ही कहाँ रह गया!

— *2013 ई.*

उर्दू के अपने कौन हैं ?

गेसू-ए-उर्दू अभी मिन्नत पज़ीर-ए-शाना है
शम्मः ये सौदाई-ए-दिलसोज़ि-ए-परवाना है

—इक़बाल

शे'र का वाच्यार्थ यह है कि उर्दू के गेसू (केश) अभी शाने (कंधे) के मिन्नत पज़ीर (एहसानमन्द) हैं। यह शमा (यानी उर्दू) परवाने की दिलसोज़ी (दिल को जलाना) की सौदाई (दीवानी) है। भावार्थ यह है कि उर्दू की तरक़्क़ी के लिए एक आश्रय या सहारे की ज़रूरत है। यह सहारा उसे चाहने वालों का है। इस प्रेम में वैसा ही समर्पण चाहिए जैसा कि परवानों का शमा के प्रति होता है।

यह इक़बाल का एक अनेकशः उद्धृत शे'र है जो उर्दू की अपेक्षाओं और समस्याओं के सन्दर्भ में आज भी उतना ही प्रासंगिक है। जैसा कि जटिल हमारे देश का भाषायी ताना-बाना है, उसमें उर्दू की अपेक्षाओं और समस्याओं को किसी अन्य भारतीय भाषा के उदाहरण से नहीं समझा जा सकता।

अपनी भाषा से कौन प्रेम नहीं करता ? अगर यह प्रेम न हो तो एक अस्वाभाविक स्थिति होगी। लेकिन यह प्रेम विभिन्न समुदाओं के बीच घृणा को प्रचारित करने का कारण बन जाये तब इससे उस भाषा को तो हानि पहुँचती ही है, सम्प्रदायवाद के फलने-फूलने को भी अवसर मिल जाता है। 'राष्ट्रीय सहारा', उर्दू (24 जुलाई, 2016) में प्रकाशित डॉ. शफ़ी अय्यूब के लेख से मालूम हुआ कि पिछले दिनों एक विद्वान हकीम सैयद अहमद ख़ाँ ने उर्दू के प्रति इसी प्रकार के प्रेम का प्रदर्शन किया है। हकीम साहब का यह बयान चर्चा का विषय रहा है कि 'हमें बाआवाज़ बुलन्द ऐलान कर देना चाहिए कि उर्दू मुसलमानों की ज़बान है।' सुखद यह है कि पूरी उर्दू दुनिया में उन्हें कहीं से समर्थन हासिल नहीं हुआ। समर्थन नहीं मिलना इस बात का प्रमाण है कि अवाम के दिलों में सेक्युलर मूल्यों को लेकर यक़ीन क़ायम है। ख़ुद डॉ. शफ़ी अय्यूब ने उर्दू के लिए हकीम साहब की सेवाओं का सम्मान करते हुए उनके इस बयान से सख़्त असहमति जताई है।

हमें यह बात जानना बहुत ज़रूरी है कि बयान देने वाले का किन्हीं फूटवादी ताक़तों से कोई रिश्ता न रहा हो, तब ऐसी बात वह किस मानसिक दबाव में कह रहा है ? इस मन:स्थिति का विश्लेषण करते हुए पिछले कुछ वर्षों के दौरान निर्मित परिस्थिति की ओर हमारा ध्यान जाता है। हमने महसूस किया है कि इस दरमियान शिक्षा के भगवाकरण की नीतियों के ज़रिए मध्यवर्ग के सम्प्रदायीकरण का काम तेज़ी के साथ हुआ है। शिक्षा एवं ज्ञान की सभी महत्त्वपूर्ण संस्थाओं के प्रमुखों के रूप में संकीर्ण सोच के लोगों को प्रतिष्ठित करने से खुले बौद्धिक संवादों के वातावरण को हानि पहुँची है। असहमति की आवाज़ के प्रति असहिष्णुता इन दिनों परवान चढ़ी है। ऐसे हालात पैदा किये गये हैं कि सौहार्द व भाई-चारे का माहौल छिन्न-भिन्न हो और दूसरे समुदाय के लोग अपने दायरे में सिमटने को मजबूर हों। इसके परिणामस्वरूप अल्पसंख्यकों के संदेहों में इज़ाफ़ा हुआ है और राजनीति के स्तर पर साम्प्रदायिक ध्रुवीकरण बढ़ा है। इन हालात की प्रतिक्रिया में इस तरह के बयान आते हैं। हमारा पक्ष यह है कि भले ही हालात कैसे भी नासाज़गार हों, ऐसे बयानों का कोई औचित्य नहीं बनता। जिस ज़बान का जन्म ही हिन्दुओं और मुसलमानों के सदियों के मेल-जोल से हुआ हो उसे सिर्फ़ मुसलमानों की ज़बान कैसे कहा जा सकता है ? यह हमारे धर्मनिरपेक्ष लोकतन्त्र की मूल आत्मा के विरुद्ध है।

इसी सिलसिले में 'राष्ट्रीय सहारा', उर्दू (6 मार्च, 2016) में ही प्रकाशित जनाब मुहम्मद मंतिक़ी अब्बास के 'अपनों के हाथों उर्दू ग़ैर महफ़ूज़' लेख की ओर हमारा ध्यान जाता है। यह लेख बहस को दावत देने वाला है। इसे पढ़ते हुए फ़ौरी तौर पर एक सवाल क़ायम होता है कि उर्दू के अपने कौन हैं ? इस लेख के द्वारा जो जवाब बरआमद होता है, वह बहुत चिन्ताजनक है। यानी उर्दू के अपने मुसलमान हैं, बाक़ी पराये। ज़रा सोचिए, यह दौर हमारे सेक्युलर मूल्यों के लिए सबसे मुश्किल इम्तिहान का दौर है। सम्प्रदायवादी ताक़तें हिन्दी को हिन्दू और उर्दू को मुसलमान बनाने पर आमादा हैं। ऐसे में हमें बड़े वैचारिक सन्तुलन के साथ अपनी बात रखनी चाहिए। कहीं ऐसा न हो कि हम उर्दू का फ़ायदा सोचते हुए उलटे उसे नुक़सान पहुँचाने के गुनहगार साबित हो जायें। अब्बास साहब ने जो कहा है, उसे सुनें: "जहाँ तक यू.पी. का ताल्लुक़ है, आप लाख सर पटक लें, लाख यहाँ के मुसलमानों का ज़मीर झिंझोड़ लें, लेकिन उर्दू की तर्वीज (चलन, प्रसार) व तरक़्क़ी के सिलसिले में सब बेसूद साबित हो रहा है।" हमारी नज़र में उर्दू के मुताल्लिक़ इस दृष्टिकोण को क़तई क़ाबिले क़ुबूल नहीं कहा जा सकता। लेखक ने ग़ैर मुस्लिम उर्दू-प्रेमियों को किसी हिसाब में नहीं रखा। बात तमाम उर्दू समाज के ज़मीर की होनी चाहिए, न कि फ़क़त मुसलमानों के ज़मीर की। मुसलमानों के ज़मीर को झिंझोड़ने के लिए 'हाली' नवजागरण के दौरान 'मुसद्दस' (1879 ई.) की रचना कर चुके हैं। पर आज हालात बदले हुए हैं। तारीख़ गवाह है कि

उर्दू समाज एक समन्वित समाज है जिसमें ग़ैर मुस्लिम लोगों की बाक़ायदा हिस्सेदारी है। पाठकगण जानते ही हैं, नाम शुमारी का कोई औचित्य नहीं। उर्दू समाज को मुसलमानों तक महदूद करने से एक ग़लत संदेश जायेगा। चंद तास्सुब बरतने वाले लोग उर्दू के सेक्युलर किरदार को नज़रअन्दाज़ करते हुए उसे एक धार्मिक शिनाख़्त देने की साज़िश रच रहे हैं। इसकी सबसे बड़ी मिसाल प्रो. ज्ञानचंद जैन की किताब 'एक भाषा : दो लिखावट, दो अदब' है। हमें उनके सुर में सुर मिलाने की बजाय इसके ख़िलाफ़ सख़्त प्रतिरोध जताना चाहिए।

लेखक की यह चिन्ता दुरुस्त है कि नई नस्ल उर्दू लिपि से नाबलद (अनभिज्ञ) है। इसके आर्थिक व सामाजिक कारण हैं। दूसरे, इसके लिए घरों का बदलता हुआ वातावरण भी ज़िम्मेदार है। ख़ुद मुस्लिम परिवारों में वह वातावरण अब विलुप्त होता जा रहा है जिसमें उर्दू कल्चर के विकसित होने की सम्भावनाएँ बनी हुई थीं। ख़ुद उन्होंने इस तरफ़ इशारा भी किया है कि अच्छे पढ़े-लिखे साहिबे हैसियत घरानों में एक भी उर्दू का अख़बार नहीं मिलता है। इस वातावरण को बनाने में उर्दू अख़बारों की एक अहम भूमिका रही है, लेकिन यह बात अपील नहीं करती कि लिपि का रिश्ता दीन से जोड़ दिया जाये। लिखते हैं :"उर्दू से नाबलद होने के नाते हम अपनी तहज़ीब, अपनी तमीज़, अपना तमद्दुन (सभ्यता) सब ख़त्म करते जा रहे हैं। यही नहीं, हम अपनी दीनी किताबें जो ज़्यादातर उर्दू ज़बान में हैं, उनके पढ़ने से वंचित हो गये हैं।" इस कथन से भी वही ध्वनि निकलती है जो हकीम सैयद अहमद ख़ाँ के बयान में है। देखिए, अगर सिर्फ़ दीन को 'सही तौर' से समझने की समस्या है तो उर्दू लिपि की कोई अनिवार्यता नहीं रह जाती। यह तर्क अंतत: उर्दू के ख़िलाफ़ में ही जायेगा। नई नस्ल अँग्रेज़ी में ख़ुद को सहज महसूस करती है, जो चाहे सेकिंडों में इंटरनेट से हासिल कर सकती है। दूसरे, हमने विश्व पुस्तक मेले में देखा है कि कुछ ऐसी संस्थाएँ है जो हिन्दी, उर्दू और अँग्रेज़ी में इस्लाम धर्म और दर्शन से सम्बन्धित किताबें नि:शुल्क वितरित करती हैं। ग़रज़ यह कि लिपि को दीन से अलग ही रखना चाहिए जो कि वह है भी। लिपि का सवाल हमें एक व्यापक परिप्रेक्ष्य में उठाना चाहिए। कोई भी लिपि मानव मस्तिष्क की हज़ारों वर्षों की जद्दोजहद से उपजी एक कला होती है। इसकी हिफ़ाज़त एक बड़ा सामाजिक दायित्व है। इसके साथ ही जो लोग उर्दू ज़बान को उसकी लिपि में पढ़ने के अभ्यस्त हैं और इस लिपि के साथ जिनका सुदीर्घ मानसिक साहचर्य रहा है, उनके हित में इस लिपि का विस्तार और संरक्षण एक सांस्कृतिक ज़रूरत है।

इसी लेख में कुछ और ऐसी बातें हैं जिनसे उर्दू का कोई हित होगा, इस बात में संदेह है। लिखते हैं : "उर्दू ज़बान जो थोड़ी-बहुत अपने मुशाइरों से ज़्यादा शुहरत पाती है, वह बेचारी मुशाइरे के बैनर में किसी कोने में सिमिटी हुई नज़र आती है।" उर्दू

का कोने में सिमटना ठीक नहीं। यह उचित है कि बैनर उर्दू में होना चाहिए, साथ में हिन्दी भी हो तो कोई उज्र नहीं। लेकिन कभी यह भी सोचा कि आज जब फ़हश लतीफ़ों और गले के दम पर मुशाइरे लूटे जाते हैं, ऐसे मुशाइरों से उर्दू के प्रसार की क्या कोई उम्मीद की जा सकती है ? मुशाइरों-कवि सम्मेलनों से विचार की विदाई हो चुकी है, सिर्फ़ पर्फ़ारमेंस बाक़ी रह गई है। फ़िक्र को तहरीक देने वाले, सोच को आंदोलित करने वाले मुशाइरे अब गुज़रे वक़्तों की चीज़ हो गये हैं। इधर हमने न कभी देखा, न सुना कि मुशाइरों ने किसी को उर्दू लिपि सीखने के लिए प्रेरित किया हो। इसके बरअक्स तज्रुबा यह बताता है कि कुछ संस्कारवान श्रोता इन मुशाइरों की तथाकथित शाइरी सुनकर समकालीन उर्दू शाइरी के बारे में ग़लत राय बना बैठते हैं। ग़रज़ यह कि कुछ अपवादों को छोड़कर आम मुशाइरे तो उर्दू का नुक़सान कर रहे हैं। इनसे उर्दू की शुहरत में इज़ाफ़ा करने की उम्मीद बेमानी है।

हम इक़बाल के शे'र पर पुन: लौटकर आते हैं। परवानों की तरह दिलसोज़ी का जज़्बा यानी त्याग व समर्पण का भाव उर्दू के तथाकथित संरक्षकों में कहीं नज़र नहीं आता। उर्दू की लड़ाई के नाम पर ये लोग सरकारी इदारों में अपने हिस्से की लड़ाई लड़ते देखे गए हैं। उर्दू को अब भी उन परवानों का इंतिज़ार है जिनकी तरफ़ इक़बाल के शे'र में इशारा किया गया है।

—2016 ई.

हिन्दी को उर्दू की सरपरस्ती करनी चाहिए

(उर्दू के आला आलोचक गोपीचंद नारंग से बातचीत)

प्रो. गोपीचंद नारंग एक उर्दू आलोचक के रूप में हिन्दी के साहित्यिक हल्क़ों में सुपरिचित हैं। उनकी पहली बड़ी किताब 'हिन्दुस्तानी क़िस्सों से माख़ूज़ उर्दू मस्नवियाँ' 1959 में प्रकाशित हुई। तब से अब तक उनकी पचास से अधिक किताबें आ चुकी हैं। इनमें 'अनीस शनासी', 'अदबी तन्क़ीद और उस्लूबियात', 'करख़नदारी उर्दू', 'इक़बाल का फ़न', 'उस्लूबियात-ए-मीर', 'इंतिज़ार हुसैन और उनके अफ़साने' और 'अमीर ख़ुसरो का हिन्दवी कलाम' विशेष रूप से उल्लेखनीय हैं। 'साख़्तियात, पस साख़्तियात और मशरिक़ी शे'रियात' किताब के लिए उन्हें वर्ष 1995 के साहित्य अकादेमी पुरस्कार से सम्मानित किया गया। इसका हिन्दी अनुवाद 'संरचनावाद, उत्तरसंरचनावाद और प्राच्य काव्यशास्त्र' इन दिनों चर्चा में है। उर्दू में नए वैचारिक रवैयों और विमर्शों से सम्बन्धित बहसें उठाने में प्रो. नारंग की अग्रणी भूमिका रही है।

- **उर्दू के लिए अनेक नामों का प्रचलन रहा है। इन नामों के औचित्य के साथ-साथ उर्दू भाषा के ख़ास मिज़ाज पर रौशनी डालें?**

  हम जानते हैं कि अमीर ख़ुसरो ने इसे हिन्दवी कहा। मीर और मुसहफ़ी के ज़माने में इसे रेख़्ता और हिन्दवी भी कहा जाता रहा। ख़ासतौर पर गाई जाने वाली ज़बान को रेख़्ता कहा जाता था। हिन्दी शब्द ही फ़ारसी का है। अर्थात् हिन्द की बोली, हिन्दुस्तान की भाषा। दक्षिण में पहुँचकर इसे दकनी कहा जाने लगा। वहाँ बहमनी सल्तनत के युग में इसे गुजरी नाम दिया गया और शाहजहाँ के दौर में लाल क़िले की ज़बान को उर्दू-ए-मुअल्ला कहा गया। अँग्रेज़ी के चलन के बाद इस मिली-जुली भाषा को हिन्दुस्तानी भी कहा जाने लगा। ग़रज़ यह कि इन सात-आठ नामों में से आप इसे कोई भी नाम दे दीजिए, इंडो-आर्यन भाषाओं के समुद्र-मंथन से जो भाषा पैदा हुई, उसे उर्दू कहते हैं।

- **आप उर्दू को भारत की संस्कृति-परम्परा से जोड़कर किस रूप में देखते हैं?**

उर्दू भारतीय भाषाओं के दरमियान एक सेतु की हैसियत रखती है। इसकी जड़-बुनियाद वही है जो कि हिन्दी की है। लेकिन इसमें एक ख़ास बात यह है कि यह अरबी, फ़ारसी और तुर्की से ताक़त लेती है। इक़बाल ने इसको यूँ कहा था—'शिकोहे-तुर्कमानी, ज़ेहने-हिन्दी, नुत्क़े-ऐराबी।' अर्थात् इसका ज़ेहन हिन्दी है, सौन्दर्य व वैभव तुर्कमानी है और वाक् क्षमता अरबी है। यह बात किसी दूसरी भारतीय भाषा में नहीं है। उर्दू को गंगा-जमनी भाषा इसीलिए कहा गया है। इसमें दो बड़ी संस्कृतियों का मिलन है। उर्दू अव्वल और आख़िर एक भारतीय भाषा है।

- **उर्दू में जिस रूप में ग़ज़ल की शुरूआत हुई, उसे देखकर लगता है कि ग़ज़ल कबीर का विस्तार है... आप इस बात से कहाँ तक सहमत हैं?**

आपकी बात किसी हद तक सही है। ग़ज़ल का शे'र दोहे की तरह दो पंक्तियों का है और आज़ाद है। उर्दू ग़ज़ल का आग़ाज़ फ़ारसी ग़ज़ल के साए में कमोबेश उसी मध्यकाल में हुआ जो कबीर का दौर है। ख़ुसरो कबीर से लगभग एक सदी पहले के हैं। जायसी, बाबा फ़रीद, गुरु नानक, तुकाराम और बुल्लेशाह का ज़माना थोड़े बाद का है। फ़ारसी में फ़ैज़ी, उर्फ़ी, नज़ीरी, ज़हूरी और बेदिल भी इसी युग के हैं। उर्दू ग़ज़ल अजीबो-ग़रीब शाइरी इसलिए है कि उसने सन्त-सूफ़ी काव्य की इस लम्बी परम्परा का अमृत सदियों तक जज़्ब किया है। जिस तरह निर्गुणवादी कवियों की कविता जात-पात, छुआछूत के ख़िलाफ़ है, उर्दू ग़ज़ल मज़हबी कट्टरवाद और संकीर्णता के विरोध से अपनी यात्रा शुरू करती है। उर्दू ग़ज़ल में शेख़ पर हमेशा फब्ती कसी गई है और मुल्ला का मज़ाक़ उड़ाया गया है। शराब, बुतपरस्ती और कुफ़्र की परस्तिश उर्दू ग़ज़ल के विषय-क्षेत्र और पोयटिक्स का हिस्सा हैं।

- **आपने सन साठ के आसपास जब आलोचना के क्षेत्र में क़दम रखा, उस दौर में उर्दू आलोचना का परिदृश्य कैसा था और उसको लेकर आपकी क्या प्रतिक्रिया रही?**

उस दौर में तरक़्क़ीपसन्दी का रवैया हावी था। मेरी शुरूआत के दौरान तरक़्क़ीपसन्द आलोचना एक्सपोज़ हो रही थी। आलोचना में सिर्फ़ उन लोगों की तारीफ़ की जा रही थी जिनका साहित्य प्रोग्रेम्ड साहित्य था। दृष्टि और रचना-शैलियों की विविधता को नकारा जा रहा था। शिल्प-पक्ष की घोर उपेक्षा हो रही थी। मुझे यह तंगनज़री रास नहीं आई। इसके बावजूद मैंने तरक़्क़ीपसन्दों में से अच्छा लिखने वालों पर लिखा। फ़ैज़, मख़्दूम, मजरूह, बेदी और कृश्न चंदर कई शाइर और अदीबों पर मैंने काम किया। सज्जाद

ज़हीर और रज़िया आपा से मेरे पारिवारिक सम्बन्ध हमेशा रहे। मेरी 'हिन्दुस्तानी क़िस्सों से माख़ूज़ उर्दू मस्नवियाँ' (1959) किताब पर पहली रिव्यू सैयद एहतिशाम हुसैन ने लिखी जो कि सर्वश्रेष्ठ तरक़्क़ीपसन्द आलोचक थे। उस दौर में मेरे सोच पर सबसे ज़्यादा प्रभाव जामिया मिल्लिया के गाँधीवादी चिन्तक सैयद आबिद हुसैन का पड़ा जो हाइडलबर्ग यूनिवर्सिटी से फ़िलासफ़ी में डॉक्टरेट करके आये थे। उस वक़्त आले अहमद सुरूर आलोचना में अपने ख़ूबसूरत सामान्यीकरणों के लिए मशहूर थे, उनके जुमले लोगों की ज़बान पर रहते थे। उसी दौर में उर्दू में आधुनिकतावाद का उभार हुआ।

- **कुछ उर्दू आलोचक आज भी आधुनिकतावाद को लेकर आग्रहशील हैं। आप इस बात को किस रूप में देखते हैं?**

वैसे तो उर्दू में पूरी फ़िज़ा बदल चुकी है लेकिन कुछ लोग हैं जो अपने स्वार्थ और सत्ता की वजह से सच्चाई को देखने से इनकार करते हैं। और पुराने रूपवादियों की तरह रियायते-लफ़्ज़ी (शब्दौचित्य मात्र), उरूज़ (काव्यशास्त्र), एम्बीगुइटी, इब्हाम (गूढ़ता) और एलिएनेशन को लेकर मेकानिकी और निरर्थक बहसें चलाते हैं जिनका कोई सम्बन्ध आज के परिदृश्य से नहीं है। ये वे लोग हैं जो मीर और मुसहफ़ी की क्लासिकी शे'रियात (काव्यशास्त्र) को लेकर नून मीम राशिद, मीराजी या अख़्तरुल ईमान जैसे नवयुगीन शाइरों का मूल्यांकन करते हैं। साफ़ ज़ाहिर है कि नई नज़्म की शे'रियात अलग है। इन रूढ़िवादियों के साँचे ही ग़लत हैं। एक विकासशील देश में जहाँ उर्दू को कई समस्याओं का सामना करना है और समाज की बदलती हुई सच्चाइयाँ नित नए सवाल खड़े कर रही हैं, ये लोग आज भी 'स्व' के अँधेरे कुएँ में घिरे हुए हैं।

- **एक धारणा यह है कि आधुनिकता की भाँति उत्तर आधुनिकतावाद भी समाजवादी विचारधारा के विरोध की उपज है। क्या उत्तर आधुनिकतावाद, जैसा कि वामपंथी सोच के लोग कहते हैं, थके हुए पूँजीवाद का दर्शन है?**

यह धारणा जिन लोगों की है, वे उत्तर आधुनिकतावाद की बौद्धिक जड़ों और उसकी तमाम मेनीफ़ेस्टेशंस के बारे में पूरी तरह नहीं जानते। बार्थ ने साफ़-साफ़ उत्तर आधुनिकता को ट्रांज़िटिव वर्ब (सकर्मक क्रिया) और आधुनिकता को इनट्रांज़िटिव (अकर्मक) कहा है, यानी उत्तर आधुनिकता ऐसा दर्शन है जो पाठक वर्ग पर असर क़ायम करता है और असर क़ायम करने का अर्थ है उसे बदलना। हाँ, यह बदलाव पुराने दर्शनों की तरह किसी पार्टी के फ़ार्मूलों से नियोजित नहीं है क्योंकि सारे पार्टीबद्ध दर्शन और नज़रिए अन्ततः डागमैटिक

हो जाते हैं और मानवीय स्वतन्त्रता को परिमित करते हैं। उत्तर आधुनिकतावाद को मैं तरफ़ें खोलने वाले, जब्र के ख़िलाफ़ आवाज़ उठाने वाले और ज़िन्दगी को सेलिब्रेट करने वाले दर्शन के तौर पर देखता हूँ। ऐसा दर्शन जो पुराने पूँजीवाद का दर्शन नहीं है।

- **उत्तर आधुनिक परिस्थिति और इसके दार्शनिक रूप उत्तर संरचनावाद का विशिष्ट भारतीय सन्दर्भ क्या हो सकता है?**

होता यूँ है कि कुछ अन्तर्दृष्टियाँ सार्वभौमिक होती हैं जिन्हें हम कहीं से भी ग्रहण कर सकते हैं। किंतु जीवित भाषाओं में उनका मैकेनिकल एप्लीकेशन करना किसी तरह से मुनासिब नहीं। हमारे अपने चिन्तन-मनन में घुल-मिल कर और हमारी साहित्यिक परम्पराओं की कसौटी पर कसे जाने के साथ-साथ उनमें बदलाव भी आ जाता है और जो चीज़ें हमारी ज़रूरत के मुताबिक़ हों, वे हमारी अपनी बन जाती हैं। मैं उत्तर संरचनावाद को बाहर का नहीं मानता। इसमें बहुत धारणाएँ हमारी भी जुड़ सकती हैं। मेरा ख़याल है भारत में हर भाषा का अपना उत्तर आधुनिकतावाद होगा। मेरे यहाँ (उर्दू में) इसका मतलब रियायते-लफ़्ज़ी या परिमित रूपवाद से विरोध होगा। अन्य भारतीय भाषाओं में कुछ और। अलबत्ता यह सही है कि कुल मिलाकर छह-सात अन्तर्दृष्टियाँ ऐसी हैं जिनसे किसी को असहमति नहीं हो सकती। मिसाल के तौर पर हमारा अपना नारीवाद, दलित-चेतना, मस्तिष्क का विउपनिवेशीकरण, सत्ता का विमर्श, पाठक से जुड़ाव, समाजी विमर्श, रूढ़ अर्थ का विखंडन, कथातत्त्व की वापसी और अन्तर्पाठीयता। इनके बीच से उर्दू की उत्तर आधुनिकता का भारतीय सन्दर्भ खुलता है। नारीवाद और दलित-चेतना से जुड़े हुए हमारे सवाल दूसरे देशों से भिन्न होंगे। हमारी नारीवाद की परम्परा 'शक्ति' की प्राचीन संकल्पना तक पहुँचती है। दलित-चेतना का भी ख़ालिस स्थानीय सन्दर्भ है। आज दलित-चेतना ब्राह्मणवादी काव्यशास्त्र को डीकंस्ट्रक्ट करने का काम कर रही है। हिन्दी, मराठी, गुजराती, कन्नड़ और मलयालम में इसके उदाहरण देखे जा सकते हैं।

- **इधर उर्दू में जो लिखा जा रहा है उसमें कौन-से नाम आपको उल्लेखनीय लगते हैं?**

आज शाइरी और कहानी में फ़िज़ा बदल गई है। शाइरी में उत्तर आधुनिकतावाद के लक्षण प्रकट हैं। सलाहुद्दीन परवेज़, अंबर बहराइची, शीन काफ़ निज़ाम, सत्यपाल आनन्द, शहनाज़ नबी, शाहिद कलीम, जमाल ओवैसी और शकील आज़मी आज के समर्थ कवियों में हैं। उर्दू कहानी में यह कहानी की वापसी का दौर है। कहानी में बयानिया (कथातत्त्व) फिर से लौट रहा है। सैयद

मुहम्मद अशरफ़, नैयर मसूद, सलाम बिन रज़्ज़ाक़, अनवर कँवर, तारिक़ छतारी, मुहसिन ख़ाँ और मुशर्रफ़ आलम ज़ौक़ी की कहानियों में उर्दू के विकास की नई मंज़िल देखी जा सकती है।

- **उर्दू की लिपि के सवाल पर आपकी राय क्या है?**

पहले तो मैं यह अर्ज़ कर दूँ कि मैं किसी भी रूप में अतिवादी नहीं हूँ। मेरे अनुसार व्यावसायिक ज़रूरतों के तहत देवनागरी में छपने से उर्दू की सीमाएँ बढ़ती हैं, घटती नहीं हैं। इसलिए यह एक स्वागत योग्य काम है। हिन्दी और उर्दू के बीच एक अनजाना ट्रेफ़िक है जिसकी एक लंबी परंपरा रही है। हम सब एक बहुभाषी, प्लूरल मुल्क हैं। लिपि को लेकर हमें कोई ज़ोर ज़बरदस्ती नहीं करनी चाहिए।

- **क्या आपने कभी हिन्दी और उर्दू के साझा पाठ्यक्रम की ज़रूरत महसूस की है?**

मैं साझा पाठ्यक्रम के हक़ में हूँ। गुजराल उर्दू कमेटी की सिफ़ारिशों में भी यह बात शामिल है। मुझसे इसमें राय ली गई थी। मेरी राय में प्राइमरी दर्जों से ही हिन्दी के कम्पोज़िट कोर्स में एक तिहाई या एक चौथाई उर्दू पढ़ाई जाए। उर्दू में भी यही किया जाए तो बेहतर हो। लेकिन विनम्रता के साथ मैं यही कहूँगा कि हिन्दी को उर्दू की सरपरस्ती करनी चाहिए। मेरा यह भी यक़ीन है कि उर्दू को भारत में जीना है तो हिन्दी के साथ मिल कर चलना होगा। आज भी उर्दू की सबसे बड़ी ताक़त हिन्दी है और यह भी सच है कि हिन्दी की सबसे बड़ी ताक़त उर्दू है।

—2002 ई.

❑❑❑